Durch stürmische Zeiten

LESLEY
PEARSE

Durch stürmische Zeiten

Roman

Aus dem Englischen von Katharina Kramp

Weltbild

Besuchen Sie uns im Internet:
www.weltbild.de

Die englische Originalausgabe erschien 2003 unter dem Titel
Remember Me bei Michael Joseph.

Genehmigte Lizenzausgabe für Verlagsgruppe Weltbild GmbH,
Steinerne Furt, 86167 Augsburg

Übersetzung: Katharina Kramp
Umschlaggestaltung: Büro Süd, München
Umschlagmotiv: Getty Images, München
Gesamtherstellung: GGP Media GmbH, Pößneck
Printed in the EU
ISBN 978-3-8289-9416-4

2012 2011 2010 2009
Die letzte Jahreszahl gibt die aktuelle Lizenzausgabe an.

Für John Roberts, meinen eigenen Boswell.
Worte können nicht ausdrücken, wie dankbar ich dir bin.

Danksagung

Mein Dank geht an Pam Quick in Sydney, New South Wales, nicht nur für all die Informationen, Bücher und Bilder, die du mir über die Erste Flotte gegeben hast, sondern auch einfach dafür, dass du für mich da warst. Ohne dein aufrichtiges Interesse, deine großzügig bemessene Zeit, deine unermüdliche Hilfe und Unterstützung hätte ich dieses Buch niemals beenden können. Wenn ich zurück nach Sydney komme, schulde ich dir mindestens ein schickes Essen. Gott segne dich.

Während meiner Recherche zu *Durch stürmische Zeiten* habe ich Dutzende Bücher gelesen. Die besten sind diese hier:

To Brave Every Danger von Judith Cook. Die Wahrheit ist manchmal seltsamer und heldenhafter als eine Geschichte, und Judith Cooks akribisch genau recherchiertes Buch über Mary Bryant aus Fowey ist wirklich inspirierend und ein absolutes Muss für jeden Geschichtsbegeisterten.

Fatal Shore von Robert Hughes. Ein faszinierendes und fabelhaftes Buch über die frühen Jahre Australiens.

The First Twelve Years von Peter Taylor. Erstaunlich informativ, ohne trocken oder langweilig zu werden. Inklusive toller Bilder.

Orphans of History von Robert Holden. Eine zu Tränen rührende Geschichte über die Kinder der Ersten Flotte.

The Floating Brothel von Sian Rees. Die Geschichte einer übergesiedelten Frau, die Passagier an Bord der *Juliana* war. Schockierend informativ.

Boswell's Presumptous Task von Adam Sisman. Ein wundervolles Werk über James Boswell.

Dr Johnson's London von Liza Picard. Wundervoll zu lesen, ein unglaublich lebendiges Bild vom London des achtzehnten Jahrhunderts.

English Society in the Eighteenth Century von Roy Porter.

1. Kapitel

1786

Mary umklammerte das Geländer der Anklagebank, als der Richter in den Gerichtssaal zurückkehrte. Die Fenster waren klein und verschmutzt und ließen kaum Licht herein, aber man konnte die schwarze Kappe auf seiner gelben Perücke erkennen und die erwartungsvolle Stille auf der Empore hören.

»Mary Broad. Sie werden an den Ort zurückgebracht, von dem Sie gekommen sind, und dort gehängt«, erklärte er und sah sie dabei nicht einmal an. »Möge Gott Ihrer Seele gnädig sein.«

Marys Magen zog sich zusammen, und ihre Beine gaben unter ihr nach. Sie wusste nur zu gut, dass Erhängen die normale Strafe für Straßenraub war, aber in ihr war noch ein wenig Hoffnung gewesen, dass der Richter Gnade walten lassen könnte, weil sie noch so jung war. Sie hätte es besser wissen müssen.

Es war der 20. März 1786, und Mary Broad wurde in ein paar Wochen zwanzig Jahre alt. Sie war in jeder Hinsicht ein durchschnittliches Mädchen, weder besonders groß noch besonders klein, nicht besonders hübsch, aber auch nicht hässlich. Das Einzige, was sie von den anderen Leuten unterschied, denen beim Frühjahrsschwurgericht der Prozess gemacht wurde, war, dass sie eindeutig vom Land kam. Ihr reiner Teint strahlte selbst nach Wochen der Kerkerhaft im Exeter Castle immer noch ein wenig. Ihr dunkles, lockiges Haar war mit einem Band streng zurückgebunden, und ihr Kleid aus gekämmter Wolle war, obwohl inzwischen schmutzig von ihrem Gefängnisaufenthalt, sehr schlicht und zweckmäßig.

Um sie herum wurde es laut, denn der Gerichtssaal von Exeter war voll besetzt. Einige der Anwesenden waren Freunde und Verwandte von anderen Gefangenen, die an diesem Tag ihre Verhandlung haben würden, doch die Mehrheit bestand aus Schaulustigen.

Jedoch waren es keine Mitleidsbekundungen, die man hören konnte, und es war auch nicht Entsetzen über eine so harte Strafe, dem die Anwesenden Ausdruck verliehen. Mary hatte in dem ganzen Raum keinen einzigen Freund. Ein Meer von schmutzigen Gesichtern wandte sich ihr zu. In den Augen glänzte hämische Schadenfreude, und die Bewegung trug den Gestank ihrer ungewaschenen Körper in Marys Nase. Sie warteten auf eine Reaktion von ihr, auf Tränen, Wut oder ein Flehen um Gnade.

Sie wollte aufschreien, um ihr Leben betteln, aber ihre rebellische Seite, die sie überhaupt erst dazu gebracht hatte, jemanden zu bestehlen, drängte sie, wenigstens ihren Stolz zu wahren.

Die Hand eines Wachmanns fiel schwer auf ihre Schulter. Jetzt war es zu spät, jetzt konnte sie nur noch beten.

Mary merkte kaum etwas von der Fahrt zurück ins Exeter Castle, das Gefängnis, in dem sie saß, seit man sie nach ihrer Festnahme in Plymouth hierher gebracht hatte. Sie achtete nicht auf die Eisenfesseln, die an ihren Knöcheln rieben und mit einem weiteren schweren Eisenband um ihre Hüfte verbunden waren. Auch die sieben anderen Gefangenen im Wagen nahm sie kaum wahr und auch nicht das Gejohle der Menge auf der Straße. Mary konnte nur daran denken, dass sie zum Galgen geführt werden würde, wenn sie das nächste Mal den Himmel über sich sah.

Sie hob den Kopf und blickte in die schwache Nachmittagssonne. Als man sie heute Morgen zum Schwurgericht gebracht hatte, hatte die Frühlingssonne sie nach der Dunkelheit in der Zelle beinahe geblendet. Sie hatte sich begierig umgesehen, die neuen Blätter an den Bäumen betrachtet, die sich gerade entfalteten, und das, dumm wie sie war, als gutes Omen gedeutet und wieder Hoffnung geschöpft.

Wie sehr sie sich getäuscht hatte! Sie würde ihr geliebtes Cornwall niemals wiedersehen. Und auch ihre Eltern und ihre Schwester Dolly nicht. Sie konnte nur hoffen, dass sie niemals herausfinden würden, was sie getan hatte. Es war besser, sie glaubten, sie hätte sie verlassen, um in Plymouth oder sogar in London ein neues Leben zu beginnen, als die Schande zu ertragen, wenn sie erfuhren, dass ihr Leben am Galgen geendet hatte.

Ein Schluchzen ertönte, und Marys Blick fiel auf die Frau, die neben ihr saß. Ihr Alter ließ sich nicht schätzen, weil ihr Gesicht von Pockennarben entstellt war und sie sich einen fadenscheinigen braunen Umhang um den Kopf geschlungen hatte, um das zu verbergen.

»Weinen nützt nichts«, meinte Mary und nahm an, dass die Frau ebenfalls gehängt werden sollte. »Zumindest wissen wir jetzt, was uns erwartet.«

»Ich habe nichts gestohlen«, keuchte die Frau. »Ich schwöre, das habe ich nicht. Es waren andere. Sie sind geflohen und haben es mir in die Schuhe geschoben.«

Mary hatte genau diese Geschichte immer wieder von anderen Gefangenen gehört, seit sie im Januar verhaftet worden war. Am Anfang hatte sie den meisten geglaubt, doch inzwischen war sie härter geworden. »Hast du das heute vor Gericht ausgesagt?«, fragte sie.

Die Frau nickte und weinte noch heftiger. »Aber sie meinten, sie hätten einen Zeugen.«

Mary wagte nicht, sich nach der ganzen Geschichte zu erkundigen. Sie wollte ihre Lungen mit klarer Luft füllen und sich den Anblick und die Geräusche der geschäftigen Stadt Exeter einprägen, damit sie sich in der dreckigen, dunklen Zelle daran erinnern konnte, in die sie zurückmusste. Die leidvolle Geschichte der Frau zu hören würde sie nur noch mehr deprimieren. Trotzdem brachte ihr mitfühlendes Wesen es nicht übers Herz, die arme Kreatur zu ignorieren. »Wirst du auch gehängt?«, fragte sie.

Die Frau fuhr herum und sah Mary an. Auf ihrem verwüsteten Gesicht zeigte sich Überraschung. »Nein. Es war nur ein Stück Hammelfleischpastete, das ich gestohlen haben soll.«

»Dann hast du mehr Glück als ich«, seufzte Mary.

Als sie wieder im Castle war, in eine Zelle mit ungefähr zwanzig anderen Gefangenen beiderlei Geschlechts eingesperrt, suchte Mary sich schweigend einen Platz an der Wand, setzte sich und hob die Ketten an ihren Fußfesseln so an, dass sie die Knie anziehen konnte. Sie zog den Umhang eng um sich und lehnte sich an, um über ihre Situation nachzudenken.

Es war eine andere Zelle als die, aus der man sie am Morgen geholt hatte, besser insofern, als frische Luft durch sehr hohe Gitter in der Wand kam. Auch das Stroh auf dem Boden sah etwas sauberer aus, und die Toiletteneimer flossen noch nicht über. Aber es stank immer noch, und mit jedem Atemzug sog man den alles durchdringenden Geruch von Schmutz, Körperflüssigkeiten, Erbrochenem, Schimmel und menschlichem Leiden ein.

Eine unheilvolle Stille erfüllte den Raum. Niemand sprach laut, niemand fluchte oder schrie die Wachmänner an, wie es in der letzten Zelle der Fall gewesen war. Tatsächlich hockten die meisten genau wie sie gedankenverloren oder verzweifelt an die Wand gelehnt da. Mary nahm an, dass ihnen allen das Todesurteil drohte und dass sie genauso benommen davon waren wie sie selbst.

Sie konnte Catherine Fryer oder Mary Haydon nirgends sehen, die Mädchen, mit denen sie gefasst worden war, obwohl sie am Morgen gemeinsam zum Schwurgericht gebracht worden waren. Und sie wusste auch nicht, ob die beiden immer noch auf ihre Verhandlung warteten oder ob sie mit einer milderen Strafe davongekommen waren.

Was auch immer der Grund sein mochte – Mary war froh, dass sie nicht da waren. Sie wollte nicht daran erinnert werden, dass sie ohne die beiden niemals auf den Gedanken gekommen wäre, jemanden zu bestehlen.

Es war zu düster, um die anderen Gefangenen deutlich zu erkennen, denn das einzige Licht kam von einer Laterne im Flur auf der anderen Seite der vergitterten Tür. Aber einem schnellen ersten Blick nach zu urteilen, schien die Zelle sich nicht von denen zu unterscheiden, in denen Mary während der letzten Monate gesessen hatte, sah man einmal davon ab, dass sich in dieser Zelle nun auch Männer unter den Insassen befanden.

Der Altersunterschied zwischen den Gefangenen war groß; er reichte von einem Mädchen von vielleicht sechzehn Jahren, das an der Schulter einer älteren Frau weinte, bis hin zu einem Mann, der vielleicht fünfzig oder sogar älter war. Bei drei Frauen handelte es sich möglicherweise um Huren, denn sie trugen bunte und sogar recht elegante Umhänge, doch die übrigen sahen sehr zerlumpt aus. Frauen mit harten Gesichtszügen, schlechten Zähnen und strähnigem Haar und Männer mit ausgemergelten Gesichtern, die schweigend ins Leere starrten.

Zwei Frauen kannte Mary schon aus der vorherigen Zelle. Birdie, die einen roten Umhang mit einem zerschlissenen Spitzenkragen trug, hatte ihr gestanden, dass sie einen schlafenden Seemann bestohlen hatte. Peg war viel älter, eine der zerlumpten Frauen, aber sie hatte sich standhaft geweigert, etwas über ihr Verbrechen zu erzählen.

Mary ahnte aufgrund der Erfahrungen, die sie in der letzten Zelle gemacht hatte, dass die momentan herrschende Niedergeschlagenheit nicht anhalten würde. Dominante Typen wie Birdie würden sich innerhalb weniger Stunden wieder aufrappeln und den Ton angeben. Viel davon war Angeberei – es war notwendig, stark zu erscheinen, wenn man das Gefängnis überleben wollte. Kämpfen, schreien und bei den Wärtern mehr Essen und Wasser verlangen war ein Weg, den anderen Zelleninsassen zu verdeutlichen, dass man sich nicht herumschubsen ließ.

Mary fragte sich, ob es jetzt noch Sinn machte, sich vor den anderen zu behaupten. Ihr war jedenfalls nicht danach; sie wollte nur wissen, wie viele Tage sie noch leben durfte.

Als sie Mary sah, zog Birdie ihre Ketten hoch und humpelte durch die Zelle zur ihr herüber. »Galgen?«, fragte sie.

Mary nickte. »Du auch?«

Birdie setzte sich neben sie aufs Stroh, und ihr gramerfüllter Gesichtsausdruck bestätigte es. »Dieser Bastard von einem Richter!«, zischte sie. »Der hat doch keine Ahnung, wie es für uns ist. Was nützt es schon, wenn er mich hängen lässt? Wer kümmert sich dann um die Alten?«

Birdie hatte Mary schon bald nach ihrer Ankunft in Exeter erzählt, dass sie zur Hure geworden war, damit ihre alten Eltern nicht verhungern mussten. Aber etwas an ihren bunten Kleidern und ihrem sehr lebhaften Wesen ließ Mary vermuten, dass sie nicht viele moralische Bedenken dabei gehabt hatte. Dennoch war Birdie seit Marys erster Nacht im Gefängnis nett zu ihr gewesen und hatte sie beschützt, und Mary spürte, dass sie im Grunde ihres Herzens eine gute Frau war.

»Ich dachte wirklich, du kämst davon, wo du doch so'n unschuldiges Gesicht hast«, meinte Birdie und streckte ihre schmutzige Hand aus, um damit sanft über Marys Wange zu streichen. »Was ist passiert?«

»Die Dame, die wir bestohlen haben, war im Gerichtssaal«, erzählte Mary traurig. »Sie hat mich wiedererkannt.«

Birdie seufzte mitfühlend. »Na, dann hoffen wir mal, dass sie wenigstens schnell machen. Es gibt nichts Schlimmeres, als auf den Tod zu warten.«

Später in jener Nacht lag Mary auf dem dreckigen, mit Stroh bedeckten Boden zwischen ihren Mitgefangenen, die alle fest zu schlafen schienen, und ihre Gedanken wanderten zurück zu ihrem Zuhause und ihrer Familie in Fowey in Cornwall. Sie wusste jetzt, dass sie in glücklichere Umstände hineingeboren worden war als viele der Frauen, die sie seit ihrem Weggang getroffen hatte.

Ihr Vater, William Broad, war ein Seemann, und obwohl es harte Zeiten gegeben hatte, in denen es keine Arbeit für ihn gab, hatte er irgendwie stets dafür gesorgt, dass seine Familie niemals hungerte oder fror. Mary konnte sich daran erinnern, wie sie mit ihrer Schwester Dolly im Bett lag und dem Meer dabei zuhörte, wie es gegen die Hafenwände donnerte, und sich dennoch sicher aufgehoben fühlte, denn wie lange ihr Vater auch auf See war, er ließ immer genug Geld da, um sie bis zu seiner Rückkehr über die Runden zu bringen.

Allein bei dem Gedanken an Fowey mit seinen winzigen Häusern und den Straßen mit dem Kopfsteinpflaster stieg ihr ein Kloß in den Hals. Der Hafen und die Stadt mit ihrem geschäftigen Treiben waren niemals langweilig gewesen, denn sie kannte dort jeden, und die Broads waren eine angesehene Familie. Grace, Marys Mutter, legte großen Wert auf Anstand; sie hielt ihr winziges Haus blitzsauber und versuchte, ihre Töchter in die Hohe Schule des Kochens, Putzens und Nähens einzuweisen. Dolly, Marys ältere Schwester, war die Pflichtbewusste, Folgsame von ihnen und ahmte glücklich das Beispiel der Mutter nach. Ihre Träume drehten sich einzig und allein darum, einen Mann zu finden, Kinder zu haben und einen eigenen Haushalt zu führen.

Mary teilte Dollys Träume nicht. Freunde und Nachbarn sagten oft, dass sie ein Junge hätte werden sollen. Sie führte die Nadel ungeschickt, und Hausarbeit langweilte sie. Am glücklichsten war sie, wenn ihr Vater sie mit zum Fischen auf See nahm, denn sie fühlte sich eins mit dem Meer und konnte das Boot fast genauso gut führen wie er. Sie zog außerdem männliche Gesellschaft vor, denn Männer und Jungen sprachen von aufregenden Dingen, von fernen Ländern, vom Krieg, vom Schmuggeln und von ihrer Arbeit in den Zinnminen. Mary machte sich nichts aus kichernden, einfältigen Mädchen, die sich nur für den neuesten Tratsch und den Preis für ein Haarband interessierten.

Es war ihre Abenteuerlust gewesen, deretwegen sie Fowey verlassen hatte, und sie hatte wirklich geglaubt, ihren Weg machen zu können, wenn sie nur irgendwo anders wäre.

»Du gehst ja nur, weil du noch nie einen Freund hattest und Angst hast, dass dich niemand will«, hatte Dolly beim Abschied nicht besonders freundlich gemeint.

Das stimmte nicht. Mary sehnte sich nicht nach der Ehe. Tatsächlich bemitleidete sie die Mädchen, mit denen sie aufgewachsen war, anstatt sie zu beneiden, denn sie hatten meistens schon ein oder zwei Kinder zu versorgen. Sie wusste, dass ihr Leben härter wurde mit jedem neuen Maul, das sie stopfen mussten, und dass sie immer in der Angst lebten, ihre Männer auf See oder bei einem Minenunglück zu verlieren. Aber das Leben in Cornwall war für alle hart, wenn man nicht zum Adel gehörte. Man musste entweder zur See fahren, in den Minen arbeiten oder dem Adel dienen.

Dolly arbeitete bei den Treffrys in Fowey als Unter-Hausmädchen, doch Mary hatte sich standhaft geweigert, ihrem Beispiel zu folgen. Sie wollte ihre Tage nicht damit verbringen, volle Nachttöpfe auszuleeren oder Feuer zu entfachen und unter der Fuchtel einer gestrengen Haushälterin zu stehen. Sie hatte keine Zukunft darin gesehen. Aber die Alternative war, Fische auszunehmen und einzusalzen, und obwohl ihr diese Arbeit seit ihrer Kindheit vertraut war und sie die Freiheit genoss, sich während des Arbeitens nach Herzenslust mit ihren Kolleginnen unterhalten zu können, so wurde davon doch niemand reich. Man roch ekelerregend, und im Winter war es bitterkalt. Mary hatte sich die gebückte Haltung und die knochigen Finger der Frauen angesehen, die dieser Arbeit schon ihr Leben lang nachgingen, und wusste, dass sie dann früh sterben würde.

Die Matrosen hatten ihr von Plymouth erzählt. Sie sagten, dort gäbe es feine Läden und große Häuser und Möglichkeiten für alle, die fest entschlossen waren, es zu schaffen. Sie hatte gedacht, vielleicht in einem der Läden arbeiten zu können, denn selbst wenn sie nicht lesen und schreiben konnte, so rechnete sie doch verschiedene Posten schneller zusammen als ihr Vater.

Ihre Eltern hatten gemischte Gefühle bei ihrem Weggang. Auf der einen Seite wollten sie Mary zu Hause in Fowey behalten. Doch die Zeiten waren hart, und sie mussten sich anstrengen, um auch die jüngere Tochter durchzubringen. Vielleicht hofften sie auch, dass sie nach ein paar Jahren Arbeit in einem anständigen Beruf einen Mann finden und schließlich heiraten würde.

Mary konnte es damals nicht erwarten, endlich wegzukommen,

doch jetzt, da sie auf dem harten, kalten Boden der Gefängniszelle lag und sich an den Tag erinnerte, an dem sie ihr Zuhause verlassen hatte, plagte sie ein schlechtes Gewissen.

Es war sehr früh am Morgen gewesen, an einem wunderschönen Juli-Tag ohne eine Wolke am azurblauen Himmel, und die Sonne hatte bereits ein wenig gewärmt. Ihr Vater war ein paar Tage zuvor nach Frankreich losgesegelt, und Mary hatte darauf bestanden, dass nur Dolly mit ihr zum Hafen gehen sollte, um sie zu verabschieden. Sie wollte keine weiteren Vorträge ihrer Mutter darüber hören, dass sie sich an Bord des Schiffs wie eine Lady benehmen und sich vor Fremden in Acht nehmen sollte.

Ihre Mutter ließ sich ihre Gefühle niemals anmerken, deshalb war Mary ein bisschen irritiert, als sie ihr an der Tür einen Abschiedskuss geben wollte und sie herzlich umarmte.

»Sei ein gutes Mädchen«, sagte Grace, und ihre Stimme brach. »Sprich deine Gebete und stell nichts an.«

Kichernd vor Aufregung lief Mary mit Dolly davon. Erst als sie sich am Ende der schmalen Straße noch einmal umdrehte, erkannte sie, dass ihre Mutter immer noch in der Tür stand und ihnen nachblickte. Sie sah in diesem Moment alt und klein und merkwürdig verletzlich aus, denn sie hatte ihr Haar für den Tag noch nicht aufgesteckt. Es war so grau wie ihr Kleid und ließ sie beinahe mit den Steinen des kleinen Hauses verschmelzen. Obwohl sie das Gesicht ihrer Mutter nicht deutlich sehen konnte, wusste Mary, dass sie weinte. Doch Grace gelang es trotzdem, ihr fröhlich zu winken.

»Ich weiß nicht, warum du glaubst, dass es in Plymouth besser ist als hier«, sagte Dolly gereizt, als sie den Hafen erreichten und das Schiff dort warten sahen. »Ich wette, man könnte um die ganze Welt fahren und würde doch nirgends einen Ort finden, an dem es so schön ist wie hier.«

»Sei nicht so«, entgegnete Mary, weil sie annahm, Dolly wäre eifersüchtig. Ihre Schwester war viel hübscher als sie selbst, mit Augen, die so blau waren wie der Himmel, einer glatten, rosigen

Haut und einer hübschen kleinen Stupsnase. Aber Mary hatte das Gefühl, als wünschte Dolly sich oft, mutiger zu sein. Vielleicht litt sie darunter, dass ihr Leben schon so verplant war.

»Ich kann nichts dafür«, erwiderte Dolly kleinlaut. »Ich werde dich so sehr vermissen! Bleib nicht zu lange fort.«

Mary erinnerte sich daran, wie sie ihre Schwester umarmt hatte. »Ich werde ein Vermögen machen und dich dann nachkommen lassen«, hatte sie versprochen. Hätte sie gewusst, dass sie sich niemals wiedersehen würden, hätte sie ihr gesagt, wie sehr sie sie liebte. Doch an jenem sonnigen Morgen konnte sie gar nicht schnell genug auf das Schiff kommen. Es kam ihr überhaupt nicht in den Sinn, dass sie in Plymouth vielleicht versagen würde.

Was Mary nicht bedacht hatte, war die Tatsache, dass Hunderte von Mädchen jede Woche in Plymouth vom Schiff gingen und nach Arbeit suchten. Und es waren die Hübschen, die lesen und schreiben und gute Referenzen vorweisen konnten, die in den guten Positionen landeten. Sie selbst bekam nur einen Job in einer Hafentaverne, wo sie die Töpfe spülte und den Boden wischte. Ihr Bett bestand aus ein paar Säcken im Keller.

Um Michaelis warf der Wirt sie raus. Er behauptete, sie hätte Geld gestohlen, aber das stimmte nicht. Sie hatte sich nur geweigert, mit ihm zu schlafen. Ohne eine Referenz konnte sie keinen anderen Job finden, und sie war zu stolz, um nach Fowey zurückzugehen und sich anzuhören: »Ich habe es dir doch gleich gesagt.«

In dem Moment, als sie Thomas Coogan unten am Hafen traf, wusste sie, dass sie sich auf direktem Weg in die Hölle befand. Sicher würde sich doch kein anständiges Mädchen von einem völlig Fremden zum Essen einladen lassen. Und sie hätte ihm natürlich auch nicht erlauben dürfen, ihre Hand zu halten, sondern schreiend weglaufen müssen, als er ihr vorschlug, bei ihm zu wohnen, bis sie einen neuen Job gefunden hatte. Aber etwas an seinem schlanken, hübschen Gesicht, dem Funkeln in seinen blauen Augen und den Geschichten, die er von Reisen nach Frankreich und Spanien erzählte, zog sie in seinen Bann.

Thomas hielt sich an keine der Regeln, mit denen Mary aufgewachsen war. Er scherte sich nicht um den König, die Kirche oder irgendwelche anderen Autoritäten. Er benahm sich weltmännisch und legte viel Wert auf sein Äußeres. Und Mary hatte so viel Spaß mit ihm wie noch niemals zuvor.

Das mochte zum Teil daran liegen, dass er sie so zu begehren schien. Er wollte sie im Arm halten und küssen. Kein Mann hatte sie jemals auf diese Weise begehrt. Die meisten sahen nur eine Freundin in ihr. »Du bist hübsch«, sagte Thomas. »Deine grauen Augen erinnern an einen aufkommenden Sturm, und deine Lippen sind zum Küssen gemacht.«

Der erste Tag mit ihm war zauberhaft. Es regnete heftig, und er nahm sie mit in eine Taverne am Hafen und trocknete ihren Umhang am Feuer. Er ließ sie auch zum ersten Mal Rum probieren. Sie mochte den Geschmack nicht oder die Art, wie er ihr in der Kehle brannte, doch es gefiel ihr, dass Thomas sich vorbeugte und ihr mit der Zungenspitze über die Lippen strich.

»An dir schmeckt es wie Nektar«, flüsterte er. »Trink aus, meine Süße, das wird dich wärmen.«

Bei ihm fühlte sie sich so lüstern, ihr ganzer Körper schien zu glühen, und das lag nicht nur am Rum. Es waren seine Schlagfertigkeit, das Gefühl seiner Hand in ihrer, die Ahnung, dass sie kurz davor stand, etwas Gefährliches und doch auch Wundervolles zu tun.

Im Nachhinein hätte ihr natürlich auffallen müssen, dass etwas nicht in Ordnung war, denn er versuchte niemals, mit ihr ins Bett zu gehen. Er küsste sie leidenschaftlich und beteuerte immer wieder, sie zu lieben, aber weiter ging er nie. Damals glaubte Mary in ihrer naiven Art, dass ihn Liebe und Respekt ihr gegenüber so zurückhaltend sein ließen, doch später entdeckte sie dann die Wahrheit.

Thomas Coogan interessierte sich für niemanden außer sich

selbst. Er war ein Taschendieb, und als er sie weinend am Hafen sitzen sah, wusste er, dass dieses Mädchen vom Land mit seiner sauberen, unschuldigen Ausstrahlung die ideale Komplizin für ihn war. Es brauchte nur ein paar mitfühlende Worte, um ihr Vertrauen zu gewinnen.

Während der ersten paar Wochen nach ihrem Kennenlernen wäre es Mary niemals in den Sinn gekommen, dass er häufig Brieftaschen, Taschenuhren oder andere wertvolle Dinge mit seiner freien Hand stahl, während sie Arm in Arm vor einem Schaufenster standen oder über den Markt schlenderten. Sie war zu bezaubert von seinem Charme, zu fasziniert von seinen interessanten Freunden und Bekannten und zu beeindruckt von seiner Großzügigkeit, um genauer hinzusehen.

Als es ihr endlich bewusst wurde, war sie so an seine leichte, lustige Lebensweise gewöhnt, dass es ihr egal gewesen wäre, wenn er ihr gestanden hätte, ein Schwerverbrecher zu sein. Als er kurz nach Weihnachten verschwand und sie in der Pension zurückließ, in die er sie gebracht hatte, war sie untröstlich.

Wahrscheinlich hatte die Polizei ihn erwischt, und so schloss sie sich Mary Haydon und Catherine Fryer an. Sie wollte vor den beiden Taschendiebinnen, von denen Thomas so viel gehalten hatte, nicht ihr Gesicht verlieren. Sie schienen so weltgewandt zu sein, so extrem mutig, und außerdem brauchte Mary Geld, um die Miete für Thomas' Zimmer zu bezahlen, für den Fall, dass er zurückkam.

Zuerst stand sie nur Schmiere, während die anderen beiden auf belebten Straßen und Märkten Brieftaschen stahlen. Manchmal lenkte sie die Leute ab, indem sie vorgab, in Ohnmacht zu fallen, oder indem sie behauptete, man hätte ihr selbst die Brieftasche gestohlen. Aber der Tag kam, an dem Catherine meinte, es würde für Mary Zeit, auch mal ein bisschen was zu riskieren, und als sie die kleine, vornehm angezogene Frau sahen, die mit dem Arm voller Pakete über die Hauptstraße nach Hause ging, schien sie das perfekte erste Opfer zu sein.

Wenn Mary ihren Mut nicht unbedingt hätte beweisen wollen, hätte sie der Frau vielleicht nur ein Bein gestellt und wäre mit einem der Pakete weggelaufen. Aber stattdessen griff sie mit einer Hand nach dem hübschen Seidenhut der Frau und fing alles auf, was diese erschrocken fallen ließ. Dann warf sie die Pakete zu Catherine und Mary Haydon hinüber, bevor sie selbst weglief. Leider verfolgten einige Leute sie, trieben sie in einer Gasse in die Enge und riefen die Polizei.

An die meisten Einzelheiten ihrer Verhaftung und an die Zeit im Gefängnis in Plymouth konnte Mary sich nur noch dunkel erinnern, denn die spätere Reise nach Exeter blendete alles aus. Vier Tage lang war sie in einem offenen Wagen gefahren, an drei andere Frauen gekettet, von denen zwei ihre vermeintlichen Freundinnen waren, die sie den ganzen Weg über beschimpften, weil man sie durch ihre Schuld ebenfalls erwischt hatte. Es war Januar, und der eisige Wind fegte über die trostlosen Moore und fuhr ihnen wie Messer über die Haut. Wenn sie sich erleichtern wollten, mussten sich alle Frauen gleichzeitig hinhocken, während die Wachen ihnen anzügliche Blicke zuwarfen. Jeder einzelne Schritt war Folter, denn die Ketten schnitten in ihre zarte Haut, und sie waren noch nicht daran gewöhnt, ihre Bewegungen zu koordinieren. Nachts wurden sie in den Stall einer Gastwirtschaft gesperrt, und Wasser und Brot waren das Einzige, was sie bekamen. Mary glaubte, vor Kälte zu sterben. Tatsächlich sehnte sie ihren Tod herbei, damit sie den Zorn und die verächtlichen Bemerkungen ihrer Mitgefangenen nicht mehr ertragen musste und das Wissen, dass man für das Verbrechen Straßenraub gehängt wurde.

In ihrer ersten Nacht im Exeter Castle war es Birdie, die sie tröstete und ihr versicherte, dass sie sich an die Ratten, die Läuse, den Dreck und das verschimmelte Brot gewöhnen würde, genauso wie daran, den Toiletteneimer zu benutzen, während alle anderen zusahen. Inzwischen akzeptierte sie all das als Teil des Gefängnislebens und war davon überzeugt, für das, was sie getan hatte, Strafe zu verdienen. Aber sie konnte nicht akzeptieren, dass sie in ein paar Tagen sterben sollte, dass sie niemals mehr als freier Mensch über die Straße laufen, niemals mehr die Wellen an den Strand rollen sehen und niemals mehr einen Sonnenuntergang betrachten sollte.

Und dann weinte sie, weil sie ihre Eltern enttäuscht und ihrer Familie Schande gebracht hatte und weil sie nicht auf ihr Gewissen gehört hatte, obwohl sie doch wusste, dass Stehlen eine Sünde war.

Es war eine wohlbekannte Tatsache, dass ungefähr die Hälfte der zum Tode Verurteilten eine Art Begnadigung erhalten würde. Während der nächsten drei Tage diskutierten Marys Mitgefangene über nichts anderes, und jeder hoffte, zu den Glücklichen zu gehören.

Aber Mary war keine Närrin. Sie wusste, man brauchte draußen Freunde, einen besorgten oder freundlichen Herrn oder eine Herrin, ein Mitglied des Klerus oder einen wohlhabenden Freund, der für einen um Gnade ersuchte. Während die Stunden und Tage langsam verstrichen, wurde klar, wer von ihren Mitgefangenen zu den Glücklichen gehörte. Es waren diejenigen, die etwas Gutes zu essen oder zu trinken, Geld und sogar saubere Kleidung geschickt bekamen.

Mary beobachtete neidvoll das junge Mädchen und die Frau, Nichte und Tante, wie sie jetzt wusste, während sie heiße Fleischpasteten aßen, die ihnen einer der Wachmänner gebracht hatte. Sie waren wegen Diebstahls in einer Pension verurteilt worden, beteuerten jedoch schon seit ihrer Verhaftung ihre Unschuld. Nach den Pasteten und Decken zu urteilen, die sie bekamen, sagten sie vielleicht die Wahrheit, denn ganz mittellos schienen sie nicht zu sein. Zumindest gab es da draußen jemanden, der sie versorgte und sich für ihre Begnadigung einsetzte.

Doch einige Gefangene, diejenigen ohne Hoffnung auf Begnadigung, waren während ihrer letzten Tage sehr heiter geworden. Vielleicht lag es daran, dass in ihren Augen ein schneller Tod dem Elend einer langen Gefängnisstrafe oder einem langsamen Siechtum vorzuziehen war, denn sie waren ständig in Gefahr, an Typhus zu erkranken. Für manche der Gefangenen war es sogar fast so etwas wie eine Ehre, gehängt zu werden. Dann versammelte sich nämlich stets eine große Menschenmenge, um bei den Hinrichtungen zuzusehen. Wenn sie mit Würde und Mut in den Tod gingen und die Bewunderung der gaffenden Leute erlangten, würden sie so etwas wie Helden sein und vielleicht sogar zu einer Legende werden, hofften sie.

Dick Sullion war ein Mann, der das so sah, und er hatte Mary mit seinem Humor und seiner Lebensphilosophie sehr aufgebaut. Wie sie war er wegen »High Toby« verurteilt worden, wie Straßenraub umgangssprachlich genannt wurde. Aber Dicks Verbrechen passte viel eher auf die Beschreibung als Marys, denn Dick hatte an einer abgelegenen Straße auf der Lauer gelegen und auf unvorsichtige Reisende gewartet und ihnen ihre Wertgegenstände und ihre Pferde abgenommen.

Er war ein großer Mann von fast einem Meter achtzig, mit einem rötlichen Gesicht, breiten Schultern und einem nicht zu unterdrückenden Sinn für Humor. Als Mary am ersten Morgen nach ihrer Verurteilung aufgewacht war, hatte er derbe Schanklieder darüber gesungen, dass er betrunken zum Galgen gehen würde. Natürlich hatte sie angenommen, er wäre tatsächlich betrunken, denn diejenigen, die Geld oder Lebensmittel hatten, um die Wachen zu bestechen, konnten sich Tag und Nacht volllaufen lassen. Doch als sie sich aufsetzte, lächelte er sie an, und seine blauen Augen waren klar und strahlten.

»Hat doch keinen Sinn, hier rumzuliegen und Trübsal zu blasen«, meinte er, wie um sein Verhalten zu erklären. »Ich hatte ein gutes Leben, und es ist besser, sie hängen mich auf, als dass ich an einem Ort wie diesem meinen Humor und mein gutes Aussehen verliere.«

»Manche von uns würden lieber schlafen, als darüber nachzudenken«, erwiderte sie.

Mary hatte während der ersten Tage ihrer Gefangenschaft im

Januar gelernt, dass es ratsam war, sich starke und schlaue Freunde zu suchen, die einen beschützen konnten, und da Dick aussah, als erfüllte er beide Kriterien, erlaubte sie ihm, sich zu ihr zu setzen, und redete mit ihm.

Sie fand bald heraus, dass Dick kein Geld hatte, um sich zusätzliche Essensrationen zu kaufen. Er hatte alles während der ersten Wochen vor seiner Verhandlung ausgegeben, erzählte er ihr. Doch selbst wenn er ihr die letzten paar Tage nicht mit etwas zu essen oder zu trinken versüßen konnte, so blieb er doch stark und zäh und kannte sich aus, und die Gespräche mit ihm und sein Lachen munterten Mary auf.

Dick kam ebenfalls aus Cornwall. Es tat gut, mit ihm über die Heimat zu reden, und es dauerte nicht lange, bis sie ihm gestand, dass sie sich für ihr Verbrechen schämte und das Gefühl hatte, Schande über ihre Familie gebracht zu haben.

»Darüber solltest du dir nicht den Kopf zerbrechen«, meinte er, und sein Akzent war so deutlich und tröstlich wie der ihres Vaters. »Wir tun alle das, was nötig ist, um zu überleben. Die Regierung ist schuld, dass wir jetzt hier sitzen. Die hohen Steuern und all das … Sie rauben uns den letzten Penny und leben in Palästen, während wir hungern. Ich habe von denen genommen, die es sich leisten konnten, und du auch. Geschieht ihnen recht, würde ich sagen.«

Mary, die dazu erzogen worden war, ehrlich und gottesfürchtig zu sein, stimmte ihm nicht ganz zu, aber das würde sie nicht zugeben. »Hast du denn keine Angst vorm Sterben?«, fragte sie stattdessen.

Er zuckte die Schultern. »Ich war so oft nah dran, dass es keine Rolle mehr spielt. Was ist Hängen denn schon im Vergleich zum Ausgepeitscht-Werden auf einem Schiff? Hab ich mit sechzehn zum ersten Mal erlebt. Also das ist was, wovor man Angst haben kann; das sind so schlimme Schmerzen, dass man um Erlösung fleht. Hängen geht schnell. Mach dir keine Sorgen, meine Kleine, ich halte deine Hand bis zum Ende.«

Mary ließ sich von Dicks Worten ein bisschen trösten. Wenn sie schon sterben musste, würde sie ihrem Tod mutig ins Auge sehen, beschloss sie.

Vier Tage nach ihrer Verhandlung kam gegen zehn Uhr morgens der Wachmann an die Zellentür und rief nach Nancy und Anne Brown. Das waren die Tante und die Nichte, die wegen Diebstahls verurteilt worden waren. Er erklärte, man habe sie wegen neu aufgetauchter Beweise freigesprochen, und sie könnten gehen.

Trotz ihrer eigenen schlimmen Lage freute Mary sich für die beiden und stand auf, um sie zum Abschied zu küssen. Sie hatte sich während der vergangenen zwei Tage länger mit den zwei Frauen unterhalten und war sicher, dass sie so unschuldig waren, wie sie behaupteten. Sie hatten die Zelle gerade verlassen, als der Wachmann nochmals vier Namen rief, die von drei Männern und Marys.

»Ihr kommt mit mir«, meinte er barsch.

Mary drehte sich entsetzt zu Dick um. Sie war sicher, auf der Stelle zum Galgen geführt zu werden.

Dick legte eine große Hand auf ihre Schulter und drückte sie. »Ich glaube nicht, dass es das ist«, sagte er mit großer Überzeugung. »Am Ende der vierteljährlichen Verhandlungstage gehen sie die Liste durch und suchen Leute für die Deportation aus. Ich schätze, sie haben dich ausgewählt.«

Der Wachmann schrie sie an, ihm jetzt zu folgen, und ließ Mary keine Zeit, sich anständig von Dick oder Birdie zu verabschieden.

Während sie hinter William, Able und John, ihren Mitgefangenen, durch den dunklen Gang schlurfte und ihre Ketten über den groben Steinboden schleiften, hörte sie Dicks Stimme hinter sich. »Sieben Jahre, länger dauert es nicht, bis du frei bist, meine Kleine. Sei mutig und stark, dann geht es schnell vorbei.«

Able, ein krank aussehender Mann um die dreißig, drehte sich zu Mary um. »Was weiß der denn schon?«, meinte er mürrisch.

»Ich habe gehört, dass sie keine Leute mehr nach Amerika schicken, jetzt, wo der Krieg vorbei ist.«

Mary hatte dasselbe gehört, als sie in Plymouth gewesen war. Wenn das stimmte, dann war es ein Segen, denn sie war mit den Horrorgeschichten von Seeleuten aufgewachsen, die von den Schrecken in jenem weit entfernten Land berichteten. Strafgefangene wurden dort genauso behandelt wie schwarze Sklaven. Man ließ sie hungern, schlug sie und ließ sie auf dem Land arbeiten, bis sie vor Erschöpfung tot umfielen. Doch wenn man sie nicht nach Amerika schickte, wohin dann? Und würde es dort besser sein?

Als sie im Hof standen, sah Mary die anderen Gefangenen, die dort warteten, darunter Mary Haydon und Catherine Fryer, ihre alten Partnerinnen. Insgesamt waren es fünf Frauen und fünfzehn oder sechzehn Männer. Mary Haydon wandte den Kopf ab und blickte in eine andere Richtung, als sie Mary entdeckte, doch Catherine funkelte sie böse an. Ganz offensichtlich machten die beiden sie also immer noch für ihre missliche Lage verantwortlich.

Ein Richter, oder zumindest nahm Mary an, dass er einer war, weil er eine Perücke und einen Umhang trug, kam die wenigen Stufen in den Hof herunter, flankiert von zwei anderen Männern. Dann las er ihnen aus einem Stück Pergament vor.

Mary konnte nicht verstehen, was er da las. Sie hörte »... durch das Schwurgericht und aus den Gefängnissen unseres Herrn, des Königs ...« und dann eine lange Reihe von »Sirs«, die sie alle nicht kannte. Erst als ihr eigener Name fiel, spitzte sie wieder die Ohren. Bei den Worten »Seine Majestät hat sich in seiner unendlichen Güte dazu entschlossen, ihnen seine königliche Gnade zu gewähren« klopfte Marys Herz aufgeregt. Aber als der Richter weiterlas, verwandelte sich ihre Freude wieder in Angst, denn die Begnadigung war, wie Dick schon vermutet hatte, mit einer siebenjährigen Deportation verknüpft.

Nachdem der Richter den Gefängnishof verlassen und die Gefangenen dort mit den Wachen allein gelassen hatte, redeten sie aufgeregt miteinander, und ihre Freude darüber, nicht hängen zu müssen, mischte sich mit der Furcht davor, was die Deportation für sie bedeuten würde.

»Ich habe noch nie jemanden getroffen, der zurückgekommen ist«, sagte ein Mann düster. »Sie müssen alle gestorben sein.«

»Ich kenne einen Mann, der wieder nach Hause gekommen ist«, verkündete ein anderer laut. »Und er hatte sogar die Taschen voller Geld.«

Mary lauschte den hektisch hin und her geworfenen unterschiedlichen Meinungen. Während sie persönlich das Gefühl hatte, dass eine siebenjährige Strafe, wie hart sie auch immer sein mochte, nicht so schlimm sein konnte, wie gehängt zu werden, schien jeder im Hof sich mit dem Thema besser auszukennen als sie. Deshalb hatte es keinen Sinn, selbst etwas dazu zu sagen. Aber als die Frau, die neben ihr stand, zu weinen anfing, legte sie den Arm um sie, um sie zu trösten.

»Das ist besser, als zu sterben«, meinte sie leise. »Wir werden draußen an der frischen Luft sein, und wir können vielleicht sogar entkommen.«

Able, der vor ihr stand, musste ihre Worte gehört haben, denn er drehte sich zu ihr um. Auf seinem Gesicht lag ein spöttischer Ausdruck. »Falls wir nicht schon auf der Reise krepieren«, entgegnete er.

Mary dachte bei sich, dass er wahrscheinlich sowieso nicht mehr lange zu leben haben würde. Er hatte einen schrecklichen Husten, er war sehr dünn und der Einzige in der Zelle, der es nicht eilig hatte, wenn die tägliche Essensration – schimmeliges Brot – ausgegeben wurde.

»Solange ich noch atme, habe ich auch Hoffnung«, erwiderte sie unerschütterlich.

Weniger als eine Stunde später öffneten sich die Tore des Gefängnishofes, und zwei große, von Pferden gezogene Wagen wurden hereingebracht.

Die Gefangenen hatten sich alle darüber gewundert, warum man sie im Hof stehen ließ, aber niemand hatte erwartet, dass man sie schon an diesem Tag aus dem Exeter Castle wegbringen würde. Doch so war es offensichtlich geplant, und ohne weitere Verzögerungen kettete man sie jeweils zu fünft zusammen und befahl ihnen, in die Wagen zu steigen. Wieder befand sich Mary neben Catherine Fryer und Mary Haydon. Auf ihrer anderen Seite saßen die Frau, die sie vorher getröstet hatte – ihr Name lautete Elizabeth Cole –, und noch eine andere, die Elizabeth Baker hieß. Hinter ihrer Bank hockten fünf Männer, einer davon war Able.

Während der Wagen langsam aus Exeter hinausfuhr, wurde Mary von Catherine Fryer und Mary Haydon ständig beschimpft.

»Das ist deine Schuld«, wiederholte Catherine immer und immer wieder. »Du hast uns das eingebrockt.«

Elizabeth Cole, die sie Bessie nannten, drückte mitfühlend Marys Hand, und schließlich gebot sie den beiden Einhalt. »Haltet endlich die Klappe, ihr zwei«, fuhr sie sie an. »Wir stecken alle zusammen in diesem Schlamassel, ob wir wollen oder nicht. Es hat keinen Sinn, Mary die Schuld zu geben. Ihr wärt doch irgendwann sowieso gefasst worden. Außerdem wollen wir anderen diesen ganzen Mist nicht mehr hören.«

Mary war gerührt über Bessie Coles Einmischung. Bessie sah seltsam aus; sie war rothaarig und sehr dick, mit einem schief stehenden Auge und mehreren fehlenden Zähnen, aber sie war mutig genug gewesen, ihre Meinung zu sagen, und das ließ ahnen, dass sie nicht so unterwürfig war, wie sie aussah.

Die Männer hinter ihnen stimmten alle zu, und vielleicht brachte das die beiden Frauen endlich dazu aufzuhören, denn sie verfielen in Schweigen.

Nach einer Weile stieß einer der Männer in der Reihe hinter ihnen Mary an. »Flirte mit dem Wachmann, damit er dir sagt, wohin wir fahren«, raunte er.

»Warum ich?«, flüsterte sie zurück.

»Du bist die Hübscheste«, erwiderte er.

Bis zu diesem Moment hatte Mary wirklich geglaubt, über keinerlei Vorzüge zu verfügen – sie hatte kein Geld, keinen Besitz, mit dem sie jemanden bestechen konnte, und keine einflussreichen Freunde. Alles, was sie besaß, waren die Kleider, die sie am Leibe trug, und die waren abgetragen und schmutzig. Aber während sie die Reihe der Frauen betrachtete, sah sie, dass sie jünger, gesünder und stärker war als sie alle.

Catherine und die andere Mary hatten schon jahrelang von Diebstahl gelebt, bevor Mary sie kennengelernt hatte. Damals hatte sie sich von ihren farbenprächtigen Kleidern täuschen lassen und geglaubt, sie wären ihr in jeder Hinsicht überlegen. Aber billige Seide machte sich nicht gut, jedenfalls nicht im Gefängnis, und ihre verhärmten Gesichter und ihre graue Haut, der hoffnungslose Ausdruck ihrer Augen und ihre Gossensprache zeigten, was sie tatsächlich waren. Was Bessie und Elizabeth anging, so wusste Mary zwar nicht, was sie verbrochen hatten oder aus welchen Verhältnissen sie stammten, aber sie sahen beide so erschöpft und abgearbeitet aus wie die Ärmsten der Armen daheim in Fowey.

Und auf einmal sah sie ihre Chance. Sie war jung und stark; kein Mann hatte sie bis jetzt berührt. Sie wusste, dass sie schlauer war als die meisten, und sie war entschlossen.

So wartete sie, bis Bessie sich mal erleichtern musste, und als alle Frauen vom Wagen gestiegen waren, stellte Mary sich so hin, dass sie ihre Freundinnen mit ihrem Rock vor den Blicken des Wachmanns abschirmte, und lächelte ihn freundlich an.

»Wohin bringen Sie uns eigentlich?«, fragte sie. »Zurück ins Gefängnis nach Plymouth oder direkt auf ein Schiff nach Amerika?«

Der Wachmann war ein Mann mit einem harten Gesicht, braunen, abgebrochenen Zähnen und einem abgenutzten Hut, den er sich über seine schmalen Augen gezogen hatte.

»Ihr landet auf einem Gefängnisschiff in Devonport«, meinte er mit einem teuflischen Grinsen. »Schätze, viel weiter werdet ihr nicht kommen.«

Mary keuchte auf. Sie hatte vielleicht noch kein Gefängnisschiff gesehen, aber sie kannte deren schrecklichen Ruf. Es waren alte Kriegsschiffe, die an Flussmündungen und Buchten festgemacht waren, die Antwort der Regierung auf überfüllte Gefängnisse. Die Verantwortung dafür war an Privatpersonen übergeben worden, deren einziges Interesse es war, so viel Profit wie möglich aus jedem Gefangenen zu ziehen. Es hieß, dass die Unglücklichen, die dort landeten, entweder verhungerten oder sich im ersten Jahr zu Tode arbeiteten. Denn um einen Nebenerwerb zu haben, zwangen die Betreiber dieser schrecklichen Höllenlöcher die Gefangenen, wie Sklaven an Land zu arbeiten, normalerweise um Befestigungen am Ufer zu bauen.

»Ich dachte, Frauen würden dort nicht hingeschickt«, wandte sie mit zitternder Stimme ein.

»Die Zeiten ändern sich.« Er grinste wieder. »Du putzt dich besser raus, wenn du da lebendig rauskommen willst.«

Mary schluckte und sah ihm in die Augen. Wachen wurden zu hart bestraft, als dass sie es gewagt hätten, jemanden laufen zu lassen, wie »nett« eine Gefangene auch zu ihnen sein mochte. Das wusste Mary. Doch dieser Wachmann glaubte vielleicht, sie wäre dumm genug, sich wider besseres Wissen an ihn heranzumachen in der Hoffnung, er würde ihr im Gegenzug zur Flucht verhelfen.

»Aber der Richter sagte, wir würden deportiert.« Sie zwang ein paar Tränen aus ihren Augen.

»Das werdet ihr auch«, antwortete er, und seine Stimme wurde weicher. »Doch seit dem Krieg können sie niemanden mehr nach Amerika schicken. Sie haben es mit Afrika versucht, aber das hat nicht funktioniert. Jetzt sprechen alle von einem Ort namens Botany Bay, doch der liegt auf der anderen Seite der Welt.«

Mary erinnerte sich dunkel daran, wie einer der Seeleute in der Hafentaverne, in der sie einmal gearbeitet hatte, etwas über einen Captain Cook erzählt hatte, der für England ein Land am anderen Ende der Welt erobert hatte. Sie wünschte sich jetzt, sie hätte besser zugehört, aber damals war es ihr genauso unwichtig erschienen wie die Frage, ob König George tatsächlich verrückt war oder was die großen Damen zu den Bällen in London trugen. »Glauben Sie, man schickt uns dorthin?«, hakte sie nach.

Er zuckte die Schultern und fuhr die anderen Frauen an, die sich um Mary scharten, um seine Antwort zu hören: »Los, zurück in den Wagen!«, befahl er barsch. »Wir müssen vor Einbruch der Dunkelheit noch ein paar Meilen hinter uns bringen.«

Als sie wieder im Wagen saßen, beschloss Mary, dass es keinen Sinn hatte, an etwas anderes als die Gegenwart zu denken. Es war vielleicht unbequem im Wagen, aber hier draußen in der Frühlingssonne war es allemal angenehmer als in einem stinkenden Gefängnis. Sie würde die Augen nach einer Fluchtmöglichkeit offen halten.

Vor Devonport bot sich ihr bestimmt keine Möglichkeit zur Flucht, überlegte sie. Wenn es die Wachen auf dieser Reise genauso handhaben würden wie die auf dem Weg von Plymouth nach Exeter, dann würden sie und ihre Mitgefangenen die ganze Zeit über aneinandergekettet bleiben.

Doch es gab eine vage Möglichkeit, dass ihnen die Ketten abgenommen wurden, wenn man sie mit dem kleinen Boot hinaus zu dem Gefängnisschiff ruderte. Wenn es so sein sollte, konnte sie ins Wasser springen und wegschwimmen. Mary lächelte in sich hinein. Es war eine sehr vage Hoffnung, aber sicher würde keiner der Wachmänner mit einem solchen Fluchtversuch rechnen. Schließlich konnten die wenigsten Leute schwimmen, selbst Seeleute wie ihr Vater nicht.

Den Gedanken ans Schwimmen empfand Mary als angenehm, weil sie dann den Gefängnisgestank abwaschen und versuchen konnte, einen Küstenabschnitt zu erreichen, den sie gut kannte. Diese Aussicht war jedes Risiko wert, und selbst wenn ihr der Sprung ins Wasser vom Ruderboot aus nicht gelingen würde, konnte sie vielleicht nachts vom Gefängnisschiff springen.

Doch während die Schatten des Nachmittages immer länger wurden und es kälter wurde, verließ Mary wieder der Mut. Selbst wenn sie entkam, wohin sollte sie gehen? Sie konnte nicht zurück nach Cornwall, dort würde man sie sofort wieder verhaften. Und wie sollte sie ohne Geld und in schmutzigen Kleidern und löchrigen Stiefeln irgendwo anders hinkommen?

Als es dämmerte, plagten Mary schreckliche Schmerzen, und sie hatte nur noch den einen Wunsch: sich hinzulegen. Selbst bei der kleinsten Bewegung von ihr oder ihren Mitgefangenen schnitten die Eisenbänder in ihre Knöchel. Sie hatte ein Stück aus ihrem Unterrock gerissen, um es als Polster unter das Eisen zu schieben, doch die Baumwolle war jetzt ganz hart von getrocknetem Blut und rieb an ihren Wunden, anstatt sie zu schützen. Ihr Magen schmerzte vor Hunger, ihr Rücken war so steif, dass sie bezweifelte, überhaupt laufen zu können, und sie zitterte vor Kälte.

Vier Tage später, als der Wagen schließlich Devonport erreichte, waren Marys Mitgefangene zu demoralisiert, um überhaupt auf den Anblick des Gefängnisschiffes zu reagieren, das draußen im Fluss vor Anker lag. Es hatte während der vergangenen zwei Tage ständig geregnet, und sie waren alle völlig durchnässt. Viele von ihnen hatten Fieber, und alle waren erschöpft, weil sie durch die Kälte in den Scheunen und Hütten, in denen man sie hatte übernachten lassen, kaum Schlaf hatten finden können.

Heute hatte sich niemand auf dem Wagen unterhalten. Man hörte nur Stöhnen, Niesen, Husten, Schniefen und das Rasseln der Ketten, während sie alle vergeblich versuchten, eine bequemere Position zu finden. Able war jetzt ernsthaft krank, er konnte nicht mehr aufrecht sitzen, und nach jedem schlimmen Hustenanfall spuckte er Blut.

»Das ist euer neues Zuhause, die *Dunkirk*«, meinte der Wachmann, der sich auf seinem Sitz umgedreht hatte und nun mit einem bösen Grinsen auf das alte Schiff im Fluss deutete. »Sie ist keine Schönheit, das steht fest, aber ihr seid ja auch nicht besonders schön.«

Mary hatte genauso gelitten wie ihre Mitgefangenen, doch ob es nun daran lag, dass sie die Jüngste und von Anfang an die Gesündeste gewesen war, oder daran, dass ihre Fluchtgedanken sie abgelenkt hatten – sie war jedenfalls die Einzige, die der Anblick des Schiffes wirklich mitnahm.

Mit seinen zu Stümpfen abgesägten Masten und von feinem Flussnebel umgeben, wirkte es wie ein altes Wrack, das auf einen guten Sturm wartete, um darin zerschmettert zu werden. Aber noch schlimmer als der Anblick des Schiffes war der faulige Gestank, der von dort zu ihnen herübergetragen wurde.

Mary zitterte bereits so schlimm, dass ihre Zähne klapperten, doch sie spürte, wie ihr ein noch kälterer Schauer über den Rücken rann, und ihr leerer Magen zog sich zusammen, als müsste sie sich übergeben. Das hier, das spürte sie, würde wirklich die Hölle sein, hundert Mal schlimmer als das Exeter Castle.

Sie hatte geglaubt, die Hölle bereits hinter sich gebracht zu haben, und war froh gewesen, als man sie in die frische Luft und den Sonnenschein hinausgeführt hatte. Aber schon bald hatte sie sich ins Castle zurückgewünscht. Spät in der vergangenen Nacht, als sie vor Kälte und Nässe fror, der Hunger sie plagte und ihr jeder Knochen im Leib schmerzte, hätte sie sogar einen Strick um den Hals akzeptiert, um das alles zu beenden. Und jetzt schien es, als warteten noch schrecklichere Qualen auf sie.

»Nützt nichts, so zu gucken«, spottete der Wachmann und lehnte sich in seinem Sitz zurück, um Mary mit seinem Stock einen Schlag zu versetzen. Er hatte bereits einige von ihnen geschlagen, wenn sie zu lange gebraucht hatten, um auf den Wagen oder von ihm herunterzukommen. »Das da draußen ist die Bestrafung für eure Sünden. Ihr verdient es.«

Ein paar Tage zuvor hätte Mary ihn noch verflucht, ihm ins Gesicht gespuckt oder sogar nach ihm geschlagen, aber ihr Kampfgeist war erloschen.

»Werden wir jetzt dort hinübergebracht?«, fragte sie stattdessen, denn ihr wacher Verstand riet ihr, dass sie sich besser gut mit ihm stellen sollte.

»Nein, dafür ist es zu spät«, antwortete er und berührte die Pferde mit der Peitsche, um ihnen zu bedeuten, wieder anzuziehen. »Ihr schlaft noch eine Nacht in einem alten Lagerhaus.«

Nicht nur die Gefangenen von den beiden Wagen aus Exeter übernachteten in dem ehemaligen Lagerhaus. Sie waren gerade erst hineingegangen und hatten sich auf den dreckigen Boden sinken lassen, als die Türen sich wieder öffneten und ein weiteres Dutzend Gefangener zu ihnen stieß.

Ihr Zustand war noch schlechter als der von Marys Begleitern, denn sie waren den weiten Weg von Bristol gekommen. Ihre Kleidung bestand nur noch aus Lumpen, sie schienen alle zu fiebern, und Mary sah Wundbrand auf einer tiefen Wunde am Bein eines Mannes. Der Gestank war unverkennbar.

Es gab einen schwachen Versuch, sich zu unterhalten; es wurden Fragen gestellt über Freunde, die im Exeter Castle oder Bridewell in Bristol einsaßen, aber eigentlich beschäftigte alle nur die Frage, wie lange sie wohl auf dem Gefängnisschiff bleiben mussten, bis man sie deportierte.

»Ich hab gehört, ein paar Leute sind aus Gravesend geflohen«, behauptete ein grimmig aussehender Mann aus Bristol. »Die Wachen haben das Feuer auf sie eröffnet und ein paar getötet, aber der Rest ist davongekommen. Seitdem bleiben alle in Ketten.«

Bessie, die neben Mary saß, begann zu weinen. »Die könnten uns genauso gut hängen«, schluchzte sie. »Ich ertrage nicht noch mehr.«

Derselbe Gedanke war auch Mary durch den Kopf geschossen, doch als sie Bessies völlige Niedergeschlagenheit sah, schob sie ihn hastig beiseite. »Wir schaffen das schon«, beharrte sie, legte den Arm um die Frau und zog sie dicht an sich. »Uns ist nur kalt, wir sind durchnässt und hungrig. Deshalb können wir nicht mehr klar denken. In ein oder zwei Tagen sieht das alles schon anders aus.«

»Du bist so mutig«, flüsterte Bessie. »Hast du denn gar keine Angst?«

»Nein«, erwiderte Mary ohne Zögern. »Jetzt, wo ich weiß, dass ich nicht gehängt werde, nicht mehr.«

Später in dieser Nacht, während Mary mit den anderen Frauen zusammenlag und verzweifelt versuchte, etwas Wärme an ihren Körpern zu finden, wurde ihr klar, dass sie wirklich keine Angst hatte. Sie war wütend darüber, dass Menschen andere Menschen so grausam behandelten, schämte sich für das Verbrechen, das sie hergebracht hatte, und sorgte sich darüber, was sie wohl als Nächstes erwartete. Aber sie hatte keine Angst. Wenn sie recht darüber nachdachte, hatte sie eigentlich noch nie vor irgendetwas Angst gehabt. Sie hatte sich mit sechs Jahren selbst das Schwimmen beigebracht, indem sie sich immer wieder ins Wasser hatte fallen lassen. Nachdem sie herausgefunden hatte, wie man den Kopf oben behielt, ängstigte sie das Meer nicht mehr. Oder sonst irgendetwas. Sie war diejenige gewesen, die immer Mutproben bestanden und die das Risiko gereizt hatte. Auch als sie damals herausgefunden hatte, wie Thomas seinen Lebensunterhalt verdiente, war sie nicht entsetzt gewesen – es war ihr nur wagemutig erschienen, wie ein großer Spaß.

Sie erinnerte sich daran, dass ihr Vater immer ihre Intelligenz gelobt hatte. Mary war stets klüger als Dolly und ihre gleichaltrigen Freunde gewesen. Sie besaß eine schnelle Auffassungsgabe, interessierte sich dafür, wie Dinge funktionierten, und beschaffte sich die nötigen Informationen. Sie konnte ihren Vater noch hören, wie er in der Nachbarschaft angab. »Fowey ist viel zu langweilig für meine Mary! Ich hab keinen Zweifel daran, dass sie eines Tages heimkommt, nachdem sie in der Fremde ein Vermögen gemacht hat.«

Würde er noch mit erhobenem Kopf durch das Dorf gehen können, wenn ihr registriertes Vergehen und ihre Strafe im *Wes-*

tern Flyer bekannt gemacht wurden? Er selbst konnte nicht lesen, doch es gab genug Leute in Fowey, die es konnten und die ihm eine so schockierende Neuigkeit nur zu gerne überbringen würden.

Zu wissen, dass sie nur rund vierzig Meilen von zu Hause entfernt war, ließ Marys Heimweh fast unerträglich werden. Sie konnte ihre Mutter vor sich sehen, wie sie in ihrem Sessel vor dem Kamin saß und irgendetwas nähte. Mary ähnelte ihr äußerlich; sie besaß das gleiche volle, lockige Haar, das ihre Mutter sich dicht um ihren Kopf flocht, und die gleichen grauen Augen. Als Mary klein gewesen war, hatte ihre Mutter sich abends immer die Zöpfe aufgebunden und war mit den Fingern hindurchgefahren, bis ihr das Haar wie ein dunkler, schimmernder Fluss über die Schultern gefallen war. Das verwandelte sie von einer ganz normalen Frau in eine Schönheit, und Mary und Dolly fragten sie oft, warum sie ihr Haar nicht immer offen trug, damit die Leute es bewundern konnten.

»Eitelkeit ist eine Todsünde«, antwortete ihre Mutter dann, doch sie lächelte stets, als freute sie sich über ihr kleines Schönheitsgeheimnis, von dem nur ihre eigene Familie wusste. Ihre Gefühle behielt sie genauso für sich, und die Mädchen hatten schon früh gelernt, ihre Mutter nur anhand ihrer Handlungen einzuschätzen. Wenn sie wütend war, klapperte sie mit den Töpfen und schürte energisch das Feuer; wenn sie sich Sorgen machte, schwieg sie. Sie zeigte ihre Zuneigung nur, indem sie den Mädchen zart über die Wange strich oder kurz ihre Schulter drückte. Doch jetzt, da Mary wusste, dass sie ihre Mutter niemals wiedersehen würde, kamen ihr diese kleinen Gesten so wertvoll und wichtig vor.

Sie erinnerte sich daran, wie ihre Mum sie an jenem letzten Morgen in Fowey umarmt hatte. Sie hatte die Umarmung nicht wirklich erwidert, denn sie hatte so dringend fortgewollt. So würde ihre Mutter sich jetzt an sie erinnern: an eine Tochter, die sorglos kichernd ging … um niemals zurückzukehren.

2. Kapitel

Zum Glück hatte es aufgehört zu regnen, als man den Gefangenen am folgenden Morgen befahl, aus dem Lagerhaus zu kommen. Aber der Himmel war immer noch grau, und der scharfe Wind vom Fluss ließ sie auf der Suche nach Wärme näher aneinanderrücken.

Zum Frühstück hatte es nichts als Wasser und einen Laib altes Brot gegeben, und als Mary hinüber zu dem Gefängnisschiff *Dunkirk* blickte und erkannte, dass es tatsächlich so heruntergekommen war, wie es gestern in der Dämmerung gewirkt hatte, nahm sie an, dass die Verpflegung dort nicht besser sein würde.

Dennoch war sie etwas zuversichtlicher als am Tag zuvor. Trotz ihrer nassen Kleider hatte sie ziemlich gut geschlafen, und zumindest würden sie heute nicht weiterreisen müssen. Sie dachte, dass eine Flucht im Moment völlig außer Frage stand. Abgesehen von ihren Ketten, von denen sie jetzt bezweifelte, dass man sie ihnen abnehmen würde, waren am Kai viele aufmerksame Marinesoldaten postiert, die alle Musketen trugen.

Dutzende von Booten in allen Größen schwammen auf dem Wasser, brachten Passagiere über den Fluss oder transportierten Waren zu den größeren Schiffen, die im tieferen Wasser ankerten. Mary konnte das Gefängnisschiff heute nicht riechen, aber ob das daran lag, dass der Wind gedreht hatte, oder ob sie sich den Gestank am Vortag nur eingebildet hatte, vermochte sie nicht zu sagen. Es war gut, wieder salzige Luft einzuatmen, und wenn sie ihre Mitgefangenen und ihren Hunger ignorierte und sich nur auf den Anblick des Wassers, die Geräusche und die Gerüche konzentrierte, war es fast, als wäre sie wieder zurück in Fowey.

Gegen Mittag wartete Mary immer noch am Kai; nach wie vor war sie an die anderen Frauen gekettet. Bis jetzt waren mehrere kleine Gruppen von männlichen Gefangenen hinüber zur *Dunkirk* gerudert worden, und sie hatten sie über die Leiter an Deck klettern und dann aus ihrem Blickfeld verschwinden sehen. Aber das Interesse der Frauen an dieser Prozedur war längst geschwunden. Die meisten versuchten, ihr Aussehen zu verbessern, indem sie ihr Haar kämmten oder flochten oder sich um die Wunden an ihren Knöcheln kümmerten, und diejenigen von ihnen, die Sachen dabeihatten, suchten nach einem anderen Kleid oder einem Unterrock.

Mary besaß nichts außer einem Kamm, der ihr von einer Mitgefangenen in Exeter geschenkt worden war. Deshalb musste sie ihre Verschönerung darauf beschränken, so viele Läuse wie möglich aus ihrem Haar zu entfernen. Man hatte ihnen am Morgen keinen Eimer Wasser zur Verfügung gestellt, sodass sie sich nicht einmal Gesicht und Hände hatten waschen können. Dabei sehnte sie sich danach, ihre schmutzigen Kleider ausziehen und sich von Kopf bis Fuß zu waschen. Seit ihrer Verhaftung war das nicht mehr möglich gewesen, und sie hatte das Gefühl zu stinken.

Die anderen Frauen schienen sich nicht darum zu scheren, wie schmutzig sie waren, doch Mary hatte nach ihrem Weggang von zu Hause auch schnell feststellen müssen, dass die Reinlichkeit, die ihre Mutter sie gelehrt hatte, nicht sehr verbreitet war.

Als sie Bessie anvertraute, wie sie sich fühlte, betrachtete die andere Frau sie misstrauisch. »So schlimm können wir nicht aussehen«, meinte sie. »Die Soldaten da drüben schauen ständig zu uns rüber.«

Mary betrachtete die Gruppe von Männern verstohlen und stellte fest, dass man ihr besondere Beachtung schenkte. Sie fand, dass rote Jacken, eng sitzende weiße Hosen und glänzend polierte Stiefel jedem Mann, wie hässlich er auch war, einen unfairen Vorteil gegenüber Zivilisten verschafften. Aber sie war nicht so dumm zu glauben, dass die Soldaten sie ansahen, weil sie besonders attraktiv war.

Mary war mit Seeleuten aufgewachsen. Wenn sie von einem Schiff kamen, sahen sie sich als Erstes nach einer Frau um, das wusste Mary. Die meisten landeten bei Huren und infizierten sich dadurch ziemlich sicher mit Krankheiten.

Diese Marinesoldaten waren in einer etwas anderen Position als die Matrosen. Sie bewachten die Gefangenen, Männer und Frauen, hier und später auf dem Deportationsschiff. Ganz bestimmt wussten sie, wie wenig Landgang sie erhalten würden. Deshalb hofften sie, unter diesen zerlumpten, demoralisierten Frauen eine zu finden, die ihre sexuellen Bedürfnisse befriedigte. Ein junges, gesundes Mädchen vom Land erschien ihnen in dieser Hinsicht wohl ideal. Doch Mary würde sich eher in Ketten von der *Dunkirk* werfen, bevor sie sich auf diese Weise benutzen ließ.

Erst am Nachmittag wurde Marys Gruppe zum Gefängnisschiff hinübergerudert. Die Ketten, die sie aneinander fesselten, waren entfernt worden, doch es lagen immer noch Eisenbänder um ihre Knöchel und Hüften. Während sie sich dem Gefängnisschiff näherten, sah Mary, dass die Seiten mit grünen, schleimigen Algen überzogen waren, und der Gestank von menschlichen Ausscheidungen wuchs stetig, bis die Frauen zu würgen begannen.

Als sie die rutschige Leiter hinaufgestiegen waren, mussten sie sich in einer Reihe aufstellen. Sie wurden untersucht und gemessen, und ihre Verbrechen wurden aufgelistet.

»Mary Broad«, sagte ein junger Marinesoldat und befahl ihr, sich vor ein Maßband zu stellen, das an einem abgebrochenen Mast befestigt war. »Ein Meter zweiundsechzig«, rief er einem anderen Mann zu, der es aufschrieb. »Graue Augen, schwarzes Haar, keine auffälligen Narben. Verbrechen: Straßenraub. Sieben Jahre Deportation.«

Sobald die ganze Gruppe auf ähnliche Weise abgefertigt worden war, reichte man jeder von ihnen eine abgewetzte, stinkende Decke. Dann wurde eine Luke geöffnet, und Matrosen schubsten sie grob einen steilen Niedergang hinunter. Bessie stolperte über ihre Kette und fiel mit einem schmerzerfüllten Aufschrei das letzte Stück. Sie standen schließlich in einem schmalen Gang, der offenbar in die Quartiere der Wachleute führte. Dann wurde eine weitere Luke geöffnet.

Der Gestank, der ihnen entgegenschlug, traf die Frauen wie eine Wand, und sie wichen alle instinktiv ein Stück zurück, Entsetzen auf den Gesichtern. Jede von ihnen hatte sich während der vergangenen Wochen an Dreck aller Art gewöhnt, aber das hier übertraf alles bisher Erlebte.

»Rein da«, rief der Wachmann und schlug sie mit einem Stock, um sie zu zwingen, den Niedergang hinunterzugehen. »Ihr gewöhnt euch dran. Haben wir auch.«

Mary wollte nicht, doch der Wachmann ließ den Stock auf ihre Schulter sausen und zwang sie durch die Luke hinunter in das, was der Laderaum gewesen sein musste, als das Schiff noch in Betrieb gewesen war. Das Erste, was Mary sah, war ein Meer von geisterhaft weißen Gesichtern, und als sich ihre Augen an die Dunkelheit gewöhnt hatten, erkannte sie an der Wand eine Reihe von Holzpritschen, auf denen sie schlafen sollten, offenbar jeweils zu viert auf einer. Ein bisschen Luft und Licht drangen durch geöffnete Luken an der seewärtigen Seite des Schiffes und ein weiteres Gitter am anderen Ende, durch das Mary die Quartiere der männlichen Gefangenen erkennen konnte. Der schreckliche Gestank stieg vom Boden auf, auf dem der Inhalt von überlaufenden Toiletteneimern schwamm. Offensichtlich wurde dieser Ort niemals gesäubert.

Das bedeutete, dass Ratten, Ungeziefer und Läuse zu Hunderten bei den Frauen lebten, überlegte Mary. Man brauchte ihre verhärmten, grauen Gesichter, ihr strähniges Haar und ihre knochigen Körper nur anzusehen, um zu wissen, dass man sie hier hungern ließ. Sollte nachts ein Fieber hier wüten, würde es sie unter diesen Bedingungen alle dahinraffen.

Nur mit Glück würde sie an diesem Ort bis zu ihrer Deportation überleben.

Ein oder zwei Stunden später war Mary genauso verzweifelt wie alle anderen. Stöhnen, Seufzen und Weinen erfüllte den ehemaligen Laderaum, und manchmal erscholl das geisteskranke Schreien einer Frau, die offensichtlich verrückt geworden war. Eine Gefangene stillte ein neugeborenes Baby, und man erzählte Mary, dass die anderen Frauen ihr hier unten bei der Entbindung geholfen hatten.

Die Decke war so niedrig, dass man nicht aufrecht stehen konnte. Deshalb mussten sie entweder sitzen oder sich auf die Holzpritschen legen. Als man ihnen das Abendessen, eine dünne, mehlige Suppe und altes Brot, brachte, kämpften die Frauen darum, und als es Mary endlich gelang, den Topf zu erreichen, war er völlig leer. Die Ratten warteten nicht einmal, bis es ganz dunkel war, und liefen über die Balken und unter den Pritschen entlang; sie sprangen sogar über die Körper der Gefangenen.

Aber besonders schlimm fand Mary, dass es keine Aussicht auf Besserung gab. Wie sie erfahren hatte, erlaubte man ihnen nicht, an Deck zu gehen. Ihr Quartier wurde tatsächlich niemals gereinigt, ihre Sachen konnten sie nicht waschen, und die Toiletteneimer wurden nur einmal am Tag geleert.

Mary schlief schließlich ein, eingeklemmt zwischen Bessie, die direkt an der Schiffswand lag, und einem Mädchen namens Nancy, das erst vierzehn war. Außen auf ihrer Pritsche schlief Anne, eine Frau von fünfzig Jahren.

Es muss einen Weg geben, um dieser Hölle zu entkommen, war Marys letzter Gedanke, bevor der Schlaf sie übermannte. Die anderen Frauen beharrten zwar darauf, dass es keinen gab, aber soweit sie sehen konnte, waren sie alle nicht besonders klug.

Sie, Mary Broad, würde einen Weg finden.

Während der nächsten Tage beobachtete Mary ihre Mitgefangenen und hörte ihnen zu. Ihr ganzes Wesen sehnte sich danach, sich auf den Boden zu werfen und zu schreien, man solle sie hier herauslassen. Sie wollte lieber darum flehen, gehängt zu werden, als das hier weiter zu ertragen. Aber sie wusste, dass sie sich unter Kontrolle haben musste. Sie musste ruhig bleiben, etwas über die Abläufe auf dem Schiff lernen und die anderen Frauen beobachten, damit sie mit Wissen bewaffnet war.

Ihr fiel auf, dass viele der Frauen so verzweifelt über ihre Lage waren, dass sie sich kaum von ihrem Platz erhoben oder sprachen. Wahrscheinlich hofften sie darauf, schnell zu sterben, um erlöst zu werden.

Am Anfang fühlte Mary mit ihnen, doch während sie ihre Gefangenschaft langsam zu akzeptieren begann und die Frauen näher kennenlernte, die immer noch einen Funken Leben und Hoffnung in sich trugen, veränderten sich ihre Gefühle den anderen gegenüber in Verachtung und Wut.

Fast alle Frauen, die noch sprachen und sogar manchmal einen Grund zum Lachen fanden, waren wegen Diebstahls verurteilt. Nancy, die Vierzehnjährige, hatte in dem Haus in Bodmin, in dem sie als Magd gearbeitet hatte, Essen gestohlen und es ihrer Familie gebracht. Anne hatte ein Kleid aus der Wäscherei in Truro mitgehen lassen, in der sie beschäftigt gewesen war. Es gab eine Frau, die für einen Taschendieb Schmiere gestanden hatte, und eine andere hatte eine Decke von einer Wäscheleine genommen, auf der sie zum Lüften gehangen hatte. Noch eine andere hatte ein paar Silberlöffel gestohlen. Keine der Frauen war eine richtige Kriminelle, alle hatten nur etwas genommen, weil sich die Gelegenheit geboten hatte, und alle hatten aus Not so gehandelt.

Als Mary gestand, wegen Straßenraubes verurteilt worden zu sein, sah sie die Ehrfurcht auf den Gesichtern der anderen. Im Exeter Castle hatte sie gelernt, dass es eine Hierarchie der Verbrechen gab, und ein Straßenraub stand ganz oben auf der Liste. Mary kam es ein bisschen absurd vor, den Diebstahl eines Hutes und einiger Schachteln mit dem Auflauern von Kutschen zu vergleichen. Aber wahrscheinlich hatte sie juristisch gesehen tatsächlich einen Straßenraub begangen und keinen normalen Diebstahl.

Zwar wusste sie, dass sie tatsächlich genauso war wie die anderen Frauen – nur ein Mädchen vom Land, das vom Weg abgekommen war –, doch es war besser, das für sich zu behalten, das wusste sie. Unter Gefangenen war Ansehen genauso wichtig für das Überleben wie Wasser und Brot. Und sie war entschlossen, das für sich zu nutzen.

Und noch etwas fiel ihr auf: Nicht alle Frauen waren schmutzig und zerlumpt. Vier von ihnen trugen einigermaßen anständige Kleider, ihr Haar sah aus, als wäre es erst kürzlich gewaschen worden, und sie waren kräftiger und weniger ausgezehrt. Aufgrund ihres Aussehens und der Tatsache, dass ihnen einige der anderen Frauen die kalte Schulter zeigten, brauchte Mary nicht lange, um eins und eins zusammenzuzählen: Diese Frauen hatten Freunde unter den Wachleuten und Marinesoldaten. Offensichtlich verkauften sie ihren Körper für mehr Essen und bessere Kleidung.

»Sie sollten sich was schämen«, rief eine alte Frau und schürzte verächtlich die Lippen. Sie hustete sehr stark und litt offensichtlich an Schwindsucht. »Dreckige Huren!«

Mary hatte immer geglaubt, jede Frau, die ihren Körper verkaufte, wäre bis in alle Ewigkeit verdammt. In Plymouth hatte sie Huren mit Matrosen in Gassen herummachen sehen und gehört, was für schreckliche Krankheiten sie übertrugen, und ihr war schlecht gewesen vor Ekel.

Doch während die Tage auf der *Dunkirk* langsam verstrichen und das Entsetzen eher noch wuchs, als schwächer zu werden, fing sie an, die Sache etwas anders zu sehen. Natürlich war es immer noch der sicherste Weg zu Hölle und Verdammnis, wenn man seinen Körper für Essen und ein sauberes Kleid verkaufte. Aber war sie nicht schon in der Hölle? Mary hatte vor, um jeden Preis zu überleben, und wenn sie ihre Unschuld opfern musste, um nicht elendiglich zu verhungern, dann war sie sogar dazu bereit.

Es war nicht nur das Verlangen nach mehr Essen und der Möglichkeit, ab und zu aus diesem stinkenden Laderaum an die frische Luft zu kommen. Vor allem dachte Mary an Flucht, und dafür musste sie die Ketten loswerden. Es gab zwar keine Garantie, dass ihr Liebhaber sie ihr abnehmen würde. Dennoch hoffte sie, ihn dazu überreden zu können. Vielleicht half er ihr sogar bei der Flucht, wenn er anfing, sie zu mögen.

Traurigerweise hatte sie überhaupt keine Ahnung, wie sie an einen ›Freund‹ oben an Deck kommen sollte. Die hässlichen Kerle, die hereinkamen, um die Toiletteneimer zu leeren oder ihnen das Essen zu bringen, hatten den niedrigsten Rang innerhalb der Crew, aber sie waren die Einzigen, zu denen sie Kontakt hatte, und das auch nur kurz.

Am Ende der dritten Woche verzweifelte sie immer mehr. Ihr zwanzigster Geburtstag war Ende April verstrichen, und der Maifeiertag mit all den glücklichen Erinnerungen an Dorffeste ließ ihr Herz noch schwerer werden. Sie stand den ganzen Tag lang an der offenen Luke und blickte auf das Meer hinaus, beobachtete, wie die Sonne auf dem Wasser glitzerte, und sehnte sich so sehr danach, dort draußen zu sein, dass sie glaubte, den Verstand zu verlieren.

Sie kannte jetzt die Namen aller vierzig Frauen, wusste, woher sie kamen, was sie verbrochen hatten und was mit ihren Familien war. Sie hatte sogar bemerkt, dass sich Catherine Fryers und Mary Haydons Haltung ihr gegenüber veränderte. Vielleicht weil sie sahen, dass sie stärker und klüger war als die anderen, und sie zu dem Schluss gelangt waren, sich besser auf die Seite des Gewinners zu stellen.

Mary hatte auch mit einigen männlichen Gefangenen gesprochen, indem sie durch das Gitter hinübergerufen hatte. Weil sie oft zum Arbeiten an Land gingen, kannte sie jetzt die Namen einiger Offiziere an Bord, die als menschlich galten.

Kapitänleutnant Watkin Tench war einer, auf den Mary besonders aufmerksam geworden war. Die Männer sagten, er sei jung, und sie fanden ihn fair und vernünftig. Ein intelligenter Mann, der selbst während des Amerikanischen Unabhängigkeitskrieges in Gefangenschaft gesessen hatte. Er schien perfekt geeignet für Marys Plan, doch sie hatte noch keine Ahnung, wie sie seine Aufmerksamkeit erringen sollte.

Sie hatte vor allem die Freundschaft der Frauen gesucht, die von den anderen als Huren bezeichnet wurden. Das war nicht schwer, denn sie waren sehr froh, wenn sich jemand für sie interessierte, und Mary entdeckte, dass sie fast alle so wie sie selbst waren, ein bisschen abenteuerlustig, amüsanter als die anderen Frauen und warmherzig.

Aber obwohl sie ihr oft Essen zusteckten oder eine neue Schleife für ihr Haar und ihr auch Stoff gaben, wenn sie menstruierte, sprachen sie nicht über ihre Liebhaber oder darüber, wie sie überhaupt ihr Interesse geweckt hatten. Mary konnte das verstehen. Sie wollten kein Risiko eingehen, ihre Männer und die damit verbundenen Privilegien an eine der Mitgefangenen zu verlieren.

Mary hatte schon daran gedacht, einen Streit mit einer anderen Frau anzufangen und einen solchen Aufstand zu veranstalten, dass man sie aus dem Laderaum nach oben bringen würde. Aber wahrscheinlich wurde sie dann dafür ausgepeitscht, und selbst wenn sie Tench dabei begegnete, war es unter diesen Umständen unwahrscheinlich, seine Sympathie gewinnen zu können.

Eines Abends wurden der Suppentopf und das Brot gebracht, und die Stärksten drängten wie immer nach vorn, um den Löwenanteil zu bekommen. Es war nur die Angst vor dem Verhungern, die diese Frauen um die Suppe kämpfen ließ. Sie war nämlich unerträglich kalt und wässrig, bestand hauptsächlich aus Gerste mit ein bisschen Gemüse und widerlichen Fleischstreifen. Es hatte mehrere Tage gedauert, bis Mary die Übelkeit überwunden und sich in der Lage gefühlt hatte, ihre Ellbogen einzusetzen, um ihren Anteil zu bekommen.

An diesem Abend stand sie an der Tür bei Lucy Perkins, einem Mädchen aus St. Austell, als die Männer kamen. Zum ersten Mal hatte sie einen Platz ganz vorn ergattert, um sich eine größere Portion zu sichern, aber während die Frauen hinter ihr zu schubsen und zu drängeln begannen, warf sie einen Blick zurück.

Es war ein Schock, die leidenden Gesichter derer zu sehen, die zu krank oder zu schwach waren, von ihren Pritschen aufzustehen und ihre Ration zu holen. Manche streckten ihre Schüsseln aus, aber ihre schwachen Rufe nach Hilfe gingen in dem allgemeinen Lärm unter, und ihre Not wurde von niemandem außer ihr bemerkt.

Mary hasste Ungerechtigkeit. Als sie erkannte, dass die stärkeren Frauen, die in der Lage waren, sich ihren Weg nach vorne zu erkämpfen, die schwächeren zum Tode verurteilten, indem sie ihnen das Essen verwehrten, sah sie plötzlich rot.

Sie drehte sich zu der Schlange um, streckte die Arme weit aus und blockierte den Weg zum Suppentopf. »Lasst die Kranken sich zuerst etwas nehmen!«, befahl sie.

Ein plötzliches Schweigen entstand, und auf den schmutzigen Gesichtern spiegelte sich Überraschung wider.

»Wir sollten uns um die Kranken kümmern«, sagte sie mit lauter, klarer Stimme. »Sie behandeln uns hier unten vielleicht wie Tiere, aber wir sind Menschen, keine Tiere.« Als sie Bessie am Ende der Schlange sah, rief sie ihr zu: »Hol die Schüsseln der Kranken und bring sie her, Bessie. Wenn sie etwas bekommen haben, können die anderen sich ihre Ration nehmen.«

Mary hörte das protestierende Knurren, und es machte ihr Angst. Aber sie würde nicht nachgeben. Sie war sich bewusst, dass die Wachen durch das Gitter zusahen, und hoffte auf ihr Eingreifen, sollten die stärkeren Frauen sie bedrängen.

»Was glaubst du, wer du bist? 'ne verdammte Heilige?«, rief Aggie Crew, eine der zerlumptesten und schmutzigsten Frauen.

Mary hatte sich mit ihr schon ein paarmal angelegt. Aggie war völlig verroht. Sie bestahl andere und versuchte nicht mal, sich das Gesicht und die Hände zu waschen, wenn morgens der Wascheimer gebracht wurde. Und sie machte sich über jeden lustig, der noch einen Funken Anstand im Leib hatte. Sie hatte Mary verspottet, weil sie den Stoff auswusch, den sie während ihrer Periode benutzte, und wegen ihrer Versuche, um Wassereimer und

Lappen zu bitten, um den Boden wischen zu können. Jetzt leuchtete Aggies dünnes Gesicht vor Boshaftigkeit. Sie suchte offensichtlich Streit.

»Ich halte mich nicht für etwas Besseres. Nur für eine Frau, die sich nicht wie ein Tier aufführen will«, erwiderte Mary und blickte sie hart an. »Es ist nicht recht, sich so zu verhalten. Das Essen sollte gerecht verteilt werden, und ich werde dafür sorgen.«

Bessie drängte sich mit den Schüsseln der kranken Frauen durch die Menge. »Füll sie, Jane«, befahl Mary der jungen, schwangeren Frau, die direkt neben dem Suppentopf stand, die Hand an der Schöpfkelle. Mary hatte viel mit Jane gesprochen, denn als wäre es nicht schon schlimm genug, dass man sie wegen eines gestohlenen Kerzenhalters deportierte, hatte der Pfarrer, der sie angezeigt hatte, sie auch noch vergewaltigt.

Jane goss gehorsam Suppe in die Schüsseln, und Mary befahl denen, die am nächsten standen, sie zu den Kranken zu tragen. »Ihr werdet euren Teil bekommen«, versicherte sie ihnen, um sie anzuspornen.

Für den Augenblick schien Mary gewonnen zu haben. Die Kranken bekamen ihre Ration, und die anderen Frauen stellten sich ordentlich in die Reihe, um die ihre zu erhalten. Aber als Mary sich zum Suppentopf umdrehte, um sicherzugehen, dass es für alle reichen würde, schlug ihr plötzlich jemand mit einer Schüssel auf den Kopf. Sie fiel nach vorn und riss eine andere Frau um, und mit einem Mal schrie Aggie Crew Zeter und Mordio und versuchte, die anderen Frauen dazu anzustiften, Mary zu schlagen.

Die Tür flog auf, und die Wachen kamen herein. Sie ließen ihre Stöcke niedersausen, hoben Mary auf und zogen sie kurzerhand nach draußen.

Die Wachen hatten alles durch das Gitter in der Tür beobachtet, dennoch war Mary überzeugt, nicht darauf hoffen zu dürfen, dass sie auf ihrer Seite waren. Damals in Exeter Castle hatte Dick Sullion ihr erklärt, dass die Regierung das Geschäft mit den Gefängnissen an Privatpersonen übergeben hatte, um Geld zu sparen.

Es war für Leute ohne Skrupel ein gutes Geschäft; sie stellten die brutalsten Männer als Wachen ein, solche, die sich nicht schämten, die kargen Rationen noch zu kürzen. Und als Gegenleistung sahen die Besitzer nicht hin, wenn die Männer sich bestechen ließen oder die Gefangenen mit roher Gewalt behandelten.

Die beiden, die sie jetzt an den Armen hielten, waren zwei ganz typische Männer dieser Sorte, mit hässlichen rotbraunen Gesichtern, abgebrochenen Zähnen und erloschenen Augen.

»Warum ich?«, fragte sie, als sie wieder zu Atem kam. »Ich habe doch niemanden geschlagen.«

»Du hast den Streit angezettelt«, meinte einer. »Verdammte Unruhestifterin!«

»Bringt mich zu Kapitänleutnant Tench«, verlangte sie forsch. »Ich erkläre es ihm.«

Sie antworteten nicht, sondern zogen sie nur den schmalen Flur entlang und den Niedergang hinauf an Deck. Mary war sicher, irgendwo angebunden und ausgepeitscht zu werden. Aber als sich ihre Lungen zum ersten Mal mit der süßen frischen Luft füllten, nachdem sie so lange Gestank eingeatmet hatte, war ihr das egal.

Mary sah den Nachthimmel, an dem Millionen von Sternen funkelten. Der Mond schnitt einen silbernen Weg über das dunkle Wasser des Flusses bis ans Ufer, und es schien ein Zeichen zu sein, dass der Moment gekommen war, die Gelegenheit, auf die sie die ganze Zeit gehofft hatte.

»Ich will Tench sprechen«, rief sie, so laut sie konnte. »Holt ihn sofort her.«

Eine der Wachen schlug sie, sodass sie auf die Bohlen des Decks fiel. »Halt's Maul«, zischte er und fügte eine Kaskade von Flüchen hinzu.

Auf einmal erkannte Mary, was sie vorhatten. Sie hatten sie nicht aus der Zelle gezogen, um sie zu bestrafen. Sie wollten sie vergewaltigen und sie dann wieder zurückbringen, ohne dass jemand etwas davon erfuhr.

Entschlossenheit war eine von Marys Stärken. Sie mochte vielleicht bereit sein, mit jemandem ins Bett zu gehen, der sie ernähren würde und der ihr erlaubte, sich zu waschen, oder der ihr etwas Zuneigung schenken würde. Aber sie würde nicht zulassen, dass sich ein paar widerliche Wüstlinge an ihr vergingen. Weil sie versuchten, sie zum Schweigen zu bringen, nahm sie auch an, dass es Männer auf der *Dunkirk* gab, die es nicht gern sahen, wenn Gefangene vergewaltigt wurden. Deshalb schrie sie immer wieder, und als einer der Männer ihr den Mund zuhielt, biss sie ihn in die Hand, schlug um sich und rief noch lauter nach Tench.

»Was geht hier vor?«, erklang eine Stimme, und als die beiden Männer sie losließen, erkannte sie die Silhouette eines schlanken Mannes an der geöffneten Tür eines der Verschläge, die an Deck aufgebaut waren.

»Mr. Tench?«, schrie Mary. »Diese Männer haben mich hier raufgezerrt. Ich habe nichts getan. Helfen Sie mir, bitte!«

»Hör auf zu schreien und komm hier rein«, sagte er. »Und ihr beiden auch«, fügte er, an die Männer gewandt, hinzu.

Der Verschlag war zum Teil eine Offiziersmesse und zum Teil ein Arbeitszimmer. In der Mitte stand ein Tisch, auf dem Papiere verstreut lagen, erleuchtet von einigen Kerzen. Für Mary sah es so aus, als hätte dieser Mann gerade geschrieben, denn dort lag auch ein geöffnetes Notizbuch, und ein Tintenfass stand neben dem Sessel, von dem er offenbar eben aufgestanden war.

Mary konnte nicht wissen, ob dieser Mann Watkin Tench war. Aber das goldene Band an seiner gut sitzenden roten Jacke und seine makellos saubere weiße Hose bewiesen, dass er ein Offizier war, und er sprach wie ein Gentleman. Er war schmal gebaut, mit dunklem, krausem Haar und braunen Augen, und sie schätze ihn auf ungefähr vierundzwanzig oder fünfundzwanzig. Sein Gesicht war unauffällig mit zarten, hübschen Zügen, und seine Haut war rein und strahlend. Er schien zwar von der Störung irritiert zu sein, doch er wirkte wahrlich nicht so, als wäre er vom Wesen her bösartig.

»Wie heißt du?«, fragte er kurz angebunden.

»Mary Broad, Sir«, erwiderte sie. »Ich habe versucht, dafür zu sorgen, dass die kranken Frauen auch eine Essensration bekommen«, fügte sie schnell hinzu. »Das hat einigen anderen nicht gepasst, und eine Frau hat mich geschlagen. Dann haben diese beiden Männer mich nach draußen gezerrt.«

»Sie hat Streit angefangen«, behauptete eine der Wachen. »Wir mussten sie von den anderen trennen.«

»Ihr beide wartet draußen«, befahl der junge Offizier.

Sie gingen, wobei einer von ihnen etwas Unverständliches murmelte. Als sich die Tür geschlossen hatte, setzte sich der Offizier in seinen Sessel und blickte Mary streng an.

»Warum hast du meinen Namen gerufen?«, erkundigte er sich.

Mary spürte, wie eine Welle der Erleichterung sie durchflutete. Sie hatte den richtigen Mann gefunden. »Man hat mir gesagt, Sie wären fair«, erwiderte sie.

Tench nickte mit ausdruckslosem Gesicht und bat Mary, ihm zu erzählen, was passiert war.

Jetzt, da sie endlich Gelegenheit bekam, ihre Beschwerden zu artikulieren, ersparte sie ihm nichts. Sie sagte, dass nur die stärksten Frauen etwas zu essen bekamen, während die schwachen hungerten, und dass es ihrer Meinung nach nicht genug Essen sei, um so viele Frauen am Leben zu erhalten.

»Unsere Strafe besteht darin, dass wir deportiert werden sollen«, erklärte sie hitzig. »Dann ist es doch sicher falsch, uns umzubringen, bevor wir überhaupt einen Fuß auf ein Schiff setzen?«

Tench war überrascht genug gewesen, als er jemanden seinen Namen hatte rufen hören, aber die offensichtliche Intelligenz dieser Frau überraschte ihn beinahe noch mehr. Doch vor allem war er gerührt darüber, dass sie den Mut hatte, für ihre schwächeren Mitgefangenen zu sprechen.

Als Kriegsgefangener in Amerika hatte er selbst schreckliche Zustände erlebt und gefürchtet, darin umzukommen. Als er seinen Posten auf der *Dunkirk* angetreten hatte, war er entsetzt gewesen, dass seine Landsleute zu noch schlimmerer Barbarei fähig waren. Aber so sehr es ihn auch schmerzte, es gab nichts, was ein Marineoffizier tun konnte, um es zu verhindern. Die Gefängnisschiffe wurden von Privatunternehmen geführt, und die Soldaten waren nur dort, um für Ordnung zu sorgen, ohne Einfluss auf die Führung der Schiffe nehmen zu können.

Als er seine Meinung dazu kundgetan hatte, war er streng verwarnt worden, und da er nur ein junger Offizier war und unter seinen Vorgesetzten niemand seine Ansicht teilte, konnte er nichts unternehmen. Deshalb war er recht apathisch geworden. Wenn er Männer nach draußen zum Arbeiten brachte, war er freundlich zu ihnen. Er versuchte, dafür zu sorgen, dass die Wachen die volle Ration an die Gefangenen weitergaben, und wenn jemand zu ihm gebracht wurde, den er bestrafen sollte, dann war er immer fair. Aber das war nicht genug, und das wusste er.

Marys kornischer Dialekt ließ die Apathie von ihm abfallen. Er hatte seine Kindheit in Penzance verbracht und hegte viele schöne Erinnerungen an die Einwohner dort. Er sah sich genötigt, mehr über diese Frau herauszufinden, bevor er sie wieder zurückschickte. Weil ihm klar wurde, dass sie durch den Vorfall ihre eigene Ration nicht bekommen haben konnte, steckte er den Kopf zur Tür hinaus und befahl einem der Männer, etwas aus der Kombüse zu bringen.

»Werde ich jetzt ausgepeitscht?«, fragte Mary, als er die Tür wieder schloss. Sie hatte seinen Befehl nicht verstehen können und ging davon aus, dass er nach einem Vorgesetzten geschickt hatte.

»Nein«, meinte er. »Und in Zukunft werde ich den Wachen befehlen sicherzustellen, dass das Essen gerecht verteilt wird.«

»Wenn Sie schon mal dabei sind, könnten wir dann nicht mehr bekommen?«, bat sie forsch.

Tench musste ein Lachen unterdrücken. Die Frau erinnerte ihn sehr an die zähen, harten und furchtlosen Minenarbeiter in Cornwall. Er erinnerte sich, in den Akten gelesen zu haben, Mary habe ihr Opfer bei ihrem Raubüberfall angegriffen, doch ihre ruhigen grauen Augen und ihre liebenswürdige Art schienen gegen ein bösartiges Wesen zu sprechen. Auch passte die Unschuld auf ihrem Gesicht nicht zu ihren dreisten Forderungen. Eine Frau, auf die man ein Auge haben musste, dachte er. Aber eine wirklich bewundernswerte, das musste er ihr lassen.

Der Wachmann brachte einen Teller mit Brot, Käse und Sardinen. Tench zog noch einen Stuhl an den Tisch heran und forderte Mary auf zu essen.

Es war so lange her, dass sie Käse oder Sardinen gegessen hatte, dass sie vor Glück fast in Tränen ausgebrochen wäre. Sie schlang das Essen herunter und hielt mit einer Hand den Teller fest, aus Angst, Tench könnte ihn ihr vielleicht wieder wegnehmen, bevor sie fertig war.

Er goss ihr auch etwas Rum ein und verdünnte ihn mit Wasser. Dann nahm er sich selbst ein Glas. Während er sie über den Teller gebeugt dasitzen sah, fiel ihm auf, dass ihr Hals sehr sauber war, obwohl es in ihrem Haar von Läusen wimmelte. Das war sehr ungewöhnlich für eine Gefangene.

»Ich hole jetzt jemanden, der dich zurückbringt«, sagte er, als sie fertig war.

Mary war es immer leichtgefallen, mit Männern zu reden, aber sie wusste einfach nicht, wie man mit ihnen flirtete, und hatte auch keine Ahnung, woran sie erkennen sollte, ob ein Mann sie attraktiv fand. Als sie in seine sanften braunen Augen blickte, glaubte sie, dort Neugier zu entdecken, und sie wünschte sich von ganzem Herzen, sie hätte ein sauberes Kleid an und ihr Haar wäre gewaschen, damit sie wenigstens den Hauch einer Chance hätte.

»Kann ich nicht noch ein bisschen bleiben?«, platzte sie impulsiv heraus.

Er lächelte, und seine Augen strahlten. »Nein, kannst du nicht, Mary«, erwiderte er. »Ich muss noch arbeiten. Aber warum willst du denn bleiben? Ich habe dir etwas zu essen gegeben, und du wirst nicht ausgepeitscht.«

»Weil …«, setzte sie an, doch zu ihrem Entsetzen spürte sie, wie ihr Tränen in die Augen schossen. Sie wusste nicht, wie sie ihm erklären sollte, was es bedeutete, aus diesem stinkenden Laderaum herauszukommen, oder wie es sich anfühlte, einen vollen Bauch zu haben. Und sie wusste ganz sicher nicht, wie sie ihm sagen sollte, dass sie ihm ihre Jungfräulichkeit anbieten wollte in der Hoffnung auf ein paar Privilegien.

Vielleicht verstand er zumindest etwas von all dem, denn er legte seine Hand auf ihre Schulter. »Du musst zurückgehen«, mahnte er sanft. »Aber wir sprechen uns wieder.«

Watkin Tenchs Freundlichkeit tröstete Mary in dieser Nacht. Während sie zwischen Bessie und Nancy lag, achtete sie nicht so auf das Stöhnen und Seufzen, das Husten und Weinen der anderen Frauen um sie herum. Und sie achtete auch nicht so auf den Gestank und die Ratten, die herumliefen. Stattdessen dachte sie an das amüsierte Funkeln in seinen Augen, an sein glänzendes Haar und an seine sanfte Art. Für ein paar kurze Minuten hatte sie sich sauber gefühlt und vergessen, dass sie eine Strafgefangene war. Es war eine Art von Flucht, und zwar eine sehr willkommene.

Mary wusste nicht, ob es das Ergebnis von Tenchs Einfluss war oder nicht, aber ein paar Tage später wurden sie, Bessie und zwei andere Frauen, Sarah Giles und Hannah Brown, nach oben gerufen, um zu arbeiten. Die Essensverteilung war bereits deutlich besser geworden, denn die Wachen blieben im Laderaum, um dafür zu sorgen, dass alle ihre Ration bekamen, ob sie krank waren oder nicht. Mary genügte das. Und draußen arbeiten zu dürfen, war ein unerwarteter Bonus.

Sie mussten Wäsche waschen, vor allem Hemden. Das war keine einfache Aufgabe, denn sie mussten die vier schweren Holzfässer aus einem Laderaum an Deck schleppen, was mit den Ketten, die sie trugen, schwierig war, und dann Eimer an einem Seil in den Fluss hinunterlassen, um sie mit Wasser zu füllen. Aber es war gut, draußen an der Sonne zu sein und hinüber ans Ufer blicken zu können, auf die grünen Felder und Wälder, und selbst wenn die Wachen jeden ihrer Schritte beobachteten und ihnen manchmal lüsterne Blicke zuwarfen, die einem Angst machen konnten, war es tausendmal besser, als im Laderaum eingesperrt zu sein.

»Glaubst du, wir können uns selbst waschen, wenn wir mit der Arbeit fertig sind, Sarah?«, fragte Mary flüsternd, während sie die schmutzigen Hemden mit Blöcken harter Seife wuschen.

Sarah war eine der Frauen, die die anderen Huren nannten, klein und hübsch, mit rotgoldenem Haar. Sie war fünfundzwanzig und eine Witwe mit zwei Kindern. Ihr Mann war Fischer gewesen und auf See geblieben, als sein Schiff in einem Sturm gekentert war, und Sarah hatte die beiden Kinder bei ihrer Mutter in St. Ives gelassen und war nach Plymouth gegangen. Ihre Geschichte ähnelte Marys – sie hatte angefangen zu stehlen, weil sie keine Arbeit gefunden hatte –, und sie war bereits seit acht Monaten auf der *Dunkirk*.

»Das kannst du, wenn du willst«, meinte Sarah und lachte, als wäre das lustig. »Aber ich hoffe, du hast nicht vor, dich hier auszuziehen.«

»Natürlich nicht.« Mary wurde rot. »Ich gehe mit dem Kleid in den Zuber und wasche das gleich mit, wenn ich schon mal dabei bin.«

»Mit den Ketten und allem?« Sarah hob die Augenbraue.

»Na ja, die kann ich ja nicht abnehmen, oder?«, sagte Mary beiläufig und sah sich nach Bessie um. »Wie steht es mit dir? Hättest du auch Lust auf ein Bad?«

Bessie fing an zu kichern, und das steckte sie alle an. Sarah rieb sich Seife auf die Hände und machte Blasen, Hannah bespritzte Mary mit Wasser, und Mary rächte sich, indem sie sie mit einem nassen Hemd schlug. Wenn die Wachen es bemerkten, so mischten sie sich nicht ein und zwangen sie auch nicht aufzuhören, und ganz plötzlich war es, als wären sie einfach ein paar Mädchen auf einem Sonntagsausflug. Sie kicherten, plauderten und sangen. Bessie tanzte sogar ein bisschen und rasselte dabei mit ihren Ketten.

Als die gewaschenen Hemden auf Leinen zum Trocknen hingen, wurden die Frauen davon völlig verdeckt. Die Wachen konnten sie nicht sehen. »Na los, mach schon, wenn du unbedingt willst«, drängte Sarah Mary. »Bevor sie den Zuber ausleeren.«

Während Bessie und Hannah aufpassten, stieg Mary in ihren Waschzuber und keuchte, weil das Wasser so kalt war. Ermutigt von dem beinahe lustvollen Gefühl von Wasser auf ihrer Haut, fing sie an zu lachen. »Das fühlt sich wunderbar an«, keuchte sie und hockte sich hin, sodass das Wasser ihr bis zur Mitte reichte. Dann rief sie den anderen zu, es ihr gleichzutun und ebenfalls in einen der Zuber zu steigen. »Macht schnell, wenn ihr euch waschen wollt, bevor wir erwischt werden.«

Bessie und Hannah stiegen ohne zu zögern in ihre Zuber; nur Sarah wollte nicht und behauptete, sie müsse Schmiere stehen. Die drei Frauen schrubbten sich und ihre Kleider hastig, denn sie waren sich bewusst, dass ihnen nicht viel Zeit blieb. Doch sie lächelten glücklich, als sie den Schmutz von sich fortschwimmen sahen.

Nachdem sie ihr Haar gewaschen hatte, tauchte Mary mehrmals ganz unter Wasser. Als sie beim letzten Mal wieder auftauchte, sah sie zu ihrem Entsetzen zwei Wachmänner und einen Offizier, die auf sie hinunterstarrten. Ein schneller Blick zeigte ihr, dass Bessie und Hannah bereits aus ihren Zubern gestiegen waren und vergeblich versuchten, das Wasser aus ihren Kleidern zu wringen. Sarah war weiß im Gesicht und sehr aufgeregt.

»Wir tun doch nichts Böses, Sir«, meinte Mary und richtete das Wort an den Offizier. Er war ein untersetzter Mann mit einer großen Nase, und er sah erstaunt aus. »Wir benutzen nur das Wasser, bevor es über Bord gekippt wird. Wir haben die ganze Wäsche gewaschen.«

Mary konnte keinen Grund erkennen, warum sie fürs Baden bestraft werden sollten. Aber ein Blick auf ihre beiden Freundinnen erschreckte sie. Die Kleider klebten ihnen am Körper und zeigten deutlich die Linie ihrer Brüste und ihrer Hüften, und die Wachmänner betrachteten sie mit nackter Lust in den Augen. Weil sie sich bewusst war, dass ihr eigener Körper genauso den Blicken preisgegeben war, spürte sie Verlegenheit in sich aufsteigen.

»Es tut mir leid, Sir«, erklärte sie, während sie versuchte, aus dem Zuber zu steigen. »Aber Sie können uns das nicht vorwerfen. Man gibt uns nie genug Wasser, um uns anständig zu waschen.«

»Warum müsst ihr Frauen immer jede Situation ausnutzen?«, fragte der Offizier.

Mary warf einen Blick auf die anderen Frauen und nahm an, dass sie zu viel Angst hatten, um zu antworten. Der Offizier war älter als Tench, mindestens dreißig, und seine Stimme klang hoch und schneidend. Dennoch sah sie keine Grausamkeit in seinen Augen, nur Verwirrung.

»Würden Sie das nicht?«, gab sie zurück. »Was sollen wir denn machen? Der Laderaum, in dem wir untergebracht sind, würde nicht so stinken, wenn man uns erlauben würde, zu baden oder heraufzukommen und uns ein bisschen die Beine zu vertreten, und wenn er ab und zu gesäubert würde. Hielte man Tiere so, gäbe es einen Aufstand.«

Einer der Wachmänner kicherte, und der Offizier brachte ihn mit einem strengen Blick zum Schweigen. »Bringt die drei zurück«, befahl er und deutete auf Bessie, Sarah und Hannah. »Ich kümmere mich um die hier.«

Die anderen Frauen wurden von den Wachen fortgeschoben, sodass Mary mit dem Offizier allein zurückblieb. Sie versuchte vergeblich, ihr Kleid auszuwringen, während sie darauf wartete, dass er etwas sagte.

»Wie heißt du?«, wollte er wissen.

»Mary Broad, Sir«, antwortete sie. »Darf ich auch den Ihren erfahren?«

Sie glaubte, den Ansatz eines Lächelns zu erkennen, und sie fuhr sich mit den Fingern durch ihr Haar und lächelte herausfordernd zurück. Ihre Mutter und ihre Schwester hatten ihr oft gesagt, wie hübsch ihr Haar aussah, wenn es nass war, da es in Locken nach oben sprang, und sie hoffte, dass es stimmte. Denn der Wind fühlte sich jetzt, da sie nass war, sehr kalt an, und sie würde ein jämmerliches Bild abgeben, wenn sie anfing zu zittern.

»Leutnant Graham«, sagte er. »Mir scheint, Mary, dass du noch nicht recht begriffen hast, in was für einer ernsten Lage du dich befindest.«

Graham war ein Name, den sie ebenfalls schon von den männlichen Gefangenen gehört hatte. Es hieß, er sei gefährlich, wenn man sich mit ihm anlegte, aber er sei meist recht nett.

»Oh doch, das habe ich, Sir«, erklärte sie forsch. »Ich habe begriffen, dass ich meine Deportation nicht mehr erleben werde. Nicht, wenn ich nicht Glück habe und ab und zu mal baden kann und ein paar zusätzliche Essensrationen bekomme.«

Er musterte sie lange mit bewundernden Blicken, die direkt durch ihre Kleider zu dringen schienen, und sie wusste in diesem Moment, dass er sie begehrte.

Sie hatte auf Tench als potenziellen Retter gesetzt, und Leutnant Graham würde ein sehr schlechter Ersatz sein. Sein Gesicht war aufgedunsen und schwabbelig, und sie vermutete, dass sich unter seiner gepflegten Perücke nicht mehr viel Haar fand. Aber es schadete nicht, jemanden in Reserve zu haben für den Fall, dass sie Tench nicht verführen konnte. Und Graham war nicht völlig abstoßend, denn seine Zähne und seine Haut waren in Ordnung. Außerdem hoffte sie nicht auf die wahre Liebe, sondern wollte nur so lange überleben, bis ihr die Flucht gelang.

»Willst du mir damit etwas sagen?«, hakte er nach, und seine Augen wurden schmal. Sie waren schmutzig braun und ähnelten so gar nicht denen von Watkin Tench, die sie nachts wach liegen ließen.

»Es steht mir nicht zu, irgendetwas zu sagen, Sir«, meinte sie, deutete einen Knicks an und grinste frech. »Ich versuche nur zu erklären, wie es für mich ist.«

Daraufhin befahl er, sie zurück in den Laderaum zu bringen,

aber während die Wachen sie grob den Niedergang hinunterstießen, spürte sie, dass Graham sie interessiert musterte.

Unten im Laderaum wurde das nachmittägliche Bad von jenen Frauen diskutiert, die immer noch stark genug waren, um sich für andere zu interessieren. Als Mary hereingestoßen wurde, unterbrachen sie ihr Gespräch und sahen auf.

»Was haben sie mit dir gemacht?«, wollte Bessie wissen und presste besorgt die Hände zusammen. »Wir hatten Angst, dass du bestraft wirst oder …« Sie brach ab, weil sie das Wort ›vergewaltigt‹ nicht aussprechen wollte.

»Ich habe ihm gesagt, dass wir mehr Essen brauchen und frische Luft. Und dass diese Bruchbude mal ordentlich geputzt werden muss«, erklärte Mary. Sie hatte keine Lust, noch mehr zu berichten, denn sie fror in ihren nassen Kleidern und wollte unter vier Augen mit Sarah sprechen.

Sie bekam die Gelegenheit allerdings erst viel später, am Abend. Mary zog ihre nassen Kleider aus, hängte sie an einen Nagel in einem der Balken zum Trocknen auf und kuschelte sich in ihre Decke, aber jedes Mal, wenn sie durch den Raum sah, sprach Sarah mit Hannah.

Es war schon beinahe stockdunkel, als Mary beobachtete, wie Sarah zum Eimer ging. Zu diesem Zeitpunkt hatten sich die meisten Frauen schon schlafen gelegt. Mary stand auf und huschte zu ihr hinüber, die Decke um sich gewickelt.

»Wenn du fertig bist, können wir dann reden?«, flüsterte sie.

Im Dämmerlicht sah sie Sarah nicken.

Am Eimer war man zwar am weitesten von den anderen Frauen entfernt, aber man konnte nicht aufrecht stehen. Als Sarah fertig war, setzten sie sich daher auf einen Balken. »Was ist denn?«, wollte Sarah wissen.

»Wer ist dein Liebhaber?«, fragte Mary. Sie wollte nicht um den heißen Brei herumreden.

Sarah zögerte. In der Dunkelheit konnte man nicht sehen, ob sie wütend über diese Frage war.

»Ist es Tench oder Graham?«, beharrte Mary.

»Nein, keiner von den beiden«, flüsterte Sarah. »Aber du solltest danach nicht fragen, Mary.«

»Warum nicht? Ich muss doch wissen, an wen ich mich nicht heranmachen soll«, wisperte Mary zurück.

»Tench fängt so etwas gar nicht erst an«, meinte Sarah mit einem Seufzen. »Das haben die meisten von uns versucht. Und ich wünsche dir viel Glück mit Graham. Er ist ein harter Mann.«

»Wie fängst du es an?«, hakte Mary nach.

Sie spürte Sarahs Schulterzucken eher, als dass sie es sah. »Mach ihm schöne Augen, wann immer du ihn siehst. Das reicht meistens, damit sie dich unter einem Vorwand nach oben holen lassen. Aber erhoff dir nicht zu viel. Dann wirst du nur enttäuscht.«

»Nimmt dir dein Mann die Ketten ab?«

»Manchmal. Nicht oft«, antwortete sie müde. »Und jetzt geh ins Bett, Mary, ich will dir diese Dinge nicht erzählen, das ist nicht gut.«

Mary hörte die Traurigkeit in Sarahs Stimme und wusste instinktiv, dass es nur Verzweiflung gewesen war, die sie zu dieser Affäre getrieben hatte. Offenkundig wollte sie nicht, dass eine andere Frau ihrem Beispiel folgte.

»Wir müssen tun, was wir können, um zu überleben«, entgegnete Mary, nahm Sarahs Hand und drückte sie. »Das ist alles, Sarah, mehr ist es nicht. Man muss sich nicht dafür schämen, finde ich.«

»Du wirst dich schämen, wenn die anderen dir den Rücken kehren«, widersprach Sarah, und ihre Stimme brach.

»Besser, sie kehren mir den Rücken, als dass ich hier drin verhungere«, beharrte Mary.

Über eine Woche lang hoffte Mary jeden Tag, dass man sie wieder nach oben rufen würde, um zu arbeiten. Draußen war es jetzt wirklich warm, und im Laderaum war es stickig. Eine Frau namens Elizabeth Scames starb eines Nachts, doch es wurde erst bei Tagesanbruch entdeckt. Aber was Mary am meisten schockierte, war die Tatsache, dass niemand etwas über diese Frau zu sagen wusste. Sie war hier seit Monaten eingesperrt gewesen, und doch hatte sie keine wirkliche Freundin gefunden, und niemand schien irgendetwas über sie zu wissen.

»Sie war schon hier, als ich kam«, meinte Sarah, als Mary ihr von ihren Gedanken erzählte. »Da war sie schon krank und hat kaum gesprochen. Sie war doch schon alt, also mach dir nicht so viele Gedanken darüber.«

Aber Mary machte sich Gedanken. Sie fragte sich, wo die Wachen Elizabeths Körper beerdigten, ob die Frau irgendwelche Verwandten hatte und ob man sie unterrichten würde. Es verstärkte ihren Wunsch zu fliehen noch.

Trost fand sie nur, indem sie Erinnerungen an zu Hause in sich wachrief. Das gelang ihr, wenn sie sich so tief in sie hineinfallen ließ, dass sie die Hitze, den Hunger, den Gestank und die anderen Frauen vergaß. Manchmal stellte sie sich vor, sie ginge den Weg nach Bodinnick mit Dolly und ihrer Mutter hinunter, um das Boot nach Lostwithiel zu erreichen. Mary konnte sich nur erinnern, zweimal dorthin gefahren zu sein. Beim letzten Mal war sie ungefähr zwölf gewesen und Dolly vierzehn, aber es waren beides heiße, sonnige Tage gewesen, und sie erinnerte sich, wie sie im Boot gesessen und ihre Hand in das kühle, klare Wasser gehalten hatte.

Fast die ganze Fahrt über war der Fluss tief und lief an dicht bewaldeten Ufern entlang. Die Bäume reichten bis an das Ufer, und ihre Wurzeln griffen ins Wasser wie die knochigen Finger eines Seemanns. Es war eine verzauberte Reise gewesen. Libellen schwebten über dem Fluss, Fischreiher verharrten geduldig im flachen Wasser, und oft lugten scheue Rehe zwischen den Bäumen hervor. Eisvögel saßen auf den Wurzeln und warteten darauf, dass ein unvorsichtiger Fisch vorbeischwamm, um sich dann in einem grandiosen Aufblitzen von Türkis hinabzustürzen und mit ihrem silbernen Preis im Schnabel wieder aufzutauchen.

Mary war noch nie weiter von zu Hause weg gewesen als bis nach Lostwithiel, bevor sie nach Plymouth gegangen war. Es mochte nicht größer als Fowey sein, aber für sie war es aufregend gewesen, weil dort Kutschen von so weit entfernten Orten wie Bristol oder London ankamen. Mit großen Augen beobachtete sie, wie die Passagiere ausstiegen, und bewunderte die wunderschönen Kleider und hübschen Hüte der Frauen, wobei sie sich allerdings fragte, warum diese Leute nicht glücklicher aussahen, wenn sie doch reich und wichtig genug waren, so weite Reisen zu unternehmen.

Bei ihrem letzten Ausflug nach Lostwithiel schenkte ihr Vater ihr und Dolly einen Twopence. Während ihre Mutter Stoff für neue Kleider kaufte, sahen sie sich jedes einzelne Geschäft und jeden Markstand genau an, bevor sie sich entschieden, wofür sie ihr Geld ausgeben wollten. Dolly kaufte ein paar künstliche Gänseblümchen für ihren Sonntagshut, und Mary erstand einen Drachen.

»Es ist dumm, sein Geld für etwas auszugeben, das man zu Hause selbst basteln kann«, meinte Dolly, »und im Übrigen lassen Mädchen gar keine Drachen steigen.«

Mary war es egal, ob sie das einzige Mädchen war, das einen Drachen steigen ließ, und sie fand Dolly, die sich Gänseblümchen für ihren Hut wünschte, dumm. Außerdem waren selbst gebastelte Drachen zu schwer, um gut zu fliegen; ihrer war aus rotem Papier mit gelben Schleifen, und der Faden war gewachst, sodass er gut durch die Hand glitt.

Am nächsten Tag nach der Kirche nahm Mary ihren Drachen mit auf den Hügel hinter der Stadt, um ihn steigen zu lassen. Dolly begleitete sie, aber nur, weil sie ihren neu geschmückten Hut zeigen wollte. Wie immer an schönen Tagen mit viel Wind waren viele Jungen mit ihren Drachen da, und sie blickten alle neidisch auf Marys, der ohne Probleme stieg und höher in den Himmel schoss als all die selbst gebastelten Drachen.

Dolly überwand ihr Vorurteil, dass das ein Spiel für Jungen sei, vor allem, weil dort einige Jungen waren, die sie mochte, darunter Albert Mowles, in den sie verliebt war. Mary hätte wissen müssen, dass sie Dolly die Schnur nicht hätte überlassen sollen. Sie wollte damit nur Alberts Aufmerksamkeit auf sich lenken.

Eine Windbö kam, und zu Marys Entsetzen hielt Dolly die Schnur nicht fest genug, sondern ließ sie durch ihre Finger gleiten. Der Drache flog davon, wurde vom Wind hinüber zum Strand in Menabilly getragen.

Alle rannten hinterher, wobei einige ihre eigenen Drachen losließen, um den besseren zu retten. Mary erinnerte sich daran, gerannt zu sein wie der Wind, entschlossen, alle Jungen zu schlagen. Sie hatten alle geschrien angesichts der unerwarteten Aufregung.

Der Drache sank plötzlich und dramatisch nach unten und landete auf ein paar Felsen in der Nähe des kleinen Strandes. Es herrschte Ebbe, und Mary verschwendete nicht einen Gedanken an ihr Sonntagskleid und ihre guten Schuhe, sondern rannte, so schnell sie konnte, über die Algen, den Sand und den Schlamm, nur darauf konzentriert, ihren Drachen zu retten.

Sie stolperte über einen halb versunkenen Stein und fiel nach vorn. Albert erreichte den Drachen als Erster, dann drehte er sich um und half ihr auf.

»Du kannst schneller rennen als die meisten Jungen«, sagte er bewundernd.

Jetzt, während Mary schwitzend in dem stinkenden Laderaum lag, dachte sie, dass sie sich vielleicht an die Prügel erinnern sollte, die sie von ihrer Mutter bekommen hatte, als sie tropfnass und schmutzig nach Hause gekommen war. Vielleicht hätte sie sich auch an den drohenden Blick erinnern sollen, den Dolly ihr zugeworfen hatte, als Albert sie gelobt hatte. Ja, sie hätte schlauer sein und auf ihren Vater hören sollen, der immer gesagt hatte, dass es mit Mädchen, die sich wie Jungen benahmen, ein böses Ende nehmen würde.

Doch nichts von diesen Dingen hatte damals eine Rolle für sie gespielt, und heute war das nicht anders. Nichts hatte ihre Freude an dem roten Drachen trüben können, der in den Himmel gesaust war, oder an der warmen Sonne auf ihrem Gesicht oder an dem weichen Gras unter ihren Füßen. Es war so herrlich gewesen, wild und frei zu rennen und sich an der Schönheit dieses kleinen Strandes zu erfreuen, wo sie so oft Krebse gefangen und Muscheln gesucht hatte. Jetzt war es sogar noch wichtiger, sich an diese Erinnerungen zu klammern und sich selbst als den Drachen zu sehen, der in die Freiheit strebte. Denn hatte man ihr nicht in der Sonntagsschule beigebracht, dass man etwas bekam, wenn man nur lange und innig genug darum flehte?

Aber würde Gott ihre Gebete erhören? Es war schwer zu glauben. Wusste er und interessierte es ihn, dass sie schreckliche Angst hatte, Fowey niemals wiederzusehen? War es zu viel verlangt, wenn sie noch einmal auf dem Hügel stehen und hinunter auf die hübsche kleine Stadt sehen wollte, während die Sonne sank? Dass sie noch einmal den Fischerbooten zusehen wollte, die in den Hafen einfuhren, beladen mit zappelnden silbernen Sardinen, oder die Männer in den Tavernen im Hafen noch einmal singen hören wollte?

Tränen stiegen ihr in die Augen. Sie hatte ihre Chance vertan, ihre Mutter und ihren Vater stolz auf sie zu machen. Und sie würde nicht auf Dollys Hochzeit tanzen können. Ihre Eltern waren manchmal ganz verzweifelt über sie, Mary, gewesen, weil sie so ein Wildfang war, doch sie hatte immer gewusst, dass sie sie liebten. Wie würde es ihnen gehen, wenn sie niemals nach Hause kam?

Gerade als Mary glaubte, dass das heiße Wetter niemals umschlagen würde und sie bis in alle Ewigkeit in diesem Laderaum hocken musste, wurde sie wieder zum Arbeiten nach oben gerufen. Diesmal waren es nur sie und Sarah.

Die Freundin musste dabei ihre Hand im Spiel gehabt haben, denn sie hatte seit dem Waschtag zwei Nächte nicht im Laderaum verbracht. Aber wenn es so war, erwähnte sie nichts davon. Wieder einmal wurden sie angewiesen, die Hemden zu waschen, und während sie die Eimer über die Seite des Schiffes hinunterließen, sahen sie eine Gruppe von männlichen Gefangenen, die ebenfalls zum Arbeiten nach oben kamen.

Obwohl Mary oft mit den Männern durch das Gitter gesprochen hatte und den verschiedenen Stimmen Namen zuordnen konnte, hatte sie keine Ahnung, wie sie aussahen. Doch als sie einen großen Mann sah, weit über eins achtzig groß, mit drahtigem blondem Haar, einem dichten Bart und blassblauen Augen, wusste sie ganz sicher, dass es Will Bryant war, der Mann, der den meisten Frauen am besten gefiel.

Mary mochte ihn auch, vor allem, weil er ebenfalls aus Cornwall kam und Fowey kannte. Sie hatten sich schon ein paarmal unterhalten, aber als ihre erste Freude darüber verflogen war, jemanden gefunden zu haben, mit dem sie die Erinnerungen an ihre Heimatstadt teilen konnte, da fand sie, dass er ein ziemlicher Angeber war. Er prahlte damit, zu den wenigen Männern zu gehören, die wegen Schmuggels verurteilt worden waren.

Das kam ihr merkwürdig vor, denn es war ein Verbrechen, das in Cornwall normalerweise ignoriert wurde, weil alle, von den Ärmsten bis zum Adel, auf die eine oder andere Weise in Schmuggelgeschäfte verstrickt waren. Da Will eigentlich Fischer und im Besitz eines eigenen Bootes war, kannte er die raue Küstenlinie gut, und er besaß sicher auch alle notwendigen Fähigkeiten, um Schmuggelwaren an die Küste zu schaffen. Dennoch glaubte Mary nicht, dass das alles war, was er sich zuschulden hatte kommen lassen. Und sie mochte es auch nicht, dass er sich für den klügsten und stärksten Gefangenen auf der *Dunkirk* hielt.

Doch er war wirklich attraktiv. Das musste sie zugeben, als sie ihn jetzt zum ersten Mal leibhaftig vor sich sah. Selbst der Schmutz konnte seine edlen Gesichtszüge nicht entstellen, und das weite

Hemd versteckte seinen muskulösen Körper nicht. Sein blondes Haar leuchtete in der Sonne, seine blauen Augen funkelten, und seine Haut war goldbraun von der Arbeit im Freien. Er war wahrscheinlich nur ein paar Jahre älter als sie selbst und immer noch fit und gesund, obwohl er seit über einem Jahr auf dem Gefängnisschiff saß. Offensichtlich hatte er einen Weg gefunden, sich Extrarationen zu beschaffen, was bewies, dass er findig war.

»Wer seid ihr zwei?«, rief er, als wären sie auf einem Marktplatz und keine Gefangenen in Ketten.

»Ich bin Sarah, und das ist Mary Broad«, antwortete Sarah. »Ein guter Tag, um draußen zu arbeiten.«

»Euch zwei Schönheiten zu sehen ist es wert, sich den Rücken kaputt zu schuften«, meinte er frech und brachte die anderen Männer, die bei ihm standen, zum Lachen. »Vielleicht treffen wir uns nachher in der Taverne und trinken etwas zusammen.«

Mary musste lächeln. Dass dieser Mann immer noch scherzen konnte, obwohl er kurz davorstand, zehn Stunden lang schwere Steine zu schleppen, war bewundernswert.

»Ich gebe jeder von euch zwei Gläser aus, meine Süßen«, rief ein anderer Mann. Er hatte einen irischen Akzent, und Mary wusste sofort, dass er James Martin sein musste, ein Mann, der alle Frauen mit seinen blumigen und oft anzüglichen Komplimenten zum Lachen brachte. Aber während Will in Wirklichkeit besser aussah als erwartet, war James eine Enttäuschung. Eine große Nase dominierte sein hageres Gesicht, sein braunes Haar war strähnig, und er hatte abstehende Ohren. Er ging gebückt, und seine Zähne waren sehr braun.

»Ich dachte, dass ein Pferdedieb verwegener aussehen würde«, meinte Mary zu Sarah, während die Männer die Leiter hinunter in das wartende Boot kletterten.

Sarah lachte. »Der hat es faustdick hinter den Ohren«, gab sie zurück. »Ich glaube nicht, dass er gut aussehen muss, um bei den Frauen zu landen.«

»Wer waren die anderen beiden bei Will?«, fragte Mary. Einer hatte leuchtend rote Haare und Sommersprossen und schien ungefähr so alt wie sie selbst zu sein. Der andere war noch jünger, vielleicht erst sechzehn. Er war sehr klein und wirkte nervös mit ausdrucksstarken, vogelartigen Gesichtszügen. »Der Jüngere hat ein nettes Lächeln.«

»Sie sind ungefähr zur gleichen Zeit gekommen wie ich. Der mit den roten Haaren heißt Samuel Bird. Er ist ein bisschen schwermütig, nicht einer, der einem den Tag versüßt wie Will und James«, erklärte Sarah grinsend. »Der kleine heißt Jamie Cox. Er spricht nicht viel, wahrscheinlich ist er zu schüchtern. Er hat Glück, dass Will und James Martin ein Auge auf ihn haben. Ich mag mir gar nicht ausmalen, was einige dieser brutalen Kerle im Laderaum sonst mit ihm tun würden.«

Mary fragte, was sie damit meinte.

Sarah schüttelte den Kopf. »Wenn du das nicht weißt, dann werde ich nicht diejenige sein, die es dir erklärt«, erwiderte sie. »Männer tun manchmal Dinge, über die man besser nicht spricht.«

Es war ruhig an Deck, nachdem die männlichen Gefangenen an Land gerudert waren. Die Sonne brannte den Frauen heiß auf die Arme und Köpfe, und über dem Wasser flimmerte die Luft in der Hitze. Sie schrubbten die Kleidungsstücke in kameradschaftlichem Schweigen, und es schien keinen Grund zu geben, sich zu unterhalten, denn beide genossen die leichte Brise, die Schreie der Seemöwen und die sanften Bewegungen des Schiffes auf dem Wasser.

Später, als sie die erste Ladung Hemden mit frischem Wasser ausgespült hatten, badeten beide Frauen in dem Wasser und kicherten fröhlich, während sie sich gegenseitig die Haare wuschen. Die beiden Wachmänner, die etwas weiter entfernt auf Kisten saßen und Pfeife rauchten, kommentierten das nicht. Vielleicht hatte die heiße Sonne sie auch etwas milder gestimmt.

Die Kleider der Frauen trockneten schnell, während sie frisches

Wasser für die zweite Ladung Wäsche heraufholten, aber Mary war entsetzt zu sehen, wie verblasst und dünn ihr Kleid schon war – noch ein paarmal waschen, und es würde auseinanderfallen.

»Was sollen wir tun, wenn unsere Sachen nichts mehr als Lumpen sind?«, fragte sie Sarah. Viele der anderen Frauen waren bereits halb nackt und mussten die letzten Reste ihrer zerlumpten Kleidung zusammenhalten, um ihre Körper zu bedecken.

»Mein Liebhaber hat mir dieses Kleid gegeben«, antwortete Sarah mit gesenktem Blick. »Verlange erst Kleider und Essen von ihnen, Mary, gib ihnen nichts umsonst.«

Mary betrachtete ihre Freundin einen Moment lang nachdenklich. Ihr Kleid war aus blauer Baumwolle, nichts Schickes, und es war zu groß für ihre schlanke Figur. Aber es war mit Abstand das beste Kleid unten im Laderaum. Sarah hatte in Penzance bestimmt ziemlich vielen Männern den Kopf verdreht. Sie hatte schönes, rotgoldenes Haar, und ihre dunklen Augen funkelten.

»Ist es schlimm?«, flüsterte sie. »Ich habe es noch nie gemacht.«

Sarah seufzte. »Ich fand es wunderbar, mit meinem Mann zu schlafen«, bekannte sie. Ihre Stimme brach. »Es hat ein bisschen wehgetan beim ersten Mal, aber er war so zärtlich, und ich habe ihn geliebt. Ich fürchte, so wird es für dich nicht sein, denn die Männer hier, die eine Frau wollen, scheren sich nicht um deren Gefühle. Du bist nichts als ein warmer Körper, den sie benutzen, wie es ihnen passt.«

»Kann ich es irgendwie erträglicher machen?«, wollte Mary nervös wissen.

»Wehr dich nicht und versuch, so zu tun, als gefiele es dir«, entgegnete Sarah seufzend. »Doch glaub ja nicht, dass er dich liebt. Wir sind schließlich verurteilte Sträflinge.«

3. Kapitel

Gegen Mittag kam Watkin Tench in einem schmalen Boot zurück zum Gefängnisschiff. Marys Herz klopfte laut, als sie seine Stimme von unten rufen hörte. Aber sie schöpfte weiter das Wasser aus dem Zuber über die Seite des Schiffes aus und wartete darauf, dass er erschien.

Als er an Deck kletterte, lächelte sie. Er trug ein weißes Hemd und Stiefelhosen, und sein Gesicht glänzte. Er sah verschwitzt und müde aus, doch in Marys Augen ließ ihn das nur noch begehrenswerter erscheinen.

Er nickte beim Anblick der beiden Frauen. »Guten Tag, Sarah, Mary. Ich hoffe, ihr habt euch heute benommen?«

Er sagte das in einem neckenden Tonfall, der bewies, dass er von ihrem Bad im Waschzuber wusste. Mary fragte sich, was er wohl sagen würde, wenn er erfuhr, dass sie das heute wiederholt hatten. Aber ihre Kleider waren jetzt fast trocken, und sie ließen sich viel Zeit mit dem Rest der Wäsche, um den Moment hinauszuzögern, da sie wieder in den Laderaum zurückmussten.

»Wir benehmen uns noch besser, wenn wir etwas zu essen bekommen«, erwiderte Mary frech. »Wie sieht es damit aus?«

Sie sah, wie Sarah sich abwandte. Offenbar fand ihre Freundin sie zu forsch.

»Reicht es nicht, dass ihr für ein paar Stunden aus dem Laderaum rauskommt?«, erwiderte Tench und kam ein paar Schritte näher. In seiner Stimme lag kein wirklicher Zorn, und Mary erkannte, dass sie ihn jetzt bezaubern musste oder ihre Chance gewiss für immer verspielt hatte.

»Oh doch, Sir, wir wissen das Glück wirklich zu schätzen, hier raufzukommen, uns die Wälder und Wiesen anzusehen, die Vögel singen zu hören und die Sonne auf unserem Gesicht zu spüren«, gab sie zurück und versuchte, nicht zu lachen, weil sie sich bewusst war, wie unehrlich das klang. »Ich würde mich nie wieder über irgendetwas beklagen, wenn wir jeden Tag so arbeiten dürften.«

Er lächelte, und seine Zähne leuchteten weiß in seinem gebräunten Gesicht. »Erzähl mir von dir, Mary«, bat er, dann fügte er hinzu: »Und du auch, Sarah.«

Mary kam es vor, als wäre das Schicksal ihr endlich einmal gnädig, denn Tench setzte sich auf eine Kiste und sah entspannt aus, während er mit ihnen beiden sprach. Keine Wachen kamen in ihre Nähe, und es gab keine Ablenkung irgendeiner Art. Sie hätten zwei ganz normale Frauen sein können, die sich nach der Arbeit mit einem Freund unterhielten.

Mary ließ Sarah zuerst erzählen. Sie sprach vom Tod ihres Mannes und von ihren Kindern, von ihrer Angst, sie niemals wiederzusehen. Ihre Eltern waren eigentlich zu alt, um Kinder großzuziehen, erklärte sie, und sollten sie sterben, würden die Kinder ins Armenhaus kommen.

Tench hörte wirklich zu. Mary sah, wie er die Lippen zusammenkniff, als wäre er wütend, weil Sarahs familiäre Situation bei ihrer Verurteilung nicht berücksichtigt worden war.

Marys eigene Geschichte war sehr kurz. Sie erzählte Tench von ihrer Familie in Fowey und wie sie nach Plymouth gegangen war, um dort Arbeit zu finden.

»Ich wünschte bei Gott, ich wäre zu Hause geblieben«, sagte sie reuevoll, während Sarah sich taktvoll entfernte und nach der trocknenden Wäsche sah. »Der Gedanke, dass ich Cornwall oder meine Familie in diesem Leben nicht mehr wiedersehen werde, schmerzt mich sehr.«

Fast erwartete sie, Tench würde ihr versichern, sie käme zurück, sieben Jahre wären nicht so lang; aber sie erkannte an seinem ernsten Gesichtsausdruck, dass er ihr keine Hoffnungen machen konnte.

»Für weibliche Gefangene ist es schwieriger, wieder zurückzukehren«, erklärte er. »Männer können einfach auf einem Schiff anheuern und nach Hause fahren, wenn ihre Zeit um ist.«

Diese Möglichkeit gab es für Frauen nicht. Deshalb waren sie gezwungen zu bleiben. Er musste dies gar nicht hinzufügen – Mary hörte es in seiner Stimme.

»Ich werde zurückkommen«, erwiderte sie entschlossen. »Irgendwie. Aber wissen Sie, wo man uns hinschicken wird?«

Er zuckte die Schultern. »Es heißt, es geht nach Botany Bay in New South Wales, dem Land, das Kapitän Cook entdeckt hat. Aber es war noch niemand dort, um zu bestätigen, dass das ein realisierbares Unterfangen ist. Amerika fällt aus, da es jetzt unabhängig ist. Man hat es mit Afrika versucht, doch das ist schiefgegangen.«

»Wenn wir hier auf der *Dunkirk* bleiben, werden wir alle sterben«, meinte Mary traurig.

Tench seufzte. »Ich weiß, es ist schlimm, aber was soll die Regierung denn machen? Die Gefängnisse sind überfüllt.«

Die Gefängnisse wären nicht überfüllt, wenn man die Leute nicht für Bagatelldelikte wie das Stehlen einer Pastete verurteilen würde, war Mary versucht zu antworten. Aber sie wollte Tenchs Interesse weiter fesseln und ihn nicht verschrecken.

»Erzählen Sie mir etwas von sich, Sir«, bat sie stattdessen. »Ich habe gehört, Sie waren im Krieg in Amerika?«

»Das war ich.« Er grinste reuevoll. »Und ich war auch in Kriegsgefangenschaft. Vielleicht habe ich deshalb ein bisschen mehr Verständnis für die Gefangenen hier als der durchschnittliche Marinesoldat. Außerdem bin ich in Penzance aufgewachsen, daher weiß ich, wie hart das Leben für die meisten Leute in Cornwall ist.«

Mary saß verzückt an Deck neben dem Waschzuber, während Tench ihr von seinen glücklichen Kindheitserinnerungen in Penzance berichtete. Er kam natürlich aus einem völlig anderen Umfeld als sie – er war in einem großen Haus mit Dienern aufgewachsen, auf eine Internatsschule in Wales gegangen, und seine Familie besaß einen guten Namen und Geld. Aber es gab Gemeinsamkeiten: ihre Liebe zu Cornwall zum Beispiel und seine Sympathie für die einfachen Leute. Er konnte lebhaft erzählen, sodass Mary sein Leben als Marinesoldat in Amerika und London deutlich vor sich sah.

»Ich muss jetzt gehen«, bemerkte er plötzlich. Vielleicht war ihm bewusst geworden, dass er sich viel zu lange mit ihr unterhalten hatte. »Ihr leert die Zuber aus und räumt sie weg. Ich bringe euch etwas zu essen.«

»Er ist kein Typ, der sich eine Frau nimmt«, sagte Sarah spitz, als Tench gegangen war. Sie hatte die ganze Zeit über geschwiegen, während Mary mit ihm gesprochen hatte, und nur manchmal genickt oder gelächelt. »Von ihm wirst du nicht bekommen, was du willst.«

»Woher willst du das wissen?«, fragte Mary. Es schmerzte sie, dass die ältere Frau sich über sie lustig machte.

»Ich kenne die Männer«, gab Sarah schlicht zurück. »Er ist einer, der sich für die Frau aufhebt, die er heiraten wird. Solche gibt es sehr selten.«

Mary dachte, Sarah hätte sich geirrt, als Tench zurückkam und ihnen ein Brot, etwas Käse und eine Orange brachte. Aber als er sich schnell wieder verabschiedete und sie drängte, aufzuessen und zurück in den Laderaum zu gehen, blickte Sarah seiner schlanken Gestalt nach, die sich über das Deck von ihnen entfernte, und seufzte.

»Er ist ein freundlicher, netter Mann«, meinte sie. »Zweifellos wird er dir immer helfen, wenn du es weiter schaffst, sein Interesse zu wecken, Mary. Aber hoffe nicht auf seine Liebe oder darauf, dass du das Bett mit ihm teilen wirst. Männer wie er verlieben sich nicht in weibliche Strafgefangene.«

Das Brot und der Käse waren beide etwas schimmelig, doch das spielte keine Rolle, schließlich war es überhaupt etwas zu essen. Über die Orange freuten sie sich noch mehr, denn diese Frucht hatte es auch in den Zeiten vor ihrer Inhaftierung sehr selten gegeben. Sie aßen sie gierig, sogar die Schale, und leckten sich lachend auch noch den letzten Tropfen Saft vom Kinn.

Sie hatten gerade den letzten Waschzuber über die Seite des Schiffes ausgeleert, als Leutnant Graham auftauchte. Er war in Uniform und sah verschwitzt und gereizt aus.

»Zeit, dass ihr zurück in den Laderaum kommt«, erklärte er knapp.

»Wir wollten gerade die trockene Wäsche abnehmen und falten«, antwortete Mary. Sie hatte einen Sonnenbrand auf dem Gesicht und den Armen; sie konnte das vertraute Stechen fühlen und wusste, dass es tagelang schmerzen würde. Aber hier oben war sie frei und sogar glücklich, und sie wollte einfach noch nicht wieder hinunter in den Laderaum gehen.

»Meine Männer werden das erledigen«, meinte er und sah sie durchdringend an. »Ich weiß, wie ihr Frauen seid, ihr wollt wahrscheinlich ein paar Hemden stehlen.«

»Da irren Sie sich, Sir«, erwiderte Mary zornig. »Wir möchten unsere Aufgabe nur richtig zu Ende bringen.«

Er lehnte sich gegen den abgesägten Mast und lachte höhnisch. »Ach ja? Ich halte es für wahrscheinlicher, dass du deine Seele für ein neues Kleid, für Essen oder einen Tropfen Rum verkaufen würdest.«

Mary blickte zu Sarah, sah den beklommenen Ausdruck auf ihrem Gesicht und nahm an, dass sie die Information bereits weitergegeben hatte, dass Mary durchaus nicht abgeneigt war, die Geliebte eines der Männer zu werden. Nach ihrem Gespräch mit Tench war Mary nicht mehr wirklich an Graham interessiert, doch ihr gesunder Menschenverstand sagte ihr, dass sie ihn nicht völlig aus dem Blick verlieren sollte.

»Ich würde meine Seele nicht verkaufen«, erklärte sie betont. »Und ich habe auch noch nicht daran gedacht, meinen Körper zu verkaufen. Noch nicht.«

»Ihr Frauen seid doch alle Huren«, entgegnete Graham abfällig. »Jetzt macht eure Arbeit fertig und geht zurück!«

Seine Worte verletzten sie, doch als sie den Zuber anhoben, um ihn komplett auszuleeren, spürte Mary, dass Graham ihre Beine anstarrte. Sie hatte die Seiten ihres Rockes in die Kette um ihre Hüfte gesteckt und vergessen, sie wieder herauszunehmen.

Mary blickte sich zu ihm um und zwinkerte ihm frech zu. Sie zweifelte nicht daran, ihn in Versuchung führen zu können, selbst wenn ihr das bei Tench nicht gelingen würde.

Während der nächsten paar Wochen wurde Mary regelmäßig zum Arbeiten nach oben gerufen. Manchmal nur mit Sarah, oft mit anderen Frauen. Aber ihr fiel sofort auf, dass sie immer dabei war, ob es ums Waschen, Stopfen oder Gemüseputzen ging. Leider hatte sie keine Ahnung, ob es Tench oder Graham war, der sie auf die Liste setzte.

Sie sah beide Männer bei fast jeder Gelegenheit, und obwohl Tench nicht mehr so lange bei ihr stehen blieb und mit ihr sprach wie zuvor einmal, steckte er ihr fast immer etwas zu essen zu. Graham dagegen blieb jedes Mal länger bei ihr und führte Mary oft unter dem Vorwand, sie wegen etwas bestrafen zu wollen, von den anderen Frauen fort.

Der Mann war ihr ein Rätsel. Er konnte so kurz angebunden und gemein sein, doch ab und zu war er wirklich nett, zum Beispiel, als sie sich einmal einen Splitter in den Fuß gelaufen hatte. Mehrere Frauen hatten ohne Erfolg versucht, ihn herauszuziehen. Am Ende des Tages konnte sie kaum noch stehen, und als Graham sie humpeln sah, rief er sie zu sich.

»Was ist mit deinem Fuß?«, fragte er.

Sie erklärte es ihm, und er wollte die Stelle sehen. Mary drehte ihm den Rücken zu und hob unter großen Schwierigkeiten, weil die Kette sie hinderte, den Fuß.

»Er sitzt unter der Haut«, sagte er. »Ich hole eine Nadel und ziehe ihn raus.« Dann befahl er, dass die anderen Frauen zurück in den Laderaum gebracht wurden. Mary jedoch sollte bleiben.

»Setz dich«, polterte er, als er mit einer Nadel und einem kleinen Fläschchen mit einer Flüssigkeit wieder zurückkam.

Mary gehorchte, und Graham ließ sich auf einer Kiste vor ihr nieder und hob ihren Fuß auf sein Knie. Es tat weh, als er mit der Nadel hantierte, aber schließlich bekam er den Splitter heraus. Dann rieb er einen Tropfen der Flüssigkeit aus der Flasche auf die Wunde. Es brannte, und Mary schrie auf.

»So entzündet es sich nicht«, erklärte er. »Jetzt wickel etwas darum, und lauf nicht durch irgendwelchen Dreck, bis es geheilt ist.«

»Das ist schwierig unten im Laderaum«, gab sie zurück.

»Hörst du nie auf, dich zu beschweren?«, fragte er, doch er hielt ihren Fuß immer noch in seiner Hand.

In diesem Moment wusste Mary ganz sicher, dass er wirklich Interesse an ihr hatte. »Wenn Sie das schon für eine Beschwerde halten, dann warten Sie, bis ich richtig warm geworden bin«, meinte sie mit einem breiten Grinsen. »Was möchten Sie gern hören? Soll ich von dem Dreck erzählen, von dem Gestank oder von dem fehlenden genießbaren Essen?« Sie lachte, um ihren Worten den Stachel zu nehmen. »Aber ich will Ihnen ja nicht den Appetit verderben. Es war sehr nett von Ihnen, sich um meinen Fuß zu kümmern.«

Er erwiderte nichts, doch seine Hand blieb auf ihrem Bein liegen, direkt über dem Eisenring, wo er ihr sanft über die Haut strich. »Du bist sauberer als die anderen«, bemerkte er, und seine Stimme war plötzlich tiefer und vertraulicher. »Das mag ich an dir. Ich möchte nicht, dass du dir eine Blutvergiftung holst.«

»In diesem Laderaum überlebt man nur, wenn man sich sauber hält«, erklärte sie. »Und das will ich, überleben, was immer ich auch dafür tun muss.«

Er lächelte, und sein rundes Gesicht strahlte mit einem Mal so warm, dass er für einen kurzen Augenblick beinahe gut aussah. »Was immer du dafür tun musst?«, wiederholte er und hob eine Augenbraue.

Mary konnte ihn nicht ansehen. Sie wusste, was er von ihr hören wollte: dass sie zu haben war. Doch wenn er es wollte, hätte er sie auch mit Gewalt nehmen können, das wusste sie, und deshalb empfand sie ihm gegenüber fast so etwas wie Sympathie.

»Ich war noch nie mit einem Mann zusammen«, bekannte sie leise und hielt den Blick gesenkt. »Ich wollte immer warten, bis ich verheiratet bin. Aber das wird jetzt nicht mehr passieren. Ich könnte auf diesem Schiff verhungern, bevor ich das Land sehe, in das man mich schicken will. Wenn mir also ein Mann Essen und ein neues Kleid anbieten würde, dann könnte ich, glaube ich, im Gegenzug tun, was er möchte, solange er nett zu mir ist.«

»Es macht dir nichts aus, wenn keine Liebe im Spiel ist?«

Das war eine seltsam einfühlsame Frage, die Mary von einem Mann wie ihm nicht erwartet hätte.

»Liebe gibt es für Frauen wie mich nicht«, antwortete sie. »Ich wäre schon zufrieden, wenn man nett zu mir ist.«

Er befahl ihr, in den Laderaum zurückzukehren, aber als sie aufstand, gab er ihr ein Stück Baumwolle, um damit ihren Fuß zu bandagieren. »Halt ihn sauber«, war sein einziger Kommentar, doch seine Augen sagten ihr eine ganze Menge mehr.

In dieser Nacht steckte Mary in einer Zwickmühle. Eigentlich wollte sie Watkin Tench: Für ihn konnte sie sehr viel mehr empfinden als Dankbarkeit. Aber sie hatte das Gefühl, dass Sarah recht hatte. Vielleicht würde er tatsächlich niemals mit einer Frau schlafen, mit der er nicht verheiratet war. Wenn sie jedoch etwas mit Graham anfing und Tench das herausfand, dann würde er sie dafür verachten.

Während der folgenden Woche konnte sie an nichts anderes denken. Sie fragte sich, ob es nicht nobler sein würde zu verhungern, als die Achtung vor sich selbst zu verlieren, oder ob es besser war, mit der einzigen Waffe zu kämpfen, die sie besaß, um zu überleben.

Die lange Hitzeperiode endete mit einem fürchterlichen Sturm. Das alte Schiff schwankte und zitterte, und die Balken ächzten, als würden sie jeden Moment brechen. Die Luken waren geschlossen worden und blieben es, als es tagelang wie aus Kübeln goss. Während die Frauen in völliger Dunkelheit auf ihren Pritschen lagen und den Schreien der Kranken zuhörten, wurde die bereits stinkende Luft so unerträglich und schwer, dass man kaum noch atmen konnte.

Das kleine Baby Rose, das seit seiner Geburt kränklich gewesen war, starb zuerst, gefolgt von seiner Mutter und der Frau, die bei ihnen gelegen hatte. Innerhalb von vierundzwanzig Stunden hatten weitere acht Frauen Fieber, und ein Dutzend andere, darunter Mary, übergaben sich und bekamen Durchfall. Die meisten waren so schwach, dass sie es nicht einmal bis zu den Eimern schafften und in ihren eigenen Exkrementen lagen.

Mary sah jetzt mit eigenen Augen, dass die einzigen Frauen, die nicht so litten, die sogenannten Huren waren. Sie waren gesund genug, um den anderen Frauen die heiße Stirn zu kühlen oder sie zu trösten. Selbst Mary, die sich selbst für so stark gehalten hatte, besaß kaum noch die Kraft, bis zum Eimer zu kriechen.

Da beschloss sie, dass das Überleben viel wichtiger war als die Moral.

Schließlich ließ der Regen nach. Die Luken wurden wieder geöffnet, und man konnte erkennen, dass das Wasser dreißig Zentimeter hoch unter den Pritschen stand und dass Erbrochenes und Exkremente darauf schwammen. Die Gefangenen wurden immer kränker, und noch zwei weitere Frauen starben. Die Männer riefen durch das Gitter zu ihnen herüber. Sie litten genauso schlimm. Mary hörte, dass Able, ihr Zellengenosse aus Exeter, gestorben war, genauso wie ein junger Mann, der gerade erst fünfzehn gewesen war, und zwei ältere Männer.

Mary sprach eines Morgens mit Will Bryant. Selbst er klang nicht mehr so forsch und zuversichtlich wie zuvor.

»Wenn es der Typhus ist, der unter uns wütet, dann werden

wir alle sterben«, meinte er düster. »Wir müssen einen Weg finden, sie dazu zu bringen, die Laderäume zu säubern. Hier gibt es mehr Ratten als jemals zuvor, und ich fürchte um unser aller Leben.«

»Ich werde versuchen, etwas zu unternehmen«, erwiderte sie.

»Was kann ein kleines Ding wie du schon tun?«, gab er arrogant zurück.

»Ich kann sie vielleicht um etwas bitten«, entgegnete sie, noch entschlossener, weil er sie anzweifelte.

»Du kannst es versuchen, aber das wird nichts nutzen«, antwortete er. »Sie wollen, dass wir alle sterben, damit sie das Schiff mit neuen Gefangenen füllen können, die dann auch sterben. So sparen sie ein Vermögen.«

»Du beschämst alle Männer aus Cornwall«, fuhr sie ihn an. »Solche Reden helfen niemandem.«

»Ich werde dich heiraten, wenn du es schaffst, dass sie die Laderäume säubern«, schrie er zurück und lachte rau.

»Sei vorsichtig, sonst nehme ich dich beim Wort«, rief Mary.

Sarah lächelte schwach, als Mary ihr erzählte, was sie vorhatte.

»Die Wachen werden Tench oder Graham nicht herholen«, sagte sie. »Sie werden dich einfach ignorieren.«

»Ich muss es versuchen«, beharrte Mary.

Es hatte keinen Zweck, gegen die Tür zu hämmern; darauf reagierte nie jemand. Also wartete Mary, bis die Wache herunterkam, um zwei Frauen zu befehlen, den Toiletteneimer an Deck zu tragen. Sobald der Mann die Tür aufschloss, sprang sie auf ihn zu.

»Ich muss mit Kapitänleutnant Tench oder mit Leutnant Graham sprechen«, sagte sie eindringlich.

»Hau ab«, brummte er und schob sie mit dem Stock fort. »Du musst mit niemandem sprechen.«

»Doch, das muss ich, und das werde ich«, erwiderte sie und ergriff seinen Arm. »Wenn du meine Nachricht nicht an einen von ihnen weiterleitest, dann werde ich dafür sorgen, dass man dich bestraft.«

»*Du* wirst dafür sorgen, dass man *mich* bestraft?« Seine ohnehin schon schmalen Augen wurden noch schmaler. »Glaubst du, irgendeiner da oben würde auf eine verdammte Kriminelle hören?«

»Dann ignorier mich, aber auf deine eigene Gefahr«, erklärte Mary drohend. »Ich sage dir, richte ihnen aus, um was ich dich gebeten habe, oder nimm hin, was dich erwartet.«

»Hau ab«, wiederholte er, doch diesmal mit weniger Überzeugung. Er befahl den beiden Frauen, den Eimer nach oben zu tragen, und hielt Mary mit dem Stock zurück.

»Sag es ihnen«, schrie sie, als er die Tür hinter sich zuschmiss und abschloss. »Sag es ihnen oder verrecke – es ist wichtig.«

Mary versuchte es wieder, als die Frauen mit dem Eimer zurückkehrten, jedoch mit demselben Ergebnis. Als die Stunden quälend langsam verstrichen und immer noch niemand kam, starrte sie durch die Luke auf den dunkelgrauen Himmel über ihr und weinte. Noch mehr Frauen würden an dem Fieber sterben. Falls man sie hier unten sitzen ließ, würden sie alle innerhalb einer Woche tot sein, fürchtete Mary.

»Du hast alles versucht«, meinte Sarah, um sie zu trösten. »Es ist genau, wie Will sagt: Ihnen ist es egal, ob wir sterben.«

»Das stimmt vielleicht für die meisten, aber ich kann nicht glauben, dass das auch für Tench und Graham gilt«, widersprach Mary. »Das glaube ich nicht.«

Sie hatte keine Ahnung, wie viel Uhr es war, da die Sonne nicht zu sehen war, doch es fühlte sich wie später Nachmittag an, als eine Wache hereinkam und ihren Namen rief.

»Los, nach oben mit dir«, befahl er.

Es war nicht derselbe Mann, den sie vorher bedroht hatte, doch sie spürte, dass er von der Auseinandersetzung wusste, weil er sie zum ersten Mal nicht mit dem Stock in den Rücken stieß. Als sie das Ende des Niedergangs erreichte, sog sie gierig die frische Luft in ihre Lungen, und es ließ sie beinahe schwindeln.

Leutnant Graham stand an Deck. »Du wolltest mich sprechen?«, fragte er.

Mary erklärte ihm, was unten vor sich ging. »Der Laderaum muss unbedingt gesäubert werden«, flehte sie. »Wir bekommen alle Fieber, wenn das nicht geschieht.«

Er blieb teilnahmslos, und das machte sie wütend. »Wenn wir Fieber bekommen, dann werden sich auch alle anderen damit anstecken«, erklärte sie hitzig. »In Gottes Namen, so unternehmen Sie doch etwas! Sie wollen doch nicht den Tod einer gesamten Schiffsbesatzung auf dem Gewissen haben!«

Er sah sie lange mit diesem durchdringenden Blick an, den sie schon kannte. »Und was wirst du für mich tun, wenn ich dir deinen Wunsch erfülle?«

Mary schluckte. Sie hatte nicht erwartet, dass er mit ihr verhandeln würde. »Was immer Sie wollen, Sir«, erwiderte sie.

»Ich will nicht, dass du unwillig bist«, meinte er, und zum ersten Mal sah Mary den Anflug von Nervosität auf seinem Gesicht.

»Und ich will nicht, dass Sie den Leuten unten im Laderaum unwillig helfen«, entgegnete sie.

Er wandte den Blick ab und schaute aufs Wasser hinaus. Mary konnte sehen, dass er mit seinem Gewissen kämpfte. Er brütete nicht über der Frage, ob es richtig war, die Gefangenen da unten verrecken zu lassen, sondern überlegte, ob es klug war, Marys Forderungen nachzugeben, weil er sie begehrte.

Nach scheinbar unendlich langem Schweigen wandte er sich ihr wieder zu. »Ich werde den Befehl geben, die Laderäume zu säubern«, erklärte er streng. »Du wirst zu mir kommen, wenn die anderen Frauen zurückgeschickt werden.«

Es war dunkel, als der Laderaum der Frauen gesäubert war. Die Gefangenen waren an Deck gebracht worden, und die Abendsuppe und das Brot wurden dort ausgeteilt, während die Wachen noch mit ihrer Aufgabe beschäftigt waren. Für einige der Frauen, die nie den Laderaum verlassen hatten, seit man sie dort hingebracht hatte, war es fast zu viel. Sie kauerten ängstlich an Deck und zitterten im frischen Wind. Ihr Blick war leer, als wären sie halb geblendet vom Tageslicht.

Mary war schockiert über den Zustand einiger Frauen. Im Dämmerlicht des Laderaums hatte man das ganze Ausmaß des Schreckens gar nicht erkennen können. Einige von ihnen waren nur noch Haut und Knochen, und alle waren blass, ausgemergelt und apathisch. Der Schmutz saß so tief unter ihrer Haut und in ihren Haaren, dass mehr als ein Bad nötig sein würde, um sie zu säubern. Sie entdeckte eiternde Wunden, wo die Beineisen in die Haut schnitten, sah die Läuse, die auf ihnen krabbelten, und die Bissspuren auf den dünnen Armen und Beinen, die nur von Ratten stammen konnten. Traurig wurde ihr bewusst, dass das Säubern des Laderaums diesen Frauen nicht helfen würde, es sei denn, sie wurden besser ernährt. Mary bezweifelte, dass sie alle die Deportation noch erleben würden.

Als die Wachen an Deck zurückkehrten, die von der Anstrengung heftig schwitzten, und der scharfe Geruch von Essig in der Luft hing, begann Mary bei dem Gedanken an das, was ihr jetzt bevorstand, vor Angst zu zittern.

Sie wusste, was das Liebemachen mit sich brachte. In dem kleinen Haus in Fowey gab es keine Privatsphäre, und sie hatte ihre Eltern gehört, wenn sie sich in der Dunkelheit geliebt hatten. Während ihrer Zeit in Plymouth hatte sie es auch überall um sich herum beobachten können, deshalb fürchtete sie sich nicht vor dem Akt an sich. Thomas hatte sie immer so leidenschaftlich geküsst, und sie hätte ihm gern erlaubt, weiterzugehen, wenn er das gewollt hätte. Aber es war ein großer Unterschied, ob man dazu verführt wurde oder ob man gezwungen war, es über sich ergehen zu lassen.

Abgesehen von ihrer Angst, von einem Mann genommen zu werden, den sie kaum kannte, waren da auch noch die Informationen, die sie von Sarah hatte. Die Freundin hatte gesagt, dass die Offiziere es zwar normalerweise ignorierten, wenn einer der ihren ein Verhältnis mit einer Gefangenen anfing. Doch angeblich hielt es sie nicht immer davon ab, sich zusammenzutun und eine Frau danach auspeitschen zu lassen, wenn sie etwas gegen sie hatten. Mary nahm an, dass sie allen aufgefallen war, weil sie es gewagt hatte, sich über den Laderaum zu beschweren.

Leutnant Graham erschien, als die Wachen die Frauen gerade wieder zurück nach unten schickten. Er bedeutete ihr, ihm ans Heck des Schiffes zu folgen, und verschwand in einer der hüttenähnlichen Aufbauten dort.

Er schloss die Tür und verriegelte sie, sobald Mary ebenfalls eingetreten war. Der Raum ähnelte dem, in den Tench sie zuvor gebracht hatte – klein, mit einer Schlafkoje, einem Tisch und ein paar Stühlen. Graham zündete eine Kerze auf dem Tisch an, und erst da sah Mary die kleine Wanne mit Wasser auf dem Boden.

»Für mich?«, fragte sie.

»Ja. Du stinkst«, sagte er und sah etwas verlegen aus. »Wasch dich gründlich, auch deine Haare. Ich komme später zurück.«

»Werden Sie die hier abnehmen?« Mary deutete auf ihre Ketten.

Er zögerte einen Moment, woraus sie schloss, dass er das noch niemals zuvor getan hatte, dann nahm er einen Schlüssel aus seiner Tasche, schloss die Schellen an ihren Knöcheln auf und zog ihr die Kette von der Hüfte. Er verließ sie ohne ein weiteres Wort.

Für einen Moment konnte Mary an nichts anderes denken als an die Freude, von ihren Ketten befreit zu sein. In der Lage zu sein, sich ohne Mühe zu bewegen, und nicht das verhasste Rasseln zu hören, mit dem sie jetzt schon so lange lebte, war unbeschreiblich schön. Aber sie kam innerhalb von Minuten wieder zur Besinnung und lief zur Tür, um zu sehen, ob sie sich öffnen ließ. Natürlich war sie abgeschlossen, genau wie sie erwartet hatte, und die beiden Bullaugen waren viel zu eng, als dass sie dort hindurchgepasst hätte. Deshalb zog sie ihr Kleid aus und stieg in die Wanne.

Zu ihrem Entzücken war das Wasser warm, und die Seife, die er ihr dagelassen hatte, war nicht so rau wie die, mit der sie die Hemden wuschen. Die Wanne war klein und erlaubte ihr nur, sich hineinzuhocken, aber es fühlte sich so gut an, vor allem ohne die schweren Ketten, die sie sonst niederdrückten.

Sie trocknete sich gerade mit einem Handtuch ab, das Graham ihr hingelegt hatte, als sie einen Spiegel an der Wand entdeckte und einen Blick hineinwarf. Doch sie wich schockiert zurück, als sie sich darin sah. Ihre früher runden, rosigen Wangen waren eingefallen, und ihre Augen schienen ihr aus dem Kopf zu quellen. Als sie an ihrem Körper heruntersah, entdeckte sie, dass er ebenfalls ausgemergelt war. Ihre Rippen stachen sogar unter ihrer Brust hervor. Noch seltsamer waren ihr braunes Gesicht und ihre Unterarme, wohingegen der Rest von ihr geisterhaft weiß war.

Aber ihr frisch gewaschenes Haar sah hübsch aus; es fiel ihr in dunklen, glänzenden Locken auf die Schultern. Sie rubbelte es fest mit dem Handtuch trocken und kämmte es mit Grahams Kamm durch, um die Läuse zu entfernen. Dann wusch sie den Kamm ebenfalls in der Wanne aus und legte ihn dorthin zurück, wo sie ihn gefunden hatte.

Als sie Graham zurückkehren hörte, schlüpfte sie hastig in die Koje und zog die Decke über sich.

Graham trat langsam ein. Er trug ein kleines Tablett, das er auf den Tisch stellte, während er die Tür wieder verschloss. Mary war zu schüchtern, um zu sprechen, aber als ihr Essensduft in die Nase stieg, richtete sie sich auf.

»Ist das für mich?«, rief sie und konnte ihr Glück kaum fassen, denn es war irgendeine Pastete mit einer goldenen Blätterteighülle, so wie ihre Mutter sie immer zubereitet hatte. Sie war mit einer fetten, nahrhaften Soße bedeckt.

»Ich dachte, du hast bestimmt Hunger«, erwiderte er und sah sie an, als wäre er verlegen.

»Das ist sehr nett von Ihnen, Sir«, meinte sie.

»Hier drin musst du mich nicht Sir nennen«, erklärte er und schob ihr das Tablett hin. Dann setzte er sich auf den Rand der Koje. »Mein Name ist Spencer. Und jetzt iss, bevor es kalt wird.«

Mary brauchte man das nicht zweimal zu sagen, und sie fiel voller Entzücken darüber her. Es war eine Hasen-Gemüse-Pastete, die beste, die sie gegessen hatte, seitdem sie aus Fowey weggegangen war. Obwohl sie das Essen mehr beachtete als den Mann, der es gebracht hatte, bemerkte sie, dass er ihre offensichtliche Freude zu genießen schien.

Der Leutnant war überrascht von dem, was er empfand, während er Mary zusah. Er hatte erwartet, sich entweder schuldig zu fühlen, weil er seine Frau hinterging, oder so voller Lust zu sein, dass er Mary nach seiner Rückkehr keine Zeit lassen würde zu essen. Doch stattdessen war er sehr wohl in der Lage, sein schlechtes Gewissen und seine Lust zu unterdrücken, weil es ihn glücklich machte, Mary beim Essen zuzusehen. Es war ihr nicht aufgefallen, dass durch ihre Bewegungen die Decke verrutscht war und man jetzt ihre Brüste sehen konnte, zwei kleine perfekte Hügel mit blassrosa Spitzen. Ein bisschen Soße war auf eine getropft, und er konnte sich gerade noch davon abhalten, sich vorzubeugen und sie abzulecken.

Vor zehn Jahren, mit zwanzig, hatte er Alicia, seine Cousine zweiten Grades, geheiratet. Sie hatten als Kinder zusammen gespielt, zusammen tanzen und reiten gelernt, zu Hause in einem Dorf in der Nähe von Portsmouth, und es war immer klar gewesen, dass sie irgendwann heiraten würden. Alicia war dann zu ihm in sein Elternhaus gezogen, und sie war wie eine Tochter des Hauses. Sie malte, nähte und spielte Klavier, war eine hervorragende Gastgeberin und beschwerte sich nie, dass er oft für lange Zeit fort war. Sie hatte sogar zuerst einen Sohn und dann eine Tochter bekommen, ohne ihre gute Figur zu verlieren.

Graham fand, dass seine Ehe wirklich gut funktionierte. Sie lebten harmonisch zusammen, und mancher Mann beneidete ihn um seine hübsche und lebhafte Frau. Er verstand nicht, warum er selbst manchmal enttäuscht war.

Doch während er Mary beim Essen zusah, wusste er es plötzlich. Alicia war wie ein köstlicher und gesunder Apfel, in den man biss, aber der nicht auf die gleiche Weise befriedigte wie eine Fleischpastete. Alicia stritt sich nie mit ihm, alles, was er sagte, wurde befolgt. Sie sah immer hübsch aus, wenn sie ihn zu Hause begrüßte, doch da war nie Leidenschaft, kein echtes Gefühl zwischen ihnen.

Mary war nicht einmal annähernd so hübsch wie Alicia. Selbst wenn sie das teuerste Seidenkleid tragen und ihr Haar elegant aufstecken würde, bliebe sie immer noch, was sie war: ein Mädchen vom Land ohne gesellschaftlichen Schliff.

Doch sie war begehrenswert, vor allem jetzt, sauber gebadet und mit offenem, dunklem Haar, das ihr über die Schultern floss. Sie besaß einen Trotz, den Alicia niemals gezeigt hatte; sie war stolz, mutig, dickköpfig und ehrlich. Es wäre eine Herausforderung, diese Gefangene dazu zu bringen, ihn zu lieben, und er hatte das Gefühl, etwas Wunderbares und Stützendes zu finden, wenn es ihm gelänge. Es erregte ihn sogar, dass er seine Karriere in der Marine riskierte, indem er sie zu sich in die Kabine holte. Graham hatte noch niemals in seinem Leben so viel riskiert.

»Das war wunderbar«, meinte Mary und überraschte ihn mit ihrer Dankbarkeit. »Und das Bad, das war einfach herrlich.«

Sie fühlte sich jetzt in der Lage, das Bett mit ihm zu teilen. Gesättigt und nach dem Bad warm und sauber, war sie zu fast allem bereit. Irgendwie glaubte sie nicht, dass er grob zu ihr sein würde, nicht, wenn er ihr so gutes Essen brachte.

»Möchtest du etwas Rum?«, fragte Graham.

»Nur ein bisschen«, erwiderte sie. Sie mochte den Geschmack nicht wirklich, aber sie genoss den wärmenden Effekt des Alkohols. Außerdem hatte Sarah ihr gesagt, sie solle trinken, was immer man ihr anbot, weil es ihr dabei helfen würde, das alles über sich ergehen zu lassen.

Graham goss ihr etwas Rum in ein Glas und begann, sich auszuziehen. Mary stürzte hastig ihren Drink herunter, als sie seine weißen, behaarten Beine sah, weil sie plötzlich Angst bekam, ob sie das wirklich ertragen konnte. Ihre Angst wuchs noch, als er sein Hemd abstreifte: Er hatte eine Hühnerbrust und einen weißen Bauch, der schwabbelte, wenn er sich bewegte.

Ihr ganzes Leben lang war sie den Anblick halb nackter Männerkörper gewohnt gewesen. Fischer und Seeleute zogen sich bei heißem Wetter oft die Hemden aus, und sie hatten harte, schlanke Körper mit ausgeprägten Muskeln. Mary hatte gedacht, alle Männer wären so muskulös, und Grahams unerwartet weißes, schlaffes Fleisch ließ plötzlich Übelkeit in ihr aufsteigen. Aber jetzt konnte sie nicht mehr zurück, also kroch sie unter die Decke, um ihm Platz zu machen, und wandte den Blick ab.

Eine Sekunde später lag er bereits auf ihr und presste sie mit seinem Gewicht in die Matratze. Seine Hände fuhren wild über ihren Körper, und seine Lippen klebten an ihren wie ein Blutegel. Mary hatte keine Ahnung, wie sie reagieren sollte; ihre einzigen Erfahrungen hatte sie mit Thomas gemacht, und seine zärtlichen, sanften Küsse hatten in ihr den Wunsch nach mehr geweckt.

Grahams Mund wanderte von ihren Lippen zu ihren Brüsten, und er sog so fest daran, dass es schmerzte. Sein Atem kam keuchend und stoßweise. Sie konnte seinen Penis an ihrem Bauch fühlen. Er war hart und heiß, aber zum Glück schien er klein zu sein. Innerhalb von Sekunden vergrub er sein Gesicht an ihrem Hals, schob ihre Schenkel auseinander und erzwang sich seinen Weg in sie hinein.

Es tat nicht weh, aber es war auch nicht angenehm, denn es fühlte sich an, als würde ein Stock in eine trockene Röhre geschoben, die gerade groß genug dafür war. Sie mochte die Art nicht, wie er ihre Pobacken festhielt und grunzte.

Doch zum Glück dauerte es nicht lange. Das Grunzen wurde etwas lauter, sein Körper wurde heißer und verschwitzt, dann seufzte er ganz plötzlich tief auf und lag still, das Gesicht an ihrem Hals vergraben.

Erst in diesem Moment spürte sie eine gewisse Zärtlichkeit ihm gegenüber. Nach allem, was sie während der letzten sechs oder sieben Monate durchgemacht hatte, fühlte es sich gut an, gehalten zu werden und in einem warmen und gemütlichen Bett zu liegen. Sie hob eine Hand, streichelte seinen Nacken und seine Schultern und fragte sich, ob sie etwas sagen sollte.

Aber was hätte das sein können? Es war ihr unmöglich zu sagen, dass sie ihn liebte oder dass es ihr Spaß gemacht hatte. Und sie konnte ihn auch nicht fragen, ob er vorhatte, noch einmal mit ihr zu schlafen, heute Nacht oder an irgendeinem anderen Tag. Sie war doch nur eine Strafgefangene, die keine Rechte hatte und der man keine Gefühle oder Bedürfnisse zugestand.

Er rutschte ein wenig die Koje hinunter, legte seinen Kopf auf ihre Brüste und schlief fast sofort ein, die Arme fest um sie geschlungen.

Mary lag einige Zeit einfach nur da. Die Luft, die durch das Bullauge kam, war klar und frisch, und nur Grahams leises Schnarchen durchbrach die Stille. Es war gut zu wissen, dass hier nachts keine Ratten über sie laufen würden, während sie schlief, und dass sie nicht vor Hunger aufwachen würde. Doch sie konnte nicht schlafen, denn plötzlich kam ihr der Gedanke, vielleicht ja fliehen zu können.

Graham hatte die Tür abgeschlossen, als er hereingekommen war, und sie war sicher, dass er den Schlüssel in seine Jackentasche gesteckt hatte. Konnte sie vielleicht die Koje verlassen, sich anziehen und den Schlüssel finden, ohne dass er aufwachte? Würde draußen eine Wache stehen?

Die letzte Frage wurde beantwortet, als sie schwere Schritte an der Tür vorbeigehen hörte. Sie lauschte einige Zeit und verfolgte innerlich die Route des Wachmanns über das Deck. Als er sich zum zweiten Mal der Kabinentür näherte, zählte sie die Sekunden, bevor er die komplette Runde beendet hatte. Neunzig Sekunden, aber auf der dritten Runde hielt er irgendwo an, vielleicht um eine Pfeife zu rauchen oder sich auszuruhen.

Nein, es gab zu viele Unwägbarkeiten, wenn sie in dieser Nacht zu fliehen versuchte. Sie wusste nicht, wie tief Graham schlief, sie war nicht sicher, wo sich der Schlüssel befand, und sie hatte die

Seiten des Schiffes noch nicht nach der idealen Stelle zum Hinunterklettern untersucht. Einfach hinunterzuspringen wäre dumm; das Platschen würde innerhalb von Sekunden die Wachen alarmieren. Sie konnte nur hoffen, dass Graham sie noch einmal wollte und dass es ihr gelingen würde, sein Vertrauen zu gewinnen. Währenddessen musste sie sich die Gegebenheiten an Deck genau merken und sich den besten Fluchtweg suchen.

Mary träumte, sie läge mit ihrer Schwester Dolly zu Hause im Bett, doch als sie erwachte, gehörte die Hand, die sie streichelte, Graham und nicht ihrer Schwester. Sie gab vor, noch zu schlafen, und hoffte, er würde auch wieder einnicken, aber zu ihrer Überraschung hörte sie ihn eine Kerze anzünden.

Sie hätte gern die Augen geöffnet, um zu sehen, was er tat, aber dann schickte er sie vielleicht zurück in den Laderaum, und ihr war gerade so mollig warm, und sie fühlte sich so zufrieden, dass ihr der Gedanke gar nicht behagte. Mary fühlte, wie Graham die Decke zurückschlug, und spürte die leichte Hitze der Kerze näher kommen.

Auf einmal wurde ihr bewusst, dass er mit der Kerze in der Hand dasaß und sie betrachtete. Es war anstrengend, aber sie öffnete die Augen trotzdem nicht. Graham schob ihr sanft einen Finger in die Scheide und teilte das Haar. Und dann hielt er mit zwei Fingern ihre Schamlippen auseinander.

Weiterhin die Schlafende zu spielen war noch schwerer, denn sie wusste, dass er einen Teil von ihr betrachtete, den noch niemand außer ihr selbst gesehen hatte. Sie fragte sich, warum er sich ihre intimste Stelle anschaute. Hatte er die Scheide einer Frau noch niemals zuvor gesehen? Oder wollte er überprüfen, ob sie eine Geschlechtskrankheit hatte?

Aber als sein Finger sie dort berührte, durchfuhr sie ein seltsames Gefühl. Es fühlte sich gut an, so wie Thomas' Küsse, und unwillkürlich öffnete sie ihre Beine ein wenig weiter. Das zögernde Reiben wurde ein bisschen stärker. Offenbar betrachtete er immer noch ihren Schoß, nicht ihr Gesicht, denn sie spürte seinen warmen Atem auf ihrem Bauch. Sie öffnete die Augen ein wenig und erkannte, dass er die Kerze nicht in der Hand hielt; die stand auf dem Rand der Koje. Er rieb sich seinen Penis mit einer Hand, während er sie mit der anderen intim berührte.

Mary schloss fest die Augen. Sie wollte nicht, dass das Bild seines weißen Bauchs den Genuss zerstörte, den er ihr bereitete. Es kam ihr zwar komisch vor, dass ein Mann lieber eine Schlafende streichelte statt eine Frau, die wach war und auf ihn reagierte, doch im Grunde wusste sie ja auch nichts über das Liebesspiel zwischen Mann und Frau.

Immer und immer wieder glitt sein Finger in sie, und es fiel ihr schwer, ruhig zu liegen und nicht aufzustöhnen. Sie konnte hören, dass er schwerer atmete und seine Hand schneller und schneller über seinen Penis rieb, und dann, gerade als sie nach ihm greifen und ihn bitten wollte, in sie einzudringen, gab er ein Grunzen von sich und war still.

Graham legte sich ein paar Sekunden später neben sie ins Bett und schlief wieder fest ein. Wieder lag Mary wach, verstört über die Gefühle, die er in ihr geweckt hatte, und noch verwirrter über das, was er getan hatte. War es nett von ihm gewesen oder nicht, sie dafür nicht zu wecken? Oder pflegten Männer sich so zu verhalten?

Schließlich musste sie eingeschlafen sein, denn plötzlich schüttelte er sie an der Schulter. »Wach auf, Mary«, flüsterte er. »Es wird Zeit zurückzugehen.«

Es fing gerade an zu dämmern; nur ein schwaches rosafarbenes Leuchten war im Osten zu sehen, als sie, erneut in Ketten, über das Deck lief. Graham ging vor ihr her, und als sie die erste der beiden Türen zum Laderaum erreichten, wandte er sich zu ihr um.

»Sprich mit niemandem darüber«, ermahnte er sie, das Gesicht angespannt. »Wenn du gefragt wirst, wo du warst, erzähle ihnen, dass du zur Strafe an Deck eingesperrt warst. Beim nächsten Mal habe ich vielleicht ein Kleid für dich.«

Mehr sagte er nicht, sondern schloss nur die erste Tür auf. Dann ging er zur nächsten, öffnete auch diese und stieß Mary ohne ein Wort des Abschieds sanft hinein.

Im Laderaum empfing sie Stille. Mary tastete sich zu ihrer Pritsche hinüber, schob Anne ein Stück zur Seite und legte sich hin. Nach der Wärme und Weichheit von Grahams Koje kam ihr die Pritsche hart und kalt vor. Aber sie bemerkte, dass es im Laderaum sehr viel angenehmer roch als zuvor, und das gefiel ihr. Dennoch beunruhigten Grahams letzte Worte sie, denn er wusste offenbar nicht, wie die anderen Frauen auf ihr Fernbleiben über Nacht reagieren würden. Sie würden sie nicht fragen, wo sie gewesen war, sie würden sie einfach ignorieren.

Zu Marys großem Erstaunen gab es ihr gegenüber jedoch keine Feindseligkeit, als sie später erwachte. Tatsächlich schien sie plötzlich zu einer Heldin geworden zu sein. »Hat man dich ausgepeitscht?«, fragte Anne als Erstes, und dann erhoben sich alle Frauen, auch die kranken, um Mary für ihren Mut zu danken, nach Graham zu verlangen. Nur Sarah warf ihr einen wissenden Blick zu, und sie grinste, als Mary behauptete, bis zum Morgengrauen an Deck angekettet gewesen zu sein.

Die Frauen wirkten jetzt weniger apathisch, nachdem der Laderaum sauberer war, und während des Tages hatte Mary keine Gelegenheit, mit Sarah zu sprechen, denn ständig dankte man ihr oder stellte ihr Fragen. Die Männer wurden an diesem Morgen ebenfalls aus ihrem Laderaum geführt, damit er gesäubert werden konnte, und später, als sie zurückkamen, dankten auch sie Mary.

Will Bryant rief sie zum Gitter hinüber. »Du bist eine mutige junge Frau«, meinte er. »Gott segne dich dafür.«

»Jetzt musst du sie heiraten«, tönte James Martin, und Mary lachte zusammen mit den Männern. Sie freute sich genauso über ihren Dank wie über ihre frechen Bemerkungen.

»Ich werde dich darauf nicht festnageln, Will Bryant«, gab sie zurück. »Ich weiß, dass du es nicht so gemeint hast, und außerdem habe ich leider kein Hochzeitskleid dabei.«

Es fühlte sich zwar gut an, so gelobt zu werden, doch Mary hatte auch ein schlechtes Gewissen. Das nächste Mal, wenn Graham sie nach oben rief, würden nicht nur alle den Respekt vor ihr verlieren, sondern sie würden sie auch hassen, weil sie ihnen etwas vorgemacht hatte.

In der Nacht gelang es Mary, zu Sarahs Pritsche hinüberzuschleichen, um mit ihr zu sprechen. »Ich war bei Graham«, flüsterte sie. »Was soll ich denn jetzt nur tun?«

»Wenn du nicht gewesen wärst, wären hier noch viele andere gestorben«, flüsterte Sarah zurück. »Außerdem würden sie alle einem Mann zu Willen sein, wenn sie der Meinung wären, da oben hätte jemand Interesse an ihnen. Aber lassen wir das. Wie war es denn?«

»Nicht allzu schlimm«, erwiderte Mary. Sie hätte ihrer Freundin gern von ihrer Erfahrung berichtet, aber das konnte sie nicht aus Loyalität zu Graham. Schließlich war er nett zu ihr gewesen.

Vier Tage später ließ Leutnant Graham Mary erneut nach oben rufen. Diesmal musste sie allein die Kombüse säubern, und nachdem sie ihre Aufgabe erledigt hatte, erschien Graham und befahl ihr, in seine Kabine zu gehen. Es war später Nachmittag, und Sekunden, nachdem sich die Tür hinter ihr geschlossen hatte, hörte sie, wie die männlichen Gefangenen von ihrer Arbeit draußen zurückkehrten.

Wieder nahm ihr Graham die Ketten ab, und wieder gab es Wasser, in dem sie baden konnte. Aber diesmal hatte er nicht die Zeit, sich zu entkleiden. Er nahm sie schnell, noch bevor sie sich abtrocknen konnte, und als er fertig war, streckte er ihr ein sauberes Kleid und ein Unterkleid entgegen.

»Du kannst nicht hier oben bleiben«, sagte er. »Das würde auffallen. Zieh das an und geh.«

»Kann ich etwas zu essen haben?«, fragte sie, während sie das Unterkleid anzog. Es war abgetragen, aber weich und sauber. Das graue Kleid war ebenfalls getragen, doch Mary fand es wunderschön, da ihr altes schon völlig zerschlissen war.

»Ich dachte, du hättest dir Essen gestohlen, während du in der Kombüse warst«, entgegnete er spöttisch.

»Unsere Vereinbarung beinhaltet nicht, dass ich mir das stehlen muss, was ich brauche«, erwiderte sie scharf. Einer der Wachmänner hatte sie die meiste Zeit über beobachtet, während sie in der Kombüse geputzt hatte, und zu ihrer Enttäuschung hatte sie nur ein kleines Stück Käse ergattern können. »Ich habe meinen Teil unseres Handels eingehalten, also halten Sie den Ihren ein.«

Während sie das neue Kleid anzog, wandte er sich ab und öffnete eine Blechbüchse. »Also gut«, meinte er mit dem Rücken zu ihr. »Aber du hältst deinen Mund über das hier. Wenn sich das rumspricht, lasse ich dich auspeitschen.«

Er gab ihr kalte Pastete und einen Apfel.

»Danke, Sir«, antwortete sie und knickste frech. »Ich werde damit nicht angeben. Ich bin nicht stolz darauf, so tief gesunken zu sein.«

Als er sich bückte, um ihr die Ketten wieder anzulegen, spürte sie, wie sehr sie ihn verletzt hatte. Sie hätte etwas Nettes sagen sollen, doch sie war zu sehr mit Essen beschäftigt.

Die Wochen und Monate vergingen, und langsam wurde es Herbst und schließlich Winter. Jetzt bestand für die Gefangenen die Gefahr, in den Laderäumen zu erfrieren. Da jede nur jeweils eine Decke besaß, rückten die Frauen nachts noch enger zusammen. Unter den Älteren gab es einige weitere Todesfälle, aber neue Gefangene nahmen bald ihren Platz ein, und es gab immer noch keine Nachricht über ihre Deportation.

Will Bryant war bereits seit zwei Jahren auf der *Dunkirk*, und er scherzte oft mit Mary durch das Gitter, dass er seine siebenjährige Strafe wahrscheinlich abgesessen haben würde, bevor sie Segel setzten.

Mary hegte immer noch verzweifelte Fluchtgedanken. Sie kannte das obere Deck inzwischen bis ins Detail und wusste, wer zu welcher Tageszeit patrouillierte und wann weniger Wachen Dienst hatten. Doch bis jetzt hatte es noch keine realisierbare Fluchtmöglichkeit gegeben, egal, wie wachsam sie auch war. Sie würde es jedenfalls nicht leichtfertig versuchen, denn wenn man sie erwischte, würde sie mindestens hundert Peitschenhiebe bekommen.

Deshalb hatte sie – wie Will – gelernt, die Gefangenschaft zu ertragen, und konzentrierte ihre Energien darauf, ihr Elend zu mildern und am Leben und gesund zu bleiben. Ihre gute Gesundheit und ihre Arbeit an Deck sowie die Nächte, die sie nicht da war, ließen einige der anderen Frauen eifersüchtig werden, doch sie respektierten Mary nach wie vor, weil sie für sie eintrat, wenn es nötig war. Außerdem nahm Mary sich alles, was sie fand – Stoffreste für die Monatsblutungen, Seife und kleine Essensrationen, wenn sie diese ergattern konnte –, und gab es denen, die es am meisten brauchten.

Mary Haydon und Catherine Fryer versuchten zusammen mit Aggie, ihrem lautstarken Sprachrohr, alles, um die Frauen gegen Mary aufzuhetzen, doch gemeinhin galt sie nur als reserviert und stolz. Mary machte es nichts aus, dass man so über sie dachte. Stolz zu haben war in ihren Augen kein Fehler, und Reserviertheit gehörte wirklich zu ihren Charakterzügen, denn sie behielt ihre Meinung gern für sich und versuchte, sich aus den Streitereien der anderen herauszuhalten. Aber niemand nannte sie je eine Hure, obwohl ihr durchaus bewusst war, dass sie genau das geworden war, wenn auch nur bei Leutnant Graham.

Einmal, manchmal zweimal in der Woche schlief sie in seiner Kabine. Er gab ihr zusätzliche Essensrationen, ab und zu saubere Kleidung und ein gewisses Maß an Zuneigung. Dennoch blieben die Männer ihr ein Rätsel.

Manchmal kam es ihr vor, als wäre Graham in sie verliebt, und dann schien es wieder, als verabscheute er sie. Sie wusste jetzt, dass er verheiratet war und zwei Kinder hatte, und wenn er von seiner

Frau sprach, dann beinahe ehrfürchtig. Dennoch ging er mit Mary ins Bett und schien sich verzweifelt nach einer Liebeserklärung aus ihrem Mund zu sehnen. Manchmal bereitete er ihr Lust, aber meistens war sein Liebesspiel so wie in der ersten Nacht: schnell, wild und ohne jedes Gefühl.

Marys Gefühle für Graham basierten beinahe ausschließlich auf Mitleid, denn sie spürte, dass er ein komplizierter Mann war, der nicht viele Freunde zu haben schien. Er liebte die Marine nicht wirklich und sagte ihr oft, dass er wünschte, er könne den Dienst quittieren. Mary hielt ihn für einen Feigling, der sich davor fürchtete, an einen gefährlichen Ort versetzt zu werden. Dennoch liebte er die Macht, die er als Offizier besaß, und wusste, dass es für ihn im zivilen Leben keinen Platz gab.

Vermutlich hatte sogar die Ehe, die nach seinen Angaben so glücklich war, nur noch Bestand, weil er so oft fort war, dachte Mary oft. Kapitänleutnant Watkin Tench, über den sich Graham bei jeder Gelegenheit lustig machte, war ein viel glücklicherer Mann.

Tench war Marys anderes Problem, denn sie hatte sich in ihn verliebt. Sie bezweifelte zwar, ihn jemals eines zweiten Blickes gewürdigt zu haben, wenn sie ihm in Freiheit begegnet wäre, doch seit jenem ersten Abend, an dem sie sich unterhalten hatten, war sie ihm verfallen. Nicht wegen seines Aussehens, denn das war nicht besonders bemerkenswert, und auch nicht, weil sie sich darauf verlassen konnte, dass er ihr zusätzliche Essensrationen zusteckte. Sie hatte sich in ihn verliebt, weil er sich um die Menschen kümmerte, auch um die Gefangenen. Unter seinem Kommando gab es keine Brutalität, und er besaß auch Humor.

Sie liebte es, ihn so oft lächeln zu sehen. Er war begierig auf das Leben, was ihr genauso gefiel wie seine große Abenteuerlust und seine vorurteilsfreie Art. Sie hoffte schon lange nicht mehr, dass er ihr Liebhaber werden könnte, aber sie sah einen Freund in ihm.

Mary wusste jetzt, dass er es war und nicht Graham, der sie auf die Liste zum Arbeiten an Deck setzte. Er sprach immer freundlich mit ihr und hörte mitfühlend zu, wenn sie sich mit Beschwerden an ihn wandte. Er konnte zwar meist das Leid nicht mildern, das die Gefangenen zu erdulden hatten, denn die Entscheidungen fielen sehr viel weiter oben in der Hierarchie, doch er tat, was er konnte.

Tench war sich des Arrangements zwischen Graham und Mary bewusst, aber er schien sie deswegen nicht zu verachten. Er war ein intelligenter und abenteuerlustiger Mann, der schon mehr von der Welt gesehen hatte als alle, die Mary kannte. Er mochte Ruhe und Ordnung, doch er war auch mutig, loyal und seinem König und seinem Land treu ergeben. Mary bezweifelte, dass er lügen oder sich bestechen lassen würde, aber er hatte Verständnis für die, die nicht so unfehlbar waren wie er selbst.

Er liebte Bücher und hatte Mary anvertraut, ein genaues Tagebuch zu führen, von dem er hoffte, es eines Tages veröffentlichen zu können. Mary fragte sich oft, ob er sie darin erwähnte, denn sie spürte, dass er sie gern hatte.

»Ich halte viel über meine Ansichten zum Strafrecht darin fest, weil das zukünftige Historiker interessieren wird«, hatte er einmal gesagt.

Einen Tag vor Weihnachten wurde Mary mit Bessie zum Waschen nach oben gerufen. Es war ein bitterkalter Tag, und diesmal wäre Mary froh gewesen, nicht ausgewählt worden zu sein. Sich über den Waschzuber beugen zu müssen, bis zu den Oberarmen im eisigen Wasser zu stecken und den Elementen ausgesetzt zu sein, wünschte man sich nicht. Nur die Aussicht, Tench zu sehen, ließ all diese Qualen für Mary erträglich erscheinen.

Es war noch schlimmer, als sie befürchtet hatte. Der Wind vom Meer peitschte den nur spärlich bekleideten Frauen schmerzhaft über den Körper. Bessie fing schon Minuten, nachdem sie die Hände in das kalte Wasser gesteckt hatte, zu weinen an, und Mary gelang es nicht, die Freundin aufzumuntern, wie sehr sie es auch versuchte.

Sie wuschen die Sachen nicht so gründlich wie im Sommer und

hatten die Arbeit gegen Mittag erledigt. Das ganze Deck war mit nassen Hemden geschmückt, die an den Leinen festfrieren würden.

Als sie sich auf den Weg zurück in den Laderaum machten, erschien Tench. »Ich möchte mit Mary Broad sprechen«, sagte er zu dem Wachmann. »Ich werde sie selbst in ein paar Minuten runterbringen.«

Zu Marys Überraschung und Freude schob er sie in seine Kabine an Deck und bot ihr eine Tasse Tee an. Sie umfasste die Tasse mit beiden Händen, um sie zu wärmen.

»Vielen Dank«, meinte sie dankbar. »Mir ist so kalt, dass ich fürchtete zu sterben, wenn ich noch ein paar Minuten länger an Deck bleibe.«

»Ich habe dich nicht nur hergebracht, damit du dich aufwärmen kannst«, erwiderte er. »Ich habe Neuigkeiten für dich. Deine Deportation steht bevor.«

»Wann? Und wohin wird es gehen?«, fragte sie und hoffte, schon bald deportiert zu werden – an einen Ort, an dem es wärmer war als hier.

»Wir fahren nach New South Wales«, erklärte er.

Mary konnte ihn einen Moment lang nur anstarren. Er hatte ihr in einem vorherigen Gespräch erzählt, was er von dem Land am anderen Ende der Welt wusste. Kapitän Cook hatte von einem Ort berichtet, den er Botany Bay nannte und den er für eine Strafkolonie für geeignet hielt. Doch damals hatte Tench es für unwahrscheinlich gehalten, dass New South Wales der endgültige Aufenthaltsort der Gefangenen der *Dunkirk* sein würde.

»›Wir‹ fahren?«, hakte sie nach. »Sie meinen, Sie auch?« Es würde ihr wahrscheinlich nichts ausmachen, in die Hölle geschickt zu werden, solange Tench sie dorthin begleitete.

Er lächelte. »Ich fahre auch, ja. Sie brauchen dort Marinesoldaten, um für Ordnung zu sorgen. Ich freue mich sehr darauf. Es ist ein neues Land, eines, das ich sehr gern sehen möchte. England muss in diesem Teil der Welt Präsenz zeigen, und wenn dieses Land das einzige ist, von dem berichtet wird, dann könnte es ein wichtiger Ort für uns sein.«

Tenchs Enthusiasmus wärmte Mary noch mehr als der heiße Tee. Während er fortfuhr, über die Flotte von elf Schiffen zu berichten, die dorthin segeln würde, und von den Aufgaben zu erzählen, die dort auf die Gefangenen warteten (sie sollten Städte bauen und würden ein eigenes Stück Land erhalten, wenn ihre Strafe abgelaufen war), freute auch Mary sich ein wenig. Sie hatte immer reisen wollen, und die lange Seereise schreckte sie nicht. Wenn sie die ersten Menschen waren, die in Botany Bay an Land gingen, dann gab es wahrscheinlich viele gute Möglichkeiten für jemanden mit ihrer schnellen Auffassungsgabe.

»Schwör mir, dass du es den anderen Frauen nicht verrätst«, warnte er sie. »Ich erzähle dir das nur, weil ich hoffe, es muntert dich auf. Ich habe dich vorhin draußen in der Kälte beobachtet, und du hast mir so leidgetan.«

Er erzählte ihr noch mehr von Botany Bay: Dort lebten Eingeborene mit dunkler Haut, und die Regierung glaubte, es gäbe dort Flachs und Nutzholz. Das Klima war sehr gut, sehr viel wärmer als in England. »Kapitän Cook hat von vielen merkwürdigen Tieren und Vögeln berichtet, darunter ein großes Tier, das auf seinen Hinterläufen herumspringt, und ein riesiger flugunfähiger Vogel«, berichtete Tench darüber hinaus. Doch obwohl Mary gern mehr über dieses neue, so weit entfernte Land erfahren wollte, waren es Tenchs Worte: »Du hast mir so leidgetan«, die ihr im Kopf herumgingen.

»Wann fahren wir?« Diese eine Frage interessierte sie brennend.

Tench seufzte. »Wir haben Befehl, euch am siebten Januar zu den Schiffen zu bringen, aber ich schätze, es wird noch dauern, bis wir Segel setzen. Kapitän Phillip, der diese Operation befehligt, ist noch nicht zufrieden mit dem Proviant, den wir mitnehmen sollen.«

»Werde ich auf demselben Schiff sein wie Sie?«, wollte Mary wissen.

»Würdest du das gern?«, gab er zurück, und seine dunklen Augen sahen sie durchdringend an.

»Ja, das würde ich«, bekannte sie freiheraus, weil es für sie keinen Sinn dafür gab, schüchtern zu sein.

»Ich denke, das könnte ich arrangieren«, meinte er und lächelte. »Und jetzt, kein Wort zu irgendjemandem, vor allem nicht zu Leutnant Graham.«

»Fährt er auch mit?«

Tench schüttelte den Kopf. »Macht dich das traurig?«

Mary lächelte. »Nein, überhaupt nicht. Ich glaube nicht, dass er besonders abenteuerlustig ist.«

Tench kicherte, und Mary fragte sich, ob Graham sich vielleicht geweigert hatte mitzufahren. »Nein, er ist nicht abenteuerlustig, Mary. Aber du und ich, wir sind es, und vielleicht werden wir Dinge sehen, von denen wir niemals zu träumen gewagt haben.«

4. Kapitel

Die Gefangenen wurden erst am Morgen des siebten Januar über ihre Deportation informiert, dem Tag, an dem man sie auf die *Charlotte* brachte.

Seit Tench ihr den Termin genannt hatte, war Mary schrecklich aufgewühlt gewesen, und der Umstand, diese Aufregung mit niemandem teilen zu können, machte es noch schlimmer. In einer Sekunde war sie voller Freude darüber, dass ihre Tage auf der *Dunkirk* gezählt waren, in der nächsten hatte sie schreckliche Angst davor, dass die Seereise und das Land, in das sie fuhren, noch viel schlimmer sein würden.

Während die Tage langsam verstrichen und sie offiziell immer noch nichts hörte, fing sie an, an einen Irrtum zu glauben. Sie konnte nicht einmal Graham danach fragen, denn er würde zweifellos Tench für seine Redseligkeit zur Verantwortung ziehen.

Leutnant Graham verhielt sich allerdings sehr merkwürdig. Er schwankte immer mehr zwischen Zärtlichkeit und Bösartigkeit, und das ließ Mary annehmen, dass sie tatsächlich bald fahren würden.

»Du bist nichts weiter als eine Hure«, sagte er in einer Nacht giftig. »Du glaubst vielleicht, dass du dich von den anderen Frauen im Laderaum unterscheidest, aber das tust du nicht. Du bist nur eine verdammte Hure wie alle anderen.«

Doch bei einer anderen Gelegenheit, als sie sich gerade anzog, um in den Laderaum zurückzukehren, fiel er vor ihr auf die Knie und klammerte sich an sie, das Gesicht an ihre Brust gepresst. »Oh, Mary«, stöhnte er. »Ich hätte mehr für dich tun müssen. Ich hätte dich nicht so benutzen dürfen, wie ich es getan habe.«

Am Weihnachtsabend war er sehr betrunken und gestand ihr

seine Liebe. In dieser Nacht war sein Liebesspiel zärtlich und sehr sanft; er küsste die Male, die die Eisenbänder an ihren Knöcheln hinterlassen hatten, und bat sie mit Tränen in den Augen, ihm seine Brutalität ihr gegenüber zu verzeihen.

»Es gibt nichts zu verzeihen«, meinte sie. Seine vorangegangenen Beleidigungen hatten sie nicht wirklich verletzt, zumindest nicht, wenn sie die Vorteile dagegenhielt, die sie ihm zu verdanken hatte.

»Dann sag mir, dass du mich liebst«, flehte er. »Lass mich glauben, dass du nicht nur zu mir gekommen bist, weil du Essen und saubere Kleidung wolltest.«

»Natürlich liebe ich dich«, log sie und bemitleidete ihn, weil er, anders als sie selbst, nicht in der Lage war, ihr Arrangement als das zu akzeptieren, was es war. »Aber du bist nicht frei, mich zu lieben, Spencer. Also wecke bitte keine falschen Hoffnungen in mir, indem du solche Dinge sagst.«

Sie liebte ihn nicht, sie war nicht einmal sicher, ob sie ihn mochte, doch in dieser Nacht bewegte er etwas in ihr, berührte einen Teil ihres Innern. Als sie am folgenden Morgen in einem neueren grauen Kleid in den Laderaum zurückging, fragte sie sich, ob das anders gewesen wäre, wenn sie sich unter anderen Umständen kennengelernt hätten.

Am Abend des sechsten Januar rief er sie wieder zu sich, und sie erwartete, dass er ihr von der Verlegung am nächsten Tag erzählen würde. Aber er erwähnte nichts davon. Und er war auch nicht zärtlich, entschuldigte sich nicht weiter und wünschte ihr auch nicht alles Gute für die Zukunft.

Er nahm sie hart und befahl ihr dann kurz angebunden, in den Laderaum zurückzukehren. Wenn sie es nicht besser gewusst hätte, dann hätte sie annehmen können, er wüsste nicht, was ihr bevorstand.

Es dämmerte gerade erst, als die Wachen die Tür des Laderaums öffneten und die Namen der Frauen verlasen, die an Deck kommen sollten. Mary war nicht überrascht über ihren barschen Befehl, doch sie erschrak, als sie hörte, dass nur zwanzig Namen aufgerufen wurden. Einige der ausgewählten Gefangenen waren alt und krank.

Die Reaktion der Frauen, die bei Eisregen an Deck gerufen worden waren, war verständlich. Misstrauisch, verwirrt und unglücklich hielten sie ihre zerlumpte Kleidung zusammen und drängten sich eng aneinander, um sich zu wärmen. Mary musste genauso reagieren wie die anderen, denn wenn irgendjemand merkte, dass sie über das Ziel ihrer Reise Bescheid wusste, dann war sie in Schwierigkeiten, weil sie ihr Wissen für sich behalten hatte. Doch während sie zitternd an Deck stand, war sie zumindest froh, dass Sarah und Bessie ebenfalls nach oben gerufen worden waren, Aggie, ihre alte Feindin, hingegen nicht.

Mary Haydon und Catherine Fryer standen ebenfalls auf der Liste, etwas, das Mary mit gemischten Gefühlen zur Kenntnis nahm. Sie zeigten sich ihr gegenüber gelegentlich freundlich, doch sie spürte, dass sie stets nur auf ihren Ruin lauerten. Unter vierzig Frauen war es Mary gelungen, sich von ihnen zu distanzieren, doch jetzt, da sie nur noch zwanzig Frauen waren, würde das schwerer sein.

Dreißig Männer wurden ebenfalls an Deck geholt, von denen sechs so krank und gebrechlich aussahen, dass sie kaum stehen konnten. Eine lange Reise würden sie nicht überleben. Doch Mary freute sich, Will Bryant und Jamie Cox zu sehen. Leider waren James Martin und Samuel Bird nicht dabei, und Mary bedauerte dies sehr. Sie hatte alle vier Männer während ihrer Gespräche durch das Gitter schätzen gelernt: Will und James brachten sie beide oft zum Lachen, und Jamie war inzwischen wie ein jüngerer Bruder für sie. Er hatte Spitze im Wert von fünf Schilling gestohlen und machte sich Sorgen, wie seine verwitwete Mutter ohne ihn zurechtkam. Er war so sanft und freundlich, dass es sie erleichterte, ihn weiterhin unter dem Schutz des großen Will zu wissen. Sie hoffte, James und Samuel würden aufeinander aufpassen, nachdem ihre anderen Freunde fort waren.

Die Neuigkeit, dass man sie sofort auf die *Charlotte* bringen würde, verkündete ihnen ein Mann, den Mary noch nie zuvor gesehen hatte. Er trug zivile Kleidung unter einem dicken Umhang und einen Dreispitz mit goldener Borte. Außerdem schien er schlechte Laune zu haben; offenbar verärgerte es ihn, mit Verbrechern sprechen zu müssen. Vielleicht war er aber auch nur nervös, weil er erwartete, dass seine Ankündigung wütend aufgenommen werden würde.

Und so war es auch: Die Mehrheit der Gefangenen heulte zornig auf, denn viele hatten bereits die Hälfte ihrer ursprünglichen Strafe abgesessen und fürchteten jetzt, ihre Männer, Frauen und Kinder nie mehr wiederzusehen.

Wie immer wurde der Protest ignoriert, und die Wachen rückten bedrohlich näher. Nur Mary wagte es, ihre Stimme zu erheben und etwas zu fragen.

»Sir, werden wir Kleidung für die Reise erhalten? Einige von uns tragen nur noch Lumpen, und ich fürchte, sie werden erfrieren, bevor wir wärmere Gefilde erreichen.«

Der Mann schob seine Brille tiefer und sah Mary über den Rand hinweg an. »Dein Name?«, erkundigte er sich.

»Mary Broad, Sir«, erwiderte sie. »Und einige der Frauen sind bereits krank. Wird ein Arzt nach ihnen sehen, bevor wir aufbrechen?«

»Alle werden untersucht«, erklärte er, doch in seiner Stimme schwang Unsicherheit mit. Auf die Frage nach der Kleidung antwortete er nicht.

Es dämmerte bereits, als die Gefangenen von der *Dunkirk* auf die *Charlotte* gebracht wurden, die im Plymouth Sound ankerte. Marys einzige Empfindung beim Anblick des Schiffes war Überraschung darüber, wie klein es war, nur eine dreimastige Barke, vielleicht dreißig Meter lang. Aber sie sah massiv aus, und Mary war so durchgefroren von der Kälte, dass sie alles andere nicht wahrnahm.

Die Hoffnung, innerhalb der nächsten Tage aufzubrechen, wurde bald zerstört. Offenbar war der Rest der Flotte noch nicht bereit, und es gab ein Problem mit der Heuer der Seeleute. Die Bedingungen auf der *Charlotte* waren besser als die auf der *Dunkirk*, weil die Essensrationen größer waren und zu den zwanzig Frauen keine weiteren weiblichen Gefangenen hinzukamen, sodass sie mehr Platz zur Verfügung hatten. Die Männer hatten nicht so viel Glück, denn zu ihnen stießen noch weitere Gefangene aus anderen Gegenden Englands, und am Ende waren sie achtundachtzig. Aber da die *Charlotte* im Sund ankerte und die Luken des Laderaums wegen des schlechten Wetters geschlossen worden waren, wurden viele der Frauen sofort seekrank. Innerhalb weniger Tage waren die Bedingungen dort unten fast ebenso schlimm wie auf der *Dunkirk*.

Woche um Woche verstrich, und es gab immer noch keine Nachricht, wann sie lossegeln würden. Sie waren immer noch angekettet und wurden im Dunkeln gefangen gehalten, während das Schiff auf den Wellen schaukelte, sodass sich der Optimismus, den die Frauen zunächst empfunden hatten, bald in Verzweiflung verwandelte. Viele von ihnen legten sich auf ihre Pritschen und flüchteten sich in Schlaf. Diejenigen, denen das nicht gelang, zankten miteinander.

Es gab Zeiten, in denen Mary sich sehnlich wünschte, noch auf der *Dunkirk* zu sein. Sie vermisste ihre Gespräche mit Tench und den männlichen Gefangenen ganz schrecklich, selbst ihre Besuche bei Graham fehlten ihr. Tench hatte Urlaub, und während der wenigen Gelegenheiten, an denen die Frauen an Deck durften, wurden sie von den Marinesoldaten und Seeleuten an Bord ignoriert.

Die kurzen Aufenthalte an Deck waren wie Folter für Mary. Es war zwar wunderbar, die saubere, salzige Luft einzuatmen und in der Lage zu sein, aufrecht zu stehen und zu gehen, doch der Anblick von Cornwall am Horizont war für sie beinahe unerträglich schmerzhaft. Und es war noch schlimmer, in den stinkenden Laderaum zurückzukehren und nicht zu wissen, wann sie wieder nach draußen durfte.

Mary erinnerte sich in diesen Tagen an die unwichtigsten Dinge von ihrem Zuhause und ihrer Familie, während sie frierend auf ihrer Pritsche lag. Daran, wie Dolly und sie sich gegenseitig das Haar gebürstet hatten, bis es knisterte und glänzte. Wie Vater Holz für das Feuer gehackt und laut bejammert hatte, keine Söhne zu haben, die diese Arbeit für ihn verrichteten. Wie Mutter bei Kerzenlicht ihre Augen angestrengt hatte, um einen Faden in eine Nadel zu fädeln. Sie nähte und stopfte nicht während des Tages, denn sie hatte das Gefühl, es sei eine Sünde, das Tageslicht auf etwas zu verschwenden, das ihr Freude bereitete.

Die meisten Erinnerungen waren schön, aber hin und wieder fiel Mary auch etwas Bitteres ein. Zum Beispiel, wie ihre Mutter sie und Dolly geschlagen hatte, weil sie nackt ins Meer gegangen waren.

An dem Tag, an dem es passiert war, hatte Mary den Grund für den Zorn der Mutter nicht verstanden. Es war ihr damals völlig unlogisch erschienen. Schließlich war es ein heißer Tag gewesen, und es wäre doch sicher viel schlimmer gewesen, wenn Dolly und sie ihre neuen Kleider mit Salzwasser beschmutzt hätten.

Natürlich war es nicht Dollys Idee gewesen: Sie konnte nicht schwimmen und wollte nur ein bisschen planschen. Mary hatte sie dazu angestiftet.

Mary sah sie beide vor sich. Dolly war ungefähr sechzehn. Sie hatte den Sonntagnachmittag frei und musste nicht arbeiten, sodass sie am Strand von Menabilly spazieren gehen konnten. Beide Mädchen trugen neue pinkfarbene Kleider. Ihr Onkel Peter Broad, der in der Marine war und von dem es innerhalb der Familie hieß, er habe viel Geld gemacht, hatte den seidigen Stoff von einer seiner Reisen nach Übersee mitgebracht, und Mutter hatte Wochen damit verbracht, die Kleider zu nähen.

Dolly war ganz entzückt über ihr Kleid. Sie liebte die Farbe, und der Schnitt war sehr modisch, leicht tailliert und hinten etwas ausgestellt. Mary mochte Pink nicht besonders, und sie wollte auch nicht genauso gekleidet sein wie ihre Schwester. Es war schlimm genug, dass Dolly immer perfekt aussah, egal, was sie anzog, denn sie war einfach hübsch. Aber wenn sie dann auch noch das Gleiche trugen, fand Mary ihre eigenen Makel noch unterstrichen. Trotz aller Ähnlichkeiten war Dolly viel feiner, mit einer schmalen Taille, einer eleganten Art zu gehen und großen, blauen Augen, die jeden bezauberten. Verglichen mit ihrer Schwester kam sich Mary hässlich vor, und das machte sie verlegen.

Als sie am Strand ankamen, war ihnen heiß, und Dolly war enttäuscht, weil niemand da war, um sie in ihrem neuen Kleid zu bewundern.

»Es war dumm herzukommen«, meinte sie gereizt. »Jetzt müssen wir in der Hitze den ganzen Weg zurücklaufen.«

»Dann kühlen wir uns erst ein bisschen im Meer ab«, schlug Mary vor.

Dolly machte sich natürlich Sorgen um ihre Kleider, aber nach einiger Überredung überzeugte Mary sie, bis zum Ende des Strands und durch den Wald zu gehen. Von dort könnten sie ja zum Wasser zurückkehren, die Kleider ausziehen und planschen.

Eins führte zum anderen. Als sie an einem Ort waren, wo niemand sie sehen konnte, wollte Dolly – vielleicht zum ersten Mal – genauso wagemutig sein wie ihre Schwester, und als Mary ihre gesamte Kleidung auszog und ins Wasser ging, folgte Dolly ihr willig.

So viel Spaß hatten sie noch nie zusammen gehabt. Mary hielt ihre Schwester am Bauch fest und versuchte, ihr das Schwimmen beizubringen. Aber sie verstand es einfach nicht, sodass Mary sie an den Händen durch das Wasser zog. Sie waren so vertieft in ihr Spiel, dass sie vergaßen, darauf zu achten, ob sie beobachtet wurden.

Bei ihrer Heimkehr stand ihre Mutter vor dem Haus, und selbst aus einiger Entfernung konnten sie erkennen, dass sie sehr wütend war. Ihr Mund war ein gerader Strich, und sie hatte die Arme über der Brust verschränkt.

»Ihr kleinen Flittchen«, rief sie ihnen entgegen, als sie näher kamen. »Geht sofort hinein und erklärt mir, was ihr da getan habt.«

Offenbar hatte ein Fischer in seinem Boot ihr Bad beobachtet und die Information an jemanden weitergegeben, der es hastig ihrer Mutter berichtet hatte.

»Diese Schande«, schimpfte sie immer wieder, während sie sie nach oben zog und ihnen befahl, ihre Kleider auszuziehen.

Dann schlug sie sie mit einem Stock. Anschließend schickte sie Mary ohne Abendessen ins Bett und Dolly zurück zu ihrem Arbeitgeber.

Mary hatte damals gedacht, ihre Mutter sei grausam und wolle ihnen den Spaß verderben. Sie hatte einfach nicht verstehen können, was so schlimm daran sein sollte, dass sie nackt schwimmen gegangen waren.

Mary seufzte bei der Erinnerung an jenen Tag. Sie war damals so unschuldig gewesen, sich ihres sich entwickelnden Busens nicht bewusst, ganz zu schweigen davon, wie begehrenswert Dolly bereits war.

Aber jetzt verstand sie, dass ihre Mutter einfach aus Angst, ihre Mädchen könnten von Matrosen beobachtet worden sein, so gehandelt hatte. Inzwischen wusste Mary ja, was für Tiere Männer sein konnten. Irgendwie schien alles eingetreten zu sein, vor dem ihre Mutter sie immer zu warnen versucht hatte. Selbst das Ausbleiben ihrer Regel.

Mutter hatte sich immer sehr vage darüber ausgedrückt, was zwischen Männern und Frauen passierte, aber sie hatte ihre Töchter vor dem gewarnt, was sie »die komische Angelegenheit« nannte. »Wenn die Regel ausbleibt, bekommt ein Mädchen ein Baby«, hatte sie kurz und knapp erklärt.

Mary versuchte, sich einzureden, dass sie einfach nicht schwanger sein konnte. Bestimmt ließ ihre Periode wegen der Aufregung über die bevorstehende Abfahrt auf sich warten, sagte sie sich. Aber im März war sie gezwungen, die Möglichkeit in Betracht zu ziehen, dass sie Grahams Kind erwartete. Sie wandte sich an Sarah.

»Ich schätze, du bist schwanger«, meinte die Freundin und blickte Mary nachdenklich an. »Du Arme! Ich würde mich in Ketten über Bord werfen, wenn ich annähme, es zu sein. Man wird gewiss nicht gehängt, wenn man ein Kind erwartet, aber ich habe noch nie gehört, dass eine Frau deswegen nicht deportiert wurde.«

Marys Angst wuchs noch mehr, denn sie hatte erwartet, von Sarah beruhigt zu werden. »Also, wenn ich wirklich ein Kind bekomme, dann lieber hier als auf der *Dunkirk*«, verteidigte sie sich. Sie war dabei gewesen, als Lucy Perkins dort niedergekommen war, und ihre entsetzlichen Qualen standen ihr noch lebhaft vor Augen. Lucy waren die Ketten nicht abgenommen worden, und nach zwanzig Stunden Wehen war das Baby tot geboren worden. Lucy starb ein paar Tage später. Kein Arzt wurde gerufen, und nur die anderen Frauen standen ihr bei. Sarah war eine von ihnen.

»Außerdem hilfst du mir doch, oder?«, vergewisserte Mary sich bang.

»Natürlich werde ich dir helfen«, versicherte Sarah schnell, weil sie vielleicht auch an diese Geburt denken musste. »Du bist stark und gesund, das schaffst du.«

Mary lag die ganze Nacht wach und machte sich Sorgen. Nicht so sehr über die Geburt, sondern darüber, was Tench von ihr denken würde, wenn er von ihrer Schwangerschaft erfuhr. Jetzt hatte sie sicher gar keine Chance mehr bei ihm.

Es war Anfang Mai, kurz nach Marys einundzwanzigstem Geburtstag, als sie endlich erfuhren, dass sie am dreizehnten, einem Sonntag, zum Rest der Flotte stoßen würden. Es würden insgesamt elf Schiffe sein, von denen vier die fast sechshundert Häftlinge und eine ganze Kompanie Marinesoldaten transportierten, einige davon mit Frauen und Kindern, während der Rest Proviant für die ersten zwei Jahre geladen hatte.

Während der langen Wartezeit hatten die meisten anderen Gefangenen nach Hause geschrieben oder andere in ihrem Namen schreiben lassen. Eines Tages im April, als Mary und die anderen Frauen sich an Deck die Beine hatten vertreten dürfen, hatte Tench Mary angeboten, einen Brief für sie zu schreiben, doch sie hatte abgelehnt.

»Es ist besser, wenn sie nicht wissen, wo ich hinfahre«, meinte sie und sah traurig über die aufgewühlte See nach Cornwall. Ein frisches Frühlingsgrün überzog seit ein paar Tagen das Land, und sie dachte wehmütig an Schlüsselblumen auf grünen Wiesen, an nistende Vögel und neugeborene Lämmer im Moor. Es erschien ihr unglaublich, bald von dem Land getrennt zu werden, das sie so sehr liebte. »Es ist besser, sie denken, sie wären mir egal, als dass sie sich mich als Strafgefangene vorstellen müssen.«

Tench blickte auf ihre Ketten und seufzte. »Vielleicht hast du recht. Aber ich glaube, meine Mutter würde lieber wissen, dass ich lebe und an sie denke, selbst wenn ich auf einem Gefängnisschiff wäre.«

Mary wurde bei seinen Worten noch trauriger. Bald würde ihr Bauch anschwellen, und er würde sehen, dass sie ein Baby bekam. Dann wollte er gewiss nicht mehr ihr Freund sein. Sie konnte es gerade so ertragen, ihre Familie nie wiederzusehen, aber sie glaubte nicht, es auszuhalten, von Tench abgelehnt zu werden.

Als die *Charlotte* endlich den Anker lichtete und den Plymouth Sound verließ, weinten viele der Frauen und sagten England für immer Adieu.

»Ich werde zurückkehren«, erklärte Mary fest. »Ich schwöre es.«

Während viele der Frauen sich nur über ihre Seekrankheit und die blauen Flecken beklagten, die sie sich bei Stürzen bei schlechtem Wetter zuzogen, und das Heulen des Windes in den Segeln verfluchten, war Mary froh darüber, dass das Schiff endlich auf dem Weg war. Für sie war das Geräusch von Wind in den Segeln wie

Musik, und es machte ihr Spaß zu sehen, wie der Schiffsrumpf durch das klare Wasser pflügte.

Der Kapitän des Schiffes, ein Offizier der Königlichen Marine namens Gilbert, war sehr menschenfreundlich. Er befahl, dass den Gefangenen die Ketten abgenommen und nur wieder angelegt wurden, wenn sie sich schlecht benahmen oder sie einen Hafen anliefen. Und als das Schiff an der französischen Küste entlangsegelte und das Wetter schöner wurde, öffnete man die Luken wieder, und der Gestank wich langsam aus dem Laderaum.

Mary hatte das Segeln immer geliebt, aber sie war nie auf etwas Größerem als einem Fischerboot gewesen, und dann auch nur immer ein paar Stunden am Stück. Es war ganz anders auf einem großen Schiff, denn man konnte sich bewegen und sogar ein paar ruhige Verstecke zwischen zusammengerollten Tauen oder Kisten finden, wo man allein war.

Auf einmal verstand sie, warum ihr Vater immer so bereitwillig an der nächsten Reise teilgenommen hatte. Es war ein aufregendes Gefühl, das schwankende Deck unter den Füßen zu spüren, und mit so etwas wie Ehrfurcht sah sie, wie der Wind angeschirrt wurde, um das Schiff vorwärts zu schieben, und wie jeder vom niedrigsten Matrosen bis zum Kapitän zusammenarbeitete, um die Geschwindigkeit und die Richtung des Schiffes aufrechtzuerhalten. Die *Charlotte* war eines der langsamsten Schiffe in der Flotte, und die Männer mussten hart arbeiten, um mithalten zu können. Doch es war auch eine Herausforderung, die Position zu halten, und Mary konnte jedes Mal den Stolz auf ihren Gesichtern sehen, wenn sie die *Scarborough* oder die *Lady Penryn* überholt hatten.

Doch es war die Freiheit, für längere Zeit oben an Deck zu sein, die Mary besonders zu schätzen wusste. Sie konnte den Laderaum nachts ertragen, wenn sie in eine Decke gewickelt zwischen Bessie und Sarah lag; es war nicht so schrecklich, nachdem sie fast den ganzen Tag draußen gewesen war.

Oben an Deck musste sie das Nörgeln und die Zänkereien der anderen Frauen nicht hören. Sie konnte den Wind in ihrem Haar spüren, die Sonne auf ihrem Gesicht, und dann vergaß sie den Schmutz und den Gestank dort unten. Ihre Sorgen um die Zukunft verschwanden wie eine Feder, die vom Wind davongewirbelt wurde. Sie fühlte sich so frei wie ein Seevogel, der dem Schiff folgte.

Die Geräusche an Deck waren beinahe so lärmend wie die unter Deck: das Brüllen der See, die Rufe der Matrosen, das Kratzen von Tauen, die über Holz gezogen wurden, und das Knarzen der Segel. Aber es waren gute Laute, und der Wind und die Gischt waren so sauber und pur, dass es sie berauschte.

Die meisten Frauen hatten Angst vor dem Meer und fanden den Wind zu kalt, um lange oben zu bleiben. Darüber war Mary froh. Wenn sie allein an der Reling stand, konnte sie sich vorstellen, eine reiche Erbin auf dem Weg nach Spanien oder sogar Amerika zu sein. Eins konnte sie ehrlich sagen: Nun tat sie genau das, was sie immer hatte tun wollen: die Welt bereisen.

Während der Reise stellte Mary bald fest, dass die Matrosen den Männern zu Hause in Fowey sehr ähnlich waren: Es waren starke, drahtige, freundliche Männer, die sie fröhlich angrinsten. Ohne die anderen Frauen um sie herum hatte sie manchmal Gelegenheit, mit ihnen zu sprechen und ihnen Fragen über die Route nach Botany Bay zu stellen. Einige von ihnen erzählten ihr gern von den Häfen entlang des Weges, die sie schon kannten, und erklärten ihr, dass sie über den Atlantik nach Rio fahren würden anstatt an der afrikanischen Küste entlang, um den Passatwind auszunutzen. Mary fragte sich, wie viele von ihnen wohl ursprünglich zum Eintritt in die Marine gezwungen worden waren, denn die Matrosen brachten den Gefangenen Mitgefühl entgegen und lehnten die meisten der Marinesoldaten ab, die während der Reise recht wenig Arbeit hatten.

Viele der Marinesoldaten hatten ihre Ehefrauen und Kinder dabei. Die Frauen blickten ängstlich, wenn sie über das Deck spazierten, und Mary hatte Mitleid mit ihnen, selbst mit denen, die zu hochnäsig waren, um zu lächeln. Sie waren genauso Gefangene wie sie selbst, doch sie wusste, wie harmlos die meisten der echten Gefangenen waren. Diese Frauen glaubten wahrscheinlich, sie wären alle Schurken, die nur auf die Gelegenheit warteten, das Schiff zu kapern und alle an Bord zu töten.

Mary war froh, dass sie Tench selten an Deck sah, denn sie konnte fühlen, wie ihr Körper sich veränderte, selbst wenn noch nichts zu sehen war. Ihre Brüste waren voller, und ihr Bauch rundete sich. Sie war verzweifelt darüber, dass ihre Verbindung mit Graham zu diesem Zustand geführt hatte. Niemals hätte sie gedacht, dass ihr das passieren könnte, aber Mary fügte sich in ihr Schicksal. Sie akzeptierte es auch deswegen, weil sie in dem Glauben erzogen worden war, dass jedes Baby ein Geschenk Gottes war und dass man es deshalb von ganzem Herzen willkommen heißen musste. Sie hatte zwar etwas Angst vor der Geburt und fragte sich, ob sie wohl eine gute Mutter sein würde, doch es war eigentlich ein sehr schönes Gefühl, bald jemanden ganz für sich allein zu haben, den sie lieben und aufziehen konnte. Bei gutem Wetter suchte sie sich einen geschützten Platz an Deck und flüchtete sich in Tagträume über ihr Kind. Sie wünschte sich einen Jungen und stellte ihn sich ein bisschen wie Luke vor, den Sohn eines der Marinesoldaten.

Luke war sieben, ein stämmiger kleiner Bursche mit dunklem Haar und blauen Augen, der sie anlächelte, wenn seine Mutter nicht hinsah. Mary beobachtete ihn gern dabei, wie er versuchte, den Matrosen zu helfen – er war eindeutig so versessen auf das Segeln wie sie früher. Während das Schiff an der französischen Küste entlang nach Spanien segelte und das Wetter wärmer wurde, saß Lukes Mutter oft mit ihm an Deck und übte mit ihm das Lesen und Schreiben. Mary wünschte, sie könnte ihrem Kind auch so etwas beibringen.

Es war die Angst um ihr Kind, die sie schließlich zu Schiffsarzt White gehen ließ. Ihr Vater hatte immer gesagt, Schiffsärzte seien entweder Metzger oder Trinker, aber sie hatte White noch nie betrunken gesehen. Sein heiteres Gesicht und die sanfte Art, mit der er sie vor der Reise untersucht hatte, schienen auch nicht zu einem Metzger zu passen.

Bisher hatte Mary nur Sarah von ihrem Zustand erzählt, und sie war sicher, dass niemand, am allerwenigsten Tench, etwas davon ahnte. Aber wie peinlich es auch sein mochte, es dem Arzt zu gestehen, ihr war klar, dass sie sich dieser Sache stellen musste.

»Ich glaube, ich bin schwanger«, stieß sie hervor, nachdem sie den Arzt zuerst gefragt hatte, ob er ihr etwas für eine Schnittwunde am Fuß geben könnte, die nicht heilen wollte.

Er hob eine buschige graue Augenbraue, dann stellte er ihr einige Fragen und bat sie, sich hinzulegen, damit er ihren Bauch abtasten konnte.

»Wird alles gut gehen?«, fragte sie, als er schwieg.

»Natürlich wird es das. Eine Geburt auf See ist nicht anders als irgendwo sonst«, erwiderte er ein wenig scharf. »Ich denke, das Kind kommt im September, und bis dahin werden wir in wärmeren und ruhigeren Gewässern sein. Du bist stark und gesund, Mary, also wird alles gut gehen.«

Mary wurde klar, dass sie wahrscheinlich an Weihnachten schwanger geworden war, in der Nacht, in der Spencer Graham am liebevollsten gewesen war.

»Wer ist der Vater?«, erkundigte sich der Arzt, und seine scharfen, dunklen Augen bohrten sich in ihre, als könnte er ihre Gedanken lesen. »Du musst es sagen, Mary, damit der Vater zur Verantwortung gezogen werden kann. Wenn es einer der Gefangenen ist, kannst du heiraten, und wenn es einer der Marinesoldaten war, dann kann er gezwungen werden, dem Kind seinen Namen zu geben.«

Es überraschte Mary, dass es irgendjemanden interessierte, wer sie geschwängert hatte, und noch mehr, dass sie jeden Mann zur Verantwortung ziehen würden. Aber sie war nicht bereit, Graham als Vater des Ungeborenen zu nennen. Ohne ihn hätte sie die *Dunkirk* nicht überlebt, und da waren ja noch seine Frau und seine Kinder, die den Schmerz über seine Untreue nicht verdienten.

»Sein Name, Mary?«, fragte White noch einmal streng.

»Ich weiß nicht, wer der Vater ist«, erklärte sie und verschränkte die Arme in einer abwehrenden Geste vor der Brust.

»Das glaube ich dir nicht«, schalt er sie. »Einigen der anderen Frauen würde ich das abnehmen, aber nicht dir. Und jetzt sag mir, wer es ist, dann kümmere ich mich darum.«

»Das werde ich nicht«, entgegnete sie trotzig.

White schnalzte missbilligend mit der Zunge. »Deine Loyalität ist bewundernswert, jedoch fehl am Platz, Mary. Willst du, dass bei deinem Kind *Bastard* auf der Geburtsurkunde steht?«

»Das ist auch nicht schlimmer, als eine verurteilte Straftäterin zur Mutter zu haben«, meinte sie.

White schüttelte den Kopf, dann entließ er sie mit dem Rat, noch einmal darüber nachzudenken. »Du kannst jederzeit zu mir kommen, falls du deine Meinung änderst«, versicherte er ihr noch.

Am Tag nach ihrem Besuch beim Arzt kam Sturm auf, und wieder wurden die Luken geschlossen, und Mary war gezwungen, im Laderaum zu bleiben. Nach der Freiheit an Deck war es furchtbar, wieder in der Dunkelheit mit den Frauen gefangen zu sein, von denen die meisten seekrank waren. Das Schiff schlingerte und schlug auf die Wellen, die Toiletteneimer fielen um, und eisiges Wasser drang ein und durchnässte sie alle. Mary konnte ihre Decke nur noch enger um sich schlingen, ihre Nase tief hineindrücken, um den Gestank nicht wahrzunehmen, und beten, dass der Sturm bald vorüber war.

Sie brauchten drei Wochen, um Santa Cruz auf Teneriffa zu erreichen, den ersten Hafen auf ihrer Route. Während dieser Zeit lernte Mary ein paar Matrosen aus Devonshire recht gut kennen. Von ihnen erfuhr sie, dass auf einem der anderen Transportschiffe die männlichen Gefangenen noch vor der Abfahrt durch die Schotten gebrochen waren, um zu den Frauen zu gelangen. Sie berichteten auch, dass die weiblichen Gefangenen, die aus den Londoner Gefängnissen hergebracht worden waren, gemeine, brutale

Verbrecherinnen waren, die sich gegenseitig bekämpften und ihren Körper für ein Glas Rum an jeden verkauften.

Das machte Mary Angst, denn sie hatte gedacht, dass die Gefangenen auf den anderen Schiffen sich nicht von denen auf der *Charlotte* unterschieden. Einige ihrer Mitgefangenen waren schlimm genug und hätten, ohne zu zögern, Leichen gefleddert. Aber zumindest wusste sie, vor welchen sie sich hüten musste, und sie war sich sicher, dass Kapitän Gilbert den männlichen Gefangenen auf diesem Schiff niemals gestattet hätte, die Frauen zu bedrohen.

Menschenfreundlich war Gilbert zwar, jedoch auch streng. Bei den wenigen Gelegenheiten, bei denen die männlichen Gefangenen zusammen mit den Frauen an Deck waren, wurde ihr Verhalten von den Marinesoldaten genau beobachtet. Und die Aussicht, wieder in Ketten gelegt oder ausgepeitscht zu werden, reichte, um sowohl die Männer als auch die Frauen davon abzuhalten, ein Risiko einzugehen.

Doch genau wie auf der *Dunkirk* gab es verbotene Beziehungen, diesmal nicht zu den Offizieren, sondern zu den Marinesoldaten und den Matrosen. Mary Haydon und Catherine Fryer waren die Schlimmsten, denn sie gingen mit jedem Mann mit, der sie haben wollte. Weder Mary noch Sarah wählten diesen Weg; sie lachten darüber. »Wenn wir keinen Offizier haben können, wollen wir lieber keinen«, sagten sie. Doch die Wahrheit war, dass sie nicht mehr ums Überleben kämpfen mussten. Sie hatten jetzt genug zu essen und Wasser, um sich zu waschen, und nach einem Tag an Deck im Sonnenschein verbrachten sie die Nacht lieber im Laderaum, als sich von einem nach Rum stinkenden Matrosen demütigen und misshandeln zu lassen.

Der einzige männliche Gefangene, den Mary oft sah, war Will Bryant, und manchmal war auch Jamie Cox bei ihm. Die anderen Männer durften nicht lange an Deck. Warum das so war, wusste Mary nicht genau, doch Will genoss besondere Privilegien. Offenbar hatte er die Leute davon überzeugt, dass er durch Fischen die Essensrationen auf dem Schiff aufbessern konnte, denn er verbrachte einen guten Teil des Tages an Deck. Mary bewunderte seinen Einfallsreichtum und fand, dass sie viel gemeinsam hatten.

Als das Schiff in Santa Cruz vor Anker ging, um frisches Wasser und mehr Proviant aufzunehmen, wurde der Mannschaft Landgang gewährt, und wieder wurden die Gefangenen in Ketten gelegt und die Luken geschlossen. Es war Juni, und draußen herrschte drückende Hitze. Es war unerträglich, nach der relativen Freiheit, die sie genossen hatten, nun wieder in der heißen Dunkelheit zu schwitzen. Mary empfand es geradezu als quälend, denn jetzt, da ihr Bauch sich wölbte, war es ihr unmöglich, auf der Pritsche eine bequeme Lage zu finden. Außerdem wurde ihr übel, weil ihr die frische Luft fehlte.

Doch nachdem sie Segel in Richtung Rio in Südamerika gesetzt hatten, wurden die Ketten entfernt, und sie durften wieder an Deck. Eines Nachmittags döste Mary dort im Sonnenschein, als sie Will Bryant fluchen hörte, weil sein Fischernetz gerissen war. Sie stand auf, ging zu ihm ans Heck und bot ihm an, es für ihn zu flicken.

Er war während ihrer Reise noch attraktiver geworden. Durch die größere Essensration hatte er wieder mehr Fleisch auf den Rippen, seine Augen waren so blau wie der Himmel über ihnen, die Sonne hatte sein blondes Haar und seinen Bart gebleicht, und seine Haut schimmerte goldbraun. Außerdem hatte er ein unverschämtes, freches Grinsen.

»Du weißt, wie man ein Netz flickt?«, fragte er überrascht.

»Wie sollte ein Mädchen aus Fowey das nicht wissen?«, erwiderte sie lachend. Vermutlich weil sie mit der nützlichen Tätigkeit des Netzflickens beschäftigt waren, kam niemand, der ihnen befahl, auseinanderzugehen. Will und sie plauderten den ganzen Nachmittag lang, vor allem über Cornwall.

»Du siehst sehr hübsch aus«, sagte Will plötzlich. »Wann kommt das Kleine denn?«

Mary wurde mit einem Mal verlegen. Ihr war nicht bewusst gewesen, dass irgendjemand anderes außer Schiffsarzt White und

Sarah ihren Zustand bemerkt hatte. Wenn Will es wusste, dann wusste Tench es vielleicht auch!

»Im September«, murmelte sie und wurde rot bis an die Haarwurzeln. »Woher weißt du es?«

»Ich habe doch Augen im Kopf«, antwortete Will lachend. »Das kann man ja nicht ewig geheim halten, nicht, wenn der Wind dein Kleid dicht an deinen Körper weht.«

Mary wurde ein bisschen mulmig. »Wissen es alle?«

Will zuckte die Schultern. »Weiß nicht. Warum? Hast du Angst?«

»Ein bisschen«, gestand sie. »Ich will nicht, dass die Leute schlecht von mir denken, und ich weiß nicht viel über Babys.«

»Mach dir doch keine Sorgen darüber, was die Leute denken«, meinte er mit einem Grinsen. »Bevor wir ankommen, werden noch eine ganze Reihe anderer Frauen Babys bekommen. Und was das Wissen über Babys angeht, ich schätze, das kommt schon. Die anderen Frauen helfen dir ja auch, also mach dir keine Sorgen.«

Mary war über seine einfühlsame Art gerührt, denn sie hatte ihn immer für einen harten Mann gehalten. Ein bisschen später erzählte er ihr, er habe gehört, dass ein Gefangener auf der *Alexander*, einem weiteren Schiff der Flotte, sich auf Teneriffa an Deck versteckt und sich langsam ins Wasser heruntergelassen hatte, nachdem es dunkel geworden war. Dann hatte er das Ruderboot gestohlen, das am Heck festgemacht war.

»Der Hornochse hat sich verraten, indem er zu einem holländischen Schiff ging und fragte, ob sie ihn mitnehmen könnten.« Will lachte. »Ich hätte mich in der Stadt versteckt, bis die Flotte fort gewesen wäre.«

»Ich habe auch die ganze Zeit auf der *Dunkirk* über Flucht nachgedacht«, gestand Mary. »Im Moment ist es nicht möglich, nicht in meinem Zustand. Aber sobald das Baby geboren ist, werde ich wieder nach einer Möglichkeit Ausschau halten.«

»Ich werde abwarten, weil ich zuerst sehen will, wie es in Botany Bay ist«, meinte Will. »Wenn ich dort fischen, ein anständiges Haus bauen und ein bisschen Gemüse anbauen kann, ist es vielleicht nicht so schlimm.«

»Aber wir wissen nicht, wie die Gefangenen auf den anderen Schiffen sind«, gab Mary zu bedenken. »Wir stammen alle aus Devon und Cornwall. Keiner von uns ist wirklich ein Verbrecher. Doch die Frauen auf der *Friendship* sollen ziemlich übel sein. Die meisten kommen aus London. Sie müssen ihnen Ketten anlegen, weil sie ständig miteinander kämpfen. Wenn wir erst in Botany Bay von Bord gehen, müssen wir uns mit denen auseinandersetzen.«

»Ich schätze, du wirst mit den meisten Leuten fertig«, gab Will zurück. »Und ich auch. Wir schaffen das schon.«

Ein paar Tage später sprach Tench Mary an Deck an. Er erkundigte sich, wie ihr die Reise gefalle, und erklärte, dass er noch nicht viel Gelegenheit gehabt habe, an Deck zu kommen, weil er so viele andere Aufgaben erledigen musste. »Geht es dir gut?«, fragte er und sah sie besorgt an. »Der Arzt hat mir gesagt, dass du ein Kind erwartest.«

Mary konnte nur nicken. Sie war zwar ein bisschen erleichtert, weil es jetzt heraus war, doch sie hatte auch Angst, Tench könnte ihr so wie Dr. White Fragen stellen.

»Ich verurteile andere nicht«, versicherte er sanft, als hätte er ihre Gedanken erraten. »Ich mache mir nur Sorgen um dich. Du hast Glück, dass White an Bord dieses Schiffes ist; er ist ein guter Arzt. Bekommst du genug zu essen?«

Mary nickte wieder. Sie wagte nicht zu sprechen.

»Wenn du irgendetwas brauchst, wende dich an mich«, meinte er und tätschelte ihre Schulter. »Ich werde versuchen, dir in Rio ein paar Früchte zu besorgen. Skorbut ist eine Bedrohung auf diesen langen Reisen. Aber Kapitän Gilbert scheint sich unserer aller Bedürfnisse bewusster zu sein als die meisten Kapitäne zur See.«

Er ging fort, und während Mary seinen schmalen Rücken, sein hübsches dunkles Haar und seine sauberen weißen Stiefelhosen betrachtete, wünschte sie sich, sie würde sein Kind erwarten.

Auf dem Weg nach Rio gerieten sie in einige schlimme Stürme. Das Schiff schlingerte und rollte auf den hohen Wellen, und Wasser drang in die Laderäume ein und spülte die Frauen von ihren Pritschen. Wieder und wieder dachten sie, sie müssten alle sterben – jedes Knacken im Schiffsrumpf schien der Beweis zu sein, dass es auseinanderbrach. Selbst Mary, die noch nicht seekrank gewesen war, wurde jetzt von dieser Krankheit befallen und übergab sich, bis sie nichts mehr im Magen hatte. Sie war so schwach, dass sie sich kaum noch bewegen konnte.

Aber die Stürme legten sich, und es gab ruhige Zeiten, in denen sich das Schiff fast gar nicht bewegte. Als Mary an einem dieser Tage an der Reling an Deck stand, den Rest der Flotte beobachtete und nach Delfinen und Tümmlern Ausschau hielt, schlug Tench ihr vor, sie solle sich unter den männlichen Gefangenen nach einem Ehemann umsehen.

Er hatte nicht oft Gelegenheit, mit ihr zu sprechen, und selbst wenn er eine fand, waren es nie mehr als ein paar Minuten. Aber seit sie über ihre Schwangerschaft gesprochen hatten, steckte er Mary immer etwas zu, wenn er sie sah. Manchmal war es ein Stück harter Käse oder ein paar Schiffskekse; bei zwei Gelegenheiten schenkte er ihr hart gekochte Eier. Dass er sich um ihre Gesundheit sorgte, reichte Mary. Er sollte dafür nicht vom Kapitän bestraft werden, das wollte sie nicht.

»Hast du mal darüber nachgedacht, wie es sein wird, wenn wir nach Botany Bay kommen?«, begann Tench und sah nicht sie an, sondern aufs Meer hinaus auf die Flotte, die in der Flaute festsaß. »Ich meine, bist du dir darüber im Klaren, dass dort viel mehr Männer als Frauen sein werden?«

Sie schüttelte den Kopf.

»Es kommen drei Männer auf jede Frau«, fuhr er fort und runzelte die Stirn, als bereitete ihm diese Tatsache große Sorgen. Noch immer sah er sie nicht an. »Für die Frauen könnte es schwierig werden, fürchte ich.«

Mary erschrak, als ihr klar wurde, dass er damit die Wahrscheinlichkeit einer Vergewaltigung andeuten wollte. »Werden die Marinesoldaten denn nicht auf uns aufpassen?«, fragte sie.

»Wir tun unser Bestes«, erklärte er ernst. »Aber selbst dann können wir nicht immer überall präsent sein.«

Mary schauderte. Sie wusste von Will, dass viele der Männer – und natürlich auch der Frauen – sehr verzweifelt waren. Sie hatte vor allem an Diebstahl von Lebensmitteln und Wertsachen gedacht, doch jetzt hatte ihr Tench vor Augen geführt, dass Diebstahl nicht das einzige Problem sein würde.

»Du solltest darüber nachdenken zu heiraten«, sagte er.

Eine Sekunde lang dachte sie, es wäre ein Heiratsantrag, und ihr Herz klopfte heftig. »Heiraten?«, wiederholte sie.

»Einen der männlichen Gefangenen natürlich«, erklärte er schnell. »Dein Baby braucht einen Vater.«

Mary spürte, wie sie errötete, und hoffte, dass er den Grund dafür nicht ahnte. »Ich kenne kaum jemanden von ihnen«, widersprach sie entrüstet.

Tench blickte über seine Schulter, um zu überprüfen, ob sie jemand beobachtete. »Ich muss jetzt gehen«, meinte er. »Aber denk über meine Worte nach, ja?«

Er ging, bevor Mary noch etwas sagen konnte.

Mary ließ sich Tenchs Rat durch den Kopf gehen. Je mehr sie darüber nachdachte, desto mehr Sinn ergab sein Ratschlag. Männer, die so lange von Frauen ferngehalten wurden, waren wahrscheinlich gefährlich, und einige der Frauen waren es auch.

Sie wollte Tench und hatte das Gefühl, dass sie ihn immer lieben würde. Niemals könnte sie für einen anderen Mann so empfinden, dachte sie. Aber sie war auch Realistin; er mochte sie vielleicht, hegte unter Umständen sogar romantische Gefühle für sie. Doch sie würde nicht genug Zeit haben, um ihn dazu zu bringen, sie so zu lieben, dass er die Grenze überschritt und eine Gefangene zur Frau nahm. Außerdem würde er nach drei Jahren nach

England zurückkehren, und sie hatte dann immer noch vier Jahre ihrer Strafe abzusitzen.

Unter den Gefangenen, die sie kannte, gab es nur einen, den sie bewundern und achten konnte, und das war Will Bryant. Er war stark und geschickt, und er konnte lesen und schreiben. Er hatte mit der Fischerei ein echtes Handwerk gelernt, und er teilte ihre Liebe zu Schiffen und dem Meer. Er war außerdem attraktiv und der geborene Anführer.

Je mehr sie über Will nachdachte, desto sicherer wurde sie, dass er der ideale Ehemann wäre. Natürlich würde er sie nicht als besonders guten Fang ansehen, denn sie hatte ein Kind von einem anderen Mann. Und sie war auch nicht hübsch. Aber auf irgendeine Weise musste sie ihn dazu bringen, eine Verbindung zu ihr positiv zu sehen.

Während der acht Wochen nach Rio dachte Mary an kaum etwas anderes als daran, wie sie Will dazu überreden konnte, ihr Mann zu werden. Wegen ihres Zustandes erlaubte Schiffsarzt White ihr, bei gutem Wetter den ganzen Tag an Deck zu bleiben, und gestand ihr größere Essensrationen zu. Das bedeutete, dass sie Will jeden Tag sah. Sie flickte seine Netze, nahm den Fisch für ihn aus, gab ihm oft etwas von ihrer zusätzlichen Ration und machte ihm Komplimente.

Fast täglich entdeckte sie neue Facetten an Will. Seine Angeberei war ermüdend, er meinte, fast alles besser zu können als die anderen Männer. Aber er war stark, praktisch veranlagt und gescheit. Und er hatte auch eine sanfte Seite. So erkundigte er sich immer nach ihrem Befinden, und einmal bat er sie sogar, seine Hand auf ihren Bauch legen zu dürfen. Als er die Bewegungen des Kindes fühlte, sah er sie überrascht an. Er beschützte die, die schwächer waren als er selbst, und er war ein fröhlicher Mensch, der sich von kaum etwas die Laune verderben ließ.

Als das Schiff in Rio anlegte, legte man ihnen wieder die Ketten an, schloss die Luken, und die Mannschaft ging an Land. Ab und zu gestattete man es den Gefangenen, für kurze Zeit an Deck zu gehen, und diejenigen, die Geld hatten, konnten etwas von den dunkelhäutigen Männern kaufen, die in kleinen Booten längsseits kamen, um mit ihnen kleine Geschäfte zu machen.

Einige der glücklicheren Gefangenen hatten Verwandte, die nah genug an Devonport wohnten und ihnen neue Kleider, Essen, Geld oder andere Sachen geschickt hatten, bevor das Schiff in See gestochen war. Ein paar besaßen Geld, das sie während ihrer Zeit im Gefängnis oder auf dem Gefängnisschiff behalten hatten. Will war einer davon – er erzählte Mary, dass er es in einem Beutel unter seinem Hemd aufbewahrte. Er kaufte Orangen und gab die Hälfte davon Mary. Außerdem kaufte er ein bisschen weißen Baumwollstoff und schenkte ihn ihr. »Daraus kannst du Babysachen nähen«, meinte er mit einem merkwürdig schüchternen Lächeln.

Als Tench wieder an Bord kam, ein bisschen mitgenommen von den vielen Zechgelagen mit den anderen Männern an Land, hatte auch er ein Geschenk für Mary. Eine Decke für das Baby.

»Will hat mir Baumwollstoff gekauft, um ein paar Kleidungsstücke für das Kind zu nähen«, fügte sie hinzu, nachdem sie sich bei ihm bedankt hatte. Sie musste mit Tränen der Dankbarkeit kämpfen. »Ich habe Glück, solche Freunde zu haben.«

»Will ist der Mann, den du heiraten solltest«, sagte Tench abrupt und überraschte sie damit.

»Mich heiraten?«, rief sie, als käme ihr dieser Gedanke zum ersten Mal. »Warum sollte er mich wollen, wenn es so viele hübschere Frauen gibt, die kein Kind erwarten?«

»Weil du klug bist und charakterfest und man sich mit dir nicht langweilt«, antwortete er, und seine braunen Augen strahlten. »Das sind die Eigenschaften, nach der ich bei einer Frau suchen würde.«

»Was ist mit Liebe?«, fragte sie und wünschte, sie könnte flirten, so wie sie es bei anderen Frauen gesehen hatte, die einen Mann verführen wollten.

»Ich glaube, die Liebe kommt, wenn zwei Menschen miteinander im Einklang sind«, erklärte er ernst. »Viele Leute verwechseln Lust mit Liebe. Das sind zwei völlig verschiedene Dinge.«

»Aber gehört das denn nicht zusammen?«

»Manchmal, wenn man Glück hat«, meinte er lächelnd. »Traurigerweise bekommen die meisten von uns das eine oder das andere, nicht beides. Oder, schlimmer noch, sie empfinden beides für jemanden, der einfach nicht geeignet ist.«

Mary hatte das Gefühl, er wolle ihr damit sagen, dass er so für sie empfand.

»Aber wenn man so empfindet, dann eignet sich dieser Mensch doch sicher?«, gab sie mutig zurück.

»Vielleicht.« Er zuckte die Schultern und blickte hinüber auf den Hafen von Rio. »Wenn man diese Person an einen neuen Ort bringt, wo es keine Rolle spielt, wo jemand herkommt.«

Ihre Unterhaltung endete abrupt, weil Kapitän Gilbert an Bord kam. Tench musste ihn begrüßen gehen, und Mary schlüpfte zurück ans Heck des Schiffs, starrte hinüber nach Rio am anderen Ende der Bucht und fragte sich, ob Tench sich wünschte, er könnte sie an einen solchen Ort bringen.

Aber wenn er diesen Wunsch hatte, warum wollte er dann, dass sie Will heiratete? Das taten Männer doch sicher normalerweise nicht, oder? Mary war jedoch schon lange klar geworden, dass Tench nicht wie andere Männer war.

Am vierten September verließen sie den Hafen von Rio, und drei Tage später setzten bei Mary abends die Wehen ein.

Zuerst war es gar nicht so schlimm. Sie lag ruhig neben Bessie, und es gelang ihr sogar zu dösen. Aber am frühen Morgen hatte sie wirklich starke Schmerzen und musste aufstehen und sich an den Schiffsbalken festhalten, um sie zu ertragen. Schiffsarzt White wurde am Vormittag gerufen, doch er verkündete, alles verlaufe normal.

»Bei Erstgebärenden dauert es immer lange«, sagte er. Als einzige Vorkehrung befahl er zwei Frauen, ausgerechnet Mary Haydon und Catherine Fryer, etwas Stroh zu sammeln, damit Mary sich darauf legen konnte.

Das Schiff fuhr durch eine heftige Dünung, und Mary Haydon und Catherine hatten überhaupt kein Mitleid mit Mary. Und noch schlimmer war, dass man die Luken wegen des starken Windes geschlossen hatte, sodass es im Laderaum dunkel und stickig war.

»Du hattest dein Vergnügen«, meinte Mary Haydon gehässig. »Jetzt musst du den Schmerz aushalten.«

Mary war klar gewesen, dass diese zwei Frauen sie immer noch für ihre Notlage verantwortlich machten, egal, wie oft sie auch darauf bestanden, die Vergangenheit sei vergeben und vergessen. Jedes Mal, wenn Mary Dankbarkeit oder Lob von den anderen Frauen erfuhr, spürte sie die Eifersucht der beiden. Sie nahm an, dass sie ihre Wehen als Chance betrachteten, sich zu rächen. Wahrscheinlich hofften sie, Mary würde ein großes Spektakel veranstalten und dadurch etwas von der Bewunderung der anderen einbüßen.

Aber Mary würde ihnen diesen Triumph nicht gönnen. Als die nächste Wehe kam, biss sie die Zähne zusammen und ertrug sie schweigend.

Der Schmerz kam und ging, und jede Wehe war ein bisschen stärker als die vorangegangene, bis Mary gezwungen war, sich hinzulegen und sich an einem Seil mit Knoten festzuhalten, das eine ältere Frau für sie um einen Balken geknotet hatte. Sarah saß neben ihr, wusch ihr die Stirn und ließ sie von dem brackigen Wasser trinken.

»Jetzt dauert es nicht mehr lange«, flüsterte sie aufmunternd. »Und wenn du schreien willst, dann schrei ruhig und denk nicht an die beiden Hexen da drüben.«

Mary fürchtete, an den Qualen sterben zu müssen, und fragte sich für einen Moment zwischen den Wehen, wie Frauen sich dazu bringen konnten, mehr als ein Kind zu bekommen. Aber dann, gerade als sie glaubte, es nicht länger ertragen zu können, war da ein neues Gefühl, als müsste sie pressen.

Sie hatte andere Frauen, darunter ihre Mutter, von diesem Teil der Niederkunft erzählen gehört, und sie wusste, was es bedeutete: Das Baby erkämpfte sich seinen Weg ans Licht der Welt. Plötzlich empfand sie eine Welle der Zärtlichkeit für das Kind in ihr und eine Entschlossenheit, ihm bei seinen Bemühungen, so gut es ging, zu helfen.

»Es kommt jetzt«, raunte sie Sarah zu, und als die nächste Wehe kam, biss sie die Zähne zusammen, winkelte die Beine an, zog an dem Seil und presste, so stark sie konnte.

Sie nahm vage wahr, dass die anderen Frauen hinter der Decke, die Sarah fürsorglich aufgehängt hatte, um ihr etwas Intimsphäre zu verschaffen, ihr Abendessen bekamen. Das Rollen und Ächzen des Schiffes schien in ihrem Körper widerzuhallen, und sie war froh, dass die Dunkelheit all das verbarg, was sicher kein schöner Anblick war.

Mary hörte, wie Sarah jemanden aufforderte, den Schiffsarzt zu holen. Bis er kam, verging einige Zeit, und er gab Sarah nur ein paar kurze Anweisungen und eine Laterne, bevor er wieder verschwand.

»Lassen Sie mich nicht allein«, schrie Mary, als er ging.

»Die Frauen kümmern sich darum«, erwiderte er scharf. »Ich kann hier nicht aufrecht stehen.«

»Bastard«, zischte Sarah ihm hinterher. Dann beugte sie sich vor und wischte Mary sanft das Gesicht ab. »Du hast ja noch mich«, meinte sie beruhigend. »Ich weiß, was zu tun ist, Liebes, du schaffst das.«

Der Schmerz war rot glühend, und Mary glaubte, ihn durch die Haut brennen zu sehen, während Sarah ihren Po und ihre Oberschenkel mit kühlem Wasser wusch. Dann presste sie noch einmal und spürte das Baby kommen.

»Ich kann schon das Köpfchen sehen«, hörte sie Sarah aufgeregt rufen.

Mary fühlte, wie etwas Glitschiges aus ihr herausglitt. Der Schmerz war abgeebbt, und sie konnte Stimmen hinter dem Deckenvorhang hören.

»Du hast ein kleines Mädchen«, sagte Sarah erfreut. »Ein richtig großes und schweres.«

Das Licht der Laterne war dämmrig, aber Mary konnte sehen, dass Sarah etwas hochhielt, das wie ein gehäuteter Hase aussah. Dann fing es plötzlich an zu schreien. Es war ein wütender Schrei, als wäre es entsetzt darüber, sich in einem dunklen Schiffsrumpf wiederzufinden.

»Sie schafft es«, meinte Sarah mit erleichtert klingender Stimme und legte das Baby in Marys Arme. »Wie wirst du sie nennen?«

Mary konnte für einen Augenblick nicht antworten. Sie konnte nur voller Ehrfurcht ihr Baby ansehen. Es hatte dichtes, schwarzes Haar, sah in dem dämmrigen Licht ein bisschen violett aus, und die kleinen Fäuste fuchtelten durch die Luft. Es erschien ihr unglaublich, dass dieses wütende kleine Wesen tatsächlich in ihr gewachsen war.

»Ich nenne sie Charlotte«, sagte sie schließlich. »Nach dem Schiff.« Dann erinnerte sie sich an Grahams Gesicht und daran, wie er sie in der Nacht, in der ihr Baby wahrscheinlich gezeugt worden war, zärtlich angesehen hatte, und fügte hinzu: »Charlotte Spence.«

»Spence?«, wunderte sich Sarah. »Was ist das denn für ein Name?«

Mary traute sich nicht, diese Frage zu beantworten. »Könnte ich etwas zu trinken bekommen? Ich verdurste.«

Es war sehr spät am Abend, als Charles White in seine Kabine zurückkehrte. Er war noch einmal im Laderaum gewesen und hatte festgestellt, dass Marys Baby sicher entbunden war. Nun goss er sich einen Whiskey ein und setzte sich hin, um in sein Tagebuch zu schreiben:

8. September, begann er. *Mary Broad. Von einem gesunden Mädchen entbunden.*

Er hielt einen Moment inne, unfähig, sich an das zu erinnern, was an diesem Tag noch passiert war. Mary, wie sie mit ihrem Baby auf dem Arm in diesem schmutzigen, stinkenden Laderaum lag, füllte seine Gedanken so aus, dass für nichts anderes Platz war. Er war über die Jahre zu vielen Geburten gerufen worden, zu adligen Frauen in feinen Häusern genauso wie zu Bauersfrauen in armseligen Wohnungen, und er hatte ihnen allen geholfen und war gerührt gewesen über dieses Wunder eines neuen Lebens. Nun schämte er sich, dass er Mary sich selbst überlassen hatte, denn sie war eindeutig eine gute Frau; sie stach aus der Masse ihrer Gefährtinnen durch ihre Intelligenz und ihre ruhige, distanzierte Art heraus.

Vielleicht lag es daran, dass er wusste, wie unwahrscheinlich es war, dass das Kind mehr als ein paar Wochen überleben würde. Die Säuglingssterblichkeit war schon an Land hoch, aber auf einem Schiff mit Ratten, Läusen, fauligem Wasser und Krankheiten, die überall auf einen schwachen Empfänger lauerten, hatten Neugeborene kaum eine Chance. Es waren bisher erstaunlich wenig Leute gestorben, die meisten davon an Krankheiten, die von den Gefangenen aus den Gefängnisschiffen mitgebracht worden waren. Aber es war immer noch ein langer Weg bis nach Botany Bay.

Und wenn sie dort ankamen, würde alles noch schwerer werden. Es mussten Häuser gebaut und Land gerodet und beackert werden. Die Eingeborenen waren vielleicht feindselig, die Wetterbedingungen schlecht. Das war kaum die ideale Umgebung, um ein kleines Kind aufzuziehen.

Aber er war überzeugt davon, dass Mary eine gute Mutter sein würde. Sie hatte so viele herausragende Qualitäten. Charles fragte sich erneut, wer der Vater des Kindes war. Er dachte an Tench, denn der war mit Mary auf der *Dunkirk* gewesen. Er hatte ganz offensichtlich auf Nachricht gewartet, und seine Augen hatten aufgeleuchtet, als White ihm von dem Neuankömmling berichtet hatte. Tench hatte auch sofort das Geschlecht und den Namen des Kindes erfahren wollen und sich erkundigt, ob es Mary gut ging.

Dennoch konnte er sich nicht vorstellen, dass Tench eine der Gefangenen schwängern würde. Er war ein aufrechter, ehrlicher junger Mann mit einer natürlichen Würde, der mehr Interesse an Gerechtigkeit auf der Welt als an Liebeleien hatte. Aber Watkin Tench empfand etwas für Mary Broad, so viel war klar. Eigentlich verständlich, wenn sie selbst einen mürrischen alten Arzt wie ihn bezaubern konnte.

Charles seufzte schwer. Es gab so viele unbekannte Faktoren an der großartigen Idee, die Gefängnisschiffe zu leeren und all die Unerwünschten ans andere Ende der Welt zu schicken. Niemand kannte das Klima dieses Landes oder die Eingeborenen oder wusste, ob man das Land überhaupt kultivieren konnte. Es war ein großes Wagnis, und es standen nicht nur die Leben der Gefangenen auf dem Spiel – für die interessierte sich in England niemand wirklich –, sondern auch die derjenigen, die als Wachen mitgeschickt worden waren.

Kapitän Arthur Phillip, der Oberkommandeur der gesamten Flotte, hatte bereits die Sorge geäußert, dass man nicht genügend Proviant, Werkzeuge und Kleidung auf den Versorgungsschiffen mitgenommen hatte und dass deren Qualität schlecht war. Außerdem gab es nicht genügend ausgebildete Handwerker unter den Gefangenen.

Charles starrte düster auf sein ungeschriebenes Tagebuch. Wenn alle Gefangenen wie Mary Broad und Will Bryant gewesen wären, intelligente, findige Leute, dann hätte das Projekt vielleicht die Chance auf Erfolg gehabt. Traurigerweise waren die meisten jedoch echte Schurken, der Bodensatz der englischen Gesellschaft. In Wahrheit war die Idee zum Scheitern verurteilt, bevor sie überhaupt in die Tat umgesetzt war.

Als das Schiff fünf Wochen später auf den Hafen von Kapstadt zusegelte, stand Mary mit Charlotte auf dem Arm an der Reling und bewunderte die Schönheit der Landschaft vor ihr.

Die Sonne sank, der Himmel war rosa- und malvefarben, und alle elf Schiffe lagen jetzt dicht beieinander, während ihre Segel sich im Wind blähten. Das Meer war türkis, und ein Schwarm Delfine sprang um das Schiff herum, als führten sie etwas vor. Sie hatten schon seit einigen Tagen Delfine gesehen und auch Wale, ein Anblick, an dem Mary sich nie sattsehen konnte.

»Und du siehst nicht mal hin«, sagte sie zärtlich zu Charlotte, die, in die Decke gewickelt, die Tench ihr geschenkt hatte, fest eingeschlafen war.

Die Qualen der Geburt waren schon fast vergessen. Mary hatte genug Milch, und Charlotte wuchs und gedieh. Aber Mary widmete auch ihre gesamte Aufmerksamkeit ihrem Kind.

Sie hätte niemals geglaubt, dass sie so viel für ihr Baby empfinden könnte. Sie legte es fast nie ab, denn sie traute den anderen Frauen nicht und hatte Angst, sie könnten ihm ihre schmutzigen Finger in den Mund stecken oder es fallen lassen, wenn sie es aufhoben. Einer der Matrosen hatte ihr eine kleine Wiege gebaut, und Mary legte Charlotte tagsüber an Deck auch dort hinein und hängte ein Stück Stoff darüber, um die Sonne abzuhalten. Aber in der Nacht hatte sie zu viel Angst vor Ratten und behielt die Kleine lieber fest im Arm.

Kapitän Gilbert hatte gesagt, Mary könne sie taufen lassen, wenn sie Kapstadt erreichten, weil dann der Priester, der die Flotte begleitete, an Bord kommen konnte. Das hatte Mary gerührt; denn sie hatte erwartet, dass dem Kind einer Gefangenen Verachtung entgegengebracht werden würde, fast so, als wäre es ein Mensch zweiter Klasse.

»Morgen früh werden wir den Tafelberg sehen können, schätze ich«, bemerkte Tench plötzlich direkt neben ihr. Mary hatte ihn nicht kommen hören. »Er sieht wirklich aus wie ein Tisch«, fuhr er fort. »Seine Spitze ist flach, und wenn der Nebel dort hängt, sieht der aus wie ein Tischtuch. Zumindest hat man mir das erzählt. Ich war noch nie in Kapstadt.«

»Sie werden es sich ansehen können«, meinte Mary sehnsüchtig. »All die wilden Tiere und die anderen Dinge.«

Sie wusste, dass Tench es liebte, alles zu erforschen und dann in seinem Tagebuch festzuhalten, wo er gewesen war und was er gesehen hatte. Sie hatte noch niemals einen Mann getroffen, der neuen Orten oder fremden Dingen mit so viel Enthusiasmus begegnet war.

»Du wirst nicht immer eine Gefangene sein, Mary«, sagte er, und in seiner Stimme schwang Mitgefühl mit. »Wenn die Siedlung in Botany Bay erst aufgebaut ist und du deine Strafe abgesessen hast, wird es viele Möglichkeiten für eine Frau wie dich geben.«

»Dann werden Sie schon nach Hause gefahren sein«, gab sie zurück und versuchte, ihre Stimme leicht klingen zu lassen.

»Ich schätze, ja«, erwiderte er. »Aber du bist dann Teil einer neuen Gemeinde, und ich habe keinen Zweifel daran, dass du verheiratet sein wirst. Vielleicht hat Charlotte dann auch einen Bruder oder eine Schwester.« Er beugte sich vor und küsste das Baby in Marys Armen auf die Stirn. »Nimm Will Bryant, Mary, er ist der beste Mann für dich.«

Tench hatte schon lange vor Charlottes Geburt Will nicht mehr erwähnt, doch die Tatsache, dass er diese Verbindung offenbar nicht vergessen hatte, bewies Mary, dass es ihm mit diesem Vorschlag wirklich ernst war.

»Wie sollte ich es denn anfangen, mal angenommen, ich hielte das für einen guten Plan?«

Tench dachte einen Moment nach. »Ich würde meine Karten auf den Tisch legen. Betone die Vorteile für ihn, wenn er eine Frau hat. Vor allem eine wie dich.«

Mary lächelte ein wenig. »Zu Hause wäre ich die schlechteste Wahl für einen Mann. Ich kann nicht kochen und nähen oder andere Dinge, die Frauen normalerweise beherrschen.«

»In Botany Bay werden solche hausfraulichen Fähigkeiten nicht gefragt sein«, meinte Tench mit trockenem Lächeln. »Es werden nur die Härtesten, die Anpassungsfähigsten dort zurechtkommen. Du hast Rückgrat, Mary, und ganz viel Entschlossenheit. Will weiß das, er bewundert dich. Ich glaube nicht, dass du ihn groß überreden musst.«

»Wie würden Sie sich fühlen, wenn eine Frau Ihnen einen Heiratsantrag macht?«, wollte sie wissen und lächelte, während sie sich bemühte, es so klingen zu lassen, als wäre es nur Geplänkel.

»Also, das würde ganz darauf ankommen, welche Frau mich fragt«, antwortete er lachend. »Wenn sie reich und schön wäre, dann wäre ich geschmeichelt.«

»Ein armes, verurteiltes Mädchen aus einfachen Verhältnissen hätte also keine Chance?«, hakte sie betont unbeschwert nach, als wäre es ein Scherz, aber sie konnte den traurigen Unterton in ihrer Stimme selbst hören.

Er antwortete nicht, und Mary schämte sich.

»Es tut mir leid, ich habe Sie in Verlegenheit gebracht«, murmelte sie.

Zu ihrer Überraschung wandte er sich zu ihr um und legte seine Hand zärtlich an ihre Wange. »Ich sagte, dass ich geschmeichelt wäre, wenn mich eine reiche und schöne Frau fragt. Ich wäre genauso geschmeichelt, wenn es ein armes, verurteiltes Mädchen wäre, das ich wirklich mag. Aber ich würde beide Anträge ablehnen«, fügte er hinzu und sah ihr in die Augen. »Nicht, weil sie mir nichts bedeutet oder weil ich fände, sie wäre nicht gut genug für mich, sondern weil ich nicht der Typ für die Ehe bin, Mary. Es gibt zu viele Orte, die ich sehen möchte. Ich will mich an niemanden binden.«

»Vielleicht werden Sie dann als einsamer alter Mann enden«, meinte Mary und schluckte den Kloß in ihrem Hals hinunter. Sie kämpfte mit den Tränen.

»Ja, das stimmt, aber zumindest hätte ich keine Frau allein zurückgelassen, während ich die Welt erkunde«, erklärte er und lächelte. »Oder Kinder ohne einen richtigen Vater.«

Charlottes Taufe fand statt, als sie drei Tage in Kapstadt vor Anker lagen. Pfarrer Richard Johnson kam am Sonntagmorgen an Bord, um einen Gottesdienst für die gesamte Schiffsmannschaft und die Gefangenen abzuhalten.

Mary war die einzige Gefangene ohne Ketten. Sie waren für die Dauer des Gottesdienstes entfernt worden, sollten ihr aber direkt danach wieder angelegt werden. Sie hatte sich Mühe mit ihrem Äußeren gegeben. Ihr Haar hatte sie gewaschen, bis es glänzte, und sie trug das graue Kleid, das Graham ihr auf der *Dunkirk* gegeben hatte. Sie wünschte, es wäre nicht so zerknittert gewesen. Aber sie hatte es im Laderaum verstecken müssen, während man ihnen den »Kittel« gegeben hatte, ein weit geschnittenes, grobes Kleid, das allen weiblichen Gefangenen ausgehändigt worden war.

Pfarrer Johnson wandte sich in seiner Predigt an die Gefangenen, sagte, dass Botany Bay eine großartige Möglichkeit für sie alle sei, wenn sie von ihrer Sündhaftigkeit abließen, derentwegen sie hergesandt worden waren. Er drängte die Männer, sich eine Frau zu suchen, denn nur in der Ehe würden sie wahres Glück und Zufriedenheit finden.

Mary spürte, wie Wills Blick auf ihr ruhte, als sie mit Charlotte auf dem Arm für die Taufzeremonie nach vorn trat. Während Pfarrer Johnson Wasser über den Kopf des Babys goss und es laut zu schreien begann und mit seinem Weinen seine Worte übertönte, schickte Mary ein stilles Gebet zum Himmel, nicht nur, dass Gott Charlotte behüten möge, sondern auch, dass Will sie zur Frau wollte.

Es dauerte eine Woche, bevor Mary Gelegenheit bekam, mit Will zu sprechen, denn das Wetter war stürmisch gewesen und sie hatten unter Deck bleiben müssen. Jetzt war es immer noch gefährlich, den Niedergang mit dem Baby im Arm hinaufzusteigen, weil die Stufen rutschig waren, aber sie wollte unbedingt an die frische Luft.

Will war an Deck und fischte wieder. Als er Schritte hinter sich hörte, blickte er sich um und grinste. »Gut, wieder draußen zu sein, was?«

»Ich hätte es keine Minute länger unten ausgehalten«, meinte Mary lachend. »Es ist, als atmete man eine wochenalte Suppe ein.«

»Du und ich, wir sind aus dem gleichen Holz geschnitzt«, sagte Will und blickte sie bewundernd an. »Wie geht es der Kleinen?«

»Gut«, antwortete Mary und blickte auf ihr schlafendes Baby, das sie sich zur Sicherheit mit einem Tuch um die Brust gebunden hatte. »Ich frage mich, ob es auf den anderen Schiffen auch Babys gibt?«

»Mehrere, habe ich gehört«, erzählte Will. »Zumindest hat Charlotte dann Spielgefährten, wenn sie größer ist.«

»Und wenn die Leute heiraten, wie der Pfarrer gesagt hat, werden es bald mehr«, fügte Mary hinzu.

Will lachte. »Viele werden nicht auf die Hochzeitszeremonie warten. Ich schätzte, wir werden mit Babys überschwemmt werden, wenn das erste Jahr rum ist.«

»Aber es kommen drei Männer auf jede Frau«, hob Mary hervor. »Ich schätze, Ehefrauen werden sehr begehrt sein.«

Sie war plötzlich nervös, denn dies war der richtige Moment. Doch sie hatte Angst auszusprechen, was sie bewegte.

»Ich komme schon klar«, meinte Will. »Die werden bei mir Schlange stehen.«

Mary fühlte Wut in sich aufsteigen, weil er so arrogant war. »Dann solltest du besser sorgfältig wählen«, erklärte sie scharf. »Denn soweit ich gesehen habe, sind unter Deck nur wenige Frauen mit ein bisschen gesundem Menschenverstand, und die auf den anderen Schiffen sind vielleicht noch dümmer.«

»Du wärst ein guter Fang für jeden Mann«, bemerkte Will überraschend. »Du bist gescheit und nicht so eine Schlampe wie die meisten anderen.«

Mary holte tief Luft und nahm ihren Mut zusammen. »Ich wäre

ein guter Fang für *dich*«, stieß sie hervor. »Ich kenne mich mit Booten und mit dem Fischen aus. Wir kommen aus der gleichen Gegend, und die Offiziere mögen uns beide.«

Will schien über ihren Vorschlag erschüttert zu sein. Er starrte sie mit offenem Mund an. »Willst du mich etwa heiraten?«, fragte er schließlich, und seine Stimme klang angespannt.

»Du könntest es weit schlechter treffen«, meinte sie und wurde bis zu den Haarwurzeln rot. »Ich bin gesund und stark. Ich kann hart arbeiten für das, was ich will. Ich weiß, ich habe Charlotte, und vielleicht will ein Mann nicht das Kind eines anderen …« Sie hielt plötzlich inne, unfähig, noch einen weiteren Grund aufzuführen, warum er sie nehmen sollte, und beschämt darüber, dass sie betteln musste.

»Also, da hol mich doch …«, rief Will aus, aber er grinste breit. »Ich dachte, du wärst zu stolz, um dich irgendjemandem unterzuordnen.«

»Ich ordne mich nicht unter«, erklärte sie schnell. »Ich mag dich, und es ist zweckmäßig.«

»Ich will eine Frau, die mehr für mich empfindet, als mich nur zu mögen«, sagte er. »Ich will, dass sie mich begehrt.«

Mary war bereit, sich anzustrengen, damit Will ihrem Vorschlag zustimmte. Aber sie war nicht in der Lage, ihm große Leidenschaft vorzuspielen. Als sie sein überhebliches Grinsen sah, kam sie sich dumm und unzulänglich vor.

»Wir sind seit über einem Jahr gute Freunde«, erwiderte sie nach einigem Nachdenken. »Würdest du wollen, dass eine Freundin dich anlügt?«

»Natürlich nicht«, antwortete er, obwohl er immer noch süffisant grinste. »Aber ich hätte trotzdem gern eine Frau, die mich begehrt.«

»Vielleicht könnte ich das mit der Zeit«, erklärte sie ehrlich und wurde scharlachrot, weil sie sicher war, dass er sofort zu den anderen Männern gehen und ihnen erzählen würde, was zwischen ihnen passiert war. »Wir hatten noch keine Gelegenheit, uns auf diese Weise kennenzulernen.« Bevor sie weitersprechen konnte, erklang ein Warnruf. Für einen der Marinesoldaten standen sie eindeutig zu dicht zusammen.

»Ich muss gehen«, sagte Mary hastig. »Denk darüber nach.«

Die Wochen, die folgten, waren hart, mit heftigen Stürmen und Winden, die sich mit Flauten abwechselten, in denen sich das Schiff kaum bewegte. Die Frischwasserration wurde gekürzt, und das Essen begann zu schimmeln. Mary machte sich zwischendurch große Sorgen, weil es so aussah, als würde ihre Milch versiegen, und sie hatte auch Angst vor der Zukunft.

Die meisten anderen Frauen waren so dumm, dass sie sich vorzustellen schienen, alles würde bei ihrer Ankunft für sie vorbereitet sein. Mary wusste es besser: Sie würden in Zelten leben, und einige der Pflanzen, die sie auf die Reise mitgenommen hatten, um sie in Botany Bay zu kultivieren, waren in der Zwischenzeit eingegangen, genau wie viele der Tiere. Vor Charlottes Geburt hatte sie nie einen Gedanken daran verschwendet, dass das Schiff sinken könnte, doch jetzt fürchtete sie jeden Sturm. Die Gewässer, in denen sie segelten, waren noch kaum kartiert, und niemand aus der Mannschaft hatte sie schon einmal befahren. Keiner wusste, ob die Eingeborenen in Botany Bay nicht Kannibalen waren, und es konnte sein, dass sie von wilden Tieren in Stücke gerissen wurden.

Aber auf eine Art war es beinahe schlimmer, dass Will bisher zu ihrem Vorschlag geschwiegen hatte. Dachte er immer noch darüber nach, oder fand er diese Möglichkeit zu albern, um sie überhaupt in Erwägung zu ziehen?

5. Kapitel

1788

Mary kam gerade mit Charlotte im Arm den Niedergang hinauf, als sie den Ruf »Land ahoi« hörte. Eine Woge wilder Aufregung erfasste sie, und sie rannte die letzten paar Stufen hinauf und über das Deck, um sich zu der Mannschaft und den anderen Gefangenen an die Reling zu stellen.

Für sie sah es nicht aus wie Land, denn es war nur eine dunklere Linie am weit entfernten Horizont, und es hätte genauso gut eine Wolke sein können. Aber sie wusste, dass der Matrose oben in der Takelage, der es gesehen hatte, sich nicht getäuscht haben würde.

Es war Januar. Vor einem Jahr war Mary von der *Dunkirk* auf die *Charlotte* verlegt worden, und sie hatte acht Monate auf See verbracht. Charlotte war jetzt vier Monate alt. Fünf männliche Gefangene und die Frau eines Marinesoldaten waren auf der *Charlotte* gestorben, aber sie waren Krankheiten erlegen, die sie aus England mitgebracht hatten; ihr Tod war nicht auf mangelnde Versorgung auf der Reise zurückzuführen. Die meisten Gefangenen waren jetzt gesünder als zu dem Zeitpunkt, zu dem sie auf das Schiff gekommen waren, dank der frischen Luft und der üppigeren Rationen. Nur wenige waren jedoch von Unfällen verschont geblieben, ob es ein gebrochener Arm oder ein gebrochenes Bein oder nur Schnittwunden oder blaue Flecken waren, denn das Schiffsdeck und die Stufen waren bei schlechtem Wetter extrem rutschig.

Insgesamt war die Reise für Mary eine angenehme Erfahrung gewesen. Obwohl sie in den schlimmsten Stürmen oft Angst gehabt hatte und angesichts der Boshaftigkeit und der Verdorbenheit einiger Mitgefangener beinahe verzweifelt war, so wurde dies durch die Freude, die Charlotte ihr bereitete, wieder ausgeglichen. Im Gegensatz zu allen düsteren Prognosen gedieh sie sehr gut. Sie schien jeden mit ihrem Lächeln und ihrem zufriedenen Brabbeln zu bezaubern, von den Offizieren, den Marinesoldaten und den Matrosen bis hin zu den anderen Gefangenen. Die Kleine gab Mary wieder Zuversicht und Hoffnung, doch jetzt, da sie ihr Ziel fast erreicht hatten, war Marys verständliche Freude auch von Sorge durchsetzt.

Tench hatte ihr in Kapstadt erzählt, dass die Flotte aufgeteilt werden würde. Die schnelleren Schiffe hätten voraussegeln sollen, um ihre Ankunft vorzubereiten, aber sie wusste, dass das nicht passiert war. Schlechtes Wetter und unvorteilhafte Winde hatten die ersten Schiffe verlangsamt, und die anderen, darunter die *Charlotte*, hatten sie schließlich wieder eingeholt. Mary konnte jetzt alle Schiffe sehen, und es war erschreckend zu wissen, dass nichts für sie vorbereitet war und dass die Eingeborenen, nach allem, was sie wussten, durchaus feindselig sein konnten.

Will Bryant und der junge Jamie Cox standen an der Reling, und Mary gesellte sich zu ihnen. »Das ist ein großartiger Anblick«, schwärmte Will voller Enthusiasmus und machte eine ausladende Geste in Richtung der anderen Schiffe. »Ich hatte Angst, dass wir mindestens eins verlieren würden, doch sie haben es alle geschafft.«

Die Aussicht auf Schiffbruch hatte in schlimmen Stürmen alle beschäftigt, und Mary besonders, weil da ja noch Charlotte war, die sie beschützen musste. Nach einer stürmischen Nacht war es für sie immer beruhigend gewesen, am nächsten Morgen wenigstens ein anderes Schiff in der Nähe zu sehen. Will war es offenbar ähnlich ergangen.

»Hast du keine Angst vor dem, was jetzt kommt?«, fragte sie ihn.

Er zuckte die Schultern. »Nur davor, dass es nicht genug Proviant für uns gibt, bis wir etwas angebaut haben«, gestand er zögernd.

»Und du, Jamie?«, wollte Mary wissen.

Er lächelte schüchtern. »Ich habe Angst vor den Eingeborenen. Was, wenn es Kannibalen sind?«

»An dir ist ja nicht viel dran«, meinte Mary lachend und stieß ihn freundschaftlich an. Jamie hatte während der Reise ein bisschen was auf die Rippen bekommen, doch für sie sah er immer noch so dünn aus wie ein Kind.

»Und wovor hast du Angst?«, wollte Will von Mary wissen.

»Vor allem vor den anderen Gefangenen, die wir noch nicht kennen«, gestand sie. »Und ob ich in der Lage sein werde, Charlotte zu beschützen und zu ernähren.«

»Ich werde auf dich aufpassen«, versicherte er und tätschelte mit seiner großen Pranke ihren Arm.

Mary fragte sich, was genau er mit seiner Bemerkung meinte. Obwohl sie nach ihrem Heiratsangebot langsam ihre alte Freundschaft wieder aufgenommen hatten, war keiner von ihnen beiden je wieder darauf eingegangen. Mary musste annehmen, dass er sie nicht zur Frau wollte. Vielleicht war Schweigen seine Art, sie nicht noch mehr in Verlegenheit zu bringen.

»Ich hoffe, du meinst das ernst«, sagte sie lächelnd. »Aber ich schätze, du wirst damit beschäftigt sein, dir unter den vielen Angeboten die richtige Frau auszusuchen. Also werde ich nicht damit rechnen.«

Es dauerte noch drei Tage, bis die *Charlotte* in Botany Bay ankam, denn der Wind stand nicht günstig. Doch es gab keinen Jubel, keine fröhlichen Gesichter und kein Lachen von den Matrosen, den Marinesoldaten, den Offizieren und Gefangenen, als sie das neue Land, das sie besiedeln sollten, zum ersten Mal sahen. Dieses eine Mal reagierten sie alle gleich: mit schockiertem Schweigen.

Es sah absolut verödet aus und war offenbar von der brennenden Sonne verdorrt. Es gab keine grünen Wiesen wie erwartet, und die wenigen Bäume waren klein und verkümmert. Doch noch unheimlicher war der Anblick der sehr schwarzen, splitternackten

Eingeborenen, die ihre Speere drohend durch die Luft schwangen und gegen die Schiffe richteten. Ganz offensichtlich waren sie nicht begeistert darüber, dass fremde Weiße in ihr Territorium eindrangen.

Die übrige Flotte war schon vor der *Charlotte* angekommen, und eine Abordnung von Offizieren und Marinesoldaten war bereits an Land gegangen, um einen geeigneten Platz für ihr Lager zu suchen. Doch die Gefangenen durften nicht an Deck bleiben, um den Vorgang zu beobachten; wieder einmal mussten sie in die Laderäume zurückkehren und wurden eingeschlossen.

Erst Wochen später erfuhr Mary, was während der langen Tage passiert war, in denen sie und ihre Gefährtinnen unter Deck in der drückenden Hitze eingesperrt gewesen waren. Eine Geschichte amüsierte sie besonders, denn die Eingeborenen hatten offenbar nicht gewusst, welches Geschlecht die weißen Offiziere hatten, und eine Gruppe von ihnen war deshalb gebeten worden, die Stiefelhosen auszuziehen, um es ihnen zu zeigen.

Offenbar war es Kapitän Arthur Phillip gelungen, die Eingeborenen mit Perlen und bunten Glassteinen, die er ihnen schenkte, zu besänftigen, aber er war entsetzt über die Tatsache, dass Botany Bay nicht über tausend Menschen und all die Tiere ernähren konnte. Die Erde war nicht fruchtbar, und das Trinkwasser befand sich an der falschen Stelle. Also ruderte er mit einer kleinen Gruppe in den Beibooten der Schiffe die Küste hinunter, um einen besseren Ort zu finden. Der Rest blieb zurück und sollte die Bäume roden, für den Fall, dass seine Suche erfolglos blieb.

Er kam zu einem Ort namens Port Jackson, von dem es in dem Bericht von Kapitän Cook hieß, es sei nur eine Bucht. Da es bereits später Nachmittag war, befahl er den Männern, zwischen den beiden riesigen Landzungen hindurchzurudern, um das zu überprüfen. Kurz darauf entdeckten sie, dass es gar keine Bucht war, sondern ein riesiger natürlicher Hafen, der beste, den Kapitän Phillip jemals irgendwo auf der Welt gesehen hatte.

Hocherfreut, ein solches Juwel mit vielen Buchten, Bäumen und Trinkwasser gefunden zu haben, ließ er die Männer weiterrudern und kam an einen Platz, wo das Wasser so tief war, dass die Schiffe nah an die Küste heranfahren konnten. Er nannte es Sydney Cove nach Lord Sydney, dem Staatssekretär, dem er Bericht erstattete. Sogar die Eingeborenen schienen hier ein bisschen weniger feindselig zu sein. Also würde die erste Siedlung in New South Wales in Sydney Cove sein.

Mary und die anderen Gefangenen wussten nichts von all dem. Sie schwitzten und keuchten in der Hitze der Laderäume und wussten nur, dass sie an einem höllischen, öden Ort angekommen waren, der von furchterregenden Barbaren bewohnt wurde. Es war kein Wunder, dass viele von ihnen glaubten, ihre lange Reise wäre umsonst gewesen, und damit rechneten, jetzt bald sterben zu müssen.

Erst am sechsundzwanzigsten Januar, als die Gefangenen hörten, wie der Anker gelichtet und die Segel gesetzt wurden, keimte wieder Hoffnung in ihnen auf. Als die *Charlotte* Sydney Cove erreichte, war es Nacht und zu dunkel, um etwas zu sehen. Die Gefangenen wussten nicht, dass das Flaggschiff *Sirius* schon viel früher am Tag angekommen war und dass Offiziere an Land gegangen waren und die britische Flagge gehisst und eine einfache Zeremonie abgehalten hatten, während der sie einen Salutschuss abgegeben und einen Toast auf die königliche Familie und den Erfolg der neuen Kolonie ausgebracht hatten. Aber dies war der Ort, an dem sie siedeln würden. Das war allen Gefangenen klar, weil sie die fröhlichen Rufe von den Mannschaften der anderen Schiffe hörten, die in der Bucht ankerten.

In der heißen, stinkenden Dunkelheit des Laderaums konnten die Frauen die Freude nicht teilen. Sie waren erleichtert, bald wieder festen Boden unter den Füßen zu haben und in Zelten schlafen zu können, aber sie hatten auch Angst, denn dieses neue Gefängnis, das sie noch bauen mussten, war sehr abgelegen. Mit einem Mal wurde ihnen bewusst, wie unwahrscheinlich es war, dass sie England oder ihre Familien jemals wiedersehen würden.

Im ersten Licht des folgenden Tages erfüllte das Geräusch von Äxten und fallenden Bäumen die Luft, und die Frauen liefen zu den Luken, um hinauszusehen.

»Sieht besser aus als an der anderen Stelle«, meinte Bessie erfreut.

»Oh ja«, stimmte Mary zu. Die frühe Morgensonne leuchtete auf der türkisfarbenen See, und an Land gab es viele Bäume. Einige ziemlich große wuchsen auf den Bergen hinter der Bucht. Obwohl es nirgendwo etwas gab, das man Wiese hätte nennen können, war dieser Ort dennoch nicht so öde wie Botany Bay.

Während sie zusahen, erkannten sie, dass Boote von den anderen Schiffen heruntergelassen wurden und die männlichen Gefangenen der *Friendship* hineinstiegen.

»Ich frage mich, wann wir an Land gehen«, sagte Bessie sehnsüchtig.

»Ich hoffe, bald«, seufzte Mary. »Es ist viel zu heiß hier unten für Charlotte.«

Erst über eine Woche später durften die Frauen die Schiffe verlassen. Man erlaubte ihnen jedoch, an Deck zu kommen, während die Männer Zelte aufstellten, Bäume fällten und Vorratshütten und eine Sägemühle bauten. Aber man sagte ihnen, dass sie an Bord bleiben müssten, bis an Land mehr Ordnung herrsche.

Die Aufregung wuchs mit jedem Tag. Es erinnerte Mary an die Zeit vor dem Maifeiertag zu Hause. Die Frauen, die noch andere Kleider besaßen, holten sie heraus und überlegten, welches sie anziehen sollten, aber die meisten hatten bei ihrer Ankunft nur die Kleider, die sie am Leib trugen.

Eine neue Großzügigkeit hielt jedoch Einzug, und Bänder, Spitze und kleine Anhänger wurden denen angeboten, die nichts hatten. Die Frauen halfen sich gegenseitig, ihr Haar zu waschen und zu legen, und diejenigen, die nähen konnten, kamen gern denen zu Hilfe, die diese Kunst nicht beherrschten.

Sie konnten hören, dass die Frauen auf der *Lady Penryn* ebenfalls auf diese Weise beschäftigt waren. Ihr Gelächter und ihre obszönen Bemerkungen klangen zur *Charlotte* hinüber, und in der Takelage hingen Kleider in allen Farben des Regenbogens zum Trocknen.

Obwohl Mary genauso aufgeregt war wie ihre Mitgefangenen, war sie auch nervös. Sie brauchte nur zur *Lady Penryn* hinüberzusehen und wusste, dass die Frauen aus London viel weltgewandter waren als sie und zweifellos weitaus attraktiver. An Bord der *Charlotte* hatte sie einen gewissen Ruf genossen, war für ihre Durchsetzungsfähigkeit und ihren Gerechtigkeitssinn bewundert worden und weil sie Mutter war. Ihre Freundschaft mit Will schützte sie sicher vor irgendwelchen Übergriffen aus seiner großen Gruppe von Freunden. Außerdem wurde sie von den meisten Offizieren und den Marinesoldaten respektiert und hatte sogar das Vertrauen ihrer Frauen und Kinder gewonnen.

Doch an Land würde sie ganz von vorn beginnen müssen. Sie würde die ganze Zeit über wachsam sein müssen. Außerdem hatte sie Angst davor, dass Mary Haydon und Catherine Fryer sie bei jedem schlechtmachen würden, der ihnen zuhörte, und es genießen würden, wenn sie in Ungnade fiel. Offiziere von den anderen Schiffen würden ihr kein Vertrauen entgegenbringen und ihr nicht die Freiheiten gewähren, die sie gewohnt war. Sie würde nur ein kleiner Fisch in einem großen Becken sein, und sie hatte niemanden, der sie und Charlotte beschützte.

Am dritten Februar, einem Sonntag, wurde von Pfarrer Richard Johnson ein Gottesdienst für die Männer im Schatten eines alten Baumes abgehalten. Wie alle Frauen starrte Mary vom Schiffsdeck aus ehrfürchtig auf die ungefähr siebenhundert Männer, Gefangene, Offiziere, Marinesoldaten und Matrosen, die dort im Gebet versammelt waren. Will war größer und breitschultriger als die meisten Männer, und sein blondes Haar war von der Sonne fast weiß gebleicht. Jamie Cox stand neben ihm und wirkte so klein, dass er neben Will wie ein Kind aussah.

Ein roter Haarschopf stach Mary in der Menge ins Auge, und zu ihrer Überraschung sah sie, dass es Samuel Bird war. Und als sie noch einmal genauer hinsah, bemerkte sie James Martin neben ihm. Seine hängenden Schultern und seine große Nase waren unverkennbar.

Mary war entzückt, denn es war fast so, als sähe sie Familienmitglieder wieder. Wahrscheinlich waren sie auf einem der anderen Transportschiffe gewesen, vielleicht sogar mit Absicht von Will getrennt, um die Männer davon abzuhalten, gemeinsam einen Aufstand zu planen.

Tench stand bei den anderen Offizieren, den Hut unter den Arm geklemmt. Allein die räumliche Distanz zwischen den Gefangenen und den Offizieren war eine weitere Erinnerung für Mary, dass die Freundschaft zwischen ihr und Tench keinen Fortbestand mehr haben würde, nachdem die Reise nun vorüber war.

Drei Tage später gingen die Frauen an Land. Die Aufregung war während der vergangenen Woche ständig gewachsen, und als sie an Land ruderten, kicherte und zappelte Mary genauso wie ihre Gefährtinnen. Es war wunderbar, nach den Strapazen der Reise alle so fröhlich zu sehen, mit geröteten Wangen und strahlenden Augen, als wären sie Brautjungfern auf dem Weg zu einer Hochzeit.

Bei der Aussicht, bald wieder festen Boden unter den Füßen zu haben und den Geruch der Toiletteneimer und die nächtliche Bedrohung durch Ratten hinter sich lassen zu können, klopfte Marys Herz heftig. Doch sie war sich bewusst, dass die meisten Frauen wegen der Männer aufgeregt waren, die am Strand auf sie warteten.

Während das Boot sich dem Land näherte, sah Mary die Männer deutlicher, die dort standen, und plötzlich überkam sie Angst, und sie drückte Charlotte dichter an ihre Brust. Der Ausdruck auf den Gesichtern der Männer erinnerte sie an die der Seeleute, wenn ein Schiff nach Wochen auf See in den Hafen von Fowey eingelaufen war. Bei ihnen hatte sie den gleichen hungrigen Ausdruck gesehen. Damals hatte sie nicht verstanden, wieso ihre Mutter Dolly und sie bei solchen Gelegenheiten immer hereinrief, aber jetzt kannte sie den Grund für ihre Vorsicht.

Matrosen besaßen normalerweise eine Art rauen Charme, sie waren muskulös und stark und säuberten sich, damit sie für ihren Landgang besonders gut aussahen. Aber diese Männer, die auf die weiblichen Gefangenen warteten, waren zerlumpt und schmutzig und erinnerten eher an ein Rudel wilder Hunde als an Menschen.

Einige der Frauen riefen ihnen obszöne Bemerkungen zu, zogen ihren Ausschnitt herunter und warfen ihnen Küsse zu. In einem anderen Boot, das von der *Lady Penryn* kam, stand eine Frau tatsächlich auf, hob ihre Röcke und zeigte ihre Genitalien.

Die Marinesoldaten drängten die Männer zurück, als die Boote am Strand landeten und die Frauen herauskletterten, aber Mary erschien es, als wären die Marinesoldaten mindestens so schlimm wie die Gefangenen. Sie lachten, zwinkerten, griffen die Frauen an den Händen, und man hatte ganz sicher nicht den Eindruck, als wären sie dazu da, das schöne Geschlecht zu beschützen.

Mary schob sich durch die Menge. Sie hatte sich Charlottes kleine Wiege unter den einen Arm geklemmt und hielt den anderen beschützend um ihr Kind, während um sie herum der Lärm von schrillen Pfiffen, zotigen Bemerkungen und Aufforderungen zu einem Kuss erscholl. Es war aufregend, als fielen alle Jahrmärkte und Feiern, auf denen sie jemals gewesen war, auf einen Tag. Doch all das ängstigte sie auch. Es kam ihr merkwürdig vor, dass die Offiziere nur abseits standen und zusahen, nachdem sie während der Reise Männer und Frauen so streng getrennt hatten.

Andere Boote landeten und brachten mehr und mehr Frauen an Land, und der Lärm wurde lauter, das Drängeln und Schubsen aggressiver. Doch daran waren genauso die Frauen wie die Männer schuld – einige rannten sogar hinüber zu den Männern, um sie zu küssen und zu umarmen.

Mary wollte so gerne ihre Stiefel ausziehen und barfuß über den Sand laufen; sie wollte die merkwürdigen Vögel in den Bäumen beobachten und ihre neugewonnene Freiheit genießen. Doch das ging im Moment nicht. Sie musste in der Sicherheit der Gruppe bleiben.

Als sie eine kleine Gruppe von Frauen mit Kindern sah, die abseits stand, lief sie zu ihnen hinüber.

»Der Herr erbarme sich unser«, keuchte sie laut. »Das gerät außer Kontrolle.«

Eine große Frau in einem einfachen braunen Kleid mit Haube, die ein kleines Kind im Arm hielt, antwortete: »Wir haben schon vor einiger Zeit darum gebeten, an einen sicheren Ort gebracht zu werden«, meinte sie. »Aber unsere Männer scheinen abgelenkt zu sein.«

Mary wurde erst jetzt klar, dass dies die Frauen und Kinder von Marinesoldaten waren, und da sie von denen an Bord der *Charlotte* freundlich behandelt worden war, nahm sie an, diese Gruppe würde genauso reagieren. »Darf ich bei Ihnen bleiben?«, fragte sie. »Ich habe Angst um mein Baby.«

Der Gesichtsausdruck der Frau wurde hart. »Geh zu den anderen Frauen von deinem Schiff«, erklärte sie scharf. »Da gehörst du hin.«

Beschämt wandte Mary sich ab und ging davon. Diese kurze Begegnung machte klar, wie die Dinge hier sein würden.

Später entstand ein bisschen mehr Ordnung, als die Marinesoldaten einen Warnschuss über die Köpfe der Gefangenen hinweg abgaben und die Frauen zu den Zelten geführt wurden, die man ihnen zugeteilt hatte. Doch noch während sie gingen, hörte Mary Bemerkungen und Kichern, das andeutete, dass die meisten

Frauen viel zu aufgeregt über die begierigen Männer waren, um sich lange kontrollieren zu lassen.

Mary, Bessie und Sarah konnten zusammenbleiben, aber die anderen drei Frauen, die das Zelt mit ihnen teilen würden, waren Fremde. Ihre Anführerin, die sich selbst als Cheapside Poll vorstellte, war eine große, dünne Frau mit harten blauen Augen. Sie trug ein gestreiftes Kleid und einen abgetragenen roten Hut. Cheapside Poll legte eine Teppichtasche neben den Zeltpfosten und funkelte Mary und ihre Freundinnen drohend an.

»Wenn eine von euch auch nur daran denkt, darin herumzuwühlen, schlitze ich euch die Nasenlöcher auf«, drohte sie. Sie blickte ihre Gefährtinnen an und drängte sie zu bestätigen, dass sie dazu in der Lage war.

»Sie hat das mit einer Frau in Newgate gemacht«, meinte eine dicke Gefangene mit einem pockennarbigen Gesicht schadenfroh. »Hab noch nie jemanden so schreien hören.«

»Wir sind keine Diebe«, erklärte Mary, obwohl sie bei sich dachte, dass sie es vor dem Gesetz wahrscheinlich waren. Jetzt hatte sie Angst; alle drei Frauen hatten harte Stimmen und sprachen auf eine Art, die sich sehr von ihrer eigenen unterschied. Newgate war ein berüchtigtes Gefängnis in London, das wusste Mary und nahm deshalb an, dass sie dort herkamen.

»Halt mir ja dieses Balg vom Hals«, meinte Poll böse und deutete auf Charlotte. »Ich kann mit einem Schreihals nichts anfangen.«

Es war vielleicht von Vorteil, dass die drei Londonerinnen es eilig hatten, so schnell wie möglich das Zelt wieder zu verlassen. Nachdem sie ihre Decken abgelegt hatten, verschwanden sie.

Mary setzte sich, um Charlotte zu stillen, aber es war klar, dass Sarah und Bessie auch nach draußen wollten, denn sie rutschten unruhig hin und her. Ihre beiden Freundinnen sahen jetzt viel besser aus als damals in England. Sarah war dicker, mit rosigen Wangen und glänzendem Haar, während Bessie, die bei ihrer Ankunft auf der *Dunkirk* beinahe fett gewesen war, in der Zwischenzeit einige Pfunde abgenommen hatte. Außerdem strahlte ihre vorher graue Haut jetzt rosig und gesund.

»Wir sehen uns nur mal um«, meinte Bessie und richtete ihr Haar. »Wir sind zurück, wenn wir herausgefunden haben, wo wir unsere Essensrationen bekommen.«

Mary hatte sich genauso wie alle anderen darauf gefreut, an Land zu gehen, doch jetzt war sie den Tränen nahe. Es war heiß, ihr Kleid war bereits schweißnass, und sie musste Wasser finden, um etwas zu trinken und um Charlotte damit abzukühlen. Um sie herum konnte sie schrille, heisere Stimmen hören, doch die Sprache, die gesprochen wurde, war nicht das Englisch, das sie kannte. Sie nahm an, dass es der Dialekt aus dem Newgate-Gefängnis war, von dem sie in Exeter gehört hatte, denn einige Wörter kamen ihr bekannt vor. Sie hatte nicht erwartet, auch noch eine neue Sprache lernen zu müssen.

Auf dem Schiff hatte sie genau gewusst, was von ihr erwartet wurde. Es war eine tägliche Routine gewesen, die selten wechselte. Sie war eine von nur zwanzig Frauen gewesen, eine Frau mit einem Namen und einer Persönlichkeit. Jetzt war sie eine von ungefähr zweihundert Frauen, die ohne irgendwelche Verhaltensregeln zusammengeworfen wurden. Wenn Cheapside Poll ein Beispiel dafür war, was sie von dem Rest der Frauen erwarten konnte, dann würde sie viel Kraft brauchen, um zu überleben.

Tränen rannen ihr die Wangen hinunter, während sie Charlotte an ihre Brust drückte, und die Worte, die sie so oft am Karfreitag in der Kirche gehört hatte, fielen ihr wieder ein: »Mein Gott, warum hast du mich verlassen?«

Die Dunkelheit kam plötzlich und überraschte Mary. Es schien keine wirkliche Dämmerung zu geben wie zu Hause in England. Der Lärm, der während des Nachmittags lauter und lauter geworden war, erreichte jetzt seinen Höhepunkt.

Mary hatte ihren Mut zusammengenommen und war an der Reihe der Frauenzelte entlanggegangen, um ihre alten Gefährtinnen und Essen und Wasser zu finden. Sie hatte James Martin und Samuel Bird entdeckt, aber obwohl sie ihr gewinkt und ihr einen Gruß zugerufen hatten, ging Mary nicht zu ihnen, denn sie standen bei anderen Männern, die verzweifelter aussahen. Sie versuchte eine Weile, an der ausgelassenen Fröhlichkeit teilzuhaben, doch die unterschwellige Bedrohung darin ließ sie zu den älteren Frauen gehen, die nicht so nervös waren wie sie.

Wieder und wieder versuchten die Marinesoldaten erfolglos, die Männer von den Frauen zu trennen, doch als es dunkel wurde, gaben sie jeden Versuch der Kontrolle auf, und man sah Paare im Unterholz verschwinden.

Mary legte gerade Charlotte in ihre Wiege, als ein Blitz die gesamte Bucht erhellte. Donner folgte, so laut wie ein Kanonenschlag, und ließ Charlotte laut aufschreien. Blitz reihte sich an Blitz, und Donner folgte auf Donner, und dann kam Regen, heftiger als Mary es jemals in ihrem Leben erlebt hatte. Innerhalb von Minuten war der harte Boden aufgeweicht, und das Wasser lief wie ein Fluss durch das Zelt.

Mary erwartete, dass der Sturm das Temperament der Feiernden wenigstens dämpfen würde, denn es löschte die vielen Feuer entlang des Strandes. Doch während sie im Zelt hockte und hinausblickte, sah sie zu ihrem Entsetzen, dass der Sturm die Gemüter nur weiter anheizte. Jeder Blitz erhellte obszöne Szenen, man sah, wie Frauen ihre Kleider auszogen, Männer nach ihnen griffen und sie im Schlamm nahmen. Aber wenn diese Akte auch abstoßend waren, so geschah das doch in beiderseitigem Einverständnis. Woanders jedoch sah sie Männer, die wie wilde Bestien hinter Frauen herrannten, die um ihr Leben liefen, und sie in den Schlamm hinunterrissen. Ihre Schreie hallten durch das Lager. Und es waren nicht nur die Gefangenen. Einige dieser Männer waren Marinesoldaten, und während Mary mit der Hand über dem Mund entsetzt dastand, musste sie schockiert mit ansehen, wie alte Frauen, die zu schwach und gebeugt waren, um zu fliehen, auf den Boden gestoßen und vergewaltigt wurden.

Es war wie der Anblick der Hölle, so wie sie sie einmal auf einem Bild in der Sonntagsschule in Fowey gesehen hatte: die Männer dämonisch in ihrer Lust, während einige Frauen sie mit freudigen Rufen anfeuerten und andere vor Entsetzen schrien. Sie sah, wie eine Frau, dick mit Lehm überzogen, schwankend aufstand, als ihr Vergewaltiger von ihr abließ, nur um von einem zweiten angesprungen zu werden, während ein anderer darauf wartete, dass er an die Reihe kam.

Mary wusste nicht, was sie tun sollte. Aus dem Zelt zu laufen wäre dumm gewesen, denn sie würde sicher von jemandem erwischt, und wenn sie Charlotte mitnahm, dann wurde sie ihr vielleicht aus dem Arm geschlagen und getötet. Doch das Zelt bot ihr keinen Schutz. Noch als sie zögerte, sah sie im Licht eines erneuten Blitzes eine Bande von Männern, die auf der Suche nach neuen Opfern die Zeltreihe entlangkam.

Sie riss Charlotte aus ihrer Wiege, schob sich hinten unter dem Zelt hindurch und kauerte dort für einen Moment, während sie fieberhaft überlegte, in welche Richtung sie sich wenden sollte. Landeinwärts zu laufen schien am sichersten zu sein, denn mit etwas Glück konnte sie sich dort im Unterholz verstecken. Deshalb klemmte sie sich Charlotte unter einen Arm, hielt mit dem anderen ihr Kleid hoch und rannte um ihr Leben auf die Bäume zu.

Sie stolperte barfuß über Stümpfe von gefällten Bäumen und über abgeschnittene Äste, aber irgendwie gelang es ihr, das Baby festzuhalten. Gerade als sie dachte, sie wäre dem Chaos am Strand entkommen, sah sie jedoch zwei Männer vor sich stehen.

»Schau mal, was da ist«, rief einer von ihnen. »Frischfleisch.«

»Tut mir nichts«, flehte Mary voller Entsetzen, denn sie wusste, egal, in welche Richtung sie rannte, einer von ihnen würde sie fangen. »Ich habe ein Baby dabei.«

»Wir sind nicht daran interessiert, dein Baby zu verletzen«, meinte einer von ihnen. »Leg es einfach hin und sei ein bisschen nett zu uns.«

Mary schrie und drückte Charlotte noch enger an sich. Aber einer der Männer ergriff ihre Schulter und drückte sie auf den Boden.

Auf dem Rücken kämpfte Mary, die immer noch die jetzt weinende Charlotte festhielt, mit den einzigen Waffen, die sie hatte: ihren Beinen und Füßen. Es war zu dunkel, um etwas zu sehen, aber sie fühlte, wie ihre Ferse etwas Weiches traf, und der Schrei, der folgte, schien zu bedeuten, dass sie den Bauch eines Angreifers getroffen hatte.

»Lasst mich los, ihr Tiere«, schrie sie. »Es gibt doch genügend willige Frauen am Strand.«

Ein Mann hielt sie an den Schultern fest, während der zweite ihre Knie ergriff und sie auseinanderbog. Sie konnte ihren Schweiß und ihren ekelerregenden Atem riechen.

»Zur Hölle mit euch«, rief sie und wehrte sich verzweifelt. »Hilfe! Ich brauche Hilfe!«

Der Mann, der ihre Beine auseinanderhielt, zog sie zu sich. Er kniete vor ihr, während der andere ihre Schultern in stählernem Griff hielt. Über Charlottes Schreie hinweg hörte sie, wie jemand durch die Büsche brach, doch das verstärkte nur ihr Entsetzen, denn sie dachte, es wäre ein weiterer Vergewaltiger.

»Lasst sie los«, brüllte jemand, und erleichtert erkannte sie Wills Stimme. Sie sah nicht mehr als einen dunklen Schatten, dann hörte sie einen Schlag, und der Mann, der sie gerade vergewaltigen wollte, fiel zu Boden.

Man konnte noch ein Ächzen hören, und dann ließen die Hände ihre Schultern los. »Das ist meine Frau«, donnerte Will, dann zog er sie hoch und hielt sie in seinen Armen.

»Schon gut«, sagte er sanft und schob Mary ein wenig von sich, um Charlotte nicht zu erdrücken. »Du bist jetzt in Sicherheit.«

Er nahm ihren Arm und führte sie weg. Mary musste annehmen, dass er die beiden Männer mit einer Art Knüppel geschlagen hatte, aber sie blickte nicht zurück, um sich davon zu überzeugen.

»Haben sie es getan?«, fragte er atemlos.

»Nein«, keuchte sie. »Du bist gerade noch rechtzeitig gekommen.«

Will brachte sie noch tiefer in den Wald, und als sie zu einem Baum kamen, der ihnen wirklichen Schutz vor dem heftigen Regen bot, drängte er sie, sich zu setzen.

»Bist du verletzt? Oder das Baby?«, wollte er wissen. Er setzte sich neben sie und legte den Arm um sie.

»Ich glaube nicht«, erwiderte sie und wiegte Charlotte auf ihrem Arm hin und her, um sie zu beruhigen.

Auf einmal weinte sie wie noch nie seit ihrer Verurteilung. All die Härten, die Entbehrungen, die Grausamkeiten und die Demütigungen, die sie so lange hatte ertragen müssen, schienen plötzlich an die Oberfläche zu drängen, nur weil ein Mann sie genug mochte, um sie zu trösten.

»Du bist jetzt in Sicherheit«, flüsterte er. Er hielt sie ganz fest und wiegte sie. »Ich werde nicht zulassen, dass irgendjemand dich anrührt.«

Ein bisschen später hörte es so plötzlich auf zu regnen, wie es begonnen hatte, und der Mond kam hinter den Wolken hervor. Will hielt Mary immer noch fest, während sie Charlotte die Brust gab, um sie zu beruhigen. Sie waren völlig durchnässt und voller Schlamm, aber zumindest war es nicht kalt.

»Ich habe nach dir gesucht, als es ungemütlich wurde«, erklärte Will. »Ich hatte Sarah und Bessie schon gesehen, und sie sagten, du seist bei den Zelten, um Charlotte hinzulegen. Ich hätte da bereits nach dir sehen sollen.«

»Ich hatte schon Angst, als wir an den Strand kamen«, gestand Mary. »Alle waren so wild.«

»Es ist, als hätte sie alle der Wahnsinn gepackt«, meinte Will, und seine Stimme klang gedämpft und schockiert. »So habe ich sie noch nie gesehen.«

»Wie hast du mich gefunden?«

Er schwieg einen Moment, und sie nahm an, dass sein Gewissen auch nicht ganz rein war.

»Ich sah eine Gruppe von Männern an den Frauenzelten entlanggehen«, berichtete er schließlich, »und nahm an, dass du hinten aus dem Zelt verschwinden und wegrennen würdest, wenn du dort wärst. Also bin ich dem Weg gefolgt, und irgendwann hörte ich ein Baby schreien.«

»Wird es immer so sein?«, flüsterte Mary. Sie zitterte vor Entsetzen, und die Bilder von dem, was sie am Strand gesehen hatte, standen ihr immer noch lebhaft vor Augen.

»Ich schätze, nicht«, seufzte er. »Morgen werden die Offiziere die Kontrolle übernehmen. Sie werden einige auspeitschen, andere anketten, und dann wird es ruhiger.«

»Ich hoffe, du hast recht«, sagte sie. »Aber ich mag den Gedanken nicht, dass ich mit diesen Frauen aus London zusammenwohnen muss. Ich habe schreckliche Angst vor ihnen.«

»Du hast Angst?«, fragte er. »Ein Mädchen, das mutig genug ist, einem Mann einen Heiratsantrag zu machen?«

»Ich wünschte jetzt, ich hätte es nicht getan«, gab sie zu. »Es muss dir schrecklich aufdringlich vorgekommen sein. Es war nur, weil ich dachte, wir hätten so viel gemeinsam. Ich mag dich wirklich, und wie die heutige Nacht bewiesen hat, brauchen Frauen hier tatsächlich Schutz.«

»Das stimmt allerdings«, gab er nachdenklich zu. »Aber ich glaube, wir Männer brauchen auch eine gute Frau an unserer Seite. Also werden wir heiraten.«

»Du willst mich heiraten?« Sie war so überrascht, dass ihre Tränen sofort versiegten.

»Ich will jedenfalls keine von diesen hässlichen, pockennarbigen Schabracken aus London«, meinte er kichernd. »Du hattest recht, Mary. Wir werden ein gutes Team sein, du und ich. Sie brauchen jemanden, der fischt, denn viel von dem Proviant, den wir mitgebracht haben, ist schlecht geworden. Ich glaube, ich kann für uns ein eigenes Haus heraushandeln. Mein Kopf ist ein bisschen heller als der der meisten anderen.«

Mary war sich darüber bewusst, dass er ihr nicht seine Liebe erklärte. Er fand sie nur sauber und nützlich. Doch er hatte ihr diese beiden Männer vom Hals gehalten und sie getröstet, als sie ihn gebraucht hatte. Dieser Ort würde die Hölle auf Erden sein, und sie bezweifelte, allein überleben zu können. Mary erwartete keine romantische Liebe, und sie brauchte auch keine. Sie war mit seinem Schutz zufrieden.

Vier Tage nach dieser schrecklichen Nacht wurden Will und Mary von Pfarrer Johnson im Schatten des großen Baumes, unter dem er seinen ersten Gottesdienst abgehalten hatte, getraut. Sie waren nicht allein, andere Paare ließen sich ebenfalls trauen, vielleicht aus den gleichen Gründen wie Mary und Will.

Mary war nicht herausgeputzt, sondern trug wieder das schäbige alte graue Kleid. Doch es war frisch gewaschen, und eine künstliche Blume, die ihr Cheapside Poll in einer ungewöhnlich freigiebigen Geste geschenkt hatte, steckte in ihrem Haar.

Mary hatte eigentlich keine Erwartungen, weder an ihre Ehe noch an dieses neue Land. In den vier Tagen, seit sie nach Sydney Cove gekommen war, hatte sie gesehen, dass die Mehrheit der Gefangenen stinkfaul und verschlagen war. Sie stahlen alles, interessierten sich nicht für die Arbeit für das Gemeinwohl, und viele von ihnen tauschten bereits ihre Rationen oder ihren Besitz bei den Marinesoldaten gegen Alkohol ein. Die Marinesoldaten waren genauso schlimm, und es herrschte ein Mangel an Organisation unter den Offizieren und den Kräften, die sie nach England geschickt hatten.

Will hatte recht behalten: Ein Teil des Proviants war schlecht geworden. Mary musste Reis essen, der von Maden wimmelte, und das eingesalzene Fleisch war fast nicht genießbar. Die Werkzeuge waren von minderwertiger Qualität, es gab zu wenig Kleidung für die Frauen, und Handwerker fehlten fast völlig.

Sie fragte sich, wie sie diesen einsamen Ort nutzbar machen sollten, wenn es nur zwei von hundert Männern gab, die etwas von Getreideanbau und Viehzucht verstanden. Wie sollte eine Stadt gebaut werden ohne ausgebildete Schreiner oder Maurer? Kapitän Arthur Phillip hatte sein Haus errichten lassen, ein großes aus Zeltplanen; außerdem war ein Proviantlager gebaut worden, in dem man die Vorräte einschloss, und ein paar Zelte waren abseits als Hospital aufgestellt worden.

Doch den Tieren, die sie mitgebracht hatten, ging es schlecht, und die Ruhr war bereits unter denjenigen ausgebrochen, die von der Reise geschwächt waren. Kapitän Phillip war vielleicht stolz darauf, dass insgesamt auf dem Weg hierher nur achtundvierzig Menschen gestorben waren, doch wie viele würden noch sterben, bevor das Jahr um war?

Eine achtzigjährige Frau hatte sich in jener ersten Nacht am Strand an einem Baum erhängt. Viele Frauen hatten immer noch blaue Augen und einen gehetzten Blick. Es gab Schlangen, Spinnen und viele Fliegen und andere Insekten, von denen jedes gefährlich sein konnte. Was die Eingeborenen anging, so schienen die Offiziere darauf aus zu sein, mit ihnen zu kooperieren. Doch selbst ein ungebildetes Mädchen wie sie konnte spüren, dass sie diesen Schwarm von weißen Menschen vehement ablehnten, die es darauf abgesehen hatten, sie von ihrem Land zu vertreiben. Mary fragte sich, wie lange es dauern würde, bis ihre Neugier in wirkliche Wut umschlug und sie anfingen zu töten.

Aber Will stand zu seinem Wort. Er heiratete sie, und er hatte auch bereits einen Deal ausgehandelt, der ihn für die Fischerei verantwortlich machte und es ihm erlaubte, sich eine eigene Hütte zu bauen.

Mary blickte zu ihm auf. Er stand lächelnd neben ihr und sah so gut aus in seinem sauberen Hemd und der Stiefelhose; er hatte sich seinen buschigen Bart abrasiert, und sein blondes Haar war so hell wie reifes Korn. Sie wusste, dass die meisten Frauen sie beneideten, denn er war ohne Zweifel der attraktivste und fähigste von allen männlichen Gefangenen. Sie würde sich zwar anstrengen müssen, damit er ihr treu war, und vielleicht würde ihr seine Prahlerei auf die Nerven gehen, doch sie mochte ihn und vertraute ihm. Das genügte.

Als die Trauungszeremonie vorbei war und alle zurück zu ihren Zelten oder Hütten gingen, die sie bauten, stand Leutnant Tench eine Weile da und beobachtete, wie Mary und Will über den Strand liefen.

Im Moment verwirrte ihn alles. Nichts war so, wie er es erwartet hatte – nicht das Land, nicht die Organisation und auch die Offiziere von den anderen Schiffen nicht. Selbst die Ausrüstung, die sie mitgebracht hatten, taugte nichts. Tatsächlich war alles ein heilloses Durcheinander. Und wenn es stimmte, was er bis jetzt von den Gefangenen gesehen hatte, würde es ein gewaltiger Kraftakt werden, irgendeinen von ihnen zum Arbeiten zu bewegen.

Soweit er sehen konnte, teilten nur eine Handvoll Offiziere seine Entschlossenheit, diese Mission zu einem Erfolg zu bringen. Was seine Männer anging, so benahmen sich die meisten abstoßend und waren genauso verschlagen und faul wie die Gefangenen.

Er hatte gedacht, sich nach der Hochzeit heute besser zu fühlen. Das war schließlich eine Art, der neu entstehenden Gemeinde etwas Freude und Hoffnung auf die Zukunft zu machen. Doch er selbst hatte keine Freude empfunden, als er der Trauung dieser Paare zugesehen hatte. Was er gefühlt hatte und noch immer fühlte, war grenzenlose Traurigkeit.

Seine Mutter hatte bei Hochzeiten stets geweint. Sie glaubte, je mehr sie weinte, desto glücklicher würde das Paar werden. Aber er wusste, dass die Tränen seiner Mutter keine Tränen der Trauer waren, sondern Ausdruck der puren Emotion angesichts der öffentlichen Liebeserklärung zweier Menschen.

Vielleicht war er deshalb so traurig, weil er wusste, dass die Paare, die heute getraut worden waren, sich nicht liebten. Die

Frauen wollten Schutz und Sicherheit, den Männern ging es um Sex.

Er hatte gedacht, es würde ihn glücklich machen, Mary unter Wills Schutz zu wissen. Aber ihm war bis jetzt nicht klar geworden, dass sie dann ihrem Mann in jeder Hinsicht gehören würde.

Er wandte sich abrupt ab und ging auf das Proviantlager zu. Vielleicht würden diese lächerlichen Gefühle verschwinden, die ihn so verwirrten, wenn er etwas Konstruktives zu tun hatte. Mary sah hübsch und glücklich aus. Will war ein recht anständiger Kerl. Sie waren richtig füreinander.

»Es wird ein schönes kleines Haus sein, wenn ich damit fertig bin«, meinte Will später in derselben Nacht, als sie ihre Decken auf den harten Boden neben Charlottes Wiege legten.

Sie waren jetzt in ihrer neuen Hütte, die im Moment nur aus ein paar notdürftig zusammengehämmerten Pfählen und Wänden bestand, die aus Ästen geflochten waren, und einer Tür, bei der einfach ein Stück Sackleinen an einem Stock befestigt war. Ein Dach gab es noch nicht, und als Mary sich auf ihre Decke setzte und aufblickte, sah der Nachthimmel mit einer Myriade von Sternen wunderschön aus. Sie waren wunderbar satt, denn es hatte zu Ehren der Hochzeiten Extraportionen gegeben, und Will war es gelungen, an ein bisschen Rum zum Feiern zu kommen.

Es gab Regeln seit jener ersten Nacht an Land. Männliche Gefangene durften nicht in den Bereich der Frauen, und Wachen achteten darauf, dass niemand hineinschlüpfte. Es gab auch eine abendliche Sperrstunde, zu der jeder wieder in seinem eigenen Quartier zu sein hatte. Das funktionierte nicht wirklich, denn Männer kamen immer noch in die Zelte der Frauen. Aber zumindest geschah es heimlich, und die Frauen waren einverstanden.

»Jede Menge frische Luft«, meinte Will und lachte. »Und ich kann aufrecht stehen. Das ist viel besser als in diesem stinkenden Schiff oder in dem Zelt mit den Männern. Und jetzt komm her und gib deinem Mann einen Kuss.«

Mary brauchte keine zweite Aufforderung; seit Will ihr seine Heiratspläne verkündet hatte, genoss sie plötzlich eine gewisse Stellung, und dafür war sie ihm extrem dankbar. Selbst Poll und ihre beiden Gefährtinnen, drei der gemeinsten Frauen, denen Mary jemals begegnet war, schienen voller Ehrfurcht zu sein, weil der begehrteste Gefangene in der Kolonie sie wollte.

Es gab hier auch gute Dinge. Es war heiß, der Sand am Strand weich und weiß und das Meer herrlich blau und klar, und hier konnte man Hunderte von wunderschönen Vögeln beobachten. Selbst die Bäume verströmten einen lieblichen Duft, der die Nase frei machte. Das war auf jeden Fall besser als jedes Gefängnis in England.

Jetzt hatte Mary ein Zuhause, entfernt von den anderen, und selbst wenn es noch kein Dach hatte oder ein einziges Möbelstück und der erste Sturm es umwerfen sollte – es gehörte ihnen. Will war es gelungen, einen Kochtopf, einen Eimer zum Wassertragen und ein paar andere notwendige Dinge für den Haushalt, mit denen sie ihre Ehe beginnen konnten, aus dem Proviantlager zu organisieren.

Will hatte sie heute schon mehrmals geküsst, und jedes Mal sehr zärtlich. Sie hatte nicht erwartet, dass sie ihn begehren würde, aber das tat sie; tatsächlich war sie zum ersten Mal seit über einem Jahr wirklich glücklich darüber, da zu sein, wo sie war.

»Du bist so zierlich«, meinte er mit belegter Stimme, während er ihr aus ihrem Kleid half. Er legte seine großen Hände auf ihre Brüste und drückte sie, dann ließ er seine Hände hinunter zu ihren Pobacken gleiten und drückte auch sie. »Ein bisschen dünn, aber ich hatte noch nie was für dicke Frauen übrig.«

Er hob sie auf seine Arme und legte sie auf die Decken. Mary erwartete, dass er sich nun entkleiden, sie schnell nehmen und dann einschlafen würde. Doch zu ihrer Überraschung machte Will keine Anstalten, sich auszuziehen, sondern streichelte sie nur. Sie hatte einmal gehört, wie er gegenüber einem Matrosen auf der *Charlotte* damit geprahlt hatte, dass die Frauen immer zurückkamen und noch mehr wollten, wenn er einmal mit ihnen geschlafen hatte. Jetzt glaubte sie das, denn sie befürchtete, er könnte vielleicht aufhören, sie zu liebkosen und zu streicheln. Seine Berührungen waren so sicher und langsam, seine Finger fanden und berührten empfindliche Stellen, von denen sie bisher nicht einmal gewusst hatte, dass sie sie besaß.

Der harte Untergrund unter der rauen Decke, das unfertige Haus und selbst die Entbehrungen, die sie erlitten hatten, waren vergessen, während Mary sich ganz den Freuden des Liebesspiels hingab. Als sie ihre Augen öffnete und die Sterne über sich sah, hätte sie auf einem Federbett in einem königlichen Schlafgemach liegen und die Sterne hätten nur eine Verzierung an der Decke sein können. Will ließ sie vergessen, dass sie nicht wirklich hübsch war oder dass Läuse in ihrem Haar herumkrochen; in diesem Moment fühlte sie sich schön, begehrenswert und geliebt.

Sie hätte niemals gedacht, so schamlos sein zu können, doch sie bettelte nach mehr, bat ihn, ihr zu zeigen, was ihm gefiel, und tat es begierig. Auf dem Höhepunkt ihrer Lust schoss ihr durch den Kopf, dass es sich lohnte, die Welt in einem Gefängnisschiff zu überqueren, um sich so zu fühlen. Sie dachte nicht an die Zukunft, sie wollte nur, dass diese Nacht ewig währte.

»Bist du froh, dass du mich geheiratet hast?«, flüsterte Will später, als er sie mit den Decken zugedeckt hatte, um die Insekten fernzuhalten.

»Ich bin die glücklichste Frau auf Erden«, raunte sie. Freudentränen rannen ihr über die Wangen.

»Wir werden etwas aus unserem Leben machen«, murmelte er. »Wir legen uns einen eigenen kleinen Garten an und züchten Gemüse. Wir werden niemals hungern, solange ich fischen kann, und wir werden noch mehr Kinder bekommen, mit denen Charlotte spielen kann.«

»Werden wir nach England zurückkehren, wenn unsere Zeit um ist?«

»Sicher, wenn du willst«, meinte er und lachte. »Oder wir bleiben vielleicht als freie Menschen und bewirtschaften unser eigenes Land. Alles ist möglich.«

6. Kapitel

1789

Mary stand hüfttief im Meer, hielt das Fischernetz fest, blickte genau wie alle anderen Helfer auf Will in dem kleinen Boot und wartete auf sein Signal, das Netz zurückzuziehen.

Sie hatte großen Hunger, aber die Hungerschmerzen und die Schwindelanfälle, die damit einhergingen, gehörten jetzt zum täglichen Leben. Nach einem ganzen Jahr in Port Jackson konnte sie sich nicht einmal daran erinnern, wie es war, keinen Hunger zu haben.

Mary war jetzt viel dünner als damals auf der *Dunkirk*. Ihre Haut war ledrig und braun, weil sie ständig der Sonne und dem Wind ausgesetzt war, und ihre Hände waren so schwielig wie die der Frauen, die zu Hause in Fowey den Fisch ausnahmen. Aber an ihr Aussehen verschwendete sie nie einen Gedanken; die Frage, wie sie sich selbst und Charlotte am Leben erhalten konnte, war viel wichtiger.

Will gab das Signal und alle, die das Netz hielten, zogen und bewegten sich zurück zum Strand. Marys Herz klopfte, als sie die vielen Fische sah, die im Netz zappelten. Sie hatten nicht oft so viel Glück.

Die Kolonie stand kurz vor dem Verhungern. Die Rationen waren wieder und wieder gekürzt wurden, weil noch kein Nachschub aus England eingetroffen war. Sehr viele Vorräte, die sie mitgebracht hatten, waren verfault, und die ursprüngliche Hoffnung, innerhalb eines Jahres selbst Nahrungsmittel produzieren zu können, war zerstört. Hätte man ihnen Zugtiere und Pflüge mitgegeben und Männer, die sich mit der Landwirtschaft auskannten, hätte das Land vielleicht schnell kultiviert werden können. Aber all das war nicht beachtet worden. Das Wetter und das fehlende

Futter für die Tiere dezimierte ihre Zahl schnell, Körner verkümmerten im Boden, und das Gemüse wollte nicht wachsen.

Zuerst hatte die Bautätigkeit im Mittelpunkt gestanden, Häuser für die Offiziere, die Marinesoldaten und dann für die Gefangenen waren errichtet worden. Aber es fehlte nicht nur an Schreinern. Zu allem Übel hielt ein Ausbruch von Skorbut und noch einem Dutzend anderer Krankheiten die Männer außerdem vom Arbeiten ab, und so ging das Bauen quälend langsam voran.

Als die Rationen gekürzt wurden, riskierten mehr Leute, Essen zu stehlen. Für dieses Vergehen wurde man ausgepeitscht, aber einhundert Hiebe waren keine wirksame Abschreckung, also erhöhte Kapitän Phillip die Strafe auf fünfhundert und schließlich auf eintausend Peitschenhiebe. Als das auch nicht funktionierte, ließ er die Leute schließlich hängen. Erst in der vergangenen Woche hatten Mary und Will zugesehen, wie der erst siebzehnjährige Thomas Barrett am neu errichteten Galgen gehängt worden war, weil er etwas Butter, getrocknete Erbsen und eingesalzenes Fleisch aus dem Proviantlager gestohlen hatte. Mary konnte nicht einmal um den Jungen weinen, denn er war mit elf Jahren wegen Diebstahls verhaftet worden, und sie fand, dass der Tod der Art von Leben vorzuziehen war, das er hatte führen müssen.

»Komm schon, Mary, leg dich mal ein bisschen ins Zeug«, rief Will ihr von dem kleinen Boot aus zu.

Mary lachte, denn Will meinte nicht wirklich, dass sie stärker am Netz ziehen sollte – sein Ruf war ihr geheimer Code für: ›Heute Abend werden wir uns satt essen.‹

»Ich weiß nicht, was es da zu lachen gibt«, meinte die Frau neben ihr scharf, während sie das Netz zurück an den Strand zogen. »Ich an deiner Stelle würde weinen.«

»Und warum das?«, fragte Mary.

Sie traute Sadie Green keinen Millimeter über den Weg. Mary wusste, dass sie nur zum Netz gekommen war, weil sie hoffte, ein paar Fische stehlen zu können. Sie war eine der Londonerinnen, verdorben, verschlagen und faul. Und sie hasste Mary dafür, dass es ihr besser ging.

»Will wird dich bald verlassen«, höhnte Sadie, und ihre schlammfarbenen Augen funkelten böse. »Er erzählt den anderen Männern andauernd, dass er gar nicht richtig mit dir verheiratet ist.«

»Ach, tatsächlich?«, gab Mary sarkastisch zurück. Will hatte ihr gesagt, dass ihre Eheschließung wohl keinen offiziellen Bestand hatte, nicht so wie eine kirchliche Trauung zu Hause, aber es verletzte sie trotzdem, dass er das den anderen Männern auch erzählt hatte, sodass es Leuten wie Sadie zu Ohren gekommen war. Sie würde allerdings nicht zeigen, wie verletzt sie war.

»Aber warte nicht auf ihn, Sadie, sonst wartest du vielleicht ziemlich lange«, meinte sie mit einem gezwungenen Kichern.

Sie sah, wie das Gesicht der anderen Frau sich vor Wut verzog. Sadie konnte nur die Aufmerksamkeit der ganz verzweifelten männlichen Gefangenen auf sich ziehen. Obwohl sie erst vierundzwanzig war, sah sie so grau aus wie verdorbenes Fleisch und roch ganz ähnlich. Sie kämmte ihr dünnes, strohblondes Haar nie und wusch es auch nicht, und der Schmutz hatte sich in ihre Haut eingegraben. Es gab in dieser Kolonie keine Schönheiten, dafür sorgten die Sonne und der Hunger. Aber Sadie war wahrscheinlich hässlich geboren worden, und das Leben als Prostituierte hatte das Übrige getan.

»Du arrogante Kuh«, zischte sie und zeigte ihre schwarzen Zahnstümpfe. »Wieso glaubst du eigentlich, dass du was Besseres bist als wir anderen? Du hast einen Bastard, der nicht von Will ist.«

Mary zögerte. Sie war sehr versucht, Sadie zu schlagen, aber genau das wollte die Frau. Sie würde behaupten, Mary hätte den Streit angefangen, damit sie bestraft wurde.

»Lass mich in Ruhe, wenn du weißt, was gut für dich ist«, erwiderte Mary müde. »Dieser Ort ist schlimm genug, ohne dass wir uns streiten.«

»Aber für dich ist es hier nicht schlimm, stimmt's?« Sadie stützte die Hände auf die Hüften und funkelte Mary böse an. »Du hast eine hübsche kleine Hütte, Will hat den besten Job, und ich wette, er bekommt auch Extrarationen. Leutnant Tench schleicht doch auch immer um dich herum. Er ist bestimmt der Vater deines Bastards.«

Mary blieb die Antwort erspart, denn ein Offizier kam über den Strand, um den Fang zu überprüfen. Sadie warf Mary einen drohenden Blick zu und grinste ihn an, dann verließ sie ihren Platz am Netz und schlenderte davon.

Eine Stunde später war Mary zurück in ihrer Hütte. Sie hatte Charlotte bei Anne Tomkin abgeholt, ihrer Nachbarin, die auf die Kleine aufpasste, während Mary an den Netzen half.

Die Hütte hatte sich sehr verbessert. Wegen Wills Stellung war ihnen erlaubt worden, sich aus der Sägemühle Bretter für das Dach und für die Wände zu holen. Die Möbel waren sehr einfach: ein grob zusammengezimmertes Bett, das wie eine Hängematte an Seilen hing, ein kleiner Tisch, der aus einem Baumstumpf gefertigt war, an den Will ein Brett genagelt hatte, und zwei aus Holzkisten gebaute Stühle. Der Boden bestand immer noch aus festgetretener Erde, obwohl Will vorhatte, bald Bretter daraufzulegen, und der einzige Schmuck waren einige hübsche Muscheln auf einem Regal. Ein weiteres beherbergte die wenigen Töpfe, Teller und Tassen und eine Zinnschale, in der man sich waschen konnte. Doch wie primitiv es auch sein mochte, es war Marys Hafen, ein relativ sicherer und friedlicher Ort für sie und Charlotte.

Mit siebzehn Monaten war Charlotte ein hübsches Kind mit rosigen Wangen, schwarzem, lockigem Haar und wohlgerundeten Gliedern. Ihr breites, fröhliches Lächeln bedeutete Mary mehr als alles andere und gab ihr einen Grund zu leben. Doch gleichzeitig war es eine quälende Folter, Charlotte unter diesen Umständen sicher und gesund aufzuziehen.

Als sie noch ein Baby gewesen war, das sie ausschließlich stillen konnte, war es recht leicht gewesen, doch seitdem sie zu krabbeln und zu laufen begann, sah Mary überall Gefahren. Abgesehen von den offensichtlichen Dingen – Insekten, Schlangen, dem Meer und Feuer – gab es auch versteckte. Wer wusste, was in dem Sand vergraben war, mit dem Charlotte spielte, und was sie aufheben und verschlucken konnte? Andere Mütter achteten hier nicht sonderlich auf ihre Kinder; sie erlaubten ihnen herumzulaufen und zeigten keine Sorge, wenn sie einen Sonnenbrand bekamen, hinfielen oder etwas aßen, von dem sie krank wurden. Aber Mary konnte nicht so sorglos sein, sie musste Charlotte die ganze Zeit in ihrer Nähe haben. Deshalb band sie der Kleinen sogar oft ein Seil um den Bauch, damit sie nicht weit weglaufen konnte, wenn sie Netze ausbesserte, und gab Anne ein paar Fische oder einen Teil ihrer Rationen, damit sie auf Charlotte aufpasste, wenn sie selbst half, die Netze einzuholen. Auch am Abend, wenn Charlotte in dem Bett schlief, das sie sich alle drei teilten, konnte Mary nicht vor die Tür gehen, obwohl sie wusste, dass andere Mütter ausgingen und Freunde besuchten.

Während sie darauf wartete, dass Will mit ihrer Ration und hoffentlich etwas Fisch nach Hause kam, füllte Mary eine Schale mit Wasser, zog Charlotte ihr Kleidchen aus und begann, sie zu waschen. Sie mochte nicht darüber nachdenken, wie zerlumpt das Kleid war. Es wurde nur noch von ein paar Fäden zusammengehalten. Weil es Charlottes einziges Kleid war, musste Mary es immer an einem Tag waschen und am nächsten wieder anziehen. Genauso wenig wollte Mary daran erinnert werden, dass sie gar keine Freunde hatte, die sie hätte besuchen können.

Sie konnte diesen Ort einfach nicht für sich gewinnen.

Will zu heiraten war eine weise Entscheidung gewesen. Er hatte sie vor den anderen Männern beschützt, ihnen diese Hütte gebaut, und er liebte Charlotte, als wäre sie sein eigenes Kind. Aber Mary hatte nicht erwartet, dass seine Fischerei-Kenntnisse ihn so wichtig für die Kolonie machen würden, und damit begannen ihre Probleme.

Als sie zuerst gelandet waren, hatten die Gefangenen aus London und aus anderen Städten den Fisch misstrauisch beäugt und sich geweigert, ihn zu essen. Das war verständlich, wenn man bedachte, dass er früher wahrscheinlich mindestens eine Woche alt gewesen war und gestunken hatte, wenn er die Städte im Landesinneren erreicht hatte. Als die Rationen im Hauptlager dann gekürzt wurden und sie zu verhungern drohten, hatten diese Gefangenen ihre Vorbehalte jedoch schnell abgelegt. Will erlangte bald eine Art Heldenstatus, denn er war der Mann, der ihnen nicht nur etwas Leckeres und Sättigendes gezeigt hatte, sondern es ihnen auch besorgte.

Doch während Will in der Bewunderung und der Dankbarkeit der anderen badete, hatte Mary jene starke Position verloren, die sie einmal auf der *Charlotte* innegehabt hatte. Weil Mary Haydon und Catherine Fryer sie bei den Frauen von den anderen Schiffen anschwärzten, dauerte es nicht lange, bis die meisten ihr misstrauten. Selbst Bessie und Sarah, von denen sie gedacht hatte, sich immer auf sie verlassen zu können, hatten sich gegen sie gestellt. Sie nannten Mary die »Dunkle«, als hätte sie irgendwelche Betrügereien begangen. Dabei war völlig offensichtlich, dass sie eifersüchtig auf sie waren.

Mary verstand, warum. Sie mussten meist zu sechst in einer Hütte schlafen, während sie in einer soliden, wetterfesten Hütte wohnte, weit weg von dem Lärm und dem Ärger im Hauptlager. In diesen ersten Tagen erhielt sie mehr und bessere Nahrung zu essen, weil Will etwas von jedem Fang für sich selbst behalten durfte. Und sie musste auch nicht als Dienstmädchen für einen der Offiziere arbeiten wie die anderen weiblichen Gefangenen. Hinzu kam, dass die Frauen in Mary eine »Spionin« sahen, weil die Offiziere mit ihr redeten.

Tench kam oft, um zu sehen, wie es ihr und Will ging, und er half auch beim Fischen in der Nacht. Es wurde erzählt, Kapitän Phillip habe die Bryants als eine vorbildliche Familie hingestellt, fleißig, nüchtern und sauber.

In den ersten Tagen der Kolonie hatte Mary sich mit Jane Randall angefreundet, die auf der *Lady Penryn* herkommen war. Sie hatte ebenfalls ein Baby bekommen, allerdings als sie in Kapstadt vor Anker gelegen hatten. Ursprünglich waren Mary und Jane Freundinnen geworden, weil Charlotte und Henrietta fast gleichaltrig waren; sie sorgten sich in ähnlicher Weise um ihre Kinder und passten gegenseitig auf sie auf, um sich auszuhelfen. Jane war nett und freundlich und wie Mary der Meinung, dass man das Beste aus der Zeit hier machen musste.

Dann hatte Kapitän Phillip entschieden, eine neue Kolonie auf Norfolk Island zu gründen, etwa tausend Meilen entfernt. Offenbar war das Klima dort besser und der Boden fruchtbarer. Also wurden einige der Gefangenen, darunter Jane, dort hingeschickt, um die Nahrungsmittelknappheit zu entschärfen. Mary vermisste Jane immer noch sehr, denn sie war niemals eifersüchtig auf sie gewesen, sondern hatte ihrer Freundin das Glück immer gegönnt.

Dabei könnten viele ihrer ehemaligen Freundinnen genauso erfolgreich sein wie sie, wenn sie nur ihren Kopf benutzen würden, dachte Mary oft. Am Anfang hatte sie versucht, ihnen wenigstens zu erklären, warum es wichtig war, fleißig zu arbeiten. Es war so einfach, denn die Offiziere mischten sich nur ein, wenn es Ärger gab, und ihrer Meinung nach waren die meisten von ihnen nicht besonders intelligent. Genauso verschaffte es einem Privilegien und Respekt, wenn man sauber und ordentlich war, nicht den Männern hinterherlief und sich betrank.

Aber traurigerweise waren ihre alten Freundinnen eine nach der anderen in Apathie verfallen und unter den Einfluss einiger starker Leute geraten, die meinten, sie müssten ihre Stärke durch Kämpfe und Stehlen beweisen. Nichts war sicher vor diesen Frauen, und sie rekrutierten neue Mitglieder für ihre Banden, indem sie ihnen den Alkohol anboten, den sie durch Diebstahl oder Prostitution bekamen.

Mary verstand, warum Sarah diesen Weg eingeschlagen hatte. Sie war in jener ersten Nacht vergewaltigt worden und war schwanger geworden, doch das Baby wurde tot geboren. Das hatte den Schmerz darüber zurückgebracht, dass sie ihre beiden Kinder in England hatte zurücklassen müssen. Der Alkohol war das Einzige, was ihr Leben etwas erträglicher machte.

Doch die meisten Frauen hatten keine so gute Entschuldigung. Sie waren Schlampen geworden, die ihre Kinder vernachlässigten, Schwächere ausbeuteten und für einen Schluck Rum mit jedem Mann mitgingen.

Mary war ihr personifiziertes schlechtes Gewissen. Sie machten abfällige Bemerkungen über sie, weil sie jeden Tag im Meer badete, ihre Hütte sauber hielt und Charlotte nicht aus den Augen ließ. Aber Mary wusste, wo ihre Wut und ihre Missgunst eigentlich herrührten: Sie hatte den Mann bekommen, den sie alle wollten.

Will war in jeder Hinsicht attraktiv. Sein Aussehen, seine Größe und sein muskulöser Körper reichten eigentlich schon, aber hinzu kam, dass er ein freundlicher Mann mit einem jovialen, forschen Wesen war, den fast jeder mochte. Außerdem war er stark und geschickt. Deshalb war es nicht verwunderlich, dass er von allen, angefangen bei Kapitän Phillip bis hin zum niedrigsten Gefangenen, sehr geschätzt wurde.

Aber was sie nicht wussten und was Mary ihnen niemals erzählen würde, war, dass Will in Wirklichkeit ziemlich schwach war. Er konnte vielleicht lesen und schreiben, doch er benutzte seinen Verstand nicht, und er war ziemlich einfallslos. Auf sich allein gestellt, wäre er genau wie viele der anderen Männer gewesen. Er hätte im Elend gelebt, sich so oft wie möglich betrunken und sein furchtbares Pech beklagt.

Mary war die Willensstarke und Kluge von ihnen. Sie war es im Grunde gewesen, die erkannt hatte, wie wichtig der Fisch für ihr Überleben sein würde, und die Will überredet hatte, seine Fähigkeiten als Trumpfkarte auszuspielen, um ihre Lebensumstände zu verbessern. Wills Verhandlungen über eine Hütte in einer guten Lage, das Benutzen des einzigen kleinen Bootes und einen Anteil an jedem Fang für ihn selbst waren alle auf ihr Drängen hin geführt worden. Im Gegenzug machte Mary ihre Hütte gemütlich, damit er sich gern dort aufhielt, und bestärkte ihn in seiner Eitelkeit, damit er sich wichtig fühlte.

Wenn er doch nur auf sie gehört hätte, als die neue Regel in Kraft getreten war, die vorschrieb, dass der gesamte Fang in das Proviantlager gebracht werden musste! Mary hatte ihn gedrängt, direkt zu Kapitän Phillip zu gehen, nicht nur, um auf sein ursprüngliches Recht zu bestehen, sondern auch, um Marys Plan mit ihm zu besprechen. Der bestand darin, ein größeres Boot zu bauen, mit dem sie dann weiter rausfahren und mehr fangen konnten, sodass alle satt wurden. Sie hatte auch vorgeschlagen, den überzähligen Fisch als Dünger für die Erde zu benutzen, etwas, das sie zu Hause in Cornwall gesehen hatte.

Doch Will wollte nicht. Er hatte viel zu viel Angst, seine Beliebtheit bei den Offizieren zu riskieren, wenn er die Stimme erhob. Also beschränkte er sich darauf, so viel Fisch zu stehlen, wie er brauchte.

Mary seufzte schwer, während Charlotte unter ihrem Kleid nach ihrer Brust suchte. Mary hatte jetzt nur noch wenig Milch, und jedes Mal, wenn die Rationen weiter gekürzt wurden, fürchtete sie, Charlotte würde krank werden wie so viele andere Kinder.

Es waren die ganz Jungen und die ganz Alten, die jede Woche in immer größerer Anzahl starben. Das Hospital war jetzt immer gefüllt, und der Pfad zum Friedhof so ausgetreten, dass ein neues Begräbnis von keinem mehr wahrgenommen wurde.

Rufe und Gesprächsfetzen von draußen ließen Mary hochfahren. Durch das Fenster, das in Ermangelung von Glas aus geflochtenen Zweigen bestand, konnte sie sehen, dass die Sonne sehr tief stand, und Will hätte inzwischen zu Hause sein müssen. Sie stand auf und ging mit Charlotte auf dem Arm zur Tür.

Die lärmende Menge lief jetzt am Strand entlang auf das Hauptlager zu. Mary glaubte, Wills blondes Haar darin aufleuchten zu sehen. Deshalb wickelte sie etwas Stoff um Charlotte und ging nachsehen.

Sie war erst ein paar hundert Meter weit gegangen, als sie plötzlich auf Sarah traf.

Ihr einst hübsches Gesicht war eingefallen. Ihr rötlich blondes Haar war stumpf und schmutzig, ihre blauen Augen vom Alkohol getrübt, und sie hatte ihre beiden vorderen Schneidezähne bei einem Kampf verloren. Ihr Kittelkleid wies immer noch Blutflecke von der Geburt ihres Kindes auf und war an einer Seite eingerissen, sodass man ihre dürren Oberschenkel sehen konnte.

»Dein Will ist beim Stehlen erwischt worden«, rief sie. »Jetzt ist er dran.«

Mary schlug das Herz bis zum Hals. Sie hatte natürlich begierig den Fisch gegessen, den Will heimgebracht hatte, und ihm geholfen, unentdeckt zu bleiben, indem sie ihm einen Sack genäht hatte, in dem er sein Diebesgut aufbewahren konnte. Er hängte ihn an einem Haken an der Seite des Bootes unterhalb der Wasseroberfläche auf, um ihn später zu holen, wenn der Rest des Fangs gewogen und ins Proviantlager gebracht worden war.

Es schien ein narrensicherer Plan zu sein, doch Mary nahm an, dass Will mehr gestohlen hatte, als er ihr erzählt hatte, und den Überschuss an andere verkauft oder gegen Waren getauscht hatte.

»Mein Will ist kein Dieb«, erklärte sie scharf. Sie konnte es nicht als Diebstahl ansehen – schließlich gehörte der Fisch demjenigen, der ihn fing.

»Ich glaube nicht, dass Kapitän Phillip das so sehen wird«, meinte Sarah, und ihr Grinsen hatte etwas Schadenfrohes. »Er wird sagen, dass er es den anderen Gefangenen weggenommen hat.«

Mary blickte ihre frühere Freundin kühl an. »Will ist einer der wenigen Männer, der uns überhaupt etwas zu essen besorgt«, entgegnete sie. »Wenn er nicht wäre, dann wären die meisten von uns schon viel zu schwach, um gemein zu sein.«

Es tat weh, dass Sarah sich gegen sie gestellt hatte. Mary konnte nicht vergessen, wie nah sie sich auf der *Dunkirk* gestanden hatten und dass Sarah ihr bei Charlottes Geburt geholfen hatte. Und es war auch niemals eine einseitige Freundschaft gewesen. Mary hatte Sarah stets etwas zu essen aufgehoben, sie nach der Vergewaltigung getröstet und ihr sogar etwas von den Fischen gegeben, die Will bekam. Aber vielleicht hatte der Schock der Vergewaltigung etwas in Sarah sterben lassen.

Auf dem Weg in die Stadt riefen die Leute Mary ständig etwas zu. Ein paar, wie James Martin, Jamie Cox und Samuel Bird, Wills engste Freunde, boten ihre Hilfe an und äußerten ihr Mitgefühl, doch von den anderen kamen fast nur gehässige Bemerkungen. Mary erinnerte sich, wie sie alle in den ersten Tagen zusammengehalten hatten, wenn etwas Ähnliches passiert war. Doch der Hunger und die Entbehrungen hatten alles verändert. Es gab jetzt kein Ehrgefühl mehr. Die Leute denunzierten einander für etwas Alkohol oder zusätzliches Essen. Und sie genossen es, wenn jemand, den sie für privilegiert hielten, in Schwierigkeiten geriet.

Mary lief hocherhobenen Hauptes weiter und ignorierte sie alle, aber innerlich kämpfte sie mit einer Mischung aus Angst und Hunger. Die Stadt war klein; sie bestand nur aus zwei Reihen armseliger Hütten von Gefangenen, etwas größeren, die ein wenig abseits standen, für die Marinesoldaten und ihre Familien und dem bewachten Proviantlager. Aber Marys Blick wanderte hinüber zum Galgen. Sie erinnerte sich nur zu gut an die Warnung, dass niemand, den man beim Stehlen erwischte, Gnade erwarten konnte.

Watkin Tench kam zwischen den Hütten des Proviantlagers hervor, was Mary überraschte. Sie hatte angenommen, er wäre in Rose Hill, einer neuen Siedlung landeinwärts, wo die Erde fruchtbarer war. Tench war dafür verantwortlich, und sie bauten dort auch ein neues Regierungsgebäude.

»Mary!«, rief er, und sein gebräuntes Gesicht verzog sich sorgenvoll. »Ich nehme an, man hat es dir bereits gesagt?«

Selbst er, der immer so elegant und adrett gewesen war, sah inzwischen heruntergekommen aus. Seine Stiefel glänzten jetzt nur noch selten, seine rote Jacke war fadenscheinig und seine Hose fleckig. Doch immer noch lag Mitgefühl in seinem Blick.

Mary nickte. »Ist es wahr?«

»Auf frischer Tat ertappt.« Er zuckte die Schultern. »Es tut mir leid, aber es gibt wenig, was ich tun kann, um ihm zu helfen, so sehr ich wünschte, es zu können. Der Gouverneur wird ihn genauso behandeln müssen wie alle anderen, die Essen stehlen.«

»Sie werden ihn doch nicht hängen, oder?« Mary fühlte, wie ihr schwindelig wurde, und ihre Stimme war kaum mehr als ein Flüstern.

Tench blickte sich um, ob sie jemand beobachtete, dann trat er näher zu ihr heran. »Ich hoffe, nicht«, sagte er. »Es wäre Wahnsinn, die fähigen Männer auf diese Weise zu verlieren.«

Seine erste Reaktion auf die Nachricht, als er von Rose Hill hergeritten war, war Wut auf Will gewesen. Er hatte es besser als jeder andere Gefangene. Will ging einer Arbeit nach, die er liebte, er war privilegiert und besaß eine anständige Hütte. Und er hatte Mary zur Frau. Tench wusste genau, dass Will den Fisch nicht nur für sich und seine Familie genommen, sondern dass er viel davon gegen Rum getauscht hatte. Das machte Tench zornig auf ihn, denn damit brachte Will nicht nur das Gefüge der Gemeinschaft zum Einsturz, sondern damit betrog er auch Mary. Zweifellos war ihr nicht bewusst, wie sehr ihr Mann den Alkohol brauchte.

»Könnte ich mit Kapitän Phillip sprechen?«, fragte Mary verzweifelt.

Tench wusste nicht, was er sagen sollte. Er konnte sich jedenfalls nicht dazu bringen, ihr vor Augen zu führen, was für ein Mann Will tatsächlich war. »Kapitän Phillip hat seine Entscheidung wahrscheinlich schon getroffen«, meinte er nach einer Weile. Doch als er das Entsetzen in Marys Augen sah, wurde er weich. »Aber vielleicht würde er sie ändern, wenn er dich mit Charlotte auf dem Arm sieht.«

»Bitte, bringen Sie mich zu ihm«, flehte Mary, dann streckte sie die Hand aus und umklammerte seinen Arm. »Will verdient es nicht zu sterben, nur weil er seine Familie ernährt hat. Das würde doch jeder Mann tun, oder?«

Tench blickte sie einen Moment lang an. Er hatte sich so oft gewünscht, er hätte ihr nicht vorgeschlagen, Will zu heiraten, denn er wusste jetzt, wie schwach Will war, leicht zu beeinflussen und ein Prahlhans. Wahrscheinlich versank Mary jedes Mal vor Scham im Boden, wenn ihr zugetragen wurde, wie Will herumposaunte, dass er das nächste Schiff nach Hause nehmen würde, sobald seine Zeit um war.

Watkin Tench wünschte auch, sich Mary aus dem Kopf schlagen zu können. Er hatte gehofft, seine Abkommandierung nach Rose Hill würde ihm dabei helfen. Aber jetzt, da er ihre Angst sah, wusste er es besser: Seine Gefühle für sie waren überhaupt nicht schwächer geworden. »Für dich würde das jeder Mann tun«, sagte er und legte seine Hand leicht über ihre.

Kapitän Phillips Haus stand etwas abseits der Stadt auf einem Hügel. Mit seinen zwei Stockwerken und der Veranda entlang der Vorderfront markierte es die Residenz des wichtigsten Mannes in der neuen Kolonie, weil es im Gegensatz zu allen anderen Bauten stabil und fest wirkte.

Fast alle anderen Gebäude waren aus Lehm und Holz gebaut, denn selbst wenn es hier viele Steine gab und auch einen Brennofen für die Herstellung von Backsteinen, so ließ sich doch nirgends Kalk finden, aus dem man Mörtel hätte herstellen können. Mary war wie viele andere Frauen zum Muschelsuchen geschickt worden und hatte diese dann zerstoßen und erhitzt, um Kalk zu gewinnen. Wahrscheinlich hatten die vielen hundert Eimer voll, die sie gesammelt hatten, kaum gereicht, um das Fundament für Phillips Haus zu legen. Deshalb würde es Jahre dauern, bis die echte Stadt, die ihm vorschwebte, mit Kirche, Läden und gepflasterten Straßen, gebaut werden konnte.

Während Mary Tench den Hügel hinauf folgte, ignorierte sie die gemeinen Bemerkungen und Blicke. Will hatte immer behauptet, dass ihn niemand jemals verpfeifen würde, doch das war noch eine Schwäche von ihm: der dumme, arrogante Glaube, etwas Besonderes zu sein. Er hatte wahrscheinlich mit den Fischen bei jemandem angegeben, und es war ihm nicht in den Sinn gekommen, dass Freundschaft und Loyalität verschwanden, sobald Neid und Eifersucht ihren Kopf hoben.

Mary musste auf der Veranda warten, während Tench ins Haus ging, um für sie die Erlaubnis einzuholen, mit Phillip zu sprechen. Charlotte wimmerte jetzt vor Hunger, und Mary wiegte sie beruhigend auf dem Arm, während sie den Hügel hinunter auf die Stadt blickte.

Auf dem Weg hierher war es dunkel geworden, und die Stadt sah jetzt, da sie nur von Lagerfeuern erleuchtet wurde, richtig hübsch aus. Mary konnte die Silhouetten von Frauen erkennen, die darauf kochten, und die Flammen erhellten die Bäume und warfen einen orangefarbenen Schein auf das Meer dahinter.

Sie seufzte, denn trotz allem mochte sie dieses merkwürdige neue Land. Natürlich hasste sie, wofür er stand, dieser Ort, an dem alle verwahrlosten, verzweifelten und niederträchtigen Menschen Englands abgeladen wurden. Aber er hatte auch sein Gutes. Die Hitze des Sommers war manchmal ein bisschen zu viel, doch man konnte immer im warmen Meer schwimmen. Sie liebte die sandigen Strände. Der Winter war viel erträglicher als zu Hause, und wie merkwürdig die Bäume auch aussahen, sie liebte ihren wohlriechenden Duft. Und dann waren da noch die wunderschönen Vögel. Wenn sie einen Schwarm der grauen mit den rosafarbenen Bäuchen fliegen sah, kamen ihr die Tränen. In den Bäumen saßen auch schwefelfarbige Kakadus, die etwas krähten, das wie Beleidigungen klang. Vögel gab es hier in allen Farben des Regenbogens, so bunt, dass man glauben konnte, sie wären nicht real. Mary hatte immer noch nicht das Tier gesehen, das Tench Känguru nannte, oder den großen, flugunfähigen Vogel; vielleicht waren sie zu scheu, um sich in die Nähe von Menschen zu wagen, und man musste weiter landeinwärts gehen.

Aber ob sie ihre Heimat nun vorzog oder nicht, Mary war Realistin. Zu Hause in England litten die Menschen ebenfalls Hunger, doch hier waren die Temperaturen wenigstens erträglich, und sie mussten nicht auch noch frieren. Wenn kein Wunder geschah, dann würde sie in England niemals über den Stand einer Dienstbotin hinauskommen. Hier hatte sie immerhin eine Chance. Wenn sie frei war, konnte sie Land bekommen, und die Herausforderung, etwas aus dem Nichts zu schaffen, gefiel Mary.

Nachts dachte sie oft darüber nach, wie es wäre, ein paar Tiere zu besitzen, Gemüse und Obst anzubauen und abends mit Charlotte und Will auf einer Veranda zu sitzen und auf ihr Land zu blicken. Will lachte über solche Ideen immer. Er wollte in einem Fischerdorf leben, mit einer Kneipe in der Mitte. Dabei könnte er, wie sie oft betonte, in diesem Land seine eigene Taverne eröffnen.

»Du kannst jetzt reingehen, Mary«, sagte Tench leise hinter ihr. »Ich muss dich allerdings warnen. Kapitän Phillip ist sehr wütend und enttäuscht. Ich glaube nicht, dass du ihn davon abbringen kannst, Will zu hängen.«

Tench hatte sein Bestes für sie und Will getan, das wusste Mary, denn selbst die Entbehrungen hier, die für die Offiziere genauso hart waren wie für die Gefangenen, hatten sein mitfühlendes Wesen nicht geändert. Mary sehnte sich immer noch nach ihm, das hatte sich durch ihre Heirat mit Will nicht geändert. In dem Jahr hier hatte sie viele Offiziere gesehen, die sich am Anfang zu schade gewesen waren, mit einer Strafgefangenen das Bett zu teilen, dieser Versuchung jedoch inzwischen nachgegeben hatten. Und ihr war klar, dass sie es versuchen sollte, falls Tench sich je erweichen ließ, ohne Rücksicht auf ihre Ehe.

Aber Watkin Tench würde in diesem Punkt niemals nachgeben, das wusste sie ebenso gut. Er mochte sie, sie sah es jedes Mal in seinen Augen, wenn er sie in der Hütte besuchte oder zu ihr kam, wenn sie mit anderen Frauen zusammen war, und an der zärtlichen Art, mit der er Charlotte streichelte. Allein das Wissen, ihm nicht gleichgültig zu sein, half ihr. Er war der Mann, von dem sie nachts träumen konnte, er gab ihr einen Grund, sich zu waschen und ordentlich anzuziehen, einen weiteren Grund, am Leben zu bleiben.

Es verlieh ihr auch den Mut und die Kraft, Kapitän Phillip gegenüberzutreten, und der gleiche Trotz, der sie nicht hatte weinen lassen, als sie ihr eigenes Todesurteil vernommen hatte, erwachte jetzt in ihr, als sie sein Haus betrat. Sie würde nicht tatenlos zusehen, wie man Will hängte, solange sie noch Kraft zum Atmen hatte.

Kapitän Arthur Phillip saß an seinem Schreibtisch, einen Federhalter in der Hand, als Mary ins Zimmer kam.

»Danke, dass Sie mich empfangen, Sir«, begann sie und deutete einen Knicks an.

Es kursierten Gerüchte, Phillips Haus sei innen sehr imposant, ausgestattet mit feinen Möbeln und silbernen Tellern. Doch zu Marys Überraschung war es nicht einmal so elegant wie das Haus des Schulleiters in Fowey. Es gab Phillips Schreibtisch, den Stuhl, auf dem er saß, und vor dem Kamin standen noch zwei Sessel. Aber abgesehen von dem Bild einer Dame in einem silbernen Rahmen, das sicher seine Frau darstellte, gab es kaum noch etwas, nicht einmal ein Teppich lag auf den blanken Dielenbrettern.

Kapitän Phillip war auch nicht besonders ansehnlich. Er war um die fünfzig, klein und schlank, und er hatte sein gesamtes Haupthaar verloren. Doch er hatte schöne dunkle Augen, und seine Marineuniform stand ihm sehr gut, fand Mary.

»Ich schätze, du willst um Gnade für deinen Mann bitten?«, fragte er kalt.

»Nein, ich möchte um Gnade für alle in dieser Kolonie bitten«, erklärte Mary, ohne zu zögern. »Denn wenn Sie Will hängen, dann werden wir alle sterben, auch Sie.«

Er blickte sie erschrocken an, und seine dunklen Augen weiteten sich.

»Ohne den Fisch, den er fängt, werden wir alle verhungern«, fuhr Mary fort und hob Charlotte etwas höher auf ihren Arm. Sie hoffte inständig, die Kleine würde nicht anfangen zu weinen. »Es gibt niemanden, der so geschickt ist wie Will. Wenn Sie ihm nicht das Recht genommen hätten, ein paar Fische mit nach Hause zu nehmen, dann wäre das nicht passiert.«

»Das war nicht zu ändern, es handelte sich um eine Notsituation«, erwiderte Phillip angespannt und offensichtlich verärgert, dass sie die Unverfrorenheit besaß, seine Anweisungen infrage zu stellen. »Und dein Mann hat nicht nur *ein paar* Fische genommen. Er hat sehr viele gestohlen. Er hat sie gegen Waren eingetauscht, die aus dem Proviantlager gestohlen wurden. Jedes Mal, wenn jemand dort etwas stiehlt, ist noch weniger für den Rest der Kolonie übrig. Das ist ein sehr schweres Verbrechen.«

»Würden Sie nicht das Gleiche tun, wenn Ihrer Frau und Ihren Kindern der Hungertod drohte?«, beharrte Mary und blickte auf das Bild seiner Frau.

»Nein, das würde ich nicht«, erklärte er fest. »Die Vorräte werden fair rationiert. Ich habe nur so viel wie alle anderen.«

Das bezweifelte Mary, doch sie wagte nicht, das laut auszusprechen.

»Und was wird es bringen, Will zu hängen?«, fragte sie. »Ich bin dann mit meinem Kind allein, und die Leute, die Lebensmittel aus dem Proviantlager stehlen, werden es weiter tun, und wir alle werden noch schlimmer hungern müssen.«

Phillip blickte Mary an und bemerkte, dass sie zwar genauso zerlumpt wie die anderen weiblichen Gefangenen, aber sauber war. Selbst ihre Füße waren nur staubig und nicht schmutzig wie die der anderen Frauen.

Leutnant Tench hatte oft von dieser Frau gesprochen, die er für intelligent und sehr direkt hielt, und gesagt, sie habe einen guten Einfluss auf die anderen Frauen auf der *Charlotte* gehabt. Es hatte keine Beschwerden über ihr Verhalten gegeben. Tatsächlich hatte er selbst die Bryants als Vorzeigefamilie bezeichnet.

»Geh nach Hause«, meinte er. »Sein Fall wird morgen verhandelt. Heute Abend bleibt er im Wachhaus.«

Mary ging zur Tür, drehte sich jedoch noch einmal um und warf

Phillip einen durchdringenden Blick zu. Er sah große Angst und Verzweiflung in ihren Augen, während sie ihm ihr Kind hinhielt.

»Bitte, Sir«, flehte sie. »Sehen Sie sich mein kleines Mädchen an. Jetzt ist sie hübsch und gesund, aber ohne Will wird das vielleicht nicht so bleiben. Ich werde dafür sorgen, dass Will sich nichts mehr zuschulden kommen lässt. Bitte, ich flehe Sie an, denken Sie an dieses Kind und verschonen Sie ihn!«

Sie ging, verschwand wie eine Katze in der Nacht.

Arthur Phillip saß eine Weile einfach nur da, tief in Gedanken versunken. Die Frau hatte recht. Bryant zu hängen würde ihrer aller Hungertod nur beschleunigen.

»Diese verdammten Narren in England«, murmelte er. »Wo bleibt der Proviant, um den wir gebeten haben? Wie soll ich dafür sorgen, dass sich diese Kolonie selbst versorgt, wenn ich nicht einmal die einfachsten Werkzeuge habe und keine Männer mit den richtigen Fähigkeiten?«

Er machte sich große Sorgen über jeden einzelnen Aspekt dieses Experiments: über die unfruchtbare Erde, die schnell schwindenden Vorräte, das Verhalten der Gefangenen und über die Eingeborenen. Es war abzusehen, dass die Gefangenen nicht dazu in der Lage sein würden, sich selbst zu helfen. Die meisten kamen aus der Stadt und waren vertrauter mit einem Glas Bier als mit einem Pflug. Sie hatten keine Moral – Dutzende von Frauen gebaren Kinder oder waren schwanger und wechselten ihre Partner ohne die geringsten Bedenken. Sie standen lieber herum und tratschten, als zu arbeiten, und zogen es vor, Gemüse zu stehlen anstatt es anzubauen. Phillip konnte sie verstehen, sie waren schließlich aus einem Grund hergebracht worden. Aber er war sehr enttäuscht von den Eingeborenen.

Arthur Phillip hatte gedacht, dass sie sich erkenntlich zeigen würden, wenn man sie freundlich behandelte. Traurigerweise schien das jedoch nicht der Fall zu sein – während der vergangenen Monate waren mehrere Gefangene, die etwas weiter vom Lager entfernt gearbeitet hatten, brutal ermordet worden. Er wollte immer noch einen Weg finden, mit diesen Leuten zu kommunizieren, um die großen Flüsse zu entdecken und herauszufinden, wo das fruchtbare Land lag, um etwas über die einheimischen Tiere und Vögel zu lernen. Doch bis jetzt waren seine Bemühungen vergeblich gewesen.

Tatsache war, dass Phillip zum ersten Jahrestag der Kolonie große Sorgen plagten. Es gab die Kolonie in Sydney Cove, die auf Norfolk Island und jetzt auch noch die in Rose Hill, doch die Gefangenen zeigten wenig Interesse, sich zu ändern, die Marinesoldaten beschwerten sich ständig, und die Situation mit den Eingeborenen schien sich eher zu verschlechtern als zu verbessern. Ohne Proviant und Medizin würde die Todesrate rasant steigen. Kapitän Phillip fand in dieser Nacht kaum Schlaf vor lauter Sorge, und er sah einfach keinen Ausweg für sie alle.

Mary biss sich auf die Fingerknöchel, als sich Richter Collins im Wachhaus erhob, um Will das Urteil zu verkünden. Wie erwartet hatte jemand die Offiziere über Wills Machenschaften informiert. Sie nahm an, dass es Joseph Pagett gewesen war, ein Mann, der sowohl auf der *Dunkirk* als auch auf der *Charlotte* gewesen war. Er hatte schon auf der Reise Anzeichen von Eifersucht gezeigt, und sie konnte sich an Pagetts bösen Blick erinnern, den er Will an ihrem Hochzeitstag zugeworfen hatte.

Charles White, der Schiffsarzt von der *Charlotte*, war für Will eingetreten, doch selbst Mary war sicher, dass er gehängt werden würde. Will ging offensichtlich auch davon aus, denn sein Gesicht war aschfahl, und er biss sich auf die Lippen und versuchte, ein Zittern zu unterdrücken.

»Ich verurteile dich zu hundert Peitschenhieben«, sagte Collins. »Und dir werden die Leitung der Fischerei und das Boot entzogen. Außerdem musst du mit deiner Familie die Hütte verlassen, in der du jetzt wohnst.«

Will warf Mary einen Blick zu. Auf seinem Gesicht stand Erleichterung, aber auch Sorge, wie sie den Verlust der Hütte aufnehmen würde.

Mary konnte jetzt nicht darüber nachdenken. Sie war zwar erleichtert darüber, dass Will nicht gehängt wurde, und einhundert Peitschenhiebe waren eine leichte Strafe, verglichen mit einigen anderen, die sie gesehen hatte. Trotzdem war Auspeitschen immer furchtbar, und sie spürte, wie Übelkeit in ihr aufstieg.

»Bringt ihn weg und vollstreckt die Strafe«, befahl Collins.

Alle Gefangenen wurden zusammengerufen, um bei Wills Auspeitschung zuzusehen, selbst die Kinder. Sie nahmen ihre Plätze im Halbkreis vor dem großen hölzernen Dreieck ein, neben dem rechts und links jeweils ein Trommler der Marine postiert war. Vor dem Dreieck stand der Soldat, der das Auspeitschen ausführen würde. Er hatte sich sein Hemd ausgezogen und wischte sich bereits den Schweiß von der Stirn, denn es würde wieder ein sehr heißer Tag werden. In der anderen Hand hielt er die neunschwänzige Katze, von der jedes Ende geteert und geknotet war.

Die Marinesoldaten begannen zu trommeln, und Will wurde in den Kreis geführt. Die Wachen zogen ihm das Hemd aus, dann banden sie seine Hände an den oberen Teil des Dreiecks. Einen Moment lang war es völlig still, niemand flüsterte besorgt, nicht einmal der Schrei eines Kindes war zu hören. Alle waren nur auf die Abscheulichkeit konzentriert, die sie jetzt mit ansehen mussten.

Wills Strafe wurde erneut verkündet, und einer der Marinesoldaten, die ihn aus dem Wachhaus geführt hatten, gab das Signal für den ersten Hieb.

Mary hatte bei mehr als dreißig Auspeitschungen beigewohnt, von Frauen genauso wie von Männern, und es hatte sie immer abgestoßen, selbst wenn sie der Meinung gewesen war, dass das Opfer die Strafe verdiente. Einige erhielten eintausend Hiebe, fünfhundert an einem Tag und den Rest dann, wenn ihr Rücken verheilt war. Einige starben, bevor die Hälfte erreicht war, und diejenigen, die überlebten, waren für den Rest ihres Lebens von den Narben gezeichnet. Mary wurde übel, noch bevor der Marinesoldat den Arm für den ersten Hieb hob. Sie hatte diesen breiten, braunen Rücken gestreichelt, kannte jeden Hügel auf Wills Rückgrat so gut wie ihre eigenen Hände.

Will zuckte beim ersten Hieb nicht zusammen, sondern versuchte sogar, Mary anzulächeln, als wollte er beweisen, dass es nicht wehtat. Aber sogar dieser eine Hieb hinterließ einen roten Striemen, und sein Lächeln, wie mutig es auch sein mochte, täuschte sie nicht.

Es wurde langsam gezählt, und zwischen den Hieben verging jeweils eine halbe Minute. Beim achten Hieb fing der Rücken an zu bluten. Will konnte nicht länger lächeln. Sein Körper zuckte bei jedem Peitschenhieb, und er biss sich auf die Lippen, weil er nicht aufschreien wollte.

Das Auspeitschen ging immer weiter, und die Fliegen wurden von dem frischen Blut angelockt, das inzwischen in Strömen über Wills Rücken lief. Beim fünfundzwanzigsten Hieb krallte sich Will am Dreieck fest, und seine hübschen Gesichtszüge waren qualvoll verzerrt. Mary hielt Charlottes Gesicht dicht an ihre Brust und schloss die Augen, wenn die Trommel erklang. Aber sie hörte die Peitsche immer noch durch die stille Luft zischen und die Stiefel des Marinesoldaten auf den Boden aufkommen, wenn er sich umdrehte, um den nächsten Hieb noch fester ausführen zu können. Sie konnte auch Wills Blut riechen und das Summen der Fliegen hören, die sich daran labten.

Es dauerte insgesamt länger als eine Stunde, und viele in der Menge drohten in Ohnmacht zu fallen, weil sie so lange in der heißen Sonne stehen mussten. Nach fünfzig Schlägen war Will apathisch. Die Sehnen seines Rückens zeigten sich weiß durch sein aufgerissenes Fleisch. Er hing schlaff an den Seilen, die um seine Armgelenke gebunden waren, und seine Beine gaben nach wie die eines Betrunkenen.

Mary weinte jetzt. Sie hasste das System, das solche brutalen Strafen anordnete, und verabscheute die Marinesoldaten, die so oft mit Will gelacht und getrunken hatten und ihn jetzt so quälten.

Die Trommeln und das Zählen hörten endlich auf. Will wurde von dem Dreieck losgebunden und glitt auf den Boden. Seine Hose und seine Stiefel waren blutgetränkt, und Ameisen trugen bereits kleine Stücke seines Fleisches auf ihrem Rücken fort.

Mary rannte zu ihm und bat jemanden, ihr Tücher und Salzwasser zu holen, damit sie seinen Rücken versorgen konnte. Will war bewusstlos, sein Gesicht immer noch schmerzverzerrt. Sie kniete neben ihm, Charlotte nach wie vor auf dem Arm.

»Soll ich die Kleine nehmen?«, fragte eine vertraute Stimme.

Mary blickte auf und war überrascht, Sarah mit einem Eimer Wasser und Tüchern vor sich stehen zu sehen. Tränen waren ihr über ihr schmutziges Gesicht gelaufen, und es schien, als hätten Wills Leiden und Marys Kummer sie an ihre alte Freundschaft erinnert.

»Gott segne dich, Sarah«, sagte Mary dankbar, während sie ihr das Kind reichte. Sie wusch zuerst Wills Gesicht, dann blickte sie erneut Sarah an. »Ich sollte ihn aus der Sonne holen, aber ich kann ihn nirgendwo hinbringen, jetzt, da sie uns die Hütte weggenommen haben.«

»Wir bringen ihn in meine«, meinte Sarah. Sie beugte sich herunter und tätschelte Marys Schulter. »Bleib hier, ich hole ein paar Männer, die uns helfen.«

Als Sarah mit Charlotte auf dem Arm davonging, beugte Mary sich vor und legte die Lippen an das Ohr ihres Mannes. »Kannst du mich hören, Will?«, flüsterte sie.

Er antwortete nicht, aber seine Augenlider flatterten. »Ich schwöre dir, dass wir von hier fliehen werden«, flüsterte sie, und Hass auf Kapitän Phillip und alle anderen Verantwortlichen stieg in ihr hoch. »Wir werden einen Weg finden, du wirst schon sehen. Ich werde nicht zulassen, dass so etwas noch einmal passiert.«

Erst später an diesem Tag, während sie an Wills Seite in der kleinen Hütte kniete und sanft seinen Rücken abtupfte, fiel Mary ihr alter Schwur wieder ein. Seit ihrer Ankunft hatte sie nicht einmal an Flucht gedacht, und jetzt kam es ihr unglaublich vor, dass sie angefangen hatte, diesen schrecklichen Ort zu akzeptieren und sogar zu mögen. Doch sie konnte es nicht länger ertragen. Irgendwie würde sie Will, Charlotte und sich selbst von hier fortbringen, und zwar so schnell wie möglich.

7. Kapitel

Rutsch rüber, Mary«, zischte Sarah in der Dunkelheit. »Du liegst jetzt nicht mehr mit Will im Bett.«

Mary lächelte ein bisschen. Auch wenn es sehr unbequem war, diese winzige Hütte mit fünf anderen Frauen und Charlotte zu teilen, war sie Sarah und ihren Freundinnen doch dankbar, bleiben zu dürfen. In zynischen Momenten war sie überzeugt davon, dass sie nur so freundlich zu ihr waren, weil sie jetzt wieder mit ihnen auf einer Stufe stand. Aber meistens wollte sie lieber etwas anderes glauben: Vielleicht hatte ja zumindest bei Sarah der Schock über Wills Auspeitschung etwas von ihrem alten Mitgefühl und ihrer Großzügigkeit zurückgebracht.

Will teilte sich jetzt eine Hütte mit James, Samuel und Jamie, und Mary hatte ihn seit der Auspeitschung nicht oft zu Gesicht bekommen, denn er war am Tag danach zur Arbeit am Backsteinbrennofen geschickt worden. Mary wurde noch wütender über die Brutalität, einen Mann zu harter körperlicher Arbeit zu zwingen, dessen Rücken in Fetzen hing. Sie hatte ihn nach jenem ersten Tag besucht und bei seinem Anblick fast geweint. Er hielt sich nur mühsam aufrecht, sein Hemd war blutgetränkt, sein Gesicht schmerzverzerrt. Will ging im Meer schwimmen, denn er hoffte, dass seine Wunden dadurch schneller heilen würden, aber er konnte seine Arme kaum bewegen, und sein Gesicht wurde so bleich, dass Mary dachte, er würde wieder bewusstlos. Die Wunden heilten nicht, weil er sich so oft bücken musste, und Schmutz und Staub gerieten hinein und verursachten Entzündungen. Will war jetzt fürs Leben gezeichnet, sowohl körperlich als auch seelisch.

Mary hatte das Gefühl, sich in einem dunklen Tunnel zu befinden, an dessen Ende sie kein Licht sah. Sie war von ihrem Mann getrennt und hatte ihre Hütte verloren; die Rationen waren erneut gekürzt worden, noch mehr Leute wurden krank, und jede Woche stieg die Todesrate.

Früher war es üblich gewesen, dass alle ihre Arbeit niederlegten, um einer Beerdigung beizuwohnen, doch das war jetzt anders. Der Tod war nun Teil des Alltags, nicht bemerkenswerter als ein Diebstahl oder ein Unfall. Es wurde erzählt, Jack, Bill oder Kate seien gestorben, aber die Leute interessierte nur, wer deren persönlichen Besitz bekam. Wenn dieser nicht bereits gestohlen wurde, bevor derjenige überhaupt seinen letzten Atemzug getan hatte. Der Tod von Kindern interessierte noch weniger; für jeden außer der Mutter war es ein Maul weniger, das man stopfen musste.

Mary wurde am Tag nach Wills Auspeitschung gezwungen, Wäsche zu waschen. Obwohl es keine besonders harte Arbeit war, die Sachen der Offiziere und Marinesoldaten zu waschen, war die Wachsamkeit sehr ermüdend, die sie erforderte. Hemden waren sehr begehrt, und wenn man sie unbewacht auf der Leine trocknen ließ, wurden sie von den anderen Frauen gestohlen. Aber es wurde immer die Wäscherin bestraft, wenn ein Hemd fehlte, selbst wenn sich in deren Besitz keines fand.

Nur der Gedanke an ihre Flucht ließ Mary weitermachen. Er beherrschte ihr Denken von früh bis spät und lenkte sie von ihrem Hunger, den Beerdigungen und der allgemeinen Sittenlosigkeit ab. Vier Frauen waren in den Busch geflohen, aber sie wurden bald wieder eingefangen. Andere, die geflohen waren, wurden entweder von Eingeborenen umgebracht oder starben, weil sie nichts zu essen und zu trinken fanden; manchmal wurden ihre Leichen später entdeckt. Viele andere kehrten reuig zurück und ließen sich wieder in Ketten legen.

Mary wusste von Tench, der viele Expeditionen ins Landesinnere unternommen hatte, dass es dort keinen Ort gab, an den man hätte fliehen können, nur Kilometer um Kilometer verdorrtes Buschland. Einige Männer hatten vor einer Weile ein Boot gestohlen, doch sie waren keine Matrosen. Sie kenterten und wurden wieder zurückgebracht.

Mary kannte sich jedoch mit Booten und mit dem Segeln aus. Sie wusste, dass sie einen Sextanten brauchte, sehr viel Proviant und Karten von den Gewässern in der Umgebung. Vor allem musste sie wissen, wo der nächste Hafen lag, und sie musste ein Boot finden, das hochseetauglich war.

Sie hatte Will vor ein paar Tagen von ihrem Plan erzählt, doch er hatte sie nur ausgelacht. »Ein Boot, ein Sextant und ein paar Karten! Warum bittest du nicht auch gleich um den Mond, meine Geliebte?«, meinte er.

Mary war sich der Schwierigkeiten sehr wohl bewusst, aber sie hielt ihr Vorhaben nicht für unmöglich, nur weil es noch niemand versucht hatte. Sie wusste, dass Kapitän Phillip und seine Offiziere sich bemüht hatten, mit den Eingeborenen zu kommunizieren und damit gescheitert waren, doch sie selbst war mit ihren Versuchen bis jetzt erfolgreich gewesen.

Das hatte sie wohl vor allem Charlotte zu verdanken. Vor den Männern in Uniformen mochten die Eingeborenen Angst haben, aber nicht vor einem kleinen Kind, das beinahe so nackt wie sie selbst war. Während sie den Strand entlang in die nächste Bucht gegangen war, um Feuerholz zu sammeln, hatte Mary bemerkt, dass eine Gruppe von weiblichen Eingeborenen mit Kindern sie beobachtete. Sie hatte sich mit Charlotte auf dem Schoß hingesetzt und ihr ein paar Lieder vorgesungen. Zu ihrem Entzücken hörte sie, wie eine Stimme einstimmte. Sie gehörte einem kleinen Mädchen, und als Mary sich umwandte und es anlächelte, kam das Kind näher.

Mary tat das Gleiche an drei aufeinanderfolgenden Tagen, und am vierten wagte sich das kleine Mädchen zu ihr und setzte sich neben sie. Die Mutter stand ein wenig entfernt und beobachtete sie. Es dauerte nicht lange, bis andere Kinder sich zu ihnen gesellten, und nach einigen weiteren Tagen kannten sie Marys Lieder auswendig.

Mary zeigte den Eingeborenenfrauen die Blätter des »Süßen Tees«, einer weinartigen Pflanze, aus der die Gefangenen ein Getränk brauten. Sie benutzten es als eine Art Allheilmittel. Es schien Hungerschmerzen zu lindern, es beruhigte und stärkte, und man glaubte, dass es Krankheiten fernhielt, denn diejenigen, die nichts anderes tranken, schienen weniger oft an der Ruhr zu leiden. Die Gefangenen hatten diese Pflanze fast überall um das Lager herum abgeerntet, und Mary hoffte, dass die Eingeborenen ihr zeigen konnten, wo es noch mehr gab. Ihre Hoffnung sollte nicht enttäuscht werden. Sie führten sie so schnell dorthin, dass sie rennen musste, um mit ihnen mitzuhalten, und sie pflückten die Blätter sogar für sie.

Im Allgemeinen hassten die Gefangenen die Eingeborenen. Das lag teilweise daran, dass diese Leute, anders als sie selbst, so frei waren. Aber vor allem hielten sie sie für unterlegen. Die Gefangenen waren es gewohnt, als der absolute Abschaum betrachtet zu werden, und in ihren Augen standen die Eingeborenen noch unter ihnen. Sie hassten es, dass die Offiziere diesen Wilden Geschenke machten und sie ehrerbietig behandelten, während man mit den Gefangenen grausam umging und ihnen nichts zugestand.

Mary hatte nie so empfunden, obwohl sie die Eingeborenen äußerlich nicht schön fand. Ihrer Meinung nach waren die Kinder, die vielfach nach Fischöl stanken und deren dicke Nasen immer liefen, geradezu hässlich. Aber sie war intelligent genug zu begreifen, dass die Eingeborenen die Weißen wahrscheinlich auch hässlich fanden, und außerdem war dies ihr Land, und sie waren perfekt an die Verhältnisse angepasst. Marys Interesse an ihnen wurde durch Tenchs Begeisterung weiter angefacht. Doch anders als er wollte Mary diese Menschen nicht verstehen lernen, um von ihnen zu lernen und hier sesshaft werden zu können; sie hoffte vielmehr auf ihre Hilfe bei der Flucht.

Sie versuchte weiter, Freundschaft mit ihnen zu schließen. Und das war nicht schwer, wenn man sie warm anlächelte und Interesse an ihren Kindern zeigte. Mary nannte ihnen ihren Namen, und sie wiederholten ihn. Sie berührten ihr Haar und ihre Haut und hielten lachend ihren eigenen schwarzen Arm gegen ihren, um ihr den Unterschied zu zeigen. Mary zeichnete grobe Bilder von einheimischen Tieren in den Sand, und sie sagten ihr, wie sie hießen. Sie malte eines der Schiffe auf und dann eine sehr lange geschlängelte Linie, um ihnen zu zeigen, wie weit das Land, aus dem die Weißen stammten, entfernt war. Mary wünschte, sie könnte ihnen aufmalen, wie anders ihr eigenes Heimatland war, aber das war zu schwierig. Sie fragte sich auch, ob sie überhaupt verstanden, was die Weißen mit ihrer Kolonie bezweckten oder was das Wort »Gefangene« bedeutete.

Wie Tench betonte, hatten die Eingeborenen keinen Diebstahl gekannt, bis die Weißen in ihr Land gekommen waren. Eigentum war bei ihnen nicht gebräuchlich, denn sie ließen ihre Werkzeuge, Kanus und andere Gegenstände einfach herumliegen. Ihre Feindseligkeit war vor allem der Tatsache zu verdanken, dass die weißen Männer ihnen ihren Besitz wegnahmen. Wer konnte es ihnen da verübeln, dass sie sich mit Gewalt rächten?

Mary versuchte Tag für Tag weiter, das Vertrauen der kleinen Gruppe von Eingeborenen zu gewinnen. Sie schienen gesund und gut genährt zu sein, und obwohl sie wusste, dass sie vor allem Fisch aßen, den sie mit ihren Kanus fingen, vermutete sie, dass sie auch noch andere Dinge zu sich nahmen. Was war das nur?, fragte sie sich, denn sie bauten nichts an und hielten auch kein Vieh. Doch sie wollte es herausfinden, denn vielleicht konnte ihr dieses Wissen bei ihrer Flucht helfen.

Zu ihrem Entsetzen zeigten ihr die Frauen Larven und Insekten, die sie aus verrotteten Baumstümpfen holten. Obwohl sich Marys leerer Magen schon allein bei dem Gedanken zusammenzog, probierte sie mutig davon und stellte fest, dass sie nicht so schlecht schmeckten, wie sie erwartet hatte.

Heftiger Regen hielt sie fast eine Woche lang davon ab, mit den Eingeborenen zu sprechen, und als sie schließlich in die angrenzende Bucht zurückkehrte, konnte sie dort niemanden mehr entdecken. Das verstörte sie, denn dies war schließlich ihr Lieblingsplatz zum Fischen.

Sie ging weiter als gewöhnlich, bis das Summen von Insekten und die Vögel, die über ihr kreisten, sie innehalten ließen. Vor ihr bei den Büschen oberhalb des Strandes lag etwas, und zu ihrem Entsetzen wurde Mary klar, dass es eine tote Eingeborene war, über die ein Schwarm Ameisen krabbelte. Sie nahm Charlotte auf den Arm und lief, so schnell sie konnte, zurück zum Lager.

Sie rannte immer noch, als sie Watkin Tench auf sich zukommen sah. Er musste in der vergangenen Nacht aus Rose Hill zurückgekehrt sein. Tench lächelte sie warm an. »Du hast es aber eilig«, sagte er. »Stimmt etwas nicht?«

»Da liegt eine Leiche in der nächsten Bucht«, stieß sie hervor.

Mary hatte schreckliche Angst, es könnte jemand aus der Gruppe sein, mit der sie sich angefreundet hatte. »Ich glaube, es ist eine der Eingeborenen«, fuhr sie fort. »Ich bin nicht nah genug herangegangen, um es zu überprüfen. Aber sie lassen doch sicher ihre Toten nicht unbeerdigt herumliegen, oder?«

»Ich glaube nicht«, meinte er und sah besorgt aus. »Ich hoffe, sie ist eines natürlichen Todes gestorben und nicht durch einen Angriff von unseren Leuten. Wir haben schon genug Ärger deswegen. Doch ich werde nachschauen.«

Nachdem er Mary angewiesen hatte, sich nicht so weit vom Lager zu entfernen, ging er davon.

Erst ein paar Tage später hatte Mary wieder Gelegenheit, mit Tench zu sprechen. Sie hatte gesehen, wie er mit einer Gruppe von Marinesoldaten am Tag, nachdem sie ihm von der Leiche erzählt hatte, die Bucht hinuntergesegelt war, aber er konnte zu dem Aussichtspunkt draußen auf den Landzungen gefahren sein.

Sie kam gerade mit der Ration für sich selbst und Charlotte vom Proviantlager zurück, als sie sah, wie Tench den Hügel von Kapitän Phillips Haus herunterkam. Und er sah sehr besorgt und aufgewühlt aus.

»Was ist los?«, fragte sie, als er näher kam. »Hatten Sie vergessen, ihm etwas mitzubringen?«

Das war ein Scherz, den sie schon lange untereinander machten.

In der ersten Zeit hatte Tench immer etwas zu essen mitgebracht, wenn er Will und sie besucht hatte. Es war nie viel gewesen, vielleicht ein Ei für Charlotte oder ein bisschen Gemüse. Aber als die Zeiten härter wurden und er nichts mehr mitbringen konnte, entschuldigte er sich immer dafür und sah verlegen aus. Mary zog ihn dann gern auf. »Sie können keinen warmen Empfang erwarten, wenn Sie kein Geschenk mitbringen«, neckte sie ihn in solchen Momenten.

Diesmal lächelte Tench nur schwach. »Der Kapitän ist nicht glücklich über meine Neuigkeiten«, berichtete er. »Entlang der Bucht liegen mehrere Dutzend tote oder sterbende Eingeborene. Genau wie die, die du gesehen hast.«

Mary zog Charlotte instinktiv dichter an sich.

Tench sah ihre Angst und legte ihr die Hand auf die Schulter. »Keine Sorge. Schiffsarzt White sind keine vergleichbaren Fälle unter den Gefangenen und Soldaten untergekommen. Es muss etwas sein, das nur die Eingeborenen bekommen. Aber halte dich trotzdem von ihnen fern, nur zur Sicherheit. Kapitän Phillip schickt jemanden runter, um festzustellen, ob man etwas tun kann, und um Näheres herauszufinden.«

Mary zu sagen, sie solle sich keine Sorgen machen, war genauso, als würde man die Sonne bitten, nicht zu scheinen. Sie hatte schreckliche Angst, dass sich diese Krankheit im Lager ausbreiten und Charlotte umbringen könnte, und ihre Fluchtgedanken wurden stärker denn je.

Ein paar Tage zuvor war die *Supply*, das kleinste Schiff der ursprünglichen Flotte, von Norfolk Island mit der Nachricht zurückgekehrt, dass sechsundzwanzig der neunundzwanzig Gefangenen dort einen Fluchtplan ausgeheckt hatten. Sie hatten die Mannschaft vom Schiff weglocken und damit fortsegeln wollen, und der Plan wäre sicher aufgegangen, wenn sie nicht verraten worden wären. Das bedeutete auf der einen Seite zwar, dass Marys Plan durchführbar war, aber auch, dass die Sicherheitsvorkehrungen jetzt noch schärfer und die Strafen für Fehlverhalten noch härter sein würden.

Das zeigte sich ein paar Tage später, als sechs Marinesoldaten gehängt wurden, weil sie offenbar schon seit Monaten Waren aus dem Proviantlager gestohlen hatten.

Die meisten Gefangenen waren erfreut darüber, dass Kapitän Phillip seine eigenen Männer genauso hart bestrafte wie die Gefangenen. Aber Mary deutete es anders: Offenbar hatte Phillip panische Angst, weil er wusste, dass der Proviant nicht reichen würde, bis Nachschub aus England eintraf.

Wie üblich mussten alle dabei sein, als das Urteil vollstreckt wurde. Als Mary beobachtete, wie man den Männern das Seil um den Hals legte, wie der Galgenboden sich unter ihnen öffnete und sie in der Luft zappelten, war sie so verzweifelt und verängstigt wie nie zuvor.

Für Mary gab es nichts Gutes an diesem Ort – die Wachen waren korrupt, Frauen bekamen schon dreißig Peitschenhiebe, wenn sie miteinander stritten, und während dieser ganzen Zeit hungerten sie sich langsam zu Tode. Es kam ihr immer öfter so vor, als wäre sie mit mehreren hundert Verrückten in der Hölle eingesperrt.

Im April wurde es für Will und Mary jedoch etwas erträglicher, denn Kapitän Phillip war wegen der Nahrungsmittelknappheit gezwungen, Will unter Aufsicht wieder fischen zu lassen. Mary lächelte grimmig in sich hinein, denn sie hatte recht behalten. Ohne ihn kamen sie nicht zurecht! Ohne seine Fähigkeiten war der Fang nur gering gewesen, und obwohl es Will gar nicht passte, nun unter Aufsicht zu stehen, hatte er zumindest bewiesen, dass er unentbehrlich war. Außerdem bekamen sie ihre alte Hütte zurück.

Was immer es für eine Epidemie gewesen war, die die Hälfte der Eingeborenen um die Bucht herum getötet hatte, sie griff nicht auf die neue Kolonie über. Nur ein weißer Mann starb, ein Matrose der *Supply*. Schiffsarzt White schien der Ansicht zu sein, es handele sich um die Pocken, aber woher diese Krankheit gekommen sein sollte, war nicht zu erklären. Wenn sie sie auf dem Schiff mitgebracht hatten, hätte sie viel früher ausbrechen müssen.

Im Mai hob sich dann die schlechte Stimmung in der ganzen

Kolonie für eine Weile durch die Ankunft der *Sirius*, die aus Kapstadt eintraf. Obwohl sie vor allem Mehl geladen hatte und keine wichtigen Vorräte wie Fleisch, brachte sie doch die gute Nachricht mit, dass andere Schiffe auf dem Weg waren, und außerdem lange erwartete Post für diejenigen, die das Glück hatten, Freunde und Verwandte zu besitzen, die schreiben konnten.

Doch der Anblick des Schiffs, das draußen in der Bucht ankerte, schien einen schlechten Einfluss auf Will zu haben. Mary fand ihn nachmittags, bevor er zum Fischen hinausfuhr, oft am Strand, wo er zur *Sirius* hinüberstarrte. Wenn sie ihn darauf ansprach, reagierte er einsilbig, und wenn er nicht arbeitete, kam er nicht mehr wie früher zu ihr und Charlotte.

Eines Tages trug Mary am frühen Nachmittag die saubere Wäsche zu den Baracken zurück. Charlotte spielte unterdessen mit einem anderen Kind. Mary hörte Wills laute Stimme aus James Martins Hütte kommen und nahm an, es wäre ihm gelungen, von irgendwoher Rum zu bekommen.

Sie wusste nicht recht, was sie von James halten sollte, einem irischen Pferdedieb. Sie hatte sich sehr gefreut, ihn wiederzusehen, und auch Sam Bird, denn die Freundschaft, die sie auf der *Dunkirk* geschlossen hatten, war hier die Basis für eine Art Familie. James war sehr lustig, charmant, intelligent und wortgewandt, und außerdem konnte er lesen und schreiben. Aber er trank zu viel und war hinter den Frauen her.

Ganz offensichtlich gehörte er auch zu jenen Menschen, die andere in Schwierigkeiten brachten und es dann schafften, sich selbst so charmant und gewandt herauszureden, dass sie nicht zur Verantwortung gezogen wurden. Und noch etwas war Mary klar: James Martin ließ sich durch Loyalität nicht binden; er kümmerte sich zuallererst immer um sich selbst. Und ganz sicher hatte er einen schlechten Einfluss auf Will.

Mary war eigentlich keine Schnüfflerin, aber sie machte sich um ihren Mann Sorgen, vor allem wenn er trank, denn dann prahlte er oft und wurde streitlustig. Außerdem wollte sie herausfinden, woher James und er den Alkohol hatten. Wenn Will Fische stahl, um ihn sich zu besorgen, dann wollte sie das rechtzeitig wissen.

Es war niemand in der Nähe, deshalb schlich sich Mary an die Rückseite von James' Hütte.

James Martin sprach gerade über einige Männer, die den weiblichen Eingeborenen nachstiegen. Er war der Ansicht, dass ein solcher Mann nicht ganz bei Trost sein konnte.

»Ich schätze, das ist sicherer, als mit einer dieser pockenkranken Hexen zu schlafen«, meinte Will und lachte herzhaft. »Deshalb habe ich mir Mary ausgesucht. Ich wusste, sie ist sauber.«

Mary war nicht sicher, ob sie das als Kompliment auffassen sollte oder nicht. Es schien doppelbödig gemeint zu sein.

»Sie ist eine gute Frau«, erwiderte James beinahe rügend. »Du hast Glück, Will, in mehr als einer Hinsicht.«

»Ich werde noch glücklicher sein, wenn ich diesen verfluchten Ort endlich verlassen kann«, erwiderte Will. »Und ich werde das erste Schiff nehmen, wenn meine Zeit hier um ist.«

»Wirst du nicht auf Mary warten?«, fragte James mit leicht erhobener Stimme, sodass Mary merkte, dass sie doch nicht zusammen tranken. Vielleicht war Will vorbeigekommen, nachdem er woanders Rum getrunken hatte.

»Nein, das werde ich ganz bestimmt nicht«, brach es aus Will hervor. »Kein Schiff nimmt mich mit, wenn ich eine Frau und ein Kind dabeihabe. Und außerdem kann ich eine bessere finden.«

Mary hatte das Gefühl, als hätte ihr jemand in den Magen getreten. Es war eine Sache, wenn Will den anderen erzählte, dass er sich nicht richtig verheiratet fühlte. Aber es war etwas ganz anderes, wenn er annahm, eine bessere als sie finden zu können. Mary drehte sich um und floh, während sie verzweifelt gegen die Tränen kämpfte.

Will kam an diesem Abend nicht zu ihrer Hütte zurück, bevor er zum Fischen ging, deshalb kochte Mary Reis auf dem Feuer und beachtete ausnahmsweise die Maden nicht, die nach oben stiegen, als das Wasser heiß wurde. Sie hatte nichts, was sie dazu hätte zubereiten können, denn sie hatten ihre winzige Ration gepökeltes Schweinefleisch bereits Anfang der Woche gegessen. Doch Mary hatte ohnehin keinen Appetit, sie kochte nur für Charlotte. Ihr war ganz schwach vor Verzweiflung und Kummer darüber, dass Will vorhatte, sie zu verlassen.

Charlotte saß direkt beim Feuer, wie immer, wenn dort Essen kochte, und ihre dunklen Augen ruhten die ganze Zeit auf dem Kochtopf. Das machte Mary noch unglücklicher, denn eine kleine Portion Reis war nicht einmal annähernd genug, um ein Kind gesund zu ernähren. Sie konnte bereits die Zeichen der Unterernährung an ihrer Tochter erkennen, die sie bei den Kindern der armen Familien früher in Cornwall gesehen hatte: der aufgeblähte Bauch, die eingesunkenen Wangen und die glanzlosen Augen und Haare.

Wenn Will sie verließ und nach Hause fuhr, würde eine Flucht so gut wie unmöglich sein. Sie konnte sie vielleicht planen, die notwendige Ausrüstung besorgen und mit einem Boot umgehen. Aber es war Will, der tatsächlich segeln konnte. Es gab keinen anderen Mann in der ganzen Kolonie, der seinen Platz einnehmen konnte.

Die Aussicht, allein gelassen zu werden, ängstigte sie furchtbar. Sie würde die Hütte verlieren, die Frauen würden über sie herziehen, und die Männer würden sie belästigen. Sie würde nicht in der Lage sein, Charlotte vor der Sittenlosigkeit zu bewahren, die überall herrschte, sondern konnte dann höchstens darauf hoffen, eine »Nebenfrau« zu werden, die Geliebte eines Marinesoldaten oder eines Offiziers. Aber das ging nur so lange, bis dieser ebenfalls nach England zurückkehrte.

Marys Gefühle waren an diesem Abend eine Mischung aus Verzweiflung, Furcht und auch Wut, aber als Charlotte ihren Reis gegessen hatte und an der Brust ihrer Mutter einschlief, fasste sie einen Plan. Genau wie sie damals auf der *Dunkirk* mit kühlem Kopf geplant hatte, die Geliebte eines Offiziers zu werden, um zu überleben, würde sie auch nun wieder die wenigen Vorzüge nutzen, die sie besaß.

Als Will zu seiner Hütte zurückkehrte, wurde es bereits langsam dunkel. Er war völlig durchgefroren und durchnässt, denn es hatte gegen zehn Uhr am vorigen Abend zu regnen begonnen und war deutlich abgekühlt. Außerdem war er erschöpft und hatte Hunger, denn sie hatten die ganze Nacht gefischt. Doch alles, was sie nach der harten Arbeit vorweisen konnten, war ungefähr ein Dutzend Fische. Er hatte das alles schon tausendmal erlebt, sowohl hier als auch in Cornwall, aber was ihn heute wirklich wütend gemacht hatte, war die Einstellung der beiden Marinesoldaten, die ihn bewachten.

»Bastarde«, murmelte er und spuckte lautstark in den Sand. Wäre die Angst vor einer weiteren Auspeitschung nicht gewesen, dann hätte er sie über Bord geworfen. Wie konnten sie es wagen zu behaupten, sie fingen so wenig Fische, weil er nicht so viel Ahnung von der Fischerei hätte, wie er behauptete! Und dass er betrunken gewesen wäre, als er an Bord gekommen war. Er hatte vielleicht ein bisschen Rum getrunken, aber das trübte sein Urteilsvermögen keineswegs. Es gab einfach keine Fische in der Bucht. Wenn sie bereit gewesen wären, über die Landzungen hinaus zu segeln, wie er es vorgeschlagen hatte, dann hätten sie Tausende gefangen.

Als er sich der Hütte näherte, war er überrascht, davor ein brennendes Feuer zu sehen, an dem Mary hockte.

»Warum das Feuer? Ist Charlotte krank?«, fragte er, als er näher kam.

»Nein, sie schläft«, erwiderte Mary. »Ich dachte, dir ist bestimmt kalt und du hast Hunger, deshalb habe ich dir ein Frühstück zubereitet.«

Wills Laune hob sich. Er hatte erwartet, dass Mary schmollen würde, weil er fischen gegangen war, ohne vorher bei ihr vorbeizukommen. Wenn sie herausfand, dass er Rum gekauft hatte, statt etwas zu essen, dann wäre sie sicher noch wütender.

»Frühstück?«, wiederholte er ungläubig.

Mary berührte sein nasses Hemd. »Zieh das aus und häng es zum Trocknen auf«, meinte sie mit besorgtem Gesicht. »Leg dir eine Decke um, damit dir warm wird. Ich konnte dir nur ein bisschen Brot rösten, mehr hatte ich nicht.«

Als er fünf Minuten später auf einem Stuhl im Türrahmen der Hütte saß, eine Tasse »Süßen Tee« in der einen und ein großes Stück geröstetes Brot in der anderen, fühlte Will sich viel besser. Die ersten Strahlen der Dämmerung erhellten den Himmel, und die Bucht, über der eine Nebelwolke hing, sah wunderschön aus. Er liebte diese Tageszeit, wenn die Vögel anfingen zu singen und die Hässlichkeit des Lagers noch nicht zu sehen war. Hier herrschte vielleicht Winter, aber es war so warm wie an einem Frühlingsmorgen zu Hause. Tatsächlich konnte man, wenn man auf die *Sirius* da draußen blickte, die vor dem Graugrün der anderen Seite der Bucht im Nebel lag, beinahe glauben, man sei im Hafen von Falmouth und sehe hinaus nach St. Mawes.

Er vermisste Cornwall so sehr – die kleinen verwinkelten Kopfsteinpflastergassen, die geduckten Häuser, die dicht zusammenstanden, die großen Feuer in den Tavernen an Winterabenden. Bei dem Gedanken daran, welche Risiken die Leute aus Cornwall mit dem Schmuggeln eingingen, lächelte er. Sich gegen Wellen, die so groß wie ein Haus waren, in die Riemen zu legen und dabei die Warnlaternen auf den Klippen zu beobachten, die das Nahen des Zolls ankündigten – das war ein Spiel mit hohem Einsatz, das nur die spielen konnten, die schnell und stark waren und die Nerven behielten. Aber die Gewinner tranken französischen Brandy, Fischer, Minenarbeiter und Bauern zusammen mit den Landadeligen, wenn sie ihren Teil des Handels gut erfüllten.

Auch die Mädchen waren hübsch – mit rosigen Wangen, großen Brüsten und einem süßen, schüchternen Lächeln. Als er Mary das erste Mal durch das Gitter auf der *Dunkirk* gesehen hatte, war sie auch so gewesen. Jetzt war sie schrecklich dürr, hatte eingefallene Wangen und lächelte fast überhaupt nicht mehr.

Aber sie war aufgestanden, um für ihn ein Feuer zu entfachen und ihm etwas Brot zu rösten. Sie hielt sich sauber, und sie lief keinen anderen Männern nach.

»Woran denkst du gerade?« Mary erschreckte ihn, als sie plötzlich hinter ihm stand und die Arme um seinen Hals schlang.

»Ach, es ist nichts!«, meinte er. »Ich dachte an Cornwall, an den Schmuggel und an die Tavernen.«

»Willst du wissen, was ich denke?«, fragte sie und küsste seinen Nacken.

»Schieß los«, meinte er.

»Dass wir ins Bett gehen sollten«, sagte sie. »Damit ich dich anständig aufwärmen kann.«

Will lächelte, und es wärmte ihn tatsächlich von innen. Selbst vor dem Auspeitschen hatten sie sich nicht mehr oft geliebt, dafür sorgten der Hunger und die Erschöpfung. Aber seitdem waren sie gar nicht mehr zusammen gewesen; sein wunder Rücken, das Arbeiten am Brennofen und die weiteren Kürzungen der Rationen hatten ihm sämtliche Leidenschaft ausgetrieben.

»Also, das ist wirklich eine gute Idee, meine Geliebte.« Er wandte sich um und küsste sie. »Es ist schon viel zu lange her.«

Mary lächelte später an diesem Tag zufrieden vor sich hin, während sie am Wasser Wäsche wusch. Sie hatte fast vergessen, was für schöne Gefühle Will in ihr hervorrufen konnte. Das war es wert, so früh aufzustehen, und es war ihr sogar gelungen zu vergessen, wie hungrig sie war.

Anfang September wusste Mary mit Sicherheit, dass sie wieder schwanger war. Sie war entzückt, nicht nur, weil sie ihr Ziel erreicht und einen Weg gefunden hatte, Will davon abzuhalten, sie allein zu lassen, sondern auch, weil er sich tatsächlich ehrlich darüber freute, Vater zu werden. Doch wie immer in der Kolonie wurde jeder glückliche Moment durch einen furchtbaren ausgemerzt. Diesmal war es ein Soldat, der ein achtjähriges Mädchen vergewaltigte. Das führte Mary noch einmal deutlich vor Augen, wie verwundbar Charlotte war. Bis jetzt hatte sie kaum daran gedacht, welche Zukunft ihr Kind hatte – es am Leben zu halten bereitete ihr genug Sorge. Doch als der Soldat nicht einmal gehängt, sondern nur nach Norfolk Island geschickt wurde, weinte sie vor Zorn.

»Reg dich doch nicht so auf, Mary«, meinte Will und versuchte, sie zu trösten. »Dann ist er wenigstens aus dem Weg.«

»Aber dort sind doch ebenfalls Kinder«, erinnerte sie ihn. »Darunter auch Henrietta, Janes Tochter. Erklär du mir, warum du schon ausgepeitscht wirst, wenn du unverschämt bist, aber warum es nicht einmal ein wirkliches Verbrechen ist, dieses kleine Mädchen zu verletzen.«

»Ich weiß es nicht«, sagte Will und schüttelte den Kopf. »Genauso wenig wie ich weiß, warum sie mir immer noch zwei Männer mitschicken, die mich bewachen, während ich fische. Wenn sie nicht da wären, könnte ich weiter in die Bucht raussegeln und mehr fangen.«

»Wir müssen wieder über unsere Flucht nachdenken«, erklärte Mary inbrünstig.

»Wie können wir das, da doch jetzt das Baby unterwegs ist?«, erwiderte er und tätschelte ihr zärtlich den Bauch.

»Wir tun es für das Baby«, gab sie zurück. »Willst du nicht, dass es ihm einmal besser geht?«

Im November erzählte man sich überall in der Kolonie die Neuigkeit, dass Leutnant Bradley und Kapitän Keltie von der *Sirius* auf Kapitän Phillips Befehl hin zwei Eingeborene gefangen hatten.

Die gefangenen Männer wurden Bennelong und Colbee genannt, und man fand heraus, dass sie keine Frauen oder Kinder hatten. Leutnant Bradley, der Offizier, der für die Gefangennahme verantwortlich war, bat den verwaisten Eingeborenen-Jungen, den Schiffsarzt White aufgenommen hatte, den beiden zu erklären, dass man ihnen kein Leid zufügen würde.

Mary beobachtete diesen ganzen Vorgang überrascht. Sie war

immer der Überzeugung gewesen, dass man jemandem ein Leid zufügte, wenn man ihn gegen seinen Willen gefangen nahm. Sie war außerdem sicher, dass die beiden Eingeborenen noch größere Angst haben würden, wenn man sie wusch, rasierte, in Kleider steckte und in Ketten legte, um sie an der Flucht zu hindern.

Ein paar Tage später machte die Nachricht die Runde, dass es beiden Männern gelungen war, sich von ihren Ketten zu befreien. Colbee entkam, aber Bennelong wurde wieder eingefangen. Die meisten Gefangenen fanden das alles sehr amüsant. Für sie war Bennelong kein Mensch mit Gefühlen, sondern eher ein Tier, das man eingesperrt hatte. Aber Mary machte das krank – etwas an diesem großen, gut gebauten schwarzen Mann berührte sie. Sie konnte sich vorstellen, wie verwirrt er sein musste über die merkwürdige Welt, in die man ihn hineinzog. Seine Leute waren in keiner Weise beschränkt. Ihr Zuhause war die zeitweilige Sicherheit einer Höhle oder einer Hütte aus Schlamm und Baumrinde. Sie hatten keine Könige oder Prinzen in ihren Stämmen. Jeder Mann galt genauso viel wie der andere. Wie sollte er die Klassenunterschiede des weißen Mannes also verstehen oder sein Streben nach Reichtum, Macht und Besitz?

Für Mary war Bennelong in einer sehr ähnlichen Situation wie sie selbst, und deshalb konnten sie so etwas wie Verbündete sein. Sie konnte ihm zeigen, wie seine Gefangennahme ihm Vorteile brachte, und im Gegenzug ließ er sich vielleicht überreden, ihr und Will bei der Flucht zu helfen.

Die Wochen verstrichen langsam, und mit jeder wuchs Marys Verzweiflung. Es gab hier keine Extrarationen für Schwangere wie auf der *Charlotte*, und sie war so hungrig, dass sie oft nach den Larven und Insekten suchte, die die Eingeborenen aßen. Im Dezember und Januar war es schrecklich heiß. Sie wurde von der Sonne geweckt, die auf ihre Hütte herunterbrannte, und es gab keine Pause, bis sie wieder sank.

Nur die Beziehung, die sie zu Bennelong aufbaute, gab ihr ein bisschen Hoffnung. Mit den Worten aus seiner Sprache, die sie damals von den Eingeborenen-Kindern gelernt hatte, war sie in der Lage, ihm mitzuteilen, dass man ihm die Ketten abnehmen und er ein wichtiger Mann für die Weißen sein würde, wenn er auf Kapitän Phillip einging. Bennelong schien zu verstehen, was sie meinte. Bei einer Gelegenheit zeigte er ihr eine halbe Flasche Rum, die man ihm gegeben hatte, und grinste breit. Er schien glücklich damit zu sein, in der Siedlung zu bleiben, solange er mehr davon bekam.

Für einen Versuch, sich seine Hilfe bei ihrer möglichen Flucht zu sichern, war es noch zu früh, das wusste Mary. Außerdem war es unmöglich zu fliehen, solange sie hochschwanger war. Es gab auch keine Möglichkeit, Vorräte zu sammeln und zu lagern, und es lagen ohnehin keine Schiffe im Hafen. Sowohl die *Sirius* als auch die *Supply* waren fort und hatten sechsundneunzig Männer und fünfundzwanzig Frauen sowie fünfundzwanzig Kinder mit nach Norfolk Island genommen, damit die Vorräte noch ein wenig länger reichten. Die *Sirius* sollte dann nach China segeln, um den verzweifelt benötigten Proviant zu besorgen.

Als sie von England losgesegelt waren, hatten sie genug Proviant für zwei Jahre an Bord gehabt, und diese Zeit war jetzt verstrichen. Obwohl die Farm in Rose Hill eine gute Weizenernte gehabt hatte, gab es nur genug zu essen für ein paar Monate länger, wenn die Rationen erneut gekürzt wurden. Alle, von Kapitän Phillip bis zum niedrigsten Gefangenen, warteten sehnsüchtig auf die Ankunft eines Schiffes mit mehr Proviant. Jeden Tag schleppten sich Leute nach Dawes Point, wo man den Fahnenmast an der Landzunge am südlichen Ende der Bay gerade noch sehen konnte. Wenn die Fahne gehisst wurde, verkündete das die Ankunft eines Schiffes, aber Tag für Tag wurden sie enttäuscht.

Die Angst zu verhungern war jetzt sehr real. Sie zeigte sich in den Gesichtern der Gefangenen, in der Leere ihrer Augen, in ihren hohlen Wangen und in ihren langsamen Bewegungen. Weil so viele von ihnen von den Truppen nach Norfolk Island gebracht worden und unzählige während der zwei Jahre gestorben waren, schien Sydney Cove jetzt eine Geisterstadt zu sein, und leere Hütten wurden Leuten zugeteilt, die ihr Quartier zuvor hatten teilen müssen. Weil die Rationen noch einmal gekürzt wurden, fehlte fast allen die Kraft, einen ganzen Tag zu arbeiten. Es wurde Befehl gegeben, dass nur noch bis zum Mittag gearbeitet werden musste; an den Nachmittagen konnte man den eigenen Garten bewirtschaften. Und Will durfte endlich ohne Aufsicht fischen, weil es einfach nicht mehr genug Männer gab, die man dazu abkommandieren konnte.

Mary hatte ihre ersten Wehen am frühen Abend des dreißigsten März. Sie erkannte sie zuerst nicht als Wehen, sondern nahm an, es wären Hungerschmerzen. Will war fischen, und es regnete so stark, dass der Boden ein Meer aus glitschigem rotem Schlamm war. Sie brachte Charlotte ins Bett und legte sich zu ihr, aber die Schmerzen hielten an, gerade stark genug, um sie vom Schlafen abzuhalten.

Die ganze Nacht über lag sie da, starrte in die Dunkelheit und hörte, wie das Regenwasser durch das Dach tropfte. Jetzt war ihr klar, dass das Baby kam, aber in ihrem geschwächten Zustand war sie nicht in der Lage, aufzustehen und durch den Schlamm und den Regen zu laufen, um Hilfe zu holen.

Zum ersten Mal überhaupt wollte sie sterben. Sie war erschöpft von dem täglichen Kampf ums Überleben, und sie fühlte sich nicht in der Lage, den weiteren Forderungen standzuhalten, die ein neues Baby an sie stellen würde. Selbst Charlottes leises Weinen im Schlaf rührte ihr Gewissen nicht. Sie hoffte, dass das Kind einfach verschwinden würde, wenn sie nur dalag und seinen Kampf in die Welt hinaus ignorierte, und dass es sie gleich mitnahm.

Doch als sie ihre Augen schloss und sich mit aller Macht in die Arme des Todes wünschte, sah sie das Gesicht ihrer Mutter vor sich. Mary hatte sich alle Mühe gegeben, nicht an ihre Eltern und ihre Schwester zu denken. Sie hatte es längst aufgegeben, sich ihre

Gesichter und den Klang ihrer Stimmen in Erinnerung zu rufen oder sich zu fragen, ob sie je von ihr sprachen. Sie hatte sogar Cornwall aus ihren Gedanken verbannt, um es nicht mit diesem Ort zu vergleichen.

Aber jetzt sah sie das Gesicht ihrer Mutter vor sich, so deutlich, als stünde sie im hellen Tageslicht vor ihr. Ihre grauen Augen blickten sorgenvoll, ihr Mund war ein wenig missbilligend verzogen, und Strähnen ihres grauen Haares fielen aus ihrer Leinenhaube. An diesen Gesichtsausdruck konnte Mary sich noch gut erinnern, denn so hatte sie immer ausgesehen, wenn sie Mary für ungehöriges Verhalten gescholten hatte. Mary erinnerte sich, dass ihre Mutter immer stark gewesen war und ihren Töchtern ihre Sorge nie gezeigt hatte, wenn das Schiff ihres Vaters nicht am erwarteten Tag zurückkehrte. Irgendwie war es ihr stets gelungen, Essen auf den Tisch zu bringen und das Feuer nicht ausgehen zu lassen.

Jetzt erschien es Mary, als versuchte ihre Mutter, ihr die Nachricht zu übermitteln, dass sie für ihre Kinder um ihr Leben kämpfen musste.

Nur unter großen Schwierigkeiten gelang es ihr aufzustehen. Sie suchte in der Dunkelheit nach einem Stück Sackleinen, wickelte es sich um die Schultern und ging hinaus in den Regen.

Die nächste Hütte war nur wenige Meter entfernt, aber ihre Schmerzen waren zu stark, um aufrecht zu stehen. Auf Knien quälte Mary sich durch den Schlamm, um Hilfe zu holen.

Das erste Tageslicht schien gerade durch die geöffnete Tür der Hütte, als Marys Baby sich endlich seinen Weg auf die Welt bahnte, in die nicht allzu sicheren Hände von Anne Tomkin.

»Es ist ein Junge!«, rief Anne eher müde als erfreut und hielt das Baby näher an die Tür, um es zu untersuchen. »Und er sieht recht gesund aus.«

Das bestätigte der Kleine mit einem lauten, wütenden Schrei.

Mary musste Anne bitten, das Kind in etwas Stoff einzuhüllen, und ihr erklären, wie sie die Nabelschnur durchtrennen musste. Anne hatte selbst keine Kinder, und ihr Mann Wilfred, der losgegangen war, um erfahrenere Hilfe zu holen, war noch nicht zurück.

Doch als Mary ihr Baby in den Arm nahm, vergaß sie die Schmerzen, den Hunger und sogar ihren blut- und schlammverschmierten Körper. Gott hatte ihr den Jungen gegeben, den sie sich gewünscht hatte. Er hatte ihr Leben verschont, und das musste doch bedeuten, dass es Hoffnung auf bessere Zeiten gab.

»Ich nenne ihn Emmanuel«, sagte sie leise zu sich selbst.

8. Kapitel

Er ist eine Schönheit«, meinte Will ehrfürchtig, während er seinen Sohn auf dem Arm wiegte. Er war die ganze Nacht fischen gewesen und gerade erst zurückgekommen, und obwohl er nass, durchgefroren und müde war, konnte er sein Glück darüber kaum fassen, dass Mary ihm einen Sohn geboren hatte. »Und er hat uns Glück gebracht! Ich habe eine feine Meeresche für uns.«

Als Mary ihm einen angstvollen Blick zuwarf, grinste Will. »Alles rechtens. Sie haben ihn mir wegen des Babys geschenkt. Ich schätze, jetzt wird es langsam besser für uns.«

Mary entspannte sich wieder und lächelte. Will war von Anfang an liebevoll zu Charlotte gewesen, aber er strahlte nun vor Freude, als er auf sein eigenes Baby hinuntersah. »Magst du den Namen Emmanuel?«, fragte sie.

»Das ist ein wirklich guter Name«, meinte er und blickte zuerst seinen Sohn und dann Mary zärtlich an. »Ein hoffnungsvoller, und ich werde auch dafür sorgen, dass er schreiben lernt.«

Dieser Tag war ein goldener für Mary. Es hörte auf zu regnen, und die Sonne kam heraus. Will trug sie hinunter zum Meer, damit sie sich waschen konnte. Sie waren sich in der Vergangenheit oft nah gewesen, aber diesen Grad an Zärtlichkeit und Fürsorge hatte Will niemals gezeigt. Er machte es ihr in einem provisorischen Bett unter einem Gummibaum bei der Hütte bequem und legte Emmanuel in Charlottes alte Wiege. Dann briet er die Meeresche über dem Feuer mit ein paar Kartoffeln, die er von irgendwoher besorgt hatte. Später nahm er Charlotte mit auf einen Spaziergang, um Schiffsarzt White von dem neuen Baby zu berichten, damit Mary schlafen konnte.

Sie schlief nicht, obwohl sie es genoss, einen vollen Magen zu haben. Will war kein Mann, der von Liebe sprach, doch seine Taten sagten ihr, wie er sich fühlte. Es hatte Zeiten während ihrer Schwangerschaft gegeben, in denen ihr schlechtes Gewissen sie geplagt hatte, weil sie Will mit der Schwangerschaft in die Falle gelockt hatte. Doch das Gefühl war nun verschwunden, nachdem sie gesehen hatte, wie sehr er sich über sein eigenes Kind freute. Jetzt waren sie eine richtige Familie, und was immer das Leben für sie bereithielt, sie würden es gemeinsam durchstehen.

Tench kam am späten Nachmittag zu Besuch. »Ich habe gehört, dein Baby ist geboren«, meinte er und blickte auf Mary hinunter, die mit Emmanuel unter dem Baum kuschelte. »Ich danke Gott, dass ihr beide wohlauf seid.«

»Ist er nicht das hübscheste Baby, das Sie jemals gesehen haben?«, fragte Will, während er Charlotte auf seinem Knie hüpfen ließ. »Ich habe noch kein kräftigeres gesehen.«

Tench lachte und beugte sich hinunter, um dem Kind über den Kopf zu streicheln. »Er ähnelt dir, Will. Das gleiche blonde Haar und der gleiche kräftige Körper. Dass du mir ja gut auf ihn achtest.«

»Und auf mich«, rief Charlotte entrüstet. Sie lachten alle, denn sie war offensichtlich der Ansicht, dass man ihr ihren Platz streitig machen könnte.

»Ich werde immer auf dich achten«, versprach Will. Er hob sie hoch und warf sie in die Luft. »Du bist meine kleine Prinzessin.«

»Beachte das Gerücht am besten gar nicht, dass Will dich verlassen will, sobald seine Zeit hier um ist«, sagte Tench zu Mary, nachdem ihr Mann gegangen war, um bei ein paar Freunden mit seinem Sohn anzugeben. »Er ist nicht mutig genug, dich jemals zu verlassen.«

Mary war nicht überrascht, dass Tench dieses Gerücht zu Ohren gekommen war. Die Leute tratschten einfach alles weiter. Sie fragte sich, was er denken würde, wenn er wüsste, dass sie das Kind nur bekommen hatte, um Will zu halten.

»Ich gebe nichts auf das Gerede der Leute«, erklärte sie entschieden, denn sie war heute viel zu glücklich, um irgendeinen dunklen Gedanken zuzulassen.

»Ihr könnt euer eigenes Land beantragen, wenn Wills Zeit um ist«, meinte Tench.

»Was sollen wir mit dem Land anfangen?«, erwiderte Mary lächelnd. »Wir sind keine Bauern. Will ist nur glücklich, wenn er fischen kann.«

»Dann könnte er sich sein eigenes Boot bauen und seinen eigenen Fischereibetrieb aufbauen. Vielleicht könnte er der erste Fischhändler in New South Wales werden!«

»Vielleicht«, antwortete sie. Sie wünschte, sie könnte wie Tench daran glauben, dass hier eines Tages eine echte Stadt entstehen würde. Er schien anzunehmen, dieses Land würde freie Siedler anziehen, sobald die derzeitigen Probleme gelöst waren, und er glaubte weiterhin, dass sie das Land bebauen und Handel betreiben würden, genau wie Amerika. »Und vielleicht kommt morgen ein Schiff mit Tieren, Pflügen, Samen, Obstbäumen, Proviant für uns alle und Medizin und Stoff, um daraus neue Kleider zu nähen«, fügte sie mit mehr als einem Hauch Sarkasmus hinzu.

»Die Schiffe werden bald kommen«, meinte er, wie er es immer tat, aber diesmal fehlte seiner Stimme Überzeugung. »Ich kann wirklich nicht glauben, dass England uns hier einfach sterben lässt.«

Emmanuel wurde ein paar Tage später, am vierten April, unter dem gleichen großen Baum getauft, unter dem Mary und Will geheiratet hatten. Wie immer bei solchen Ereignissen waren auch diesmal alle anwesend.

Mary hatte bei ihrer Hochzeit geglaubt, schlecht angezogen zu sein, aber jenes graue Kleid war schon längt auseinandergefallen. Charlotte besaß noch ein Lätzchen, das Mary aus den Resten des Stoffes genäht hatte. Der Ersatz dieses Kleides, einer jener »Kittel«, ein weites Sackkleid aus rauer Baumwolle, war beinahe genauso abgetragen. Eine der netteren Frauen der Marinesoldaten hatte ihr ein rotes Band für ihr Haar und ein bisschen Flanellstoff gegeben, um daraus einen Anzug für Emmanuel zu nähen – sonst hätte sie ihn in einen Lumpen wickeln müssen.

Als Mary den Blick über den Rest der versammelten Gemeinde schweifen ließ, sah sie, wie sehr seit ihrer Ankunft alle dahingeschwunden waren. Damals waren sie fast alle gesund gewesen, mit vor Aufregung und Freude strahlenden Augen; es hatte Ausgelassenheit und Hoffnung gegeben, obwohl sie sich alle lauthals beklagt hatten. Ihre Stimmen waren laut gewesen, sie hatten diskutiert, gestritten und gelacht, hatten sich gegenseitig geschubst und angestoßen wie ungeduldige Kinder. Mary erinnerte sich noch daran, damals geglaubt zu haben, sich niemals alle diese Namen merken zu können.

Jetzt war es einfach, jeden Einzelnen beim Namen zu nennen. So viele waren gestorben, und weil man erst kürzlich wieder Gefangene nach Norfolk Island verlegt hatte, waren vielleicht noch einhundertfünfzig Leute übrig. Nur die Anzahl der Kinder und Babys hatte zugenommen, aber sie boten einen bedauernswerten Anblick mit ihren großen, traurigen Augen in den blassen, schmalen Gesichtern und den dünnen Armen und Beinen. Die meisten saugten vor Hunger an ihren Fingern.

Es gab nirgends mehr strahlende Augen, nicht einmal unter den Offizieren. Keine Kämpfe mehr und keine lauten Stimmen, nur apathische, ausgezehrte Gesichter, die gealtert waren durch die Sonne und die Mangelernährung. Gelacht wurde auch selten, denn diejenigen, denen es immer noch gelang, an Alkohol zu kommen, suchten nicht länger Spaß, sondern nur noch Vergessen. Es gab nicht einmal mehr bunte Kleider, denn die bunten Stoffe jenes ersten Tages waren schon lange zu grauen Lumpen verblasst.

Sie waren wie dieses wilde Land geworden, dachte Mary oft. Genauso öde und verdorrt wie die kümmerlichen Büsche mit ihren grüngrauen Gummiblättern, genauso verwelkt und hoffnungslos wie das Gemüse, das sie vergeblich anzupflanzen versuchten.

Sie hätte die Schuld gern bei den Offizieren gesucht, aber selbst sie waren dünner und sahen genauso verwahrlost aus. Und die Marinesoldaten und ihre Familien taten ihr sogar leid, denn sie bekamen die gleichen Rationen wie die Gefangenen, ihre Uniformen waren völlig zerschlissen, und sie starben genauso schnell.

Watkin Tench ging früh am nächsten Morgen hinaus zu Dawes Point, um nach dem Fahnenmast draußen am South Head zu sehen. Er hatte nicht gut geschlafen, denn die Taufe von Emmanuel Bryant am gestrigen Tag hatte ihn zutiefst aufgewühlt. Es war zwar gut gewesen, Mary und Wills Freude über ihren kleinen Sohn zu sehen. Das war ein Lichtblick in einer ansonsten düsteren Zeit. Doch wenn das Kind nicht überlebte, würde Mary verzweifelt sein.

Tench wünschte, nicht so viel für sie zu empfinden. Er hatte sich schon tausendmal gesagt, dass es nur Freundschaft war, aber tatsächlich wurden seine Gefühle bei jeder Begegnung mit ihr nur noch stärker. Sein Herz schlug bei ihrem Anblick schneller. Er fühlte sich hilflos, wenn er sah, wie verzweifelt sie Nahrung und Kleidung brauchte. Sie war stolz, bat nicht um Gefälligkeiten und versuchte sogar, über die Entbehrungen hinwegzutäuschen, unter denen sie litt. Tatsächlich machte sie das Beste aus dem, was sie hatte.

Er hatte sogar gehofft, dass die Auspeitschung Will härter machen würde, so wie es bei anderen Männern der Fall war, dass er dadurch ein wirklicher Unruhestifter werden und Mary ihm nicht länger die Treue halten würde. Doch stattdessen hatte es die beiden, genau wie Baby Emmanuel, nur noch stärker zusammengeschweißt.

Wenn er doch nur aufhören könnte, so nutzlosen Tagträumen nachzuhängen wie jenem, dass er Mary mit nach Hause nehmen würde, wenn seine Zeit hier zu Ende ging! Würde er irgendjemandem von seinem Wunsch erzählen, dann würde er ausgelacht werden. Aber er träumte davon, für Mary und sich ein kleines Cottage irgendwo weit weg von Plymouth zu kaufen und seinen Freunden und seiner Familie zu erzählen, sie sei die Witwe eines Marinesoldaten, der hier seinen Dienst getan hatte.

Ja, das war es, worüber er nachdachte. Er stellte sich vor, wie Mary wieder aufblühen würde, wenn sie genug zu essen bekam und jede Nacht in seinen Armen in einem Federbett schlief. Wenn er in seiner Fantasie zu diesem Punkt gelangte, war er erregt. Er stellte sich vor, wie er diese schmalen Brüste küsste, an denen er Charlotte so oft hatte saugen sehen.

Tench erwachte abrupt aus seinen Tagträumen, als er sah, dass die Fahne auf dem Mast gehisst war. Er wusste, was das bedeutete: Entweder ankerte ein Schiff in der Bucht oder auf See war eines entdeckt worden!

In großer Aufregung rannte er zu dem Observatorium, wo ein astronomisches Teleskop aufgestellt worden war, und richtete es hastig auf den Fahnenmast. Er konnte nur einen Mann bei dem Mast erkennen, und zu seiner extremen Enttäuschung erkannte er, dass es kein Schiff aus England sein konnte, denn sonst hätte sich dort sicher eine große Menschenmenge zusammengefunden. Es musste die *Sirius* sein, die von Norfolk zurückkehrte, bevor sie ihre Reise nach China antrat.

Er rannte den ganzen Weg zurück, um Kapitän Phillip die Nachricht zu bringen, und als der Gouverneur entschied, mit dem Boot rauszufahren, um das Schiff zu begrüßen, bat Tench inständig darum, ihn begleiten zu dürfen. Denn das würde seine tägliche Routine unterbrechen und ihn von seinen Gedanken an Mary ablenken.

Sie waren schon auf dem halben Weg zur Landzunge hinaus, als sie ein Langboot der *Supply* sahen, das auf sie zuruderte. Tench erkannte Kapitän Ball, der wild mit den Händen in der Luft fuchtelte, und Angst ergriff ihn.

»Sir«, sagte er zu Kapitän Phillip, »ich glaube, Sie sollten auf schlechte Nachrichten gefasst sein!«

Will kam den Strand entlang auf den Ort zugerannt, an dem Mary ein paar Kleider wusch. Sie blickte angstvoll von ihrer Arbeit auf, als sie die schnellen Schritte hörte. »Was ist los?«, rief sie und hoffte gegen jede Hoffnung, dass ein Schiff mit Proviant angekommen war.

»Die *Sirius* ist gesunken«, antwortete er.

Es dauerte ein wenig, bis Will wieder zu Atem gekommen war und erzählen konnte, was er im Hafen gehört hatte: Die *Sirius* hatte gerade ihre mit Proviant beladenen Boote in der Sydney Bay bei Norfolk Island zu Wasser gelassen, als das Schiff auf ein paar Felsen unterhalb der Wasseroberfläche aufgelaufen war. Kapitän Hunter hatte versucht, eine Katastrophe zu verhindern, indem er den Anker ausgeworfen hatte, doch es war zu spät gewesen. Bevor sich die Ankerkette straffte, lief das Schiff auf das Korallenriff auf, das parallel zur Küste verlief. Als das Wasser in die Laderäume drang, kappte die Mannschaft die Masten, um das Schiff leichter zu machen, damit es vielleicht aus der Gefahrenzone schwamm, aber da gab es nur noch wenig Hoffnung.

»Sie haben versucht, die Männer an Land zu bekommen«, keuchte Will, »und gearbeitet, bis es zu dunkel war, um noch etwas zu sehen, habe ich gehört. Am nächsten Morgen haben sie den Rest von Bord geholt.«

Mary war zutiefst schockiert. Der Verlust der *Sirius* war eine Katastrophe für die Kolonie. Wie sollten sie jetzt Proviant aus China bekommen?

»Haben sie alle gerettet?«, fragte sie. Einige der Frauen und Kinder, die man dorthin geschickt hatte, waren Leute, die ihr ans Herz gewachsen waren.

Will nickte. »Gott sei Dank, ja.« Auf seinem Gesicht erschien ein breites Lächeln. »Einige der Gefangenen wurden zu dem Schiff hinausgeschickt, um die letzten Tiere runterzuholen. Sie fanden auch etwas Grog, also zündeten sie ein Feuer an und setzten sich, um ein bisschen zu feiern.«

»Oh, Will«, seufzte Mary. »Das ist nicht lustig!«

»Wir müssen lachen, sonst drehen wir hier noch durch«, gab er verärgert zurück. »Und es gibt noch eine lustige Geschichte. Leutnant Clark wurde vom Floß gestoßen, weil ein Gefangener darauf fiel. Der Gefangene konnte nicht schwimmen, also rettete Clark ihn und brachte ihn sicher an den Strand. Dann schlug Clark ihn jedoch mit einem Stock, weil er seine Sicherheit gefährdet hatte.«

Mary kicherte. Das war so typisch für Leutnant Ralph Clark, den sie nie gemocht hatte. Er war ein gemeiner Heuchler, der fast das ganze Jahr damit verbracht hatte, alle weiblichen Gefangenen Huren zu nennen und Tench und die anderen Offiziere mit Geschichten über seine wunderbare Frau Betsy zu Hause zu Tode zu langweilen. Und ausgerechnet er hatte sich dann eine »Nebenfrau« genommen, nach allem, was er vorher über die weiblichen Gefangenen gesagt hatte! Noch absurder war, dass er das Kind, das aus dieser Verbindung entstand, Betsy nannte, nach seiner geliebten Frau. Er war nach Norfolk Island geschickt worden, um dort das Kommando zu übernehmen, und je härter das Leben dort für ihn war, desto besser, fand Mary.

»Aber was passiert jetzt mit uns?«, fragte sie Will. »Die *Sirius* war unsere einzige Chance, an mehr Proviant zu kommen.«

Will runzelte die Stirn. »Phillip hat ein außerordentliches Treffen mit allen Offizieren für sechs Uhr angesetzt.«

Mary wusste von Tench, dass Kapitän Phillip sonst nicht die Angewohnheit hatte, sich jemandem anzuvertrauen. Er hielt Distanz, koste es, was es wolle. Also musste er extrem besorgt sein, wenn er seine Männer zu sich rief.

»Es wird noch schwerer für uns werden, so viel steht fest«, murmelte Mary niedergeschlagen. »Aber sehen wir es positiv, Will: Wenn nicht bald ein Schiff aus England kommt, ist Phillip noch abhängiger von dem, was du fängst. Es wird Zeit, darauf zu bestehen, dass du wieder einen Teil des Fangs selbst behalten kannst. Nur dein Geschick wird die Leute hier am Leben erhalten.«

Kapitän Phillip war tatsächlich ein höchst besorgter Mann, als er um sechs Uhr vor den versammelten Offizieren stand. So lange hatte er darauf gehofft, dass ein Schiff aus England kommen und die Probleme der Kolonie lösen würde, doch jetzt musste er sich der Tatsache stellen, dass er andere drastische Maßnahmen ergreifen oder zusehen musste, wie alle verhungerten.

»Die Rationen müssen noch einmal gekürzt werden«, begann er, und seine Stimme zitterte leicht, weil er wusste, dass die tägliche Ration – zweieinhalb Pfund Mehl, zwei Pfund sehr altes Schweinefleisch, ein halbes Pfund getrocknete Bohnen und ein Pfund ungenießbarer Reis –, aufgeteilt auf sieben Personen, nicht genug war, um am Leben zu bleiben. »Wir brauchen noch mehr Fisch und Fleisch, wenn wir nicht sterben wollen. Ich habe vor, alle privaten Boote zum Fischen zu beschlagnahmen und Gruppen zum Jagen auszusenden.«

Die Offiziere blickten sich konsterniert an, weil sie wussten, dass von ihnen erwartet wurde, sich freiwillig zu melden. Mit Ausnahme von Tench fanden sie die Beaufsichtigung einer solchen Expedition allesamt unangenehm, denn sie arbeiteten nicht gern mit den Gefangenen zusammen.

»Wollen Sie damit sagen, Sir, dass einige der Gefangenen Waffen bekommen sollen?«, fragte einer der älteren Offiziere, und auf seinem roten Gesicht erschien ein entsetzter Ausdruck.

»Ja«, erklärte Phillip müde. »Einige sind gute Schützen. Ich schätze, wenn wir ihnen vertrauen, werden sie sich gern für die Allgemeinheit einsetzen.«

Er fuhr fort zu erklären, dass er keine andere Wahl habe, als die *Supply* nach Batavia in Niederländisch-Ostindien zu schicken. Kapitän Ball sollte dort ein weiteres Schiff chartern, um Proviant zurückzubringen. Philip King, der ehemalige Gouverneur von Norfolk Island, würde ebenfalls mitfahren, um Nachrichten und Kapitän Phillips Bericht über die Lage der Kolonie nach England zu bringen.

Die Offiziere waren jetzt noch besorgter, denn die *Supply* war ein kleines Schiff von nur hundertsiebzig Bruttoregistertonnen, und in unbekannten Gewässern zu segeln war für sie sehr gefährlich. Außerdem würden sie kein Schiff mehr haben, um Proviant nach Norfolk Island zu bringen, falls sie auf See verschollen blieb.

Gemurmelter Protest lief durch die Reihen, aber Phillip brachte die Männer mit einem strengen Blick zum Schweigen.

»Wir haben keine Wahl«, erklärte er schroff. »Wir haben ohnehin keinen Proviant, den wir nach Norfolk Island schicken könnten, und ein Schiff im Hafen liegen zu lassen und auf Hilfe aus England zu warten, die vielleicht niemals kommt, könnte katastrophal sein. Ich bitte Sie, mir Ihre volle Unterstützung zu geben.«

In der Kolonie herrschte Angst, nachdem die *Supply* im April aus dem Hafen gesegelt war. Die Offiziere fürchteten um die Sicherheit des kleinen Schiffs und wurden aggressiv. Die Truppen hatten Angst davor, von den Eingeborenen angegriffen zu werden, nachdem ihre Feuerkraft nun so gering war. Und die Gefangenen fürchteten sich vor allem.

Vor der Abfahrt der *Supply* gingen Gerüchte um, dass die Offiziere und die Truppen ebenfalls mitfahren und die Gefangenen sich selbst überlassen würden. Und allein konnten sie nicht lange überleben, das wussten sie alle.

Obwohl die besten Schützen zur Jagd ausgeschickt wurden, schossen sie nur drei kleine Kängurus. Durch all die zusätzlichen Boote und Männer und die absolute Notwendigkeit, mehr Fische zu fangen, erhöhte sich der Fang für eine Weile, aber dann begann die Anzahl der gefangenen Fische wieder zu schwinden. Die Offiziere brachten ihre kleinen Boote zurück, und aus schierer Verzweiflung erlaubte Kapitän Phillip Will, seinen eigenen Kutter zu benutzen.

Mary ließ nie eine Gelegenheit verstreichen, ohne das Beste daraus zu machen.

»Das könnte unsere große Chance sein«, drängte sie Will eines Nachts, als sie im Bett lagen. »Mithilfe dieses Bootes könnten wir entkommen.«

»Sei nicht albern«, meinte Will wütend. Ihm war ganz schwach vor Hunger, er war müde von der Anstrengung, genug Fische für alle zu fangen, und er hatte einfach keine Lust, auf die verrückten Ideen seiner Frau zu hören.

»Ich meine nicht jetzt«, sagte sie, setzte sich neben ihm auf und küsste ihn. »Wir können es nicht ohne Instrumente, Karten und Proviant wagen. Doch du könntest das Vertrauen des Gouverneurs gewinnen. Fahr mit dem Boot jedes Mal ein bisschen weiter raus, aber komm immer zurück. Er vertraut dir jetzt. Denk nur, wie viel mehr er dir vertrauen würde, wenn er annehmen muss, dass du dich an seine Regeln hältst!«

»Ich verstehe nicht, was das bringen soll«, knurrte Will irritiert. »Selbst wenn er mir genug vertraut und mich nicht mehr beobachten lässt, wüsste ich nicht mal, in welche Richtung ich fahren sollte, um einen Hafen zu finden.«

»Tench hat mir letztens von Niederländisch-Ostindien erzählt. Es gibt einen großen Hafen namens Kupang«, antwortete Mary. »Er sagte, er läge übers Meer etwas oberhalb von hier.«

Will stieß ein krächzendes Lachen aus. »Über das Meer etwas oberhalb von hier!«, spottete er. »Was sind denn das für Richtungsangaben? Weiß er, wie viele Seemeilen es bis dahin sind? Ist jemand schon mal dorthin gesegelt? Red kein dummes Zeug, Mädchen!«

Mary ließ sich zurückfallen, wütend darüber, dass er sich über sie lustig machte. »Ich weiß es noch nicht, aber ich finde es heraus«, sagte sie mit grimmiger Entschlossenheit. »Wir müssen fliehen, Will. Wenn wir es nicht tun, werden Emmanuel und Charlotte sterben.«

»Nein, Mary«, sagte er und wandte ihr demonstrativ den Rücken zu. »Das werden sie nicht. Proviant wird kommen, du wirst sehen.«

»Vielleicht kommt er«, antwortete sie, doch sie fuhr mit einem Finger über die tiefen Narben der Auspeitschung auf seinem Rücken. »Vielleicht haben die Kinder sogar das Glück, all die Epidemien zu überleben, nicht von einer Schlange gebissen und nicht von den anderen Gefangenen korrumpiert zu werden. Aber hoffen wir, dass keiner von uns erleben muss, wie sie Emmanuel an das Dreieck hängen, um ihn auszupeitschen.«

Sie spürte, wie Will sich unter ihren Fingern anspannte. Sie wusste, dass er immer noch Albträume von der Auspeitschung hatte.

»Ich würde jeden umbringen, der versucht, ihm so etwas anzutun«, entgegnete er.

»Dafür wirst du dann zu schwach sein«, wandte sie sanft ein. »Frühzeitig gealtert vom Kampf ums Überleben. Genau wie ich. Deshalb müssen wir bald gehen, solange wir unsere Kinder noch beschützen können.«

Er seufzte tief. »Ich werde darüber nachdenken«, versprach er.

»Und während du darüber nachdenkst, tu, was ich sage, und gewinn das Vertrauen des Gouverneurs«, meinte Mary. »Wenn wir das erst haben, ist die Hälfte geschafft.«

Mary lag noch lange wach, nachdem Will eingeschlafen war. Sie beobachtete und lauschte ständig, während er taub und blind durch die Welt lief. Er glaubte vielleicht, dass es noch genug Vorräte für eine Reihe von Monaten im Proviantlager gab, aber sie wusste es besser. Wenn die Offiziere jetzt beim Gouverneur zum Essen eingeladen waren, mussten sie ihr eigenes Brot mitbringen, und die Mahlzeiten dort waren kaum besser als ihre eigenen. Einen Abend war da Hund serviert worden!

Vor ein paar Tagen war ein älterer Gefangener gestorben, während er seine Rationen im Proviantlager abgeholt hatte. Als Schiffsarzt White seine Leiche obduzierte, stellte er fest, dass sein Magen völlig leer war. Und dass Mary überhaupt noch Kraft zum

Kämpfen hatte und Emmanuel stillen konnte, lag nur daran, dass Will täglich Fisch nach Hause brachte. Außerdem ernährte sie sich von den Larven und Beeren, die die Eingeborenen ihr gezeigt hatten.

Bennelong war schließlich aus der Siedlung geflohen, als das Essen und der Rum, an den er sich gewöhnt hatte, zur Neige gingen. Aus den Gärten, sogar aus dem des Gouverneurs, wurde ständig Gemüse gestohlen, obwohl jedem, der dabei erwischt wurde, strenge Auspeitschungen drohten. Und nicht nur die Gefangenen stahlen. Ein Matrose von der *Supply* wurde dabei erwischt und einer der Marinesoldaten. Will hatte sich gezwungen gesehen, ein Loch unter ihre Hütte zu graben, um ihre eigenen mageren Rationen in Sicherheit zu bringen. Er hatte es so angefertigt wie die Schmuggler zu Hause in Cornwall, es mit Holz ausgeschlagen und mit einem Deckel versehen, der aussah wie der Boden.

Doch im Grunde gelang es Mary nur, ihre Familie zu ernähren, weil sie sich weigerte, völlig zu verzweifeln, wie es manche taten. »Wir müssen einfach durchhalten und hilfsbereit und nett zu den Offizieren sein, damit sie uns vertrauen, wenn die Schiffe ankommen, die ganz sicher auf dem Weg sind«, sagte sie Will immer. Auf diese Weise konnten sie an die Ausrüstung kommen, die sie zur Flucht brauchten.

Die Tage krochen dahin, und das Elend des Hungers wuchs mit jedem Tag. Das Wetter wurde außerdem sehr kalt, der Wind rauschte durch die trockenen Blätter der Gummibäume, und die öffentliche Arbeit kam völlig zum Erliegen, weil niemand mehr in der Lage war, sie auszuführen.

Die Gefangenen konnten sich kaum noch auf den Beinen halten, und jedem ausgezehrten Gesicht sah man den Hunger an. Nachts hörte Mary oft kleine Kinder vor Hunger weinen. Es war das schlimmste Geräusch, das sie jemals gehört hatte.

Will schien auf Marys Rat zu hören, denn er machte sich bei

den Offizieren und Truppen zunehmend beliebt durch seine Fischerei-Kenntnisse. Dafür wurde er mit einem Teil des Fangs belohnt, und man erlaubte ihm, sich seine Helfer selbst auszusuchen. James Martin, Jamie Cox und Sam Bird, seine engsten Freunde, fuhren oft mit ihm raus, und obwohl normalerweise ein paar Marinesoldaten ebenfalls mit an Bord gingen, war das nicht immer der Fall. Will fuhr oft bis in die Gewässer jenseits der Landzungen und manchmal sogar mehrere Meilen aufs Meer hinaus. Er freundete sich außerdem mit ein paar Eingeborenen an, die von ihren Kanus aus fischten. Sie waren es oft, die ihm Untiefen zeigten.

Will sah manchmal Bennelong, wenn er durch den Hafen fuhr. Er paddelte dann in seinem Kanu hinaus zu Will und kletterte an Bord des Kutters, um einen Schwatz zu halten. Mary war sicher, dass Will und sie nur an etwas Alkohol kommen mussten, um Bennelong damit zu bestechen, ihnen bei der Flucht zu helfen.

Als es aussah, als wäre alle Hoffnung auf Rettung vergeblich, wurde am Nachmittag des dritten Juni die Flagge am South Head gehisst. Als der Ruf ertönte, ein Schiff käme, brach ein Tumult aus. Die Männer ließen Werkzeuge fallen und jubelten, Frauen kamen aus ihren Hütten gehumpelt und umarmten einander.

Watkin Tench stieg mit Schiffsarzt White und Kapitän Phillip in ein Boot und fuhr die Bucht hinunter. Alle drei waren trotz des schweren Regens und der steifen Brise so aufgeregt und selig wie der Rest der Siedler. Als sie sich den Landzungen näherten und das große Schiff sahen, das ihnen mit gehisster englischer Flagge entgegensegelte, stieg Phillip auf ein Fischerboot um und fuhr zurück und überließ es Tench und White, weiterzufahren und die willkommenen Nachrichten von zu Hause entgegenzunehmen.

»Sehen Sie doch nur das magische Wort auf dem Heck«, meinte White und deutete auf das gemalte Schild, auf dem *London* stand. »Ich hatte schon daran gezweifelt, dass ich so etwas noch einmal sehen würde.«

Das Schiff war die *Lady Juliana*, und aufgrund des starken Windes war sie gezwungen, in Spring Cove kurz hinter dem North Head zu ankern. Aber Tench und White gingen längsseits und riefen den Schiffsoffizieren eine Begrüßung entgegen.

»Sie ahnen ja nicht, wie willkommen Sie hier sind«, rief Tench. »Wir hatten Angst, dass wir den Proviant niemals bekommen würden, den wir so nötig brauchen. Können Sie uns sagen, was sie geladen haben, damit wir den Siedlern die gute Nachricht überbringen können?«

»Zweihundertfünfundzwanzig weibliche Gefangene, alles Huren«, rief einer der Offiziere zurück.

Tench lachte, weil er dachte, das wäre ein Scherz. Aber sein Lachen erstarb abrupt, als mit einem Mal eine Gruppe von ungekämmten Frauen an Deck erschien und obszöne Wörter schrie.

»Haben Sie auch Proviant dabei?«, rief White, denn Tench war zu geschockt, um weitere Fragen zu stellen. »Und die Medizin, die wir brauchen?«

»Fünfundsiebzig Fässer Mehl«, rief der Schiffsoffizier zurück. »Das ist alles. Wir sind mit der *Guardian* losgesegelt. Sie hatte den Proviant geladen, aber sie ist auf einen Eisberg gelaufen.«

Am Abend waren alle Gefangenen verzweifelt.

Kapitän Phillip war am Nachmittag mit strahlendem Gesicht in den Hafen zurückgekehrt und hatte bestätigt, dass es genauso war, wie die Fischer berichtet hatten: ein großes Schiff aus England ankerte in Spring Cove.

Die Gefangenen warteten und dachten, Leutnant Tench und Schiffsarzt White würden nach ein oder zwei Stunden mit noch glücklicheren Gesichtern zurückkehren. Viele von ihnen aßen ihre letzten Vorräte auf in dem Glauben, am nächsten Tag mehr zu bekommen als sonst in einer Woche.

Doch Tench und White kamen schweigend und mit grimmigen Gesichtern zurück und gingen direkt zum Haus des Gouverneurs, ohne ein Wort mit jemandem zu wechseln. Und kurz darauf wurde bekannt, dass über zweihundert Frauen auf dem neuen Schiff waren, jedoch keine Vorräte.

Die männlichen Gefangenen waren viel zu schwach, um sich über die Ankunft neuer Frauen zu freuen. Ihre einzige Reaktion war Angst, ihre Rationen könnten noch drastischer gekürzt werden. Aber für die meisten Frauen war es ein Desaster. Bei ihnen griff die Angst um sich, die neuen Frauen würden ihnen ihre Männer stehlen.

Denn eine Beziehung mit jemandem, ob man nun offiziell verheiratet war oder nicht, machte das Leben in der Kolonie erträglicher.

Mary war nervöser als die meisten, als sie von der *Lady Juliana* und den Frauen hörte, die sie geladen hatte. Sie wusste, dass es nicht ihre Schönheit oder ihre Klugheit gewesen war, die Will zwei Jahre hatte bei ihr bleiben lassen. Er war nur deshalb bei ihr geblieben, weil es zu wenige Frauen gab.

Der Tod und die Tatsache, dass viele Männer nach Norfolk Island gebracht worden waren, hatte ihre Anzahl dezimiert. Es waren jetzt nicht mehr als siebzig Männer übrig, und viele davon waren körperliche Wracks. Unter den zweihundert neuen Frauen, die seit Monaten auf einem Schiff eingesperrt gewesen waren, würden ganz sicher mehr als ein Dutzend ein Auge auf Will werfen.

9. Kapitel

Jede einzelne Frau aus der Siedlung kam und sah zu, wie die Gefangenen von der *Lady Juliana* an Land gebracht wurden. Anders als sie selbst an ihrem ersten Tag in diesem Land erlebten die Neuankömmlinge den Winter. Der Himmel war grau, ein scharfer Wind wehte und wühlte das Meer auf, und es war sehr kalt.

Sie hätten sich um die neuen Frauen sorgen müssen. Schließlich hatten sie eine lange, mörderische Reise hinter sich und waren jetzt dabei, die Hölle zu betreten. Doch allein ihr Anblick reichte, um die Alteingesessenen jeden freundlichen Gedanken vergessen zu lassen und ablehnend und feindselig zusammenzurücken. Die Kleider der Neuankömmlinge waren bunt, viele trugen Hüte mit Blumen oder Federn, sie waren gut genährt und gesund, und sie sahen aus wie eine Truppe Schauspielerinnen und nicht wie Gefangene.

Mary drückte Emmanuel angstvoll näher an ihre Brust, denn sie fürchtete, mit der Ankunft dieser neuen Frauen würde sich jetzt alles ändern.

»Viele Frauen«, meinte Charlotte und blickte mit unverhohlenem Entzücken zu Mary auf. »Hübsche Ladys.«

Bei den unschuldigen Worten ihres Kindes schämte Mary sich plötzlich. Schließlich waren es tatsächlich nur Frauen wie sie selbst. Alle von ihnen kannten Ketten und die Abscheulichkeit des Gefängnisses und waren von ihren Familien und Freunden getrennt worden. Charlotte sollte nicht in einer Atmosphäre von Bitterkeit und Hass aufwachsen. Deshalb beschloss Mary, ihre Angst und ihre Eifersucht zu unterdrücken und die Neuankömmlinge willkommen zu heißen.

»Ich dachte, es würde vielleicht zu ein paar Kämpfen kommen«, sagte Schiffsarzt White am folgenden Abend beim Essen in Whites Haus zu Tench. »Aber dank Mary Bryant scheinen sich die neuen Frauen schnell einzugewöhnen.«

Die beiden Männer hatten sich auf der *Charlotte* trotz der zwanzig Jahre Altersunterschied angefreundet. Ihre Interessen und ihr familiärer Hintergrund waren ähnlich, und obwohl der Arzt sich mehr um den allgemeinen Gesundheitszustand der Kolonie sorgte und Tench in erster Linie mit der Herausforderung beschäftigt war, einen Erfolg daraus zu machen, waren sie beide sehr von diesem neuen, noch unerforschten Land fasziniert. Gemeinsam hatten sie mehrere Forschungsreisen in den Busch unternommen, und sie teilten auch das Interesse an den Eingeborenen. Beide litten außerdem mit den Gefangenen mit, und dadurch unterschieden sie sich von den meisten anderen Offizieren.

Bei Kerzenschein konnte man Whites Esszimmer mit den gekalkten Wänden, dem schneeweißen Tischtuch, dem einfachen, zweckdienlichen Porzellan, den überladenen Bücherregalen und den beiden von ihm sehr geschätzten Landschaftsbildern an der Wand für das eines durchschnittlichen Landarztes zu Hause in England halten. Im Tageslicht sah man jedoch die Unfertigkeit des Hauses. Die Wände bestanden aus Geflecht und Lehm, und nach starkem Regen zeigten sich oft Löcher. Den Boden unter dem Teppich bildeten unebene Bretter. Aber wie mangelhaft es auch sein mochte, es war ein Hafen der Zivilisation für White und seine Gäste.

Wenn Charles White es bereute, sich der Flotte angeschlossen zu haben, dann nur, weil es keine vernünftige medizinische Ausrüstung und nicht genug Medikamente gab, und nicht, weil es ihm an Komfort fehlte. Er war seit zehn Jahren Witwer und hatte sich an das Junggesellendasein gewöhnt. Zwei weibliche Gefangene, Anne und Maria, kochten außerdem für ihn und hielten ihm das Haus sauber. Und dann waren da noch der kleine Nunberry, der Eingeborenenjunge, den er adoptiert hatte und um den er sich kümmerte, und ein paar gute Freunde. Heute Abend war er milde gestimmt. Es war ihm gelungen, an eine Flasche Brandy zu kommen, und er und Tench aßen einen hervorragenden Seebarsch mit ein paar Möhren und Kartoffeln aus Whites eigenem Garten. Es grenzte an ein Wunder, dass das Gemüse nicht gestohlen worden war, doch vielleicht war es ihm ja gelungen, durch ein bisschen Freundlichkeit und ein paar zusätzliche Essensrationen die Loyalität von Anne und Maria zu gewinnen.

»Mary ist ein guter Mensch«, stimmte Tench zu. »Ich glaube, sie hat sich daran erinnert, wie schwer es für sie selbst war, sich während ihrer ersten Zeit an alles hier zu gewöhnen. Wenn nur alle so pragmatisch und großzügig wären wie sie!«

Er war überrascht und gerührt gewesen, als er gesehen hatte, wie Mary beim Aufbau der Hütten für die Neuankömmlinge geholfen hatte. Sie schien sich wirklich Mühe zu geben, die neuen Frauen willkommen zu heißen. Er wünschte, mehr Leute hier hätten ihre Einstellung; es gab jedoch bereits Berichte darüber, dass Kleidung und anderer persönlicher Besitz gestohlen worden war.

»Unter den Neuen sind einige Unruhestifterinnen«, meinte White seufzend und dachte an zwei Frauen, die er hatte trennen müssen, weil sie sich stritten, und die ihm einige Obszönitäten an den Kopf geworfen hatten. »Den Berichten zufolge haben sie mit den Matrosen auf dem ganzen Weg hierher rumgehurt. Viele von ihnen sind schwanger. Aber sie sind zumindest gesund, abgesehen von den Geschlechtskrankheiten natürlich.«

Tench lächelte. White schimpfte ständig über die Geißel der Geschlechtskrankheiten. Natürlich grassierten diese Krankheiten hier, doch anders als White glaubte Tench nicht, dass die gesamte Zukunft dieses neuen Landes dadurch bedroht war.

»Zumindest hat die *Juliana* Neuigkeiten mitgebracht«, bemerkte Tench fröhlich. »Ich war überrascht, als ich von der Revolution in Frankreich hörte. Bei meinem Besuch in Paris haben mich die Exzesse der Aristokratie ehrlich gesagt sehr schockiert. Und es ist auch gut zu wissen, dass König George sich von seinen

Wahnsinnsanfällen erholt hat. Was wissen Sie über die Krankheit, an der er litt?«

»Sehr wenig. Ich bin nur ein alter Landarzt«, antwortete White schulterzuckend. »Aber ich bin froh, dass es Farmer George wieder gut geht. Genauso froh wie darüber, dass die *Lady Juliana* Proviant für zwei Jahre für ihre Gefangenen an Bord hatte.«

Tench lächelte. Diese Neuigkeit war die allerbeste, eine riesige Erleichterung für alle. Es war nur schlimm, dass man ihnen das nicht sofort mitgeteilt hatte, denn dann wären die Neuankömmlinge viel weniger feindselig empfangen worden. Jetzt hofften alle, dass die *Justinian* aus Falmouth, die offensichtlich nur Proviant und Werkzeug geladen hatte, ankam, bevor die nächste Welle von Gefangenen anrollte.

Doch persönlich war Tench am dankbarsten für die Briefe von zu Hause, die das Schiff mitgebracht hatte. Er hatte das Gefühl, sehr gut mit den Unannehmlichkeiten und den Entbehrungen der Siedlung zurechtzukommen, aber von seinen Freunden und seiner Familie getrennt zu sein hatte ihn manchmal fast verzweifeln lassen. Tatsächlich hatte es während der vergangenen zwei Jahre Zeiten gegeben, in denen er befürchtet hatte, sie nicht lebend wiederzusehen.

»Lassen Sie uns auf das Licht am Ende eines sehr dunklen Tunnels anstoßen«, schlug er vor.

White füllte ihre Gläser. »Licht, das die Dunkelheit vertreibt«, meinte er und kicherte. »Obwohl wir viel Licht brauchen werden, um diese Dunkelheit zu vertreiben, wenn noch drei weitere Transportschiffe mit tausend Gefangenen auf dem Weg sind.«

Mary und Will standen zusammen am Hafen und zitterten, während sie hinüber in die Bucht auf die *Neptune* und die *Scarborough* schauten. Sie konnten sehen, wie Langboote zu Wasser gelassen wurden, um die Gefangenen an Land zu bringen. Aber der schreckliche Gestank, der von den Schiffen herüberwehte, sagte ihnen, dass das, was sie nun erwartete, absolut entsetzlich sein würde.

Es war gestern schon schlimm genug gewesen, die Kranken von der *Surprise* ins Hospital zu bringen. Viele der Gefangenen waren so schwach, dass sie nicht laufen konnten, denn sie hatten fast die ganze Reise über in ihrem Erbrochenen und ihren Exkrementen gelegen. Doch heute würde es noch schlimmer werden.

Die *Justinian* war am zwanzigsten Juni eingelaufen und hatte die ganze Siedlung in einen Freudentaumel versetzt, denn sie brachte genug Proviant und die dringend benötigten Werkzeuge sowie Tiere. Sie hatte England nach der *Surprise*, *Neptune* und *Scarborough* verlassen, den drei Transportschiffen mit noch einmal eintausend Gefangenen. Aber sie hatte sie überholt und die Reise in nur fünf Monaten geschafft. Nun gab es wieder die volle Ration, und die Gefangenen begannen erneut zu arbeiten. Die *Justinian* fuhr wieder ab, als ihre Ladung gelöscht war, um Proviant nach Norfolk Island zu bringen.

Am dreiundzwanzigsten Juni wurde die Flagge erneut gehisst, doch es dauerte noch zwei Tage, bis das Schiff, das sie ankündigte, in die Bucht einfuhr. Es war die *Surprise* mit zweihundertachtzehn männlichen Gefangenen und einer Einheit des neu formierten New South Wales Corps an Bord.

Es war schockierend zu hören, dass zweiundvierzig Männer während der Reise gestorben und weitere hundert krank waren. Und als Pfarrer Johnson an Bord ging, berichtete er Schockierendes: Die Gefangenen lagen beinahe nackt in den Laderäumen, zu krank, um sich zu bewegen oder sich gegenseitig zu helfen.

Mary und Will hatten sich zusammen mit vielen anderen Gefangenen freiwillig gemeldet, um zu helfen, doch der Anblick und der Gestank waren so schrecklich, dass es sich viele Freiwillige anders überlegten und davonrannten. Nur wenige der weiblichen Helfer konnten sich davon abhalten, in Tränen auszubrechen. Es war völlig offensichtlich, dass man diese Neuankömmlinge hatte hungern lassen. Sie waren beinahe die gesamte Reise unter Deck eingesperrt gewesen. Viele von ihnen würden sich davon nicht erholen.

Sie hatten diese Männer gerade gewaschen, ihnen etwas zu essen gegeben und sie zugedeckt, als die beiden anderen Schiffe ankamen. Pfarrer Johnson ging an Bord der *Scarborough*, wurde vom Kapitän jedoch angewiesen, nicht unter Deck zu gehen. Der fürchterliche Gestank, der aus den Laderäumen drang, schreckte ihn ab, und er versuchte nicht einmal, an Bord der *Neptune* zu gelangen.

Hastig waren Zelte vor dem Hospital errichtet worden, und man hielt Nahrung, Wasser, Kleidung und Medizin bereit. Die Nacht zuvor hatte Mary nicht schlafen können, denn bei dem Gestank von den Schiffen, die in der Bucht vor Anker lagen, drehte sich ihr der Magen um. Das war hundertmal schlimmer als alles, was sie auf der *Dunkirk* erlebt hatte. Obwohl sie Mitleid mit den armen Seelen hatte, die so leiden mussten, glaubte sie doch nicht, in der Lage zu sein zu helfen.

Aber als es dämmerte, machte die Wut auf die Männer, die den Profit über das Leben von Menschen setzten, sie wieder stark. Den Gesprächen einiger Offiziere zufolge, die sie belauscht hatte, lag auch der Transport in der Hand von Privatleuten. Die Regierung zahlte nur etwas über siebzehn Pfund pro Kopf für Proviant, und je weniger die Gefangenen zu essen bekamen, desto mehr blieb am Ende der Reise übrig, das man verkaufen konnte. Wenn Gefangene auf der Reise starben, machte das die Sache nur noch lukrativer.

Mary hörte, wie einer der Offiziere meinte, die Besitzer der Transportschiffe seien schlimmer als Sklavenhändler. Diese seien nämlich daran interessiert, dass die Sklaven fit und gesund blieben, denn je besser ihr Zustand, desto höher der Preis, den sie erzielten. Bei den Transporten gäbe es dagegen keinen Anreiz, die Gefangenen am Leben zu erhalten.

»Kapitän Trail von der *Neptune* soll alle zusammengekettet haben«, meinte Will mit leiser, schockierter Stimme. »Wenn einer von ihnen gestorben war, verschwiegen das die anderen, um die Ration des Mannes zu bekommen. Stell dir vor, du bist so verzweifelt hinter Essen her, dass du dich dafür neben eine verwesende Leiche legst!«

Mary antwortete ihm nicht, denn sie wusste aus persönlicher Erfahrung, dass sie wahrscheinlich alles tun würde, wie abstoßend es auch sein mochte, um am Leben zu bleiben. Jetzt, da sie zwei Kinder zu ernähren hatte, war ihr Überlebensdrang noch stärker.

Das Beladen der Langboote begann. Sie sahen zu, wie die ersten Leute langsam und zögernd die Strickleiter hinunterstiegen, und selbst von der Küste aus konnte man erkennen, wie schwer ihnen das fiel. Aber sie waren die Glücklichen; nach einer Weile warfen die Matrosen und die Marinesoldaten die Leute quasi ins Boot als wären sie Mehlsäcke, weil sie nicht laufen konnten, von klettern ganz zu schweigen.

Als die Boote näher ruderten, hörte man entsetzte Rufe, denn die Menschen darin sahen aus wie Skelette. Auf ihren Gesichtern stand keine begierige Erwartung. Stattdessen rollten ihre Köpfe hin und her, als lägen sie im Sterben – und tatsächlich war einer bei der Ankunft bereits tot. Zwei weitere starben am Kai, wo man sie ablegte.

»Ich kann nicht glauben, was ich sehe«, sagte Will, und das Entsetzen in seinen Augen passte zu dem in seiner Stimme. »Gott schütze uns vor Menschen, die so etwas zulassen.«

»Das sind keine Menschen«, erklärte Mary mit lauter, klarer Stimme. Sie hätte die Verantwortlichen mit bloßen Händen erwürgen können. »Das sind Tiere.«

Ihre Wut trieb sie an und hielt sie davon ab, über das Risiko einer Infektion nachzudenken oder auf den Gestank zu achten. Die Gefangenen waren fast nackt, und ihre Körper waren mit Wunden, wimmelnden Maden und Kot übersät. Sie beugte sich über einen Mann und versuchte, ihm etwas Wasser einzuflößen, während er versuchte, seinen Penis zu bedecken, weil sie eine Frau war.

»Ich habe schon viele davon gesehen«, beruhigte sie ihn sanft, gerührt darüber, dass er sogar in seinem furchtbaren Zustand und dem Tode nahe Schamgefühl bewies. »Du bist jetzt in Sicherheit, es gibt etwas zu essen und zu trinken und Wasser zum Waschen. Aber du musst kämpfen, damit es dir bald besser geht. Gib jetzt ja nicht auf, hörst du!«

»Dein Name?«, fragte er, und seine aufgeplatzten Lippen öffneten sich, während er sich anstrengte zu sprechen.

»Mary«, sagte sie und wusch sein Gesicht mit einem nassen Lappen. »Mary Bryant. Und deiner?«

»Sam Broome«, flüsterte er heiser. »Gott segne dich, Mary.«

Der Anblick der Männer wurde schlimmer, je länger der Tag dauerte. Viele waren so schwer an Ruhr erkrankt, dass die Flüssigkeit dort, wo sie lagen, aus ihnen herauslief. Außerdem litten alle an Skorbut, und Schiffsarzt White befahl den Soldaten, in den Busch zu gehen und möglichst viele von den »sauren Beeren« zu sammeln, die er als Anti-Skorbut-Mittel einsetzte.

Offenbar waren 267 Leute tot, bevor sie Port Jackson überhaupt erreichten, und viele weitere starben auch danach noch. Tatsächlich hatte man die Leichen derjenigen, die gestorben waren, einfach über Bord geworfen, nachdem man die Landzungen passiert hatte. Von den Überlebenden waren 486 schwer krank, und von den meisten erwartete man nicht, dass sie sich erholen würden. Während Mary einer Frau mit einem winzigen Baby half, hörte sie, dass man dieser Gefangenen nicht einmal zur Geburt die Ketten abgenommen hatte. Das sollte sie an diesem Tag noch öfter berichtet bekommen.

Später am Abend saß Kapitän Phillip im Salon seines Hauses mit Kapitän William Hill von der *Lady Juliana* zusammen und regte sich über die Abscheulichkeiten auf, die er an diesem Tag hatte sehen müssen.

»Ich habe mit den Kapitänen der *Neptune* und der *Scarborough* gesprochen«, meinte William Hill. »Meiner Meinung nach sollte man sie hängen.«

William Hill galt als harter Mann, aber er hatte dafür gesorgt, dass die weiblichen Gefangenen auf seinem Schiff gut versorgt worden waren. Einige von ihnen waren alt und krank, als sie an Bord gekommen waren, und ein paar von ihnen waren gestorben, aber der Rest der Frauen war wahrscheinlich besser ernährt worden als jemals in ihrem ganzen Leben. »Es wäre sehr viel humaner gewesen, wenn die englischen Gerichte alle diese Leute an den Galgen gebracht hätten, anstatt Rohlingen wie Kapitän Trail von der *Neptune* zu erlauben, von ihrem langsamen und qualvollen Tod zu profitieren«, schimpfte Hill.

»Wie ich gehört habe, sollen die Gefangenen auf der *Scarborough* ernsthaft darüber nachgedacht haben, das Schiff zu übernehmen«, meinte Phillip. Sein schmales Gesicht war dunkelrot vor Wut. »Das würde bedeuten, dass die Anführer in Ketten gelegt werden müssen. Aber die Bedingungen auf der *Neptune* übersteigen jede Vorstellung. Das Schiff hätte niemals als seetauglich eingestuft werden dürfen. Es ist ständig Wasser eingedrungen. Die Gefangenen standen während eines Teils der Reise sogar hüfttief im Wasser. Es gab keine Desinfektion ihrer Quartiere, und niemand wurde an Deck gelassen, um sich die Beine zu vertreten und an die frische Luft zu kommen.«

»Ich werde all das zur Sprache bringen, wenn ich nach England zurückkehre«, erklärte William Hill nachdrücklich und schlug mit der Faust auf den Tisch. »Meiner Meinung nach sind diese Männer Mörder, sehr viel schlimmer als die, die du hier in deiner Kolonie hast.«

Arthur Phillip ging hinüber zum Fenster. Die Stadt unten war friedlich. Feuer brannten wie Leuchtsignale in der Dunkelheit. Er dachte an all jene, die im Hospital und in den Zelten davor lagen, und fragte sich, wie viele bei Morgengrauen tot sein würden.

Er stand kurz vor der völligen Erschöpfung. Phillip hatte die

Position als Kapitän der Flotte und dann als Gouverneur angenommen, weil er geglaubt hatte, aus dieser Strafkolonie einen Erfolg machen zu können. Er hatte gehofft, seine kriminellen Untergebenen in Männer und Frauen verwandeln zu können, die die ihnen gebotene Gelegenheit beim Schopf ergreifen und ihr Leben sinnvoll gestalten würden.

Traurigerweise schien er versagt zu haben. Er wusste jetzt, dass das Angebot einer Landschenkung nach Absitzen der Strafe nur von wenigen angenommen werden würde. Die meisten waren zu faul und inkompetent, um Land zu bewirtschaften. Die Überlebenden der Zweiten Flotte würden von Anfang an Vorurteile gegenüber der Kolonie haben, und wer konnte ihnen das verübeln?

Er starrte erneut in den Abgrund. Heute hatte er von einer Dritten Flotte gehört, die mit weiteren eintausend Gefangenen auf dem Weg war. Viele seiner guten Offiziere würden mit ihr nach Hause zurückkehren. Er hatte sein Bestes getan, hatte versucht, mit Menschlichkeit zu regieren, aber selbst ein Gärtner konnte ohne die notwendigen Werkzeuge, ohne gute Samen und fruchtbaren Boden nicht hoffen, etwas von bleibender Schönheit zu schaffen.

»Du wirkst besorgt, Arthur«, bemerkte William hinter ihm. »Die heutigen Ereignisse spiegeln nicht wider, was du hier tust.«

Phillip wandte sich zu Hill um und richtete sich auf. »Ich glaube, sie spiegeln wider, was wir alle hier tun«, antwortete er müde. »Die, die nur danebenstehen und zusehen, genauso wie die Schuldigen selbst.«

»Du bist heute Abend sehr still, Mary«, meinte Will. Es war Heiligabend, und er nahm an, dass sie an Cornwall dachte und sich vorstellte, wie ihre Familie um das Feuer saß, nachdem sie gemeinsam eine gebratene Ente verspeist hatten. In letzter Zeit hatte er oft gehört, wie sie Charlotte von Fowey und ihren Verwandten dort erzählte. Je mehr Zeit verstrich, desto öfter schien sie an sie zu denken.

»Es ist zu heiß zum Reden«, erwiderte sie, aber sie lächelte ihn an und strich ihm zärtlich über den Oberschenkel. »Es wundert mich, dass die Kleinen schlafen können.«

Es war jetzt seit Wochen schrecklich heiß. Die Tiere und das Geflügel legten sich in jeden Schatten und jedes Wasserloch, das sie finden konnten. Will war glücklich, jeden Tag zum Fischen rausfahren zu können, denn draußen in der Bucht ging wenigstens immer etwas Wind.

»Ich dachte, du denkst vielleicht an zu Hause«, sagte er.

»Ich denke darüber nach, wie wir nach Hause zurückkehren können«, korrigierte sie ihn und grinste. »Ich glaube, ich weiß jetzt, wie wir an die Ausrüstungsgegenstände kommen können, die wir brauchen.«

Will rollte ungeduldig mit den Augen. Mary hörte nie auf, von Flucht zu reden! Selbst wenn sie nicht davon sprach, wusste er, dass sie darüber nachdachte. Er hatte noch nie eine Frau gekannt, die so hartnäckig war wie sie.

Will war eigentlich ganz glücklich in der Kolonie, obwohl er das niemals zugeben würde, am allerwenigsten Mary gegenüber. Als sie alle noch gehungert hatten, wäre er gern fortgegangen, aber die Kolonie war seit der Ankunft der Zweiten Flotte wieder auf die Beine gekommen.

Dass Mary und er den kranken Gefangenen geholfen hatten, war von den Offizieren zur Kenntnis genommen worden, und als es den Gefangenen besser ging, waren sie sehr dankbar für die Freundlichkeit, die man ihnen gezeigt hatte. Sie besaßen nichts, das sie Will hätten schenken können – außer ihrer Bewunderung und ihrer Loyalität natürlich –, doch das reichte Will. Es gab ihm das Gefühl, wichtig zu sein.

Er besaß die Freiheit, innerhalb der Siedlung kommen und gehen zu können, wie es ihm gefiel. Außerdem liebte er seine Arbeit. Er konnte Kapitän Phillips Kutter als seinen eigenen betrachten und im Tausch gegen Fisch praktisch alles haben, was er wollte. Er hatte sogar einen ganz netten Batzen Geld zur Seite gelegt, denn die Mannschaft der Zweiten Flotte konnte inzwischen gesalzenes Schweinefleisch nicht mehr sehen und war froh, Will für den Fisch zu bezahlen. Aber vor allem genoss er seinen Status hier: Die Männer blickten zu ihm auf, die Frauen begehrten ihn. Was wollte er mehr? Er hatte doch alles.

»Und wo willst du sie herbekommen?«, fragte er müde.

»Von Kapitän Smith«, meinte sie.

Will war so überrascht, dass er fast vom Stuhl gefallen wäre. Kapitän Detmer Smith, ein Holländer, war erst seit ein paar Tagen hier. Er war der Besitzer eines Schiffs, der *Waaksamheyd*, die Kapitän Bell von der *Supply* in Batavia gechartert hatte. Smith war am siebzehnten Dezember mit Proviant für die Kolonie eingelaufen, nach einer schrecklichen Reise, auf der sechzehn Männer seiner malaiischen Mannschaft an Fieber gestorben waren. Es gab irgendwelche Unstimmigkeiten bezüglich des Proviants zwischen Kapitän Phillip und Smith, und es schien, als könnte keiner der Offiziere aus der Kolonie den Holländer leiden. Will mochte ihn jedoch. Smith war nicht so langweilig wie die englischen Kapitäne, er war herzlich, offen und freundlich.

»Bist du verrückt, Mary?«

»Nein, nur verschlagen«, erwiderte sie. »Detmer mag uns. Und ich werde dafür sorgen, dass er uns noch mehr mag, bevor ich ihn dazu überrede, mir Karten und einen Sextanten zu überlassen.«

»Das würde er nie tun«, spottete Will.

»Warum nicht?«, gab Mary zurück. »Er wird von allen Offizieren schäbig behandelt, er ist einsam und weit von zu Hause fort. Er ist kein Engländer. Warum also sollte es ihm etwas ausmachen, ein paar englischen Gefangenen zur Flucht zu verhelfen?«

Will machte Marys Ideen aus Prinzip nieder. Frauen sollten einfach nicht die Klügeren sein, fand er. Doch tief in seinem Innern wusste er, dass Mary klüger war als er. Sie hatte ihn einmal gebeten, ihr Lesen und Schreiben beizubringen, und er hatte gesagt, das könne er nicht ohne Bücher. Sie hatte diese Bitte nie wieder an ihn gestellt, und irgendwie wusste er, dass sie ihn durchschaute. Er wollte keine Frau, die lesen und schreiben konnte. Das würde ihn herabsetzen.

Doch Mary durchschaute ja die meisten Leute. Sie beobachtete und hörte zu, und sie merkte sich Dinge, die Will niemals aufgefallen wären. Vielleicht hatte sie sogar recht, was Detmer Smith anging.

Will liebte Mary in dieser Nacht, und er gab sich große Mühe, ihr Vergnügen zu bereiten, denn er wollte wirklich, dass sie diese Fluchtpläne endlich aufgab. Er würde seine Strafe im März abgesessen haben, und obwohl er den anderen Männern oft sagte, dass er dann mit dem ersten Schiff nach Hause fahren wollte, war das überhaupt nicht sein Wunsch.

Er wurde nur nostalgisch und schwärmte von Cornwall, wenn er betrunken war. Dann dachte er an die guten Dinge, an das milde Klima, die Moore und die Wälder, das Lachen in den Tavernen, die Kameradschaft unter den Fischern.

Aber wenn er nüchtern war, fiel ihm ein, dass die Realität ein wenig anders aussah. Ohne ein eigenes Fischerboot war man abhängig von dem Mann, dem es gehörte, und musste die ganze Nacht in Eiseskälte für einen Schilling Netze einholen. In Cornwall war er auch hungrig gewesen, und kein Ort erschien einem Mann schön, wenn er nichts im Magen hatte.

Zumindest war es hier warm, sogar im Winter. Er war vielleicht schon mal nass und durchgefroren gewesen, wenn das Wetter schlecht war, doch es war nicht die Art von Kälte, die einem bis in die Knochen kroch und einen fast lähmte.

Es hieß, dass die Männer Land bekommen konnten, wenn sie ihre Strafe abgesessen hatten. Mit Land konnte Will jedoch nichts anfangen. Was er wollte, war ein Fischgeschäft. Wenn er seinen Fang an das Proviantlager verkaufen konnte, würde er bald ein reicher Mann sein. Dann konnte er für Mary und die Kinder ein schönes Haus bauen. Und irgendwann würde Emmanuel das Geschäft von ihm übernehmen.

»War das gut?«, flüsterte Will, als er fertig war. Er war nass geschwitzt, und es war so heiß, dass es beinahe an Folter grenzte, Marys ebenso verschwitzten Körper im Arm zu halten.

»Wundervoll«, murmelte sie an seiner Brust. »Aber es ist zu heiß. Lass uns zum Wasser runterlaufen und ein bisschen schwimmen!«

Sie wartete nicht einmal auf seine Antwort, sondern befreite sich aus seinen Armen, nahm seine Hand und zog ihn aus dem Bett. Dann rannte sie kichernd mit ihm aus der Hütte hinunter zum Wasser.

Will lächelte. Eine der Eigenschaften, die er besonders an Mary mochte, war ihre Spontaneität. Wenn sie eine Idee hatte, wollte sie sie sofort in die Tat umsetzen, ohne lange darüber nachzudenken. Vielleicht war sie dadurch überhaupt erst in Schwierigkeiten geraten. Trotzdem hätte er diesen Teil von ihr nicht ändern wollen.

Sie war auch leidenschaftlich, etwas, das er von ihr nicht erwartet hatte, weil sie so züchtig und schüchtern wirkte. Mary war immer begierig darauf, mit ihm zu schlafen, und reagierte schnell auf einen Kuss oder ein Streicheln. Immer wieder hatte sie ihn mit ihren zärtlichen Berührungen und der Art, wie sie ihm Vergnügen bereitete, von seinem Hunger abgelenkt.

Der Mond schien hell und fiel auf ihren mädchenhaften, schlanken Körper, während sie so elegant wie ein Delfin ins Wasser tauchte. Nur wenige andere Frauen konnten schwimmen – und auch nicht viele Männer. Sie gingen bis zu den Hüften ins Wasser und sahen ängstlich aus, als erwarteten sie, vom Meer verschluckt zu werden. Will fand Marys Mut genauso attraktiv wie ihre wohlgerundeten Brüste oder ihre weiche Haut.

Sie winkte ihm, weil sie wollte, dass er zu ihr kam, und Will lief willig über den Strand. Sie schwammen eine Weile zusammen, dann legte Mary sich auf den Rücken und ließ sich treiben. Ihr Haar floss wie Algen um ihr Gesicht.

»Wir haben es noch nie im Meer gemacht«, meinte sie und kicherte leise.

»Wir werden vielleicht ertrinken, wenn wir es hier draußen versuchen«, antwortete Will, aber er griff nach ihr, während er Wasser trat, und hielt sie fest, um an ihren Brüsten zu saugen.

»Wer zuerst im flachen Wasser ist, darf oben sein«, rief sie, warf sich nach hinten und schwamm zum Strand zurück.

Diesmal versuchte Will nicht, sie zu schlagen. Er mochte es, wenn sie oben saß und er ihr Gesicht beobachten konnte, wenn sie den Höhepunkt erreichte.

»Ich glaube nicht, dass mein John Thomas schon wieder kann«, sagte er, während er zu der Stelle schwamm, wo sie im flachen Wasser saß. Er fand, dass sie noch nie so hübsch ausgesehen hatte wie heute Abend, mit ihren nassen Locken, die ihr auf die nackten Schultern hingen. Er kniete sich hin und zeigte ihr seinen Penis, der im kalten Wasser so schrumpelig aussah wie der eines alten Mannes.

»Ich habe Wege, ihn wiederzubeleben«, meinte sie mit einem Grinsen wie das einer Hurenmutter. »Soll ich sie Ihnen zeigen, Sir?«

Will liebte es, wenn sie die Verwegene spielte. Das gab ihm das Gefühl, mächtig und wollüstig zu sein. Er nahm an, dass sie seinen Penis streicheln würde, als sie danach griff, doch zu seinem schockierten Entzücken kam sie im Wasser näher und nahm ihn in den Mund.

Will hatte von anderen Männern gehört, dass teure Huren so etwas taten, aber er war noch nie mit einer Frau im Bett gewesen, die dazu bereit gewesen war. Als Marys warmer Mund sich um ihn schloss, keuchte er auf, denn es war das schönste Gefühl, das er jemals empfunden hatte. Sein Glied war sofort steif, und er hatte schreckliche Angst, dass sie aufhören würde, aber das tat sie nicht. Stattdessen hielt sie eine seiner Pobacken umklammert und massierte mit der anderen Hand seine Hoden, während ihre Lippen und ihre Zunge über seinen Penis strichen. Er konnte sich kaum auf den Knien halten, und als er hinunterblickte und sah, wie er in ihrem Mund verschwand und ihre nackten Brüste gegen seine Schenkel wogten, fiel er fast hintenüber.

Das war das Beste, was ihm jemals passiert war. Auf einmal war er nicht länger in einer Strafkolonie, nicht länger ein Mann, dem man alle Würde und allen Stolz genommen hatte, sondern befand sich auf einer mondbeschienenen tropischen Insel, wo er ein reicher Gentleman war. Er stellte sich selbst in einem zerknitterten Seidenhemd und einer Samtkniehose mit silbernem Gürtel vor und sah Mary als eine exotische Schönheit vor sich, die nichts trug außer einer Blumengirlande – seine willige Sklavin.

»Das ist so gut«, stöhnte er und umfasste ihren Kopf, um sie noch näher an sich zu ziehen.

»Wie gut?« Mary hielt für einen Moment inne und blickte mit einem spitzbübischen Lächeln zu ihm auf.

»Das Beste auf der ganzen Welt«, seufzte er. »Hör nicht auf.«

»Ich habe dir den Preis noch nicht genannt«, sagte sie.

»Was immer es ist, ich bezahle.« Wills Stimme brach jetzt vor Erregung.

»Unsere Flucht ist der Preis«, murmelte sie. »Bist du bereit, ihn zu bezahlen?«

Will war bereit, ihr alles zu versprechen. »Ja«, stöhnte er. »Nur mach bitte weiter.«

Mary lächelte in sich hinein, als sie seine Bitte erfüllte. Jetzt hatte sie ihn! Will gab sich vielleicht härter und mutiger, als er eigentlich war, aber sie hatte festgestellt, dass er seine Versprechen hielt. Sie war Sadie von der *Lady Juliana* wirklich dankbar dafür, dass sie ihr die Geheimwaffe verraten hatte, mit der man Männer gefügig machen konnte. Komisch daran war, dass Mary geglaubt hatte, sie würde es abstoßend finden, doch tatsächlich gefiel es ihr sogar.

10. Kapitel

Während Will den Sack Reis in das Versteck unter dem Hüttenboden hinunterließ, überlegte er, dass er wohl verliebt sein musste. Warum sonst machte er bei Marys Wahnsinn mit, wo er doch nächsten Monat ein freier Mann sein würde?

Er blieb einen Moment auf seinen Unterschenkeln sitzen, nachdem er den falschen Boden wieder an seinen Platz gerückt hatte. So besorgt er über den Plan auch war, er musste doch lächeln. Freier Mann hin oder her, es würde eine süße Rache für all die Ungerechtigkeiten und Demütigungen sein, mit dem Kutter des Kapitäns aus dem Hafen zu segeln und nicht nur Mary und die Kinder, sondern auch seine Freunde mitzunehmen.

Holländisch-Ostindien klang für Will nach einem schönen Ort. Es war ein tropisches Paradies, wo ein Mann wie ein König leben konnte. Natürlich war es eine enorme Entfernung, und über den größten Teil der Strecke gab es keine Karten. Außerdem war außer Kapitän Cook noch niemand so wagemutig gewesen, von hier aus dorthin zu segeln. Aber irgendwie machte die Gefahr die Reise für Will noch reizvoller. Das war der Stoff, aus dem Legenden entstanden. Will wollte, dass man nach seinem Tod ehrfürchtig über ihn sprach.

Es war Mitte Februar, und sie mussten bis Ende März lossegeln, oder sie würden in schwere Herbststürme geraten. Aber es gab noch so viel zu tun, und sie mussten Detmer Smith immer noch um Unterstützung bitten.

Mary war in diesem Augenblick bei Detmer, um ihm seine saubere Wäsche zu bringen. Zweifellos würde sie auf Teufel komm raus versuchen, ihn mit ihrem Charme zu bezaubern. Will machte das nichts aus, es war notwendig, doch er mochte es nicht, dass sie versuchte, die Kontrolle über den Plan zu übernehmen.

Sie hatte darauf bestanden, dass er seine Freunde erst in letzter Sekunde fragen sollte, ob sie sie begleiten wollten. Sie musste doch wissen, wie schwer es ihm fiel, sie nicht ins Vertrauen zu ziehen! Er wollte mit einem Mann darüber sprechen, nicht nur mit einer Frau.

»Einer der anderen wird sich vielleicht vergessen und alles ausplaudern, wenn er betrunken ist«, hatte Mary eingewandt. »Sie haben alle Frauen, und vielleicht verraten die uns, wenn sie erfahren, dass ihre Männer sie zurücklassen wollen.«

Deshalb konnte Will nur herumsitzen und warten, die Vorräte horten und Detmer und Bennelong bearbeiten.

Will sah Bennelong oft, wenn er fischen war. Er war wieder nackt und zeigte Will stolz ein paar neue Narben, die er sich beim Fischen geholt hatte. Er erinnerte sich noch gut an das Englisch, das er während seiner Gefangenschaft gelernt hatte. Damit und mithilfe von Zeichensprache konnte Will mit ihm ganz gut kommunizieren.

Im vergangenen November war Bennelong in der Kleidung, die Kapitän Phillip ihm ursprünglich gegeben hatte, in die Siedlung zurückgekehrt. Das schien ein Zeichen zu sein, dass er bereit war, als Übersetzer zu fungieren, solange niemand versuchte, ihn wieder in Ketten zu legen. Deshalb hatte ihm der Kapitän eine Hütte überlassen, in der er leben konnte, und Essen aus dem Proviantlager.

Will glaubte jedoch, dass Kapitän Phillip mit Bennelong niemals fertig werden würde. Eigentlich interessierte sich dieser Mann ausschließlich für das Kämpfen und die Frauen; von der Siedlung wollte er nur den Alkohol, mit dem die Neuankömmlinge ihn vertraut gemacht hatten. Er war bereits aufgefallen, weil er sich im Haus des Gouverneurs betrunken und dann randaliert hatte. Wenn Phillip glaubte, Bennelong wäre sein Lakai geworden, nur weil er ihm eine Hütte gegeben hatte, dann irrte er sich.

Will mochte Bennelong wirklich, vor allem seinen kindlichen Enthusiasmus, sein breites Grinsen und seine Neugier, was die weißen Männer anging. Wenn er mit Will draußen fischte, brachte Bennelong ihm etwas von seiner Sprache und seinen Gebräuchen bei.

Es war merkwürdig, dass man in Bennelongs Kultur einer Frau, die man begehrte, mit einem Knüppel über den Kopf schlug und sie einfach wegtrug. Einer einzigen Frau treu zu sein, erschien den Eingeborenen völlig absurd, doch Bennelong verehrte Mary. Sein Gesicht leuchtete auf, wenn er sie sah, und er wollte ihr gefallen. Deshalb war Will ziemlich sicher, dass Bennelong sich mit ihm anlegen würde, falls er ihn jemals mit einer anderen Frau sah.

Mary hatte recht mit ihrer Annahme gehabt, dass viele der Eingeborenen die Gewässer in der Gegend sehr gut kannten. Sie hatten vielleicht nur winzige Kanus, aber sie manövrierten sie so geschickt und schnell, dass es kaum zu glauben war. Bennelong hatte Will auch gezeigt, wie man Trinkwasser fand und welche Pflanzen man gut essen konnte. Zweifellos würde er sehr gern bereit sein, nachts zum Kutter hinauszuschwimmen und ihn für sie näher an die Küste zu ziehen, damit sie an Bord gehen konnten. Bennelong empfand keine Loyalität gegenüber den Offizieren, aber er war loyal gegenüber Mary und Will.

Obwohl er wusste, dass er sich auf Bennelong verlassen konnte, würde es sehr viel schwieriger sein, Detmer zu überzeugen.

Will und der Holländer hatten sehr viel gemeinsam. Sie waren beide groß, blond und blauäugig; beide waren gesellige Männer, die schnell Freunde fanden. Und sie waren aus unterschiedlichen Gründen isoliert.

Seit es in der Siedlung wieder die volle Ration gab, schienen viele der ursprünglichen Gefangenen vergessen zu haben, dass es Will gewesen war, der ihnen mit seinem Fisch das Leben gerettet hatte. Und was die Neuankömmlinge anging, so waren die meisten eifersüchtig auf seine Freiheit, zu kommen und zu gehen, wie es ihm gefiel. Deshalb machten sie oft sarkastische Kommentare darüber, dass er der »Liebling der Offiziere« sei.

Detmer war isoliert, weil er sich nicht an Kapitän Phillips Regeln halten wollte. Die Vorräte, die er mitgebracht hatte, wogen teilweise zu wenig, deshalb trauten ihm die Offiziere nicht, und jetzt trieb er den Preis für das Chartern seines Schiffes in die Höhe. Phillip brauchte es unbedingt, um einige seiner Männer nach England zurückschicken zu können, und Detmer stellte sich quer. Das Ergebnis war, dass ihn die Offiziere mieden, und Mary, die es immer witterte, wenn sich ihr eine gute Gelegenheit bot, ergriff sie.

Zuerst waren es nur das ein oder andere Lächeln, eine kleine, versöhnliche Unterhaltung, das Angebot, seine Wäsche zu waschen, und schließlich, mit ihr und Will in der Hütte zu essen. Will hatte nichts gegen Detmers Besuche, wenn er zu Hause war; der Holländer war unterhaltsam, und er brachte stets eine Flasche Rum mit. Aber Will war sich bewusst, dass die Leute anfingen, über Marys Gespräche mit Detmer am Kai und über die Tatsache zu reden, dass sie manchmal zu seinem Schiff rausfuhr.

»Sie macht diesen Mann an«, hatte ihm erst heute jemand gesagt. Will war von Natur aus eifersüchtig, und die Vorstellung, seine Frau könnte mit einem anderen Mann zusammen sein, gefiel ihm überhaupt nicht. Doch er wusste, dass Mary Detmer sehr viel eher davon überzeugen konnte, ihnen zu helfen, als er selbst. Und deshalb würde er nicht darauf achten, wie sie das schaffte.

Will stand vom Boden auf und ging aus der Hütte. Mary kam ihm mit Emmanuel auf dem Arm und Charlotte an ihrer Seite entgegen.

Will fand, dass die drei ein hübsches Bild abgaben, Mary mit ihrem von schwarzen Locken umrahmten Gesicht, Emmanuel mit seinen rosigen Wangen und seinem blonden Haar auf ihrem Arm und Charlotte, eine Miniaturausgabe ihrer Mutter, die barfuß in den Sand trat. Die *Lady Juliana* hatte Stoff aus England mitgebracht. Mary war es gelungen, Tench ein paar Meter abzuschwatzen, und sie hatte ein Kleid für sich selbst und Sachen für die Kinder daraus genäht. Marys blau gestreiftes Kleid war nach dem

Standard seiner Mutter zu Hause nur sehr grob zusammengenäht, das wusste Will, aber nachdem er sie und so viele andere Frauen zwei Jahre lang in Lumpen gesehen hatte, fand er sie sehr schick darin.

»Du warst lange weg«, bemerkte er tadelnd.

»Wir sind ins Gespräch gekommen«, meinte sie und nickte vielsagend in Charlottes Richtung. Offenbar wollte sie das nicht vor dem Kind besprechen.

Mary erhitzte Wasser auf dem Feuer und kochte etwas »Süßen Tee«, dann setzte sie sich, um Emmanuel zu stillen. Sobald Charlotte in einiger Entfernung spielen ging, bedeutete sie Will, näher zu rücken.

»Ich habe Detmer gebeten, uns zu helfen«, flüsterte sie.

»Du hast ihm von unserem Plan erzählt?« Will war schockiert, dass sie das nicht in seinem Beisein getan hatte.

»Der Zeitpunkt war richtig«, erklärte sie mit einem Schulterzucken. »Er hatte sich wieder mit Phillip gestritten, und ich wusste, das war der Moment.«

»Was hat er gesagt?« Will lief ein kalter Schauer den Rücken herunter, als er daran dachte, was mit ihm passieren würde, wenn Detmer sie verriet.

Mary antwortete einen Augenblick lang nicht. Die Wahrheit war, dass Detmer zuerst nur über ihren Plan gelacht hatte. »Ich verstehe nicht, warum Will sein Leben und das seiner Familie riskieren sollte, wenn er doch hier alles hat«, hatte er gemeint. Mary hatte ihn angefleht, ihm erklärt, wie sehr sie fürchtete, dass Will sie verlassen würde, sobald er seine Strafe abgesessen hatte. Sie hatte sogar angedeutet, dass sie bereit wäre, alles für Detmer zu tun, wenn er ihnen half.

Sein Gesichtsausdruck verriet, was er dachte: die Lippen zu einer zynischen geraden Linie zusammengepresst, doch mit einem Lachen in den Augen. Er saß auf einem zusammengerollten Tau am Bug seines Schiffs, während sie halb abgewandt an der Reling stand, weil sie doch nicht mutig genug war, ihm in die Augen zu sehen. Er trug ein sauberes weißes Hemd und eine hellbraune Hose, die wie eine zweite Haut an seinem Körper saß, und sein langes, blondes Haar wehte im Wind.

Er ähnelte äußerlich Will, war ebenso blond und groß, obwohl er ungefähr zehn Jahre älter sein musste. Aber Detmer sah so gepflegt aus, wie es Will niemals gelingen würde. Seine Haut war goldbraun, sein Haar seidig, und seine Zähne waren immer noch sehr gut, weiß und gerade. Der schwere Akzent, mit dem er Englisch sprach, war ebenfalls attraktiv – was auch immer er sagte, es klang, als machte er ihr den Hof.

»Na los, sag schon«, rief Will. »Charlotte kommt gleich zurück, und vor ihr können wir nicht reden.« Mit ihren drei Jahren sprach Charlotte jetzt sehr viel, und sie würde vielleicht wiederholen, was sie aufschnappte.

»Er meinte, er würde uns helfen«, erklärte Mary. Die Wahrheit war, dass Detmer sie gefragt hatte:

»Wie weit würdest du denn für meine Mithilfe gehen?«

»Warum sollte er uns helfen wollen?« Wills Augen wurden schmal vor Misstrauen.

Mary zuckte die Schultern. »Weil er uns mag. Weil er es Kapitän Phillip heimzahlen will. Weil ich ihn überredet habe. Such dir etwas aus.«

»Hast du ihm gesagt, was wir brauchen?«

Mary beugte sich weiter zu Emmanuel hinunter, damit Will nicht sah, wie sie errötete. Sie war schamlos gewesen, genauso wie bei Leutnant Graham auf der *Dunkirk*. Aber diesmal war es ihrer Meinung nach noch schlimmer gewesen, weil sie Detmer tatsächlich begehrte. Wären ihre beiden Kinder nicht dabei gewesen, hätte sie sich vielleicht auf der Stelle von ihm nehmen lassen.

»Ja, das habe ich. Er verkauft uns einen Sextanten und einen Kompass«, sagte sie. »Und er legt auch noch ein paar alte Musketen, etwas Munition und ein Wasserfass obendrauf. Du kannst mit ihm dafür einen Preis aushandeln.«

»Wie sieht es mit Karten aus?«

»Die bekommen wir ebenfalls, er kümmert sich darum. Er will noch mit dir darüber sprechen.«

»Dann spiele ich also doch noch eine Rolle bei der ganzen Sache?«, fragte Will sarkastisch.

Mary hätte ihn gern geschlagen, weil er immer den dicken Mann markieren musste. Wenn sie sich zurückgelehnt und ihn die Flucht hätte organisieren lassen, dann läge er jetzt schon in Ketten, weil er seinen Mund nicht halten konnte. Selbst Detmer, der Will erst kurze Zeit kannte, machte sich Sorgen wegen seines losen Mundwerks, für das er bekannt war. Aber sie musste ihre Wut verbergen. Alles hing davon ab, Will bei Laune zu halten.

»Du hast die wichtigste Rolle«, erwiderte sie und strich ihm mit der Hand liebevoll über das Gesicht. »Du bist der Navigator. Detmer sagt, nur ein guter Seemann wie du schafft es, durch die Riffe zu segeln, ohne mit dem Boot aufzulaufen.«

Das besänftigte Will. »Ich werde heute Nacht eines von den neuen Seine-Netzen stehlen«, erklärte er. »Sie werden es nicht vermissen.«

Mary sah sich nach Charlotte um, die immer noch außer Hörweite war und zufrieden Sandkuchen formte, und fuhr dann fort: »Wir sollten entscheiden, wen wir fragen, ob er mitkommen will.«

»James Martin, Jamie Cox und Samuel Bird natürlich«, erwiderte Will. »Das sind meine Kumpel; ich war mit ihnen schon auf der *Dunkirk* zusammen.«

Mary nickte. Sie hatte erwartet, dass Will diese drei mitnehmen wollte. Sie war nicht allzu begeistert über Samuel Bird, weil er ein so düsterer Mann war, doch sie hatte auch nicht wirklich versucht, ihn näher kennenzulernen, weil sein rotes Haar und seine blassen Wimpern sie abschreckten. »Ja, doch ich glaube, William Moreton wäre auch eine gute Wahl. Er kennt sich mit Navigation aus.«

Will rümpfte die Nase. »Ich mag ihn nicht.«

Mary mochte den dunklen, bulligen Mann ebenfalls nicht. Wie Will war er ein Großmaul, felsenfest von seiner eigenen Wichtigkeit überzeugt. Aber er konnte navigieren, er war stark und verschwiegen.

»Wir brauchen noch einen Navigator«, beharrte sie streng. »Du kannst das nicht allein.«

»Also gut, dann er auch, und vielleicht Wilf Owens und Pat Reilly.«

»Wilf Owens ist ein Dummkopf«, meinte Mary abfällig. »Und Pat Reilly kann den Mund nicht halten.«

Will sah verletzt aus. Wilf und Pat kamen oft mit ihm fischen, und er trank gern mit ihnen. »Und an wen hattest du gedacht?«, fuhr er sie an.

»An Sam Broome, Nathaniel Lilly und Bill Allen«, erwiderte sie.

»Wir können doch nicht so viele mitnehmen«, rief Will entsetzt. »Außerdem sind das nicht unsere Freunde. Sie sind von der Zweiten Flotte. Wir kennen sie kaum.«

»Wir brauchen so viele, wenn wir rudern müssen«, beharrte sie. »Davon abgesehen ist das Boot groß genug. Und sie können damit umgehen. Was spielt es für eine Rolle, dass wir sie noch nicht lange kennen? Sie sind alle vertrauenswürdig und verlässlich.«

Will hatte nichts gegen Nat und Bill. Nat war ein junger Mann wie Jamie, der stets an seinen Lippen hing. Er sah aus wie ein Engel mit seinem blonden Haar und den großen Augen, und Will hatte ihn gern um sich.

Sie nannten Bill »den Eisenmann«. Als er wegen Diebstahls aus dem Proviantlager ausgepeitscht worden war, hatte er nicht einmal geschrien und war am Ende weggegangen, ohne auch nur zu stöhnen. Verglichen mit den meisten Männern war er ein echter Krimineller, verurteilt wegen Körperverletzung und Raubes. Sein gesunder Menschenverstand sagte Will, dass er eine gute Wahl war, denn sie brauchten harte Männer, wenn sie Ärger mit den Eingeborenen hatten.

»Ja, Bill und Nat können mitkommen«, stimmte er zu. »Aber warum Sam Broome?«, fragte er und blickte Mary misstrauisch an. Er fand diesen Mann sehr merkwürdig, denn er blieb gern für sich, trank nicht und war so dünn wie ein Besenstiel.

Mary mochte Sam seit jenem Tag, an dem er halb tot am Kai gelegen und sie ihm Wasser gegeben hatte. Sie hatte ihn in den Hospitalzelten besucht, bis es ihm so gut gegangen war, dass er in eine Hütte hatte ziehen können, und sie waren Freunde geworden. Sie mochte seine ritterliche Art und seine Zurückhaltung, und es war schmeichelhaft, dass er sie offensichtlich anbetete.

Niemand hätte Sam hübsch genannt, denn er war zu dünn, und sein sandfarbenes Haar ging schon stark zurück. Doch er hatte ein scharf geschnittenes Gesicht, und in seinen gelbbraunen Augen lag Entschlossenheit. Er war auch praktisch veranlagt, ein guter Tischler und solide. Mary brauchte ihn als Sicherheitsnetz, falls Will sie im Stich ließ.

Sie wünschte, sie hätte nicht diese Bedenken, was Will anging. Auf viele Arten war er der beste Ehemann, den man sich wünschen konnte. Aber sie musste realistisch sein und jede Möglichkeit bedenken. Wenn sie einen sicheren Hafen erreichten – und Mary war fest entschlossen, dass ihnen dies gelingen würde –, konnte sie nicht garantieren, dass der Erfolg Will nicht zu Kopf stieg. Er trank gern, und das machte ihn streitlustig. Sie musste eine Art Notfallplan für jede Eventualität haben; sie hatte nicht vor, ihr eigenes Leben oder das ihrer beiden Kinder für etwas zu riskieren, das vielleicht schlimmer war als das, was sie bis jetzt ertragen hatten. Sam Broome würde für sie in die Bresche springen, wenn sie ihn brauchte. Das wusste sie einfach.

»Sam hat Fähigkeiten, die wir vielleicht brauchen«, erklärte sie entschlossen. »Er ist Tischler, wie du weißt. Außerdem ist er ein ruhiger, verlässlicher Mann, der sich mit allen verstehen wird.«

Will schnaubte, was andeuten sollte, dass er anderer Meinung war, aber er sagte nichts mehr.

Am folgenden Tag bat Will jeden der ausgewählten Männer in die Hütte, um ihnen den Plan einzeln zu erläutern. Für den Moment erzählte er ihnen noch nicht, wer alles dazugehören sollte.

Jeder von ihnen war ungeheuer enthusiastisch, dankbar dafür, dabei sein zu dürfen, und versprach, etwas zum Proviant beizutragen. Mary lehnte sich zurück, während Will alles erklärte, und mischte sich nicht einmal ein. Erst als jeder Mann gerade die Hütte verlassen wollte, warnte sie sie.

»Du musst schwören, niemandem ein Sterbenswörtchen davon zu verraten«, drängte sie. »Deinem besten Freund nicht, deiner Frau nicht, niemandem. Denn wenn du es tust und unser Plan auffliegt, dann schwöre ich, dass ich dich umbringen werde.«

Bill Allen und William Moreton fanden es verrückt von Will, eine Frau und zwei kleine Kinder mit auf eine potenziell gefährliche Flucht zu nehmen, aber obwohl sie beide eigentlich Männer waren, die aus ihrer Meinung keinen Hehl machten, wenn sie mit etwas nicht einverstanden waren, wagten sie es nicht, ihren Bedenken Ausdruck zu verleihen, während Mary bei ihnen saß. Als sie die Leidenschaft in ihrer Stimme hörten und die kalte Entschlossenheit in ihren grauen Augen sahen, wurde ihnen jedoch klar, dass Mary nicht einfach nur mitmachte. Ohne dass es ausgesprochen wurde, erkannten sie die Wahrheit: Es war ihre Idee gewesen, ihr Plan. Sie meinte, was sie da sagte, daran konnte kein Zweifel bestehen.

Gegen Ende Februar war die geheime Kammer unter dem Boden der Hütte voller Proviant. Zwei alte Musketen, Munition, ein Enterhaken, verschiedene Werkzeuge, Kochtöpfe, ein Wasserfass und Harz zum Kalfatern, falls Wasser ins Boot eindringen sollte, waren an verschiedenen anderen Orten in der Siedlung versteckt. Laut Plan wollten sie fliehen, sobald die *Waaksamheyd* nach England ausgelaufen war. Dann war kein anderes Schiff mehr im Hafen, das sie jagen oder andere über die Flucht der Gefangenen informieren konnte.

Bennelong war sofort einverstanden gewesen, in der ausgewählten Nacht zum Kutter zu schwimmen und ihn für sie zur Küste zu ziehen. Jetzt mussten sie nur noch den Kompass und den Sextanten von Detmer holen und ihm die Summe geben, die er mit Will vereinbart hatte.

Will hatte kein Problem, an Geld zu kommen. Er hatte etwas gespart, seit er hier war, und er hatte es nicht ausgeben können. Den Rest beschaffte er auf die gleiche Weise wie das gesalzene Schweinefleisch, den Reis und das Mehl, nämlich indem er Fisch verkaufte. Sehr viele Marinesoldaten kauften den Fisch nur zu gern, denn wie Will konnten sie ihr Geld für nichts anderes ausgeben. Sie tauschten ihn meist gegen Alkohol, und die Offiziere, die schließlich den Fisch bekamen, stellten keine Fragen.

Aber Detmer bestand darauf, dass Mary ihm das Geld bringen und die Sachen abholen sollte. Er meinte, es wäre viel weniger riskant. Vielleicht war es tatsächlich eine gute Idee, das Geld in der sauberen Wäsche zu verbergen und den Sextanten und den Kompass in der Schmutzwäsche versteckt wieder mitzunehmen. Aber Will gefiel nicht, wie das auf die anderen wirken musste – *er* war für ihre Flucht verantwortlich, nicht Mary. Er hatte Angst, dass die Männer bald anfangen würden zu glauben, das Ganze wäre ihre Idee gewesen.

Will dachte darüber nach, als er an diesem Nachmittag zum Fischen hinausfuhr. Erst am gestrigen Abend hatte er alle Männer in ihrer Hütte zusammenrufen wollen, um mit ihnen über die Flucht zu sprechen. Doch Mary hatte davon nichts wissen wollen. Eine so große Versammlung werde man bemerken und dann noch genauer überwachen, hatte sie gemeint. »Wir dürfen uns höchstens zu dritt oder viert treffen!«

Selbst James Martin, Wills bester Freund, stimmte Mary zu. Es machte Will krank, dass James auf ihrer Seite war statt auf seiner.

Will war mit sechs anderen Männern auf dem Kutter, die ihm an diesem Tag helfen sollten, und wollte gerade losfahren, als Bennelong an den Kai kam. Er hatte seine Schwester und zwei ihrer Kinder bei sich. Auch Charlotte war dabei, denn sie spielte oft mit ihnen. Als Bennelong ihm in Zeichensprache mitteilte, dass sie alle zusammen mit dem Boot hinausfahren sollten, wollte Will zuerst ablehnen. Er mochte es nicht, so viele Leute an Bord zu haben, und außerdem war ihm nicht nach Gesellschaft. Doch vielleicht war es eine gute Idee, wenn Charlotte sich an das Boot gewöhnte, und außerdem könnte Bennelong beleidigt sein, wenn er nicht mitfahren durfte, und sein Versprechen zurückziehen, ihnen bei der Flucht zu helfen. Will hatte im Grunde gar keine andere Wahl, als einverstanden zu sein.

Es war ein schöner Tag, viel kühler als die letzten, und Wills schlechte Laune schwand, als sie draußen in der Bucht waren. Als Bennelong aufgeregt auf einige Seevögel deutete, die über einer Stelle auf der Westseite der Bucht hin und her flogen, wusste Will, was er damit sagen wollte: Dort würden sie einen großen Fischschwarm finden.

Bennelong hatte recht. Als sie nach einiger Zeit das Netz wieder einholten, war es voller Fische. Es war der beste Fang seit einigen Wochen.

Will war hocherfreut. Er schlug Bennelong immer wieder auf die Schulter und lobte ihn.

»Ja, Bennelong guter Mann«, wiederholte er mit einem breiten Grinsen, das seine perfekten Zähne zeigte. »Du gibst gutem Mann Rum?«

»Ich werde ein bisschen mit dir trinken«, meinte Will lachend und machte Zeichen, die andeuten sollten, dass sie eine Party feiern würden. Bei einem so guten Fang würde er einen guten Teil für sich selbst behalten können, und er war in Stimmung, sich zu betrinken.

Während sie immer noch lachten und sich gegenseitig zu ihrem Glück gratulierten, segelten sie zurück auf den Kai zu, den Boden des Bootes voll mit zappelnden Fischen. Doch plötzlich kam eine steife Brise auf, die Will unvorbereitet erwischte. Das Boot wurde schneller und trieb direkt auf einige Felsen zu, und Will konnte nicht schnell genug wenden. Es krachte, die Haken, die die Segel hielten, brachen und ließen das Boot hochschnellen, und mit einem Mal drang Wasser ein.

Wenn nicht so viele Leute an Bord gewesen wären, hätte Will damit fertig werden können, aber zwei der Gefangenen, beide unerfahren, bekamen Panik, und plötzlich kippte das Boot ganz um, und alle fielen hinaus.

Wills erster Gedanke, als er im Wasser war, galt Charlotte, doch John, einer von der Mannschaft, hatte sie bereits im Arm. Sie schrie vor Schreck, schien aber unverletzt zu sein. Die beiden Kinder von Bennelongs Schwester hielten sich am Rücken ihrer Mutter fest, und nach einem kurzen Ruf zu ihrem Bruder schwamm diese mit ihnen zur Küste.

»Ich nehme Charlotte«, rief John. »Du holst die Männer.«

Bennelong blieb, um Will mit den anderen fünf Männern zu helfen, von denen nur zwei schwimmen konnten, dann hielt auch er auf den Strand zu. Während Will den strampelnden Nichtschwimmern half, sich am gekenterten Boot festzuhalten, fluchte er innerlich. Er hatte den gesamten Fang verloren; Kapitän Phillip würde sehr ärgerlich sein. Noch schlimmer war jedoch, dass sie die Hoffnung auf eine Flucht nun wahrscheinlich für die nächsten Wochen begraben konnten.

Während Will beim Boot und den Männern blieb, die husteten und spuckten, erreichte Bennelong die Küste und rief einige andere Eingeborene herbei. Innerhalb von Minuten zogen sie ihre Kanus den Strand hinunter, um Will und seinen Leuten zu Hilfe zu kommen. Einige kamen direkt zum Boot und brachten die Mannschaft in Sicherheit, andere sammelten die Ruder und andere Dinge ein, die vom Kutter geworfen worden waren, oder kamen mit Seilen, die Will am Schiffsrumpf befestigte, und zogen das Boot zum Kai.

Als Will mit Charlotte viel später zur Hütte zurückkam, hatte Mary bereits von dem Vorfall gehört. Er hatte erwartet, dass sie wütend sein würde, und war bereit, ihr die Stirn zu bieten, aber zu seiner Verwunderung schien sie sich in erster Linie Sorgen um Charlotte zu machen.

Sie nahm ihm das Kind aus den Armen und wickelte es in eine Decke. »Alles in Ordnung«, sagte sie, als Charlotte wieder zu weinen begann. »Es wird dir besser gehen, wenn du dich erst wieder aufgewärmt hast. Ich muss dir dringend das Schwimmen beibringen, nicht wahr?«

»Genau. Tröste sie ruhig!«, warf Will ihr vor. »Denk bloß nicht an mich! Ich könnte wieder ausgepeitscht werden. Und aus unserer Flucht wird auch nichts!«

Noch während er es sagte, wusste Will, dass er völlig überreagierte. Aber alle Hoffnungen zerstört zu sehen, nachdem sie ihrer Realisierung so nahe gewesen waren, war einfach zu viel.

Seine Kleider waren im Wind schnell getrocknet, aber er fror bis ins Mark. Er wusste auch, dass sich viele Leute, die ihm seine Freiheiten neideten, über sein Unglück freuen würden.

»Sei nicht albern«, gab Mary zurück und warf ihm einen verächtlichen Blick zu. »Warum sollte man dich auspeitschen? Es war ein Unfall.«

Ihre scharfen Worte ließen Will denken, dass er ihr offenbar völlig egal war. All die Wut, die sich seit einiger Zeit in ihm angesammelt hatte, stieg in ihm hoch und brach sich Bahn, und er schlug sie hart ins Gesicht, sodass sie und Charlotte, die auf ihrem Schoß saß, zu Boden fielen.

»Du kaltherzige Schlampe«, schrie er sie an. »Du denkst immer nur an dich selbst.«

Charlotte weinte, und Mary zog sie schnell an sich und stand auf. Sie versuchte nicht, aus der Hütte zu laufen, sondern stellte sich mit Charlotte auf dem Arm herausfordernd vor Will.

»Ich werde diesen Schlag als Folge des Schocks ansehen«, erklärte sie hochmütig. »Aber sollte es dir einfallen, mich jemals wieder zu schlagen, dann glaub ja nicht, dass ich noch einmal so nachsichtig sein werde.«

Will hatte noch nie eine Frau geschlagen, und in dem Moment, in dem er zugeschlagen hatte, hatte er sich bereits geschämt. Doch er würde sich nicht entschuldigen, nicht, wenn sie sich nicht wie eine echte Frau benehmen und weinen konnte. Stattdessen drehte er sich auf dem Absatz um und rannte aus der Hütte.

Will kam später zurück, so betrunken, dass er durch die Tür stolperte und flach auf den Boden fiel. Mary lag in der Dunkelheit wach, aber sie stand nicht auf, um ihm zu helfen. Er war nicht aus freiem Willen zurückgekommen, sondern vielmehr einem Instinkt gefolgt, nahm Mary an. Sie fragte sich, wie er an den Alkohol gekommen war und welche Geheimnisse er im betrunkenen Zustand wohl enthüllt haben mochte.

Sie konnte nicht schlafen, weil sie sich so elend fühlte. Will schien sich überhaupt nicht darüber bewusst zu sein, was sie durchgemacht hatte, als sie vom Kentern des Bootes gehört hatte. Sie hatte zuerst gedacht, Charlotte sei ertrunken. Erst eine Stunde später hatte sie erfahren, dass John sie gerettet hatte. Nach diesen furchtbaren Qualen, die sie gelitten hatte, war die vereitelte Flucht bedeutungslos für sie.

Doch nachdem sie Charlotte nun in Sicherheit wusste, erkannte sie die Grauenhaftigkeit dieses Ortes nur noch deutlicher. Während sie am Kai gewartet hatte, hatte sie sich umgeblickt und alles so gesehen, wie es wirklich war – eine Barackenstadt, mit dem Schweiß von Männern gebaut, denen man jede Würde genommen hatte. Alles daran war hässlich, von der Unfertigkeit der Gebäude, dem Auspeitschungsdreieck, dem trostlosen, bereits überfüllten Friedhof bis hin zu den Menschen, die hier festsaßen. Über allem hing ein alles durchdringender Gestank nach menschlichen Exkrementen und verrotteten Nahrungsmitteln. Es herrschte eine Atmosphäre von Hoffnungslosigkeit und Unterdrückung.

Sie konnte ihre Kinder hier nicht großziehen. Wie sollte sie gegen den Dreck, die Entwürdigung, die absolute Verzweiflung ankämpfen? Wie sollte sie den Kindern beibringen, dass es falsch war zu stehlen, wenn man hier nur auf diese Weise überleben konnte, oder dass Unzucht eine Sünde war, wenn es für die meisten hier der einzige Lichtblick war, der ihnen blieb? Fast alle Kinder waren unehelich, und viele der Mütter konnten nicht einmal mit Sicherheit sagen, welcher der Männer ihre Kinder gezeugt hatte. In den kommenden Jahren würden diese Nachkommen vielleicht unwissentlich Inzest begehen.

Dieser Ort beleidigte Marys Sinne. Sie war entsetzt über die Trunkenheit, die Ausschweifungen, die Faulheit, die Krankheiten und die völlige Dummheit der Menschen. Jeden Tag wurden ihre Ohren mit den schmutzigsten Ausdrücken und den Geräuschen von menschlicher Verzweiflung bombardiert. Der Geruch ließ Übelkeit in ihr aufsteigen. Selbst der Tastsinn, der persönlichste aller Sinne, wurde hier enttäuscht. Das Holz war zerklüftet und voller Splitter; was wie weiches Gras aussah, war spitz wie Nadeln; ihre eigene Haut und die von Will war hart und rau und juckte von Insektenbissen, und es bildeten sich oft Geschwüre.

Wie sehr sie sich nach all den Dingen sehnte, die Teil ihres Alltags in Fowey gewesen waren! Mary wollte wieder frisch gebackenes Brot riechen und den Lavendel, die Rosen und die Nelken in dem kleinen Garten. Sie wollte Erdbeeren, Äpfel und Pflaumen sehen, auf denen noch der Tau glänzte. Sie wollte einen Krug kalter Milch trinken und einen sauberen Unterrock anziehen, der vom Trocknen an der Leine draußen ganz frisch roch. Sie wollte, dass ihre Füße nach dem Waschen rosafarben und weich waren. Und sie wollte auf der welligen Weichheit einer Federmatratze liegen und beobachten, wie die Vorhänge im Wind wehten.

Ihre Kinder erinnerten sie an all das, was sie zurückgelassen hatte. Ihre Haut war immer noch weich, ihre Stimmen klangen sanft und melodisch in ihren Ohren, ihr Atem war so frisch wie Quellwasser. Abgesehen von ihrer zerlumpten Kleidung waren sie nicht anders als Kinder, die in Reichtum hineingeboren wurden. Aber genauso wenig, wie sie sie davon abhalten konnte, ihr kindliches Aussehen zu verlieren, würde sie verhindern können, dass sie hier verdorben wurden. Bald würden sie bei Auspeitschungen zusehen und sie für normal und alltäglich halten. Wie sollten sie den Unterschied zwischen Gut und Böse lernen, wenn es nichts Schönes oder Wertvolles gab, das sie ihnen zeigen konnte?

Sie hatten noch nichts verbrochen, doch als Kinder von verurteilten Strafgefangenen wurden sie ebenfalls zu solchen gemacht. Und wenn Mary sie nicht von hier fortbrachte, würde ihnen dieses Stigma anhaften, ebenso wie den Kindern ihrer Kinder. Das konnte sie nicht zulassen.

Am folgenden Morgen weckte Mary die beiden, stillte Emmanuel und röstete Charlotte ein bisschen Brot zum Frühstück, ohne Will aufzuwecken. Er lag immer noch auf dem Boden, wo er am Vorabend hingefallen war, und die Hütte stank nach Rum.

Sie hörte die Trommel zur Arbeit rufen, als sie auf dem Weg zu den Offiziershäusern war, um die schmutzige Wäsche abzuholen. Obwohl sie sich fragte, ob Will nach dem Verlust des Kutters zur Arbeit würde erscheinen müssen wie die anderen Männer, war sie nicht bereit, zurückzugehen und ihn zu wecken.

Sie hatte ein Bündel Wäsche über der Schulter und balancierte Emmanuel auf der Hüfte, während Charlotte vor ihnen her sprang, als sie hörte, wie Tench ihren Namen rief. Mary hatte ihn seit Wochen nicht mal aus der Ferne gesehen, denn seine Arbeit in Rose Hill hielt ihn dort fest. Er kam aus dem Haus von Schiffsarzt White, und sie nahm an, dass er dort übernachtet hatte.

»Wie geht es Charlotte?«, fragte er, als er näher kam. »Ich habe gehört, sie war gestern an Bord?«

»Sie hat es schon vergessen«, meinte Mary. »Aber ich hatte schreckliche Angst, bevor ich hörte, dass sie in Sicherheit ist.«

»Und Will, wie geht es ihm?«

»Er schläft noch«, antwortete sie und ließ Tench selbst entscheiden, ob er es so deuten wollte, dass Will noch unter dem Schock litt oder dass er seinen Rausch ausschlief. »Zumindest war es so, als ich ging.«

»Die Reparaturarbeiten beginnen heute«, sagte Tench und blickte zum Kai hinüber. »Er sollte dort sein.«

»Reparaturarbeiten?« Marys Herz schlug schneller.

Tench lächelte und streichelte Emmanuel über die Wange. »Natürlich. Kapitän Phillip will seinen Kutter so schnell wie möglich wieder seetauglich haben.«

»Ist er wütend auf Will?«, fragte Mary.

»Warum sollte er?« Tench runzelte die Stirn. »Kapitän Hunter hat alles gesehen und Bericht erstattet. Das hätte jedem passieren können, schließlich ist es Hunter mit der *Sirius* vor Norfolk Island genauso ergangen. Phillip ist außerdem sehr ermutigt davon, wie Bennelong und seine eingeborenen Freunde bei der Rettung geholfen haben.«

»Will glaubt, dass man ihn auspeitschen wird«, meinte Mary mit einem leichten Lächeln.

»Dann werde ich mal mit ihm sprechen«, erwiderte Tench. »Er hat nichts zu befürchten, wenn er sich an der Reparatur des Bootes beteiligt.«

Mary begleitete Tench ein Stück, und sie sprachen über Bennelong und darüber, wie er schon einmal geholfen hatte, als Kapitän Phillip von einem Speer der Eingeborenen verletzt worden war.

»Ich hoffe, dass unsere Leute den Eingeborenen in den kommenden Jahren freundlicher begegnen werden«, sagte Tench.

Mary stimmte ihm normalerweise immer zu, doch in ihrer Angst und Verzweiflung fand sie seine Haltung heute naiv und auch ein bisschen lächerlich. »Das werden sie nicht«, erklärte sie. »Ich schätze, es kommt eine Zeit, in der die Regierung die Eingeborenen ausrotten will, weil sie nicht in ihre Pläne mit diesem Land passen.«

Tench sah sie entsetzt an. »Oh, Mary, nein!«

»Das tun sie mit allen, die andere Werte haben als sie selbst«, verteidigte sie ihre Meinung. »Die Reichen und Mächtigen sind so geworden, wie sie sind, indem sie auf denen rumgetrampelt haben, die weniger haben und sind. Glauben Sie etwa, die Vergangenheit wird vergessen sein, wenn wir Gefangenen unsere Zeit abgesessen haben? Ich denke, dass es hier immer eine Zwei-Klassen-Gesellschaft geben wird. Gefangene, Eingeborene und ehemalige Gefangene ganz unten, und Leute wie Sie ganz oben.«

»Ich weiß nicht, was du mit ›Leute wie Sie‹ meinst«, sagte er entrüstet. »Alle Menschen sind gleich. Es ist eine Frage der persönlichen Entscheidung, ob man auf- oder absteigt.«

»Es ist aber verdammt viel einfacher aufzusteigen, wenn man eine Ausbildung hat und einer reichen Familie entstammt, die einem den Weg ebnet«, fuhr sie ihn an. »Doch das meine ich gar nicht. Wir Gefangenen sind für Leute wie Sie nicht besser als Sklaven. Je mehr sie hierherschicken, desto attraktiver wird dieses Land für die Leute mit Geld zu Hause in England. Ich schätze, irgendwann werden sie kommen und sich das Land nehmen, und wer wird darauf arbeiten?« Sie hielt inne und wartete darauf, dass er ihr eine ehrliche Antwort auf ihre Frage gab. Doch er sagte nichts, sondern sah nur verletzt aus.

»Wir Gefangenen«, erklärte sie triumphierend. »Wir werden es sein! Streiten Sie es nicht ab, Sir! Sie wissen, dass es so kommen wird. Einige Leute haben vielleicht ein schlechtes Gewissen, schwarze Männer gefangen zu nehmen und dazu zu zwingen, umsonst zu arbeiten. Aber niemanden interessiert es, wenn ein paar Gefangene sich zu Tode schuften müssen.«

Tench war schockiert. Während all der Zeit, die er Mary jetzt kannte, hatte er sie noch niemals so verbittert erlebt. »Ich dachte, du wärst hier mit Will und den Kindern ganz glücklich«, meinte er leise. Doch schon als er es aussprach, wurde ihm klar, wie überheblich es war, so zu denken: Er gestand den Gefangenen keine Gefühle zu.

»Glücklich?« Sie lachte freudlos. »Wie kann ich glücklich sein, wenn Charlotte vor Hunger weint? Wenn ich mir Sorgen um ihre und Emmanuels Zukunft machen muss? Sie haben nichts verbrochen, und trotzdem sind sie auch zu einer lebenslänglichen Strafe verurteilt.«

»Es tut mir so leid, Mary.« Tenchs Stimme zitterte, und in seinen Augen schwammen Tränen. »Ich wünschte …«

»Wünsche erfüllen sich nicht«, fiel sie ihm ins Wort. »Gebete bleiben unerhört, jedenfalls für Frauen wie mich. Ich muss mein Glück machen.«

Tench stand noch eine Weile da, während Mary hinunter zum Strand ging, um die Wäsche zu waschen. Er fühlte sich hilflos, denn er wusste tief in seinem Herzen, dass jedes ihrer Worte wahr war. Wenn die *Scarborough*, die *Surprise* und die *Neptune* wieder in England waren, wer würde sich dann für die Zahl der Gefangenen interessieren, die auf dem Weg nach New South Wales gestorben waren? Oder für all jene von der Ersten Flotte, die hier gestorben waren? Niemand wahrscheinlich. Doch Tausende würden begierig auf die Berichte darüber warten, wie es in diesem Teil der Welt war, weil sie hier Land in Besitz nehmen wollten. Vielleicht würden die Entbehrungen viele abschrecken, aber Opportunisten würden an die billigen Arbeitskräfte denken und bereit sein, das Risiko einzugehen. In Amerika war es schließlich genauso gewesen.

Tench beobachtete, wie Mary Emmanuel neben Charlotte auf den Boden setzte und sich dann ans Wasser kniete, um mit dem Waschen zu beginnen. Er erinnerte sich an das erste Mal, als er mit ihr auf der *Dunkirk* gesprochen hatte. Sie war damals so wütend über die unhygienischen Zustände im Laderaum gewesen!

Mary war wirklich bemerkenswert. Sie hatte seit diesem Tag so tapfer gekämpft, um das Beste aus ihrem Los zu machen. Viele andere junge, lebenslustige Frauen hatten einfach aufgegeben. Ihre Freundin Sarah war jetzt eine betrunkene Schlampe, wie die meisten Frauen von der *Charlotte*, die überlebt hatten. Sieben waren gestorben, und Gott allein wusste, ob sie vielleicht noch am Leben wären, wenn es einen Hoffnungsschimmer gegeben hätte, dass sich die Bedingungen verbessern würden.

Er hatte tiefes Mitgefühl mit allen, aber plötzlich zu sehen und zu hören, wie verbittert Mary war, nachdem sie früher so viel Optimismus ausgestrahlt hatte, war ihm unerträglich.

Warum konnte er nicht den Mut finden, ihr seine Gefühle zu gestehen? Warum konnte er seine hochfliegenden Pläne für die Zukunft nicht aufgeben und sie dazu drängen, Will zu verlassen und zu ihm zu kommen? Andere Offiziere wie Ralph Clark hatten sich eine Nebenfrau genommen, und Clark hatte eine Frau, die zu Hause auf ihn wartete und die er zu lieben behauptete. Es wäre nicht schwer, Wills Strafe war demnächst abgesessen, und er würde sicher gern das nächste Schiff besteigen, ohne noch einmal zurückzublicken.

Aber so sehr Tench Mary auch begehrte – er wusste, dass er es nicht tun konnte. Er war zu sehr an die Konventionen gebunden, um einem anderen Mann die Frau und die Kinder wegnehmen zu können. Es wäre nicht richtig, ihr nicht die Sicherheit einer Ehe zu bieten. Und er würde es nicht ertragen, wenn seine Freunde und seine Familie Mary verächtlich behandelten, und das würden sie sicher, wenn sie ihre Geschichte erfuhren.

Außerdem konnte er sich auch täuschen, was ihre Gefühle für ihn anging. Sie hatte niemals angedeutet, dass sie mehr als Freundschaft für ihn empfand.

Er blickte auf die schlanke Frau, die sich über das Wasser beugte, und erkannte die Entschlossenheit, die jeder Zentimeter ihres Körpers ausstrahlte. Sie würde nicht als Sklavin eines anderen enden, das wusste er irgendwie.

11. Kapitel

1791

Hast du das Geld?«, fragte Detmer mit seinem starken Akzent.

Mary nickte und hielt ihm ein Bündel saubere Wäsche hin. »Es steckt in einem Taschentuch«, flüsterte sie. Sie berührte das Bündel, das er trug. »Sind sie da drin?«

Es war der 26. März, und Detmer würde in zwei Tagen mit Kapitän Hunter und der Mannschaft von der gesunkenen *Sirius* nach England zurückkehren.

Am Vormittag herrschte auf dem Kai rege Betriebsamkeit. Detmers Matrosen rollten Fässer mit Trinkwasser an Bord, Marinesoldaten patrouillierten. Männliche Gefangene, die einen neuen Schuppen bauten, hämmerten und sägten, und ein paar weibliche Gefangene, die von den Häusern der Offiziere zurückkehrten, in denen sie geputzt hatten, riefen sich gegenseitig etwas zu. Es gab auch viele Kinder, schmutzige, halb nackte Bengel, die wagemutig auf den vielen Kisten herumkletterten, die noch verladen werden mussten. Manchmal rief jemand, sie sollten sofort damit aufhören, dann verschwanden sie wie Ratten im Kanal, nur um innerhalb von Minuten wieder aufzutauchen.

Der Kutter war wieder repariert worden, genau wie Tench gesagt hatte. Wie sich herausstellte, war der Unfall sogar gut gewesen, denn das Boot war jetzt in einem besseren Zustand als zuvor.

»Ja, sie sind da drin. Ein Sextant und ein Kompass. Ich würde dich nicht betrügen, Mary«, meinte Detmer und lächelte etwas tadelnd. »Kommst du noch mal auf einen Abschiedstrunk aufs Schiff?«

»Du weißt, dass ich das nicht wagen kann«, sagte sie und blickte sich um. Sie war sich bewusst, dass man Detmers Schiff streng bewachte, denn es hatte blinde Passagiere auf der *Scarborough* gegeben, als sie Sydney Cove verlassen hatte. Man hatte sie entdeckt, bevor das Schiff die Landzungen erreichte, und sie waren sofort an Land gesetzt worden. Aber seitdem waren die Truppen und Offiziere sehr viel aufmerksamer. Mary konnte sehen, dass ein paar Offiziere vom Haus des Gouverneurs herunterkamen. Es war also ratsam, den Kai so schnell wie möglich zu verlassen, um kein Misstrauen zu erregen.

»Ich wünschte, ich könnte mehr für euch tun«, sagte Detmer seufzend. »Hätte ich dich irgendwo sonst auf der Welt getroffen, wäre diese Sache wohl etwas anders ausgegangen.«

Mary wurde rot und senkte den Blick. Sie wusste nie, wie sie Detmer und seine oft sehr persönlichen Bemerkungen auffassen sollte. Manchmal war sie sicher, dass er viel für sie empfand – warum sonst würde er ein so großes Risiko eingehen, um Will und ihr zu helfen? Doch dann hatte sie wieder das Gefühl, nur ein Spielball für ihn zu sein, um Kapitän Phillip zu ärgern.

»Sieh mich an, Mary«, bat er mit leiser, eindringlicher Stimme.

Sie blickte in seine klaren blauen Augen und spürte das nun schon vertraute Verlangen in sich aufsteigen. Detmer sah heute noch attraktiver aus als sonst – er hatte sich sein blondes Haar schneiden lassen und sich rasiert, und sein weißes Hemd war makellos. Selbst seine langen Stiefel glänzten, und sie fragte sich, ob er das alles nur für sie getan hatte.

Es war ungewöhnlich, dass sie sich schon zum zweiten Mal zu einem Mann hingezogen fühlte, der so weit über ihr stand. Seit zwei Monaten beherrschte Detmer nun bereits ihre Gedanken und Träume wie vor ihm Tench. Doch während Watkin Tench immer einen Platz in ihrem Herzen haben würde und sie instinktiv wusste, dass seine Gefühle ihre eigenen spiegelten, war die Sache mit Detmer rein körperlich.

Er wirkte wie ein Mann, der immer nur tat, was er wollte. Sie spürte, dass Salzwasser in seinen Adern floss und er am glücklichsten war, wenn er draußen auf dem Meer gegen die Elemente kämpfte. Er war so tiefgründig wie der Ozean und vielleicht genauso gefährlich.

»So ist es besser«, sagte er und betrachtete lächelnd ihr Gesicht. »Ich werde dich nicht noch einmal sehen können, bevor ich fahre. Du musst die Wäsche einem Mitglied der Mannschaft geben.«

Mary nickte stumm, weil sie ihrer Stimme nicht traute. Was ihn auch bewogen haben mochte, ihnen zu helfen, er war immer ehrenhaft gewesen. Er hatte sie nicht in sein Bett gezwungen – sondern sie wie eine Lady behandelt, nicht wie eine Gefangene. Sie würde für immer in seiner Schuld stehen.

»Ich mache mir solche Sorgen um dich und die Kinder«, sagte er und senkte die Stimme zu einem Flüstern. »Ich bete zu Gott, dass ihr es schafft.«

»Wenn Entschlossenheit dazu beiträgt, dann schaffen wir es«, versicherte sie, dann zögerte sie. Sie wollte ihm so gern sagen, wie unendlich dankbar sie ihm war, doch sie fürchtete, vielleicht in Tränen auszubrechen, wenn sie es tat. »Gott segne dich, Detmer«, fügte sie mühsam hinzu.

»Und Gott schütze dich«, antwortete er leise. »Ich werde dich nicht vergessen. Ich werde mich danach erkundigen, wie es dir ergangen ist.«

Sie tauschten ihre Bündel aus, und seine Hand lag für eine Sekunde über der ihren. »Ich muss jetzt gehen«, murmelte sie und trat einen Schritt zurück. »Ich bringe die Wäsche morgen zurück.«

Am achtundzwanzigsten März standen Will und Mary um zwei Uhr nachmittags schweigend nebeneinander am Strand und sahen zu, wie die *Waaksamheyd* die Bucht hinunter auf die Landzungen zusegelte. Seevögel flogen ihr nach, und sie konnten den Wind in ihren Segeln hören.

Oben am Kai hatte sich fast die gesamte Siedlung eingefunden und beobachtete die Abfahrt. Mary konnte die Abschiedsrufe aus der Ferne hören. Kapitän Phillip würde ebenfalls dort sein, und zum ersten Mal hatte Mary Mitleid mit dem Mann.

Er wünschte sich ganz sicher, mit Kapitän Hunter nach Hause segeln zu können. Sie waren Freunde gewesen und hatten gemeinsam viel durchgemacht. In vielerlei Hinsicht war Phillip genauso ein Gefangener wie Mary; er war durch sein Pflichtgefühl an diesen verzweifelten Ort gekettet. Jetzt, da ihre Flucht so kurz bevorstand, konnte sie erkennen, dass er eigentlich ein guter Mann war. Er war menschlich, fair und immer ehrenhaft, meistens unter den unmöglichsten Bedingungen. Sie stellte sogar fest, dass sie ihm alles Gute wünschte.

»Nur noch sieben Stunden, dann sind wir auf dem Weg«, meinte Will mit einem leichten Zittern in der Stimme.

Wahrscheinlich dachte er daran, was passieren würde, wenn man sie erwischte. Dann würden sie vielleicht alle gehängt; ganz sicher würde man sie auspeitschen und wieder in Ketten legen. Wie gut ihr Plan auch sein mochte, wie vorsichtig sie auch waren, es bestand immer die Chance, dass jemand, der ihnen nicht wohlgesonnen war, Wind davon bekommen hatte und sie verriet.

Mary legte ihre Hand in Wills und drückte sie. Sie hatte auch Angst, nicht um sich selbst, sondern um die Kinder, denn sie wusste nur zu gut, dass sie ihr Leben aufs Spiel setzte.

Doch sie mussten es wagen. Wenn sie hierblieben, dann fielen sie vielleicht der nächsten Epidemie oder der nächsten Rationskürzung zum Opfer, wie so viele andere Kinder. Es war sicher besser, es mit dem Meer aufzunehmen. Zumindest würden sie dann alle zusammen ertrinken. Ein schneller Tod.

»Der Kutter ist jetzt gut in Schuss«, meinte Will, wie um sich selbst Mut zuzusprechen. »Und sogar das Wetter ist auf unserer Seite.«

Mary blickte zum Himmel hinauf. Er war wolkenverhangen, und wenn es nicht plötzlich aufklarte, dann würden die Wolken heute Nacht den Mond verdecken. Es wehte ein leichter Wind, aber das spielte kaum eine Rolle, da sie vorhatten, sich von der

Flut aus der Bucht tragen zu lassen – Ruder würden zu viel Lärm machen, und Segel wären zu auffällig.

»Wir schaffen das«, erklärte sie fest. »Ich weiß, dass wir es schaffen.«

Um sechs Uhr war es dunkel, und während der nächsten zwei Stunden kamen die Männer einer nach dem anderen und gingen leise wieder, jeder mit einem Sack voller Sachen, den sie den Strand hinunter zu dem vereinbarten Abfahrtsort tragen sollten.

Emmanuel und Charlotte lagen beide im Bett. Mary hatte keine Angst, dass ihr Sohn aufwachte, wenn sie ihn hochhob, aber bei Charlotte war das etwas anderes. Sie war den ganzen Tag über unleidlich gewesen, hatte viel geweint und Wutanfälle bekommen. Offensichtlich spürte sie die Anspannung, und wenn sie aufwachte und feststellte, dass sie sich auf einem Boot befand, fing sie vielleicht an zu schreien.

Marys Mund war ganz trocken vor Angst, als sie sah, wie der letzte Sack aus dem Versteck geholt wurde und man sie mit den schlafenden Kindern allein ließ. Sam Broome würde bald zurückkommen, um ihr mit den beiden zu helfen. Sie würde Charlotte tragen und er Emmanuel, denn Will musste auf Bennelong warten, der das Boot holen sollte.

Sie kniete sich neben das Bett und betete noch einmal um ihre Sicherheit, aber dann wanderte ihr Blick durch die Hütte, und sie musste noch einmal daran denken, wie viel dieser kleine Ort ihr während der letzten drei Jahre bedeutet hatte.

Die Hütte war ein Hafen gewesen, der einzige Platz, an dem sie sich ein bisschen sicher gefühlt hatte und an dem es friedlich gewesen war. Es hatte ihr Vergnügen bereitet, mit Will zu schlafen, und da war das Glück über Emmanuels Geburt gewesen und über so viele Meilensteine in Charlottes Entwicklung, von ihren ersten Schritten bis zu ihrem allerersten Wort. Jetzt brachen sie auf ins Unbekannte.

»Mary!«

Sie fuhr erschrocken zur Tür herum, als sie Sams Flüstern hörte. »Es tut mir leid«, sagte er.

Ihr wurde klar, dass er sich schämte, weil er sie beim Beten gestört hatte.

»Nicht schlimm«, flüsterte sie und stand auf. »Habt ihr Bennelong schon gesehen?«

Sam kam in die Hütte und blickte auf die schlafenden Kinder hinunter. Im flackernden Licht der Kerze wirkte sein schmales Gesicht fast skelettartig. Er war nicht so ein attraktiver, selbstbewusster Mann wie Will, doch der zärtliche Ausdruck, mit dem er die Kinder betrachtete, rührte Mary.

»Will meint, er hätte ihn zum Kutter hinausschwimmen sehen«, sagte er. »Ich konnte nichts erkennen, es ist zu dunkel. Aber er wollte, dass ich dich hole.«

Mary hob Emmanuel hoch und wickelte ihn noch einmal sicher in seine Decke ein, dann reichte sie ihn Sam. Sie nahm eine Schlinge, die sie aus etwas Stoff genäht hatte, und legte sie um das schlafende Baby. Dann band sie zwei Bänder um Sams Hüfte und legte ihm die anderen beiden um die Schultern, kreuzte sie auf seinem Rücken und band sie vorne fest.

»Dann hast du die Hände frei«, erklärte sie, weil sie Angst hatte, er könnte böse sein, weil sie ihn wie ein Kindermädchen behandelte.

Er grinste etwas schief. »Ich habe Angst. Und du?«, flüsterte er.

Mary schüttelte den Kopf. Ihr Magen zog sich zusammen, ihr brach der kalte Schweiß aus, und der größere Teil von ihr wünschte sich, sie hätte sich diesen Plan niemals ausgedacht. Aber sie würde das alles auf gar keinen Fall zugeben.

»Wir schaffen das, Sam«, erklärte sie mit mehr Überzeugung, als sie empfand, dann wandte sie sich wieder zum Bett, um Charlotte zu holen.

Als sie das Kind in ihre Arme hob, murmelte Charlotte etwas im Schlaf, doch ihr Kopf sackte auf die Schulter ihrer Mutter, und sie wachte nicht auf. Sam hob eine Decke auf und wickelte sie um das Kind, dann lächelte er Mary an. »Fertig?«

»Fast«, antwortete sie. Sie beugte sich hinunter zu dem kleinen Tisch und hob einen Stoffbeutel auf.

»Was ist das?«, wisperte Sam, als der Beutel raschelte.

»Blätter vom ›Süßen Tee‹«, erwiderte Mary und lächelte. »Ich muss doch etwas von der einzigen Sache mitnehmen, die wir an diesem Ort mochten, nicht wahr?«

Sie schlichen sich vorsichtig aus der Hütte und blieben immer wieder stehen, um sich zu vergewissern, dass niemand in der Nähe war. Weiter entfernt bei der Stadt konnten sie das schwache Glühen der ersterbenden Feuer sehen, aber das einzige Geräusch waren die üblichen Laute der Nacht, die Schritte der Wache auf dem Kai, das Schnarchen aus den Hütten, hin und wieder ein unterdrücktes Husten und das Rauschen der Wellen, die an den Strand rollten. Charlotte bewegte sich auf dem Arm ihrer Mutter, aber Mary wickelte die Decke noch enger um sie, um die kühle Nachtluft fernzuhalten, und ging schneller, um mit Sam Schritt zu halten.

Als Marys Augen sich an die Dunkelheit gewöhnt hatten, konnte sie erkennen, wie sich der Kutter der Küste näherte. Sie sah jetzt auch Bennelong, der davor herschwamm, unsichtbar bis auf das gelegentliche Aufblitzen seiner weißen Zähne.

Falls man ihren Plan entdeckt hatte, würde man sie in den nächsten Minuten aufhalten, überlegte Mary. Angestrengt lauschte sie auf sich nähernde, schnelle Schritte. Jeder ihrer Muskeln war angespannt, und sie erwartete jeden Moment, den Schuss aus einer Muskete zu hören. Als Will aus den Büschen vor ihr trat, wäre sie vor Schreck beinahe ohnmächtig geworden. Es war so gespenstisch: der dunkle Strand, die acht Männer, die alle so still standen wie Statuen, und die Säcke, die dalagen wie Felsen. Niemand sagte ein Wort, alle beobachteten nur, wie der Kutter näher und näher kam.

Will watete ein bisschen hinaus, dann schwamm er beinahe so

leise wie Bennelong, um ihm zu helfen, das Boot an Land zu ziehen. Es glitt an den Strand, nur ein paar Meter entfernt, und James Martin watete ins Wasser, kletterte an Bord und gab den anderen ein Zeichen, jetzt die Säcke zu bringen.

Marys Nerven waren inzwischen zum Zerreißen gespannt, denn jedes kleine Geräusch schien unendlich laut zu sein. Sie wiegte Charlotte sanft, um zu verhindern, dass sie aufwachte, und wünschte, die Männer könnten sich mit dem Beladen etwas beeilen.

»Ich nehme sie jetzt«, flüsterte William Moreton Mary zu und streckte die Arme aus. »Du steigst ein.«

Es war der Moment, vor dem Mary sich am meisten gefürchtet hatte, denn das Kind würde vielleicht aufwachen, wenn es aus ihren Armen genommen wurde. Doch sie konnte Charlotte nun einmal nicht gleichzeitig festhalten und ins Boot steigen. Aber William nahm Charlotte so sanft entgegen, als wäre sie sein eigenes Kind, und nickte Mary zu, sie solle einsteigen.

Mary hob ihre Röcke hoch, watete ins Wasser und kletterte ins Boot, dann streckte sie die Arme aus, um Charlotte wieder entgegenzunehmen. William Moreton reichte ihr das Mädchen, dann stieg er selbst ein. Als Nächstes kam Sam Broome mit Emmanuel und setzte sich neben Mary.

Bennelong grinste, und seine Zähne und Augenbälle leuchteten weiß, während er das Boot festhielt, damit die anderen Männer mit den Musketen, die in Wachstuch gewickelt waren, einsteigen konnten. Will setzte sich ans Ruder, Nat Lilly und Jamie Cox ließen sich neben ihm nieder, und Bill Allen war der Letzte. Bennelong schob das Boot einmal kräftig an, und sie fuhren los.

Bennelong schwamm noch einige Zeit neben ihnen her und schob das Boot, bis es von der Strömung erfasst wurde und langsam die Bucht hinuntertrieb. Dann ließ er los, winkte mit den Händen zum Abschied und verschwand so lautlos wie ein Fisch in der Dunkelheit.

Es dauerte etwas, bis Mary bewusst wurde, dass sie den Atem angehalten hatte.

Es schien viele quälende Stunden zu dauern, bis sie endlich die Landzungen wie zwei schwarze Zwillingsberge vor sich auftauchen sahen, obwohl eigentlich nicht mehr als drei Stunden vergangen sein konnten. Alle verhielten sich vollkommen still, denn wenn der Wachposten sie sah oder hörte, würde er Alarm schlagen, und man würde auf sie schießen.

Auf einmal wurde das Wasser unruhiger, und sie spürten, wie die Strömung stärker wurde und das schwer beladene Boot auf die Öffnung zwischen den Landzungen zutrieb. Will kämpfte mit dem Ruder, um sie sicher hindurchzulotsen. Charlotte wurde wach, setzte sich auf Marys Schoß kerzengerade auf und sah sich erstaunt um.

»Hisst das Segel«, flüsterte Will. »Die Freiheit ist unser!«

Das Segel blähte sich, der Wind drückte dagegen, und auf einmal schossen sie über das Wasser. Der Mond kam plötzlich hinter den dicken Wolken hervor, als wollte er an ihrem Jubel teilhaben. James Martin, der Redseligste von ihnen, lachte laut auf, und die anderen stimmten ein.

»Wir sind frei«, sagte Will mit zitternder Stimme, als könnte er es kaum glauben. »Bei Gott, wir sind frei!«

Mary konnte nicht sprechen, sie konnte nur lächeln. Sie wandte sich um und blickte zurück, aber nur die schwarzen Felsen und die Öffnung waren zu erkennen, durch die sie gekommen waren.

Sie war nicht traurig zu gehen, es lag nicht in ihrer Natur zurückzublicken. Jetzt zählte allein, was vor ihr lag. Aber sie stellte sich vor, wie Tench nun in seinem Bett schlief, und das stimmte sie ein wenig traurig.

Sie hatte nie gesehen, wie er schlief, sich rasierte oder wie er ohne Kleider aussah. In ihrer Erinnerung würde er immer in seiner roten Jacke, der weißen Hose und in den langen, glänzenden Stiefeln über den Kai laufen. Sie würde sich auch an seine sanften braunen Augen erinnern und daran, wie seine Hand sich angefühlt hatte, wenn sie ihre berührt hatte. Und an all seine vielen Freundlichkeiten.

Wenn sie etwas bereute, dann war es, dass sie sich nicht von ihm hatte verabschieden und ihm hatte sagen können, was sie für ihn empfand. Aber solche Gedanken waren albern, denn er hätte sich niemals an einer Flucht beteiligen können.

In dem Bewusstsein, dass sie ihn nie wiedersehen würde, blickte sie noch einmal zurück und sandte eine stumme Botschaft an ihn in den Wind. Dann drehte sie sich um und stieß einen lauten Jubelschrei aus, vor Freude über ihre Freiheit.

Obwohl sie keine Ahnung hatte, ob sie es bis Kupang schaffen konnten, genügte es ihr, dass ihr Plan, aus dem Hafen zu gelangen, funktioniert hatte. Sie blickte in die acht strahlenden Männergesichter und wusste, dass sie auf ihre Weise einen Sieg errungen hatte. Sie konnte vielleicht nicht lesen oder schreiben oder navigieren wie Will es konnte, und vielleicht würde keiner der Männer jemals zugeben, welche Rolle sie bei dieser Flucht gespielt hatte. Aber sie kannte die Wahrheit, und was auch immer kommen sollte, sie würde dafür sorgen, dass sie Sicherheit und dauerhafte Freiheit fand.

Mary presste die Lippen auf Charlottes Stirn, denn sie war sich dessen bewusst, dass sie in den kommenden Wochen sehr gut auf ihre Kinder würde aufpassen müssen.

»Hast du denn gar nichts zu meinem genialen Plan zu sagen?«, rief Will.

Einen kurzen Moment lang überlegte sie, ihn darauf hinzuweisen, dass dieser Plan wohl kaum seiner gewesen war. Aber wie hatte ihr Vater so oft gesagt? »Eine Schlacht gewinnt man mit Strategie und nicht mit überlegenen Kräften.«

»Sehr gut gemacht, Will«, lobte sie und lächelte ihn zärtlich an. »Du bist ein cleverer, mutiger Mann.«

12. Kapitel

Nach zwei Tagen auf See fühlte Mary sich genauso wie auf dem Wagen von Exeter zur *Dunkirk*. Genau wie damals war sie voller Enthusiasmus losgefahren, doch dann kamen die Schmerzen vom stundenlangen Sitzen in immer der gleichen Position. Nachts war sie durchgefroren bis aufs Mark, und am Tage ließen die Sonne und der Wind ihr Gesicht schmerzen. Doch auf dem Weg nach Devonport hatte sie keine Kinder beruhigen oder mit ihnen spielen und auf sie aufpassen müssen. Während Emmanuel zumindest an einem Ort blieb, meistens auf ihrem Schoß, versuchte Charlotte ständig herumzuklettern.

Mary schlief immer nur für ein paar Stunden am Stück, wenn die Kinder ebenfalls schliefen, aber sie wachte stets erschrocken auf, weil sie Angst hatte, dass der Mann am Ruder ebenfalls eingenickt war und sie auf Klippen zutrieben.

Doch trotz der Unbequemlichkeiten wünschte sie sich nicht zurück nach Sydney Cove. Das Wetter war gut, ein stetiger Nord-Nordost-Wind trieb sie vor sich her, und alle Männer waren guter Stimmung und diskutierten darüber, wie die verschiedenen Leute in der Siedlung wohl auf ihre Flucht reagieren würden.

»Kapitän Phillip wird fuchsteufelswild sein, so viel steht fest«, meinte James Martin vergnügt.

»Ich hoffe, Sarah war nicht zu böse auf mich, als sie meine Nachricht fand«, meinte Jamie Cox mit einem Anflug von Traurigkeit.

»Du hast richtig gehandelt, es ihr nicht vorher zu sagen«, tröstete Mary ihn. Sie wusste, dass Jamie Sarah Young sehr gern gehabt hatte und es ihm schwergefallen war, sie zurückzulassen.

Obwohl Mary vor ihrer Flucht gedacht hatte, sie würde alle

diese Männer gut kennen, bemerkte sie bald an ihnen allen Seiten, die sie vorher nicht wahrgenommen hatte. James Martin, der hässliche Ire, war immer ein amüsanter und lustiger Mann gewesen, der tolle Geschichten erzählen konnte, aber auch etwas von einem Wüstling und Weiberhelden hatte, der viel trank und sich gern prügelte. Doch jetzt verhielt er sich unerwartet väterlich; er nahm oft Charlotte oder Emmanuel auf den Arm, um sie, Mary, zu entlasten.

Der rothaarige, sommersprossige Samuel Bird war ihr mürrisch erschienen, und sie hatte nie wirklich verstanden, warum Will ihn so schätzte. Doch nachdem sie nun frei waren, lachte er genauso viel wie alle anderen, und obwohl er nur selten sprach, hörte er doch stets zu und gab Antwort.

Bill Allen und Nat Lilly waren diejenigen, die sie am wenigsten kannte, und sie waren völlig gegensätzlich. Bill war stämmig und glatzköpfig, mit einer Boxernase, die aussah, als wäre sie einmal mit Fäusten bearbeitet worden. Tatsächlich wurde er seinem Spitznamen »Eisenmann« sehr gerecht. Nat war mit seinem engelhaften Gesicht, seinen großen Augen und dem langen blonden Haar überhaupt nicht hart, im Gegenteil, manchmal vermutete Mary, er sei vielleicht sogar homosexuell. Aber er fand sich in jede Gruppe Männer ein, mit der er arbeitete, und alle mochten ihn. Außerdem war er Will gegenüber sehr loyal.

Sowohl Nat als auch Bill waren gesünder als die anderen Männer, die mit der Zweiten Flotte angekommen waren, und Mary hatte nie herausgefunden, warum. Bei Nat war es vielleicht auch besser, nicht danach zu fragen.

Es war diese Fähigkeit zu überleben, derentwegen Mary die beiden Männer für die Flucht ausgewählt hatte. Doch jetzt stellte sie fest, dass sie überraschend fürsorglich waren. Am ersten Morgen hatten sie eine Plane gespannt, um die Kinder vor der Sonne zu schützen, und sie sorgten dafür, dass die Nahrungsrationen gerecht verteilt wurden.

William Moreton war unzweifelhaft einer der intelligenteren

Gefangenen. Er war auch unattraktiv, mit einer breiten, vorgewölbten Stirn, hervorstehenden Augen und einem schmalen, zusammengepressten Mund. Traurigerweise wurde er nicht sympathischer durch sein Wissen; er musste zu allem einen Kommentar machen, und Mary fürchtete, dass er sich über kurz oder lang mit jemandem anlegen würde.

Selbst Jamie Cox und Sam Broome, beide sehr ruhige, nachdenkliche Männer, die damit zufrieden zu sein schienen, die Anordnungen der anderen zu befolgen, hatten sich ein bisschen behauptet. Jamie war irgendwann mutig genug gewesen, Will zu sagen, er solle aufhören zu prahlen, und Sam Broome hatte James Martin aufgefordert, vor Mary und Charlotte auf seine Redeweise zu achten. Mary zweifelte nicht daran, dass sie während der kommenden Wochen noch mehr überraschende Dinge über jeden Einzelnen herausfinden würde.

Hin und wieder sprachen die Männer verträumt davon, was sie tun würden, wenn sie wieder in England waren. Sie wussten alle, dass es dumm wäre, in ihre Heimatstädte zurückzukehren, denn dort bestand die Gefahr, wieder verhaftet zu werden. London war das beliebteste Ziel. Dort würden sie nicht auffallen, und mit einem anderen Namen konnten sie einen Neuanfang wagen.

Mary wagte nicht, so weit in die Zukunft zu denken; sie wollte das Schicksal nicht herausfordern. Tatsache war, dass sie kein Geld besaßen; ihre Kleidung war zerschlissen, und sie würden unglaublich viel Glück brauchen, um nicht wieder straffällig zu werden.

Doch trotz ihrer Sorgen träumte auch sie manchmal davon, wie sie mit ihren Kindern an der Hand über die Kopfsteinpflasterstraßen im Hafen von Fowey ging. Sie stellte sich vor, in der offenen Tür ihres Elternhauses zu stehen und ihre Mutter zu sehen, wie sie sich über den Kochtopf über dem Feuer beugte. Ihre Mum würde sich umwenden, sie erblicken und vor Überraschung und Freude beinahe ohnmächtig werden. Natürlich war das ein unrealistischer Wunschtraum, aber er half Mary, wenn ihr Rücken schmerzte, und er wärmte sie, wenn sie fror.

Am dritten Tag schlug das Wetter um. Es fing an zu regnen, und der Wind frischte deutlich auf. Will machte sich Sorgen, weil das Boot eigentlich überladen war. »Wir müssen irgendwo an Land gehen, bis das Wetter wieder besser ist«, meinte er.

Ein bisschen später rief William Moreton, der im Bug saß, plötzlich, er habe einen geeigneten Platz gesichtet.

Alle blickten in die Richtung, in die er zeigte, und sahen eine kleine Bucht mit einem Kiesstrand. Will fuhr näher darauf zu und hielt nach Steinen unter der Wasseroberfläche Ausschau. Aber es gab keine. Der Platz schien wirklich ideal zu sein.

»Hoffen wir, dass sie da eine Taverne haben«, rief James.

Alle lachten über diese Bemerkung, sogar William Moreton, der von James' Humor bis jetzt nicht besonders begeistert gewesen war.

Will fuhr mit dem Boot ans Ufer, so nah es ging, dann schwamm James mit einem Tau an den Strand und zog sie in seichtes Wasser.

»Hier waren Eingeborene«, bemerkte James, als sie alle sicher am Strand standen. Er deutete auf die verkohlten Reste eines Feuers und sehr viele Fischgräten.

»Jetzt sind sie jedenfalls nicht hier«, erwiderte Will und ließ den Blick aufmerksam über die Bucht schweifen. »Außerdem spreche ich ihre Sprache gut genug, um ihnen zu sagen, dass wir ihnen nichts Böses wollen.«

Der Regen hatte aufgehört, die Sonne kam zum Vorschein, und Mary jagte Charlotte über den Strand. Sie lachte aus voller Kehle, so sehr freute sie sich über eine Nacht an Land. Es gab einen Bach mit Trinkwasser, in dem sie ihr Wasserfass neu füllen und ihre salzverkrusteten Gesichter waschen konnten, und Mary entdeckte eine Pflanze, die wie Kohl aussah. Während Will, Bill und James mit dem Seinenetz zum Fischen hinausfuhren, entfachte William ein Feuer; Samuel Bird und Nat sammelten Holz, und Sam Broome und Jamie Cox errichteten unter den Bäumen eine notdürftige Schutzhütte.

Das Fischen verlief erfolgreich, die Männer kamen mit einigen

Meereschen zurück. Zusammen mit etwas mitgebrachtem Reis und den Kohlblättern war das beinahe ein Festmahl.

»Wenn es hier Bier gäbe und ein paar dralle Frauenzimmer, dann könnte ich hier glücklich sein«, meinte James, als sie nach dem Essen am Strand lagen.

Mary kicherte. Sie hatte James in der Vergangenheit oft kritisch gesehen, doch jetzt mochte sie ihn mit jeder Stunde, die verging, lieber. Sein Sinn für Humor erheiterte sie, und wenn er seine Geschichten erzählte, verging die Zeit so schnell. Vorher hatte sie ihn sehr komisch aussehend gefunden mit seinem knochigen, schiefen Gesicht, den großen Ohren, der riesigen Nase und den dunklen Augenbrauen, die in der Mitte zusammengewachsen waren. Doch seine äußerlichen Mängel kompensierte er mit seiner Persönlichkeit. Sie fand es jetzt nicht mehr verwunderlich, dass viele Frauen in der Siedlung hinter ihm her gewesen waren.

In dieser Nacht schliefen sie alle gut, zusammengedrängt in ihrer notdürftigen Hütte, vor der ein Feuer brannte. Während Mary dort lag, mit Will in ihrem Rücken und den Kindern zwischen sich und Sam, und darauf wartete, endlich einzuschlafen, fühlte sie sich warm, satt und wirklich glücklich. Es lag nicht nur daran, dass sie der Strafkolonie entflohen war. Es war vielmehr so, als wäre in ihrem Innern etwas befreit worden.

Als Kind hatte sie sich immer gewünscht, ein Junge zu sein, einfach weil sie dann hätte fischen gehen, auf Felsen klettern und Abenteuer erleben können. Mädchen durften nichts anderes tun, als ihre Mutter nachzuahmen und auf die Männer zu warten. Als sie nach Plymouth gegangen war, hatte Mary gedacht, dass sich das ändern würde, aber natürlich war das nicht passiert. In all den Jahren ihrer Gefangenschaft hatte sie sich der Überlegenheit der Männer unterordnen müssen, um zu überleben. Doch jetzt war sie mit acht Männern zusammen, und sie wusste tief in ihrem Herzen, dass sie in den nächsten Wochen von *ihr* abhängig sein würden. Mary spürte bereits jetzt ihre Bewunderung für sie. Sie sah in ihren Augen und merkte an ihrem Verhalten, dass sie wussten, wer sich diesen Fluchtplan ausgedacht hatte, egal, was Will auch behauptete. Und mit Booten kannte sie sich beinahe so gut aus wie er. Das hatte sie unter Beweis stellen können, als sie schließlich an der Reihe gewesen war, das Ruder zu übernehmen.

Doch ihre Trumpfkarte war ihre leidenschaftliche Entschlossenheit, nach Kupang zu gelangen. Die Männer glaubten, diese Entschlossenheit zu teilen, doch Mary wusste, dass sie bei Weitem nicht von einer so starken Kraft angetrieben wurden wie sie selbst. Diese Kraft verliehen ihr ihre Kinder. Sie würde jegliche Entbehrung auf sich nehmen und jede Gefahr bekämpfen, um die beiden am Leben zu halten und dauerhafte Sicherheit für sie zu finden. Mary legte ihren Arm über Emmanuel und Charlotte, und die Wärme ihrer kleinen Körper tröstete sie und verstärkte diese Entschlossenheit noch.

»Wie lange segeln wir jetzt, Will?«, fragte Nat Lilly eines Nachmittags. Seine Stimme klang müde und erschöpft. Er sah nicht länger engelsgleich aus, denn sein früher goldenes Haar war jetzt matt und stumpf vom Salz und seine helle Haut aufgeplatzt von Sonne und Wind. »Es kommt mir vor wie ein Jahr.«

Will führte ein Logbuch, in das er beharrlich jeden Tag schrieb, und wäre er nicht gewesen, hätte keiner von ihnen gewusst, welcher Tag heute war oder welcher Monat.

»Wir sind schon über vier Wochen unterwegs«, erwiderte Will und ruderte kräftig weiter, denn an diesem Tag war zu wenig Wind. »Heute ist der zweite April.«

»Wie viel mehr von dieser Küste kann es denn noch geben?«, brummte Nat und spannte gereizt seine vollen Lippen an, während er in Richtung Land blickte. Vor nicht einmal einer Stunde hatte er gesagt, sie sehe immer gleich aus, egal, wie weit sie an einem Tag fuhren.

»Stell gefälligst nicht so dumme Fragen«, meinte Will verärgert.

»Woher soll ich das wissen? Die Route ist ja schließlich nicht kartiert!«

»Also, wer auch immer hier entlanggesegelt ist, muss doch gewusst haben, ob es tausend Meilen sind oder fünf«, gab Nat beleidigt zurück.

»Schätze, das wussten sie, aber sie haben es uns leider nicht mitgeteilt«, antwortete Will kurz angebunden. »Und jetzt halt den Mund und ruder schneller.«

Mary saß ebenfalls am Ruder, Emmanuel auf ihrem Schoß und Charlotte zu ihren Füßen. Die Kleine spielte mit einer Puppe, die James ihr aus einem Stück Seil gebastelt hatte. Mary hörte das Gespräch zwischen Nat und Will, genauso wie sie gehört hatte, wie jeder der Männer zu anderen Zeiten gefragt hatte, wie weit genau es noch nach Kupang war. Sie brauchten alle eine Pause, und Mary hoffte gegen jede Vernunft, dass sie bald einen Platz finden würden, wo sie für ein paar Tage bleiben konnten.

Seit ihrer ersten Rast in Fortunate Cove, wie sie die Bucht genannt hatten, waren sie diesem Muster gefolgt: ein paar Tage Segeln, dann eine Pause von zwei Tagen, wenn sie eine Stelle mit Trinkwasser fanden. Die Spannungen wuchsen stetig, solange sie auf dem Boot waren; sie bekamen steife Glieder und froren und stritten dann miteinander. Aber sobald sie an Land waren, schien die schlechte Stimmung zu verschwinden.

Wills Sorgen um das Boot wuchsen allerdings, denn inzwischen drang sehr viel Wasser ein. William Moreton sprach auch immer vom Monsun. Er meinte, sie würden darauf zusegeln. Das Boot war um Sydney Bay herum zwar gut gefahren, aber für lange Reisen mit so vielen Menschen an Bord war es einfach nicht ausgelegt.

Später an diesem Nachmittag kamen sie zu einer großen Bucht, die genauso schön war wie Sydney, und die Laune aller besserte sich schlagartig.

»Wir müssen das Boot aus dem Wasser holen und die Risse kalfatern«, meinte Will, dann blickte er zu Mary und fügte hinzu: »Du kannst unsere Sachen waschen, mein Mädchen.«

Mary war wütend, aber sie schwieg. Sie hätte sich ohnehin um die Wäsche gekümmert, aber es ihr zu befehlen, war Wills Art, sie zu rügen.

Sie wusste genau, was mit ihm nicht stimmte: Er verlor langsam die Lust. Die Männer hatten aufgehört, ihn für ihre Flucht zu loben. Vielleicht dachte er darüber nach, dass er seine Strafe jetzt abgesessen hätte, wenn er nicht geflohen wäre. Und natürlich machte er sich Sorgen, ob das Boot lange genug halten würde, um sie nach Kupang zu bringen.

Wahrscheinlich wäre er erleichtert über den Vorschlag, dass sie für den Rest der Wintermonate in einer Bucht wie dieser bleiben sollten, überlegte Mary. Aber er würde dies selbst nicht vorschlagen aus Angst, als Feigling zu gelten. Außerdem mochte er es nicht, wie sich die Männer seiner Frau gegenüber benahmen.

Es hatte angefangen, als James sich nach ungefähr einer Woche an Bord an einem Ruder einen Splitter in die Hand gerissen hatte. Mary hatte ihn rausgezogen, und er nannte sie jetzt immer »Mutter Mary«. Seitdem wandten sich alle an sie, wenn ihnen etwas wehtat. Für Mary war das ganz natürlich, schließlich war sie die einzige Frau, und sie hatte sowohl auf der *Charlotte* als auch in der Siedlung ziemlich viel von Schiffsarzt White gelernt. Aber Will schien zu glauben, die Männer hätten ein Auge auf sie geworfen.

Er regte sich auch darüber auf, dass alle außer William Moreton und ihm selbst darum wetteiferten, neben ihr im Boot sitzen und sich um Charlotte kümmern zu dürfen, wenn sie Emmanuel stillte. Dabei war dies einfach ein brüderliches Verhalten. Unter Umständen waren sie es auch leid, sich ständig so aufzuspielen, wie Will es die ganze Zeit tat. Wenn sie mit ihr sprachen, konnten sie einen Moment lang einfach sie selbst sein. Mary konnte nicht verstehen, warum Will darin etwas Böses sah.

Bill hatte ihr anvertraut, dass er in der Vergangenheit sehr brutal zu Frauen gewesen war. Nat hatte ihr gestanden, dass er einigen Matrosen auf seinem Transportschiff erlaubt hatte, ihn wie eine Frau zu benutzen, denn das sei die einzige Möglichkeit gewesen, an zusätzliche Essensrationen zu kommen und dem Laderaum zu entfliehen. Sam Bird beichtete Mary, in den ärgsten Notzeiten Essensrationen aus den Hütten anderer Leute gestohlen zu haben, wofür er sich jetzt schrecklich schämte.

Sie dachte nicht schlechter von den Männern, weil sie ihr ihre Geheimnisse anvertraut hatten, selbst wenn es dunkle Geheimnisse waren. Sie hatte das Gefühl, dass dieses geteilte Leid sie stärker zusammenschweißte.

Als sie an Land waren, eine provisorische Hütte errichtet und ein Feuer angezündet hatten, legte Mary Emmanuel in eine Stoffschlinge und band sie sich um. Sie ließ Charlotte am Strand spielen, wo die Männer das Boot an den Strand holten, und sah sich derweil nach etwas Essbarem um.

Sie fand noch mehr »Süßen Tee« und einige der sauren Beeren, auf die Schiffsarzt White so großen Wert gelegt hatte, aber weil sie keine der Blätter fand, die wie Kohl aussahen, kehrte sie wieder um.

Plötzlich bemerkte sie eine Gruppe von Eingeborenen unter einem Baum, die sie beobachtete. Mary war zuerst erschrocken, weil sie sich in einiger Entfernung von den Männern befand, doch dann winkte sie mit der Hand, eine Geste, die die Eingeborenen in Sydney stets als freundlich aufgefasst hatten, und lächelte sie an. Sie spürte, dass sie nur erstaunt über sie waren und ihr nicht feindselig gegenüberstanden, deshalb ging sie zu den Männern am Strand zurück.

Am folgenden Tag kamen die Eingeborenen näher. Sie kauerten oben am Rand des Strandes und beobachteten genau, wie die Männer das Boot reparierten. Mary wusch die Sachen, und jedes Mal, wenn sie ein Kleidungsstück über einen Busch zum Trocknen hängte, lächelte sie sie an.

»Was versuchst du da eigentlich?«, fuhr Will sie plötzlich an. »Reicht es dir nicht, acht Männer um dich herum zu haben? Willst du jetzt auch noch ein paar von den Eingeborenen?«

»Sei doch nicht albern, Will«, erklärte sie müde. »Ich lächele sie doch nur an, um ihnen zu zeigen, dass wir ihnen nichts tun wollen. Das weißt du ganz genau.«

Will war für den Rest des Tages wütend, obwohl sie genug Fische fingen, um an diesem Abend gut zu essen, und sogar noch einige einsalzen konnten. Nachdem Mary die Kinder abends hingelegt hatte, saß sie für eine Weile am Feuer. Die Männer diskutierten wieder einmal darüber, wie weit es noch war, eine Unterhaltung, an der sie sich nicht beteiligte. Weil sie sehr müde war, stand sie vom Feuer auf und ging in die Büsche, um sich vor dem Schlafen noch einmal zu erleichtern.

Es war ein wunderschöner Abend. Der Vollmond schien, und statt direkt zurück zur Hütte zu gehen, setzte sie sich auf einen Felsen, um die Ruhe zu genießen. Ruhe gab es für Mary nur sehr selten, und sie genoss sie stets. Von dem Tag ihrer Verhaftung in Plymouth an war um sie herum immer Lärm und Tumult gewesen. Selbst in ihrer Hütte in Sydney hatte sie kaum je die Chance gehabt, ganz allein zu sein.

Auf dem Boot wurde jede ihrer Handlungen stets von allen beobachtet. Die Männer waren zwar so höflich, den Kopf abzuwenden, wenn sie sich erleichtern oder waschen musste, aber sie waren da, nur wenige Zentimeter entfernt. Immer sprach jemand, die Männer stritten sich, sangen oder schnarchten. Selbst ihr Körper gehörte ihr nicht allein: Emmanuel lag entweder an ihrer Brust, oder er kletterte oder schlief auf ihr, und Charlotte beanspruchte stets ihre Aufmerksamkeit. Selbst die Männer benutzten sie als Kissen und lehnten sich bei ihr an.

Als sie jetzt zu den Sternen hinaufsah und die Wellen sanft an den Strand rollen hörte, konnte sie sich einbilden, wieder in Cornwall zu sein. Sie floh in einen Tagtraum und stellte sich vor, in dem kleinen Cottage zu sein. Die Kinder lagen sicher in einem richtigen Bett im ersten Stock, und Will war draußen fischen. Sie konnte das alles so klar vor sich sehen – eine Kerze brannte, das Feuer glühte rot, und kleine Funken, die aus der Asche schossen, malten Bilder.

Als Dolly und sie klein gewesen waren, hatten sie immer gewettet, wer das schönere Bild in diesen Funken sah. Dolly hatte Leute, die zur Kirche gingen, und Tänzer um den Maibaum gesehen, während Mary immer Fische, Tiere oder Vögel erkannt hatte. Sie fragte sich, was Dolly wohl von den Geschichten über das merkwürdige Tier halten würde, das man hier Känguru nannte, oder über diesen großen Vogel, der nicht fliegen, dafür aber schneller laufen konnte als ein Mensch. Dann gab es hier noch all diese Millionen von hübschen Vögeln, so exotisch und bunt, dass es einem den Atem nahm.

»Er kommt nicht!«

Mary fuhr erschrocken zusammen, als sie Wills wütende Stimme hinter sich hörte. Sie hatte ihn nicht kommen hören.

Sie stand auf und wandte sich zu ihm um, und er lief auf sie zu. »Wer kommt nicht?«, fragte sie.

»Sam natürlich, tu doch nicht so«, knurrte er sie an. »Ich habe ihn dabei erwischt, wie er dir hinterhergeschlichen ist, und ihn k.o. geschlagen.«

»Ich bin nicht hergekommen, um mich mit jemandem zu treffen«, erklärte Mary wütend. »Auch wenn du dir das nicht vorstellen kannst: Ich habe es manchmal einfach satt, ständig Leute um mich herum zu haben.«

Er schlug so unerwartet zu, dass sie keine Zeit hatte, auszuweichen oder sich zu ducken. Der Schlag traf sie an der Wange und ließ sie nach hinten auf den Strand fallen.

»Du bist meine Frau«, schrie er, warf sich auf sie und zog ihr den Rock hoch.

Es war schon ein Schock, dass er sie geschlagen hatte, aber als ihr klar wurde, was er nun versuchte, war sie entsetzt und verängstigt.

»Nicht, Will«, flehte sie. »Nicht so.«

Sie versuchte, sich unter ihm hervorzukämpfen, doch er war zu stark und zu schwer. Auf einmal drang er in sie ein, biss ihr wie ein wildes Tier in den Nacken, und seine Finger bohrten sich in ihren Po, als wollte er ihr noch mehr Schmerzen zufügen.

Als er fertig war, stand er auf und ging weg, ohne sich auch nur zu entschuldigen.

Mary blieb für einige Augenblicke, wo sie war, zu schockiert, um sich zu bewegen. Später ging sie hinunter zum Meer und wusch sich. Ihre Augen waren trocken, aber innerlich weinte sie, denn sie hätte niemals gedacht, dass ihr Will zu so einem bestialischen Akt fähig sein könnte. Ihr zärtliches, süßes Liebesspiel war das Einzige gewesen, was das Leben in der Siedlung erträglich gemacht hatte. Es hatte den Hunger, die körperlichen Schmerzen und die Hoffnungslosigkeit ihrer Situation gelindert. Wenn er sie heute Abend begehrt hätte, dann hätte er es nur sagen müssen, und sie wäre ihm gern hierher gefolgt.

Sie wusste, dass er nichts Ungewöhnliches getan hatte. In Sydney hatte sie viele Frauen mit aufgeplatzten Lippen und einem blauen Auge gesehen. Einige hatten ihr anvertraut, dass sie keine andere Art der körperlichen Liebe kannten als die brutale. Doch ihre Männer waren auch nicht so wie Will, sie waren ordinär und schreckten nicht davor zurück, ihren eigenen Kindern das Essen zu stehlen.

Mary hörte ein leises Geräusch, und als sie sich umwandte, sah sie, dass Will zurückgekommen war und ein bisschen weiter oben am Strand stand. »Komm jetzt mit mir zurück«, rief er.

Er streckte ihr die Hand hin. Es war zu dunkel, deshalb konnte sie den Ausdruck auf seinem Gesicht nicht erkennen, aber seine Haltung drückte Unsicherheit aus, als schämte er sich.

»Warum, Will?«, fragte sie, als sie auf ihn zuging. Sie empfand keinen Hass, nicht einmal Wut, nur eine riesige Woge der Enttäuschung.

»Ich weiß nicht«, sagte er, und seine Stimme war nicht mehr als ein Flüstern. »Ich schätze, ich habe mich so über Sam aufgeregt.«

Mary schwieg, während sie zur Hütte zurückgingen. Sie brauchte Zeit, um über alles nachzudenken.

Als Mary am nächsten Morgen aufwachte, war sie mit den Kindern, die immer noch schliefen, allein in der Hütte. Will arbeitete bereits mit William und James an der Reparatur des Bootes. Sie konnte die anderen Männer nirgends sehen. Wahrscheinlich versuchten sie, ein paar Schalentiere zu fangen.

Vorsichtig betastete sie ihre Wange. Sie war geschwollen und schmerzte, aber die Haut war nicht aufgerissen.

Sie kniete gerade, um ein Feuer anzuzünden, als Will wenig später zu ihr kam. Er stand ein oder zwei Augenblicke neben ihr und blickte auf sie herunter. Sie ignorierte ihn.

»Hasst du mich jetzt?«, wollte er schließlich wissen.

»Erwartest du, dass ich dich hasse?«, gab sie zurück und blickte zu ihm auf. Er sah ungepflegt aus. Natürlich sahen sie alle so aus, weil sie vom Wind zerzaust und von der Sonne verbrannt waren und kaum Schlaf bekamen. Alle Männer hätten sich das Haar und den Bart schneiden müssen, aber bei Will wirkte es komisch, da er sonst immer so viel Wert auf sein Äußeres legte.

Doch es war mehr als das. Wills Augen waren stumpf und eingesunken. Mary konnte sich nur an eine Gelegenheit erinnern, bei der sie schon einmal so ausgesehen hatten. Nach der Auspeitschung.

Er zuckte die Schultern. »Ich weiß es nicht.«

»Wir haben zusammen eine Menge durchgemacht«, sagte sie. »Wir werden auch noch eine Menge durchstehen müssen, und wenn wir uns nicht zusammenreißen, dann schaffen wir es nicht.«

»Dann vergibst du mir also?«, fragte er und sah ein bisschen verwirrt aus.

»Ich weiß noch nicht, ob ich dir das vergeben kann, das musst du dir erst verdienen«, erklärte sie scharf. »Aber ich werde es verdrängen.«

Er machte eine hilflose und wütende Geste mit den Händen. »Was für eine Art Frau bist du nur? Du weinst nicht, du schreist mich nicht an – ich verstehe dich nicht.«

»Aber ich verstehe dich«, erwiderte sie. »Und ich weine und schreie nicht, weil das niemandem etwas nützt.«

Sie verstand ihn wirklich. Sie wusste, dass er Angst hatte, sie könnte die Position an sich reißen, die er immer innegehabt hatte: die des Anführers. Sie zu vergewaltigen war seine Art, sie dazu zu zwingen, sich ihm unterzuordnen. Aber das würde sie nicht.

Die Eingeborenen kamen am Nachmittag wieder. Die Männer gaben ihnen ein paar Fische, die sie gefangen hatten, und erhielten im Austausch ein paar große Krebse geschenkt.

Am nächsten Morgen kamen die Eingeborenen an den Strand, halfen ihnen, das Boot wieder ins Wasser zu schieben, und winkten ihnen, als sie abfuhren. Es sollte das letzte Mal sein, dass sie freundlich empfangen wurden, wenn sie an Land gingen.

Das Glück, das sie seit einem Monat gehabt hatten, verließ sie plötzlich. Das Wetter schlug um, es gab Sturm und schweren Regen, und obwohl sie viele einladende Strände sahen, war die Brandung zu stark, und es gab keine Möglichkeit, sie zu erreichen. Ins Boot drang immer noch Wasser ein, und als sie endlich eine Bucht fanden, erschienen sofort Eingeborene und warfen Speere nach ihnen, um sie zu vertreiben. Verzweifelt feuerten die Männer mit den Musketen in die Luft, und die Eingeborenen rannten davon, aber eine größere Gruppe kam am nächsten Morgen zurück, deshalb mussten sie schnell wieder fliehen.

Völlig unvorbereitet gerieten sie in einen schlimmen Sturm. Die Wellen waren wie riesige grüne Berge, die das Boot wie ein Spielzeug hin und her warfen. Mary hatte sich Emmanuel vor die Brust gebunden und hielt Charlotte fest umklammert, weil sie fürchtete, die Kleine könnte über Bord gespült werden. Sie bezweifelte, dass einer von ihnen die Sonne wieder würde aufgehen sehen.

Es war wie ein schlimmer Segel-Albtraum, der einfach kein Ende nahm. Der Himmel war so schwarz, dass der Tag nicht von der Nacht zu unterscheiden war. Emmanuel und Charlotte schrien vor Entsetzen, und dann, als die Erschöpfung sie übermannte, zitterten sie nur noch, zu ängstlich, frierend und durchnässt, um einzuschlafen.

Das Trinkwasser war beinahe aufgebraucht, aber sie konnten nicht an Land, weil sie fürchteten, das Boot könnte an den Felsen zerschellen. Will ankerte vor der Küste, und zwei der Männer schwammen mutig an den Strand, um das Fass aufzufüllen. Aber wieder erschienen Eingeborene mit Speeren, und sie mussten sich schnell zurückziehen.

Während der nächsten beiden Tage versank Will immer mehr in Apathie. Er überließ William Moreton und James das Kommando, und manchmal trieb der Wind sie so weit von der Küste weg, dass sie sie überhaupt nicht mehr sahen.

»Reiß dich zusammen, Will«, schrie Mary ihn eines Tages an. »Wir treiben auf das Riff zu und werden auflaufen.«

Er murmelte etwas davon, dass sie schneller sein müssten, um den Monsun zu schlagen, was ihr verrückt vorkam, deshalb übernahm sie das Ruder und hielt auf die relative Sicherheit der Küste zu. Jetzt füllte sich das Boot mit Wasser, sowohl von oben als auch von unten, und sie drohten wirklich zu sinken.

Gerade als es aussah, als wäre alles verloren, sahen sie eine Flussmündung. Will drehte bei, übernahm das Ruder und manövrierte das Boot geschickt durch Untiefen, wo das Wasser nur rund zwei Meter tief war. Endlich erreichten sie, fast völlig erschöpft, mit dem Boot das Flussufer.

Es gab jede Menge Trinkwasser, aber es gelang ihnen nicht, Fische zu fangen oder etwas anderes zu essen zu finden. Doch auch wenn es nur noch Reis und das letzte gesalzene Schweinefleisch gab, genossen sie es, sich im Trockenen auszustrecken und zu schlafen.

Am folgenden Morgen machten sich die Männer wieder daran, das Boot zu reparieren. Das Harz, das sie mitgebracht hatten, war aufgebraucht, aber der einfallsreiche James kam auf die Idee, Seife zu benutzen. Sie wussten, dass sie schnell etwas zu essen finden mussten, und Mary machte sich große Sorgen um Emmanuel und Charlotte, die sich nicht so schnell zu erholen schienen wie die Erwachsenen. Sie wirkten apathisch. Charlotte aß nur ein bisschen Reis und schlief dann wieder ein. Emmanuel lag in ihren Armen und versuchte nicht einmal, an ihrer Brust zu saugen.

»Sie kommen schon in Ordnung«, beruhigte James sie. »Sie sind nur erschöpft. Lass sie schlafen.«

Sie waren am nächsten Morgen gerade ein paar Meilen aufs Meer hinausgefahren, als der Monsun sie schließlich einholte. Sintflutartiger Regen ergoss sich auf sie, und der Wind wurde stärker, als sie es jemals erlebt hatten. Wieder einmal waren die Wellen haushoch, und sie verloren das Land aus den Augen, als der Wind sie vor sich her trieb.

In den ersten beiden Tagen und Nächten konzentrierte Mary all ihre Anstrengungen auf ihre Kinder und versuchte, sie unter einer Persenning zu schützen, sang ihnen etwas vor und wiegte sie. Aber als sie sah, dass die Männer den Mut verloren, wusste sie, dass sie sie dazu bringen musste, für ihr Überleben zu kämpfen.

»Wir schaffen das«, beschwor sie sie. »Es nützt nichts, jetzt aufzugeben. Zumindest treibt der Wind uns schneller voran. Lasst uns das Boot leichter machen, indem wir allen zusätzlichen Ballast über Bord werfen.«

Sie warfen die Ersatzkleidung und alle persönliche Habe ins Meer, und als immer noch Wasser ins Boot eindrang, nahm Mary ihren Hut ab und schöpfte es damit wieder hinaus.

»Kommt schon«, schrie sie. »Schöpft alle mit. Euer Leben hängt davon ab.«

Einer nach dem anderen half ihr, zuerst apathisch, aber als sie sahen, wie das Boot sich allmählich im Wasser hob, arbeiteten sie schneller. »So ist es gut«, rief sie. »Na los, Sam, Jamie und William, wollt ihr als Fischfutter enden? Ihr könnt euch gern umbringen, wenn wir wieder an Land sind, aber das wird gefälligst nicht hier draußen passieren, nur weil ihr zu müde seid.«

Insgesamt acht Tage lang konnten sie kein Land sehen. Es regnete immer noch, und Mary schrie die Männer an. Ihre Arme fühlten sich an, als würden sie ihr abfallen, so sehr schmerzten sie vom Schöpfen, und sie war heiser, aber sie wusste, dass sie gewonnen hatte. Nicht einer der Männer würde aufhören, solange sie schöpfte, und das Boot jagte über das Wasser.

Als die Sonne sank, konnten sie die Küste wieder erkennen, doch die Brandung war so stark, dass sie nicht landen konnten. Will ließ den Anker ins Wasser und benutzte den Enterhaken, um das Boot noch fester zu halten, in der Hoffnung, dass der Wind am Morgen so weit nachgelassen haben würde, dass sie zum Strand durchkamen.

In den frühen Morgenstunden, als sie versuchten, ein bisschen zu schlafen, hörten sie das unheilvolle Geräusch, wie der Anker über die Felsen gezogen wurde, und auf einmal trieb das Boot auf das Riff zu.

»Es wird auflaufen, und dann ertrinken wir alle«, schrie Will hysterisch und übertönte den Sturm. »Oh, Gott, warum habe ich das versucht?«

Mary kroch zum Mast hinüber und zog sich hoch. Sie blickte auf die kauernden, verängstigten Männer hinunter. »Da sind nur Wasser, Wind und Regen«, schrie sie lauter als der Wind. »Wir sind bis hierher gekommen, und wir werden uns nicht geschlagen geben. Dass ihr mir jetzt ja nicht zu Feiglingen werdet! Holt den Anker ein, dann segeln wir weiter.«

Es dämmerte, während sie gegen die Elemente kämpften, und als der Himmel sich erhellte, ließ der Wind ein wenig nach.

»Weiterschöpfen«, schrie Mary, deren Stimme nur noch ein Krächzen war. »Wir kommen an Land, ich schwöre es euch.«

»Gott sei Dank«, murmelte James ein paar Stunden später, als sie in eine Bucht mit weißem Sand einfuhren. »Und danke, Mary, dass du den Mut hattest, uns zum Weiterkämpfen zu bewegen.«

Mary lächelte schwach. Ihr war schlecht vor Hunger, und sie hatte Angst, nach Emmanuel und Charlotte unter der Persenning zu schauen für den Fall, dass sie nicht schliefen, sondern tot waren. Vielleicht war es ein Sieg, aber in diesem Moment fühlte sie sich völlig geschlagen.

Später konnte Mary sich nicht erinnern, wie sie an Land gekommen war. Sie konnte sich nur noch entsinnen, dass sie auf den Strand zugefahren waren, und dann war sie auf dem weichen, warmen Sand aufgewacht.

Vorsichtig setzte sie sich auf und blickte sich um, verwirrt, weil die Sonne im Osten stand. Sie betastete ihre Kleider, und sie waren trocken, aber steif vom Salz. Erschrocken über die völlig Stille versuchte sie aufzustehen, doch sie konnte sich kaum bewegen.

Als sie den Kopf wandte, sah sie die Männer unter dem Hüttendach schlafen. Charlotte und Emmanuel lagen zwischen Will und James. Neben einem heruntergebrannten Feuer lag ein riesiger Haufen Muschelschalen, und das Wasserfass stand unter einem Baum. Eine tiefe Spur im Sand zeigte, dass es dort hingerollt worden war, nachdem sie es wieder gefüllt hatten.

Auf einmal wusste Mary, dass sie am Tag zuvor eingeschlafen oder bewusstlos geworden sein musste, und die Männer hatten sie ungestört schlafen lassen, während sie Essen und Wasser besorgt hatten und schließlich selbst eingeschlafen waren.

Diese kleine Freundlichkeit trieb ihr die Tränen in die Augen und gab ihr die Kraft, ihre Steifheit zu überwinden, sich aufzurichten und zu strecken und dann langsam zum Wasserfass zu gehen. Sie trank gierig, Tasse um Tasse, bis ihr Bauch sich ganz voll anfühlte. Dann schlang sie den kalten Reis hinunter, der noch im Kochtopf war. Als sie sich umblickte, sah sie, wie wunderschön die Bucht war, in der sie sich befanden – überall weißer Sand, kristallklares blaues Wasser und üppige grüne Vegetation.

Ihr Herz füllte sich mit Dankbarkeit, und sie fiel auf die Knie und dankte Gott dafür, dass er sie sicher durch den Sturm gebracht hatte.

13. Kapitel

Sam Broome und James Martin machten auf ihrer Suche nach Schalentieren in den Gezeitentümpeln eine Pause und setzten sich müde hin.

»Mary ist eine strenge Aufseherin«, meinte James mit einem unterdrückten Lachen. »Aber sie ist auch eine tolle Frau.« Seine Hose war jetzt so zerschlissen, dass es sich kaum lohnte, sie zu tragen, weil fast seine gesamten Beine und ein Teil seines Hinterns unbedeckt waren. Sams Hemd und Hose waren zwar immer noch ganz, aber so fadenscheinig, dass sie wahrscheinlich wegschwimmen würden, wenn er damit noch einmal ins Meer ging.

Sam blickte über den Strand zurück und sah Mary, die Wäsche zum Trocknen über Büsche hängte. Sie hatte darauf bestanden, dass sie den Sack mit Schalentieren füllen mussten, bevor sie es wagen durften, zum Lager zurückzukehren. »Ja, aber sie ist strenger mit sich als mit uns«, erwiderte er. Er wusste, dass Mary den ganzen Tag über nicht ruhen würde. Wenn sie mit der Wäsche fertig war, würde sie ebenfalls nach etwas Essbarem suchen, um ihre Vorräte aufzubessern.

James nickte zustimmend. Für ihn war es unglaublich, wie Mary so ruhig und beherrscht sein konnte nach dem, was sie während der vergangenen Wochen durchgemacht hatten. Erst letzte Nacht war er aus einem schrecklichen Albtraum erwacht, der ihn so geängstigt hatte, dass er nicht gewagt hatte, die Augen wieder zu schließen. Selbst Will, der in Cornwall oft in dem schlechtesten Wetter gesegelt war, das dieser Landstrich einem entgegenschleudern konnte, gab zu, so etwas noch nicht erlebt zu haben. James glaubte, dass sie in jener Nacht, als der Anker vom Meeresboden gerissen worden war, dem Tod ins Auge geblickt hatten, und es war nicht überraschend, dass die meisten Männer gezögert hatten weiterzusegeln.

»Ohne Mary wären wir alle ertrunken«, erklärte Sam, und seine Stimme zitterte vor Emotionen. »Ihr Mut und ihr Durchhaltevermögen haben uns alle beschämt.«

Das stimmte, doch James mochte Sam nicht zustimmen. »Ja, aber du bist immer viel zu nett zu ihr«, neckte er ihn stattdessen. »Du solltest deine Gedanken über sie lieber für dich behalten. Will kann sehr gefährlich sein, wenn man ihm in die Quere kommt.«

»Meine Gedanken über Mary sind keusch«, protestierte Sam. »Wenn sie nicht gewesen wäre, dann hätte ich diese Flucht gar nicht erst erlebt. Ich war so gut wie tot, als man mich wie einen Sack Reis auf den Kai geworfen hat. Ich habe gesehen, wie die anderen Frauen die Kleider von denen stahlen, die zu schwach waren, um zu protestieren. Sie sind an mir vorbeigegangen und haben mir nicht einmal Wasser gegeben, weil ich nur Lumpen trug. Aber sie ist zu mir gekommen, Gott segne sie.«

Sams leidenschaftliche Worte weckten James' Gewissen. Er hatte den Kranken der Zweiten Flotte nicht geholfen. Stattdessen hatte er sich mit einer Flasche Rum, die er gestohlen hatte, irgendwo versteckt, als er beim Ausladen des Proviants geholfen hatte. Während der darauffolgenden Wochen war viel darüber gesprochen worden, wie sehr sich Mary für die Kranken einsetzte. Und er war sogar so hartherzig gewesen, ihr zu sagen, dass es für sie alle besser wäre, wenn die Neuen starben.

Wenn er noch weiter zurückblickte, dann konnte er sich an sein Wiedersehen mit Will erinnern, als die Männer am ersten Tag in Port Jackson an Land gegangen waren. Will hatte nicht gewusst, dass Samuel Bird und James auf einem anderen Schiff der Flotte gewesen waren, und er war hocherfreut gewesen, sie wiederzutreffen. James hatte aufgeregt vorgeschlagen, dass sich doch alle Männer von der *Dunkirk* ein Zelt teilen könnten. Doch Will hatte ihn völlig verblüfft mit seiner Ankündigung, er werde Mary heiraten und für sich und sie eine eigene Hütte bauen.

James dachte damals, der Mann wäre von allen guten Geistern verlassen. Er konnte nicht glauben, dass Will es vorzog, mit einer Frau und ihrem Kind zu leben, wenn er stattdessen mit seinen alten Freunden zusammen sein und jede Nacht eine andere Frau haben könnte.

Doch schon bald begann James, Will zu beneiden. Die weiblichen Gefangenen waren fast alle eine Enttäuschung, und ein Mann konnte nicht viel Spaß haben, wenn er immer hungrig war.

Mary als Ehefrau zu haben hatte sich als gute Wahl herausgestellt. Sie war klug und fröhlich, sie hielt sich und Charlotte sauber, und sie war anständig. Und man musste den großen Will, der stärker und ausdauernder als alle anderen blieb, nur anschauen, um zu wissen, dass sie sich in jeder Hinsicht um ihn kümmerte.

Aber nicht nur sein erster Eindruck von Mary war falsch gewesen, sondern auch der von Will.

»Es ist nicht gut, wenn man jemanden so anhimmelt«, bemerkte er und sprach damit seine Gedanken laut aus. »Oh, und ich meine damit nicht Mary«, erklärte er schnell, als er Sams überraschten und eher wütenden Gesichtsausdruck sah. »Ich spreche von Will.« Er glaubte nicht, jemals vergessen zu können, wie der große Mann in jener letzten Nacht auf See ängstlich zusammengekauert auf dem Boden des Bootes gehockt hatte. Oder wie Mary geschrien hatte wie eine Todesfee, damit sie sich alle anstrengten. »Weißt du, als ich ihn damals auf der *Dunkirk* kennenlernte, habe ich wirklich geglaubt, er wäre unverwüstlich.«

»Ein Mann, der mit seiner Stärke und seiner Klugheit angeben muss, ist sich ihrer nicht sicher«, meinte Sam mit einem selbstzufriedenen Lächeln. »Und ein Mann, der einen anderen niederschlägt, nur weil er glaubt, dieser habe vielleicht etwas mit seiner Frau, ist ein Narr.«

James zuckte die Schultern. Er war vielleicht enttäuscht von seinem alten Freund, doch er würde ihn nicht von einem Neuling beleidigen lassen. »Pass auf, was du sagst«, warnte er ihn. »Will und ich sind schon sehr lange befreundet.«

»Ich weiß«, erwiderte Sam vorsichtig. »Aber du bist kein Narr, James. Du weißt, dass wir einen starken Anführer brauchen, wenn wir es bis Kupang schaffen wollen. Ich bin nicht sicher, ob Will dazu noch in der Lage ist.«

»Du glaubst doch wohl nicht, dass eine Frau mit zwei kleinen Kindern dieser Anführer sein kann?«, gab James zurück. Er bewunderte Mary auch. Dennoch lag es nicht in seiner Natur anzunehmen, eine Frau könnte härter und belastbarer sein als er oder irgendein anderer Mann.

Sam kicherte. »Natürlich nicht. Dann gäbe es sofort eine Meuterei.«

James hatte Sam in Port Jackson oft »den Pastor« genannt, wegen seines Aussehens, seines sanften Wesens und weil er keinen Alkohol trank. Aber in den vergangenen Wochen hatte er erkennen müssen, dass dieser Mann willensstark und einfallsreich war. Er nahm an, dass Sam eigene Pläne hatte, und er hielt es für besser, sich jetzt danach zu erkundigen, damit er wusste, wo Sam stand.

»Und wenn Will vorschlägt hierzubleiben, bis das schlechte Wetter vorbei ist?«, fragte er zögernd. Will hatte das nur angedeutet, und wenn James ehrlich war, dann klang diese Idee recht verlockend.

Sam lächelte schwach. Für ihn war diese Bucht, die sie White Bay getauft hatten, das Paradies. Der weiche Sand, die üppige Vegetation und das milde Wetter waren sehr verführerisch. »Ich würde gern bleiben, wenn wir mehr Proviant hätten«, gestand er. »Ich habe genauso viel Angst wie alle anderen, im nächsten Sturm zu ertrinken. Aber wenn wir bleiben, gehen uns bald das Mehl und der Reis aus, und außerdem könnte ein Schiff vorbeikommen und uns nach Sydney zurückbringen.«

»Wir könnten fischen und jagen«, entgegnete James. »Und was das Vorbeikommen eines Schiffs angeht – wie wahrscheinlich ist das?«

»Nicht sehr«, stimmte Sam zu. »Aber der Sinn unserer Flucht

bestand doch darin, ein neues Leben zu finden. Je länger wir das hinauszögern, desto schwächer werden wir.«

»Das hast du von Mary«, spottete James.

»Vielleicht, aber deshalb bleibt es trotzdem wahr. Ich glaube, wir müssen weiter.«

»Und was, wenn Will nicht einverstanden ist?«

Sam zuckte die Schultern. Mit der Geste drückte er aus, dass er fand, diejenigen, die gehen wollten, hätten jedes Recht, sich das Boot zu nehmen und die anderen hier gestrandet zurückzulassen.

James stand auf und löste mit einem Messer Muscheln von den Felsen. Er war nicht schockiert darüber, dass Sam nicht zögern würde, Will zurückzulassen. Er selbst würde wahrscheinlich das Gleiche tun, wenn das für ihn von Vorteil wäre. Loyalität war für ihn nicht mehr als eine Idee, der Menschen folgten, damit die Masse mehr Macht hatte als der Einzelne. James kümmerte sich in der Regel nur um sich selbst, und zur Hölle mit allen anderen!

Er war auch von Natur aus faul und hatte stets den für ihn selbst einfachsten Weg gewählt. Oberflächlich betrachtet war es im Moment das Einfachste hierzubleiben. Aber stimmte das? Sie würden dann ihr Leben nicht riskieren, jedenfalls nicht, solange keine Eingeborenen kamen und sie angriffen. Doch sie würden richtige Hütten bauen müssen, und sie hatten nur wenig Werkzeug. Bei nur einer Frau und acht Männern würden sie bald untereinander kämpfen. Außerdem sehnte er sich nach dem Leben in der Stadt, nach dem Lärm und der Betriebsamkeit. Er wollte sich betrinken, essen, was er wollte, reiten und mit den Frauen flirten.

Er erinnerte sich noch an das erste Jahr in der Siedlung, als ein paar Dummköpfe einfach in den Busch geflohen waren in der Annahme, nach China zu gelangen, wenn sie einfach immer weiterliefen. Er hatte laut darüber gelacht, aber er gehörte ja auch zu der Handvoll Männer, die lesen und schreiben konnten, und er hatte eine ziemlich gute Vorstellung von der Welt.

Er wusste von Detmer Smith, dass man von Kupang aus nach China oder Afrika oder sogar nach Südafrika gelangen konnte.

Das waren alles Orte, wo ein fauler, schlauer Ire ein leichtes Leben würde führen können.

William Moreton wollte weiterfahren, und sei es nur, um zu beweisen, dass er genauso gut segeln konnte wie Will. Mary wollte das ganz sicher auch, und Nat Lilly würde auf Sam Broomes Seite sein, weil die beiden sich sehr eng angefreundet hatten. Bill Allen wollte ebenfalls schnell nach Kupang gelangen, deshalb würden wohl nur Jamie Cox und Samuel Bird auf Wills Seite sein.

James wusste, dass er viel mehr zu gewinnen hatte, wenn er sich auf Marys und nicht auf Wills Seite schlug. Eine beherzte, einfallsreiche kleine Frau wie sie konnte ihm sehr nützlich sein, wenn sie es bis Kupang schafften.

An diesem Abend saß die ganze Gruppe um das Feuer, denn es war nach Sonnenuntergang kalt geworden. William Moreton hatte das Thema angesprochen, wann sie weitersegeln sollten. Er wollte schon am nächsten Morgen aufbrechen.

»Was hätten wir davon zu bleiben?«, fragte er herausfordernd. »Wir haben uns ausgeruht, unsere Kleider getrocknet und das Boot geflickt.«

William reizte alle. Er hatte keinen Humor, war pedantisch und hielt sich für allwissend. Nat, der gern einen Scherz machte, provozierte ihn oft, indem er ihn fragte, wieso er sich denn überhaupt beim Stehlen hatte erwischen lassen, wenn er so schlau war. Aber er hatte einen ziemlichen Schlag bei der Gruppe wegen seiner Navigationskenntnisse.

»Ich sagte, wir bleiben noch eine Weile«, erklärte Will trotzig. »Das Boot hält keinem weiteren Sturm stand.«

Die Männer hatten dazu alle etwas zu sagen, aber Mary kommentierte das nicht. Sie beobachtete ihre Gesichter und versuchte abzuschätzen, was jeder von ihnen wirklich wollte. Sam Broome, Jamie Cox und Samuel Bird blickten beinahe ausdruckslos, und sie nahm an, dass sie die Meinungen der dominanteren Gruppenmitglieder gegeneinander abwogen. Dann würden sie sich auf die Seite desjenigen schlagen, dem sie mehr vertrauten.

James Martin war bei allen beliebt. Er war gut, wenn es darum ging, Krisen zu meistern, sein Humor hatte ihnen so manchen Tag gerettet, und er besaß Führungsqualitäten, aber er war nicht besonders rational.

Bill wäre ebenfalls ein guter Anführer. Er konnte viel länger als die anderen rudern, Holz schneller schlagen, fast sofort ein Feuer entfachen, und er zeigte Mitgefühl denjenigen gegenüber, die schwächer waren als er selbst. Aber er war kein Seemann.

Vor einem Monat hätten alle Männer Will blind gehorcht, aber er hatte diesen Bonus eingebüßt, als sie seine Angst und Unsicherheit gesehen hatten.

Mary war traurig darüber, dass sie sich von Will abwandten. Sie alle hatten während der Stürme Angst gehabt, weil das mehr gewesen war, als ein Mensch ertragen konnte, und sie fand nicht, dass Will so hart verurteilt werden sollte, nur weil er die Nerven verloren hatte. Wären Charlotte und Emmanuel nicht gewesen, wäre sie selbst auch in Panik geraten. Tatsächlich war sie nur deshalb ruhig geblieben, weil sie diesen intensiven Mutterinstinkt verspürte, ihre Kinder um jeden Preis zu beschützen.

Mary selbst war hin und her gerissen. Sie wollte unbedingt nach Kupang, um dort dauerhafte Sicherheit und ein Heim für ihre Kinder zu finden und ein ruhiges Leben frei von Angst führen zu können. Aber Charlotte und Emmanuel ging es nicht besonders gut. Die Seereise, die Kälte und die ständige Nässe hatten ihnen eine Menge abverlangt. Sie waren ausgemergelt und ängstlich, und das Essen schien bei ihnen überhaupt nicht mehr anzusetzen. Sie brauchten wirklich mehr Zeit, um sich zu erholen. Und zu allem Übel ging Marys Milch langsam zurück, der Reis, den sie mitgebracht hatten, reichte höchstens noch für drei Wochen, und sie wusste nicht, wie der Magen eines Einjährigen auf eine Ernährung reagieren würde, die fast nur aus Schalentieren bestand.

Sie glaubte, dass die meisten Männer ihren inneren Konflikt

teilten, natürlich nicht aus den gleichen Gründen, sondern weil sie Angst hatten, noch einmal in einen schlimmen Sturm zu geraten.

»Ich stimme William zu«, sagte Sam Broome. »Wir sollten weiterfahren, so schnell wie möglich. Wir gewinnen nichts, wenn wir hier warten, bis der Proviant aufgebraucht ist.«

Sam war beliebt bei den anderen wegen seiner ruhigen Sachlichkeit und seiner Fähigkeit zuzuhören, doch seit jener Nacht, in der Will ihn geschlagen hatte, schien er verändert. Er war immer noch bedächtig, aber er setzte sich stärker durch. Mary spürte, dass er die anderen Männer durchschaut und sie in der einen oder anderen Weise für nicht gut genug befunden hatte, vor allem Will. Sam hasste ihn zwar nicht und wollte auch nicht William Moreton als Anführer. Aber Mary nahm an, dass er an einer neuen Rangordnung interessiert war, vielleicht mit ihm selbst als stellvertretendem Anführer.

»Wir können hier jagen und fischen«, argumentierte Will. Sein Gesicht war rot vor Wut, weil ihn niemand länger für den Anführer zu halten schien. »Habe ich euch in Sydney nicht immer gut versorgt?«

Die vier Männer, die mit der Zweiten Flotte gekommen waren, hatten die knappen Rationen vor ihrer Ankunft nicht erlebt, deshalb bedeutete ihnen Wills Aussage nichts. Nur Jamie Cox und Samuel Bird nickten zustimmend.

»Wie steht es mit dir, James?«, fragte Sam den Iren. »Weiterfahren oder bleiben?«

James brachte es nicht über sich, seinem alten Freund offen zu widersprechen. »Ich hätte gern ein paar Krüge Bier und ein paar Frauen«, sagte er vermeintlich sorglos. »Und solange wir hier rumsitzen und warten, werde ich das nicht bekommen.«

Einige der Männer lachten, aber Will sah aus, als hätte James ihm gerade ein Messer in den Rücken gerammt.

»Das hört sich an, als wolltest du weiterfahren«, meinte Sam und sah Will nicht direkt an. »Hat noch jemand etwas zu sagen?«

Nat Lilly räusperte sich und spuckte laut in den Sand. »Wir

sollten schon weiterfahren, aber jedes Mal an Land gehen, wenn das Wetter sich ändert.«

Jamie Cox hielt den Blick gesenkt. Er war der Jüngste von ihnen, und er hatte Mary einmal erzählt, dass er ohne Wills Hilfe auf der *Dunkirk* nicht überlebt hätte. Er war schmächtig, und seine scharf geschnittenen Gesichtszüge, die Mary bei ihrer ersten Begegnung an einen Vogel erinnert hatten, schienen inzwischen noch stärker ausgeprägt zu sein. Es war ihm ganz offensichtlich egal, ob sie blieben oder weiterfuhren, solange er nur bei Will bleiben konnte.

»Bill, was denkst du?«, wollte Sam wissen.

»Weiterfahren«, knurrte er und sah William Moreton finster an, als wollte er ihn warnen, ja nicht zu versuchen, das Kommando zu übernehmen.

Samuel Birds Gesicht war immer noch ausdruckslos.

»Mary! Wie siehst du das?«, erkundigte sich William.

Mary hatte nicht erwartet, nach ihrer Meinung gefragt zu werden, und sie zögerte, weil sie ihrem Mann nicht in den Rücken fallen wollte. Aber William Moreton hatte am lautesten kundgetan, für wie dumm er es hielt, eine Frau und kleine Kinder mit auf die Flucht zu nehmen. Wenn er jetzt an ihrer Meinung interessiert war, dann hatte sie die Pflicht, sich zu äußern.

»Ich stimme Nat zu«, sagte sie. »Wir sollten weiterfahren, jedoch sofort anhalten, wenn das Wetter sich ändert.«

»Dann hören wir also jetzt auf eine verdammte Frau, ja?«, explodierte Will. »Was weiß sie denn schon?«

Jamie Cox blickte erstaunt auf. Bills Augen wurden schmal und schienen Will mit Blicken zu erdolchen. Sam war erkennbar erbost.

»Ich würde sagen, sie weiß mehr als wir alle«, bemerkte James ruhig. »Ohne sie wären wir jetzt schon Fischfutter. Aber lasst uns nicht mehr darüber streiten. Stimmen wir ab.«

William Moreton schaute Will an, vielleicht weil er erwartete, dass er noch einmal sprechen würde, um die Loyalität seiner ehemaligen Gefolgsleute zurückzugewinnen. Aber entweder hatte Will das Gefühl, das nicht nötig zu haben, oder er kannte den Ausgang bereits, denn er verschränkte nur beleidigt die Arme vor der Brust.

»Alle, die morgen weiterfahren wollen, heben die Hand«, sagte William.

Nur Jamie Cox und Will ließen ihre unten.

»Dann ist es abgemacht«, verkündete William und grinste selbstzufrieden.

»Aber heult mir ja nichts vor, wenn das Boot es nicht schafft«, brummte Will mit einem Schulterzucken. Dann wandte er sich mit einem hasserfüllten Blick an Mary. »Und mach mich nicht dafür verantwortlich, wenn die Kinder draufgehen!«

Es gab Zeiten, nachdem sie White Bay verlassen hatten, in denen Mary von der Erinnerung an Wills Worte gequält wurde, denn sie gerieten in noch sehr viele schreckliche Stürme, die immer so plötzlich einsetzten, dass sie keine Chance hatten, an Land zu gelangen. Jedes Mal, wenn Mary die entsetzten Gesichter der Kinder sah und ihre angsterfüllten Schreie hörte, fragte sie sich, was sie sich nur dabei gedacht hatte, ihr Leben derart aufs Spiel zu setzen.

Doch der Drang, sie zu beschützen, gab ihr die Kraft weiterzumachen, wenn die Männer schwach wurden. Jamie, Samuel Bird und Nat waren am schlimmsten. Sie waren schmächtige Männer mit viel weniger Muskeln als die anderen, und sie konnten auch nicht schwimmen, deshalb fürchteten sie sich noch mehr. Mary musste sie abwechselnd loben, anflehen, einschüchtern und anspornen. Sie beschimpfte sie an ihrem Platz am Ruder und schrie sie an, dass sie weiterschöpfen sollten, wenn sie nicht sterben wollten.

Aber gerade, als sie genau wie die Männer glaubte, dass es nur eine Frage der Zeit war, bis sie alle starben, gelangten sie in ruhigere Gewässer. Auf der linken Seite befand sich die Küste und auf der rechten ein riesiges Riff. Das Wasser dazwischen war so ruhig wie ein Mühlensee.

»Gott sei Dank«, rief William Moreton und zeigte unerwartet viel Gefühl. »Ich dachte wirklich, wir wären erledigt.«

Doch selbst dieses neue ruhige Gewässer war nicht ohne Gefahren, denn es gab Dutzende kleine Inseln und Korallenatolle, an denen man auf Grund laufen konnte. Sie gingen an einer der Inseln an Land, doch sie fanden kein Trinkwasser. Aber sie kochten sich etwas Reis mit dem verbliebenen Wasser, und als die Ebbe kam, kletterten sie über die Felsen, um weiter nach Trinkwasser zu suchen.

Zu ihrem Erstaunen sahen sie Dutzende von riesigen Schildkröten, die an den Strand robbten, um ihre Eier zu legen. Die Männer töteten schnell einige von ihnen, und als die Flut kam, schleppten sie sie zurück zu ihrer Insel.

In dieser Nacht aßen sie das erste frische Fleisch, seit sie von Sydney weggesegelt waren. Sie schliefen ausnahmsweise mit vollen Bäuchen und wurden auch noch mit dem Geräusch von Regen belohnt, der die umgedrehten Muscheln füllte, die sie hoffnungsvoll am Strand aufgestellt hatten.

In den folgenden Tagen fingen die anderen noch mehr Schildkröten und räucherten das Fleisch über dem Feuer, um es mitzunehmen, während James und Will erneut die undichten Stellen des Bootes mit Seife kalfaterten.

Bill war in seiner Jugend oft wildern gegangen, und als er einen Vogel sah, der auf dem Boden nistete, machte er sich daran, ihn mit Nat als Gehilfen zu jagen. Mary musste lachen, als sie ihnen zusah, denn sie gaben ein merkwürdiges Paar ab. Der angriffslustige, muskulöse Bill mit seinem kahlen Schädel, der in der Sonne glänzte, kauerte auf dem Boden und gab dem hübschen Jungen Nat Handzeichen, die Vögel auf ihn zuzutreiben. Aber die beiden waren ein gutes Team und fingen viele Vögel, und Bill brachte Nat auch die Kunst des Rupfens bei.

Mary fand noch mehr Kohlblätter und Früchte. Sie wusste nicht, was es war, aber es schmeckte köstlich, und die Kinder, die beide in einem armseligen, apathischen Zustand waren, begannen, sich zu erholen.

Nach sechs Tagen Pause machten sie sich wieder auf den Weg, doch sie hielten oft an, um nach mehr Schildkröten Ausschau zu halten. Sie fanden keine, aber es gab Schalentiere und jede Menge Trinkwasser.

Alle hatten schon lange damit aufgehört, Will zu fragen, wann sie an das Ende dieser gigantischen Landmasse kommen würden. Und sie diskutierten auch nicht mehr darüber, was sie nach ihrer Ankunft in England tun würden. Sie waren jetzt alle apathisch und erwarteten nicht wirklich, jemals wieder auf irgendeine Zivilisation zu stoßen. Als sie die Meerenge vor sich sahen, die auf Wills Karte markiert war, blickten sie sich alle fragend an, und dann lachten sie hysterisch, als ihnen dämmerte, wo sie sich befanden.

Als die Meerenge hinter ihnen lag, stellten sie fest, dass der Golf dahinter von kleinen Inseln durchzogen war. Sie wussten, dass sie an Land gehen mussten, um das Wasserfass für den letzten Teil der Reise über das offene Meer noch einmal zu füllen. Aber als sie an einer zu landen versuchten, kam eine Gruppe von Eingeborenen, die sie beobachtet hatte, mit erhobenen Speeren auf sie zu und fing an, zu ihnen hinauszupaddeln.

Die Männer waren gezwungen, Warnschüsse aus ihren Musketen abzugeben, doch zu ihrem Entsetzen sahen sie, dass die Eingeborenen zu Bögen griffen und Pfeile auf sie abschossen. Mary wurde bleich, als mehrere dieser fünfzig Zentimeter langen, spitzen Pfeile direkt in ihrem Boot landeten, und den Männern blieb keine andere Wahl, als wie verrückt zu rudern, um den Wilden zu entfliehen.

Diese Eingeborenen waren größer und dunkelhäutiger als alle, die sie vorher gesehen hatten, und sie fuhren ihnen in ihren Kanus hinterher. Aber gerade, als sie glaubten, sie würden sie erwischen, kam genug Wind auf, um die Segel aufzublähen, und sie entkamen, alle zutiefst erschüttert.

»Wir müssen Wasser finden, bevor wir über den Golf segeln«, meinte Will später. »Es sind noch mindestens fünfhundert Meilen, und auch mit einem vollen Fass werden wir das Wasser rationieren müssen.«

Er hatte offensichtlich recht, und Mary war froh darüber, dass er wieder die Führung übernahm.

Am folgenden Tag wagten sie es und legten trotz eines recht großen Dorfes in der Nähe an einer Insel an. Sie füllten das Wasserfass und fuhren hastig wieder ab, dann kehrten sie zu einer unbewohnten Insel zurück, um dort die Nacht zu verbringen.

Ermutigt durch ihren Erfolg beim ersten Mal, beschlossen sie am nächsten Morgen, noch einmal zurückzufahren, um noch mehr Wasser zu holen und nach Früchten und Kohlblättern zu suchen.

Das Dorf sah genauso friedlich aus wie am Tag zuvor, aber als sie sich der Küste näherten, tauchten plötzlich wie aus dem Nichts zwei riesige Kanus mit jeweils dreißig oder vierzig Kriegern an Bord auf und hielten direkt auf sie zu.

Sie hatten noch niemals solche Boote gesehen: Sie waren solide gebaut, mit Ruderbänken, Segeln aus einer Art Matte und einer Plattform, die eindeutig zum Kämpfen gedacht war.

Will riss das Boot herum. »Rudert um euer Leben«, schrie er die Männer an und hisste das Hauptsegel.

Marys Herz schlug wie wild, und sie wagte kaum zu atmen. Die Gesichter der Eingeborenen waren mit einem weißen Muster bemalt, sie sangen etwas, und sie hatte keinen Zweifel, dass sie beabsichtigten, alle weißen Eindringlinge zu töten. Sie waren jetzt so nah, dass sie ihren Schweiß riechen und den Hass in ihren Gesichtern sehen konnte. Und was noch schlimmer war, es kamen noch mehr Kanus dazu.

Will bewies ihnen jedoch allen, was für ein erstklassiger Segler er war. Er kreuzte hin und her, um in den Wind zu kommen, und als er es schaffte, schoss das Boot gerade noch rechtzeitig davon, bevor die Eingeborenen nahe genug herankamen, um noch mehr Pfeile auf sie abzuschießen.

»Jetzt fahren wir direkt über den Golf«, rief er. »Haltet euch fest. Wir verlassen nun endgültig dieses gottverlassene Land!«

Die Eingeborenen folgten ihnen noch für ein paar Meilen, bis sie einsahen, dass sie den Kutter nicht mehr einholen konnten. Als sie schließlich zurückfuhren, jubelte Will laut. »Wir haben die Bastarde geschlagen«, schrie er und grinste so breit wie das Wasser, das sich vor ihnen ausbreitete.

Mary stimmte in die Komplimente ein, die die anderen Will wegen seines Könnens machten. Sie war stolz auf ihn, nicht nur wegen seiner Fähigkeiten, sondern auch, weil sie sah, dass sein alter Kampfgeist zurückgekehrt war.

»Das hast du gut gemacht«, sagte sie und setzte sich neben ihn ans Ruder.

»Hättest du es selbst nicht besser machen können?«, fragte er und hob eine salzverkrustete Augenbraue.

»Keiner von uns hätte das«, antwortete sie wahrheitsgemäß und küsste ihn auf die Wange.

»Wir haben zu wenig Proviant und zu wenig Wasser«, warnte er.

»Dann müssen wir es rationieren«, sagte sie. »Hast du irgendeine Ahnung, wie weit es noch ist?«

Er schüttelte den Kopf. »Von jetzt an gibt es keine Karten mehr. Du fängst am besten schon mal an zu beten, mein Mädchen.«

Drei Wochen später blickte Mary mitten in der Nacht zu den Sternen auf und betete. Ihre vorherigen Gebete, sie mögen doch bitte bald Land finden, waren nicht erhört worden. Jetzt flehte sie Gott an, ihre Kinder vor ihr sterben zu lassen, damit sie sie wenigstens bis zum Ende festhalten konnte.

Emmanuel hing auf ihrem Arm, und Charlotte lag mit dem Kopf im Schoß ihrer Mutter. Sie waren so dünn und schwach, dass sie nicht länger weinen konnten. Sie lagen einfach nur da und hielten ihre matten Augen ständig auf sie gerichtet. Mary hatte gedacht, Leiden in jeder Form zu kennen, aber zu wissen, dass sie für den langsamen und schrecklichen Tod ihrer Kinder die Verantwortung trug, war neu und kaum zu ertragen.

Die Nahrungsmittel waren ihnen schon vor einigen Tagen ausgegangen, das Wasser am Vortag, als Emmanuel und Charlotte die letzten Tropfen bekommen hatten. Niemand hatte heute ein Wort gesprochen, denn sie befanden sich alle in einer Art Erstarrung, die Augen auf den Horizont gerichtet. Sie hielten jedoch nicht mehr nach Land Ausschau, sondern vermieden nur, einander anzublicken, denn es war zu quälend zu sehen, wie schwach sie alle waren.

Alle außer Mary und Will schliefen jetzt. William Moreton lag ausgestreckt vor dem leeren Wasserfass, Sam Broome und Nat Lilly hatten sich am Bug wie ein paar Hunde zusammengerollt, und die anderen lehnten sich aneinander. Nat und Samuel Bird litten wegen ihrer hellen Haut am schlimmsten an Sonnenbrand. Ihre Gesichter sahen monströs aus – rot, geschwollen und voller Blasen. Bills kahler Kopf war ebenfalls verbrannt, doch während der letzten Tage hatte er sich wie einen Turban ein Stück Stoff darumgewickelt.

Will kauerte am Ruder, doch als Mary ihn anblickte, sah sie einen Fremden. Er schien geschrumpft zu sein, denn sein früher volles Gesicht war ausgezehrt, seine Augen und sein Mund wirkten viel zu groß. Es war gut, dass der Wind günstig stand, seit sie den Golf verlassen hatten, denn niemand hätte Kraft genug gehabt, zu den Rudern zu greifen, vom Rudern selbst ganz zu schweigen.

Mary fragte sich, wie in solchen Zeiten die Sterne und der Mond immer noch so hell scheinen konnten. Sie strahlten auf dem ruhigen, dunklen Wasser wie Kerzen in einem Schrein. Es kam ihr vor, als wollten sie ihr sagen, sie solle die Kinder gehen lassen und ihnen weiteres Leiden ersparen.

Sie hob Emmanuel höher auf ihrem Arm. Er wog nur noch so wenig, und sie konnte sich erinnern, wie schwer er gewesen war, als sie vor all diesen Wochen losgesegelt waren. Seine Augen waren riesig in dem ausgemergelten Gesicht. Er drehte nicht einmal mehr den Kopf zu ihren Brüsten, als hätte er endlich akzeptiert, dass es dort nichts mehr für ihn gab.

»Es tut mir so leid«, flüsterte sie und küsste seine knochige kleine Stirn. Sie wünschte, sie hätten das alles überleben können, denn sie hätte Emmanuel so gerne laufen sehen und reden hören. Wie sehr hatte sie gehofft, dass er so stark wie sein Vater werden würde, wenn er endlich erwachsen war! Es war nicht fair, dass sein kurzes Leben so hart hatte sein müssen. Aber als sie ihre Sitzposition leicht änderte, um ihn ins Wasser hinabgleiten zu lassen, spürte sie, wie seine Finger sich um ihre schlossen.

Es erschien Mary, als flehte er sie stumm an, bis zum Ende bei ihr bleiben zu dürfen. Sie umklammerte ihn fester, beugte ihr Gesicht über seinen kleinen Kopf und weinte innerlich über ihre Feigheit.

»Mary!«

Sie erwachte erschrocken, weil Will an ihrem Kleid zog.

Die ersten Lichtstrahlen erschienen am Himmel, und ihr erster Gedanke war, dass Will einen Sturm erwartete und dass sie die Schalen aufstellen sollte, um das Regenwasser aufzufangen.

»Mary, täuschen mich meine Augen, oder ist das Land?«, fragte er heiser.

Sie strengte ihre Augen an. Es sah wie Land aus, ein dunkler, welliger Schatten am Horizont.

Wilde Freude durchströmte sie. »Können wir uns beide gleichzeitig täuschen? Für mich schaut es auch wie Land aus.«

Während sie die Kinder immer noch festhielt, bewegte sie sich über die Sitzbank, um Will näher zu sein, und ergriff seine Hände. »Oh, Will«, flüsterte sie. »Kann das wahr sein?«

Sie hielten sich für mindestens eine Stunde an den Händen und beobachteten und hofften gegen jede Vernunft, dass die Natur ihnen nicht einen grausamen Streich spielte. Aber der dunkle Schatten blieb konstant und kam mit jeder Minute näher, bis sie endlich davon überzeugt waren, tatsächlich Bäume zu sehen.

»Nun, mein Mädchen«, meinte Will und strahlte sie an. »Ich habe euch hergebracht. Heute ist der fünfte Juni 1791, und ich muss in das Logbuch schreiben, dass wir Land gesichtet haben. Es ist jetzt siebenundsechzig Tage her, dass wir Sydney verlassen haben, und ich danke Gott für unsere Rettung.«

»Soll ich die anderen wecken?«, fragte sie. »Oder lassen wir sie schlafen?«

»Weck sie ruhig auf, verdammt noch mal«, antwortete er. Seine früher so kraftvolle Stimme war nicht mehr als ein heiseres Krächzen, und eine Träne lief über seine Wange in seinen Bart. »Dafür lohnt sich weiß Gott das Aufwachen.«

14. Kapitel

Spät am Nachmittag des gleichen Tages segelte Will den Kutter in einen Hafen. Niemand von ihnen wusste, ob es Kupang war, und es war ihnen auch egal. Es gab Gebäude und Menschen, was bedeutete, dass sie etwas zu essen und zu trinken bekommen würden, und das reichte ihnen.

Sie waren in einem bemitleidenswerten Zustand. Ihre Kleidung war zerlumpt, ihre Haut und ihr Haar steif vom Salz, und ihre Haut pellte sich, weil sie so lange den Elementen ausgesetzt gewesen waren. Sie saßen zusammengesunken auf ihren Plätzen, zu schwach und erschöpft, um über die Aussicht auf Rettung zu lächeln.

Marys Zunge war geschwollen vor Durst, und sie hatte kaum noch die Kraft, Emmanuel auf dem Arm zu halten, aber als sie die Leute sah, die am Kai standen und neugierig auf die verwahrloste Besatzung des Kutters blickten, schärfte das ihren Verstand.

»Was auch immer passiert, bleibt bei der Geschichte, die wir vereinbart haben«, zischte sie den Männern zu. »Wenn uns die Wahrheit herausrutscht, werden wir zurückgeschickt.«

Dies war mit Sicherheit nicht Kupang, überlegte sie, denn Detmer hatte ihr gesagt, es würde den Holländern gehören. Sie konnte keine Weißen sehen. Alle Menschen hier hatten eine braune oder gelbe Haut, aber zumindest ähnelten sie nicht den wilden Eingeborenen in New South Wales.

»Wasser!«, rief William Moreton laut. »Wasser!«

Sein Schrei, ob er nun verstanden wurde oder nicht, hatte einen aufrüttelnden Effekt auf die Schaulustigen. Ein Mann kam mit einem Haken an einer Stange und zog das Boot an einen Liegeplatz.

Ein kleiner, halb nackter brauner Mann sprang hinunter ins Boot, nahm die Taue und warf sie zu seinem Helfer auf dem Kai. Dann wurde wie von Zauberhand ein Holzeimer mit Wasser zu ihnen heruntergereicht.

Alle Männer hechteten darauf zu und ließen das Boot bedenklich schwanken. Aber Will füllte eine Tasse und reichte sie Mary. Sie ließ Charlotte zuerst trinken, und die stürzte es so schnell herunter, dass viel davon über ihre Brust lief. Emmanuel war beinahe bewusstlos, deshalb musste Mary ihn locken, indem sie ihre Finger ins Wasser steckte und ihn daran saugen ließ, bis er wach genug war, um zu trinken. Endlich trank auch Mary, und nichts in ihrem Leben war jemals besser gewesen als das Gefühl von kaltem Wasser, das über ihre ausgetrocknete, geschwollene Zunge in ihre Kehle lief.

Obwohl sie nicht ein Wort von dem verstehen konnte, was die Leute sagten, spürte sie an ihren hektischen Gesten und dem Tonfall ihrer schrillen Stimmen, dass sie Mitleid mit ihr, den Kindern und den Männern hatten. Sie versuchte aufzustehen, aber sie war so schwach, dass sie wieder zurückfiel, und von da an nahm sie alles nur noch unzusammenhängend und wie durch einen Nebel wahr. Sie fühlte eher, als dass sie es sah, wie Arme sie hochhoben. Es schien, als legte man sie auf harter Erde ab, und dann gab man ihr mehr Wasser. Etwas scharf Riechendes wurde nah an ihr Gesicht gehalten. Sie konnte Stimmen um sich hören, dann wurde sie erneut aufgehoben und auf etwas Weiches gebettet, von wo aus sie den Himmel nicht länger sehen konnte.

»Charlotte, Emmanuel«, rief sie in Panik.

Eine Frau mit einem braunen Gesicht beugte sich über sie und wusch ihr Gesicht mit einem kühlen, feuchten Tuch. Sie sprach in einer fremden Sprache zu ihr, doch was ihre Worte auch bedeuteten, sie waren so beruhigend und freundlich wie das Tuch, und Mary hatte das Gefühl, endlich sicher genug zu sein, um zu schlafen.

Sie wachte später auf und sah, dass sie auf einer Matte lag, Emmanuel auf der einen und Charlotte auf der anderen Seite neben sich. Eine Kerze brannte auf einem niedrigen Tisch, und als sie sich ein wenig erhob, erblickte sie eine Frau mit glänzendem schwarzen Haar und brauner Haut, die auf einer anderen Matte an der gegenüberliegenden Seite des Zimmers schlief.

Obwohl die Kerze nicht viel Licht spendete, merkte Mary an der friedlichen Art, wie ihre Kinder atmeten, dass man sie gefüttert und gewaschen hatte. Das Zimmer schien in einer Hütte zu sein, ähnlich der, in der sie und Will damals in Sydney Cove gelebt hatten, nur größer. Tränen der Dankbarkeit schossen Mary in die Augen. Eine Fremde hatte sie aufgenommen und für sie gesorgt, und sie wünschte, sie würde die Sprache der Frau sprechen, um ihr danken zu können.

Die folgenden Tage vergingen wie in einer Art Nebel, der sich ab und zu lichtete. Mary registrierte, dass man ihr etwas zu trinken und weiche Speisen zu essen gab. Durch den Nebel hörte sie Stimmen und Hundegebell; sie roch Essensgerüche, und manchmal glaubte sie sogar, Charlotte lachen zu hören. Aber sie vermochte einfach nicht, die Augen zu öffnen und sich umzusehen.

Erst Will gelang es, sie endlich aus diesem Zustand zu holen. Sie hörte seine Stimme und die von James Martin.

»Sie muss endlich wieder auf die Beine kommen«, sagte Will. »Wanjon will sie sehen.«

»Sie ist einfach erschöpft«, meinte James. »Das eilt doch nicht. Er wird warten.«

Mary hatte kein Verlangen danach, jemanden zu sehen oder mit jemandem zu reden, sie war glücklich in ihrer kleinen Zwischenwelt, wo sie keine Schmerzen und Sorgen erreichten. Aber Wills Stimme rührte etwas in ihrem Innern und erinnerte sie daran, dass sie Verpflichtungen hatte.

»Will?«, murmelte sie und versuchte, den Blick auf ihn zu konzentrieren.

»Das ist mein Mädchen«, rief er, kniete sich neben sie auf die Matte und umfasste ihre Hand mit seinen beiden Händen. »Du hast uns ganz schön Angst gemacht. Wir dachten, wir hätten dich verloren.«

Seine Hände waren rau und schwielig, aber die Zärtlichkeit in ihnen berührte etwas tief in ihrem Innern. »Charlotte, Emmanuel … sind sie tot?«

»Würde ich hier sitzen und dich angrinsen, wenn es so wäre?«, erwiderte er.

Erst da sah sie, dass er tatsächlich grinste, auf die gleiche freche Art, die sie auf der *Dunkirk* hatte lächeln lassen. Aber es dauerte eine Minute oder zwei, bis ihr klar wurde, was anders an ihm war.

»Dein Bart«, rief sie. »Er ist weg!«

Er rieb sich das Kinn. »Eine Veränderung war nötig«, meinte er.

Er sah so viel jünger aus, und obwohl sein Gesicht sehr knochig und ausgezehrt war, schaute er viel besser aus. Seine Augen funkelten wieder so wie früher, und abgesehen von seiner schuppigen Haut sah man ihm die Strapazen ihrer Flucht nicht an.

»Wo sind wir?«, fragte sie.

»In Kupang, wo sonst? Habe ich nicht gesagt, dass ich euch herbringen würde?«

Mary lächelte schwach, denn sein Prahlen bewies ihr, dass sie nicht träumte. »Wo sind die Kinder und die anderen?«

»Alle in der Nähe, sorg dich nicht«, meinte er. »Emmanuel ist immer noch schwach, aber es geht ihm jeden Tag besser. Du bist diejenige, um die wir uns wirklich Sorgen gemacht haben.«

Mary setzte sich zaghaft auf. Sie blickte an sich herunter und stellte fest, dass sie eine Art langes Hemd trug, weit geschnitten und gestreift. »Wie lange bin ich schon hier?«, wollte sie verwirrt wissen.

»Schon zehn Tage. Du bist manchmal aufgewacht und hast etwas gegessen, doch dann hast du gleich wieder geschlafen. Aber jetzt musst du wach bleiben. Der holländische Gouverneur, Wanjon, will dich sehen.«

Will und James halfen ihr auf und führten sie nach draußen. Mary blickte sich völlig überrascht um. Obwohl sie sich kein bewusstes Bild von der Umgebung außerhalb der Hütte gemacht hatte, war sie wegen des vielen Lärms davon ausgegangen, sich in einer Stadt zu befinden. Tatsächlich standen hier jedoch nur ein paar runde Hütten, deren Dächer aus breiten Blättern gefertigt waren. Sie waren umgeben von hohen Bäumen und dichten Büschen einer Art, die sie noch nie gesehen hatte. Über ein Dutzend kleiner, nackter, braunhäutiger Kinder, die zusammen spielten, ein paar Hühner und zwei angebundene Ziegen sowie eine Gruppe von alten Leuten, die beisammensaßen, komplettierten das Bild eines friedlichen Dorfes.

»Das ist Dschungel«, meinte James und deutete auf die Bäume. »Dort hindurch«, er deutete auf einen breiten, ausgetretenen Pfad, »geht es zum Strand, der so schön ist wie gemalt.«

»Ich dachte, das hier wäre eine Stadt.« Mary runzelte verwirrt die Stirn. Sie erinnerte sich dunkel an Lagerhallen und Steinhäuser am Kai. An viele Menschen und geschäftiges Treiben.

»Es gibt eine, dort hinten.« Will zeigte vage mit der Hand in eine Richtung. »Du und die Kinder wurden hierher gebracht, nachdem du ohnmächtig geworden warst.«

Will half Mary, sich auf einem Baumstamm niederzulassen, dann setzten James und er sich zu ihr und erzählten ihr, was passiert war. Nachdem man ihnen Essen und Trinken gegeben und sie eine Nacht hatte schlafen lassen, hatte man sie zum holländischen Gouverneur Timotheus Wanjon gebracht. Sie erzählten ihm die Geschichte, die sie auf See einstudiert hatten, dass ihr Walfänger auf ein Riff gelaufen war und sie sich in den Kutter gerettet hatten und hergesegelt waren.

»Er hat es geschluckt«, grinste Will. »Habe ich dir doch gesagt, als erster Maat auf einem Walfänger kann ich meine Frau und meine Kinder mit an Bord haben. Ich habe ihm gesagt, dass ich glaube, der Kapitän und der Rest der Mannschaft seien in dem anderen Boot und würden vielleicht auch irgendwann auftauchen. Ich habe behauptet, mein Name sei Broad. Bryant ging ja nicht, für den Fall, dass sie von der Flucht aus Sydney gehört haben.«

James erzählte dann, Wanjon, der ein verständnisvoller und ganz anständiger Kerl sei, habe zugestimmt, dass sie Kleidung, Essen und eine Unterkunft bräuchten, und da Will ein gewerbsmäßiger Matrose sei, er alles bekommen könne, was er brauche. Die Rechnungen dafür würden dann an die englische Regierung geschickt.

»Dieser Ort ist der Himmel auf Erden«, gluckste Will mit unverhohlenem Entzücken. »Alles, was sich ein Mann wünschen kann, braucht er sich hier nur zu nehmen.«

Aus irgendeinem Grund ließ diese Bemerkung Mary aufhorchen. Sie bat Will, die Kinder zu holen und zu ihr zu bringen, und als er gegangen war, wandte sie sich an James.

Sein Bart war ebenfalls abrasiert, aber ansonsten sah er genauso aus wie immer: dünn, spitzbübisch und zu allen Schandtaten bereit.

»Ich hoffe, Will hat sich benommen«, meinte sie.

»Er prahlt ganz schön«, gab James zu. »Vor allem, wenn er betrunken ist.«

»Er hat sich betrunken?«

»Das würde jeder Mann tun, der dem Tod so knapp entgangen ist«, verteidigte James ihn.

Er hatte ihr nur ihre Erwartungen bestätigt, doch sie konnte einen sarkastischen Unterton in seiner Stimme hören.

»Hat er sehr angegeben?«

James zuckte die Schultern. »Nur uns gegenüber. Wir lassen ihm meistens seinen Spaß. Schließlich wissen wir alle, wer uns tatsächlich hierher gebracht hat.«

Mary wurde rot, weil ihr klar war, dass er sie meinte. »*Er* hat uns hergebracht«, erklärte sie streng. »Vielleicht habe ich ihn ein bisschen dazu gedrängt, aber es waren sein Wissen und seine Fähigkeiten, durch die wir es geschafft haben.«

»Immer noch die loyale kleine Ehefrau«, sagte James und grinste sie an. »Will hat wirklich Glück.«

In dem Moment, in dem Mary ihre Kinder sah und sie wieder in den Armen hielt, begann sie, sich zu erholen. Charlotte war wieder genau wie alle anderen Vierjährigen: lebhaft und neugierig. Sie hatte nur Unsinn im Kopf und plapperte unaufhörlich über alles und jeden. Da die eingeborenen Frauen sie ganz bezaubernd fanden, führte sie ein herrliches Leben, denn immer steckte ihr jemand etwas zu, spielte mit ihr oder streichelte sie. Obwohl sie nach wie vor dünn war, kehrte die Farbe in ihre Wangen zurück, und ihre Augen strahlten. Selbst ihr Haar wurde wieder dicker und glänzte bald. Sie schien vergessen zu haben, was sie erst kürzlich hatte durchstehen müssen.

Emmanuel brauchte viel länger, um sich zu erholen. Sein Magen konnte nur ganz milde Speisen vertragen, und er schlief unruhig. Bevor sie Sydney verlassen hatten, war er bereits einige Schritte gelaufen, aber da er während des Aufenthaltes im Boot keine Gelegenheit dazu gehabt hatte, saß er jetzt immer noch lieber als zu versuchen, zu krabbeln oder sich an etwas hochzuziehen. Dennoch war er ein glückliches Kind. Er lächelte jeden an, der sich mit ihm beschäftigte, und alle liebten ihn wegen seines blonden Haares und seiner blauen Augen.

Die Männer hatten sich inzwischen alle erholt. Bei Nat und Samuel Bird sah man noch Narben vom Sonnenbrand, und Jamie war zusätzlich von der Ruhr geschwächt, doch er war bereits auf dem Weg der Besserung. Bill und William Moreton schauten besonders gut aus, denn ihre dunklere Haut war jetzt tiefbraun und ließ sie fast wie die Eingeborenen aussehen. Sie waren auch glücklich, denn sie arbeiteten in den Docks, beluden und entluden während des Tages Schiffe und kamen abends in das friedliche Dorf zurück, wo die eingeborenen Frauen kokett kicherten, während sie etwas für sie kochten.

Es kam Mary so vor, als hätte Gott ihre Gebete erhört und sie sicher hergeführt; sie fühlte sich sogar besonders gesegnet. Das Klima in Kupang war perfekt, heiß, aber nicht unerträglich, es gab Essen in Hülle und Fülle, und die Leute waren fröhlich und großzügig. Und schön war es hier, mit den weißen Sandstränden, dem tiefblauen Meer und dem üppigen grünen Dschungel.

Mary wurde sehr freundlich umsorgt, und darüber hinaus begegnete man ihr mit Bewunderung und Respekt. Es hatte sich herumgesprochen, dass sie es gewesen war, die die Männer immer wieder angetrieben hatte, es bis hierher zu schaffen, und alle, von Wanjon bis zu den ärmsten Eingeborenen, hatten sie und ihre Kinder ins Herz geschlossen. Noch niemals zuvor war Mary bewundert worden. Als Mädchen in Fowey hatte man sie immer dafür gerügt, dass sie so wenige weibliche Eigenschaften habe. Als sie nach Plymouth gekommen war, war sie als weltfremd verlacht worden. Und dann, nach ihrer Verhaftung, hatte man sie mit absoluter Verachtung und Grausamkeit behandelt.

Auf einmal stellte sie selbst etwas dar, wurde für mutig, charakterfest und intelligent gehalten. Als die Frau des stellvertretenden Gouverneurs ihr einige neue Kleider gab, sagten ihr mehrere Männer sogar, sie sei schön. Mary konnte nicht in Worte fassen, was es für sie bedeutete, ein hübsches pinkfarbenes Kleid mit einem Unterrock darunter zu tragen, der so weich wie Daunenfedern war. Sie hatte vielleicht ihre jugendliche Frische in der Sonne und im Wind verloren, und sie war vielleicht so knochig wie ein Straßenhund, aber sie fühlte sich nicht länger wie eine verurteilte Strafgefangene oder eine Bettlerin.

Jetzt fühlte sie sich weiblich, irgendwie weltgewandt und besonders. Diese guten Menschen, die sie mit solcher Wärme anlächelten, wussten nicht, dass sie in Ketten gelegen hatte oder gezwungen gewesen war, ihren Körper zu verkaufen, um zu überleben. Und sie selbst konnte das auch vergessen, denn sie hatte ihren Kindern ein Leben in Hunger und Entwürdigung erspart. Ihr Plan, von New South Wales zu fliehen, hatte funktioniert, ohne dass jemand sein Leben gelassen hatte. Sie hatte geschafft, was die meisten Menschen für unmöglich gehalten hatten.

Für Mary war Kupang alles, was sie sich jemals erträumt hatte, und mehr. Der geschäftige Hafen ähnelte dem in Plymouth insofern, als auch hier Schiffe aus allen Teilen der Welt ankamen. Weil es ein Haupthandelsplatz der holländischen East India Company war, gab es hier außerdem eine reiche und vielfältige Mischung aller Nationalitäten und Religionen. Oben auf den Hügeln standen Herrenhäuser, wo die Frauen reicher Händler in wunderschönen exotischen Gärten saßen und plauderten. Es gab elegante Stadthäuser, wo Mary dunkle Dienstmädchen mit Mandelaugen und schneeweißen Schürzen die Türklinken polieren und die Stufen fegen sah. Und obwohl es stimmte, dass es weit mehr grob zusammengehämmerte Hütten für die Arbeiter als Herrenhäuser und außerdem verrufene Spelunken, Bordelle und Bars gab, in die die Matrosen gingen, so trug das doch nur zu der Farbenpracht und der Lebendigkeit dieser Stadt bei.

Selbst den vielen Bettlern, die Mary hier sah, ging es besser als ihren Pendants in England. Sie waren zumindest nicht durchgefroren und nass, sondern konnten in der Sonne sitzen und diejenigen anlächeln, die Almosen in ihre Schüsseln warfen, sie konnten vergleichsweise bequem am Strand schlafen, und es gab jede Menge Früchte, die man umsonst pflücken konnte.

Mary liebte Kupang dafür, dass es sie und ihre Kinder wieder hatte gesunden lassen, und für die Freundlichkeit, mit der sie empfangen worden waren. Sie wollte nichts weiter, als für immer hierbleiben und ein einfaches Leben führen, fischen, Honig suchen, schwimmen und glückliche, gesunde Kinder aufziehen. Sie fand das Aroma von Sandelholz berauschend, das schon bei leichtem Wind durch das Dorf wehte. Es hing in den Kleidern und auf der Haut, und sie erfuhr, dass es das Hauptexportgut der Insel war. Mary hatte das Gefühl, hier mit Will eine Zukunft zu haben und für immer glücklich leben können.

»Psst!«

Mary brachte gerade Emmanuel in der Hütte ins Bett, die man ihr und Will zur Verfügung gestellt hatte, und sie zuckte zusammen, als sie das Zischen an der Tür hörte. Sie wandte sich um und sah James Martin, der sie zu sich winkte. »Ich komme in einer Minute«, sagte sie und nahm an, dass er aus Schicklichkeit nicht hereinkommen wollte. »Schickt Will dich mit einer Nachricht?«

Will war während der vergangenen drei oder vier Wochen oft unterwegs gewesen. Normalerweise gab er an, viel im Hafen arbeiten zu müssen, aber Mary wusste genau, dass er sich irgendwo in einer Bar betrank. Hoffentlich war James nicht gekommen, um ihr zu sagen, dass er auf einem Schiff angeheuert und sie verlassen hatte, überlegte sie nun. Das hatte er ihr schon mehrfach angedroht.

»Nein. Aber komm nach draußen.«

Mary küsste Emmanuel, und nachdem sie ihn zugedeckt hatte, ging sie zu James vor die Hütte. Ihr Lächeln erstarb, als sie seinen Gesichtsausdruck sah. Er wirkte gehetzt.

»Ist was passiert?«, fragte sie.

»Allerdings«, fuhr James sie an. Er griff nach ihrem Arm und zog sie von der Hütte fort in den Dschungel, der das Dorf umgab. »Eine Gruppe englischer Seeleute ist vorhin in einem offenen Boot in den Hafen gesegelt«, flüsterte er. »Sie haben in der Meerenge, die wir durchfahren haben, Schiffbruch erlitten.«

»Und?«, rief sie.

James rieb sich geistesabwesend mit den Händen über das Gesicht. »Verstehst du denn nicht? Sobald man sie zu Wanjon bringt, wird er annehmen, es wäre der Rest der Mannschaft von unserem angeblich gesunkenen Schiff. Dass dieser verdammte Will sich aber auch nie an eine abgesprochene Geschichte halten kann, ohne etwas dazuzuerfinden.«

Mary zuckte zusammen. Sie war Will böse gewesen, als sie erfahren hatte, dass er sich nicht genau an die Version gehalten hatte, die sie auf See besprochen hatten. Er hätte behaupten sollen, der Walfänger wäre gesunken und sie wären die einzigen Überlebenden. Auf diese Weise wäre ihre Geschichte wasserdicht gewesen.

Aber nachdem Wanjon Will sein Mitgefühl ausgesprochen hatte, hatte dieser sich nicht davon abhalten können, die Geschichte ein bisschen auszuschmücken. Er hatte gesagt, es gäbe noch Überlebende in einem anderen Boot. Warum er das behauptet hatte, war Mary ein Rätsel, doch das Ergebnis war, dass Wanjon sich verpflichtet fühlte, sich zumindest nach den vermissten Männern zu erkundigen.

Marys Herz setzte für einen Moment aus. James hatte recht, das war vielleicht ihr Verderben.

»Sind sie von Port Jackson gekommen?«, fragte sie.

»Nein. Aus Tahiti auf einem Schiff namens *Pandora*. Kapitän Edwards, der das Kommando auf dem Schiff hatte, war auf der Suche nach den Meuterern von der *Bounty*. Es sind noch zehn von denen übrig, die er gefangen nehmen konnte. Der Rest ist mit der *Pandora* ertrunken.«

Mary keuchte. Detmer Smith hatte ihnen damals in Sydney von der Meuterei auf der *Bounty* erzählt, und sie waren ganz fasziniert gewesen, als sie bei ihrer Ankunft in Kupang erfahren hatten, dass Kapitän Bligh und achtzehn seiner Männer zwei Jahre zuvor ausgerechnet hier gelandet waren, nachdem die Meuterer sie in einem offenen Boot ausgesetzt hatten.

Mary hatte keine Ahnung, ob Kapitän Bligh seine Notlage verdient gehabt hatte, aber eins wusste sie: Wenn die englische Marine ein weiteres Schiff geschickt hatte, um die Meuterer zu fangen, dann würde der Kapitän dieses Schiffes nicht so leicht zu überzeugen sein wie Wanjon.

»Wir werden bestimmt verhört«, meinte sie, und ihr Magen zog sich zusammen. »Oh, Gott, James! Was sollen wir tun? Es ist leicht, jemanden zu täuschen, der kein Englisch spricht, doch bei einem englischen Kapitän wird das nicht so einfach werden.«

James lächelte leicht. Eines der Dinge, die er am meisten an Mary mochte, war ihre schnelle Auffassungsgabe. »Wenn wir bei unserer Geschichte bleiben, funktioniert es vielleicht. Vier Monate sind eine viel zu kurze Zeitspanne, die Nachricht kann England also noch nicht erreicht haben, und ich bezweifle, dass dieser Kapitän Edwards schon irgendwo von unserer Flucht gehört hat.«

Mary dachte einen Augenblick nach. Wenn James das Reden übernahm, dann konnte er bestimmt jeden davon überzeugen, dass sie die Mannschaft eines Walfängers waren. Aber ein englischer Kapitän würde wissen wollen, woher das Schiff kam und wem es gehörte und noch viel mehr Details, als sie plausibel erfinden konnten. Und dann war da noch Will …

»Was ist, wenn Will sich betrinkt und anfängt zu prahlen?«, murmelte sie.

»Darüber wollte ich mit dir reden«, antwortete James und legte eine Hand auf ihren Arm. »Mary, du musst ihn an die Hand nehmen; du musst dafür sorgen, dass er den Bars fernbleibt und auch dem Hafen, bis diese Männer weitersegeln.«

»Und wie soll ich das anstellen?«

»Du bist eine kluge Frau«, meinte er lächelnd. »Du findest einen Weg.«

Nachdem James gegangen war, um die anderen Männer zusammenzurufen und sie vor der Gefahr zu warnen, in der sie sich befanden, rief Mary Charlotte zu sich, die mit ein paar anderen Kindern spielte, und brachte sie ebenfalls zu Bett.

Es wurde bereits dunkel, und sie saß bei den Kindern, bis Charlotte eingeschlafen war. Während sie auf ihre friedlichen kleinen Gesichter blickte, liefen Mary die Tränen über die Wangen. Sie hatte ihnen so viel zugemutet, und sie waren nur ganz knapp dem Tode entronnen, und jetzt war ihre Sicherheit erneut bedroht.

War sie verflucht? War bei ihrer Geburt ein böser Zauber über sie verhängt worden, der sie zu einem Leben voll endlosem Leiden und Sorgen verdammte? Sie hatte sich mit der Tatsache abgefunden, dass Will sie vielleicht verlassen würde. Sie wollte es nicht, denn trotz seiner Fehler empfand sie sehr viel für ihn. Aber sie würde damit fertig werden. Ihr war außerdem klar geworden, dass sie wahrscheinlich niemals nach England zurückkehren würde, mit oder ohne Will. Doch das schien ebenfalls keine Rolle zu spielen. Wirklich wichtig war für sie nur, dass ihre Kinder sicher, glücklich, gesund und satt waren. Bis jetzt hatte sie angenommen, dass sie das hier wären, mit oder ohne Will, denn die anderen Männer, vor allem Sam Broome und James Martin, hielten sehr viel von ihr, das wusste sie.

Es war schon komisch. Obwohl sie keine wirkliche Schönheit war, zog sie die Männer an: Leutnant Graham, Tench, Detmer Smith und auch Will, obwohl er dagegen ankämpfte. Würde sie auch Kapitän Edwards beeindrucken können oder sogar Wanjon?

Später trat sie vor die Hütte und setzte sich auf einen niedrigen Stuhl in der Nähe der Tür. Es war jetzt dunkel und sehr ruhig, nur ein paar Leute saßen bei den Feuern und unterhielten sich leise. Ein halber Mond hing über den Palmen, und Mary konnte hören, wie sich die Wellen in der Ferne am Strand brachen. Es war das Paradies hier, und sie wäre nur zu gern für immer geblieben. Doch nun hatte James ihr die beunruhigenden Neuigkeiten erzählt …

Sollte sie versuchen, Will zu finden? Sie blickte zurück zur Hütte und entschied sich dagegen. Es war zu spät, um jemanden zu bitten, auf die Kinder zu achten, und im betrunkenen Zustand würde Will nur ausfallend werden.

Sie fragte sich, ob er eine Frau im Hafen hatte, denn er kam oft nachts gar nicht nach Hause. Und wenn sie jetzt so darüber nachdachte, hatte er seit ihrer Ankunft in Kupang auch nicht mehr mit ihr geschlafen. Lag es daran, dass sie krank gewesen war? Hatte er Angst, sie könnte wieder schwanger werden, oder hatte er einfach das Gefühl, nicht mehr den großen Mann markieren zu können, nachdem man sie nun so bewunderte und respektierte?

Mary war sich nie zu schade gewesen, Sex als Anreiz zu benutzen, um Will zu ihren Plänen zu überreden. Aber jetzt wünschte sie, sie hätte eine andere Alternative. Warum sollte sie ihn milde stimmen müssen, nur damit er ihr zuhörte? Wenn seine Frau, seine Kinder und seine Freunde sich in einer potenziell gefährlichen Situation befanden, dann musste es doch für einen anständigen Mann selbstverständlich sein, nüchtern zu bleiben, sich unauffällig zu verhalten und den Mund zu halten, bis diese vorüber war?

Erst ein paar Stunden später hörte Mary ihn über den Pfad ins Dorf stolpern. Sie erkannte an der Unsicherheit seiner Schritte, dass er sehr betrunken war, und es würde besser sein, bis zum Morgen zu warten, um ihn mit ihrem Problem zu konfrontieren. Er fiel in die Hütte, ließ sich auf den Boden fallen, weil er es nicht bis zu ihrer Schlafmatte schaffte, und war innerhalb von Sekunden eingeschlafen.

Das Singen und Krächzen der Vögel weckte Mary. Es dämmerte gerade erst, aber es war schon hell genug, um zu erkennen, dass Will nur wenige Schritte von ihr entfernt ausgestreckt auf dem Rücken lag. Er stank nach Schweiß und Rum, und sein Hemd und seine Hose waren schmutzig – vielleicht, wie er so oft behauptete, vom Entladen eines Schiffes.

Sie schluckte ihren Ekel herunter, kroch näher und schmiegte sich an seine Brust. Dann knöpfte sie ihm das Hemd auf und strich ihm mit den Fingern über die Brust.

»Hör auf«, knurrte er. »Kann man denn hier nicht mal in Frieden schlafen?«

»Zieh deine Sachen aus und komm zu mir auf die Matte«, flüsterte sie und küsste seine Brust, während ihre Hand sich den Knöpfen seiner Hose näherte.

»Lass mich in Ruhe, Frau«, fuhr er sie an und schob sie grob beiseite. »Wenn ich das will, dann kann ich das am Hafen bekommen.«

»Dann ist das hier also nur noch ein Schlafplatz für dich, ja?«, gab Mary wütend zurück. »Wenn du nicht herkommst, um mit mir und den Kindern zusammen zu sein, dann kannst du gleich ganz abhauen.«

Als sie diese Worte aussprach, wusste sie bereits, dass sie ein Fehler gewesen waren. Er sprang auf und trat nach ihr, sodass sie zurücktaumelte zu dem Platz, wo Charlotte und Emmanuel schliefen.

»Du bist eine Teufelin«, schrie er. »Mein Glück hat mich verlassen, seit ich dich am Hals habe. Was du willst, ist ein Schoßhund. Aber ich werde niemals einer sein. Ich nehme das nächste Schiff, damit ich dich endlich los bin.«

Sein Stiefel hatte sie in die Rippen getroffen, und es tat scheußlich weh, doch es war das Gift in seiner Stimme, das noch viel mehr schmerzte.

»Halt den Mund und hör mir zu«, beharrte sie. »Ein paar englische Seeleute sind in einem offenen Boot angekommen. Hat James dich letzte Nacht nicht gefunden, um dich zu warnen?«

Sie sah etwas über sein Gesicht huschen. Offenbar hatte James ihn gefunden, aber wahrscheinlich war Will zu betrunken gewesen, um den Ernst der Lage zu begreifen.

»Wir sind alle in Gefahr«, fuhr sie fort, und ihre Stimme zitterte vor Angst. »Jetzt ist nicht die Zeit, um gehässig zu sein. Wir müssen planen, was wir sagen werden. Du musst aufhören zu trinken, damit du einen klaren Kopf bewahrst.«

Für einen Moment glaubte sie, er werde sich beruhigen, aber stattdessen wurde sein Gesicht rot vor Wut. Er hatte zugenommen in den zwei Monaten, die sie jetzt hier waren, und er sah aus wie ein Riese, während er auf sie hinunterblickte.

»Ich habe es satt, dass du mir immer vorschreibst, was ich tun soll«, knurrte er. »Du kannst die anderen am Gängelband führen wie preisgekrönte Wallache, aber nicht mich. Ich habe keine Angst vor einem Arsch von englischem Offizier. Niemand wird mich je wieder in Ketten legen, vor allem du nicht.«

Er fuhr herum und verließ die Hütte, wobei er dem Türpfosten einen solchen Stoß versetzte, dass die ganze Hütte erzitterte. Sie konnte ihn vor sich hin murmeln hören, während er über den Pfad zum Hafen ging, und eine kalte Hand griff nach ihrem Herzen.

Während der nächsten Tage lebte Mary in ständiger Angst, weil sie erwartete, jeden Moment in Wanjons Haus zitiert zu werden. Er war bei ihrem bisher einzigen Treffen sehr nett gewesen. Wanjon hatte sie für ihre Stärke gelobt, sich sehr für die Kinder interessiert und ihr versichert, sie könne jederzeit zu ihm kommen, wenn sie weitere Hilfe bräuchte. Vielleicht hätte er sie jetzt sogar beschützt, wenn sie ihm gleich die Wahrheit erzählt hätten. Aber Männer wie er hatten nicht viel Mitgefühl, wenn sie feststellten, von Anfang an hintergangen worden zu sein.

Und die Tatsache, dass Will fortblieb, machte die Sache noch schlimmer. Wie die anderen Männer ihr erzählten, trank er noch mehr und gab in der ganzen Stadt an, als wäre er ein Schiffskapitän. James Martin, William Moreton und Samuel Bird hatten alle versucht, ihn wieder zur Vernunft zu bringen und zurück ins Dorf zu holen, wo er nicht so auffiel. Aber Will wollte nichts davon wissen; er meinte sogar, er habe seine Strafe ja abgesessen, deshalb könne ihm niemand etwas anhaben.

»Dem Bastard ist es egal, dass er uns alle mit reinreißt«, gestand William Moreton Mary eines Abends. »Ich wünschte bei Gott, wir hätten ihn in White Bay zurückgelassen.«

Mary blickte jeden der Männer an, und es schmerzte sie, ihre ängstlichen Gesichter zu sehen. Sie waren für sie in den Wochen auf See wie Brüder geworden. Ihr gegenüber hatten sie sich wie Gentlemen benommen, und Emmanuel und Charlotte suchten bei jedem von ihnen genauso Trost wie bei Will. Es waren keine bösen Männer, nur Jungen, die eine Weile lang wild gewesen waren und die den vollen Preis für ihre Verbrechen gezahlt hatten.

Eines wusste Mary: Sie konnte nicht einfach zusehen, wie ihr Mann, der sogenannte Freund dieser Männer, sich wie ein Narr benahm und sie alle in Gefahr brachte. Sie musste ihn aufhalten.

»Ich versuche noch einmal, mit ihm zu reden«, sagte sie. »Bleibt hier bei den Kindern. Ich gehe zum Hafen.«

Mary fand Will in der dritten Bar, in die sie schaute. Er lag auf einer Bank, und auf dem Tisch vor ihm stand eine halb volle Flasche Rum. Der Bart auf seinem Gesicht war mehrere Tage alt. Fünf oder sechs andere Männer waren in seiner Nähe, doch aus Marys Perspektive, die durch die beschlagene Fensterscheibe blickte, sahen sie nicht wie wirkliche Freunde aus, sondern nur wie Saufkumpane.

Es war das erste Mal, dass sie sich nach Anbruch der Dunkelheit im Hafen aufhielt, und das Herz klopfte ihr bis zum Hals. Bereits zweimal war sie von fremden Matrosen angesprochen worden. Kein Wunder, schließlich waren die meisten – wenn nicht alle – Frauen auf den belebten Straßen Huren. Sie hatte Angst, in die Bar zu gehen, denn sie konnte sich nicht darauf verlassen, dass Will sie beschützen würde.

Mary holte tief Luft und schlang ihr Tuch enger um ihre Schultern, dann ging sie hinein und hielt direkt auf Will zu. »Bitte, komm nach Hause, Will«, flehte sie ihn an. »Emmanuel ist krank.«

Wenn er hinter ihre Lüge kam, würde er sehr wütend sein, das wusste Mary, aber es war der einzige Grund, der ihr einfiel, der ihn vielleicht mit ihr mitkommen ließ, ohne ihr eine hässliche Szene zu machen.

Er sah sie misstrauisch an und schien große Mühe zu haben, seinen Blick scharf zu stellen. »Was ist mit ihm?«

»Er hat Fieber«, erklärte sie schnell. »Bitte, komm, Will, ich sorge mich sehr um ihn.«

Die Männer, die mit ihm tranken, lachten. Mary wurde klar, dass sie wahrscheinlich gar kein Englisch sprachen und sie deshalb für eine Hure hielten, die ihm ihre Dienste anbot. »Bitte, Will«, flehte sie. »Komm jetzt.«

Seine Lippen verzogen sich verächtlich, während er seine Kumpane und die Flasche Rum anblickte. Zum Glück schien ihm sein Sohn mehr wert zu sein, denn er erhob sich unsicher.

»Ich komme wieder«, sagte er wichtigtuerisch zu den anderen Männern, und sie grinsten und zeigten ihre verfaulten Zähne. Einer machte eine derbe Geste mit seiner Faust.

Draußen auf der lauten, belebten Straße lief Mary ihm voraus, sodass Will sie nicht ausfragen konnte. Aber als sie den schmalen Pfad zum Dorf erreichten, musste Mary in der Dunkelheit langsamer werden, und erst da bekam sie Angst, wie er wohl reagieren würde, wenn er ihre Notlüge aufdeckte.

»Er kommt«, sagte sie, als sie die Lichtung erreichte, wo die Männer beim Feuer auf sie warteten. Nats große Augen wurden noch größer vor Angst, Jamie war weiß im Gesicht, und selbst Bill, der Harte, kaute auf seinen Fingergelenken. Mary machte eine hoffnungslose Geste mit den Händen und hoffte, die Männer würden das als Warnung verstehen, dass sie noch keine Gelegenheit gehabt hatte, mit Will zu sprechen. Bestimmt würde er ihnen nicht zuhören.

»Will!«, rief James, als er auf die Lichtung wankte. »Wo hattest du dich denn versteckt? Wir müssen mit dir reden.«

»Nicht jetzt, Emmanuel ist krank«, gab Will zurück. Sein Gesicht spannte sich beim Anblick der Männer an.

»Er ist nicht krank«, erklärte Mary leise. »Ich habe das gesagt, damit du mit mir kommst.«

»Du hast *was?*«, meinte Will und funkelte sie wütend an.

»Das musste ich, ich hatte keine andere Wahl«, verteidigte sie sich und trat einen Schritt zurück, für den Fall, dass er nach ihr schlagen würde. »Wir machen uns alle Sorgen. Es ist nicht nur deine Freiheit, die du riskierst, sondern unser aller Freiheit.«

»Das stimmt, Will«, bestätigte James. »Wir hängen da alle zusammen drin. Oder zumindest dachten wir das.«

Will blickte sich langsam in der Runde um, dann zuckte er die Schultern. »Ich habe euch versprochen, euch aus dem Lager zu bringen. Dieses Versprechen habe ich gehalten: Ihr seid hier. Erwartet ihr von mir, dass ich euch jetzt ewig bemuttere?«

»Niemand von uns muss bemuttert werden«, knurrte Bill ihn an. Er stand auf und ballte die Hände zu Fäusten. Im Schein des Feuers sah er bedrohlich aus, doch Will schien das nicht zu bemerken. »Überall in der Stadt stellt man Fragen über uns«, fuhr Bill fort. »Du lenkst noch mehr Aufmerksamkeit auf uns, indem du dich betrinkst und überall irgendwelche Geschichten herumposaunst. Du solltest hier bei Mary und den Kindern bleiben.«

Will wandte sich zu Mary um, und sein Gesicht war dunkel vor Wut. »Du Schlampe«, spie er ihr entgegen. »Du hast sie alle auf deine Seite gezogen, weil du mich hier festhalten willst, ja? Geht es denn nicht in deinen dummen Schädel, dass ich dich satthabe? Ich nehme das nächste Schiff, darauf kannst du wetten.«

Ohne auch nur einmal Luft zu holen, begann Will, sie auf das Gemeinste mit Worten zu attackieren. Dass er eigentlich gar nicht mit ihr verheiratet sei, dass sie ein altes Weib sei, eine Hure, und er es gar nicht nötig habe, sich mit solchem Abschaum abzugeben. Er behauptete, er hätte mit Detmer Smith fortsegeln können, aber er habe es nicht getan, weil er versprochen hatte, seinen Freunden in die Freiheit zu helfen. »Und das habe ich«, schrie er schließlich. »Ich habe euch hergebracht, und du hast mir sogar die Freude darüber genommen, indem du behauptet hast, du hättest die ganze Sache geplant und uns angetrieben.«

»Das habe ich mit keinem Wort gesagt«, erklärte Mary wahrheitsgemäß. Sie hatte jetzt Angst vor Will, den sie noch nie so wütend erlebt hatte.

»Das stimmt, das hat sie nicht«, mischte sich Sam Broome ein. »Aber wir alle wissen, was auf See passiert ist, Will. Ohne Mary hätten wir es nicht geschafft. Sie hat vielleicht nicht navigiert, doch sie hat uns ganz sicher angespornt weiterzumachen. Du bist nichts als heiße Luft, Will. Und diese Luft wird uns alle an den Galgen bringen.«

Will schlug mit der Faust zu und ließ Sam zu Boden gehen. »Wir werden ja sehen, wer hier heiße Luft ist«, schrie er. »Du willst sie, dann nimm sie dir! Du kannst diese intrigante kleine Schlampe gern haben. Wie ich schon sagte, ich nehme das nächste Schiff.«

Bill und Sam griffen nach Will und versuchten verzweifelt, ihn so lange festzuhalten, bis James ihm ein bisschen Vernunft eingebläut hatte. Aber Will schüttelte sie ab und lief zurück auf den Pfad, der zum Hafen führte.

»Kommt mir ja nicht zu nahe«, brüllte er. »Ich habe genug von euch. Erst hängt ihr an mir wie Kletten, und dann lasst ihr mich im Stich. Ich kann fortsegeln. Leute mit meinen Fähigkeiten sind gefragt. Ohne mich habt ihr gar nichts.«

Er wandte sich um und verschwand über den Pfad. Bill wollte ihm nachlaufen.

»Nicht«, sagte Mary und legte ihm die Hand auf den Arm. »Das macht ihn nur noch entschlossener.«

»Was sollen wir denn tun?«, fragte Jamie Cox mit zitternder Stimme.

»Wir können nur hoffen, dass er wirklich das nächste Schiff nimmt«, meinte Mary und half Sam vom Boden auf. »Er ist den Ärger nicht wert, den man mit ihm hat.«

Zwei Tage später hörte Mary kurz nach Sonnenaufgang das unheilvolle Geräusch von trampelnden Stiefeln, die auf das Dorf zukamen.

Sie war schon vorher mit einer dunklen Vorahnung aufgewacht, und als sie das Geräusch hörte, erkannte sie es sofort als das marschierender Soldatenschritte. Es gab keinen anderen plausiblen Grund, warum Soldaten ins Dorf kamen. Sie mussten hinter ihr und den Männern her sein.

Ihr erster Gedanke war, mit den Kindern in den Dschungel zu fliehen, aber sie unterdrückte dieses Verlangen sofort, denn das würde nur bestätigen, dass sie etwas zu verbergen hatten. Deshalb zog sie ihr pinkfarbenes Kleid an, schlüpfte in die Schuhe, die man ihr gegeben hatte, und bürstete sich schnell das Haar. Dann nahm sie den immer noch schlafenden Emmanuel auf den Arm und ging nach draußen, um die Soldaten mit einem, wie sie hoffte, unschuldigen Lächeln auf dem Gesicht zu begrüßen.

15. Kapitel

Es hat keinen Zweck, es zu leugnen, Mary«, seufzte Wanjon verzweifelt. »Ich weiß, dass Sie aus einer Strafkolonie geflohen sind. Ihr Mann hat es mir gesagt.«

Bei Wanjons Worten fühlte Mary sich, als fiele sie in ein schwarzes Loch ohne Boden, aus dem sie niemals wieder herausfinden würde.

Sie und die Kinder waren bei der Ankunft im Burggefängnis von den Männern getrennt worden, deshalb hatten sie keine Gelegenheit gehabt, sich über ihre Geschichte abzustimmen. Sie wussten auch nicht, ob Will ebenfalls verhaftet worden war. Aber Mary wurde von den Soldaten gut behandelt; man brachte ihr Wasser, Brot und Früchte, und das gab ihr Hoffnung.

Doch während sie die Sonne durch das winzige, vergitterte Fenster aufgehen sah, von dem aus man auf den Hafen blickte, und zusah, wie sie langsam ihre Bahn zog, ohne dass jemand zu ihr kam, verließ sie der Mut.

»Warum müssen wir hierbleiben, Mumma?«, fragte Charlotte. Sie hatte die Situation bis jetzt geduldig akzeptiert, doch jetzt wurde sie unruhig. »Ich finde es hier nicht schön, ich möchte nach Hause.«

»Wir müssen hierbleiben, weil ein Mann uns ein paar Fragen stellen möchte«, erklärte Mary und fuhr abwesend mit den Fingern durch das Haar des Kindes. »Und jetzt sei ein liebes Mädchen und lass uns mit Emmanuel spielen.«

Im Stillen hatte Mary schreckliche Angst davor, dass diese winzige Zelle, weniger als einen Meter breit und nur zwei Meter lang, für die nächste Zeit ihr Zuhause sein würde.

Dabei sah Charlotte jetzt so hübsch aus. Dunkle Locken umrahmten ihr schmales, sonnengebräuntes Gesicht, ihre nackten Arme und Beine waren rund und hatten kleine Grübchen. Sie erinnerte Mary sehr an ihre Schwester Dolly, denn sie hatte den gleichen Schmollmund und die gleiche Stupsnase. Die gute Pflege und die Aufmerksamkeit der vergangenen zwei Monate sowie die Gesellschaft von anderen Kindern hatten sie selbstsicherer gemacht; sie konnte sich sogar schon ein wenig in der Eingeborenensprache verständigen.

Mary kam es vor, als hätte Charlotte die Kleinkindzeit hinter sich gelassen und sei nun ein kleines Mädchen geworden. Erst vor ein paar Tagen hatte sie sich geweigert, das langweilige graue Kleid anzuziehen, das man ihr bei der Ankunft gegeben hatte, und darauf bestanden, das bunte zu tragen, das ihre Mutter ihr aus dem Stoff genäht hatte, der in der Gegend hergestellt wurde. Mary hatte es wie ihr eigenes pinkfarbenes für besondere Anlässe aufheben wollen, aber Charlotte hatte einen solchen Aufstand gemacht, dass sie nachgegeben hatte.

Offensichtlich war Charlotte nicht mehr bewusst, dass sie in Sydney Cove nur ein einziges Kleid besessen hatte, das so abgetragen, durchgescheuert und geflickt gewesen war, dass es auf dem Boot auseinandergefallen war. Anscheinend konnte ihre Tochter sich nicht mehr an die Kolonie erinnern oder daran, wie sie hier angekommen waren: fast verhungert und verdurstet, die Haut und das Haar voller Läuse. Mary war es ebenfalls gelungen, das zu verdrängen, doch jetzt, konfrontiert mit der Möglichkeit, vielleicht nach Sydney zurückgeschickt zu werden, fiel ihr mit einem Mal alles wieder ein. Es war schlimm genug, sich vorzustellen, selbst wieder so leben zu müssen. Aber wie sollte Charlotte das aushalten, jetzt, da sie ein anderes Leben kannte? Und was Emmanuel anging – sein kleiner Magen konnte unmöglich die harte Gefängniskost aushalten. Er war sehr anfällig, und die kleinste Änderung in seinem Speiseplan ließ den Jungen sofort wieder krank werden.

Später, als sowohl er als auch Charlotte eingeschlafen waren und mit den Köpfen auf ihrem Schoß lagen, während sie selbst auf dem Boden saß, strich Mary Emmanuel das blonde Haar aus den Augen und schluckte ihre Tränen herunter. Er war beinahe zu hübsch für einen Jungen mit seinem weichen Haar, das ihm bis auf die Schultern reichte, den leuchtend grünen Augen und der fast durchscheinenden Haut. Sie hatte ihn auf dem Boot durch reine Willenskraft am Leben erhalten, aber wenn sie in diesem Gefängnis bleiben mussten oder wieder in die Kolonie geschickt wurden, woher sollte sie dann noch einmal die Kraft dazu nehmen? Zu Hause wäre er eines von den Babys gewesen, die die Leute »ein besonderes Kind« nannten. Das bedeutete, dass das Kind wie ein Engel aussah und deshalb nicht lange auf dieser Welt sein würde.

Mary konnte an der Länge der Schatten draußen vor dem Fenster erkennen, dass es ungefähr fünf Uhr nachmittags war, als der Wärter die Tür zu ihrer Zelle aufschloss. Er war dunkelhäutig, hatte Mandelaugen und sagte etwas in einer fremden Sprache zu ihr. Er bedeutete ihr, ihm zu folgen. Mit Emmanuel auf dem Arm und Charlotte an der Hand wurde sie schließlich zu Wanjon geführt.

Er befand sich in einem der oberen Zimmer der Burg, einem dunklen, kühlen Raum, der wahrscheinlich sein Büro war, denn neben einem Tisch gab es eine Lampe und Bücher auf Regalen und viele persönliche Gegenstände wie das Gemälde einer Frau, die vielleicht seine Ehefrau war, und eine Perlenschlange, die eine hölzerne Fruchtschale schmückte.

Die weiße Jacke, die Wanjon bei ihrem letzten Zusammentreffen getragen hatte, hing über der Lehne seines Stuhls, sein weißes Hemd war zerknittert, und er roch nach Schweiß. Mary hatte ihn bei ihrem ersten Treffen als sehr umgänglich und freundlich empfunden, aber jetzt sah er müde, verschwitzt und verärgert aus. Er war klein und untersetzt, mit pechschwarzem, mit Öl zurückgekämmtem Haar und Mittelscheitel. Aufgrund seines Namens, seiner Mandelaugen und seiner kaffeebraunen Haut nahm sie an, dass er ein Eingeborener war, doch er musste eine sehr gute Ausbildung genossen haben, wahrscheinlich in Holland oder sogar in England, denn er beherrschte neben der Eingeborenensprache auch Englisch und Holländisch fließend.

Er begann, ihr Fragen über den Walfänger zu stellen: wie groß die Mannschaft gewesen sei, wie der Besitzer und der Heimathafen hießen und in welchem Hafen das Schiff zuletzt gelegen hatte, bevor es unterging.

Alle Antworten außer dem Heimathafen hatten sie auf dem Kutter einstudiert. Aber noch während Mary ihre Version erzählte, wusste sie, dass keines dieser Details einer näheren Untersuchung standhalten würde. Schließlich fing Emmanuel an zu weinen, und Mary hoffte, Wanjon würde genervt genug sein, um die Befragung zu beenden.

Traurigerweise winkte er nun energisch ab und erklärte ihr seine Sicht der Dinge.

»Das sind alles Lügen, Mary«, sagte er und stand auf. Er lief durch den Raum, die Hände hinter dem Rücken verschränkt. »Sie waren nicht auf einem Walfänger. Sie waren noch nie auf einem Walfänger. Sie haben in New South Wales ein Boot gestohlen. Sie sind geflohene Sträflinge.«

Mary wiegte Emmanuel in ihren Armen, während sie protestierte. »Sie liegen da völlig falsch!«, behauptete sie. Doch an diesem Punkt informierte er sie darüber, dass Will alles gestanden hatte.

Mary brauchte einige Zeit, um diesen Schock zu verkraften. Sie hatte den Wachmann vorher gefragt, ob ihr Mann auch festgehalten würde, und er hatte verneint. Natürlich beherrschte der Gefängniswächter nur wenige englische Worte, und ihre Kenntnisse der Eingeborenensprache waren ungefähr genauso schlecht, doch er schien zu verstehen, wonach sie gefragt hatte. Will fiel in Kupang auf wegen seiner Größe und seiner blonden Haare, und bestimmt würden die Wachleute es wissen, falls man ihn in der Burg festhielt. Hatte Will seine Drohung von vor zwei Nächten etwa wahr gemacht und auf einem Schiff angeheuert?

»Mein Mann prahlt gern, auch wenn es mich schmerzt, das einzugestehen«, erklärte sie verzweifelt. »Vielleicht dachte er, es wäre eine spannendere Geschichte als die Wahrheit.«

»Ich habe das Logbuch gesehen, das er geführt hat«, erwiderte Wanjon müde.

Mary musste sich mühsam davon abhalten, laut aufzuschreien, als sie das hörte, denn sie hatte Will noch vor ihrer Ankunft hier angefleht, das Logbuch zu zerstören.

»Das ist alles etwas peinlich für mich«, fuhr Wanjon fort, während er weiter im Zimmer hin und her lief. »Sehen Sie, wäre Kapitän Edwards nicht gekommen, dann hätte ich Sie alle an Bord des nächsten Schiffes nach England gehen lassen. Aber Kapitän Edwards wollte mehr über Sie wissen, und deshalb ließ ich Ihren Mann kommen, und er hat uns alles erzählt.«

»Will hat uns verpfiffen?«, fragte sie ungläubig.

»Verpfiffen?« Wanjon runzelte die Stirn. »Was bedeutet das?«

»Dass er uns verraten hat. Zum Kronzeugen geworden ist«, meinte Mary.

»Ja, er hat Sie verraten«, nickte Wanjon. »Einige Männer kennen keine Loyalität, wenn sie glauben, ihre eigene Haut retten zu können.«

Jetzt brach Mary zusammen und konnte ihre Tränen nicht länger zurückhalten. »Bitte, Sir«, flehte sie, »schicken Sie uns nicht dorthin zurück! Emmanuel geht es immer noch nicht gut, und Charlotte hat sich gerade erst erholt. Sie werden sterben, wenn wir dorthin zurückmüssen.«

»Meine Liebe, das liegt nicht mehr in meiner Hand«, entgegnete Wanjon mit einer abweisenden Geste mit der Hand. »Ihr englischer Marineoffizier Kapitän Edwards ist derjenige, der zu entscheiden hat, was mit Ihnen passiert.«

Er öffnete die Tür und gab der Wache einen Befehl.

»Sie werden jetzt zurück in Ihre Zelle gebracht«, sagte er und wandte Mary den Rücken zu. »Man wird Ihnen Wasser und etwas zu essen bringen. Ich bin kein grausamer Mensch, Mary. Sie und

Ihre Kinder werden während Ihres Aufenthaltes hier gut behandelt werden.«

Wanjon starrte noch eine Weile aus dem Fenster, nachdem Mary abgeführt worden war, und das Herz wurde ihm schwer. Er hatte den Männern geglaubt, als sie ihm geschildert hatten, wie sie es bis hierher geschafft hatten, nachdem ihr Schiff gesunken war. Ähnliches war Kapitän Bligh ja zwei Jahre zuvor zugestoßen. Wanjon war überhaupt nicht in den Sinn gekommen, dass sie vielleicht aus der Strafkolonie in New South Wales geflohen sein könnten. Wer hätte gedacht, dass ausgerechnet eine Gruppe von Sträflingen eine Reise von ungefähr dreitausend Meilen in einem offenen Boot schaffte?

Selbst Kapitän Edwards war trotz all seiner Erfahrung auf See in der Torres-Meerenge gekentert. Aber er war ja auch ein extrem starrköpfiger Mann, der glaubte, genug über das Navigieren zu wissen, um nachts solche gefährlichen Gewässer zu durchqueren. Der Mann hatte ganz offensichtlich kein Herz, denn er hatte seine vierzehn gefangenen Meuterer in einer Art Käfig auf Deck sitzen gelassen und sie, an Armen und Füßen angekettet, Wind und Wetter ausgesetzt. Als das Schiff sank, weigerte er sich, ihnen die Ketten abnehmen zu lassen, und nur weil einer seiner Männer diesen Befehl nicht befolgte, überlebten zehn der Meuterer.

Wanjon seufzte tief. Es stimmte ihn traurig, dass er Mary und ihre Gefährten Edwards übergeben musste, denn unter seiner Hand würden sie sehr leiden. Mary war eine außergewöhnlich mutige Frau, und was immer sie verbrochen hatte, um deportiert zu werden, sie hatte bereits mehr als genug dafür bezahlt. Und die unschuldigen kleinen Kinder waren dem Tod nur um Haaresbreite entronnen, als sie hier in Kupang angekommen waren. Was für ein Recht hatte eine Regierung, sei es nun die englische oder die holländische oder irgendeine andere, sie irgendwohin zu schicken, wo sie auf jeden Fall früh sterben würden?

Erst über eine Woche später sah Mary die Männer wieder. Der Wachmann, der ein bisschen Englisch sprach, erzählte ihr, dass sie alle in einer Zelle festgehalten wurden, einschließlich Will.

Wanjon hatte Mary gegenüber Wort gehalten. Sie bekam gesundes Essen für sich und die Kinder, und man brachte ihr sogar eine Schlafmatte, eine Decke und Wasser zum Waschen. Täglich durfte sie mit den Kindern in den Hof, damit sie an die frische Luft kamen und sich die Beine vertreten konnten. Manchmal erlaubte sie sich sogar zu glauben, dass der holländische Gouverneur eingreifen und sie begnadigen würde. Denn ein Mann, der sie und die Kinder so freundlich behandelte, würde es doch sicher nicht zulassen, dass man sie zurück nach England brachte und hängte – schließlich würden Charlotte und Emmanuel dann zu Waisen werden.

Als der Wachmann ihr sagte, sie dürfe die Männer in ihrer Zelle besuchen, nahm sie überglücklich an, dies müsse der erste Schritt zu ihrer Begnadigung sein. Der englische Kapitän war nicht bei ihr gewesen, vielleicht hatte er Kupang sogar schon verlassen.

Die Zelle der Männer lag viel weiter unten in der Burg als ihre eigene. Es war ein großer, dunkler Raum, dessen schlitzartiges Fenster sich zu weit oben an der Wand befand, als dass man nach draußen hätte sehen können. Die Männer drängten sich um sie, küssten und umarmten die Kinder und fragten sie, wie sie behandelt worden sei. Es dauerte eine Minute oder zwei, bevor ihr bewusst wurde, dass Will mit dem Rücken zu ihr auf einem Stuhl sitzen geblieben war.

»Willst du Emmanuel und Charlotte denn gar nicht begrüßen?«, erkundigte sie sich.

»Er hat es nicht verdient, sie jemals wiederzusehen«, knurrte Bill. »Er hat uns verraten.«

Mary betrachtete ihre Freunde aufmerksam und war erfreut darüber, dass sie immer noch gut aussahen und ihre Kleider sauber waren. Aber die Blicke, die sie Will zuwarfen, waren böse. Selbst

Jamie Cox und Samuel Bird, die ihm so lange blind gefolgt waren, sahen ihn an, als hassten sie ihn.

Mary hatte Zeit gehabt, über Wills Verrat nachzudenken, und sie hielt es für unwahrscheinlich, dass er absichtlich zu Wanjon gegangen war und sie verraten hatte. Er hätte gewusst, dass man ihn dann genauso für schuldig befinden würde wie den Rest von ihnen, und obwohl er für die Flucht vielleicht nicht gehängt würde, weil seine Strafe bereits abgelaufen war, so würde man ihn für den Diebstahl von Kapitän Phillips Boot dennoch zum Tode verurteilen.

»Ich kann das von Will wirklich nicht glauben«, meinte Mary und näherte sich ihm. Er hatte sich immer noch nicht zu ihr umgedreht. »Sag es mir: Hast du uns verraten?«

»Sie glauben alle, ich hätte es getan«, antwortete er mit leiser Stimme. »Dann kannst du das von mir aus auch glauben.«

Mary griff nach seinem Kinn und zog ihn zu sich herum, sodass sie ihn sehen konnte. Sie keuchte auf. Er war schlimm verprügelt worden, vermutlich von den anderen Männern. Seine beiden Augen waren hinter blauem, geschwollenem Fleisch versteckt, seine Lippe war aufgeplatzt und sein Hemd voller Blutflecke.

»Das hast du verdient, weil du nicht auf meine Warnung gehört hast, dich nicht sehen zu lassen«, sagte sie mit scharfer Stimme. »Du bist ein Lump, Will Bryant, ein großmäuliger, selbstverliebter, nichtsnutziger Bastard. Aber ich kann trotzdem nicht glauben, dass du uns verraten hast.«

»Das habe ich nicht, ich schwöre, das habe ich nicht«, versicherte er heiser. »Ich war betrunken, ein englischer Seemann kam in die Bar, und wir haben uns Geschichten erzählt.«

Mary nickte, das konnte sie sich vorstellen. Die anderen Männer hatten sicher davon gesprochen, was sie in dem offenen Boot durchgemacht hatten, nachdem ihr Schiff gesunken war, und Will hatte noch eins draufsetzen und damit angeben müssen, selbst noch Schlimmeres erlebt zu haben.

Trotzdem war sie wütend auf ihn – wenn sie ihm einen Tag nach ihrer Verhaftung begegnet wäre, dann hätte sie versucht, ihn mit bloßen Händen zu erwürgen. Aber die Zeit und der Glaube, dass Wanjon sich vielleicht noch für sie einsetzen würde, hatten sie inzwischen milder gestimmt. »Wann wurdest du hergebracht?«, fragte sie.

»In derselben Nacht«, antwortete er schwach. »Ich verließ gerade die Bar, als die Wachen mich festnahmen. Sie brachten mich früh am nächsten Morgen zu Wanjon. Er sagte, ihr wärt alle auf dem Weg dorthin. Er hatte sich bereits mein Logbuch über die Reise aus dem Zimmer besorgt, in dem ich schlief. Ich konnte nichts anderes tun, als ihm die Wahrheit sagen. Er hat mich in die Enge getrieben.«

Mary schloss die Augen in dem Versuch, Ruhe zu bewahren. Sie war verwirrt über die widersprüchlichen Gefühle, die sie erfüllten. Sie hatte immer sehr viel für Will empfunden, und es war tragisch, ihn so am Boden zu sehen. Obwohl er seinen Mund hätte halten sollen, wusste sie auch, dass keiner von ihnen einer genaueren und längeren Befragung standgehalten hätte. Ihre Geschichte hatte einfach zu viele Löcher gehabt.

Aber sie konnte es den anderen Männern ganz sicher nicht verübeln, dass sie Will verprügelt hatten. Sowohl James als auch William hatten ihm geraten, das Logbuch zu zerstören, und sie wusste genau, warum er sich geweigert hatte. Er sah sich selbst als Held, und er wollte, dass die ganze Welt ihn als solchen wahrnahm. Selbst wenn er die Geschichte ihrer Flucht nicht jetzt erzählt hätte, hätte er sie doch zu einem anderen Zeitpunkt herausposaunt. Das Logbuch war der Beweis für seine unglaublichen Fähigkeiten. Er hoffte wahrscheinlich, eines Tages Geld damit verdienen zu können.

»Warum konntest du nicht mit dem zufrieden sein, was wir hatten?«, fragte sie ihn verbittert. »Wir waren in Sicherheit, Emmanuel ging es besser. Wir waren alle glücklich, verdammt noch mal! Aber du musstest mehr haben. Alkohol, andere Frauen …«

»Ich hatte keine anderen Frauen«, unterbrach er sie.

Mary lachte verbittert. »Ich gehe jede Wette ein, dass du bei irgendeiner Hure warst. Sie war diejenige, die Wanjon oder einem seiner Wachmänner das Logbuch übergeben hat – für ein bisschen mehr Geld, als du ihr gegeben hast.«

Er wandte den Kopf ab, und sie wusste in diesem Moment, dass es genauso gewesen war. Es tat so weh, dass ihr übel wurde.

»Ich bin vielleicht nicht die hübscheste, klügste Frau auf der Welt«, sagte sie mit brechender Stimme, »aber ich war dir treu, Will. Selbst als wir damals im Camp hungerten, musstest du niemals befürchten, dass ich dir deine Ration stehle oder dein Geld. Ich habe das Beste aus dem gemacht, was da war, und ich hätte getötet, um dich und die Kinder zu schützen.«

»Es tut mir leid«, flüsterte er.

»Wird deine Entschuldigung Charlotte und Emmanuel helfen, wenn wir gehängt werden?«, entgegnete sie, das Gesicht wutverzerrt.

»Wir werden nicht gehängt«, meinte er.

»Das werden wir, wenn man uns zurück nach England schickt«, gab sie zurück. »Und wenn wir nach New South Wales zurückgebracht werden, dann werden wir ausgepeitscht und wieder in Ketten gelegt.«

Sie wandte sich von ihm ab, weil sie den Gedanken an beide Bestrafungsarten einfach nicht ertrug. Mary wäre lieber auf See gestorben, als den Tag erleben zu müssen, an dem ihrem Mann Ruhm und Geld wichtiger waren als sie, ihre Kinder und seine Freunde.

Am fünften Oktober wurden Mary, Charlotte und Emmanuel aus ihrer Zelle geholt und mit den Männern auf das holländische Schiff *Rembang* gebracht. Kapitän Edwards hatte es gechartert, um sie, die achtzehn Männer der *Pandora*-Besatzung und die zehn gefangenen Meuterer nach Batavia zu bringen. Mary hatte keine wirkliche Vorstellung davon, wo sich dieser Ort befand, sie wusste nur, dass es eine andere Insel mit großem Hafen in Holländisch-Westindien war. Offenbar beabsichtigte Kapitän Edwards, dort ein weiteres Schiff zu chartern, das sie nach Kapstadt und dann weiter nach England bringen sollte.

In den zwei Monaten, die sie in der Burg von Kupang gefangen gehalten worden war, hatte sich Mary an die Hoffnung geklammert, Wanjon würde sie und die Kinder vielleicht bleiben lassen. Sie wusste, dass er sie schätzte, denn manchmal ließ er sie und die anderen Männer aus dem Gefängnis, immer nur jeweils zwei gleichzeitig. Aber es bedeutete, dass Mary ins Dorf gehen, die Kinder am Strand spielen lassen und frei mit ihrem jeweiligen Begleiter sprechen konnte.

Man erlaubte ihr allerdings nie, mit Will zu gehen, vielleicht weil Wanjon das Risiko zu groß erschien. Sie sah Will nur im Burghof, und seine endlosen Entschuldigungen fachten ihre Wut nur noch mehr an. Er war nicht mehr der Mann, den sie einmal so gut gekannt hatte. Von den anderen Männern geschnitten zu werden, vor allem von James Martin, Jamie Cox und Samuel Bird, die einmal seine besten Freunde gewesen waren, ließ ihn verschlossen werden, und er neigte zu emotionalen, häufig völlig unsinnigen Ausbrüchen. Er machte den Kindern Angst, indem er sie zu fest drückte, und wenn Charlotte vor ihm weglief oder Emmanuel sich hinter Marys Rock versteckte, dann weinte Will wie ein Kind. Er versicherte Mary, sie immer geliebt zu haben, und flehte um Vergebung. »Ich habe dir verziehen«, erklärte sie ihm dann müde, doch in ihrem Herzen wusste sie es besser: Sie würde ihm niemals vergeben können. Oft wünschte sie, sie könnte ihn einfach ignorieren, wie es die anderen Männer taten, aber ihr Mitleid mit ihm siegte.

Erst ein paar Tage vor der Abfahrt teilte man ihnen mit, dass sie auf der *Rembang* segeln würden. Da Mary auf ihren Ausflügen aus dem Gefängnis ein oder zwei Leute getroffen hatte, die Englisch sprachen, ließ diese Neuigkeit sie nur noch mehr verzweifeln. Denn sie hatte von Kapitän Edwards fürchterlichem Ruf erfahren. Die Geschichte von dem »Käfig« auf der *Pandora*, in dem die Meuterer gefangen gehalten worden und vier von ihnen gestorben waren, hatte sich überall herumgesprochen. Die *Rembang* verfügte offensichtlich über ein zusätzliches Deck. Man brauchte nicht viel Fantasie, um sich vorzustellen, dass dieser Aufbau, der über keine Bullaugen oder Luken verfügte, sondern nur über kleine Löcher entlang des Dachs, ein weiterer »Käfig« war. Und dass Kapitän Edwards vorhatte, sie und die Männer dort unterzubringen.

Man erzählte ihr außerdem, Wanjon habe Kapitän Edwards gebeten, Wills zahlreiche Rechnungen für Essen, Miete und Kleidung zu bezahlen. Edwards hatte sich geweigert, und Wanjon hatte ihm daraufhin erklärt, dass er keinen Proviant für die monatelange Reise erhalten würde, wenn er nicht zahlte. Also konnte man sich vorstellen, wie wütend Edwards auf sie alle sein würde.

An einem hatte Mary keinen Zweifel: Die Reise nach Batavia würde so unerträglich sein wie der Aufenthalt auf dem Gefängnisschiff in England, mit wenig Essen, in Dunkelheit und in Ketten.

Sie hatte in allen Punkten recht. Das zusätzliche Deck wurde in drei Bereiche aufgeteilt. Vorne wurden die Gefangenen untergebracht, in der Mitte die Mannschaft der *Pandora* und hinten die Meuterer. Doch noch furchterregender als die Dunkelheit war der »Bilboe«, ein langer, am Boden befestigter Stab, an dem die zwei Eisenschellen befestigt wurden, die die Gefangenen an den Fußgelenken trugen, sodass sie sich überhaupt nicht bewegen konnten.

Mary warf einen letzten Blick auf den Hafen, bevor sie in ihre neue Zelle gestoßen wurde. Es hatte während der Nacht geregnet, und die ganze Stadt glänzte im Sonnenlicht. Sie sah Frauen aus dem Dorf mit Babys auf dem Arm, die ihr vom Kai aus winkten, wo Kisten voller Obst und Gemüse gestapelt waren. Fischer trugen große Körbe mit frisch gefangenem Fisch, und der Junge mit dem kleinen Wagen voller Kokosnüsse, mit dem sie so oft versucht hatte zu sprechen, rief ihr etwas zu. Der Geruch von Sandelholz hing wie eine aromatische, unsichtbare Wolke in der Luft, und Marys Augen füllten sich mit Tränen, während sie von dem Ort Abschied nahm, der ihr so ans Herz gewachsen war.

»Warum tut er das mit dir, Mumma?«, fragte Charlotte, als ein Matrose der Mannschaft die Eisenbänder um Marys Knöchel schloss. »Wie kannst du denn jetzt laufen?«

Mary konnte nicht antworten, weil sie zu überwältigt von der Erkenntnis war, unter diesen Bedingungen nicht für ihre Kinder sorgen zu können. Aber Charlottes Frage wurde abgewürgt, als die Tür zugeschlagen und verriegelt wurde, was sie in völliger Dunkelheit zurückließ. Die Kleine schrie gellend auf, fiel in der Dunkelheit über den Stab und landete auf Emmanuel in Marys Schoß.

»Der Kapitän hatte eine Kabine für dich und die Kinder am Heck bereitgestellt«, meinte Jamie Cox in der Dunkelheit ihrer Zelle. »Dieser Bastard Edwards hat jedoch angeordnet, dass du hier bei uns bleiben musst. Er ist so grausam, weil er enttäuscht ist, dass er nicht alle Meuterer von der *Bounty* fangen konnte.«

»Ich kann gern mit ihm tauschen«, knurrte James Martin, und dann sprach er nach einem kurzen Moment mit Will. »Jetzt hast du ja endlich dein Schiff, großer Mann«, höhnte er in der Dunkelheit. »Wie gefällt dir deine Kabine? Wie fühlt es sich an, deine Frau und deine Kinder dabeizuhaben?«

Jeden Tag wurden die Qualen in dieser dunklen Zelle größer. Wenn draußen die Sonne schien, war es so heiß, dass man das Gefühl hatte, lebendig geröstet zu werden; wenn es stürmte, wurden sie alle nass bis auf die Haut. Man gab ihnen nur das absolute Minimum an Nahrung und Wasser, um sie am Leben zu erhalten, und weil sie angekettet waren, konnten sie nicht zur Toilette gehen. Mary flehte laut um Gnade, wenn auch nur für Charlotte und Emmanuel, aber wenn jemand auf dem Schiff sie hörte, so ignorierte man sie. Während der wenigen Gelegenheiten, bei denen die Tür geöffnet wurde, sah sie, dass ihre Kinder jetzt in einem schlimmeren Zustand waren als vor ihrer Ankunft in Kupang. Sie saßen in ihren eigenen Exkrementen und weinten verwirrt, und nach ein paar Tagen bekam Emmanuel Fieber.

Die Männer sprachen kaum. Wenn Mary ihre Gesichter sehen konnte, lag in ihren Augen ein gehetzter Ausdruck. Nat und Jamie wimmerten im Schlaf, Bill fluchte, und James schien ständig wach zu sein, denn seine Augen glühten in der Dunkelheit. Nur Sam Broome versuchte so zu tun, als würde alles gut, doch Mary wusste, dass er das nur für die Kinder machte.

Sie gerieten in einen Zyklon, und Wasser strömte herein und drohte sie zu ertränken. Während das Schiff schlingerte und rollte, krachte der Donner über ihnen, und Blitze erhellten für einen Augenblick ihre verängstigten Gesichter. Mary betete, dass das Schiff sinken und ihren Qualen ein Ende bereiten möge.

Sie hörten, wie die Männer von der *Bounty* schrien und fluchten, während sie der Mannschaft der *Rembang* halfen. Viel später erfuhr Mary, dass viele von der holländischen Mannschaft unter Deck gegangen waren und Karten gespielt hatten, während die Engländer gekämpft hatten, um das Schiff von den Klippen fernzuhalten.

Will bekam auch Fieber und rief in seinem Delirium nach seiner Mutter. Mary konnte nichts für ihn tun, weil sie sich nicht bewegen konnte und beide Kinder im Arm hielt. Jamie legte seine Wut auf seinen alten Freund lange genug ab, um ihm etwas zu trinken einzuflößen, aber die anderen Männer machten aus ihrem Hass auf Will nach wie vor keinen Hehl.

»Stirb in dem Wissen, uns allen das angetan zu haben«, schrie William Moreton bei mehreren Gelegenheiten. »Ich hoffe, du schmorst in der Hölle, du Bastard.«

Die *Rembang* segelte am siebten November in den Hafen von Batavia. Der Monat auf See war ihnen wie ein Jahr vorgekommen. Abgesehen von den schrecklichen Bedingungen, unter denen sie angekettet waren, hatte man ihnen irgendwann auch noch die Augen verbunden, denn sie hatten nicht nach draußen blicken können. Sie wussten nicht, ob sie an anderen Inseln oder großen Landmassen vorbeigekommen oder über die offene See gesegelt waren. Sie hatten jegliches Gefühl für Zeit und Entfernung verloren.

Hamilton, der Schiffsarzt, kam kurz in den Laderaum. Er hielt sich ein Taschentuch vor die Nase, doch er übergab sich trotzdem. Die Männer beachtete er nicht weiter, aber er befahl, Emmanuel ins Hospital zu bringen, und Mary sollte ihn begleiten. Die übrigen Gefangenen und Meuterer sollten auf ein Wachschiff gebracht werden, bis man ein Schiff gefunden hatte, das sie nach England bringen würde.

»Charlotte muss auch mitkommen«, flehte Mary, die Angst hatte, dass ihr kleines Mädchen auf einem anderen Schiff eingesperrt wurde, ohne dass sie es beschützen konnte. »Sie wird krank ohne mich.«

Hamilton war ein Mann mit einem harten Gesicht unter einem buschigen Bart. »Im Hospital wird sie das noch schneller«, sagte er. »Sie nennen diesen Ort das ›Golgatha von Europa‹, und das Hospital ist ein stinkendes Loch. Aber nimm sie mit, wenn du unbedingt willst.«

Mary verstand nicht, was er meinte, denn sie hatte gedacht, Batavia wäre so ähnlich wie Kupang. Da sie nur einen Monat gesegelt waren, konnte es nicht allzu weit entfernt liegen, und sie hatte gehört, Batavia sei das Handelszentrum der Dutch East India Company.

Aber sie sollte bald den Unterschied merken. Das Erste, was sie sah, als man sie an Deck brachte, waren Leichen, die auf dem Wasser trieben, und sie übergab sich über die Seite des Schiffes.

Angestellte der Dutch East India Company waren froh, wenn sie nach Kupang entsandt wurden. Dort war es vielleicht laut und voll von Menschen aller Nationalitäten, doch die Luft war sauber und belebend, das Klima perfekt. Und die Umgebung der Stadt mit dem Dschungel, den Bergen und den idyllischen Stränden war ebenfalls wunderschön.

In Batavia herrschte dagegen eine heiße, drückende Atmosphäre. Die Holländer hatten Kanäle durch die Stadt gezogen, und das stehende, stinkende Wasser rief Krankheiten hervor, die Europäer wie die Fliegen sterben ließen. Mary sah, dass die Schiffsmannschaft zögerte, an Land zu gehen, ein sicheres Zeichen, dass dies kein guter Ort war. Sie hörte einen der englischen Matrosen, der schon einmal hier gewesen war, sagen, selbst die gesündeste Mannschaft werde innerhalb von Wochen durch das Fieber dezimiert sein.

Während Mary mit Emmanuel auf dem Arm und Charlotte, die hinter ihr hertrottete, von zwei Wachen abgeführt wurde, blickte sie zurück auf ihre Freunde an Deck, und ihre Augen füllten sich mit Tränen.

Sie waren alle ausgemergelt und schmutzig. Der einzige Farbtupfer an der ganzen Gruppe war Samuel Birds rotes Haar, aber selbst das war von Schmutz bedeckt. Nat Lilly und Jamie Cox sahen wie kleine Jungen aus. Bill Allen gab sich alle Mühe, böse dreinzuschauen, und James Martin rieb sich mit den Fäusten die Augen. Sam Broome und William Moreton stützten sich gegenseitig. Dann war da noch Will, der etwas abseits ganz allein stand und im Fieberwahn schwankte.

Marys Herz wurde schwer. Sie sahen alle so krank aus, dass sie sicher war, keinen von ihnen jemals wiederzusehen. Aber die Wachen drängten sie weiter, und sie fühlte sich noch niedergeschlagener, denn die Horde von kleinen, braunhäutigen Eingeborenen, die um sie herumlief, wirkte ebenfalls krank.

Die Worte des Arztes über Batavia kamen ihr wieder in den Sinn, als sie anstatt hübscher Häuser nur grob zusammengezimmerte Hütten sah. Die stickige Hitze, der entsetzliche Gestank und die Fliegen, die sie attackierten, verursachten ihr ein flaues Gefühl im Magen, und ihre Angst um ihre Kinder wuchs.

Ihr erster Eindruck von dem zweistöckigen Hospital war, dass man es nicht fertig gebaut hatte. Ein paar Fenster besaßen Läden, aber der Rest waren nur Löcher. Im Hof vor dem Gebäude brannte ein Feuer, und mindestens hundert Menschen saßen oder lagen draußen. Viele von ihnen trugen schmutzige, blutverschmierte Verbände um ihre Köpfe oder Gliedmaßen; Fliegen saßen auf denjenigen, die zu schwach waren, um sie zu vertreiben, und das Wimmern und Stöhnen war schrecklich anzuhören. Charlotte klammerte sich an das Kleid ihrer Mutter und weinte vor Angst, aber die Wachen schoben Mary unbarmherzig durch die Tür ins Innere.

Der Gestank ließ Mary entsetzt zurückweichen. Er war absolut entsetzlich und so extrem, dass sie kaum atmen konnte. In diesem Moment traf sie die Erkenntnis wie ein Schlag: Nur ein Wunder würde Emmanuels Tod verhindern können! Schon auf dem Schiff hatte er aufgehört zu weinen. Jetzt lag er nur noch auf ihrem Arm und starrte zu ihr auf. Sie hatte versucht, ihm etwas Flüssigkeit einzuflößen, doch er konnte sie nicht bei sich behalten. Einen Moment war er schrecklich heiß, und im nächsten zitterte er heftig.

Eine ältere Nonne mit einer schmutzigen Schürze über ihrer weißen Tracht kam auf sie zu. Die Wachen sagten etwas auf Holländisch zu ihr, und sie warf einen Blick auf Emmanuel, schnalzte missbilligend mit der Zunge und bedeutete Mary, ihr zu folgen.

Während sie an mehreren Räumen vorbeigingen, sah Mary, dass in jedem dreißig oder vierzig erwachsene Patienten auf Matten lagen. Aber sie wurde in ein Zimmer am hinteren Ende des Hospitals geführt, wo nur Babys oder kleine Kinder von ihren Müttern versorgt wurden.

Die Nonne ging, nachdem sie auf ein paar Matten, Waschschüsseln und Eimer gedeutet hatte. Mary erfuhr nicht, ob ein Arzt kommen würde oder woher sie etwas zu essen oder zu trinken bekommen konnte.

Mary legte zwei Matten in eine Ecke, bettete Emmanuel darauf, setzte Charlotte neben ihn und trug ihr auf, sich nicht vom Fleck zu rühren. Dann hob sie den Eimer auf und fragte die Frau, die ihnen am nächsten saß, in Zeichensprache, wo sie Wasser finden würde.

Als es dunkel wurde, legte sich Mary mit ihren Kindern hin. Sie hatte Wasser aus einem Brunnen draußen geschöpft, um den Schmutz des Schiffs von ihnen allen abzuwaschen, und sie hatte eine verschmutzte Küche gefunden, in der sie täglich etwas Reis bekommen würden. Alles andere musste man entweder von der beeindruckend aussehenden Eingeborenen, die über die Küche herrschte, oder draußen kaufen.

Sie hörte das vertraute Geräusch von Ratten, die durch das Zimmer liefen und dabei sogar noch das Stöhnen und Schreien der Todkranken übertönten, und legte ihre Arme beschützend um Charlotte und Emmanuel. Bevor sie vor Erschöpfung einschlief, dachte sie noch darüber nach, wie man hier etwas zu essen und zu trinken bekommen sollte, wenn man ein Patient ohne Freunde oder Verwandte war, und ob ein Arzt sich jemals in die Nähe dieses Hospitals wagte.

Ihre Fragen wurden während der nächsten Tage beantwortet; Mary beobachtete einfach die anderen Mütter oder kommunizierte durch Zeichensprache mit ihnen. Ein Arzt kam gelegentlich, aber kümmerte sich nur um die, die Geld hatten, um ihn zu bezahlen. Einige holländische Nonnen taten, was sie konnten, aber da es so viele Kranke gab, war es wie der Versuch, einen See mit einem Eimer leer zu schöpfen.

Eines war Mary bald klar: Dies war eher ein Pesthaus als ein Hospital. Die Leute wurden hergebracht, um sie zu infizieren. Die Leute draußen im Hof litten eher an Verletzungen als an Krankheiten und mussten oft bis zu einer Woche warten, bis man sie untersuchte. Die meisten Insassen starben, ohne dass jemand mit ihnen gesprochen hatte, von einer Untersuchung ganz zu schweigen, und nur sehr wenige erholten sich wieder. Das Kinderzimmer wurde von den Müttern halbwegs sauber gehalten, aber die Räume der Erwachsenen boten ein erschreckendes Bild. Erbrochenes und Exkremente lagen auf dem groben Holzfußboden, die Wände waren vollgespritzt mit Blut und Eiter. Das Weinen, die Schreie und das Delirium der Patienten wurden ignoriert.

Mary verkaufte ihr pinkfarbenes Kleid am dritten Tag, um Suppe und Milch für Emmanuel zu kaufen und für sich selbst und Charlotte Fleisch und Gemüse zum Reis. Sie dachte an Flucht, denn es wäre leicht gewesen, hinauszuschlüpfen und in der Menge zu verschwinden. Aber sie wollte es Emmanuel nicht zumuten, durch die heiße Sonne getragen zu werden. Im Innern dieses schrecklichen Gebäudes war es zumindest kühler, und es gab genug Wasser. Sie wollte es ihm in seinen letzten Tagen so bequem wie möglich machen.

Ihre Isolation war das Schlimmste an dem Hospital. Es gab so viele Nationalitäten wie in Kupang, aber niemand, den sie bisher getroffen hatte, sprach Englisch. Sie konnte sich an keinen Menschen um Hilfe wenden. Sterbende Kinder waren hier an der Tagesordnung, so schien es, und selbst Emmanuels engelsgleiches Aussehen erweckte kein Mitleid bei den Leuten. Sie badete ihn in Wasser, um ihn zu kühlen, wickelte ihn in Decken, wenn er zitterte, flößte ihm Tropfen für Tropfen Wasser ein, doch er wurde mit jedem Tag schwächer.

Mary hätte ihre Sorge um ihn so gern mit jemandem geteilt. Sie hatte schreckliche Angst, was mit Charlotte passieren würde, wenn sie selbst auch Fieber bekäme. Dies war kein Ort für ein gesundes Kind – täglich musste Charlotte so großes Leid mit ansehen, bei dem selbst ein Erwachsener blass wurde. Es war nicht fair, dass sie jeden Tag umgeben von todkranken Kindern war.

Manchmal glaubte Mary, bei all dem Lärm, dem Gestank, der Hitze und dem Schmutz wahnsinnig zu werden. Sie fragte sich auch, was sie tun sollte, wenn das Geld aus dem Verkauf des Kleides zur Neige ging. Sie konnte nur Will die Schuld geben und sich schwören, ihn umzubringen, wenn sie hier rauskam.

Gegen Ende November sagte ihr eine der Nonnen, die ein paar Worte Englisch sprach, dass Will ebenfalls ins Hospital gebracht worden war. Doch selbst wenn Mary ihn hätte sehen wollen, konnte sie ihn nicht suchen gehen, weil Emmanuel dafür viel zu krank war. Sie bestach inzwischen die anderen Mütter, ihr Reis und Wasser mitzubringen, weil sie es nicht wagte, den Kleinen allein zu lassen.

Am ersten Dezember starb Emmanuel in Marys Armen. Sie wiegte ihn und sang ihm ein Gutenachtlied, als er einfach aufhörte zu atmen.

»Was ist los, Mumma?«, flüsterte Charlotte, als sie sah, dass ihrer Mutter Tränen über die Wangen liefen.

»Er ist gegangen«, sagte Mary mit brechender Stimme. »Er ist jetzt bei den Engeln.«

Sie hatte es erwartet, hatte geglaubt, darauf vorbereitet zu sein. Tag für Tag hatte sie gesehen, wie er weniger wurde. Doch trotz seiner Krankheit hatten seine kleinen Finger stets nach ihren getastet. Jetzt waren diese Finger plötzlich bewegungslos und kalt, und Mary wollte ihren Schmerz laut in die Welt hinausschreien.

Er war nicht einmal zwei Jahre alt geworden, doch in der kurzen Spanne seines Lebens hatte er ihr so viel Freude und Hoffnung gegeben! Es war nicht richtig, dass sein ganzes Leben von Leiden überschattet gewesen war und dass er an einem so hässlichen, schmutzigen Ort hatte sterben müssen.

Seine Leiche wurde ihr von einer der Nonnen weggenommen und zusammen mit den anderen begraben, die an jenem Tag gestorben waren. Mary erwartete, gerufen zu werden, wenn der Gottesdienst anfing. Aber es würde keinen Gottesdienst geben, erklärte ihr eine Nonne später. Dafür starben hier zu viele Menschen.

Am folgenden Tag schickte Mary Charlotte hinaus in den Hof und trug ihr auf, dort zu bleiben, bis sie zurückkam. Sie war voller Wut, und sie wollte Will suchen und ihm sagen, dass sie ihn für den Tod ihres Sohnes verantwortlich machte, bevor sie zurück auf das Schiff musste.

Sie fand ihn in einem Raum am Ende des Hospitals. Der Gestank darin war so entsetzlich, dass sie ihre Nase und ihren Mund mit der Hand bedecken musste, als sie ihn betrat. Es befanden sich mindestens fünfzig Männer darin, viel mehr als in jedem anderen Raum, in dem sie bis jetzt gesucht hatte. Sie waren so zusammengepfercht, dass einer in dem Erbrochenen und den Fäkalien des anderen lag. Das Stöhnen und Würgen war so schlimm, dass sie sich gerade abwenden wollte, als sie Will entdeckte. Er war der Einzige, der nicht lag.

Will war bis auf die Knochen abgemagert und saß, nur noch mit einer Hose bekleidet, zusammengesunken in einer Ecke. Sein blondes Haar und sein Bart waren völlig verdreckt, seine einst strahlend blauen Augen blass und rot gerändert vom Fieber. Er war neunundzwanzig, doch er sah aus wie ein sehr alter Mann.

Mary hatte angenommen, dass sie lachen würde, wenn er im Sterben lag, dass sie sein Ende sogar noch beschleunigen würde, indem sie ihn schlug für das, was er ihr angetan hatte. Doch während sie ihn anstarrte, fragte sie sich, warum es ihr keine Befriedigung verschaffte, ihn in einem so offensichtlich elenden Zustand vorzufinden.

Eine Erinnerung schoss ihr durch den Kopf, wie er sie damals nach Emmanuels Geburt ins Meer getragen hatte, damit sie sich waschen konnte. Da war er so sanft und liebevoll zu ihr gewesen und hatte sie vergessen lassen, dass sie eine Gefangene war. An jenem Tag und an vielen anderen hatte sie sich genauso gefühlt wie eine geachtete Frau und Mutter zu Hause in England.

Es war einfach gewesen, Will für durch und durch schlecht zu halten. Sie hatte einfach nicht mehr daran gedacht, dass er sie vor einer Vergewaltigung bewahrt und geheiratet hatte, um sie zu beschützen, und dass sein Geschick und seine harte Arbeit beim Fischen sie vor dem Verhungern gerettet hatten. Er hatte Charlotte oft einen Teil seines Essens überlassen und vorgegeben, nicht hungrig zu sein. Mary war stolz darauf gewesen, seine Frau zu sein, und obwohl Will behauptet hatte, er würde mit dem nächsten Schiff nach Hause segeln, sobald seine Strafe abgesessen war, hatte er es nicht getan.

Auf einmal wusste sie, dass sie ihn pflegen musste. Vielleicht würde sie ihm nicht völlig vergeben können, aber für all das, was sie einander in der Vergangenheit bedeutet hatten, verdiente er etwas Besseres, als wie ein Hund ohne ein freundliches Wort zu sterben.

Mary bahnte sich vorsichtig den Weg durch den Schmutz und über die Körper hinweg zu seiner Ecke. »Ich bin es, Will«, sagte sie leise, als sie ihn erreichte.

Sie fand es schrecklich, einen großen, starken Mann so enden zu sehen. So elend wie Will hatten die Gefangenen der Zweiten Flotte ausgesehen, als man sie von der *Scarborough* geholt hatte.

»Mary!«, murmelte er schwach und versuchte, den Kopf zu heben. »Bist du es wirklich?«

»Ja, ich bin es wirklich, Will«, erwiderte sie und beugte sich zu ihm hinunter. »Ich bin gekommen, um mich um dich zu kümmern. Als Erstes besorge ich dir Wasser, und dann bringe ich dich in einen Raum, der nicht ganz so dreckig und überfüllt ist.«

Er griff nach ihrer Hand. »Emmanuel. Wie geht es ihm?«

Es rührte sie, dass sein erster Gedanke seinem Sohn galt. »Er ist gestern gestorben«, erklärte sie knapp.

»Oh nein«, stöhnte er und drückte ihre Hand fester. »Das ist meine Schuld.«

Ein Teil von ihr wollte ihm zustimmen, wollte ihren eigenen Schmerz lindern, indem sie ihn verantwortlich machte. Aber der größere Teil von ihr fühlte sich getröstet, weil sie die Trauer endlich mit jemandem teilen konnte. »Nein«, flüsterte sie. »Es lag an der Grausamkeit dieses Kapitäns Edwards, an diesem stinkenden Ort, und es war einfach Pech.«

Er öffnete seine Augen weiter, und Tränen liefen ihm über die

Wangen. »Das kannst du sagen nach allem, was ich dir angetan habe?«

Mary beantwortete diese Frage lieber nicht. »Ich hole dir etwas Wasser«, erklärte sie nur.

»Charlotte! Wo ist sie?«, fragte er und sah gequält aus.

»Es geht ihr gut. Ich habe ihr gesagt, sie soll draußen warten, während ich nach dir suche.«

»Gott sei Dank«, murmelte er und bekreuzigte sich.

Sie holte Will Trinkwasser, brachte ihn in einen saubereren Raum und wusch ihn dann. Es war schrecklich, seinen einst großen, starken Körper so ausgemergelt zu sehen, und sie setzte einer der Nonnen so lange zu, bis sie ihr ein frisches Hemd für ihn gab, damit er sich zumindest etwas Würde bewahren konnte.

Er würde sterben, das wusste Mary; nach drei Wochen an diesem Ort hatte sie gelernt, die Zeichen zu deuten. Aber sie sagte ihm, dass es ihm bald besser gehen würde, und strich ihm über die Stirn, bis er eingeschlafen war. Dann schlich sie sich fort, um Charlotte zu holen.

Als sie in den Hof zum Brunnen kam, hielt sie für einen Moment inne, weil ihr plötzlich bewusst wurde, dass dies der perfekte Zeitpunkt für eine Flucht wäre – bevor Emmanuels Tod gemeldet und Kapitän Edwards die Wachen nach ihr schicken würde. Sie könnte ihre guten Stiefel verkaufen, ein bisschen Proviant kaufen und dann mit Charlotte im Dschungel verschwinden. Sie hatte sich in Kupang mit den Eingeborenen angefreundet, und sie könnte es hier wieder versuchen. Vielleicht würde es ihr gelingen, in ein paar Monaten unter einem falschen Namen und mit einer plausiblen Geschichte an Bord eines Schiffes zu gehen und diesen unseligen Ort zu verlassen.

Mary machte ein paar Schritte auf Charlotte zu, die auf dem Boden saß und mit der feuchten Erde um den Brunnen herum Matschkuchen backte. Sie war schmutzig, dünn und blass, und sie bewegte sich schwerfällig. So war sie in Kupang nicht gewesen, und es tat Mary weh zu sehen, was die Gefängnisbedingungen auf dem Schiff ihr angetan hatten.

»Hast du den Mann gefunden?«, fragte Charlotte und sah auf.

Diese Worte ließen Mary innehalten. Sie hatte dem Kind erzählt, dass sie »einen Mann suchen müsse«. Wenn Charlotte gewusst hätte, wer der Mann war, dann hätte sie ihn auch sehen wollen. Sie hatte manchmal mehrmals am Tag nach ihrem »Dada« gefragt.

Will hatte Charlotte immer wie seine eigene Tochter behandelt. Nach Emmanuels Geburt hatte er zwischen den beiden Kindern keinen Unterschied gemacht. Will liebte Charlotte, und das war heute wieder deutlich geworden, als er, krank wie er war, hatte wissen wollen, ob es ihr gut ging.

Wie konnte Mary diesen Mann verlassen und allein sterben lassen?

Sie ließ den Eimer in den Brunnen hinunter, füllte ihn und zog ihn wieder rauf.

»Ich werde dich jetzt waschen«, sagte sie und nahm ein Stück Stoff aus ihrer Tasche. »Und dann gehen wir Dada besuchen.«

Die Hitze schien jeden Tag schlimmer zu werden, und Will wurde schwächer und schwächer. Mary verkaufte ihre Stiefel, um Essen für sie alle zu kaufen, aber Will bekam niemals mehr als ein paar Löffel hinunter, bevor er wieder einschlief.

Wenn er wach war, lag er da und blickte Mary an, genau wie Emmanuel es getan hatte. Er war auch viel zu schwach zum Sprechen, doch er lächelte, wenn Mary ihm Geschichten von ihren alten Nachbarn in Fowey erzählte oder Schmugglergeschichten, die sie von ihrem Vater gehört hatte, und wenn sie ihm den Hafen und die Leute beschrieb, die dort arbeiteten.

Jeden Tag starben mindestens zwei Leute im Raum, doch ihre Plätze waren schnell wieder besetzt. Wenn Will schlief, wusch

Mary die anderen Kranken und gab ihnen Wasser. Es machte für sie keinen Unterschied, ob es Eingeborene, Chinesen oder Holländer waren; sie hatten alle den gleichen mitleiderregenden, kindlichen Ausdruck in den Augen, und zumindest waren sie so bei ihrem letzten Atemzug nicht allein.

Die Nonnen sahen Mary an, als hielten sie sie für verrückt. Doch manchmal brachten sie Charlotte ein Ei oder ein wenig Obst, was anzudeuten schien, dass sie die englische Gefangene mochten, die ihre eigene Gesundheit riskierte und in einem solchen Höllenloch blieb, um ihren Mann zu pflegen.

»Ist schon Weihnachten?«, krächzte Will eines Abends, als es gerade dunkel wurde.

»Noch drei Tage«, antwortete Mary.

»Ma hat uns immer einen Plumpudding gekocht«, murmelte er.

Mary lächelte, denn sie sah ihre Mutter wieder vor sich, wie sie die Zutaten in einer großen Schüssel auf dem Küchentisch zusammenrührte. »Meine auch«, erwiderte sie.

»Ma hat uns auch immer gesagt, wir sollten uns etwas wünschen, bevor wir ihn aßen«, fügte Will mit kaum hörbarer Stimme hinzu. »Wenn ich mir jetzt etwas wünschen könnte, dann wünschte ich, ich hätte dir gesagt, dass ich dich aus Liebe geheiratet habe.«

Tränen brannten in Marys Augen, und sie wünschte, sie könnte ihm glauben.

»Das ist die Wahrheit«, erklärte er. Seine Augen waren rot geründert und eingesunken vor Fieber, und er sah alt und verhärmt aus, nicht mehr wie jener große, hübsche Mann, den sie geheiratet hatte. »Ich habe mich auf der *Dunkirk* in dich verliebt. Selbst wenn alle Schönheiten Englands bei mir Schlange gestanden hätten, wäre meine Wahl immer auf dich gefallen.«

Marys Tränen ließen sich jetzt nicht mehr zurückhalten. Wenn das stimmte, warum hatte er ihr das dann niemals gesagt?

»Ich war so ein Narr«, seufzte er, als hätte er ihren Gedanken erraten. »Ich dachte, wenn ich es dir sage, dann würdest du deinen Respekt vor mir verlieren. Deshalb habe ich auch immer behauptet, mit dem nächsten Schiff nach Hause fahren zu wollen. Ich wollte von dir hören, dass du ohne mich nicht leben kannst.«

»Oh, Will«, seufzte sie, nahm seine Hand und küsste sie. Es war die Wahrheit, das wusste sie jetzt, denn Will hätte es nicht gewagt, mit einer Lüge auf dem Gewissen in den Tod zu gehen.

Er verlor wieder das Bewusstsein, weil ihn das Sprechen offensichtlich zu sehr angestrengt hatte. Mary legte sich neben ihn, hielt noch eine Weile seine Hand und dachte über seine Worte nach.

Als junges Mädchen hatte sie immer geglaubt, die Liebe würde einem wie ein reifer Apfel in den Schoß fallen. Ihr wildes Verlangen nach Tench hatte diese Annahme offenbar bestätigt. Doch war das wirklich Liebe gewesen? War es nicht wahrscheinlicher, dass sie nur so für Tench empfunden hatte, weil er freundlich gewesen war und sich in einer Zeit für sie interessiert hatte, in der sie verzweifelt etwas Schönes gebraucht hatte, um sich von der Realität abzulenken? Hätte sie weiter so viel für ihn empfunden, wenn sie in der Lage gewesen wären, tatsächlich für immer zusammenzuleben?

Die Umstände, die sie und Will zu einer Heirat bewogen hatten, waren alles andere als romantisch gewesen. Doch trotz ihrer Überzeugung, dass es eine reine Zweckgemeinschaft sei, war da Leidenschaft gewesen, und sie hatten über eine lange Zeit eine warme und angenehme Beziehung geführt. Sie konnten über alles miteinander reden, und sie hatten viel gelacht. Sie waren Freunde.

Die meisten intelligenten Leute, dachte sie, würden das als Liebe bezeichnen.

Die ersten Strahlen der Morgensonne fielen durchs Fenster, als Mary spürte, wie Will sich unruhig hin und her warf. Sie berührte seine Stirn und stellte fest, dass er wieder glühend heiß war und gleichzeitig am ganzen Körper zitterte.

»Ich bin da«, flüsterte sie, setzte sich auf und griff nach dem Lappen und dem Eimer, um ihn abzukühlen.

»Es tut mir leid, was ich getan habe«, keuchte er.

»Das spielt jetzt keine Rolle mehr«, wisperte sie, legte den kühlenden Lappen auf seine Stirn und strich ihm das Haar zurück. »Ich habe dir vergeben.«

Und plötzlich wurde ihr bewusst, dass es stimmte. Wie die Liebe war auch die Vergebung gekommen, ohne dass sie es bemerkt hatte.

»Achte gut auf Charlotte«, brachte er mühsam hervor.

In diesem Moment wusste sie, dass das das Ende war.

»Ich habe dich aus Liebe geheiratet«, sagte sie und küsste seine heißen, aufgeplatzten Lippen. »Ich liebe dich immer noch, und ich will nicht ohne dich leben.«

Sie wusste nicht, ob er die Worte gehört hatte, nach denen er sich immer gesehnt hatte, denn er wurde wieder bewusstlos. Sie blieb bei ihm und hielt ihn, und ihr Kopf lag so nah an seinem Herzen, dass sie es spürte, als es ein oder zwei Stunden später aufhörte zu schlagen.

16. Kapitel

Fast vier Monate, nachdem Emmanuel und Will in Batavia gestorben waren, segelte das holländische Schiff *Horssen* mit Mary und Charlotte an Bord in den Hafen von Kapstadt.

»Ich glaube, das ist das Schiff, das uns nach Hause bringen wird«, sagte Jim Cartwright über die Schulter, während er auf den Hafen deutete. »Komm und sieh selbst! Der Anblick eines Schiffes Ihrer Majestät wird dich aufmuntern.«

Mary lächelte schwach. Jim gehörte zur Mannschaft der gekenterten *Pandora*. Während der letzten paar Wochen ihrer Reise von Batavia hierher, als sowohl Charlotte als auch sie Fieber bekommen hatten, hatte er es sich zur Aufgabe gemacht, sie aufzuheitern. Manchmal mit einem Stück Obst oder mit Nüssen, aber öfter mit Scherzen oder einer Unterhaltung. Mary war dankbar für seine Freundlichkeit, doch weil sie sich solche Sorgen um ihre Tochter machte, fiel es ihr manchmal schwer, darauf einzugehen.

Mary ließ Charlotte auf ihrer Matte an Deck liegen und ging hinüber zur Reling, um einen Blick auf den Hafen zu werfen. Es war schön, Kapstadt wiederzusehen, denn sie hatte gute Erinnerungen an Charlottes Taufe hier. Natürlich hatte sie damals noch Hoffnung gehabt, und eine Pionierin in New South Wales zu sein, war ihr damals eher wie ein großes Abenteuer als wie eine Strafe vorgekommen.

Doch die Abenteuerlust war ihr seit Langem vergangen. Jetzt hoffte sie nur, dass Charlotte sich wieder erholen würde und dass man sie auf dem letzten Stück ihrer Heimreise gut behandelte.

Trotz ihrer Voreingenommenheit konnte sie jedoch die Gefühle nicht unterdrücken, die der Anblick eines englischen Schiffs in ihr auslöste. Die *Gorgon* war elegant, die Decks waren beinahe weiß geschrubbt, die Taue ordentlich aufgerollt, und das Messing glänzte in der Sonne. Sie erinnerte Mary an ähnliche Schiffe, die sie in Plymouth bewundert hatte – ausländische Schiffe schienen niemals so adrett und poliert zu sein wie die englischen. Mit dem Tafelberg im Hintergrund konnte sie sich kein schöneres Bild vorstellen. Doch wie schön die *Gorgon* auch aussehen mochte, wahrscheinlich würden sie an Bord dieses Schiffes wieder genauso schlimme Entbehrungen ertragen müssen wie auf dem Weg hierher.

Sie war noch bei Wills Beerdigung gewesen und hatte gehört, wie auf Holländisch ein Gebet für ihn gesprochen worden war. Aber gerade als sie ihre wenigen Habseligkeiten zusammengesucht und wieder über Flucht nachgedacht hatte, waren die Wachen erschienen. Sie hatten sie noch im Hospital in Ketten gelegt und sie und Charlotte auf das Wachschiff gebracht, wo die anderen Männer saßen.

Marys Trauer über Emmanuels Tod, die sie unterdrückt haben musste, solange sie Will gepflegt hatte, brach sich Bahn, sobald sie wieder eingesperrt war. James und die anderen Männer trauerten ebenfalls um Emmanuel, aber für Will hatten sie kein Mitgefühl. Wieder unter diesen schrecklichen Umständen für über einen Monat mit ihnen eingesperrt zu sein, mit rationiertem Wasser, von dem es höchstens ein paar Gläser am Tag gab, und sich ihre ständigen Beschwerden über Will anhören zu müssen, den sie für ihre Lage verantwortlich machten, war mehr, als Mary ertragen konnte. Sie wurde schrecklich bedrückt und wünschte sich sogar den Tod.

Als sie hörte, dass sie und Charlotte auf der *Horssen* nach Kapstadt fahren würden, zusammen mit der Mannschaft von der *Pandora*, fing sie sich ein bisschen. James und die anderen sollten dagegen mit Kapitän Edwards und den Meuterern von der *Bounty* auf der *Hoornwey* fahren. Trotz der starken Bindung an ihre Freunde war sie erleichtert, die Bitterkeit der Männer hinter sich lassen zu können.

Aber mit dem Proviant für die Reise war auch ein Fiebervirus an Bord gelangt, und er machte keinen Unterschied zwischen Gefangenen, Offizieren, ihren Frauen und Kindern und der Mannschaft. Fast täglich hörte Mary, dass sich wieder ein Mann, eine Frau oder ein Kind damit angesteckt hatte, und es dauerte nicht lange, bis auch sie und Charlotte krank wurden.

Zum Glück für Mary war der Kapitän der *Horssen* menschlich und mutig genug, sich nicht an Kapitän Edwards Anweisung zu halten, alle Gefangenen in Ketten zu legen und für die gesamte Reise unter Deck zu lassen. Als er von Marys und Charlottes Erkrankung hörte, ließ er Mary die Ketten abnehmen, damit sie sich um ihr Kind kümmern konnte.

Erst in diesem Moment, gerührt von diesem Akt der Menschlichkeit, begann sie sich Sorgen um ihre Freunde auf dem anderen Schiff zu machen. Sie hatten auf dem Wachschiff alle entsetzlich schlecht ausgesehen, und es grenzte an ein Wunder, dass sie nicht längst an Fieber gestorben waren, nachdem man sie für Wochen unter Deck ohne frische Luft festgehalten hatte. Kapitän Edwards würde ihnen keine Gnade erweisen, das wusste Mary, und sie hatte schreckliche Angst, nicht alle von ihnen lebend in Kapstadt wiederzusehen.

»Du wirst mit deinen Freunden nach Hause fahren«, erklärte Jim fröhlich. »Also, Kopf hoch und lass mich noch mal dieses hübsche Lächeln sehen.«

Mary fragte sich, was dieser kleine Matrose mit dem roten Haar im Kopf haben konnte, denn wie freundlich er auch war, er schien die ernste Lage, in der sie sich befand, einfach nicht zu begreifen. Charlotte hatte hohes Fieber, und sie fuhren zurück nach England, wo man Mary hängen und Charlotte zur Waisen machen würde. Glaubte er denn wirklich, sie würde den letzten Teil ihrer Reise als eine Art Party sehen?

»Bist du immer so fröhlich?«, fragte sie und hoffte, er würde den Sarkasmus in ihrer Stimme bemerken.

»Der fröhliche Jim, so hat meine Ma mich immer genannt«,

meinte er lachend und fasste das offensichtlich als Kompliment auf. »Und jetzt holst du besser deine Sachen, denn ich schätze, wir gehen rüber auf die *Gorgon*.«

Mary hätte weniger als eine Sekunde gebraucht, um ihre paar Sachen zusammenzupacken. Aber sie zog es in die Länge und betrachtete jedes einzelne Stück, obwohl keines davon wertvoll war. Das blaue Baumwollkleid, das man ihr in Kupang gegeben hatte. Das bunte Stoffstück, aus dem sie eigentlich ein Kleid für Charlotte hatte nähen wollen, aber in das sie stattdessen Emmanuel im Hospital eingewickelt hatte. Sie hielt es an ihr Gesicht und hoffte, es würde immer noch nach ihm riechen. Aber der Geruch hatte sich längst verflüchtigt, so wie Emmanuel selbst, und die Farben waren verblasst, weil sie den Stoff schon so oft gewaschen hatte. Die Kette aus blauen Holzperlen, die James Martin ihr in Kupang geschenkt hatte. Eine Locke von Emmanuels blondem Haar in einem zusammengefalteten Stück braunem Papier. Die Decke, die Watkin Tench ihr in Kapstadt für Charlotte geschenkt hatte.

Damals war sie weiß und flauschig gewesen, jetzt war sie alt und braun und so fadenscheinig, dass sie fast wie ein Spinnennetz aussah, aber allein sie zu halten brachte Erinnerungen an ihre beiden Babys zurück. Mary besaß auch noch ein paar hübsche Muscheln, die sie am Strand von Kupang gesammelt hatte, und dann noch die Tüte mit den Blättern des »Süßen Tees«.

Sie wusste eigentlich nicht, wieso sie sie die ganze Zeit über behalten hatte. Es waren die letzten von denen, die sie damals in der Kolonie gesammelt hatte. Sie waren jetzt braun und brüchig und hatten ihr Aroma sicher längst verloren. Aber Mary konnte sie nicht wegwerfen, weil sie auch damit schöne Erinnerungen verband. Sie konnte sich selbst und Will draußen vor ihrer Hütte am Feuer sitzen und von dem heißen Tee trinken sehen, während sie ihre Zukunft planten. Dieser Tee hatte den Hunger gemildert, er hatte sie gewärmt, wenn ihnen kalt gewesen war, und sie getröstet, wenn sie fast verzweifelt waren.

Sie würde ihr blaues Kleid anziehen, denn selbst wenn es zerlumpt war, so war es doch zumindest sauber. Sie hatte es die ganze Zeit im Hospital in Kupang getragen. Mary wünschte, sie hätte noch ihr pinkfarbenes Kleid und die schicken Stiefel oder sogar ihren Umhang und den Sonnenhut, denn darin hätte sie sich auf dem Weg auf das neue Schiff sehr viel besser gefühlt. Doch wenn sie die Sachen nicht verkauft hätte, wären ihre Tochter und sie jetzt vielleicht nicht mehr am Leben.

Charlotte besaß noch weniger, nur ein kleines Unterhemd und ihr ehemals buntes Kleid, das jetzt völlig verblasst war und bei dem die Nähte aufgingen. Im Hospital hatte sie aufgehört, sich zu beklagen, weil sie immer das einfach graue Kleid anziehen musste. Wenn Mary jetzt so darüber nachdachte, dann hatte sie sich seitdem über kaum etwas beklagt – nicht darüber, dass es kaum zu essen und zu trinken gab, und auch nicht, als sie krank wurde.

Mary blickte auf sie hinunter. Sie lag auf der Bank, auf der sie schliefen, zusammengerollt wie ein kleiner Hund, und benutzte ihre beiden Hände als Kissen. Ihr Gesicht war blass und eingefallen, sie war schrecklich dünn, und in ihren Augen lag ein gehetzter Blick.

»Es wird besser auf dem neuen Schiff«, sagte Mary und strich ihr eine dunkle Locke aus dem Gesicht. »Es wird dir bald wieder gut gehen.«

Charlotte seufzte nur. Es klang ungläubig, und das schmerzte Mary mehr als eine freche Antwort.

Jim Cartwright hatte recht damit gehabt, auf welchem Schiff sie nach Hause fahren würden, aber nicht damit, dass sie sofort von Bord gehen würden. Sie ankerten zwei Wochen lang. Die Mannschaft ging an Land, aber Mary musste auf dem Schiff bleiben. Sie wurde nicht wieder in Ketten gelegt, doch mit Charlotte erneut in den Laderaum gesperrt, und man erlaubte ihr nicht einmal, für ein paar Stunden am Tag an Deck zu gehen, um sich an der frischen Luft die Beine zu vertreten.

Täglich wurde Charlotte schwächer. Sie hatte hohes Fieber, und Mary konnte sie nur abwaschen, ihr etwas zu trinken einflößen und das System verfluchen, das zuließ, dass Kinder solche Grausamkeiten erleiden mussten.

Mit Charlotte auf dem Arm, die fast bewusstlos war, schwankte Mary die Gangway hinauf auf die *Gorgon*, sogar zu schwach, um auf den Klang von englischen Stimmen zu reagieren.

Jim hatte ihr erzählt, dass die *Gorgon* aus Port Jackson kam und dass das ganze Schiff voll mit Pflanzen, Büschen, Tierhäuten und sogar ein paar gefangenen Kängurus war. Er war ganz versessen darauf, diese Wunder selbst zu sehen. Aber Mary sehnte sich mehr danach, wieder mit den anderen »Deserteuren« vereint zu sein, wie sie jetzt genannt wurden, und sie verschwendete keinen Gedanken daran, dass sich vielleicht noch jemand an Bord befand, den sie kannte.

Ihr war ganz schwindelig vor Fieber und wegen der Hitze. Schreie, Hämmern, Quietschen und Klopfen erfüllten ihre Ohren, und ihre Glieder schmerzten unerträglich. Das grelle Licht der Sonne, das sich auf dem Wasser spiegelte, tat ihr in den Augen weh, und der Geruch von Gewürzen, Fisch und menschlichem Schweiß ließ Übelkeit in ihr aufsteigen.

Als sie von der Gangway hinunter auf das Deck trat, das mit Menschen und Kisten übersät war, wurde der Schwindel mit einem Mal noch viel heftiger. Ihre Beine drohten, unter ihr nachzugeben, und weil sie Angst hatte, Charlotte fallen zu lassen, hielt sie inne, lehnte sich gegen eine Kiste und schloss für einen Moment die Augen, um ihr Gleichgewicht wiederzufinden. Dann hörte sie, wie jemand ihren Namen rief.

Die Stimme klang sehr vertraut, aber Mary war zu verwirrt, um sie einordnen zu können. Sie öffnete die Augen, doch alles war verschwommen.

»Bist du krank, Mary?«, hörte sie die Stimme von weit her fragen. »Lass mich Charlotte nehmen.«

Sie musste wohl ohnmächtig geworden sein, denn das Nächste, was sie wusste, war, dass sie auf dem Deck lag und ihr jemand mit einem feuchten Tuch die Stirn abtupfte.

»Charlotte!«, schrie sie erschrocken und versuchte, sich aufzusetzen.

»Man kümmert sich um sie«, sagte ein Mann. »Trink das.«

Es war Rum, und der Mann, der ihn ihr anbot, musste ein Matrose sein, denn er trug eine weiße Segeltuchhose und ein weißes Hemd. Sein Haar war lockig und blond und sein Gesicht sonnenverbrannt. Mary lag jetzt im Schatten, und sie konnte wieder normal sehen.

»Wer hat da vorhin mit mir und Charlotte gesprochen?«, erkundigte sie sich.

»Das war Kapitän Tench«, erwiderte der Mann.

»Tench!«, rief sie. »Watkin Tench?«

»Genau, meine Hübsche«, antwortete er mit einem breiten Grinsen. »Und du bist dann wohl die, um die er sich so viele Sorgen macht, seit er erfahren hat, dass du ein Stück mit uns segelst, was?«

Mary lag in einer Koje, die schlafende Charlotte neben sich. Sie war verwirrt und nicht ganz sicher, ob sie sich wirklich in einer Kabine mit einem offenen Bullauge befand oder ob das ein Traum war.

Die Kabine sah auf jeden Fall sehr real aus, denn sie war klein, hatte nur eine Koje, eine Art Waschtisch und ein paar Haken an der Wand für Kleidung. Ihr Bündel lag auf dem Waschtisch neben der Wasserkanne. Durch das Bullauge konnte sie von Ruderfußkrebsen bedecktes Holz sehen, das musste die Seite des Kais sein.

Wenn das ein Traum war, dann war es ein wunderschöner, denn irgendwie meinte sie, sich zu erinnern, dass der Matrose, der ihr den Rum zugeteilt hatte, gesagt hätte, Watkin Tench sei auf dem Schiff.

Den Rum hatte sie nicht geträumt, sie konnte ihn immer noch in ihrem Mund schmecken. Aber vielleicht hatte sie ihn zu schnell getrunken, denn an die Ereignisse danach erinnerte sie sich nur noch undeutlich. Konnte Tench einer der beiden Männer gewesen sein, die sie neben sich reden gehört hatte? Sie war sicher, dass einer von ihnen gesagt hatte: »Sie hat genug durchgemacht. Ich will, dass sie mit ihrem Kind in eine Kabine kommt. Auf diese Weise haben sie wenigstens eine Chance.«

Mary erhob sich ein wenig, um nach Charlotte zu sehen. Sie atmete schwer, ihre Haut fühlte sich heiß und trocken an, und sie war so dünn, dass sich jeder Knochen abzeichnete. Mary kam es nicht so vor, als hätte sie eine Chance. Sie sah genauso aus, wie Emmanuel am Ende ausgesehen hatte, und Mary waren während ihrer Zeit im Hospital in Batavia die Zeichen des nahenden Todes zu vertraut geworden, um das für einen Zufall halten zu können.

Ein Klopfen an der Tür weckte Mary später. »Herein«, sagte sie schwach, überrascht darüber, dass irgendjemand eine geflohene Strafgefangene mit so viel Respekt behandelte.

Die Tür wurde geöffnet, und Watkin Tench kam herein. Er sah noch genauso aus, wie sie ihn in Erinnerung hatte, schlank, mit einem schmalen Gesicht und einem sorgenvollen Ausdruck in seinen dunklen Augen. Tränen verschleierten ihre Sicht. Dann war das kein Traum gewesen! Er war wieder in ihr Leben gekommen, um sie zu retten.

»Mary!«, rief er und trat näher, ohne die Tür zu schließen. »Du kannst dir nicht vorstellen, wie überrascht ich war zu hören, dass du auf diesem Schiff nach Hause fährst. Das ist ein solcher Zufall.«

Für Mary war es viel mehr als ein Zufall. Nur Gott konnte ein solches Wunder geschehen lassen.

»Ich dachte, ich träume, als ich Ihre Stimme hörte«, gestand sie. »Und dann fand ich mich in dieser Kabine wieder.«

»Dafür musst du dich bei Kapitän Parker bedanken«, sagte Tench. »Er ist ein guter Mann, und als er von den Umständen erfuhr und sah, wie krank du und Charlotte seid, gab er den Befehl. Der Arzt wird bald nach euch sehen, und so gern ich auch erfahren möchte, was alles passiert ist, seit wir uns zuletzt gesehen haben, so musst du dich zuerst ausruhen.«

»Wissen Sie, dass Emmanuel und Will tot sind?«, fragte sie.

Er nickte ernst. »Es tut mir so leid, Mary. Ich wünschte, ich würde die richtigen Worte finden, um dich über deinen Verlust hinwegzutrösten.«

Die Aufrichtigkeit in seiner Stimme ließ sie weinen. In der Vergangenheit hatte er sie auf so vielfältige Weise und aus so verschiedenen Gründen getröstet, und ihn wieder in der Nähe zu wissen, nun, da sie einen Freund so dringend brauchte, war fast mehr, als sie ertragen konnte.

»Sie waren immer ein so guter Freund«, sagte sie unter Tränen. »Und jetzt sind Sie wieder da!«

»Ich habe dich sehr vermisst, als du von Sydney Cove geflohen warst«, meinte er. »Ohne dich war es nicht mehr derselbe Ort. Du kannst dir nicht vorstellen, was für einen Aufruhr ihr verursacht habt.«

Mary versuchte, sich wieder zu beruhigen, und wischte sich die Tränen ab. »James, William und die anderen, sind sie auch hier?«

»James Martin, Bill Allen, Nat Lilly und Sam Broome«, erwiderte er.

Das Zögern in seiner Stimme alarmierte sie. Irgendetwas war nicht in Ordnung! »Und die anderen drei?«, fragte sie.

Er wandte für einen Moment den Kopf ab, als hätte er Angst, ihr die Wahrheit zu sagen.

»Sie sind tot, stimmt's?« Völlig niedergeschlagen ließ sie sich zurück in die Kissen sinken. »War es das Fieber?«

Er nickte. »William Moreton und Samuel Bird starben, kurz nachdem das Schiff Batavia verlassen hatte«, erklärte er und strich ihr mitfühlend über den Arm. »Jamie Cox sprang in der Meerenge von Sunda über Bord. Vielleicht hat er versucht zu fliehen, aber es ist wahrscheinlicher, dass das Fieber ihn wahnsinnig gemacht hat.«

Mary blickte Tench entsetzt an. »Oh nein«, krächzte sie, »nicht Jamie!«

Jamie war für sie wie ein Familienmitglied gewesen, weil er mit Will und ihr so viel durchgemacht hatte. Auf der *Dunkirk* und dann auf der *Charlotte* und in Sydney Cove war er Wills Schatten gewesen. Er hatte immer mehr wie ein Junge als wie ein Mann gewirkt, selbst während er mit Sarah zusammengelebt hatte. Jamie hatte eine süße Unschuld ausgestrahlt, die ihn von den anderen männlichen Gefangenen unterschieden hatte. Der Gedanke, dass sein Leben so hatte enden müssen, war entsetzlich.

»Den anderen vieren geht es sehr schlecht«, fuhr Tench fort, »aber ich glaube, sie werden sich bald erholen. James hat mir alles über eure Flucht erzählt und dass sie dir ihr Leben verdanken. Ich soll dir und Charlotte alles Gute wünschen. Sie hoffen, dich sehen zu können, sobald wir losgesegelt sind.«

Mary wandte den Kopf zu Charlotte, die in ihrer Armbeuge schlief. »Ich glaube nicht, dass sie noch lange genug lebt, um sie wiederzusehen, von England ganz zu schweigen«, flüsterte sie.

Tench antwortete nicht, und als sie ihm das Gesicht wieder zuwandte, sah sie Tränen in seinen Augen.

»Das Schicksal war unglaublich hart zu dir«, murmelte er, »und du warst so tapfer. Jetzt muss Schluss damit sein. Du hast genug gelitten.«

»Habe ich richtig gehört?«, fragte sie. »Hat der Matrose Sie Kapitän Tench genannt?«

Er berührte zärtlich ihr Gesicht. »Das ist so typisch für dich, Mary, in so schlimmen Zeiten an jemand anderen zu denken. Ja, ich bin jetzt Kapitän Tench. Ich bin nur froh, dass mein höherer Rang mir ein paar mehr Privilegien zusichert, wie diese Kabine für dich.«

Er erhob sich abrupt und ging, und Mary drückte Charlotte enger an sich und weinte. Würde Tench sie fragen, warum sie geflohen waren? Oder würde er es verstehen?

Sie hatte New South Wales mit acht gesunden Männern und zwei Kindern verlassen. Vielleicht hatte sie die Männer nicht sehr gut gekannt und einige lieber gemocht als andere. Doch sie waren eine Familie geworden, sie hatten zusammengehalten und es bis Kupang geschafft. Aber jetzt waren es nur noch vier: der engelsgleiche Nat, der lustige James, der treue Sam und der kämpferische Bill. Die Hälfte von ihnen war tot. Und eines der Kinder. Jetzt war Charlotte ebenfalls todkrank, und die Übrigen würde man hängen.

Sie war stolz darauf gewesen, sich den Plan für diese Flucht ausgedacht zu haben. Doch tatsächlich hatte sie sie damit alle in den Tod geführt.

Die *Gorgon* verließ Kapstadt am fünften April. Mary hatte das Bullauge geöffnet und hörte die Abschiedsrufe vom Kai, aber sie badete Charlotte erneut in kaltem Wasser und sah nicht einmal hinaus. Sie wollte nur, dass es ihrer Tochter wieder besser ging.

Während das Schiff segelte, wurde Mary mit ausgesprochener Freundlichkeit behandelt. Man brachte ihr zu essen und zu trinken, der Schiffsarzt kam täglich, und sie konnte jederzeit an Deck gehen.

Neben Tench gab es noch jede Menge vertrauter Gesichter, denn es waren alles Leute, die in der Strafkolonie gelebt hatten und jetzt nach dem Absitzen ihrer Strafe nach Hause zurückkehrten. Darunter auch Leutnant Ralph Clark, der scheinheilige Offizier, der mit den weiblichen Gefangenen geredet hatte, als wären sie nicht weiter als Dreck unter seinen Füßen, und der sich doch eine von ihnen als Nebenfrau genommen hatte, und Dutzende Marinesoldaten mit ihren Familien.

Mary war viel zu niedergeschlagen, um mit irgendeinem von ihnen zu reden und sich danach zu erkundigen, wie es alten Freunden wie Sarah und Bessie seit ihrer Flucht ergangen war. Die Ironie ihrer Situation entging ihr nicht. Wäre sie Tenchs Geliebte geworden oder eine »Nebenfrau« von einem der Offiziere, hätte man sie bei der Abreise zurückgelassen. Hier eine Witwe oder dort, welchen Weg sie auch eingeschlagen hätte, er wäre auf die gleiche Weise geendet.

Mary bezweifelte, dass Ralph Clark Mitleid mit ihr empfand – wenn sie ihm auf Deck begegnete, wandte er betont den Kopf ab –, aber alle anderen waren nett. Kapitän Parkers Frau besuchte sie einmal und brachte ihr ein grün-weiß gestreiftes Kleid und ein Nachthemd für Charlotte. Sie war kühl, doch Mary erwartete von einer Frau ihres Standes auch keine Freundlichkeit. Es reichte ihr, dass die Frau ihre Angst vor dem Fieber überwunden und ihr die Sachen gebracht hatte.

Mary erholte sich langsam und fühlte sich jeden Tag ein bisschen besser, aber Charlotte blieb krank. An manchen Tagen gelang es ihr, ein bisschen Suppe oder kleingedrücktes Obst zu essen, und sie blieb lange genug wach, sodass Mary ihr etwas vorsingen oder ihr Geschichten erzählen konnte, doch an anderen Tagen lag sie im Delirium und konnte nicht einmal einen Schluck Wasser trinken.

Es wurde heißer und heißer während der nächsten Wochen, und der Arzt erzählte Mary, dass auch Kinder von den Marinesoldaten erkrankt waren. An Marys siebenundzwanzigstem Geburtstag Ende April waren bereits fünf Kinder gestorben und hatten eine Seebestattung bekommen.

Tench kam, wann immer er konnte, und seine große Sorge um Charlotte war rührend. Er brachte Mary oft Nachricht von James Martin und den anderen drei Männern, die sich genauso um die Kleine sorgten.

»Gib ihr einen Kuss von mir«, las Tench aus einer Nachricht von James vor. *»Sag ihr, all ihre Onkel warten darauf, sie wiederzusehen.«*

»Geht es ihnen gut?«, fragte Mary. Ein Teil von ihr wünschte sich ein Wiedersehen mit ihren Freunden, aber der andere Teil hatte Angst davor, dass sie dann wieder mit ihren Schimpftiraden auf Will anfangen würden. Doch da sie es ohnehin nicht wagte, Charlotte auch nur für ein oder zwei Minuten allein zu lassen, war das die perfekte Entschuldigung.

»Haben sich schon fast wieder erholt«, sagte Tench lächelnd. »Essen wie die Schweine. James flirtet auf Teufel komm raus mit den Frauen. Er hat so viel Erfolg bei ihnen wie bei den weiblichen Gefangenen in Sydney. Er spricht auch davon, seine Memoiren zu schreiben, was bestimmt eine interessante Lektüre sein würde. Bill spielt mit der Mannschaft Karten, und Sam und Nat schlafen fast immer.«

Mary lächelte. Es war beruhigend zu wissen, dass die Männer ebenfalls gut behandelt wurden. So konnten sie verdrängen, was sie in England erwartete, wenn auch nur für ein paar Wochen.

In der Nacht des fünften Mai gab Charlotte schließlich ihren langen Kampf auf und starb in den Armen ihrer Mutter.

Über eine Stunde lang hielt Mary ihren kleinen Körper fest, wiegte ihn hin und her und schluchzte ihren Schmerz heraus. Sie krallte ihre Finger in die dunklen Locken, die ihren eigenen so ähnlich waren, und dachte zurück an die Meilensteine in ihrem kurzen Leben. An ihre Geburt auf der *Charlotte*, an ihre Taufe, an ihren ersten Zahn und die ersten unsicheren Schritte. Aber es war die Zeit in Kupang, an die Mary am meisten dachte, denn dort war Charlotte wirklich glücklich gewesen, zum ersten Mal ganz und gar satt, so frei wie die anderen Kinder und von jedem geliebt, der ihr begegnete.

Zumindest würde sie jetzt nicht mehr den Verlust ihrer Mutter verkraften müssen, wenn sie gehängt wurde, oder den Qualen eines Waisen- oder Armenhauses ausgesetzt sein. Sie würde bei ihrem kleinen Bruder im Himmel sein.

Doch obwohl Mary ein Dutzend Gründe einfielen, warum sie froh sein sollte, dass ihre Tochter auf See gestorben war, hatte sie das Gefühl, in tausend Stücke zerbrochen zu sein. Marys ganzes Streben hatte ihrer Tochter gegolten. Charlotte hatte ihr einen Grund gegeben weiterzumachen, und ohne sie war da nichts mehr, was sie aufrechterhielt.

Charlottes Leichnam wurde an diesem Nachmittag in Anwesenheit beinahe der gesamten Schiffsbesatzung der See übergeben; die Passagiere und die anderen Gefangenen sahen alle zu.

Es war ein Sonntag, und es regnete, und Mary stand barfuß und mit versteinertem Gesicht da, während Kapitän Parker die Gebete sprach. Sie hatte Charlottes Körper selbst in Sackleinen eingenäht und dabei ihre letzten Tränen vergossen. Jetzt war sie leer, es war nichts übrig, und sie konnte nicht verstehen, warum ihr eigenes Herz einfach stur weiterschlug.

Selbst als das kleine Paket über die Seite des Schiffs rutschte, schrie sie nicht auf oder wandte sich an James oder Sam, um sich trösten zu lassen. Sie wollte ihre Tochter in ihr nasses Grab begleiten. Doch sie wusste, wenn sie versuchte, an die Reling zu laufen und sich ins Wasser zu werfen, würde jemand versuchen, sie aufzuhalten, und ein Versagen würde sie noch depressiver machen.

Agnes Tippet, eine der Frauen der Marinesoldaten, beobachtete, wie Mary nach der Beerdigungszeremonie wegging, und wandte sich an die Frau, die neben ihr stand. »Sie hat sich gar nichts aus dem Kind gemacht«, sagte sie mit schockierter Stimme. »Keine Tränen, nichts. Ich habe noch nie gesehen, wie jemand ein Kind mit einem so harten Gesicht beerdigt hat.«

Watkin Tench hörte Agnes' Bemerkung. »Halten Sie den Mund, Sie dummes Frauenzimmer!«, fuhr er sie an. »Sie haben ja keine Ahnung, was diese Frau durchgemacht hat oder wie sie sich wirklich fühlt. Sie sollten sich lieber glücklich schätzen, dass es Ihren Kindern gut geht, und sich kein Urteil über andere erlauben.«

Während Tench wegging, konnte er die Frauen miteinander flüstern hören, und er schluckte Tränen der Traurigkeit und Frustration hinunter.

Er kannte Mary so gut. Sie würde niemanden mit ihrer Trauer belasten, am wenigsten ihn. Er hatte die Verzweiflung auf den Gesichtern von James, Sam, Nat und Bill gesehen, und er wusste, dass sie nicht nur um das kleine Mädchen weinten, das sie alle wie ihr eigenes Kind geliebt hatten, sondern auch um die Mutter. Mary hatte ihnen das Leben gerettet, sie war eine Freundin gewesen, eine Schwester und Mutter für sie alle, und sie wussten, dass diese letzte Tragödie ihren Willen endgültig gebrochen hatte.

Ein Jahr zuvor in Sydney war ihre Flucht ein großer Schock für Tench gewesen. Er hatte geglaubt, Mary und Will so gut zu kennen, dass er es merken würde, wenn sie ihre Flucht planten, doch er hatte nicht den leisesten Verdacht gehegt.

Er hatte nicht wirklich daran geglaubt, dass sie es bis nach Holländisch-Ostindien schaffen würden, denn den Berichten zufolge war es eine lange und gefährliche Reise. Doch er verstand, warum sie das Gefühl gehabt hatten, es versuchen zu müssen, und er bewunderte sie sehr für ihren Mut.

Tench hatte Mary so sehr vermisst. Kaum ein Tag war vergangen, an dem er nicht an sie gedacht hatte. Er betete oft für ihre Sicherheit, und ein kleiner Teil von ihm glaubte, sie müsse überlebt haben. Er würde es fühlen, wenn sie tot wäre, da war er sicher.

Selbst als er seine Sachen packte, um Sydney Cove zu verlassen, dachte er an Mary. Er sah ihr schmales, entschlossenes Gesicht vor sich, die Art, wie ihre Augen anfingen zu leuchten, wenn er ihre Hütte betrat. Er konnte immer noch ihre schlanken, aber wohlgeformten Beine vor sich sehen, wenn sie ihr Kleid hochhob, um ins Meer zu waten und mit den Seine-Netzen zu helfen, und wie ihre dunklen Locken ihr Gesicht umrahmten, wenn sie Wäsche wusch. Doch es waren nicht die körperlichen Dinge, die er am meisten an ihr vermisste, es waren ihr neugieriger Geist, ihr trockener Humor und ihre stoische Art.

Selbst wenn er gewusst hätte, dass sie überlebt hatte, hätte er niemals geglaubt, ihr zufällig wiederzubegegnen. Als Kapitän Parker ihm in Kapstadt berichtet hatte, dass sie Deserteure aus Port Jackson zurück nach England bringen würden, wo ihnen der Prozess gemacht werden sollte, und dann die Namen dieser Deserteure genannt hatte, war Tench absolut überrascht, fast ungläubig gewesen.

Es kam ihm vor, als wäre sein Schicksal mit Marys verbunden. Als hätte Gott sie in seiner unendlichen Weisheit füreinander bestimmt. Dieser Glaube wurde sogar noch stärker, als er mit den überlebenden Männern sprach und von ihrer Reise sowie von Wills und Emmanuels Tod in Batavia erfuhr. Natürlich tat es ihm leid, dass Mary ihren Mann und ihren kleinen Sohn verloren hatte, aber die anderen Männer berichteten ihm von Wills Betrug. Außerdem hatte Tench den kleinen Emmanuel nicht so gut kennengelernt wie Charlotte.

Dann kam Mary an Bord, so schwach, dass sie zusammenbrach, und die süße kleine Charlotte, das Kind, von dem so viele Männer glaubten, es wäre seins, war todkrank. Unter diesen Umständen wäre es nicht angemessen gewesen, Mary zu sagen, wie es um sein Herz stand. Er konnte nur dafür sorgen, dass sie und Charlotte alles bekamen, was sie brauchten, um sich zu erholen, und er wollte in der Nähe sein, wenn sie einen Freund brauchte.

Doch seit Charlottes Tod war es noch weniger angemessen, Mary seine Gefühle zu gestehen. Sie hatte die Gefängnisschiffe überlebt, die lange Reise nach New South Wales und vier Jahre halb verhungert in der Strafkolonie. Sie hatte die Kühnheit besessen, eine fantastische Flucht zu planen, und war mit reiner Willenskraft an das geplante Ziel gelangt. Dann war sie von ihrem eigenen Ehemann betrogen und wieder zu einer Gefangenen geworden, der die Exekution in England bevorstand.

Tench wusste in seinem Herzen, dass keines dieser Dinge, so schrecklich sie auch gewesen sein mochten, Mary gebrochen hatte. Und eines bezweifelte er nicht: Wenn ihre Kinder überlebt hätten, würde sie jetzt wieder eine waghalsige Flucht planen und durchführen. Aber diese Kinder waren ihre Achillesferse. Als Emmanuel krank geworden war, hatte sie sich um ihn gekümmert. Ebenso um Charlotte. Jetzt waren sie beide tot, und die Freiheit war für sie wertlos geworden. Mary würde ohne Furcht zum Galgen gehen. Der Tod war die einzige Flucht, die sie jetzt anstrebte.

»Du darfst sie nicht aufgeben«, murmelte er leise. »Du musst einen Weg finden, um ihren Kampfgeist wieder zu wecken.«

Mehrere Tage später kam Tench an Deck an James Martin und Sam Broome vorbei. Sie saßen gegen einen Ankerkasten gelehnt und genossen einfach die Sonne und die frische Luft. Die beiden Männer waren beide furchtbar dünn. Die Schrecken, die sie durchgemacht hatten, spiegelten sich in ihren Augen, und sie sahen viel älter aus als noch in New South Wales. Doch obwohl sie entspannt zu sein schienen, spürte Tench eine gewisse Feindseligkeit zwischen ihnen. Da er annahm, dass es etwas mit Mary zu tun hatte, blieb er stehen, um mit ihnen zu reden.

Nach ein bisschen allgemeinem Geplänkel kam Tench auf Mary zu sprechen.

»Habt ihr sie heute an Deck gesehen?«, fragte er.

»Sie war vor einer Weile hier«, meinte Sam. »Sie scheint im Moment nicht mehr bei uns sein zu wollen.«

Seine Stimme klang nicht anklagend, sondern es schwang wirkliche Niedergeschlagenheit darin mit, deshalb nahm Tench an, dass Sam Broome in sie verliebt war. Mary hatte Sam gesund gepflegt, als er mit der Zweiten Flotte angekommen war, das wusste Tench, und wahrscheinlich würde jeder Mann eine Frau dafür lieben. Watkin Tench mochte Sam, er war ruhig, gutherzig und ein talentierter Tischler, und vielleicht wäre er ein besserer Mann für Mary gewesen als Will, wenn er auf der Ersten Flotte gewesen wäre.

»Sie möchte mit *niemandem* zusammen sein«, antwortete Tench beruhigend. »Manche Leute trauern auf diese Weise.«

»Oder sie wollen nur mit Leuten zusammen sein, die ihnen nützlich sind«, meinte James mit einem leichten Feixen und sah Tench vielsagend an.

»So ist sie nicht«, widersprach Sam, und sein Gesicht lief vor Wut rot an.

Auf einmal erkannte Tench, was das Problem zwischen James und Sam war. James nahm offenbar an, dass Mary genauso berechnend war wie er selbst.

Tench hatte den verschlagenen Iren nie besonders gemocht. Er war amüsant und intelligent, aber so hinterlistig wie ein Fuchs. »Sam hat recht, so ist Mary nicht«, erklärte er streng. »Du solltest es besser wissen, James.«

»Ich mache ihr das gar nicht zum Vorwurf«, erklärte James schulterzuckend, und ein leicht reuiger Ausdruck erschien auf seinem hässlichen Gesicht. »Wenn es jemanden gäbe, von dem ich glaubte, er könnte mich vor dem Strick bewahren, dann würde ich ihm den Hintern lecken, sollte es nötig sein.«

Später, allein in seiner Kabine, dachte Tench über James' Worte nach. Der Mann irrte sich natürlich, was Mary anging. Sie war im Moment in sich selbst gefangen – deshalb sprach sie mit niemandem.

Aber in einem Punkt hatte James gar nicht so unrecht. Mary konnte wirklich jemanden mit Einfluss an ihrer Seite gebrauchen. Tench war bereit, alles für sie zu tun, doch er war nur ein Marinesoldat, der gerade zum Kapitän befördert worden war, und er besaß überhaupt keinen Einfluss in England.

Er ging im Geiste eine Liste mit allen Leuten durch, die er kannte, doch keiner von ihnen war in irgendeiner besseren Position, um ihr zu helfen.

Schließlich wandte er sich seinem Tagebuch zu, wie er es immer tat, wenn ihm etwas Sorgen bereitete. Er blätterte die Seiten durch und las hier und da etwas. Die Strafkolonie in New South Wales schrieb gerade Geschichte, und er wollte ein Werk vorlegen, das auch in Zukunft eine verlässliche Informationsquelle über die ersten Jahre der Kolonie sein würde. Sein eigener Anteil daran hatte nie im Mittelpunkt gestanden; der Bericht war vielmehr sehr allgemein gehalten.

Insgesamt fand er, dass ihm das ganz gut gelungen war. Vielleicht würde er nach Beendigung seines Militärdienstes über dieses Thema Artikel für die Zeitung schreiben. Und dann durchfuhr ihn wie der Blitz ein Gedanke. Das war es! Auf diese Weise konnte er einflussreiche Hilfe für Mary finden. Er würde einen ausführlichen Bericht über sie an die Zeitungen in England schicken!

Normalerweise blieb er stets ruhig und kontrolliert, doch jetzt war er mit einem Mal furchtbar aufgeregt. Er konnte den Artikel natürlich nicht unter seinem Namen veröffentlichen, es existierte bestimmt ein Gesetz, das es einem im Dienst stehenden Offizier verbot, interne Informationen weiterzugeben. Aber niemand würde darauf kommen, dass er den Bericht verfasst hatte, wenn er die Flucht der Bryants auf blumige und reißerische Art beschrieb. Zeitungen in ganz England würden sich auf eine solche Geschichte stürzen. Die Männer würden den Wagemut der Bryants lieben, die Frauen würden mit Mary um ihre Kinder und ihren Mann weinen. Sicher würde doch niemand, der einen Funken Mitgefühl besaß, zulassen, dass sie gehängt wurde, nachdem sie bereits so viel Schmerz hatte aushalten müssen?

Tenchs Lächeln wurde breiter. Das konnte funktionieren. Er musste dafür sorgen, dass es funktionierte!

Mary saß in einer geschützten Ecke am Schiffsheck und blickte mit einer Mischung aus Freude und Angst auf die sich schnell nähernde Küste von England. Es war ein wunderschöner Junitag, warm, sonnig und mit gerade genug Wind, um das Schiff mit guter Geschwindigkeit voranzutreiben. Es herrschte perfektes Segelwetter, und sie konnte sich an so viele andere Tage wie diesen erinnern, draußen in einem Boot mit ihrem Vater.

Sie hatte während all der Jahre so oft an ihre Eltern und Dolly gedacht! Hatten sie erfahren, was mit ihr passiert war? Wenn nicht, dann glaubten sie vielleicht, sie habe sie für ein Leben in London verlassen. Oder sie nahmen an, sie sei gestorben! So oder so, es würde sie schrecklich aufregen, wenn sie herausfanden, dass sie im Londoner Newgate-Gefängnis auf ihren Prozess wartete.

Mit neunzehn hatte sie nicht verstanden, was es bedeutete, eine Mutter zu sein. Mütter gingen einem auf die Nerven, ermahnten einen ständig, dass man sich damenhaft benahm, dass man genauso gut kochen und nähen lernte wie sie selbst und einen ehrenhaften Mann heiratete. Mütter wollten nicht, dass ihre Töchter Spaß hatten oder Abenteuer erlebten, weil ihr eigenes Leben so langweilig und freudlos war.

Jetzt wusste Mary es besser. Eine Mutter wollte stets nur ihr Kind in Sicherheit und glücklich wissen. All das Schimpfen war nur der Versuch, sie vor Unheil zu bewahren. Eine Art, ihre Liebe zu zeigen.

Sie wünschte, es gäbe eine Möglichkeit, ihre Mutter wissen zu lassen, dass sie das alles jetzt wusste. Sie wünschte auch, ihr versichern zu können, dass sie keine Angst vor dem Tod am Galgen hatte. Es war vielmehr das, was sie wollte, denn es würde sie von den schrecklichen Schuldgefühlen befreien, die sie wegen des Todes ihrer Kinder empfand.

Alle auf diesem Schiff waren so freundlich zu ihr, doch es wäre besser gewesen, wenn sie sie eine Mörderin genannt hätten, denn das war sie! Als sie die Flucht planten, hatte sie gedacht, es wäre besser zu riskieren, dass die Kinder auf See ertranken und so einen sauberen und schnellen Tod fanden, als dabei zuzusehen, wie sie in der Kolonie langsam an Hunger oder Krankheiten starben. Dazu stand sie immer noch. Doch trotz aller Anstrengungen hatten sie am Ende ein viel schrecklicheres Schicksal erlitten als in New South Wales. Und sie allein war daran schuld, denn sie hatte sie dorthin gebracht.

Als ein Schatten auf sie fiel, blickte sie auf. Es war Tench.

»So nachdenklich?«, meinte er mit einem Lächeln. »Magst du deine Gedanken mit mir teilen?«

Mary konnte ihm nicht sagen, dass sie an ihre Kinder dachte, also wählte sie lieber ein anderes Thema. »Ich habe an meine Mutter gedacht.«

»Soll ich in deinem Namen an sie schreiben?«, fragte er und ging vor ihr in die Hocke.

Mary schüttelte den Kopf. »Sie kann nicht lesen, sie würde sich den Brief von jemandem vorlesen lassen müssen.«

»Vielleicht könnte ich dann irgendwann bei ihr vorbeischauen«, schlug er vor.

»Das kann ich Ihnen nicht zumuten«, entgegnete Mary und stellte sich vor, wie ihre Mutter auf einen Gentleman wie Tench reagieren würde. Sie wäre verlegen, dass er sie in ihrem bescheidenen Heim besuchte, also würde sie kurz angebunden sein, so, als machte sie sich nichts aus Mary. Und nach seinem Weggang würde sie tagelang weinen.

»Ich hoffe nur, schnell verurteilt und gehängt zu werden. Niemand soll davon erfahren. Das wäre das Beste für alle Beteiligten.«

»Für mich wäre es das nicht«, widersprach er und blickte entsetzt. »Ich glaube, die Öffentlichkeit wird Mitleid mit dir haben, und ich hoffe, dass man dich freilässt.«

Mary lachte bitter auf. »Das ist doch albern. Sie wissen genau, dass ich gehängt oder zurückgeschickt werde. Ich hoffe nur, dass man mich hängt.«

Tench schwieg für einen Moment. Er hatte sich so lange auf einer Achterbahn der Gefühle befunden, was Mary anging, dass er sich manchmal seiner Empfindungen nicht sicher war. Sie sah heute sehr hübsch aus in ihrem weiß-grünen Kleid und mit dem weißen Band in ihrem ordentlich zurückgebundenen Haar und ihren von Sonne und Wind geröteten Wangen. Sie hatte nach Charlottes Tod wieder ein bisschen zugenommen, und es lagen jetzt Welten zwischen ihr und der zerlumpten Frau, die er in Sydney Cove gekannt hatte.

Aber ihre grauen Augen wirkten jetzt wie tot, es war kein Funkeln darin, kein Feuer. Selbst ihre Stimme klang matt. Er konnte diesen Anblick nicht ertragen.

»Es ist schwer, ein anderes Gesprächsthema zu finden, wenn die Sprache aufs Hängen kommt«, meinte er, weil er Angst hatte, sich lächerlich zu machen, indem er weinte.

»Vielleicht liegt das daran, dass es einfach nichts mehr zu sagen gibt«, erwiderte sie. »Wir hatten eine merkwürdige Art von Freundschaft, nicht wahr? Sie war immer sehr einseitig, weil Ihnen die Welt offenstand und ich nichts hatte.«

»So habe ich dich nie gesehen«, erklärte er traurig und ein wenig entrüstet.

»Früher habe ich das auch nicht.« Sie seufzte. »Aber jetzt sehe ich die Dinge endlich, wie sie wirklich sind.«

Tench fühlte sich hilflos. Er erinnerte sich an ihre Kühnheit auf der *Dunkirk*. Er war sich bewusst gewesen, dass sie ständig nach Möglichkeiten für sich gesucht hatte, ob es eine Flucht war, Arbeit an Deck, Extrarationen oder Kleidung. Es waren dieser Einfallsreichtum und dieser Mut gewesen, die ihn anfangs an ihr so fasziniert hatten. Er konnte nicht glauben, dass sie das alles verloren haben sollte. Aber vielleicht kehrte etwas davon zurück, wenn er ihr gestand, wie er wirklich für sie empfand.

»Ich finde nicht, dass du die Dinge so siehst, wie sie wirklich sind«, begann er vorsichtig. »Vor allem, was meine Gefühle für dich angeht.«

Sie blickte ihn fragend an, und das ermutigte ihn.

»Ich liebe dich, Mary, ich habe dich immer geliebt«, brach es aus ihm hervor. »Ich wünschte, ich hätte dir das schon vor langer Zeit gesagt und dich niemals Will heiraten lassen.«

Mary starrte ihn nur an. Nicht ungläubig oder verächtlich. Sie blickte ihn nur an, und er hatte das Gefühl, als könnte sie bis auf den Grund seiner Seele sehen.

»Es ist wahr«, beharrte Tench. »Ich werde einen Weg finden, dich zu befreien, damit ich mein Leben mit dir teilen kann.«

Sie schwieg noch einen Moment, und Tench hielt den Atem an, während er auf ihre Antwort wartete.

»Ich bin nichts für dich, Watkin«, sagte sie schließlich. Ihre Stimme klang weich und fest, und dass sie ihn beim Vornamen nannte und duzte, klang ungewohnt. »Du willst mir nur Hoffnung machen.«

»Natürlich will ich dir Hoffnung machen. Auf eine gemeinsame Zukunft, auf eine Heirat und ein echtes Zuhause«, erklärte er leidenschaftlich.

Sie lächelte matt. In seinen Augen lag all das Feuer, von dem sie einmal geträumt hatte, aber jetzt war es zu spät. »Ich habe Hoffnungen für dich«, erwiderte sie. »Ich hoffe, dass du eine lange und steile Karriere machst und eine Frau findest, die deinem Stand angemessen ist und die dich von ganzem Herzen liebt.«

»Aber verstehst du denn nicht? Das Schicksal selbst hat uns wieder zusammengeführt!«, erwiderte er heftig und ergriff ihre Hand. »Wir sind füreinander bestimmt, das weiß ich.«

»Ich glaube, das Schicksal hat uns nur wieder zusammengeführt, um mich ein bisschen zu trösten, weil ich ein liebes Gesicht noch einmal wiedersehen durfte«, meinte sie und legte ihre Hand an seine Wange. »Du warst der beste Freund, den man sich wünschen kann.«

»Und das ist alles?«, fragte er mit einem Gesichtsausdruck voller Schmerz und Enttäuschung.

Mary dachte einen Augenblick nach. Sie war sich nicht sicher, ob die Wahrheit ihn verletzen oder trösten würde. Doch ihre Mutter hatte immer gesagt, die Wahrheit sei stets das Beste.

»Damals auf der *Dunkirk* wollte ich dich«, gestand sie mit einem Seufzen. »Charlotte hätte dein Kind sein sollen. Ich habe diese Liebe auf der Reise nach New South Wales in mir getragen und sogar während meiner Ehe. Wenn du gesagt hättest, du willst mich als Geliebte, dann hätte ich Will, glaube ich, für dich verlassen.«

»Also dann«, rief er erleichtert. »Jetzt steht uns nichts mehr im Weg.«

Mary schüttelte langsam den Kopf. »Doch, Watkin. Ich bin nicht mehr dieselbe«, entgegnete sie beinahe bedauernd. »Ich habe Tausende hässlicher Bilder im Kopf. Ich bin völlig verbraucht.«

»Das verstehe ich nicht.« Er schüttelte den Kopf, und seine dunklen Augen bohrten sich in ihre. »Wenn man dich freilässt, dann würde das alles wieder vergehen.«

»Einiges davon vielleicht«, antwortete sie, und Tränen schossen ihr in die Augen, weil sie wünschte, das, was sie ihm jetzt sagen musste, wäre nicht die Wahrheit. »Aber du liebst die alte Mary, und die würdest du nicht bekommen.«

»Ich verstehe das nicht«, flehte er und klammerte sich an ihre Hand, hob sie an seine Lippen.

»Die Mary, die du geliebt hast, war ein raffiniertes kleines Luder«, sagte sie mit einem leichten Lächeln. »Sie wollte nur überleben, und sie brachte Dinge in Bewegung. Aber am Ende ist zu viel passiert. Dinge, die du dir nicht vorstellen kannst. Die alte Mary ist in Batavia gestorben. Was du jetzt siehst, ist nur noch eine leere Hülle.«

Tench blickte ihr in die Augen und bemerkte die Leere in ihnen. Sie glaubte wirklich, was sie da sagte, das erkannte er instinktiv. »Lass mich dich küssen«, flüsterte er, und es war ihm egal, ob sie jemand beobachtete, weil er sicher war, sie so umstimmen zu können.

Mary nickte. Es erschien ihr passend, dies mit der einen Zärtlichkeit zu beenden, von der sie so oft geträumt hatte.

Er legte die Arme um sie und zog sie an sich, und sein Herz schmerzte vor Verlangen, das spitzbübische und kühne Mädchen zurückzuholen, das sein Herz erobert und so viele Jahre lang besessen hatte. Seine Lippen waren weich und gewinnend, aber zu seiner Enttäuschung lag Abschied in ihrem Kuss. Zärtlich, liebevoll, doch ohne Leidenschaft – es war nur ein Abschiedskuss. Und in diesem Augenblick wusste er es: Es gab nichts mehr, was er sagen oder tun konnte, um sie umzustimmen.

Tench umfasste ihr Gesicht mit beiden Händen. »Ich werde mein Bestes für dich tun«, erklärte er voller Leidenschaft. »Ich werde dir schreiben und dich besuchen kommen.«

»Nein, Watkin«, widersprach sie fest. »Das möchte ich nicht. Du bist einer der besten Menschen in meinem Leben gewesen, ich habe Hunderte von schönen Erinnerungen an dich in meinem Herzen. Wenn ich gehängt werde, dann werden diese Erinnerungen mir Kraft geben. Lass es dabei bewenden. Finde eine Frau von deinem Stand, die dich glücklich machen kann.«

Von all den vielen Seiten an Marys Persönlichkeit, die Tench während der vergangenen Jahre kennengelernt hatte, bewunderte er am meisten ihre Entschlossenheit. Sie war es gewesen, die Mary hatte überleben und stets das Beste aus ihrem Schicksal hatte machen lassen.

Und jetzt war sie entschlossen. Selbst wenn er sie durch ein Wunder aus Newgate befreite und vor dem Galgen rettete, würde sie ihm nicht erlauben, durch eine Heirat mit ihr seinen Familiennamen zu beschmutzen oder seine Karriere zu gefährden. Tench hatte niemals einen Menschen getroffen, der so heldenhaft und selbstlos war.

Er stand auf und trat an die Reling. Er wollte ein Argument finden, um sie umzustimmen, doch es gab keines, das wusste er. »Wir sind fast in Portsmouth«, bemerkte er schließlich, den Blick auf die Küste gerichtet. »Ich muss das Schiff dort verlassen, während du nach London weiterfährst.«

Tench konnte den Gedanken nicht ertragen. Er wusste, dass

man sie sehr bald wieder in Ketten legen würde, genauso wie damals, als er sie zum ersten Mal gesehen hatte.

»Geh mit Gott«, sagte sie hinter ihm, und ihre Stimme zitterte. »Du bist zu Großem bestimmt, Watkin. Und ich werde mich immer glücklich schätzen, dass ich dich meinen Freund nennen durfte.«

17. Kapitel

Am späten Nachmittag eines schönen, sonnigen Tages Ende Juni schlurfte Mary niedergeschlagen hinter den Wachen von Newgate her, gefolgt von ihren vier Freunden. Sie waren dorthin gebracht worden und wurden jetzt durch einen schmalen, dunklen Gang in das Gefängnis selbst geführt, wo man sie bis zu ihrem Prozess einsperren würde.

Marys Knöchel schmerzten und bluteten von den Ketten, die man ihr am Anfang des Monats wieder angelegt hatte, als die *Gorgon* in Portsmouth vor Anker gegangen war. Für den Rest der Reise in die Londoner Docks hatte man sie ihr nicht mehr abgenommen. Sie war auch hungrig, denn sie hatte nichts mehr gegessen, seit man James, Bill, Nat, Sam und sie bei Sonnenaufgang vom Schiff geholt, aneinandergekettet und nach Newgate gebracht hatte.

Mary hatte sich fast genauso gefühlt wie damals, als sie das Gefängnis in Kupang hatte verlassen müssen, um auf das Schiff nach Batavia zu steigen. Der Unterschied war, dass die Menschen um sie herum jetzt Englisch sprachen und vor allem, dass vier Männer und zwei Kinder fehlten.

Sie redeten kaum miteinander, während sie auf dem belebten Kai auf die Ankunft des Gefängniswagens warteten. Sie saßen nur in einer Reihe an der Wand, hielten ihre schmalen Bündel fest auf dem Schoß und hingen alle ihren eigenen Gedanken nach. Mary konnte verstehen, wieso die Leute, die auf dem Kai vorbeigingen, sie so neugierig anstarrten, denn sie mussten einen merkwürdigen Anblick bieten. Gefangene in Ketten sahen normalerweise zerlumpt, schmutzig und unterernährt aus, während sie sauber und gesund waren. Die Männer hatten alle eine Stoffhose und ein

Hemd bekommen, und Mary trug ihr grün-weißes Kleid, das ihr die Frau des Kapitäns geschenkt hatte. Der muskulöse Bill mit seinem kahlen Kopf und seinem Boxergesicht sah vielleicht aus wie ein gefährlicher Mann, doch Nat mit seinen engelsgleichen Zügen, den blauen Augen und dem blonden Haar, das in der Sonne glänzte, hatte mehr mit einem Pagen oder einem Chorknaben gemein. Und James und Sam wirkten wie zwei verarmte, schlanke Aristokraten. James blickte alle arrogant an, die in seine Richtung sahen, und Sam war in seiner eigenen Welt und hielt seine goldbraunen Augen auf den fernen Horizont gerichtet.

Es gab nichts zu sagen. Kein Kommentar über das Gewimmel auf dem Kai, wo Berge von Waren auf Schiffe geladen oder entladen wurden. Sie reagierten nicht auf die Fässer mit Wein und Schnaps, die über das Kopfsteinpflaster gerollt wurden, und auch nicht auf die Rufe der Träger und Dockarbeiter oder auf das halbe Dutzend nervöser Pferde, die auf ein Schiff geführt wurden.

Während der langen Reise von Kapstadt hatten sie sich alle wieder erholt, und die Schrecken der Gefangenschaft waren verblasst. Doch nun, da sie darauf warteten, nach Newgate gebracht zu werden, was den Ruf hatte, das härteste und grausamste Gefängnis in ganz England zu sein, kämpften alle gegen ihre Angst an.

Der Wagen kam am Nachmittag, und erst als sie darin saßen und langsam die hektische Aktivität am Kai hinter sich ließen, brach Bill das Schweigen.

»Ich hatte vergessen, wie Pferdeäpfel riechen«, rief er, während der Wagen sich hinter einigen anderen einreihte, die mit Waren beladen waren und einer kleinen Straße zwischen großen, schmutzigen Lagerhallen hindurch folgten.

»Es riecht wie in Dublin«, meinte James und schnüffelte übertrieben laut. »Glaubt ihr, dass der Kutscher uns in eine Kneipe bringt, wenn wir ihn nett bitten?«

Mary lächelte ein wenig über die vermeintliche Tapferkeit der Männer. Dabei hatten sie genauso viel Angst wie sie selbst, das wusste sie. Sie war endlich in London angekommen, dem Ort, von dem sie als Kind geträumt hatte. Doch in ihren Träumen hatte sie die Stadt nicht von einem Gefängniswagen aus gesehen, und sie war auch nicht am Galgen gestorben.

Doch obwohl sie wussten, dass am Ende dieser Wagenfahrt Newgate liegen würde, ließen sie sich alle fünf von dem ablenken, was sie auf dem Weg sahen. Die Straßen, ob breit und elegant oder schmal und schmutzig, waren voller Menschen aus allen Gesellschaftsschichten. Damen in Seidenkleidern und mit auffälligen Hüten gingen am Arm von Gentlemen mit Perücken und Gehröcken an blinden Bettlern, betrunkenen Huren und barfuß laufenden Straßenjungen vorbei. Es war ein wildes Durcheinander. Wagen und Kutschen fuhren mit halsbrecherischer Geschwindigkeit, laut rufende Straßenverkäufer boten von Fleischpasteten voller Fliegenlarven bis hin zu Blumensträußen alles feil. Es gab Leierkastenmänner und Musikanten, die Tin Whistles oder Geige spielten. Sie sah Marktverkäufer, die riesige schwankende Stapel mit Kisten auf ihren Köpfen trugen, eine Milchmagd mit rosigem Gesicht, die Eimer mit Milch an einem Joch über ihren Schultern trug, und einen krummbeinigen Mann, der lebende, flatternde Hühner an den Krallen festhielt.

Die Geschäfte waren so verschieden wie die Leute, die an ihnen vorbeiliefen. Eines verkaufte nichts als Silberzeug, im nächsten lagen rosafarbene Schinken, Fasane und Hasen auf weißen Marmorplatten. Ein Hutmacher bot Hüte an, die sicher nur Mitglieder des Königshauses tragen konnten, und einen krassen Gegensatz dazu bildete ein Geschäft mit einem Berg von gebrauchten Stiefeln und Schuhen.

Mary konnte es kaum glauben: Die Frauen trauten sich mit so tief ausgeschnittenen Kleidern auf die Straße, dass alle Welt ihnen auf die Brüste gaffen konnte. Doch es schienen angesehene Damen zu sein, denn sie alle wurden von einer adrett gekleideten Zofe oder einem Lakaien begleitet. In Plymouth zeigten nur Huren so viel Fleisch.

Der Lärm, der Schmutz und der schreckliche Gestank hätten

Marys lang gehegte Illusionen darüber zerstören sollen, dass dies die Stadt der Wunder war. Doch selbst als sie ein paar Stunden später Newgate sah, klammerte sie sich noch an diese Überzeugung und wartete darauf, jeden Moment gerettet zu werden.

Aber es kam keine Rettung. Die abgemagerten Pferde liefen sogar noch etwas schneller, als sie die abweisenden grauen Steinmauern von Newgate erblickten. Vielleicht waren sie erleichtert darüber, ihre schwere Last dort endlich loszuwerden.

Plötzlich bekamen all die Geschichten, die Mary damals in Sydney Cove über öffentliche Hinrichtungen am Tyburn Tree gehört hatte, eine neue und schreckliche Bedeutung. Dabei versammelte sich angeblich eine große Menschenmenge, als wäre es eine Attraktion auf einem Jahrmarkt.

Als sich die Tore öffneten, um den Wagen einzulassen, schlug ihnen dieser Geruch entgegen. Es war nicht nur der vertraute Gestank von menschlichen Exkrementen, sondern ein Geruch, der einem klarmachte, dass dies wirklich der absolute Bodensatz im Fass des Lebens war.

Selbst James, der unterwegs unaufhörlich gescherzt und geredet hatte, schwieg, während der Wagen über einen schmalen, tunnelähnlichen Bereich mit Kopfsteinpflaster fuhr, an dessen Ende noch schwerere Türen lagen. Die beiden kräftigen Wachmänner, die ihnen das äußere Tor geöffnet und es hinter dem Wagen wieder geschlossen hatten, nahmen Knüppel in die Hand und warteten, während der Kutscher die Ketten löste, die die Gefangenen aneinandergefesselt hatte.

Mary hatte schreckliche Angst, während sie in einen kleinen Raum neben dem Hof geschoben wurden. Sie erinnerte sich an das, was die anderen Frauen ihr in Sydney Cove erzählt hatten: Angeblich schlugen die Wachmänner einen hier schon nieder, wenn man ihnen nur eine Frage stellte. Mary hatte außerdem gehört, dass das Abtasten dazu genutzt wurde, die Gefangenen zu demütigen. Sie fürchtete auch den Moment, in dem man sie von den Männern trennen würde.

Doch es gab keine Durchsuchung, vielleicht weil sie direkt von einem Schiff der Königlichen Marine kamen. Sie wurden auch nur nach ihren Namen gefragt, die man ordentlich in ein Buch eintrug, und nach einer kurzen Wartezeit führte man sie dann durch den Flur zu einer weiteren Tür.

Dort warf Mary einen Blick zurück auf die Männer. Sie erwartete, nun von ihnen getrennt zu werden, und wollte etwas sagen, doch die Aussicht, ohne sie auf ihren Prozess warten zu müssen, war so entmutigend, dass sie kein Wort herausbrachte.

Die Wachen öffneten die Tür, und der unerwartete warme Luftzug und der Sonnenschein dahinter ließen Mary aufkeuchen. Es war schon überraschend genug für sie, in einen offenen Hof hinauszutreten, aber der Anblick, der sie hier erwartete, war so völlig überraschend, dass sie stehen blieb.

»Heilige Mutter Gottes!«, rief James hinter ihr.

Es war vielleicht ein Hof innerhalb von Gefängnismauern, doch die Szene, die sich ihnen bot, glich eher einem Karneval als einem Ort der Bestrafung. Mindestens hundert Leute liefen herum und amüsierten sich. Die betrunkene Ausgelassenheit war hier mindestens so laut wie in jeder der Tavernen, an denen sie auf dem Weg hierher vorbeigekommen waren.

Mary rieb sich die Augen und glaubte, es wäre eine Art Halluzination. Das konnte kein Gefängnis sein, denn sie sah keine Ketten, keine Anzeichen von Hunger, und viele in der Menge waren sogar gut gekleidet. Männer trugen Perücken und liefen herum wie Gentlemen, Frauen waren mit Juwelen geschmückt und in Sachen gekleidet, die für Mary wie Ballkleider aussahen. Eine Frau in türkisfarbener Seide war von Männern in Samt- und Brokatjacken umgeben, und sie fächelte sich tatsächlich mit einem Federfächer Luft zu, als befände sie sich auf einer privaten Soiree.

Wo waren die armen Kreaturen in Ketten, die sie erwartet hatten? Die kranken, hohläugigen armen Huren in Lumpen, die bemitleidenswerten jungen Mädchen, die vom rechten Weg abgekommen waren, und die vernarbten Wüstlinge, die endlich ihre gerechte Strafe bekamen? Diese Leute, die tanzten, tranken und sich unterhielten, wurden ganz sicher nicht bestraft.

»Geh endlich weiter«, meinte einer der Wachmänner ungeduldig und schlug sie mit dem Knüppel. »Ist ja wohl nicht so, als hättest du noch nie ein Gefängnis gesehen.«

»In so einem bin ich noch nie gewesen«, erwiderte Mary und blickte zurück auf die Männer, um zu sehen, wie sie auf dieses Bild reagierten. Doch sie wirkten alle genauso erschüttert und ungläubig wie sie selbst.

Alkohol spielte offensichtlich eine große Rolle bei den Feierlichkeiten. Sie konnten sehen, wie Leute mit vollen Krügen aus einer Tür kamen. Es gab sogar ein paar Frauen, die einen Jig tanzten, während ein Mann mit einer schwarzen Augenklappe sie auf der Geige begleitete.

Von überall her kam dröhnender Lärm. Mary blickte an den grauen Gefängnismauern hoch und sah viele Menschen hinter schmalen, vergitterten Fenstern, die den Leuten unten im Hof oder denen neben sich etwas zuriefen.

Während die Wachmänner sie weiterdrängten, wurde die Menge plötzlich still, und alle Augen richteten sich auf Mary und ihre Gruppe.

»Sie sind es!«, rief jemand. »Applaus! Applaus!«

Wildes und lautes Gejohle brach aus, und Mary hatte mit einem Mal das Gefühl, als Braut auf der falschen Hochzeit erschienen zu sein. Sie konnte sich nicht vorstellen, warum die Leute ihnen zujubeln sollten. Es musste sich um eine Verwechslung handeln.

Die Menge näherte sich mit Willkommensrufen, sie sahen breit grinsende Gesichter, und Hände streckten sich ihnen entgegen, um sie zu begrüßen.

»Es ist uns eine Freude, euch in Newgate zu begrüßen.« Ein Mann mit einem fleckigen schwarzen Gehrock verbeugte sich und hob einen zerlumpten Zylinder. »Viele von uns wissen, dass sie nach Botany Bay geschickt werden, und die Nachricht von eurer Flucht gibt uns Hoffnung.«

»Sie haben von unserer Flucht gehört«, meinte Sam ungläubig und hielt Mary am Arm fest, so als befürchtete er, sie könne vor Schreck ohnmächtig werden. »Mein Gott! Ich hätte nie gedacht, dass wir mal berühmt sein würden.«

Doch offensichtlich konnte ihr Ruhm nicht verhindern, dass man sie einsperrte, denn sie erhielten keine Gelegenheit, mit den Leuten zu sprechen und zu fragen, woher diese ihre Geschichte kannten. Die Wachmänner schoben sie eine gewundene Steintreppe hinauf in eine Zelle, schlugen die Tür zu und verriegelten sie hinter ihnen.

Weil sie alle so erstaunt über ihre Beobachtungen im Hof und über die Begrüßung durch die anderen Gefangenen waren, schwiegen sie minutenlang. Alle fünf standen nur da und waren sprachlos.

Mary fing sich als Erste wieder. Die Zelle war klein, das Stroh war schmutzig, und das Licht kam durch eine schmale Schießscharte, die viel zu weit oben war, um hinauszublicken. Doch verglichen mit den Bedingungen auf der *Rembang* oder im Hospital in Batavia war es hier ganz nett. Für Mary war das Beste daran, dass sie alle zusammen waren und dass sie sich die Zelle nicht mit Fremden teilen mussten.

»Das ist besser, als ich erwartet hatte«, sagte sie und brach das Schweigen zuerst. »Aber ich wüsste gern, warum die Leute im Hof nicht in Ketten waren.«

»Das kann ich dir erklären, mein Schatz«, meinte James mit einem Grinsen. »Die haben Geld. Hast du denn den Leuten in Port Jackson nicht zugehört, die hier gewesen sind?«

»Doch, aber ich konnte das nicht verstehen«, erwiderte Mary und erinnerte sich daran, dass die Londoner mit ihrem komischen Dialekt geklungen hatten, als kämen sie aus einem fremden Land. Und als Mary sie endlich verstanden hatte, hatten sie nicht mehr über ihr altes Gefängnis gesprochen, sondern über die Notlage in ihrem neuen.

»Nun, sie mussten für das bezahlen, was sie ›Erleichterungen‹ nannten«, sagte James mit einem Schulterzucken. »So war es auch in Dublin. Du musst dem Wachmann etwas zustecken, und schon nimmt er dir die Ketten ab. Du kannst auch Essen von draußen bekommen.«

Mary nickte. Jetzt fiel es ihr wieder ein: In Exeter war es mit dem Essen und Trinken genauso gewesen.

»Ich schätze, wenn man genug Geld oder zumindest etwas zu verkaufen hat, dann kriegt man eine Einzelzelle und einen Diener, der einem das Essen bringt«, warf James mit einem hohlen Lachen ein. »Aber da wir nichts haben, können wir nicht mehr als das hier erwarten.«

Die Männer setzten sich niedergeschlagen auf den Boden. Nat schlief fast sofort ein, und Mary musste an die Frauen auf der *Dunkirk* denken. Einige von ihnen hatten fast den ganzen Tag geschlafen. Es war ihre Art gewesen, der brutalen Realität des Gefängnisses zu entgehen.

Mary setzte sich, rückte ihre Ketten so zurecht, dass sie ihr nicht ins Fleisch schnitten, und zog die Knie unter ihrem Kleid an. Sie lehnte sich mit dem Rücken an die Wand und dachte über die Notlage ihrer Freunde nach.

Ihre eigene machte ihr nichts aus, sie wollte, dass der Tod sie von ihren inneren Qualen erlöste. Körperlich hatte sie sich auf der Reise nach Hause vielleicht wieder erholt, doch ihre schrecklichen Gewissensbisse darüber, ihre beiden Kinder einer so gefährlichen Reise ausgesetzt zu haben und an ihrem Tod schuld zu sein, blieben. Die Hölle für sie wäre, wenn man sie nach New South Wales zurückschickte. Doch dem würde sie entkommen, indem sie bei der ersten Gelegenheit über Bord sprang.

Aber die Männer hatten sich noch nicht mit der Gewissheit abgefunden, gehängt zu werden. James klammerte sich an den Irrglauben, sicher zu sein, weil seine ursprüngliche Strafe abgelaufen war. Sam glaubte, begnadigt zu werden, wenn er nur genug Reue zeigte. Bill und Nat versuchten, die Möglichkeit auszublenden, indem sie schliefen oder über etwas anderes sprachen.

Doch heute London zu sehen hatte etwas in Mary zum Leben erweckt. Sie wollte deswegen nicht weiterleben, und es minderte auch ihre Trauer nicht, aber es hatte ihr das Schicksal der Männer noch einmal deutlich vor Augen geführt.

Keiner von ihnen war ein schlechter Mensch, und sie hatten bereits so viel durchgemacht! Mary konnte sie nicht vor dem Galgen bewahren, doch wenn es ihr gelang, an diese »Erleichterungen« zu kommen, dann würde das ihre letzten Wochen sehr viel erträglicher machen.

Sie dachte über eine Stunde lang darüber nach, und dann lächelte sie, als ihr eine Lösung einfiel.

»Was gibt es denn da zu grinsen?«, fragte James neugierig. Er kam zu ihr herüber und hockte sich vor sie hin.

»Ich habe eine Idee«, meinte sie.

»Wenn Seile und Feilen darin vorkommen, vergiss es«, erklärte er schmunzelnd. »Ich habe eine Bestandsaufnahme unseres Besitzes gemacht, bevor wir die *Gorgon* verließen. Wir haben nicht einmal ein Messer.«

»Ich bin froh, dass du deinen Sinn für Humor nicht verloren hast«, sagte sie und strich ihm liebevoll über sein knochiges Gesicht. »Das ist für meinen Plan vielleicht noch ganz nützlich. Weißt du, ich habe nachgedacht. Wenn wir berühmt sind, dann können wir damit vielleicht ein bisschen Geld machen.«

Nat schlief weiter und sah in dem spärlichen Licht wie ein süßes Kind aus. Aber Bill und Sam setzten sich auf. James hob nur fragend eine Augenbraue.

»Will dachte, er könnte mit unserer Geschichte Geld verdienen, deshalb hat er das Logbuch behalten«, erklärte Mary. »Wir haben die Geschichte noch in unseren Köpfen. Also warum sollten wir sie nicht verkaufen?«

»An wen?«, wollte er sarkastisch wissen.

»An alle, die sie gern hören würden«, erwiderte sie und spürte, wie ein Teil der alten Mary zurückkehrte, jetzt, da es wieder eine Herausforderung zu bewältigen gab.

Vor Einbruch der Dunkelheit ergab sich für Mary keine Gelegenheit, doch am folgenden Morgen, als sie die Wachen durch den Flur mit den Zellen gehen und die Türen aufschließen hörte, damit sie ihre Toiletteneimer leeren konnten, war sie bereit.

Sie strich sich das Stroh vom Kleid und fuhr sich mit den Fingern durchs Haar, als sich der Schlüssel im Schloss drehte.

»Na los, leert den Eimer aus«, rief der Wachmann viel lauter als nötig. Er sah so aus wie die Wachmänner in Exeter, fett und ungesund, mit verschlagenen Augen und verrotteten Zähnen.

»Was kostet es, die Ketten loszuwerden?«, fragte Mary.

Er lutschte an seinen verrotteten Zähnen und blickte sie abschätzend an. »Das hängt ganz davon ab.«

»Wovon?«

»Ob ich will oder nicht«, erwiderte er und brach in Gelächter aus.

Mary griff ihm drohend an sein fettiges Hemd. »Du solltest besser wollen«, zischte sie ihm zu. »Wir haben mit Kannibalen gekämpft und Tiere mit unseren bloßen Händen getötet, und wir werden dafür gehängt werden, dass wir es gewagt haben, aus New South Wales zu fliehen. Deshalb werden wir nicht zögern, dir die Kehle durchzuschneiden. Also, willst du unser Freund sein oder unser Feind?«

Seine Augen huschten ängstlich hin und her. Mary konnte die Männer hinter sich nicht sehen, aber sie hoffte, sie würden ihre Bitte befolgen und bedrohlich dreinschauen.

»W-w-was ist denn für mich drin?«, stotterte der Wachmann.

»Das hängt ganz davon ab, wie du es anfängst«, sagte sie. Sie ließ ihn los und lächelte zuckersüß. »Ich will, dass du allen erzählst, dass wir bereit sind, Besucher zu empfangen. Natürlich müssen sie dafür bezahlen. Genug, um die Ketten loszuwerden, um zu essen und zu trinken und um heißes Wasser zum Waschen zu bekommen.«

Es war ein Spiel. Mary hatte keine Ahnung, ob die Insassen des Gefängnisses oder Besucher von draußen genug Interesse an ihnen haben würden, um für das Privileg zu bezahlen, sie treffen zu dürfen.

»Ich weiß nicht«, erwiderte er immer noch ängstlich. »Sagtest du Kannibalen?«

»Ja, das sagte ich. Sie hatten Pfeile mit so langen Metallspitzen«, erklärte sie und streckte die Arme aus.

»Ich verstehe«, murmelte er und trat zurück, im Begriff, die Tür wieder zu schließen.

Mary griff nach dem Toiletteneimer. »Leer ihn aus, bevor du gehst«, brummte sie und drückte ihn dem Wachmann unsanft in die Hand. »Und spül ihn aus, bevor du ihn zurückbringst«, fügte sie hinzu. »Ich mag den Gestank nicht.«

Er schlich so kleinlaut davon wie ein Kind, dem man befohlen hatte, Brot zu kaufen, und Mary wandte sich kichernd zu den Männern um. »Ich glaube, das ist ein Anfang«, sagte sie.

Schon mittags wurden ihnen die Ketten abgenommen, sie aßen Hammelfleischpastete und tranken aus einer großen Flasche Dünnbier. Der Wachmann, von dem sie jetzt wussten, dass er Spinks hieß, war genauso findig wie gierig, und sie hatten bereits zwei Gruppen von jeweils vier Leuten empfangen, die alle unbedingt die Flüchtlinge treffen und von den Kannibalen hören wollten.

James war der Geschichtenerzähler, und er machte das wirklich gut, denn er schmückte die wahre Geschichte über ihre Begegnung mit den eingeborenen Kriegern, die sie mit ihrem Boot verfolgt hatten, zu einem Kampf Mann gegen Mann aus.

»In ihrem Dorf hatten sie Dutzende von menschlichen Schädeln auf Pfählen«, log James fröhlich. »Wir haben Berge von Menschenknochen gesehen. Die Eingeborenen trugen die Zähne als Ketten, und ihre Schilde waren mit menschlicher Haut bespannt.«

Nachdem die zweite Gruppe gegangen war, brachen Mary und die Männer in Gelächter aus.

»Na ja, es hätten doch Kannibalen sein können«, erklärte James entrüstet. »Wir sind nur einfach nicht lange genug geblieben, um es herauszufinden.«

Mary dachte, wie schön das Lachen klang, denn seit ihrer Gefangennahme in Kupang hatte sie das nicht mehr gehört. Selbst auf der *Gorgon* waren sie alle zu niedergeschlagen gewesen, um zu lachen. Doch sie konnte ein Gefühl des Bedauerns nicht unterdrücken, dass Will nicht mehr bei ihnen war. Er hätte es sehr genossen, solche Geschichten zu erzählen, und seine wären wahrscheinlich noch spannender gewesen als die von James.

»Du bist ein Wunder, Mary«, meinte Sam etwas später, als er sich die Finger leckte, um sie von der Fleischpastete zu säubern. »Keiner von uns wäre jemals auf so einen schlauen Plan gekommen. Als James erzählte, du hättest einem Kannibalen mit dem Ruder auf den Kopf geschlagen, da war ich davon überzeugt, dass du es wirklich getan hättest. Ich schätze, dir wäre sogar noch etwas eingefallen, um uns zu retten, wenn wir schon im Kochtopf gesessen hätten.«

Mary lächelte. Es war schön, wieder die Bewunderung der Männer zu spüren. Und noch besser war es, sie endlich nicht mehr so niedergeschlagen zu sehen. »Wir dürfen mit diesen Geschichten nicht zu weit gehen«, warnte sie. »Wir wollen Mitleid. Die Leute sollen uns aber nicht Lügner nennen.«

An einem der folgenden Tage fanden sie heraus, wie die anderen Gefangenen von ihnen erfahren hatten. Ein Fälscher namens Harry Hawkins kam zu ihnen. Wie so viele andere in Newgate wartete er auf seine Deportation. Er war ein schleimiger Kerl, klein und dünn, mit einer Hakennase und merkwürdig ungekämmtem Haar für jemanden, der sich gut anzog.

»Ich habe im *London Chronicle* über euch gelesen«, sagte er und bewies es ihnen, indem er einen Ausschnitt mit Eselsohren aus seiner Tasche zog.

Sie hatten alle angenommen, die Nachricht sei einfach weitererzählt worden, so wie es in Gefängnissen üblich war. Es war ein Schock zu erfahren, dass jemand über sie in der Zeitung geschrieben hatte.

James las den Artikel laut vor, dann gab er ihn zurück. »Das ist nicht ganz korrekt. Wir sind mit dem Boot des Gouverneurs geflohen, nicht mit dem von Kapitän Smith«, erklärte er hochmütig.

Mary war erstaunt, wie blasiert James über eine so ausführliche und bewundernde Wiedergabe ihrer Flucht sein konnte.

»Wer hat das geschrieben?«, fragte sie. Niemals hätte sie erwartet, jemand in England könnte Mitgefühl mit ihnen haben.

»Das steht da nicht«, erwiderte James und ließ sich den Artikel noch einmal geben. »Doch wer es auch war, er weiß eine Menge. Beim Besitzer des Bootes hat er sich vertan, aber alles andere stimmt.«

Die fünf Freunde hatten keine weitere Gelegenheit, darüber zu diskutieren, woher die Informationen gekommen waren, weil Harry Hawkins über seine missliche Lage reden wollte. Es war klar, was er von ihnen erwartete: Insider-Informationen über die Verantwortlichen in Botany Bay.

Es amüsierte Mary irgendwie, dass dieser Mann genau wie alle anderen, die deportiert werden sollten, immer noch glaubte, die Siedlung befinde sich in Botany Bay. Offensichtlich wusste hier niemand, dass der Ort von Kapitän Phillip abgelehnt worden war. Tatsächlich schienen nur sehr wenige Informationen über die Kolonie England bisher erreicht zu haben. Mary nahm an, dass das meiste absichtlich zurückgehalten wurde, weil die Regierung ihren Fehler vertuschen wollte. Das machte die Situation für sie und ihre Freunde noch einfacher.

»Dort ist es nicht wie hier«, meinte sie mit einem trockenen Lächeln. »In der Kolonie kann man sich keine bessere Hütte oder größere Rationen kaufen. Man kann sich nur Vorteile verschaffen, wenn man Fähigkeiten besitzt, die dort gebraucht werden.«

Hawkins sah enttäuscht aus. »Aber ihr müsst doch Hilfe von einem Verantwortlichen gehabt oder jemanden bestochen haben!«, gab er zurück.

»Nein«, antwortete James entrüstet. »Mary hat dem holländischen Kapitän nur so lange schöne Augen gemacht, bis er ihr die Navigationsinstrumente und die Karten besorgt hat.«

Hawkins warf ihr einen ungläubigen Blick zu, und Mary wurde rot. Offenbar konnte er sich nicht vorstellen, wie eine so durchschnittlich und müde aussehende Frau in der Lage sein sollte, einem Mann den Kopf zu verdrehen.

»Der Kapitän war einsam«, erklärte sie. »Mein Mann und ich haben immer mit ihm gesprochen. Er kam oft und hat bei uns gegessen.«

»Dann war er derjenige, der euch diese Zelle bezahlt hat?«, fragte Hawkins mit einem Anflug von Sarkasmus.

Mary und ihre Freunde blickten sich fragend an.

»Für die Zelle bezahlt?«, rief James. »Niemand hat dafür bezahlt.«

»Doch, das hat jemand, schon vor eurer Ankunft«, meinte Hawkins. Er sah aus, als fühlte er sich unbehaglich. »Sonst wärt ihr drüben beim gemeinen Volk gelandet.«

Eine Stunde später, nachdem Hawkins gegangen war, wandte sich Mary an ihre Freunde. »Wer könnte dafür bezahlt haben?«

Hawkins hatte ihnen gern erklärt, wie das Gefängnissystem funktionierte. Jeder, für den sich nicht vor seiner Ankunft jemand eingesetzt hatte, wurde zu den gewöhnlichen Verbrechern gesteckt, daher der Ausdruck »gemeines Volk«. Die Zellen dort waren verdreckt, überfüllt und eine Brutstätte für Infektionen. Die

Gefangenen waren den Wahnsinnigen und den Gefährlichen ausgesetzt, und man konnte sich glücklich schätzen, wenn man beim Aufwachen die Stiefel noch an den Füßen trug. Junge Frauen und Jungen wurden ganz sicher in der ersten Nacht vergewaltigt, und selten nur von einer Person.

Solange ein Gefangener noch über Geld oder über Dinge verfügte, die sich verkaufen ließen, konnte er sich einen saubereren und sichereren Platz erkaufen und die zusätzlichen Vergünstigungen bekommen, die sie bereits selbst entdeckt hatten. Die Ausgelassenheit im Hof bewies das; die Leute, die sie dort gesehen hatten, waren entweder reich oder hatten wohlhabende und einflussreiche Freunde. Doch wenn ein Gefangener kein Geld mehr besaß, dann ging es für ihn oder sie zurück zum »gemeinen Volk«.

Hawkins hatte von einem Wegelagerer gesprochen, dem man sein eigenes Federbett, Wein zu seinem Essen und jeden Morgen heißes Wasser für sein Bad gebracht hatte. Man hatte ihm sogar seine Hemden gewaschen, und er hatte am Nachmittag von seiner Geliebten Besuch erhalten. Dennoch war er schließlich gehängt worden, denn Bestechung ersparte einem nicht alles, wie Hawkins betonte.

»Kennt einer von euch *irgendjemanden* in London?«, fragte Mary die Männer verwirrt. Keiner von ihnen hatte auch nur eine Ahnung, wer ihr Wohltäter sein könnte.

»Ich kannte mal ein paar Leute«, erwiderte James. »Aber solche, die mir nicht mal ein Bier ausgegeben hätten, von einer schönen Zelle ganz zu schweigen.«

»Vielleicht war es jemand, der Mitleid mit uns hatte, nachdem er im *Chronicle* über uns gelesen hat?«, schlug Sam vor.

»So ist es wahrscheinlich«, sagte Bill und strich sich nachdenklich über den Bart. »In Berkshire wurde mal ein Mann ermordet, als ich noch ein Junge war. Er hinterließ Frau und fünf Kinder, und als die Leute von der Geschichte hörten, schickten sie Geld für seine Familie.«

»Das mag sein. Aber wer hat die Geschichte denn überhaupt in die Zeitung gebracht?«, wollte James wissen, der ratlos aussah. »Diese Zeitung war vier oder fünf Tage alt. Wir waren bei ihrem Erscheinen immer noch auf dem Schiff im englischen Kanal. Woher hatten sie die Geschichte?«

»Jemand muss geredet haben, als das Schiff in Portsmouth ankerte«, überlegte Sam, und auf sein Gesicht trat ein breites Grinsen. »Kapitän Edwards ist da an Land gegangen, und er hat die Behörden vielleicht über uns informiert. Und eine Menge Leute gingen ebenfalls vom Schiff. Jeder von ihnen könnte mit der Zeitung gesprochen haben.«

Plötzlich wurde Mary klar, dass die Geschichte nur von Watkin Tench kommen konnte. Kapitän Edwards hatte kein Mitleid mit ihnen oder den Meuterern gehabt, die er gefangen hatte, deshalb hätte jede Information von ihm sie in einem sehr schlechten Licht erscheinen lassen. Und was die anderen Offiziere anging, die in Portsmouth an Land gegangen waren, so wären ihre Berichte nicht so genau gewesen.

Tench hingegen wusste auch aus seiner Zeit auf der *Dunkirk* noch von der Korruption in den Gefängnissen und wie er ihnen eine Zelle in Newgate reservieren konnte.

Sofort beschloss Mary, den anderen nichts davon zu sagen. Sie war ein bisschen überrascht, dass sie nicht auf Tench gekommen waren, aber sie hatten ja auch keinen so engen Kontakt zu ihm gehabt wie sie. Ihnen jetzt von ihrer Vermutung zu erzählen, würde nur Fragen aufwerfen, die sie nicht beantworten wollte. Außerdem, wenn Tench das alles heimlich getan hatte, dann wollte er, dass es so blieb – es gefährdete vielleicht seine Karriere, wenn es herauskam. Also sollten die anderen besser glauben, ein wohlwollender Fremder habe ihre Geschichte verbreitet.

»Das Glück ist uns wieder hold«, gluckste James fröhlich und bemerkte nicht mal, dass Mary überhaupt nichts dazu gesagt hatte. »Vielleicht ergeht es uns am Ende so wie dem Wegelagerer, wenn das Geld weiter so fließt, und wir schlafen bald in Federbetten.«

Gott segne dich, Watkin, dachte Mary, und sie musste sich abwenden, damit die anderen die Tränen der Dankbarkeit nicht sahen, die in ihren Augen brannten.

In den Tagen, die folgten, kamen viele Besucher in ihre Zelle. Manche stellten Fragen nach ihrer Flucht, aber den meisten drohte ebenfalls die Deportation, und sie wollten wissen, was sie erwartete.

Mary plagte ein wenig ihr schlechtes Gewissen, weil sie Geld von diesen Leuten nahmen. Es war schlimm genug für die Gefangenen, von ihren Familien getrennt zu werden. Von dem schrecklichen Auspeitschungsdreieck, von dem Hunger und der ständigen Hitze zu erfahren machte ihr Unglück nur größer. Doch James meinte, es sei vielleicht gar nicht so schlecht, wenn sie einen Teil ihres Geldes dafür ausgaben, auf das vorbereitet zu sein, was sie erwartete. Wahrscheinlich hatte er damit recht. Immerhin war das besser, als das Geld sinnlos zu vertrinken.

Als sie das erste Mal in den Hof durften, hatte Mary das Gefühl, eine exklusive Party zu besuchen. Die Leute begrüßten sie mit aufrichtiger Herzlichkeit, boten ihr etwas aus der Trinkstube an, gaben ihr Ratschläge oder suchten ihre Nähe. James und die anderen drei Männer akzeptierten das mit großem Eifer, vor allem die Avancen der weiblichen Gefangenen. Doch Mary zog sich zurück.

Es tat zwar gut, bewundert zu werden, anstatt Verachtung oder Mitleid zu erfahren, doch ihre Trauer war noch zu frisch, als dass sie mit Fremden hätte reden und lachen wollen, wie gut diese es auch meinten. Sie wollte nur in Ruhe in der Sonne sitzen. Doch genau das blieb ihr verwehrt, denn ständig wollte jemand etwas von ihr.

Einige fragten nach Einzelheiten über die Flucht, andere nach Freunden oder Verwandten, die deportiert worden waren; einige Frauen wollten etwas über Marys Geburtserfahrungen wissen.

Dann gab es da noch Männer, die versuchten, sie zu umwerben, oder die anzügliche Bemerkungen machten.

Innerhalb von ein paar Stunden hatte Mary genug gesehen und gehört. Sie wollte in diesem Zirkus nicht auftreten und nicht einmal Teil des Publikums sein.

Noch niemals zuvor hatte sie überlegt, wie sie eigentlich zu der Welt der Kriminellen stand, zu der sie schon seit so vielen Jahren gehörte. Ob auf dem Gefängnisschiff, auf dem Transportschiff oder in der Strafkolonie – sie war stets nur eine Gefangene gewesen, die ihre Strafe absaß und alles Notwendige tat, um zu überleben. Als solche war sie loyal gegenüber ihren Mitgefangenen gewesen. Sie deckte sie, half manchmal bei Diebstählen aus den Vorratslagern oder bei anderen Machenschaften, weil das der Code war, nach dem sie alle lebten.

Aber der Verlust ihrer beiden Kinder hatte ihren Blick erweitert.

Sie hatte sich niemals wirklich schuldig gefühlt, weil sie jener Frau in Plymouth den Hut gestohlen hatte. Es hatte ihr leidgetan, erwischt worden zu sein, sie war wütend auf sich selbst gewesen, weil sie so leichtsinnig gewesen war. Aber sie hatte sich nie in die Lage der Frau versetzt und sich vorgestellt, wie es für sie gewesen sein musste, geschlagen und bestohlen zu werden.

Jetzt, da sie darüber nachdachte, schämte Mary sich sehr. Sie hatte zu der Zeit nicht wirklich gehungert, und sie hatte den Hut nicht gebraucht. Sie erinnerte sich jetzt wieder an gute Menschen, die sie in ihrer Kindheit gekannt hatte, Menschen wie Martha Dingwell aus der Bäckerei, die das unverkaufte Brot am Ende des Tages denen gab, die sich nichts kaufen konnten, oder an Charlie Allsop, den Totengräber, der kleine unbezahlte Arbeiten für die Hinterbliebenen erledigte. Das war seine Art, sein Mitgefühl auszudrücken. Diese beiden und andere, die ähnlich waren, hatten selbst kaum etwas, und es gab Menschen, die sie verspotteten. Doch Mary erkannte jetzt, dass die Marthas und Charlies dieser Welt das Leben reicher machten. Durch Kriminelle wurde es nur schrecklich und hässlich, denn sie vergifteten alles mit ihrer selbstsüchtigen Gier nach Geld und Dingen, für die sie nicht gearbeitet hatten.

Als sie sich im Gefängnishof umblickte, sah sie ausschließlich Leute, die sich nur für sich selbst interessierten. Sie logen, betrogen, stahlen oder töteten ohne jeden Skrupel. Die Tatsache, dass sie genug Geld besaßen, um sich den Weg in den Hof zu erkaufen, wo sie dann betrunken mit ihren Verbrechen prahlten, bewies das.

Es waren zweifellos einige der schlimmsten Verbrecher und Schläger aus ganz London, abgebrühte Huren und die verschlagensten Diebe. Ob sie aus gut betuchten Familien oder aus der Gosse kamen – sie sprachen alle jenen Dialekt, die Sprache der Unterwelt, die ihr in der Kolonie so vertraut geworden war. Mary spürte auch eine gefährliche Unterströmung im Hof – Eifersucht, sexuelle Frustration, aufgestaute Gewalt und unterdrückte Emotionen, die hochkochten, wenn die Leute tranken.

Mary war nicht prüde. Sie wusste, dass der Alkohol eine machtvolle Medizin war, um Unglück und Angst zu lindern. Doch wie verzweifelt sie auch war, niemals würde sie ihren Körper für ein oder zwei Glas Gin verkaufen oder zulassen, dass man in aller Öffentlichkeit mit ihr Geschlechtsverkehr hatte. Manche Frauen hatten diesbezüglich keinerlei Scheu, ihre eigenen Kinder sahen ihnen sogar dabei zu.

Heute Nachmittag hatte sie schon mehrmals den Blick abwenden müssen, während Männer sich wie Tiere auf Frauen stürzten, die so betrunken waren, dass sie fast das Bewusstsein verloren hatten. Doch offenbar interessierten sich einige von ihnen auch für Kinder. Eine ältere Frau, die sich für eine Weile zu Mary setzte, erzählte ihr, dass einige Männer die Wachen bestachen, ihnen regelmäßig neue Kinder aus dem »gemeinen Volk« zu bringen. Die Frau war in Gelächter ausgebrochen, und Mary hätte ihr das nicht geglaubt, wenn sie nicht später einen untersetzten Mann gesehen hätte, der an einem zerlumpten kleinen Mädchen herumfummelte, das nicht älter als sechs Jahre war.

Marys Herz schmerzte, während sie die jungen Mädchen im Hof beobachtete. Sie erinnerten sie an sie selbst im gleichen Alter – auch sie besaßen einen frischen Teint und die gleiche Mischung aus Unschuld und Mut. Sie waren zu sehr damit beschäftigt, mit den vermeintlich vornehmeren Gefangenen zu flirten, um mit ihr zu sprechen. Vielleicht glaubten sie, dass die elegant gekleideten Gecken sie mitnehmen würden, sobald sie sich ihren Weg aus Newgate heraus erkauft hatten.

Mary wusste es besser. Die Mädchen würden nach ein oder zwei Wochen hinter diesen Mauern ihre Unschuld verloren haben, und ihr Mut würde sie auf dem Deportationsschiff verlassen. Nach ein paar Jahren in Sydney würden sie so aussehen wie sie, Mary: nur noch Haut und Knochen und ohne Hoffnung und Zuversicht.

Sie saßen alle gerade über eine Woche in Newgate, als Spinks in ihre Zelle kam mit der Nachricht, ein Gentleman wolle Mary sprechen.

Mary hatte eine Art Freundschaft mit Spinks geschlossen. Sie konnte ihn nicht wirklich mögen, denn er war zu verschlagen und suchte immer nach Möglichkeiten, den Gefangenen Geld abzunehmen. Doch als er erfahren hatte, dass ihre Kinder gestorben waren, hatte er aufrichtiges Mitgefühl gezeigt. Er kam oft vorbei, wenn sie allein war, und manchmal brachte er ihr eine Tasse Tee oder ein Stück Obst mit, die sie nicht bezahlen musste, weil er sich nur ein bisschen unterhalten wollte. Vielleicht war er genauso einsam wie sie.

Spinks fand sie meistens allein vor, denn nachdem sie bei ihrem zweiten Besuch im Hof Zeugin einer Messerstecherei geworden war, hatte sie beschlossen, dass die düstere Zelle der bessere Aufenthaltsort war. An diesem Tag war sie ebenfalls allein, denn die Männer hielten sich alle unten im Hof auf.

»Wer ist der Gentleman denn?«, fragte sie. Spinks nannte alle Männer mit Geld »Gentlemen«.

»Er heißt Boswell«, erwiderte er mit einem schelmischen Grinsen. »Sagt, er is ’n Anwalt.«

»Du meinst, er ist nicht aus Newgate, sondern von draußen?«

»Na ja, so viele Anwälte sitzen hier nicht«, meinte Spinks und lachte über seinen kleinen Scherz. »Willst du ihn jetzt sehen oder nicht? Macht für mich keinen Unterschied.«

Mary seufzte. Ihr war nicht nach Reden zumute, aber jemand von draußen lenkte sie vielleicht von ihrer Melancholie ab. »Bring ihn rein«, erklärte sie müde.

»Das ist mein Mädchen«, sagte Spinks liebevoll. »Und jetzt kämm dir dein hübsches Haar, während ich weg bin. Hier, ich hab dir auch ein Band dafür mitgebracht.«

Er zog ein rotes Satinband aus seiner Tasche, drückte es ihr in die Hand und war verschwunden. Mary stieg ein Kloß in den Hals, während sie mit den Fingern über das Band strich, denn sie musste an ihren Vater denken. Er hatte ihr und Dolly immer Haarbänder mitgebracht, wenn er auf See gewesen war. Sie war damals so ein Wildfang gewesen und hatte diese kleinen Geschenke nie wirklich zu schätzen gewusst. Aber sie wusste dieses zu schätzen; sie brauchte wirklich etwas Buntes und Weibliches, um auf andere Gedanken zu kommen.

»Guten Abend, Mrs. Bryant!«

Mary fuhr beim Klang der melodiösen Stimme herum. Sie war so damit beschäftigt gewesen, das Band in ihrem Nacken zusammenzubinden, dass sie den Mann nicht über den Flur hatte kommen hören.

Spinks hatte diesmal recht gehabt, das hier war ein Gentleman. Vielleicht um die fünfzig, sehr beleibt mit einem geröteten Gesicht, mittelgroß und ausnehmend fein gekleidet – er trug einen dunkelgrünen Dreizack mit einer goldenen Borte und einen Mantel aus feinem Brokat. Außerdem war er völlig außer Atem vom Treppensteigen.

»Ich heiße jetzt wieder Mary Broad«, erwiderte sie scharf und blickte auf seine makellos weiße Strumpfhose und die Schuhe mit den auffälligen Schnallen. »Warum wollten Sie mich sprechen?«

»Ich möchte Ihnen helfen, meine Liebe«, sagte er und streckte die Hand aus. »Boswell ist mein Name, James Boswell. Ich bin Anwalt, obwohl ich eher wegen meines Buches über Dr. Samuel Johnson, meinen lieben verstorbenen Freund, bekannt bin.«

Mary erkannte seinen Akzent als schottisch, denn in Port Jackson hatten einige Offiziere genauso gesprochen. Doch seine Ausführungen über sein Buch über seinen toten Freund sagten ihr nichts. Viel mehr beeindruckten sie seine goldene Uhrkette und die extravagante Seidenweste. Sie dachte, dass bestimmt nicht einmal der König sich so fein anziehen würde.

Mary schüttelte Boswells Hand und war erstaunt darüber, wie weich der Händedruck eines Mannes sein konnte. Seine Hand fühlte sich an wie ein Klumpen warmer Teig. »Mir ist nicht zu helfen«, erwiderte sie. »Aber es ist sehr freundlich von Ihnen, mir Ihre Hilfe anzubieten, wo ich doch nicht einmal in der Lage bin, Ihnen einen Stuhl anzubieten.«

Er lächelte, und sie bemerkte, dass seine Augen große und beinahe phosphoreszierende dunkle Seen waren. Da er eine Perücke trug, konnte sie nicht erkennen, welche Farbe sein Haar hatte, aber seinen buschigen Augenbrauen nach zu urteilen, war es einmal so dunkel wie ihres gewesen.

»Ich glaube nicht, dass Ihnen nicht mehr zu helfen ist«, meinte Boswell entschieden. »Ich möchte Sie verteidigen. Deshalb würde ich vorschlagen, dass Sie mir Ihre Geschichte erzählen. Bisher kenne ich nur den außergewöhnlichen Bericht, den ich im *Chronicle* gelesen habe.«

18. Kapitel

James Boswell war irritiert, als er vom Newgate-Gefängnis wegging, weil Mary nicht vor ihm auf die Knie gefallen war und ihn als ihren Retter betrachtet hatte. Es war ihm nicht einen Moment lang in den Sinn gekommen, sie könnte sein Hilfsangebot vielleicht nicht annehmen.

»Diese verdammte Frau«, murmelte er. »Eine Heldin mag sie vielleicht sein, aber ihr fehlt es deutlich an Verstand.«

Ein guter Freund hatte vor Jahren behauptet, »Bozzie« sei süchtig nach hoffnungslosen Fällen. Seine Bemerkung hatte sich damals auf Boswells Leidenschaft für Huren bezogen, doch es war allgemein bekannt, dass er ausgesprochen mitfühlend war, wenn er fand, jemand werde ungerecht behandelt. Er hatte schon oft arme Leute umsonst vertreten, und er nahm Fälle an, von denen alle anderen die Finger ließen.

In Wahrheit erregte ihn nichts mehr als ein Fall, von dem alle behaupteten, er könne ihn nicht gewinnen – oder eine Frau, die wild entschlossen war, sich selbst zu zerstören. Und auf Mary Broad schien beides zuzutreffen.

Was alle seine lieben Freunde, die sich über ihn lustig machten, einfach nicht verstanden, war Folgendes: Er hatte oft das Gefühl, mit seinen Klienten und seinen Huren sehr viel gemeinsam zu haben. Er wusste, wie es sich anfühlte, zu einem ungeliebten Beruf gezwungen zu werden; er fühlte sich oft missverstanden, er schätzte immer wieder Menschen falsch ein, und er war waghalsig.

Sein Vater, Lord Auchinleck, ein Richter am Obersten Gerichtshof in Schottland, hatte darauf bestanden, dass sein Sohn Jurist wurde, trotz dessen Wunsch, zur Armee zu gehen. Sobald er die

Schule beendet hatte, floh Boswell nach London und konvertierte zum römisch-katholischen Glauben, was seine mürrische presbyterianische Familie entsetzte. Tatsächlich spielte er sogar kurz mit dem Gedanken, ein Mönch zu werden. Aber ein Katholik konnte nicht in die Armee eintreten oder ein Strafverteidiger werden und auch das Anwesen seines Vaters nicht erben. Deshalb gab er den Katholizismus bald wieder auf und folgte zögernd dem Wunsch seines Vaters und ging an die Inns of Court. Doch seine Meinung änderte er dadurch nicht wirklich. Es lag eher daran, dass er auf diese Weise in London bleiben und sein Geld darauf verwenden konnte, in der Gesellschaft Furore zu machen.

Boswell selbst musste einräumen, dass er kein fleißiger Student gewesen war. Er verbrachte mehr Zeit im Theater, bei Rennen, Trinkgelagen und damit, Frauen zu erobern, als mit seinen Studien. Sein Vater erwartete außerdem von ihm, eine vorteilhafte Ehe einzugehen, doch Boswell enttäuschte ihn auch in dieser Hinsicht, indem er seine Cousine Margaret heiratete, die kein eigenes Geld besaß. Aber es war eine Liebesheirat, und die Liebe war für ihn viel wichtiger als Geld.

Dann war seine Freundschaft zu Samuel Johnson falsch verstanden worden. Die Leute behaupteten, er hätte die Nähe zu dem großen Mann nur gesucht, um selbst Karriere zu machen. Sie sagten, Boswell sei ein Snob, ein gesellschaftlicher Emporkömmling, ein Frauenheld, ein Trinker und ein Hypochonder.

Es stimmte, er liebte Frauen und Wein, und er konnte einem hübschen Zimmermädchen oder einer Hure nicht widerstehen, aber das war doch sicher nur ein Zeichen seiner Lebenslust? Was seine Kritiker nicht sahen und verstanden, war, dass er einen Großteil seines Lebens damit verbracht hatte, Material für sein Werk »Das Leben des Samuel Johnson« zu planen, zusammenzustellen und zu sammeln. Um dem gerecht zu werden, musste er Teil der Kreise sein, in denen Johnson sich bewegte, musste beobachten, zuhören und alles durch Johnsons Augen sehen. Er genoss das natürlich, und vielleicht benutzte er auch einige seiner dadurch entstandenen Kontakte. Aber er hatte Johnsons Freundschaft niemals für sein persönliches Weiterkommen benutzt; er verehrte diesen Mann und wollte die ganze Welt an seiner Weisheit, seiner Intelligenz und seinem Humor teilhaben lassen.

In seinem Herzen wusste Boswell, dass er eine brillante Biografie über seinen Freund geschrieben hatte, und er war sicher, dass man seinen Namen später zusammen mit denen anderer literarischer Größen nennen würde. Selbst wenn das Buch nicht die begeisterten Kritiken und die Bewunderung erhielt, die er angemessen gefunden hätte, machte er doch recht viel Geld damit. Er besaß ein elegantes Haus ganz in der Nähe der Oxford Street und feine Kleidung. Er aß und trank gut, hatte sehr viele Freunde, und seine geliebten Kinder waren ihm ein großer Trost. Alles in allem fand er, dass einem Mann das reichen sollte.

Doch da war immer noch diese Sehnsucht in ihm, etwas Sensationelles zu vollbringen, bevor er seinen Stift niederlegte und seine Perücke und seinen Umhang an den Nagel hängte. Er war inzwischen zweiundfünfzig, Witwer, nicht mehr ganz gesund, und die Zeit lief ihm davon. Er wollte als der »Größte Biograf aller Zeiten« in Erinnerung bleiben, aber es wäre ihm auch eine große Befriedigung gewesen, diejenigen zu verblüffen, die ihn für einen mittelmäßigen Anwalt hielten. Einen großen, dramatischen Fall gewinnen, das wollte er; die Menschen sollten ihn als den Helden der Schwachen und Unterdrückten in Erinnerung behalten.

Boswell lächelte in sich hinein, weil ihm bewusst wurde, dass er recht egoistisch war. Es war eigentlich absurd, dass ihn der Fall von Mary Broad so berührte, denn bis zu diesem Morgen hatte er nichts von ihr und ihren Freunden und der Notlage gewusst, in der sie sich befanden. Wenn er ganz ehrlich war – etwas, auf das sein Vater sehr großen Wert gelegt hatte –, dann hatte ihn das Schicksal von deportierten Verbrechern nie interessiert.

Seiner Meinung nach war die Deportation human und praktisch, denn sie entfernte Kriminelle an Orte, wo sie der Gesellschaft nicht schaden konnten. Das war eine viel bessere Lösung als Hängen. Als junger Mann hatte er einmal die öffentliche Hinrichtung eines Wegelagerers und einer jungen Diebin namens Hannah Diego mit angesehen, und das Entsetzen darüber hatte ihn niemals verlassen.

Doch an diesem Morgen hatte er zu Hause am Frühstückstisch gesessen, entspannt eine Tasse Kaffee getrunken und Zeitung gelesen, eigentlich nur, um sich ein bisschen die Zeit zu vertreiben, bevor er seinen Verleger besuchen und sich danach erkundigen wollte, wie sich sein Buch verkaufte. Rein zufällig war er auf den Bericht über die Flucht aus Botany Bay gestoßen.

Es war ein Zitat von Mary selbst gewesen, das sein Interesse geweckt hatte. »Lieber sollen sie mich hängen als wieder dorthin zurückschicken.«

Offensichtlich war Botany Bay nicht das tropische Paradies, als das die Zeitungen es den Leuten verkaufen wollten. Boswell musste weiterlesen.

Er war erschüttert, dass Mary, acht Männer und zwei kleine Kinder ungefähr dreitausend Meilen in einem offenen Boot gesegelt waren. Und noch verstörender war es, dass vier Männer nach ihrer erneuten Verhaftung gestorben waren. Doch es war der Tod der beiden Kinder, der ihm wirklich das Herz brach. Als Mann, der seine Kinder abgöttisch liebte und sich glücklich schätzte, sie so nah bei sich zu haben, konnte er sich nichts Tragischeres vorstellen, als auch nur eines davon zu verlieren. Diese arme Frau hatte alles verloren, ihren Mann *und* ihre Kinder, und jetzt sollte sie auch noch ihr eigenes Leben verlieren!

Vor seinem inneren Auge sah er, wie Hannah Diego sich gewehrt hatte, als man sie zum Galgen gezogen hatte. Er konnte ihre Angst riechen, das schaurige Brüllen der Menge hören, und er erinnerte sich an die Albträume, die ihn nach diesem Tag so lange verfolgt hatten.

Boswell spürte eine Welle von Übelkeit und Wut in sich aufsteigen. Er konnte nicht untätig herumsitzen und zulassen, dass mit

Mary Broad das Gleiche geschah. Das war barbarisch! Sie hatte genug gelitten!

James Boswell war auch neugierig, was Mary für eine Frau war. Sie besaß offensichtlich jede Menge Mut und Entschlossenheit, wenn sie diese Männer in die Freiheit geführt hatte, und Stärke, denn sie hatte Fieber und Hunger überlebt. Deshalb hatte er die Zeitung sinken lassen, nach seinem Mantel und seinem Hut verlangt und sich auf den Weg nach Newgate gemacht.

In seiner Vorstellung war Mary Broad eine große Frau gewesen, stark und kräftig, so wie er seine Huren liebte. Es war eine Überraschung, dass sie klein und dünn war und mit leiser Stimme sprach. Sie sah auch älter aus, als sie war, und in ihren grauen Augen lagen Trauer und eine Resignation, die sich mit dem Tod abgefunden hatte.

Sie schilderte ihm ihre Geschichte sehr knapp, so als wäre sie es müde, sie schon wieder erzählen zu müssen. Sie versuchte nicht, sein Mitleid zu erregen, schockierte ihn nicht mit Details ihrer Not, der Entbehrungen oder der Grausamkeiten. Tränen traten ihr nur in die Augen, als sie von Charlottes Seebestattung sprach. Und selbst diese Erinnerung wischte sie hastig fort und berichtete weiter, auf der *Gorgon* gut behandelt worden zu sein.

Boswell war von ihrer Erzählung sehr berührt, weil er spürte, wie viel Schrecken Mary ausgespart hatte. Er war schon oft in Newgate gewesen, deshalb hatte er sich auf Lügen, Übertreibungen und Verzerrungen der Wahrheit eingestellt. Wie die meisten seiner Zeitgenossen glaubte er daran, dass es einen kriminellen Menschenschlag gab, eine Schicht von Menschen, die dazu bestimmt war, eine ehrbare Gesellschaft zu unterwandern. Diese Leute konnten leicht an ihren rohen Manieren, ihrer Faulheit und ihren fehlenden Prinzipien erkannt werden. Unten im Gefängnishof hatte er viele davon gesehen.

Mary gehörte ganz sicher nicht dazu. Sie hatte mehr mit den Schuldnern gemein, die untröstlich in kleinen Gruppen zusammensaßen, sich furchtbar für die Ereignisse schämten, die sie ins

Gefängnis gebracht hatten, und die keine Hoffnung und kein Feuer mehr besaßen.

Doch das glänzende rote Band in Marys dunklem Haar, das nicht so recht zu ihrem schäbigen und schmutzigen Kleid passen wollte, schien zu sagen, dass der eiserne Wille, der sie während all der Entbehrungen am Leben erhalten hatte, immer noch da war, wenn auch nur noch schwach. Sie hatte ihn direkt gefragt, ob er auch bereit wäre, ihre vier Freunde zu verteidigen. »Ich kann nur Sie vertreten«, hatte er ihr gesagt, und da hatte sie sich abgewandt, als wäre das Gespräch für sie beendet.

»Dann kann ich Ihre Hilfe nicht annehmen«, erklärte sie schließlich. »Wir hängen da zusammen drin. Das sind meine Freunde, und ich werde sie nicht im Stich lassen.«

Es war Boswell völlig unverständlich, wie man in einer solch verzweifelten Notlage Freundschaft über das eigene Leben stellen konnte. Er versuchte, mit Mary zu reden, erklärte ihr, ihren Fall gewinnen zu können, weil sie wegen ihrer Kinder das Mitgefühl der Öffentlichkeit auf ihrer Seite haben würde. Was er auch dachte, jedoch nicht zugeben konnte, war, dass er ihren Fall als eine Art Vorzeigeobjekt für seine Talente sah. Der Prozess sollte emotional aufgeladen sein; Boswell sah sich selbst ein dramatisches und ergreifendes Plädoyer halten. Aber wenn er auch noch die vier Männer verteidigte, die wahrscheinlich allesamt zwielichtige Gestalten waren, dann würde das die Sympathie verwässern, die er für Mary wecken wollte.

»Ich habe nichts mehr außer diesen vier Freunden«, sagte sie nur. »Wir sind zusammen durch die Hölle gegangen, und sie sind für mich wie Brüder. Entweder Sie vertreten uns alle fünf oder keinen.«

»Glauben Sie, die vier würden das Gleiche für Sie tun?«, fragte er sie. »Ich glaube nicht, Mary. Jeder von ihnen würde seine eigene Haut zu retten versuchen, und es wäre ihm egal, was mit Ihnen passiert.«

»Vielleicht«, seufzte sie. »Es gab Zeiten, in denen mein eigenes

Überleben mehr für mich zählte als alles andere auf der Welt. Aber das ist Vergangenheit. Es bedeutet mir nicht mehr so viel.«

James war beeindruckt von ihrem Ehrgefühl, doch er war der Meinung, dass sie zusammen mit ihrem Mut offenbar auch ihren gesunden Menschenverstand verloren hatte.

»Wie geben wir ihr denn nur neuen Lebensmut, Bozzie?«, fragte er sich selbst, während er an seinen Hut tippte, um ein hübsches Mädchen zu grüßen, das mit einer älteren Anstandsdame spazieren ging.

Er hielt inne und drehte sich zu dem Mädchen um, bemerkte ihre schmale Taille, die kecke Schleife auf ihrem pinkfarbenen Kleid und ihren mit Gänseblümchen geschmückten Hut. Veronica und Euphemia, seine zwei älteren Töchter, hatten viele solcher Kleider und Hüte, und nichts machte ihnen mehr Freude als ein neues. Vielleicht würde Mary wieder Hoffnung schöpfen, wenn sie etwas Schönes zum Anziehen bekam?

Die Atmosphäre in der kleinen Zelle in Newgate war angespannt, während die vier Männer Mary mit kalten, misstrauischen Augen anblickten.

»Seht mich nicht so an«, sagte sie entrüstet. »Ich habe euch nur nichts von seinem Besuch erzählt, weil er uns nicht helfen kann.«

Die Männer waren nachmittags in die Zelle zurückgekehrt, allesamt betrunken. Wären sie nüchtern gewesen, hätte sie ihnen vielleicht von Mr. Boswells Besuch erzählt, doch während die vier ihren Rausch ausschliefen, kam sie zu dem Entschluss, dass eine solche Enthüllung zu nichts führte. Mr. Boswell wollte nur ihr helfen, nicht ihnen, und wenn sie ihnen das erzählte, verletzte sie das nur.

Leider war ihr nicht klar gewesen, dass ein Besucher von draußen so viel Aufmerksamkeit erregte und so viele Spekulationen unter den Gefangenen und den Wachen auslöste. Als die Männer wieder nüchtern waren und zurück in den Schankraum gingen, schien das ganze Gefängnis bereits von dem Anwalt zu sprechen, der bei Mary gewesen war.

»Was planst du denn jetzt schon wieder?«, brach es aus James hervor, und sein schmales Gesicht war rot vor Wut.

»Gar nichts«, gab Mary zurück. »Spinks hat ihn hergebracht; Boswell war neugierig auf unsere Geschichte, aber er hatte nicht genug Interesse, um uns zu verteidigen.«

»Du hast den Anwalt einfach wieder gehen lassen, ohne mir Bescheid zu sagen?«, schrie James sie an. »Ich hätte dafür gesorgt, dass er Interesse hat.«

Mary zuckte die Schultern. »Betrunken? Dann hätte er uns noch weniger geholfen.«

»Ich bin trinkfest und kann jeden überreden, betrunken oder nüchtern«, knurrte James. »Ich wette, du hast nicht mal versucht, ihn zu überreden. Du sehnst dich vielleicht nach einem Strick um den Hals, wir jedoch nicht.«

Mary blickte die anderen drei flehend an. »Aber ihr wisst doch sicher, dass ich alles in meiner Macht Stehende tun würde, um euch zu helfen? Hat der billige Gin euer Hirn jetzt völlig zerstört?«

Sie sahen alle ein wenig betreten aus.

»Aber James hat recht, du hättest uns holen sollen«, beharrte Bill. »Er ist derjenige, der gut reden kann. Dir ist doch inzwischen alles egal.«

»Mir ist vielleicht egal, was mit *mir* passiert, aber ihr seid mir überhaupt nicht egal«, erwiderte Mary scharf. »Und wenn ihr es wissen wollt, ihr werdet immer mehr wie alle anderen in diesem Gefängnis: Ihr sauft euch das Hirn weg und lauft jedem Rock hinterher.«

»Kommt dieser Mann noch mal wieder?«, fragte Nat hoffnungsvoll.

»Das bezweifle ich«, meinte Mary kurz angebunden. »Er kann nichts für uns tun.«

Sie hörten, wie Spinks den Korridor entlangging und ihre Zellen für die Nacht abschloss. Mary zog sich in ihre Ecke zurück und legte sich hin. Sie hoffte, dass das schnell schwindende Licht den bitteren Streit endlich beenden würde. James und Bill unterhielten sich noch eine Weile flüsternd. Mary versuchte nicht einmal zu verstehen, was sie sagten, denn sie war hundemüde und niedergeschlagen.

Mr. Boswell war ein so netter Mann gewesen. Außer Tench hatte sich noch kein Mann so sehr für sie interessiert. Vielleicht hätte sie versuchen müssen, ihn zu überreden, ihnen allen zu helfen? Was, wenn sie unter Tränen gefleht, sich an ihn geklammert oder sich ihm sogar angeboten hätte?

Kein Mann würde dich wollen, so wie du jetzt aussiehst, dachte sie bei sich. Auch ohne einen Spiegel wusste sie, dass sie kein Hauptgewinn war. Die viele heiße Sonne, der Wind und die Unterernährung hatten sie frühzeitig altern lassen; sie hatte keine Kurven, an ihr war nichts weich. Selbst Sam, von dem sie wusste, dass er früher in sie verliebt gewesen war, schien seit ihrer Gefangennahme in Kupang das Interesse an ihr verloren zu haben.

Sie konnte eine Frau in der Ferne schreien hören. Es klang wie Geburtsschmerzen, und Marys Magen zog sich mitleidig zusammen. Es war schon irgendwie merkwürdig, dass sie nach all den schrecklichen Erlebnissen in den vergangenen Jahren, nach all dem Schmerz und den Erniedrigungen, immer noch in der Lage war, mit anderen mitzuleiden. Sie hätte doch schon völlig abgestumpft sein müssen, ohne Interesse daran, ob ein neugeborenes Baby überlebte oder nicht. Aber es war ihr nicht egal. Jedes Mal, wenn sie an dem Tor zum »gemeinen Volk« des Gefängnisses vorbeikam, hatte sie ein schlechtes Gewissen, weil die armen Teufel dort hungrig, schmutzig und krank waren, während sie selbst nach draußen gehen, essen und trinken und in einer anständigen Zelle schlafen konnte.

Die Schreie hörten plötzlich auf. Mary fragte sich, ob es daran lag, dass die Mutter endlich entbunden hatte, oder ob sie gestorben war. Vielleicht sollte sie Letzteres für sie hoffen, denn die Schwierigkeiten würden für die Frau nur noch viel größer werden, wenn sie die Geburt überlebt hatte.

Drei Tage vergingen, und langsam verhielten sich die Männer Mary gegenüber wieder normal. Am vierten Tag brachte man sie ins Gericht vor den Richter Mr. Nicholas Bond.

Alle fünf waren sehr nervös geworden, als man ihnen die Ketten wieder angelegt hatte. Dann, während der Gefängniswagen durch die überfüllten, lauten Straßen rumpelte, schlug die Nervosität in Furcht vor dem um, was vor ihnen lag. Nats blaue Augen waren weit aufgerissen vor Angst, Bill ballte seine Hände so fest zu Fäusten, dass sich seine Knöchel weiß auf der Haut abzeichneten, Sam schien ein Gebet zu murmeln. Selbst James schwieg, und als der Wagen plötzlich von einer Horde Menschen umgeben war, die ihnen alle etwas zuriefen, klammerte er sich an Marys Hand.

Plötzlich merkte Mary jedoch, dass es kein Mob war, der ihr Blut wollte, sondern das genaue Gegenteil. Die Leute riefen »Bravo«, »Viel Glück« und »Gott segne euch«.

Jemand warf einen Zweig weißes Heidekraut in den Wagen. Mary hob ihn auf und lächelte. »Sie sind auf unserer Seite«, keuchte sie.

Sie hatten sich alle an ihre Bekanntheit in Newgate gewöhnt, doch es war ihnen nicht in den Sinn gekommen, dass ihre Geschichte auch die einfachen Leute interessieren könnte. Aber offensichtlich war es so, und sie war ihnen auch zu Herzen gegangen, wenn so viele zum Gericht gekommen waren, um ihre Solidarität mit Mary und ihren vier Freunden zu demonstrieren.

Während man sie zur Anklagebank führte, sahen sie, dass der düstere und staubige Gerichtssaal voller Zuschauer war. Unter ihnen entdeckte Mary James Boswell.

»Mr. Boswell ist da«, flüsterte sie James zu, weil sie annahm, er und die anderen würden wieder auf sie losgehen, wenn sie nichts sagte. »Der dicke Mann mit der auffälligen Jacke.«

James blickte zu Boswell hinüber, lächelte ein wenig über den Mann und gab die Nachricht dann raunend an die anderen weiter.

Der Richter, der ein dünnes Gesicht und eine Brille auf dem Ende seiner sehr spitzen Nase sitzen hatte, befragte sie einen nach dem anderen und schien ihnen ungewöhnlich gut zuzuhören. Das war schon an sich eine weitere Überraschung, denn alle fünf von ihnen waren bei der Verhandlung, die zu ihrer Deportation geführt hatte, bei ihren Richtern stets auf völliges Desinteresse gestoßen. Und sie alle kannten Leute, die vor Gericht gebracht und ohne wirkliche Beweise oder Zeugen verurteilt worden waren.

Als Mary an der Reihe war, wirkte der Richter nicht nur aufmerksam, sondern zeigte ganz offensichtliches Interesse und wollte sich ein genaues Bild von den Ereignissen machen. Obwohl sie nervös war, blickte sie ihn direkt an und sprach mit klarer Stimme, die nur brach, als er ihr Fragen zum Tod ihrer beiden Kinder stellte.

»Die Flucht war ganz allein meine Idee«, gestand sie. »Ich habe sie geplant, und ich habe die Karten und die Navigationsinstrumente besorgt. Ich habe meinen Mann gezwungen mitzumachen, und ich habe ihm gesagt, er soll die anderen dazu überreden.«

Sie spürte, wie die Männer ihr Blicke zuwarfen. Offensichtlich überraschte es sie, dass sie sich selbst als Anstifterin bezeichnete.

»Wie lange haben Sie die Flucht geplant, bevor Sie die Kolonie tatsächlich verließen?«, fragte der Richter und hielt den Blick auf sie gerichtet.

»Fast vom ersten Tag an habe ich an Flucht gedacht«, sagte sie. »Aber als mein Mann ausgepeitscht wurde, nur weil er ein paar Fische, die er gefangen hatte, für sich behalten hatte, habe ich mich entschlossen zu fliehen. Wir mussten alle hungern, überall um uns herum starben Menschen. Und trotzdem bekam mein Will, der einzige Mann, der für Nahrung sorgte, hundert Peitschenhiebe. Das war nicht richtig.«

Er stellte immer weiter Fragen, und Mary beantwortete sie wahrheitsgemäß. Schließlich wollte der Richter wissen, ob sie ihr Verbrechen bereute, das zu ihrer Deportation nach New South Wales geführt hatte.

»Ja, das tue ich, Sir«, antwortete sie. »Es vergeht kein Tag, an dem ich es nicht bereue.«

Ein zustimmendes Raunen ging durch den Gerichtssaal.

»Aber sagen Sie mir, warum haben Sie das Leben Ihrer beiden Kinder durch eine so lange und gefährliche Reise durch unbekannte Gewässer aufs Spiel gesetzt?«

»Die Gefahren waren in der Kolonie ganz genauso groß«, erwiderte sie mit Nachdruck. »Ich glaubte, es wäre besser, wenn wir alle auf See sterben, als langsam einer nach dem anderen zu verhungern oder an irgendwelchen schrecklichen Krankheiten zugrunde zu gehen.«

Das zustimmende Raunen von den Zuschauern wurde zu einem Dröhnen. Als der Lärm abebbte, verkündete der Richter, er sei noch nicht bereit, das Verfahren gegen sie zu eröffnen; man werde sie fürs Erste ins Gefängnis zurückbringen. In einer Woche wollte er sie noch einmal befragen.

Während die fünf abgeführt wurden, bombardierte man sie mit Sympathiebekundungen. Sie wurden in eine Zelle unter dem Gericht gesperrt, wo sie auf ihren Rücktransport nach Newgate warteten.

»Hast du die Menge gesehen?«, meinte James fröhlich, und seine Augen tanzten so wie damals in Kupang. »Sie sind alle auf unserer Seite. Jetzt werden sie uns doch sicher nicht hängen?«

Mary sagte nichts. Für sie war die Aussicht auf noch viele weitere Jahre im Gefängnis viel schrecklicher als der Galgen.

»Du warst wundervoll«, lobte Sam sie und grinste von einem Ohr zum anderen. »Aber du hättest nicht die ganze Schuld auf dich nehmen sollen.«

Mary zuckte mit den Schultern. »Es war die Wahrheit. Ich habe Will wirklich dazu gezwungen und euch mit hineingezogen.«

»Du bist eine mutige Frau, daran besteht gar kein Zweifel«, meinte Bill mit zitternder Stimme. »Es tut mir leid, dass wir vor ein paar Tagen so schlecht von dir gedacht haben.«

Bevor Mary antworten konnte, hörte sie plötzlich die unverkennbare Stimme Mr. Boswells. Er stand am Ende des Steinkorridors und verlangte, sie zu sehen. Mary wurde bang ums Herz. Wenn er ihr vor den Männern noch einmal anbot, sie zu verteidigen, dann würden sie sie für eine Lügnerin halten.

Auf einmal stand er vor dem Gitter, prächtig anzusehen in einer dunkelblauen Jacke und einer bestickten Weste, und auf seinem runden, roten Gesicht lag ein Lächeln.

»Mary, meine Liebe, Sie haben sich so wunderbar dargestellt«, erklärte er freudestrahlend. »Die Menge hat Sie ins Herz geschlossen. In den nächsten Tagen werden die Leute in den Zeitungen die Berichte von den heutigen Ereignissen lesen, und ganz England wird hinter Ihnen stehen.«

»Hoffentlich nicht nur hinter mir«, gelang es ihr zu sagen. Sie hoffte, dass er ein Gespür für die Zwickmühle haben würde, in der sie wegen der Männer saß. »Wir hängen da gemeinsam drin, und Sie haben meine Freunde noch gar nicht kennengelernt.«

»Natürlich, natürlich. Man hat Sie alle ins Herz geschlossen«, meinte er, dann hielt er ihnen eine Kiste mit einer beträchtlichen Summe Geld entgegen. »Die Leute haben Geld gesammelt, um Ihnen zu helfen und Ihre Kosten in Newgate zu decken. Ich freue mich sehr für Sie alle.«

James stellte sich und die anderen Männer vor. »Bedeutet das, Sie sind jetzt bereit, uns zu verteidigen?«, erkundigte er sich und nahm Boswell die Kiste aus der Hand.

»Nun, da die Öffentlichkeit es genauso sieht wie Mary, habe ich meine Haltung noch einmal überdacht. Ich bin jetzt bereit, Marys Bedingung zu akzeptieren und auch Sie, ihre Freunde, zu verteidigen, sofern Mary ebenfalls bereit ist, ihre Haltung zu überdenken.« Boswell strahlte und blickte nur die Männer an, weshalb er die wild gestikulierende Mary dahinter übersah. »Ich hoffe, Sie wissen Ihre loyale Freundin zu schätzen! Und jetzt müssen wir über den nächsten Schritt reden. Ich glaube nicht, dass jetzt noch die Todesstrafe verhängt wird; Sie erwartet höchstens eine Gefängnisstrafe. Aber ich bin entschlossen, für Sie alle eine Begnadigung zu erreichen.«

Er wartete nicht ab, wie sie auf diese Nachricht reagierten, sondern fuhr fort: »Ich werde nächste Woche zu Ihnen kommen, und in der Zwischenzeit gehe ich Henry Dundas besuchen, den Innenminister. Er ist ein guter Freund von mir.«

Sobald Boswell gegangen war, brach James in Freudengeschrei aus und klimperte mit der Geldkiste. »Er kennt den Innenminister«, freute er sich. »Und die Leute haben eine Sammlung für uns veranstaltet. Wir werden freikommen!«

Sam sah Mary nachdenklich an, was sie erröten ließ. »Er hat dir angeboten, dich zu verteidigen, aber du hast abgelehnt, nicht wahr?«, fragte er mit ehrfürchtiger Stimme.

Die anderen drei Männer runzelten ratlos die Stirn.

»Versteht ihr denn nicht?« Sam schüttelte den Kopf über ihre Dummheit. »Dieser Anwalt war nicht zufällig hier. Er ist gekommen, um Mary wiederzusehen. Sie hat uns nichts von seinem Besuch vor ein paar Tagen erzählt, weil er nur sie verteidigen wollte. Das hat sie abgelehnt, unseretwegen!«

»Das hast du getan?«, vergewisserte sich Nat, und seine blauen Augen weiteten sich ungläubig.

»Heilige Mutter Gottes!«, rief James. »Und wir haben dich beschimpft!«

Mary errötete noch heftiger. »Das spielt jetzt keine Rolle«, murmelte sie.

»Doch, das tut es, Mary«, meinte Sam und legte den Arm um sie. »Die Menge da draußen hat wegen deiner Aussage für uns

Geld gesammelt. Ich bin sicher, dass der Anwalt auch nur deshalb seine Meinung geändert hat. Du hast uns schon wieder das Leben gerettet.«

Mary konnte in dieser Nacht nicht schlafen, weil ihr die ganze Zeit das viele »Was wäre, wenn« durch den Kopf ging. Was wäre, wenn sie Monate oder sogar Jahre im Gefängnis bleiben mussten, bis die Öffentlichkeit das Interesse an ihnen verlor? Dann würden sie niemals begnadigt werden. Was wäre, wenn Boswell genauso ein Aufschneider war wie Will und den Innenminister gar nicht wirklich kannte? Und was, wenn man sie wirklich begnadigte? Wohin sollte sie dann gehen, und wovon sollte sie leben?

Wenn ihre Notlage die Öffentlichkeit so bewegte, wie Mr. Boswell sagte, dann hatte ihre Familie ganz sicher davon gehört. Ihre Mutter würde vermutlich vor Scham sterben. Mary musste ein wenig über sich selbst lachen, dass dieser Gedanke sie nach allem, was sie durchgemacht hatte, noch so bedrücken konnte. Aber die Gefühle ihrer Mutter waren ihr nach wie vor sehr wichtig. Und sie wollte sie und den Rest ihrer Familie so gern wiedersehen.

Bei der zweiten Anhörung im Gerichtssaal teilte man den fünf zurückgekehrten Flüchtlingen offiziell mit, dass man sie nicht hängen würde. Stattdessen verurteilte man sie zu lebenslanger Haft. Den Männern reichte das; sie waren berühmt und hatten genug Geld, um bequem in Newgate zu leben, das nach einigen anderen Gefängnissen, in denen sie gesessen hatten, ein Paradies war. Es wäre natürlich wundervoll gewesen, wenn Boswell tatsächlich eine Begnadigung erreichte, aber darauf spekulierten sie nicht.

Doch Mary konnte das nicht so sehen. Sie wollte hängen oder frei sein, dazwischen gab es für sie nichts. Sie konnte auf die Freiheit warten, aber sie musste genau wissen, wie lange es dauern würde, bis sie wieder über eine Wiese laufen, im Meer schwimmen, Blumen riechen oder ihr eigenes Essen kochen würde. Sie konnte ihre Tage nicht in mit Gin betäubter Stumpfsinnigkeit verbringen, wie es in Newgate üblich war.

Boswell hatte recht damit gehabt, dass ganz England von ihnen erfahren würde. Die Geschichte verbreitete sich wie ein Lauffeuer. Doch Mary freute sich nicht über ihren Ruhm. Jeden Tag erschienen Leute im Gefängnis, um sie zu sehen. Einige kamen von Organisationen, die streng gegen Deportationen waren, andere waren Journalisten, aber die meisten waren einfach neugierig und wollten sich die Frau ansehen, über die alle sprachen, so als wäre sie eine Monstrosität in einer Jahrmarktvorstellung.

Mary konnte es nicht ablehnen, all diese Leute zu empfangen. Sie wusste, dass sie und die Männer von der öffentlichen Meinung abhingen, wenn sie begnadigt werden wollten. Doch es war schmerzhaft, ihre Geschichte immer und immer wieder erzählen zu müssen. Die Leute wühlten damit Erinnerungen auf, die sie lieber vergessen wollte.

James liebte das alles, vor allem, dass die großen Damen ihn immer wieder besuchten. Dabei interessierten sich die Frauen nicht wirklich für seine Notlage, wie Mary argwöhnte. Ein Besuch in Newgate lenkte sie von ihrem ansonsten langweiligen Leben ab; es war aufregend, an einen so schmutzigen und gefährlichen Ort zu gehen. James versprühte seinen irischen Charme und flirtete mit ihnen; er erzählte ihnen schockierende Dinge, die sie beim Nachmittagstee mit gesenkter Stimme an weniger mutige Freundinnen weitergeben konnten. Als Gegenleistung brachten sie ihm Essen, neue Sachen und Bücher. Er hatte sogar damit begonnen, einen Bericht über ihre Flucht zu schreiben, von dem er hoffte, er würde sich so gut verkaufen, dass er zurück nach Irland gehen und dort Pferde züchten konnte.

Was Nat, Bill und Sam anging, so hatten sie zum ersten Mal in ihrem Leben das Gefühl, wichtig zu sein. Sie hatten ebenfalls weibliche Bewunderer, und während die Tage vergingen, schienen sie Mary immer weniger zu brauchen.

Und dann war da noch Mr. Boswell. Mary mochte ihn – er war schlau, lustig und sehr nett –, doch sie wusste nicht, was genau er eigentlich von ihr wollte.

James Martin hatte es sich zur Aufgabe gemacht, alles über diesen Mann herauszufinden, und einiges davon war ein bisschen beängstigend. Denn obwohl er ein berühmter und sehr bewunderter Autor war und in Adelskreisen verkehrte, galt er auch als Lebemann, der gern trank und die Gesellschaft von Huren suchte. Er war seinen Kindern vielleicht ein guter und liebender Vater, aber es hieß, er habe seine Frau vernachlässigt, sogar so weit, dass er nicht einmal heim nach Schottland gefahren war, als sie im Sterben lag. Man hielt ihn auch nicht für einen besonders guten Anwalt.

Mary fand, dass er Will ähnelte. Er gab vor, große Fähigkeiten, Intelligenz und Mut zu besitzen, genau wie Will. Natürlich war Mr. Boswell viel älter, gebildet und ein Gentleman, doch wenn man sein Alter, seine Bildung und seine Kleidung außer Acht ließ, dann hatten Will und er viel gemeinsam. Er sprach von Freunden in hohen Positionen, aber waren das wirklich Freunde oder nur flüchtige Bekannte? Er prahlte auch mit Fällen, die er vor Gericht gewonnen habe, von seinem Erfolg bei Frauen und dass er ein Nachfahre von Robert the Bruce sei.

Doch Mary roch den Alkohol an ihm, zu welcher Tageszeit er sie auch besuchte, und sein rotes Gesicht war ein sicheres Zeichen dafür, dass er zu viel davon trank. Alkohol war auch Wills Schwäche gewesen, und sie konnte nicht vergessen, welchen Anteil sein übermäßiges Trinken an ihrem Scheitern gehabt hatte.

Doch während der Besuche des Anwalts glaubte Mary ihm völlig. Es war so einfach, denn seine melodiöse Stimme mit dem ganz leichten schottischen Akzent schmeichelte dem Ohr. Er ließ vor ihrem inneren Auge eine neue Welt entstehen, eine mit Dinnerpartys, Ballkleidern und Landhäusern, und brachte sie mit seinen lebendigen Beschreibungen von den Leuten, die er kannte, zum Lachen. Und trotz all seines Prahlens zeigte er auch echte Freundlichkeit. Er hasste Ungerechtigkeit und hatte wirklich Verständnis für Schwächen, vor allem bei Frauen. Er liebte Kinder, er wollte eine gerechtere Gesellschaft und Schulen für die Armen.

Wenn er bei ihr war, fühlte sich der Raum warm und voller Licht an. Die Unterhaltungen mit ihm stimulierten Mary, dann fühlte sie Hoffnung. Aber sobald er ging, kehrten die Schatten zurück. Was wollte er denn mit jemandem wie ihr? Irgendwie konnte sie nicht ganz glauben, dass er das alles nur aus reiner Herzensgüte tat. Er musste ein Motiv haben, die Leute hatten immer ihre Gründe.

Anfang August, genau einen Monat, nachdem sie in Newgate angekommen waren, kam er zu ihr, diesmal in den kleinen Raum unten im Gefängnis, in dem ein Tisch und Stühle standen.

»Meine Güte, ist das heiß heute!« Er war völlig außer Atem von der Anstrengung, in der heißen Sonne bis zum Gefängnis zu laufen, und wischte sich mit einem Taschentuch die Stirn. »Ich fahre morgen in Urlaub. Nach Cornwall, meine Liebe, aber ich habe Dinge in die Wege geleitet, was Sie angeht, und ich glaube ganz sicher, dass ich bei meiner Rückkehr gute Neuigkeiten für Sie haben werde.«

Und dann erzählte er ihr von einem Brief an Henry Dundas, auf den er immer noch keine Antwort erhalten habe. Mary kam es vor, als wären Boswells vorherige Behauptungen darüber, was für ein guter Freund dieser Mann doch angeblich sei, übertrieben gewesen.

Doch dann legte Boswell das braune Paket, das er bei sich hatte, auf den Tisch. »Etwas für Sie, meine Liebe. Es ist nicht neu, aber ich hoffe, es muntert Sie auf.«

Mary öffnete das Paket und keuchte überrascht auf, als sie das Kleid sah. Wahrscheinlich ein abgelegtes von seinen Töchtern, dachte sie. Es war blassblau, und der tiefe Ausschnitt war mit weißer Spitze eingefasst.

»Es ist wunderschön«, sagte sie und wurde rot vor Verlegenheit. Eigentlich war das ein Kleid, von dem jede Frau träumte, doch so etwas trugen Damen von Stand zum Nachmittagstee oder bei einem Spaziergang im Park, keine Gefangene in Newgate mit Läusen im Haar. »Vielen Dank, Mr. Boswell, aber ich bin nicht sicher, ob das zu mir passt.«

»Meine Freunde nennen mich Bozzie«, tadelte er sie. »Ich betrachte Sie als Freundin. Und natürlich passt das zu Ihnen, Sie sind immer noch eine junge Frau, und die Freiheit liegt vor Ihnen. Es wird mir eine Freude sein, Sie darin zu sehen.«

»Werde ich wirklich freikommen?«, wollte sie wissen. Sie legte das Kleid zur Seite und setzte sich. »Und wenn, was soll ich dann tun?«

»Ich bin sicher, dass Sie freikommen werden«, erklärte er fest. »Und als Ihr Freund werde ich eine Unterkunft für Sie arrangieren. Es wird mir eine große Freude sein, Ihnen in Ruhe London zu zeigen.«

»Das kann ich nicht von Ihnen erwarten, Sir«, protestierte sie ein wenig erschrocken. »Ich nehme sehr gern eine Arbeit als Hausmädchen oder Näherin an.«

Er legte eine seiner weichen, pummeligen Hände auf ihre. »Sie werden sich erst ein bisschen verwöhnen lassen, bevor Sie arbeiten können«, meinte er und sah ihr in die Augen. »Sie sind nur noch Haut und Knochen, Sie müssen essen und brauchen ein Tonikum, um Ihr Blut zu reinigen. Außerdem müssen Sie erst lernen, wie man sich hier in London verhält.«

Mit plötzlicher Klarheit sah Mary Leutnant Graham vor sich. Glaubte Mr. Boswell, sie würde seine Geliebte werden?

Obwohl sie wusste, dass sie ihm Dankbarkeit schuldete, falls er wirklich eine Begnadigung für sie erwirkte, stieß der Gedanke sie ab. Er war dick, sein Atem roch nach Alkohol, und sie glaubte nicht, es ertragen zu können, von ihm geküsst zu werden, von allem anderen ganz zu schweigen.

»Ich muss meinen eigenen Weg finden«, sagte sie nach kurzem Überlegen. »Ich bin Ihnen sehr dankbar, Bozzie, aber wenn ich von hier fortgehe, dann werde ich Sie nicht mehr brauchen.«

Er lachte und kitzelte sie unter dem Kinn. »Lächeln Sie für mich, Mary. Sie sind eine hübsche Frau, wenn dieser traurige Ausdruck von ihrem Gesicht verschwindet. Seien Sie nicht so voreilig, denn London ist ein harter Ort für Leute ohne Freunde.«

Dann wechselte er zu Marys Erleichterung das Thema und sprach von seinem geplanten Aufenthalt in Cornwall.

Allein die Erwähnung Cornwalls ließ Mary ihr Zuhause in lebhaften Farben vor sich sehen. Es war jetzt fast sieben Jahre her, dass sie das Schiff nach Plymouth bestiegen hatte, und Dollys Worte: »Man könnte um die ganze Welt fahren und würde doch nirgends einen Ort finden, an dem es so schön ist wie in Fowey« fielen ihr wieder ein.

Sie hatte jetzt die Welt bereist, und es stimmte – nirgends war es so schön. Wenn sie ihre Augen schloss, dann konnte sie das Meer in der Sommersonne glänzen sehen, konnte den Seetang riechen und die Möwen schreien hören.

»Ich war nie in Truro, Falmouth oder Land's End«, sagte sie, als Boswell ihr die Orte nannte, die er besuchen wollte.

»Nein?«, rief er überrascht. »Wirklich nicht?«

»Das werden Sie verstehen, wenn Sie dort sind«, meinte sie und lächelte, weil er trotz seines Alters eine fast jungenhafte Lebenslust ausstrahlte. »Diese Orte sind vielleicht nicht weit von Fowey entfernt, aber die Straßen sind schlecht, kaum mehr als Feldwege.«

»Es hat Aufstände in Truro gegeben«, erzählte Boswell seufzend. »Die Armee wurde gerufen, um sie niederzuschlagen. Aber es hat überall Aufstände gegeben in der Zeit, in der Sie fort waren. England ist von der Revolution in Frankreich angesteckt worden, schätze ich, es gibt so viel Unzufriedenheit und Unruhe.«

Mary wusste, dass Boswell viele Zeitungen las. Das gehörte zu den Dingen, die sie besonders an seinen Besuchen mochte: Sie hatte dann Gelegenheit, über das zu sprechen, was außerhalb der Gefängnismauern geschah. Ihre vier Freunde leisteten ihr vielleicht Gesellschaft, aber die Gesprächsthemen waren sehr einseitig. Sie war es leid, über ihre Flucht zu sprechen und über die Leute, die sie in New South Wales kannten, und sie hatte auch überhaupt kein Interesse daran, über andere Gefangene hier zu reden.

»Ich wünschte, ich könnte lesen«, murmelte sie bedauernd. »Ich weiß fast nichts über die Welt.«

Er legte seine Hand erneut auf ihre. »Mary, Sie können das lernen, wenn Sie es wünschen. Aber sagen Sie nicht, Sie wüssten nichts. Sie sind viel intelligenter und weiser als viele Leute, die ich kenne und die sich selbst für sehr klug halten.«

Damit stand er auf. »Ich muss jetzt gehen. Versuchen Sie, sich nicht zu sorgen, und seien Sie sicher, dass ich in Cornwall immer an Sie denken werde.«

Er küsste sie auf die Wange. »Tragen Sie das Kleid, es soll Sie an die Zeit erinnern, bevor man Ihnen Ihr junges Leben so schwer gemacht hat.«

Mary trug das Kleid wirklich, sehr oft sogar. Und Boswell hatte recht, es erinnerte sie an ihre Jugend. Sie dachte daran, wie sie auf Thomas Coogan in Plymouth zugerannt war, wie er sie in seinen Armen aufgefangen und herumgewirbelt hatte, und an seine süßen Küsse.

In Newgate gab es keine Spiegel, aber sie konnte an der Art, wie die Männer sie ansahen, erkennen, dass sie nicht so alt und hässlich war, wie sie gedacht hatte. Das zu wissen half ihr; sie dachte immer öfter über die Freiheit nach und war manchmal verzweifelt darüber, sie vielleicht niemals mehr zu erleben.

19. Kapitel

Was ist los, Mary?«, fragte Boswell und ergriff über den Tisch des Besucherraums in Newgate ihre Hand. »Sie haben heute noch kaum ein Wort mit mir gesprochen!«

Mary war jetzt seit sieben Monaten im Gefängnis, und es war ein bitterkalter Tag im Februar. Sie trug einen Männer-Überzieher, einen von zweien, die James Martin von seinen weiblichen Bewunderern geschenkt bekommen hatte. Sie hatte dicke wollene Strumpfhosen an und Handschuhe an den Händen, doch ihr war immer noch so kalt, dass sie das Gefühl hatte, sterben zu müssen. Es war jedoch nicht nur die Kälte, die sie so mürrisch machte, sie fühlte sich einfach mutlos.

»Werden wir jemals begnadigt werden?«, wollte sie leise wissen. »Sagen Sie es mir jetzt, falls das nicht passieren wird, Bozzie. Ich kann einfach nicht mehr warten und hoffen.«

Jedes Mal, wenn Boswell sie besuchte, erzählte er ihr, er habe sich sehr um ihre Angelegenheiten und die ihrer Freunde bemüht. Er behauptete, allen auf die Nerven zu gehen und Henry Dundas und alle anderen zu bedrängen, die Einfluss hatten. Aber die Monate krochen dahin, und Mary vermutete hinter Boswells Worten nichts als leere Versprechungen.

»Es ist jetzt sieben Jahre her, seit Sie verhaftet wurden«, meinte Boswell sanft. »Sie haben diese Zeit mit viel Stärke ertragen. Sicher können Sie sich doch jetzt noch ein wenig länger gedulden. Oder vertrauen Sie mir etwa nicht mehr?«

Mary wollte nicht zugeben, dass das der Fall war, denn sie war sich bewusst, wie wenig sie über die Welt vor den Gefängnistoren wusste oder von Anwälten, Richtern und Innenministern. Boswell sprach mit ihr wie mit einer Gleichgestellten und erzählte ihr von berühmten Leuten, die er getroffen hatte, von Partys, auf denen er gewesen war, oder von Theater- oder Konzertbesuchen und schien anzunehmen, sie wüsste, von wem oder was er da redete. Aber woher sollte sie das wissen? Sie war ein Mädchen vom Land, das weder lesen noch schreiben konnte. Das einzige Konzert, das sie je gesehen hatte, war das einer Marschkapelle in Plymouth gewesen. Noch nicht ein einziges Mal in ihrem Leben hatte sie mit Silberbesteck gegessen oder aus Kristallgläsern getrunken.

Wenn Boswell von Lord Falmouth, von Evan Nepean und Henry Dundas sprach, Leuten, die er ihretwegen aufsuchte, dann waren das für sie nur Namen. Sie wusste nicht, wer diese Leute waren und welche Position sie innehatten, und er konnte sich die Namen genauso gut ausgedacht haben, um den Eindruck zu erwecken, er gäbe sich Mühe mit ihrem Fall.

Ihr Vater hatte immer gesagt: »Im Königreich der Blinden ist der Einäugige König.« Erst in Port Jackson hatte sie wirklich verstanden, was er damit gemeint hatte. Dort war sie klüger als die meisten anderen Gefangenen, als viele der Marineoffiziere und sogar als einige der Offiziere gewesen. Deshalb war sie davon ausgegangen, viel über Menschen zu wissen und mit beinahe allem zurechtzukommen.

Doch London und Newgate waren etwas ganz anderes als Port Jackson. Hier waren alle schlau. Sie besaßen vielleicht nicht mehr Bildung als sie, doch sie waren verschlagen. Alle, die Gefangenen, die Wachen und die Besucher von außerhalb der Gefängnismauern, hatten sehr viel mehr Wissen und Erfahrung als sie.

Sie war vielleicht ans Ende der Welt und wieder zurück gereist, aber seit ihrer Ankunft in Newgate war ihr klar geworden, wie begrenzt ihre Fähigkeiten tatsächlich waren. Sie konnte einen Fisch fangen, ihn ausnehmen und braten. Sie konnte ein Boot segeln, beim Bau einer Hütte helfen, viel mehr jedoch nicht. Mary hatte all ihre Hoffnungen auf Boswell gesetzt, weil er klug und gebildet war, doch vielleicht war es dumm gewesen, auf ihn zu hoffen.

»Ich glaube, ich habe den Glauben an mich selbst verloren«, gestand sie seufzend.

»Das ist sehr verständlich«, meinte er, und in seinen dunklen Augen lag Mitgefühl. »Newgate versucht, alles zu zerstören, was durch seine Tore kommt. Aber dagegen müssen Sie sich wehren, Mary. Sehen Sie sich die Frauen um Sie herum an, die ihren Körper für ein Glas Gin verkaufen, oder die Männer, die anderen im Schlaf die Stiefel stehlen, und erinnern Sie sich daran, dass Sie nicht zu diesen Leuten gehören. Mit Ihrem Mut und Ihrer Geduld haben Sie das Herz der gesamten Nation erobert. Jeden Tag fragen mich Leute, wie es Ihnen geht, und stecken mir Geld für Sie zu.«

»Wirklich?«, fragte Mary überrascht, dann wurden ihre Augen schmal. »Und wo ist dieses Geld?«

Boswell kicherte. »Ich bewahre es auf für die Zeit, wenn Sie es brauchen werden. Es wäre nicht gut, wenn Sie es hier hätten, aber ich notiere mir jeden Penny, und wenn man Sie entlässt, dann können Sie davon Unterkunft, Kleider, Essen und die Fahrt an den Ort bezahlen, an den Sie wollen.«

Sie nickte und fasste neuen Mut, weil er »wenn« gesagt hatte und nicht »falls«. »Haben Sie eine Vorstellung davon, wie viele Wochen es noch dauert, bis ich es sicher weiß?«

Boswell schüttelte den Kopf. »Nein, Mary. Ich tue alles, was in meiner Macht steht, um diejenigen, die die Macht haben, dazu zu zwingen, Sie zu begnadigen. Mehr kann ich nicht tun.«

Nachdem Boswell fort war, ging Mary in den Schankraum und suchte nach den Männern. Trotz ihrer Aversion gegen diesen Ort wollte sie nicht allein in der Zelle auf ihre Rückkehr warten.

Wie immer schlug ihr beim Öffnen der Tür der Gestank von billigem Alkohol, Rauch und menschlichen Ausdünstungen entgegen. Der Raum war klein und kellerähnlich mit grauen Steinwänden, die sich kalt und feucht anfühlten, wenn man sie berührte. Er wurde von rauchenden Laternen erleuchtet, und das einzige Mobiliar waren ein paar wackelige Bänke. Frische Luft kam nur durch die Tür herein, aber die Stammgäste schienen sich an den verrauchten Zustand gewöhnt zu haben.

Es war nicht so voll wie sonst, vielleicht weil Typhus unter dem »gemeinen Volk« wütete. Doch es waren immer noch ungefähr sechzehn Männer und vier Frauen anwesend, von denen zwei, wie Mary glaubte, kürzlich angekommen sein mussten, denn sie hatte sie noch nie zuvor gesehen. Eine von ihnen, auffällig gekleidet mit einem lilafarbenen Kleid, saß auf den Knien eines Mannes und ließ ihn ihre Brüste betatschen, während sie einen Schluck aus einer Flasche nahm.

Wie immer, wenn sie hier war, zog sich Marys Magen schmerzhaft zusammen. Der Schankraum schien das Schlimmste in den Leuten zum Vorschein zu bringen. Sie prahlten, jammerten und zerrissen sich über andere das Maul. Sexuelle Übergriffe, oft verbunden mit höhnischen Kommentaren der jeweiligen Täter, kamen regelmäßig vor. Sie war einmal dazugekommen, als ein Mann eine Frau nach vollzogenem Geschlechtsverkehr von seinem Schoß gestoßen und ein anderer Mann sie sich gegriffen und sie ebenfalls missbraucht hatte. Währenddessen hatten die anderen applaudiert.

Angriffe auf unbeliebte Gefangene wurden hier ebenfalls ausgeheckt, und da Eifersucht normalerweise der Grund für solche Übergriffe in Newgate war, fürchtete Mary oft um sich und ihre Freunde.

»Mary, mein kleiner Schatz!«, rief James, als er sie in der Tür stehen sah. »Komm her und trink was mit uns.«

James hatte sich seit ihrer Ankunft in Newgate dramatisch verändert. Seine Bekanntheit, die Tatsache, dass er lesen und schreiben konnte, und sein angeborener Charme hoben ihn fast sofort von der Masse der anderen Gefangenen ab. Doch sein besonderer Ruf verstärkte sich noch durch die vielen Damen, die ihn besuchten. In schönen neuen Kleidern, glatt rasiert und mit frisch geschnittenem Haar sah er jetzt aus wie ein Mitglied der irischen Aristokratie. Er würde niemals ein schöner Mann sein mit seiner hohen Stirn und seiner dicken Nase, doch er trug die Sachen mit Stil, und sein Humor und seine Wärme waren sehr attraktiv.

Mary bekam Angst, als sie sah, dass sein Gesicht vom Alkohol gerötet war und dass er schwankte, als er auf sie zukam. Doch noch schlimmer als sein betrunkener Zustand waren die Leute, mit denen er zusammensaß. Amos Keating und Jack Sneed waren wirklich Abschaum, so hässlich in ihrem Aussehen wie in ihren Herzen. Die beiden hatten eine alte Witwe erschlagen, als sie sie beim Einbruch in ihr Haus erwischt hatte. Selbst jetzt, da sie auf ihre Exekution warteten, zeigten sie keinerlei Reue, sondern prahlten sogar noch damit. Nat, Bill und Sam waren nicht da, wahrscheinlich waren sie gegangen, weil sie nicht mit Leuten wie Amos und Jack zusammen sein wollten.

»Ich wollte nur kurz mit dir reden, James«, meinte sie und zog sich zurück. »Aber das hat Zeit.«

»Bist dir wohl zu gut, um etwas mit uns zu trinken, was?« Amos, der kleinere der beiden Männer, warf ihr anzügliche Blicke zu und zeigte seine verfaulten Zähne.

Mary zögerte. Es entsprach nicht ihrer Natur, eine solche Bemerkung einfach auf sich sitzen zu lassen. Doch ihr Zögern war ihr Verderben, denn Jack, Amos' Komplize, ein hochgewachsener Schlägertyp mit einem verwüsteten Gesicht, durchquerte mit zwei großen Schritten den Raum und umklammerte ihre Taille.

»Ich mag es, wenn sie sich zu gut für mich sind«, sagte er. »Die haben immer die engsten Fotzen.«

Er hob Mary hoch, hielt sie eisern umklammert und versuchte, sie zu küssen. Mary schlug ihm ins Gesicht, aber er lachte nur.

»Genau, kämpf gegen mich«, grölte er erfreut. »Ich mag's nicht, wenn meine Frauen zu willig sind.«

Mary kämpfte, doch er hielt sie viel zu fest, als dass sie sich hätte befreien können, und angefeuert von den Rufen der anderen Trinker würde er nicht von ihr ablassen.

»Lass mich los«, schrie sie und schlug mit Fäusten auf ihn ein. »James, hilf mir!«

Mary sah, wie er auf sie zurannte, aber Amos legte ihm den Arm um den Hals und hielt ihn zurück, und in dieser Sekunde wusste Mary, dass sie in wirklich großer Gefahr schwebte.

Die meisten Männer in Newgate, ob Gefangene oder Wachmänner, glaubten, sich die Frauen einfach nur nehmen zu können. Mary hatte sich aufgrund ihres besonderen Status als Flüchtling und ihrer vier Freunde, die meist um sie herum waren, recht sicher gefühlt. Aber Jack und Amos bewunderten sie ganz offensichtlich nicht und schienen sie für leichte Beute zu halten.

»Einer Frau, die sich von vier Männern gleichzeitig vögeln lässt, macht es doch nichts aus, mal einen Neuen ranzulassen«, zischte ihr Jack ins Ohr, bevor er sie zu Boden warf. Er öffnete seinen Gürtel und sprang auf sie. Der saure Gestank seiner schmutzigen Kleider ließ sie würgen.

Mary schrie wieder nach James, und sie konnte aus den Augenwinkeln einen Blick auf ihn werfen, während sich die anderen Trinker um sie versammelten, um sich das Schauspiel anzusehen. James' Gesicht sah gequält aus, aber Amos hielt ihn immer noch fest; er konnte nichts ausrichten.

Mary kämpfte gegen Jack, zog ihm an den Haaren und zerkratzte sein Gesicht, doch er fing ihre Hände auf und hielt sie mit einer Hand fest, während die andere ihr hektisch unter das Kleid grapschte. Der schwere Übermantel hinderte ihn ein wenig, und sie wand sich wie ein Aal.

»Geh von mir runter, du dreckiger Bastard«, zischte Mary und spuckte ihm ins Gesicht. Sie versuchte verzweifelt, sich mit den Absätzen ihrer Stiefel auf den Boden zu stellen in dem Versuch, seinen Körper von sich abzuschütteln, aber die Oberfläche war zu rutschig. Sie schrie weiter, so laut sie konnte, doch das schien Jack nur noch mehr anzuspornen, genau wie die anderen Männer, die zusahen. Verzweifelt erinnerte sie sich daran, dass Schreie in Newgate zu sehr an der Tagesordnung waren, um jemanden zu ihrer Rettung herbeizurufen.

Sie konnte spüren, wie die Atmosphäre sich auflud, während

die Zuschauer immer erregter wurden, und wenn Jack sie tatsächlich vergewaltigte, dann zweifelte sie nicht daran, dass die anderen Männer es ihm gleichtun würden. Aber sie würde sich nicht vergewaltigen lassen, nicht nach allem, was sie durchgemacht hatte! Lieber würde sie sterben.

Mary kämpfte mit ihrer ganzen Stärke, und es gelang ihr, die Hände wieder freizubekommen. Sie stieß Jack die Fingernägel in die Augen und zog an seinem fettigen Haar, bis sie ein Büschel davon in der Hand hielt. Als er versuchte, sie mit einem Kuss zum Stillliegen zu zwingen, biss sie ihm hart in die Lippen.

»Du kleine Wildkatze«, rief er beinahe bewundernd und hielt für eine Sekunde inne, um sich das Blut vom Mund zu wischen.

Mary ergriff die Gelegenheit und bäumte sich unter ihm auf, bis es ihr gelang, ein wenig nach links auszuweichen. Doch Jack war zu schnell; er umklammerte sie erneut und drückte ihren Körper und ihren rechten Arm herunter. Dann zog er sich mit der linken Hand den Gürtel aus.

»Nein, du Bastard!«, hörte sie James schreien, und vielleicht versuchte er vergebens, näher zu kommen, um ihr zu helfen, doch das konnte Mary nicht sehen. Jack hatte ganz offenbar vor, sie entweder mit dem Gürtel zu schlagen, bis sie aufgab, oder ihr damit die Hände zu fesseln.

Irgendwie war der Anblick der Zuschauer noch schlimmer als das, was Jack ihr antun wollte. Die Laternen spendeten nur wenig Licht, doch Mary konnte die böse Freude auf den Gesichtern der Gaffer immer noch deutlich genug sehen. Ihr Entsetzen verwandelte sich in Wut über ihre Verdorbenheit, und sie wurde noch entschlossener, ihnen nicht die Art von Vergnügen zu bereiten, nach der sie gierten.

Mary war schon immer eine gute Beobachterin gewesen, und während der vergangenen sieben Jahre hatte sie diese Fähigkeit zwangsläufig noch weiter verbessert. Ihr war bei ihren vorherigen Besuchen aufgefallen, dass leere Flaschen auf dem Boden herumlagen. Es war zu dunkel, um erkennen zu können, ob das heute auch so war, doch sie streckte ihren freien Arm aus und suchte schnell den Boden ab, bis sie eine Flasche ertastete.

Jack hatte sich jetzt die Hose geöffnet, und sein Penis stand vor Erregung aufrecht wie ein Pfahl. Er stürzte sich wieder auf sie, den Gürtel in der Hand. Offenbar wollte er sie würgen, bis sie aufgab und still lag.

Sie schrie erneut, um ihn abzulenken, und presste die Beine so fest zusammen, dass er gezwungen war, ein Ende des Gürtels loszulassen, um sie wieder auseinanderzudrücken. Er schwankte. Wahrscheinlich war er nicht sicher, welches Ende von ihr er zuerst attackieren sollte. Mary nutzte die Gelegenheit und schlug die Flasche so hart auf den Boden, dass sie zerbrach, dann stieß sie ihm das gezackte Ende mit so viel Kraft, wie sie aufbringen konnte, unter dem Ohr in den Hals.

Jack schrie vor Schmerz auf, ließ sich zurück auf die Knie sinken, und seine Hände fuhren zu seinem Hals. Mary sprang vom Boden auf und stand da, eine Hand in die Hüfte gestemmt. Keuchend vor Anstrengung blickte sie verächtlich auf ihren Angreifer hinunter.

Im Schankraum wurde es still. Jack saß immer noch auf Knien, und zwischen seinen Fingern quoll Blut hervor. Er rollte ängstlich mit den Augen, und aus seiner Kehle kam ein schrecklich gurgelnder Laut.

»Lass dir das eine Lehre sein«, meinte Mary mit zusammengepressten Zähnen, dann trat sie nach ihm, sodass er vornüberfiel.

Sie wandte sich an den Rest der Menge, die zerbrochene Flasche immer noch in der Hand. Alle traten ein paar Schritte zurück, weil sie den entschlossenen Ausdruck auf ihrem Gesicht sahen und annahmen, dass sie nun auch auf sie losgehen würde. Einen Moment lang wollte Mary das auch, aber diese Leute erinnerten sie an die Ratten im Hospital in Batavia. Sie hatten genauso spitze Gesichter und ein ebenso hinterhältiges Verhalten. Sie stürzten sich auf die Schwächeren, waren widerwärtig und ihrer Verachtung nicht würdig.

»Wenn jemand von euch auch nur daran denkt, mich anzugreifen, dann bringe ich ihn um«, knurrte sie. »Und jetzt holt Hilfe für diesen Mistkerl! Und James, du kommst mit mir!«

Die anderen drei Männer waren noch nicht zurück in der Zelle, obwohl es jetzt schon fast dunkel war. James, der sich den ganzen Weg die Treppe hinauf ständig entschuldigt hatte, ließ sich ins Stroh fallen, zog die Knie bis unter sein Kinn und legte seinen Kopf darauf.

»Du siehst aus, als hättest du Angst, ich würde dich schlagen«, sagte Mary scharf. »Vielleicht sollte ich das auch, weil du dich mit solchem Abschaum abgibst.«

»Was ist, wenn er stirbt, Mary?«, jammerte James; sein Gesicht war kalkweiß im Dämmerlicht.

»Denkst du, das interessiert irgendjemanden?«, rief sie, während sie eine Kerze anzündete. »Er ist ein Mörder und wird bald gehängt. Aber er wird daran nicht sterben, es ist nur eine Fleischwunde. Und wenn dich das für ein oder zwei Wochen aus dem Schankraum fernhält, dann habe ich es nicht umsonst getan.«

James schwieg für einige Zeit. Mary setzte sich und lehnte sich mit dem Rücken gegen die Wand. Ihr war sehr kalt, und sie fühlte sich zittrig, weil ihr bewusst wurde, dass sie Jack eher durch Glück als durch Stärke oder überlegene Intelligenz überwältigt hatte.

»Hasst du mich jetzt?«, fragte James nach einer Weile mit leiser, bebender Stimme. Der Schock hat ihn ernüchtert, dachte Mary.

»Warum sollte ich dich hassen?«, erwiderte sie. »*Du* hast ja nicht versucht, mich zu vergewaltigen.«

»Ich hätte einen Weg finden müssen, ihn aufzuhalten. Ich habe dich im Stich gelassen.«

»Männer haben mich immer im Stich gelassen«, meinte Mary, und plötzlich weinte sie. Seit ihrer Ankunft in Newgate hatte sie noch nicht einmal geweint. Sie hatte geglaubt, nach dem Tod ihrer Kinder könne sie nichts mehr zum Weinen bringen. Doch wieder einmal war sie gezwungen gewesen, sich selbst zu verteidigen, und es kam ihr vor, als wäre ihr Leben ein einziger langer Kampf, und sie war zu müde, um ihn weiter fortzusetzen.

»Nicht, Mary«, flehte James und rutschte hastig zu ihr herüber, um sie zu trösten. »Ich kann es nicht ertragen, dich weinen zu sehen.«

»Warum nicht?«, fragte sie verbittert, und die Tränen liefen ihr die Wangen hinunter. »Hast du Angst, dass es keine Hoffnung mehr für uns gibt, wenn ich zusammenbreche?«

Sie hatte das gesagt, ohne darüber nachzudenken, doch plötzlich erkannte sie, dass es stimmte. Seit den Tagen auf der *Dunkirk* lehnten sich Leute an sie und verließen sich auf ihre Stärke.

Aber an wen konnte *sie* sich lehnen, wenn etwas schiefging? Mary war stets gezwungen, sich zusammenzureißen, weil sie sich auf niemanden verlassen konnte.

»Ohne dich wüssten wir nicht weiter, so viel steht fest«, erklärte James reumütig, als hätte er ihre Gedanken gelesen. »Aber du weißt doch, wie sehr die anderen und ich dich lieben, oder?«

»Ich weiß nicht, ob ich wirklich glauben kann, dass Männer lieben können«, schluchzte sie. »Schließlich zeigen sie Frauen mit demselben Akt ihre Liebe, mit dem sie auch ihrer Verachtung und ihrem Hass Ausdruck verleihen. Deshalb glaube ich nicht, dass sie ein Herz haben.«

James legte den Arm eng um sie und wiegte sie an seiner Brust. »Das ist ein sehr zynischer Gedanke, Mary. Ich habe schon viele Dinge getan, für die ich mich schäme, aber ich habe noch nie eine Frau mit Gewalt genommen. Und ein Mann kann eine Frau lieben, ohne daran zu denken, mit ihr zu schlafen. Nat, Bill, Sam und ich, wir empfinden so für dich. Du bist wie eine Schwester für uns.«

»Aber wo seid ihr den ganzen Tag, wenn ich euch so viel bedeute?«, brach es aus ihr hervor. »Ich bin hier stundenlang allein. Ihr überlasst es mir, mit Mr. Boswell zu sprechen. Ich muss mit

Spinks über das Essen verhandeln und die Wäsche waschen. Um was kümmert ihr euch denn, außer darum, euch zu betrinken?«

»Wir lassen dich mit Boswell sprechen, weil wir wissen, dass er dich sehen will«, erklärte James entrüstet. »Du kannst bessere Deals mit Spinks aushandeln, weil er dich mag. Und wenn wir dich allein lassen, dann nur, weil wir angenommen haben, du wärst gern für dich.«

»Ist das so?«

»Du weißt, dass das mit Boswell und Spinks stimmt«, erwiderte James trotzig. »Wolltest du wegen Boswell mit mir reden, als du in den Schankraum kamst?«

Mary dachte einen Moment nach. Sie hatte fast vergessen, was zwischen Boswell und ihr vorgefallen war. »Ich glaube, ich habe mich nur geärgert, weil er immer noch keine Neuigkeiten über unsere Begnadigung hatte«, meinte sie und wischte sich mit dem Handrücken die Tränen ab. »Ich fürchte langsam, es wird nie eine geben.«

»Dann wird es vielleicht langsam Zeit, dass ich an die Zeitungen schreibe«, meinte James. »Eine kleine Erinnerung, dass wir immer noch hier drin sitzen. Dann kommt vielleicht was in Bewegung.«

Mary war sich bewusst, dass die Männer sich nicht so verzweifelt wie sie nach Freiheit sehnten. Sie wollten natürlich freikommen, aber sie hatten sich an Newgate gewöhnt, und solange sie genug Geld für Alkohol und Essen hatten, waren sie zufrieden. Doch Mary war der Meinung, dass James sich etwas vormachte. Er war bei ihrer Ankunft hier ehrgeizig gewesen, er hatte ein Buch schreiben und zurück nach Irland gehen wollen, um Pferde zu züchten, aber jetzt trank er nur den ganzen Tag. Es schien ihm nicht klar zu sein, dass keine der Frauen, die ihn jetzt so faszinierend fanden, ihn nach seiner Entlassung kennen oder ihm helfen würde. Er würde über diesen Tag nachdenken müssen, und zwar jetzt.

Sie setzte sich auf und nahm sein Gesicht in ihre Hände. »Hör mir zu, James«, beharrte sie. »Du musst aufhören, in den Schankraum zu gehen. Die Leute, die du dort triffst, tun dir nicht gut. Bitte verbring deine Zeit damit, dein Buch zu schreiben, zu lesen oder mit einer anderen Beschäftigung, nur nicht damit zu trinken. Sonst wirst du in Schwierigkeiten geraten, wenn wir hier herauskommen, und dann landest du wieder hier.«

»Halt mir keine Predigt, Mary«, meinte er und schüttelte sie ab. »Das weiß ich alles.«

»Wirklich?«, fragte sie. »Dann bist du sehr viel schlauer als ich. Denn ich zermartere mir schon die ganze Zeit über den Kopf, doch ich weiß immer noch nicht, wovon ich in Freiheit leben soll. Ich frage mich, wie eine Frau ehrlich ihr Geld verdienen soll, wenn sie nicht lesen und schreiben kann. Wer wäre wohl so dumm, eine verurteilte Verbrecherin in seinem feinen Haus arbeiten zu lassen?«

»Da gibt es immer irgendjemanden«, antwortete er unbekümmert.

Mary hob fragend eine Augenbraue. »Ach, wirklich? Glaubst du, der Gefängnisgeruch verschwindet, sobald ich durch das Tor gehe? Dass da freundliche Menschen auf mich warten, die bereit sind, mich in ihr Haus zu lassen, auch auf die Gefahr hin, dass ich vielleicht mit ihrem Familiensilber durchbrenne?«

James zuckte zusammen. Er mochte es nicht, wenn Mary ihn und die anderen daran erinnerte, dass sie alle verurteilte Diebe waren. »Mr. Boswell wird dir helfen. Außerdem wird ein guter Mann kommen und dich heiraten. Vielleicht wirst du sogar wieder Kinder haben.«

Mary lachte bitter auf. »Ich sehe aus wie eine alte Krähe, James. Welcher Mann würde mich heiraten wollen?«

»Ich würde dich heiraten«, sagte er, ergriff ihre Hand und drückte sie. »Und Sam auch. Du bist schön, Mary, du bist stark, mutig, gut und ehrlich. Jeder Mann, der Augen im Kopf hat, würde sich freuen, dich zu bekommen.«

Es lag Mary auf der Zunge zu erwidern, dass ihre Probleme sich eher verdoppeln als lösen würden, wenn sie einen von ihnen heiratete. Doch James hatte ihr ein Kompliment machen wollen, und es wäre unhöflich gewesen, ihn so vor den Kopf zu stoßen. »Du könntest wahrscheinlich die Hälfte der Frauen in London mit solchen Sprüchen bezaubern«, meinte sie mit einem tränenverschwommenen Lächeln. »Mich jedoch nicht, James. Ich kenne dich zu gut.«

»Aber du kennst dich selbst nicht sehr gut«, meinte er und beugte sich zu ihr hinüber, um sie auf die Wange zu küssen. »Glaub mir, du bist ein Hauptgewinn, Mary. Und viel mehr wert, als du weißt.«

James Boswell stand in seinem Salon mit dem Rücken zum Feuer, ein Glas Brandy in der Hand. Es war nach sieben Uhr abends, und er war erschöpft, sowohl geistig als auch körperlich.

Seit seinem Besuch bei Mary war eine Woche vergangen, und ihre Verzweiflung hatte ihn seine Bemühungen für sie verdoppeln lassen. Schon seit zehn Uhr heute Morgen hatte er seine einflussreichsten Freunde und Bekannten besucht, um sich ihrer Unterstützung zu versichern. Die meisten hatten ihm zwar zugehört und genug Mitgefühl gezeigt, um in Marys Fond zu spenden, doch nicht einer davon war so bewegt von ihrer Notlage, dass er bereit gewesen wäre, seine Zeit oder seine Kenntnisse einzusetzen, um eine Begnadigung für sie zu erwirken.

Boswell ging hinüber zu seinem Sessel und ließ sich schwer hineinsinken. Während er sich zurücklehnte und nachdenklich an seinem Brandy nippte, sah er Mary noch einmal vor sich. Ihre großen grauen Augen, die ihn an eine stürmische See erinnerten. Diese Mähne aus dicken dunklen Locken, die Stupsnase und die Lippen, auf denen so schnell ein warmherziges Lächeln erscheinen konnte. Sie war zu dünn und blass, um eine Schönheit zu sein, die harten Zeiten hatten ihre Spuren hinterlassen, und die Elemente hatten sie vorzeitig altern lassen. Doch da war etwas unerklärlich Anziehendes an ihr.

Sie hatten sich schon so oft getroffen, sowohl allein als auch mit den vier Männern. Boswell kannte die Fluchtgeschichte jetzt bereits auswendig, genauso wie den individuellen Charakter jedes Beteiligten. Er hatte gelernt, auf das zu achten, was hinter Marys Worten lag, denn sie vereinfachte jede Geschichte und ließ normalerweise aus, welch entscheidende Rolle sie darin gespielt hatte. Nur durch entschlossenes Nachhaken – auch bei den Männern – hatte er beispielsweise erfahren, dass sie bis zu Wills Tod bei ihm im Hospital geblieben war – obwohl er sie alle im Stich gelassen und verraten hatte.

»Ich würde niemanden einfach sterben lassen, ohne mich um ihn zu kümmern«, hatte sie Boswell erklärt, nachdem er sie direkt gefragt hatte, warum sie Will trotz allem bis zu seinem letzten Atemzug gepflegt hatte.

Für James Boswell war das der Kern von Marys Charakter. Sie betrachtete ihr Handeln nicht als nobel oder großzügig, für sie war es nichts weiter als Menschlichkeit.

Ihr Mut, ihre Ausdauer und Intelligenz waren außergewöhnlich. Es war etwas ausgesprochen Maskulines, dass sie unter Stress so wenig Emotionen zeigte, doch in anderer Hinsicht war sie sehr feminin. Sie sorgte sich leidenschaftlich um die Babys, die im Gefängnis geboren wurden, und es regte sie auf, wenn die Mütter sich nicht um sie kümmerten. Sie konnte Boswells schöne Westen bewundern, Tränen traten in ihre Augen, wenn er ihr ein paar Schneeglöckchen mitbrachte, und sie zeigte sich ehrlich besorgt, wenn er außer Atem ankam. Er hatte bemerkt, wie viel ihr ihre Freunde bedeuteten und dass sie sich selbst und ihre Zelle sauber und ordentlich hielt. In Newgate hatte man so etwas noch nicht erlebt.

Draußen lagen die Temperaturen weit unter null, doch Boswells Salon war dank des prasselnden Feuers warm und sehr gemütlich. Fensterläden und Vorhänge aus schwerem Brokat hielten die Kälte draußen, und sein Sessel passte sich ihm perfekt an. Er musste nur klingeln, und seine Haushälterin würde ihm alles bringen, was er wollte – eine Platte Schinken oder Käse, eine Flasche Port oder sogar eine Decke, die er sich über die Knie legen konnte.

Sie würde ihm das Bett mit einem heißen Stein anwärmen, bevor er sich hineinlegte, und sein Nachthemd würde neben dem Feuer hängen, damit es ebenfalls warm war. Morgens weckte man ihn und brachte ihm das Frühstück ans Bett, das Feuer brannte dann bereits, und heißes Wasser stand für seine Morgentoilette bereit.

Heute Nacht würde es in Newgate bitterkalt sein, und er konnte den Gedanken kaum ertragen, dass Mary zusammengerollt auf Stroh schlafen musste. Dennoch beschwerte sie sich nie über die Zustände, sondern zeigte sich sogar dankbar, nicht mit dem »gemeinen Volk« zusammen sein zu müssen. Nur wenn sie sich an ihre Heimat Cornwall erinnerte, sah er diesen Hunger nach frischer Luft, nach der Erhabenheit des Meeres und den wilden Mooren in ihren Augen.

Seine eigene Reise nach Cornwall hatte ihn einige von Marys Charaktereigenschaften besser verstehen lassen. Für ihn war es die meiste Zeit über nur ein nasser und freudloser Ort gewesen, mit schlimmerer Armut als in einigen Gegenden von London. Doch immer, wenn die Sonne herauskam und er die spektakuläre Landschaft sehen konnte, war er demütig geworden.

Die Art, wie die kleinen Fischerdörfer sich an die schützenden Klippen duckten, sprach Bände über die Zähigkeit der Einwohner. Sie gingen fischen, fuhren in die Minen hinunter und arbeiteten als Bauern. Wie arm sie auch sein mochten, die Leute aus Cornwall beugten sich den reichen Großgrundbesitzern nicht. James hatte während seines gesamten Aufenthalts das Gefühl gehabt, dass das einfache Volk genug Herz und Mut haben würde, um aufzustehen und sich das zurückzuholen, was ihm zustand, wenn es sich dazu entschloss. Mary war durch und durch ein Mädchen aus Cornwall, stark und wild wie ein Moorpony, so hartnäckig wie die Napfschnecken in den Gezeitentümpeln und oft so tiefgründig wie die Minenschächte dort.

Doch vergangene Woche hatte er geglaubt, sie würde aufgeben und nicht mehr viel länger ertragen können, was sie so lange so stoisch ausgehalten hatte. Er fürchtete, dass ihre Mutlosigkeit sie anfällig für Krankheiten machen würde und dass sie keine Kraft mehr haben würde, sie zu überstehen.

Vielleicht war er am Anfang auf Ruhm aus gewesen, als er ihre Verteidigung übernommen hatte, doch das war ihm inzwischen völlig egal. Er wollte sie so gern aus diesem schrecklichen Gefängnis herausholen und zusehen, wie sie bei gutem Essen, in schönen Kleidern und in der Freiheit aufblühte.

Ein Freund hatte ihn letztens ihretwegen aufgezogen: »Gibt es denn nicht genug Huren in London, die dich befriedigen könnten, dass du jetzt schon eine verurteilte Verbrecherin retten musst?«, hatte er spöttisch gefragt.

Früher hätte James über eine solche Bemerkung nur gelacht, doch damals wäre sein einziges Ziel auch gewesen, mit seiner Klientin ins Bett zu gehen, sobald sie frei war. Doch Mary berührte etwas tief in seinem Innern, das nichts mit Lust zu tun hatte. Es schmerzte ihn, dass sein Freund das nicht sah.

Mary, so glaubte er, war seine Chance, sich von seiner früheren Sorglosigkeit gegenüber Frauen reinzuwaschen. Er hatte seine Ehefrau Margaret aufrichtig geliebt, doch er hatte sie vernachlässigt und war ihr sehr oft untreu gewesen. All die vielen Huren, Dienstmädchen und meist unschuldigen jungen Frauen, mit denen er im Bett gewesen war! Er war dabei nicht gefühllos gewesen, denn für viele von ihnen hatte er tatsächlich etwas empfunden. Doch er war wie ein Schmetterling gewesen, der hier und da Nektar trank und weiterflog, sobald die Süße verschwand.

Sein Interesse an Mary würde jedoch nicht verschwinden – denn diesmal würde er bis zum Ende bleiben, was immer es ihn kosten mochte. Er wollte nicht nur eine Begnadigung für sie und ihre Freunde erreichen, sondern Mary auch zu einem sicheren und glücklichen Leben verhelfen.

Er trank den Rest von seinem Brandy und griff nach der Karaffe, um sich noch etwas einzugießen. Er hätte sich keinen schlechteren Zeitpunkt aussuchen können, um sich für Mary einzusetzen. Während der vergangenen drei Jahre war das ganze Land in Aufruhr geraten. Die Armen hatten allen Grund, verbittert zu sein, denn die große Flurbereinigung, der *Enclosure Act,* zwang viele von ihnen, vom Land in die Stadt zu ziehen, und Handwerker mussten feststellen, dass ihre Fähigkeiten nicht länger benötigt wurden, weil man neue Herstellungsprozesse gefunden hatte. Sie machten in riesigen Aufständen ihrem Unmut Luft. Und Männer wie Thomas Paine, der mit seiner Überzeugung, dass die Monarchie abgeschafft werden sollte, die Rebellion anheizte, und die Arbeiterklasse, die sich erhob, um die Kontrolle zu übernehmen, ließen Panik in der Regierung ausbrechen.

Aufständler wurden verhaftet, verurteilt und deportiert, bevor sie eine Chance hatten, die anderen mit ihren aufrührerischen Ansichten zu infizieren, und obwohl Henry Dundas erst zugestimmt hatte, die fünf zurückgekehrten Deportierten zu begnadigen, hatte er erst kürzlich, als James ihn gebeten hatte, sein Versprechen endlich einzulösen, geleugnet, ein solches gegeben zu haben. Er hatte Boswell beschuldigt, eine lebhafte Fantasie zu besitzen.

James Boswell war zu Evan Nepean gegangen, dem Unterstaatssekretär. Dieser Mann war für die Organisation der Ersten Flotte von Transportschiffen zuständig gewesen, und es hieß, er sei entsetzt gewesen, als er gehört hatte, wie viele Gefangene auf den Schiffen der Zweiten Flotte gestorben waren. Zweifellos sorgte sich Nepean sehr um das Wohlergehen der Gefangenen, aber er war der Ansicht, dass die Regierung bereits Nachsicht gezeigt habe, indem sie diese fünf nicht gehängt hatte, und er sah keinen Grund, sie auch noch zu begnadigen.

James schämte sich jetzt ein bisschen, dass er Mary hatte glauben lassen, Henry Dundas sei ein alter und enger Freund. Ihre einzige Verbindung bestand darin, dass sie zusammen zur Schule gegangen waren, doch sie hatten sich nicht besonders gemocht. Er würde ihn jedoch trotzdem noch einmal aufsuchen, und er würde auch Lord Falmouth ein weiteres Mal schreiben.

»Ich kann nicht aufgeben«, murmelte James zu sich selbst. »Das Recht wird triumphieren, wenn ich hartnäckig bleibe.«

Während James später an diesem Abend vor seinem warmen Feuer döste, lag Mary im Dunkeln wach, das Gesicht tränennass. Ihr war so kalt, dass sie ihre Zehen nicht länger fühlte und auch nicht mehr zitterte, und jeder Knochen in ihrem Körper schmerzte.

Sie konnte jemanden in der Ferne klagen hören. Es war kein Schmerzensschrei, sondern einer völliger Hoffnungslosigkeit, und das Geräusch spiegelte ihre eigenen Gefühle wider. Sie war es so müde zu kämpfen, dass ihr der Tod wieder einmal sehr verlockend erschien. Mary konnte sich nicht mehr erinnern, warum ihr das Überleben einmal so wichtig gewesen war. Wofür lohnte es sich denn noch zu leben?

20. Kapitel

Was für ein Datum ist heute, James?«, fragte Mary und wandte sich auf der Kiste um, auf der sie stand, um aus dem Zellenfenster zu sehen. Sie konnte nicht mehr erkennen als das Dach des Gefängnistraktes gegenüber und den Himmel darüber, aber es war definitiv besser, sich die Wolken und die Vögel anzusehen als die Zellenwände.

James saß auf dem Boden und schrieb. Er hielt bei ihrer Frage inne und blickte auf. »Der zweite Mai«, erwiderte er. »Gibt es einen besonderen Grund, warum du das wissen willst?«

Es war jetzt Vormittag, und sie waren alle in der Zelle. Sam schnitzte ein Tier aus einem Stück Holz. Nat war dabei, einen Flicken auf seine Hose zu nähen, und Bill flocht das Stroh in fantasievolle Formen. Er nannte die Gebilde »Strohpuppen« und behauptete, sie hätten in dem Dorf in Berkshire, in dem er aufgewachsen war, als Fruchtbarkeitssymbole gegolten. James hatte mehr als einmal darüber gescherzt, dass Bill dafür verantwortlich sein würde, falls es im Gefängnis plötzlich sehr viel mehr Geburten geben würde.

Seit dem Angriff auf Mary im Schankraum verbrachten sie alle sehr viel weniger Zeit dort. Jack hatte die Verletzung überlebt, aber er war ein paar Wochen später für seine Verbrechen gehängt worden. Seitdem wurde Mary von den übrigen Gefangenen mit extremem Respekt behandelt. Aber jeden Tag kamen neue dazu, und viele von ihnen waren noch gefährlicher als Jack. Deshalb hatten die Männer sich Marys Ratschlag zu Herzen genommen und gingen ihnen aus dem Weg.

Sie waren inzwischen alle geschickt darin, die Tage mit sinnvollen Tätigkeiten zu füllen. Mary strickte einen Schal, sie spielten Karten, sie besuchten andere Gefangene in ihren Zellen und an schönen Tagen gingen sie hinaus in den Hof. Sie erinnerten sich auch sehr viel an New South Wales und ihre Flucht, denn James schrieb endlich sein Buch darüber. Wenn sie tatsächlich einmal den Schankraum besuchten, dann nur für ein paar Stunden am Abend.

»Der zweite Mai!«, rief Mary. »Dann hatte ich vor zwei Tagen Geburtstag, und wir sind jetzt beinahe elf Monate hier.« Ihr Geburtstag bedeutete ihr nichts, außer dass er einen Tag vor dem Maifeiertag lag, der in Cornwall immer etwas Besonderes gewesen war. Hier in Newgate hatte niemand auch nur davon gesprochen; wahrscheinlich wurde er in London gar nicht gefeiert.

»Mir kommt es vor, als wären wir schon unser ganzes Leben lang hier drin, und es heißt, dass man eine Lady nicht nach ihrem Alter fragen darf«, meinte James mit einem schelmischen Grinsen.

»Du bist älter als ich«, gab sie zurück und sprang von der Kiste, um sich daraufzusetzen.

»Ich habe Schwierigkeiten damit, mir zu merken, wie alt ich eigentlich bin«, sagte Bill nachdenklich und kratzte sich seinen kahlen Schädel. »Ich bin nicht sicher, ob ich zweiunddreißig bin oder dreiunddreißig.«

»Ich bin mit fünfundzwanzig der Jüngste«, mischte sich Nat ein.

Mary gab nicht gern zu, dass sie jetzt achtundzwanzig war. Das kam ihr sehr alt vor. Aber sie fühlte sich ja auch alt, und sie war schon so lange in Newgate, dass fast alle, die sie bei ihrer Ankunft in diesem Gefängnis kennengelernt hatte, inzwischen gehängt, am Fieber gestorben oder deportiert worden waren.

»Jemand kommt«, bemerkte Sam und sah von seiner Schnitzarbeit auf.

Er hatte recht, sie konnten alle die forschen Schritte auf dem Korridor hören. Es war nicht Spinks, denn der schlurfte immer, und die anderen Gefangenen gingen langsam. Wieso sollte man sich auch beeilen, wenn man nur lange, leere Tage zu füllen hatte?

Die Schritte hielten vor ihrer Zelle inne, und die Tür wurde aufgestoßen. Es war einer der Wachmänner vom Tor, ein großer, breitschultriger Mann mit einem pockennarbigen Gesicht. Sie hatten ihn bei ihrer Ankunft gesehen und als man sie zum Gericht gebracht hatte.

»Mary Broad!«, rief er und sah sie an. »Man erwartet dich unten!«

Mary tauschte verwirrte Blicke mit den anderen. Normalerweise kam Spinks und meldete es ihnen, wenn einer von ihnen Besuch erhielt.

»Vielleicht ist es der König«, raunte James ihr zu und lachte über seinen Scherz.

Mary griff nach ihrem Umhang und folgte dem Wachmann die Treppe hinunter, durch den äußeren Hof und in das kleine Büro, durch das sie bei ihrer Ankunft gekommen waren.

»Mr. Boswell!«, rief sie, als sie ihn dort warten sah. Er wirkte noch großartiger als sonst in einer dunkelroten Jacke mit schwarzen Paspeln und einem Dreispitz mit roten Federn. »Ich hatte etwas Schlimmes erwartet. Warum hat mir der Wachmann denn nicht gesagt, dass Sie es sind?«

»Weil das hier ein offizieller Besuch ist«, erklärte er und blickte den Wachmann an. Dann erschien mit einem Mal ein strahlendes Lächeln auf seinem Gesicht, und er zog ein Stück Papier hinter seinem Rücken hervor. »Das, meine Liebe, ist Ihre Begnadigung!«

Mary war zu fassungslos, um zu antworten. Sie blinzelte, hielt sich an der Ecke des Tisches fest und starrte Boswell einfach nur an.

»Nun sagen Sie schon etwas!«, lachte er. »Oder glauben Sie es erst, wenn ich sie Ihnen vorgelesen habe?«

Er räusperte sich und verbeugte sich tief, als stünde er kurz vor einer Proklamation bei Hofe, dann hielt er das Stück Papier hoch.

»Da uns im Falle der Mary Broad, derzeit einsitzend in Newgate«, las er laut vor, hielt inne und lächelte.

»Lesen Sie weiter«, flüsterte sie und hatte Angst, vor Schreck vielleicht ohnmächtig zu werden.

»… und angeklagt, vor Ablauf ihrer Deportationsfrist aus der amtlichen Verwahrung geflohen zu sein, mildernde Umstände vorgetragen wurden, sehen wir uns veranlasst, sie in unserer großen Güte für das genannte Verbrechen zu begnadigen.«

Boswell las weiter und berichtete Mary, dass der Brief von Henry Dundas im Auftrag seiner Majestät unterzeichnet war. Doch sie hörte gar nicht wirklich zu: Das einzige Wort, das ihr wirklich etwas bedeutete, war »begnadigen«.

»Oh, Bozzie«, keuchte sie, als er geendet hatte. »Sie haben es geschafft! Ich bin frei?«

»Ja, das sind Sie, meine Liebe«, strahlte er. »Von diesem Moment an. Sie können jetzt gleich mit mir durch dieses Tor gehen. Sie haben Ihre letzte Nacht in Newgate verbracht.«

Sie lief auf ihn zu, umarmte ihn und küsste ihn auf beide Wangen.

»Sie sind ein wunderbarer, wunderbarer Mann«, jubelte sie freudestrahlend. »Wie kann ich Ihnen jemals genug danken?«

Da Boswells Gesicht immer so rot war, ließ sich schwer sagen, ob er errötete, doch er nahm ihre beiden Hände in seine und drückte sie mit Tränen der Rührung in den Augen. Mary hatte ihn nie geküsst oder versucht, ihn zu umarmen, und er hatte erwartet, sie würde die Nachricht gewohnt kühl aufnehmen. Dass sie sich so offensichtlich freute, war ihm Dank genug.

»Sie können mir danken, indem Sie schnell Ihre Sachen holen, und dann gehen wir feiern«, meinte er.

Mary ging zwei Schritte auf die Tür zu, dann hielt sie plötzlich inne und fuhr zu ihm herum. Ihr Lächeln war verschwunden, stattdessen stand ein Ausdruck extremer Besorgnis auf ihrem Gesicht.

»Was ist mit den Männern?«, fragte sie mit wenig mehr als einem Flüstern. »Sind sie auch begnadigt?«

Das war der Moment, vor dem Boswell sich gefürchtet hatte.

»Noch nicht«, gestand er vorsichtig, weil er Angst hatte, sie würde vielleicht nicht ohne ihre Freunde gehen wollen. »Aber das werden sie natürlich. Das schwöre ich.«

Sie zögerte.

»Mary, sie werden freikommen«, beharrte er. »Ich bin sicher, sie werden sich für Sie freuen. Sie können draußen mehr für sie tun, als wenn Sie hier bei ihnen bleiben.«

Sie ging dann, aber sie lief langsam, den Kopf gebeugt, als wäre sie tief in Gedanken versunken.

Schon an der Zellentür platzte Mary mit ihrer Neuigkeit heraus und fing an zu weinen, als sie gestehen musste, dass nur sie begnadigt worden war und dass die Männer noch ein wenig länger warten mussten. Sie dachte, sie würden wütend, gekränkt oder aufgebracht sein, und vergrub das Gesicht in den Händen, um sich vor ihren Beschimpfungen zu schützen.

James war erschüttert, doch als er ihre Geste sah, schämte er sich, dass sie von ihnen Eifersucht und Neid auf ihr Glück erwartete. Mary verdiente die Freiheit mehr als jeder von ihnen, denn ihr Verlust war so viel größer gewesen.

»Das geht schon in Ordnung, nicht wahr, Jungs?«, meinte er und warf ihnen einen warnenden Blick zu, ja nichts Gemeines zu sagen.

»Aber ich wollte, dass wir alle zusammen gehen«, erwiderte Mary, und Tränen liefen über ihre Wangen. »Wie kann ich euch hier zurücklassen?«

Die vier sprangen gleichzeitig auf die Füße, denn sie alle waren bewegt von ihrer unerschütterlichen Treue.

»Sei doch kein Dummkopf«, sagte James. »Wir haben immer angenommen, dass du zuerst freikommst, also hau ab und genieß es.«

»Du verdienst es mehr als wir alle«, stimmte Sam zu, und sein warmes Lächeln ließ seine harten Gesichtszüge weicher erscheinen. Nat tätschelte ihr liebevoll die Schulter, während Bill einen Freudenschrei ausstieß und die Faust in die Luft reckte.

Mary wischte sich die Tränen ab, gerührt darüber, dass sie sich so mit ihr freuten und ihre eigene Enttäuschung verbargen. »Wir sind so lange zusammen gewesen. Ich weiß gar nicht, wie ich ohne euch zurechtkommen soll«, gestand sie.

»Nun geh schon«, drängte Sam und winkte sie mit einer übertriebenen Geste zur Tür. »Wir sind froh, wenn wir dein Gezeter endlich los sind.«

»Wir werden die Zelle in einen Müllhaufen verwandeln, den ganzen Tag trinken und uns Huren hierher einladen«, brummte Bill, aber seine Lippen zitterten.

»Ich nehme mir deine Decke«, flötete Nat. »Sie ist dicker als meine.«

Mary blickte mit tränennassen Augen in ihre Gesichter. Sah das tapfere Lächeln von vier guten Männern, die sie alle aus tausend und mehr Gründen ganz fest in ihr Herz geschlossen hatte. Sie hatten einander in ihren besten und in ihren schlimmsten Momenten erlebt. Sie hatten zusammen gekämpft, gelacht und geweint. Und jetzt musste sie gehen und lernen, ohne sie zu leben.

»Betrinkt euch nicht und legt euch mit niemandem an, und James, du schreibst dein Buch zu Ende!«, mahnte sie leise und gab ihnen noch einmal mütterliche Ratschläge, weil sie wusste, sie würde zusammenbrechen, wenn sie versuchte, ihnen zu sagen, wie sehr sie sie liebte. »Ich komme wieder und besuche euch, und wenn ihr begnadigt werdet, feiern wir zusammen.«

Sie schlüpfte aus ihrem alten Kleid und zog das blaue an, das Boswell ihr geschenkt hatte. Dann schüttelte sie das Stroh aus dem Leinensack, den sie von der *Gorgon* mitgebracht und bis jetzt als Kopfkissen benutzt hatte, und steckte ihre wenigen Habseligkeiten hinein.

James trat hinter sie und schloss die Knöpfe auf dem Rücken ihres Kleides, dann drehte er sie herum und strich ihr eine Locke hinter das Ohr. »Gott schütze dich, Mary«, sagte er, und seine

Stimme bebte. Er küsste ihre Wange, dann hielt er sie ganz fest an sich gepresst. »Der Mann, der dich bekommt, ist ein verdammter Glückspilz.«

Wortlos ließ Mary ihn los und küsste und umarmte die anderen drei. Bei Sam verweilte sie ein bisschen länger.

»Lass dir nichts mehr zuschulden kommen«, flüsterte sie ihm zu. »Und such dir eine Frau, die dich verdient hat.«

An der Tür blieb sie stehen und sah sie alle noch einmal an. James, Nat, Sam und Bill ... Sie waren vier ganz normale Männer, die durch all die Verzweiflung, die sie zusammen durchlitten hatten, für sie wie Brüder geworden waren. Sie kannte sie alle so gut, und sie würde ihre lieben Gesichter für immer in ihrem Herzen tragen.

»Ich liebe euch alle«, sagte sie leise, und ihre Augen füllten sich erneut mit Tränen. »Bitte brecht nicht noch einmal das Gesetz. Ich will, dass ihr alle ehrlich und glücklich werdet.«

Dann floh sie, und die Tränen rannen ihr über das Gesicht.

»Ich habe Ihnen ein Zimmer in der Little Titchfield Street besorgt«, meinte Boswell, als er mit Mary in einer hübschen Kutsche saß. Ihm waren die Tränenspuren auf ihrem Gesicht aufgefallen, und er nahm an, dass die Trennung von ihren Freunden sie so mitnahm. Doch er hatte das Gefühl, diese Trennung würde ihr gut tun. Er war nicht wirklich davon überzeugt, dass die Männer nach ihrer Entlassung ehrlich sein und hart arbeiten würden, und er wollte Mary von allen schlechten Einflüssen fernhalten, nun, da sie frei war.

»Ich habe auch Geld für Sie«, sagte er und zog ein Notizbuch heraus, um es ihr zu zeigen. »Über vierzig Pfund, eine fürstliche Summe. Ich werde davon Ihre Unterkunft bezahlen, und Sie werden neue Kleider brauchen. Aber jetzt sollen Sie erst mal Ihre Freiheit genießen.«

Die Traurigkeit darüber, ihre Freunde verlassen zu müssen,

wurde durch die Freude über ihre Freiheit und darüber, London zu sehen, verdrängt. Boswell erklärte ihr, dass sie auf dem Weg von Newgate zum Gericht einen eher armen Stadtteil gesehen habe. Jetzt würde er sie in eine respektablere Gegend bringen.

Mary konnte sich alles nur in stiller Verwunderung ansehen. Es war ein schöner, sonniger Frühlingstag, und die Straßen waren belebt, was die Droschkenfahrer dazu zwang, die Pferde im Schritt gehen zu lassen. Die eisenbeschlagenen Räder an den schwer beladenen Wagen, die Droschken und die Kutschen verursachten ein großes Getöse auf der unebenen Straßenoberfläche. Sänftenträger wichen geschickt den vielen Pferdeäpfeln aus und bahnten sich ihren Weg durch den dichten Verkehr.

Damen, die zum Einkaufen unterwegs waren, trugen Kleider und hübsche Hüte in allen Farben des Regenbogens, Männer in Gehröcken und mit Hüten wie Boswell eilten vorbei, als hätten sie einen dringenden Termin. Straßenverkäufer priesen mit schrillen Stimmen ihre Waren an. Es gab kleine, dünne Blumenmädchen mit Körben voller Schlüsselblumen, kleine Jungen, die Zeitungen verkauften oder alles von Leitern bis hin zu Möbelstücken trugen.

Aber es waren die Gebäude, die Marys Aufmerksamkeit am meisten fesselten. Ob Privathäuser, Banken oder andere Geschäfte, sie alle waren so groß! Mit Marmortreppen, Pfeilern, Steinmetzarbeiten, die sie bis jetzt nur an Kirchen gesehen hatte, und in völlig verschiedenen Baustilen standen sie dicht aneinandergedrängt, als hätte der Erbauer zu wenig Platz gehabt. Und doch versuchte jedes, das andere auszustechen. Einige Häuser wirkten sehr alt, es waren teilweise noch aus Holz gefertigte Gebäude, die gefährlich weit in die Straße hineinragten. Und dann gab es auch elegante neue, drei oder vier Stockwerke hoch, mit fantastischen hohen Bogenfenstern.

Es gab auch viele schöne Kutschen. Einige hatten schicke rote Räder, an anderen trugen die eleganten Pferde einen Federkopfschmuck, und auf einigen fuhren sogar Lakaien in gold-roten Uniformen mit.

Boswell zeigte Mary viele interessante Dinge – Männer, die mit Schweinehälften auf dem Rücken vom Markt in Smithfield kamen, die Inns of Court, wo er Jura studiert hatte, die Lincoln's Inn Field und viele schöne Häuser, die Leuten gehörten, die er kannte. Er erzählte ihr von dem großen Feuer in London und wie die Stadt danach wieder aufgebaut worden war.

»Sehen Sie nur!«, unterbrach Mary ihn, als er gerade über ein Kaffeehaus sprach, in dem er sich oft mit Dr. Johnson getroffen hatte. Sie deutete auf eine Frau, die etwas schob, das man nur als einen Kinderwagen bezeichnen konnte, denn ein kleines Mädchen saß in dem hübschen Gefährt mit den großen Rädern und winkte aufgeregt mit den kleinen Händen. Mary hatte so etwas noch nie gesehen. »Sind die Leute in London so reich, dass sie ihre Kinder herumfahren können?«

Boswell kicherte. Es war so typisch Frau, sich mehr für ein Mädchen in einem Kinderwagen zu interessieren als für seinen berühmten Freund, fand er. »Ich sehe in den Londoner Parks so oft Kindermädchen ihre Schützlinge darin herumschieben, dass ich die Kinderwagen nicht mehr bemerkenswert finde«, meinte er. »Doch ich schätze, es sind nicht nur die Kosten, die die meisten Mütter abschrecken. Sie sind auch ein wenig unhandlich.«

»Aber das ist eine gute Idee«, widersprach Mary. »Vor allem, wenn man zwei oder drei kleine Kinder hat.«

»Ich denke, dass Frauen mit mehreren Kindern in ihren Häusern fließendes Wasser, das aus Rohren kommt, noch lieber hätten als einen Kinderwagen«, sagte er. »Das würde ihnen so viel Plackerei ersparen. Einige der Reichen haben sogar Räume, nur um darin zu baden, und das schmutzige Wasser fließt durch eine Öffnung ab.«

Mary sah ihn ungläubig an. »Wirklich?«

»Oh ja«, bestätigte Boswell. »Ganze Häuserreihen wurden gebaut, zu denen das Wasser durch Holzrohre geleitet wird, und mit Kanälen für das Abwasser. Vielleicht wird diese Stadt eines Tages ein schöner Ort zum Spazierengehen werden, wenn sich diese Dinge durchsetzen.«

Mary fing an zu lachen, denn genau vor ihnen sah sie, wie ein Dienstmädchen den Inhalt eines Nachttopfes aus dem Fenster im zweiten Stock eines Hauses leerte.

»Ich hatte schon Dutzende Male das Pech, auf diese Weise durchnässt zu werden«, meinte Boswell seufzend. »Vielleicht ist das Verlegen von Abwasserrohren etwas, dem die Regierung Priorität einräumen sollte.«

»Ich hätte nicht gedacht, dass es in London so schrecklich stinken würde wie in Plymouth«, bemerkte Mary und rümpfte die Nase. »Aber das tut es.«

»Was will man erwarten bei den vielen Pferden?«, erwiderte Boswell und deutete mit der Hand auf mindestens dreißig davon, die sie sehen konnten. »An einem nassen Tag spritzen die Räder der Kutschen einen voller Dreck. Man hat versucht, die Leute davon abzuhalten, Vieh durch die Stadt zu treiben, jedoch ohne Erfolg.«

»Zumindest scheinen die Menschen in London fast alle gut genährt und gesund zu sein«, sagte Mary.

Boswell seufzte. »Das ist der respektable Teil der Stadt«, erklärte er. »Es gibt andere Gegenden wie St. Giles, die eine ganz andere Geschichte erzählen. Doch ich werde Ihnen die Armut und das Elend nicht zeigen, denn davon haben Sie nun wahrlich schon genug gesehen.«

Das Haus in der Little Titchfield Street, zu dem Boswell Mary brachte, war ein kleines, aber hohes Reihenhaus mit einem glänzenden Bronzegriff an der Tür und den weißesten Stufen, die Mary jemals gesehen hatte. Für einen Moment überkam sie Panik, als Boswell den Fahrer bezahlte, denn sicher glaubte er doch nicht, dass jemand wie sie in einem solchen Haus wohnen konnte?

Doch die Frau mit den rosigen Wangen und dem Spitzenhäubchen, die ihnen die Tür öffnete und die Boswell ihr als Mrs. Wilkes vorstellte, schien nicht schockiert oder überrascht von Marys Erscheinung zu sein.

»Kommen Sie herein, meine Liebe«, bat sie. »Mr. Boswell hat mir alles über Sie erzählt, und ich bin sicher, wir werden sehr gut miteinander auskommen.«

Ohne noch einmal Luft zu holen, sprach sie weiter über das schöne Wetter und erzählte Mary, dass es bei ihr Frühstück und Abendessen gab. »Ich werde gern Ihre Wäsche waschen«, versicherte sie, »fühlen Sie sich hier nur wie zu Hause!« »Ich wärme Ihnen gerade Wasser für ein Bad an«, fuhr sie fort, wobei sie ihre Stimme senkte, als wäre das eine heikle Angelegenheit. »Mr. Boswell meinte, Sie würden sicher gern baden. Ich möchte Sie nur bitten, es vielleicht selbst nach oben zu tragen, weil die Treppe zu viel für mich ist.«

Mary konnte nicht mehr als nicken, denn so etwas Komfortables und Herrliches hatte sie bis jetzt nur aus der Ferne durch die Fenster der besseren Häuser in Plymouth gesehen. Von dem schmalen Korridor mit dem glänzenden Holzboden aus konnte sie einen dicken Teppich mit Fransen, gepolsterte Stühle und einen glänzenden Holztisch mit Dutzenden von kleinen Verzierungen sehen. Mary wurde ganz schwach vor Schock, denn sie musste nach Newgate stinken. Zweifellos hatte sie auch einige der kleinsten Bewohner von dort mitgebracht.

»Ich werde Sie jetzt unter Mrs. Wilkes freundlicher Obhut zurücklassen, damit Sie sich einrichten können«, erklärte Boswell. Er nahm Marys Hand und tätschelte sie. »Sie brauchen nun eine andere Frau um sich und müssen sich ausruhen. Ich werde um halb sieben zurückkommen und Sie zum Essen ausführen.«

Ein paar Stunden später lag Mary auf dem Bett, zu aufgeregt, um zu schlafen, obwohl sie müde war.

Sie bewohnte zwei Räume ganz oben im Haus. Der eine, der zur Straße hinaus lag, war das Wohnzimmer, mit einem Tisch und Stühlen und zwei Sesseln aus Holz, von denen einer schaukelte.

In ihrem Schlafzimmer auf der Rückseite standen ein Eisenbett, ein Kleiderschrank und ein Waschtisch. Verglichen mit dem, was sie unten gesehen hatte, waren die Räume einfach eingerichtet, mit ähnlichem Mobiliar, wie sie es von zu Hause in Fowey kannte. Doch nach so vielen Jahren der Entbehrung und der schrecklichen Unbequemlichkeiten erschien ihr dies wie ein Palast, und fast alles, was sie ansah, ließ sie in Tränen ausbrechen.

Mary hatte die Eimer mit dem heißen Wasser sehr gern nach oben getragen und laut gelacht, als sie sich die Kleider ausgezogen hatte und in die Zinkwanne gestiegen war. Sie konnte sich nicht erinnern, wann sie sich zuletzt mit heißem Wasser gewaschen hatte, ganz zu schweigen davon, ganz darin einzutauchen. Und sie wusste auch nicht mehr, wann sie zum letzten Mal ein Zimmer für sich allein gehabt hatte – mit einer Tür, mit der sie andere aussperren konnte. Nachdem sie den Gefängnisgeruch von ihrer Haut geschrubbt und aus ihrem Haar gewaschen hatte, fühlte sie sich wie neugeboren.

Sobald sie allein waren, war Mrs. Wilkes angenehm direkt. »Ich glaube, es wird das Beste sein, wenn ich all Ihre Kleider verbrenne«, meinte sie. »Mr. Boswell hat gestern Abend einige Sachen für sie gebracht. Sie stammen von seiner Tochter, glaube ich. Und in ein oder zwei Tagen gehen wir ein paar neue kaufen. Sie finden alles, was Sie brauchen, in Ihrem Schrank. Und waschen Sie sich das Haar wirklich gründlich.«

Die Nachmittagssonne schien durch das Schlafzimmerfenster, und als Mary sich auf dem Bett aufsetzte und sich selbst in dem Spiegel über dem Waschtisch betrachtete, staunte sie bei ihrem Anblick. Ihr Haar glänzte so wie damals, als sie noch ein Mädchen gewesen war. Mrs. Wilkes hatte ihr Wasser mit einem Schuss Essig als Spülung gebracht. Sie behauptete, das verleihe dem Haar einen schönen Glanz, doch Mary vermutete, dass es eigentlich die verbliebenen Läuse abtöten sollte. Aber was der Grund auch gewesen sein mochte, es hatte ein Wunder bewirkt, denn ihre Haare hatten sich noch nie so weich angefühlt oder so schön ausgesehen.

Leider schaute ihr Gesicht nicht hübscher aus. Ihre Haut war grau und rau, um ihre Augen lagen viele Falten, und ihre Wangen waren eingefallen. Aber Mrs. Wilkes hatte sie einen riesigen Löffel Malz nehmen lassen, und sie bestand darauf, dass Mary sich bei viel frischer Luft, gutem Essen und viel Schlaf in ein oder zwei Wochen selbst nicht mehr erkennen würde.

Doch allein das Glück hatte bereits wieder ein bisschen Farbe auf Marys Wangen gezaubert, fand sie. Sie musste Mrs. Wilkes Hilfe nicht nur in Anspruch nehmen, um das Korsett zu schnüren, sondern sie brauchte auch ihren Rat, in welcher Reihenfolge sie die verschiedenen Unterkleider anziehen sollte. Das anmutige, weiße Unterhemd, das nach Lavendel duftete und ihr bis zu den Knien reichte, kam zuerst, und der tiefe Ausschnitt wurde über den Brüsten mit einem Band fixiert. Dann kamen der spitzenbesetzte Unterrock und ein Rock aus blauer Baumwolle vor dem Korsett. Mrs. Wilkes musste ihr zeigen, wie der vordere Teil des Korsetts über den Rock gezogen und an der Taille innen mit kleinen Schlaufen befestigt wurde. Schließlich wurde das blau-weiße Kleid mit den hohen Polstern an den Hüften fast wie ein Mantel darübergezogen, sodass man das Korsett, das Unterhemd und viel von ihren kleinen Brüsten weiterhin sehen konnte.

»So trägt man das jetzt in London, meine Liebe«, versicherte Mrs. Wilkes, als sie Marys erschrockenen und besorgten Gesichtsausdruck sah. »Zumindest gibt es nun endlich nicht mehr diese lächerlichen Reifröcke, die ich tragen musste, als ich in Ihrem Alter war. So, und jetzt helfe ich Ihnen noch mit Ihrem Haar. Sie können es nicht so offen tragen wie eine Zigeunerin.«

Mary legte ihre Hand auf das Bettlaken und lächelte selig. Es war ein einfach gewebtes Material, und es hatte die Farbe von Haferschleim, aber für sie hätte es genauso gut Seide sein können. War Mrs. Wilkes überhaupt bewusst, dass sie in keinem Bett mit Laken und richtigem Kopfkissen mehr geschlafen hatte, seit sie vor acht Jahren von zu Hause fort und nach Plymouth gegangen war? Und selbst zu Hause war das ein seltener Luxus für gewöhnliche Leute gewesen. Onkel Peter hatte ihrer Mutter Laken von einer seiner Auslandsreisen mitgebracht. Verstand Mrs. Wilkes wohl, wie merkwürdig es für sie war, sich in einem möblierten Zimmer zu befinden, nachdem sie so viele Jahre lang entweder auf einem Lehmboden oder auf einem mit Stroh bedecktem Steinfußboden gesessen hatte?

Mary glaubte auch nicht, dass Boswell tatsächlich begreifen würde, wie wunderbar, fremd und sogar beängstigend alles für eine Weile für sie sein würde. Wie sollte er? Ihr war das selbst nicht klar gewesen, bis er sie hergebracht hatte.

»Wer ist denn dieses wundervolle Wesen?«, scherzte Boswell, als er später zurückkam, um sie zum Essen abzuholen. »Das ist doch sicher ein Fehler, Madam? Ihr Name kann nicht Mary Broad sein!«

»Doch, ich bin es, Sir«, kicherte Mary. »Offensichtlich verfügt das Londoner Wasser über Zauberkräfte.«

Ihre Verwandlung war nicht nur das Ergebnis eines Bades und eines neuen Kleides, sondern sie verdankte es auch dem Gefühl der Freiheit. Mary war den ganzen Nachmittag über in der Pension geblieben, aber der Gedanke, aus der Tür treten und sich unter die Menschen auf der Straße mischen zu können, war wie Balsam für ihre Seele. In dem weichen Bett zu liegen und zu wissen, dass dieses helle, frisch duftende Zimmer ihr ganz allein gehörte, war schrecklich aufregend, und sie hatte das Gefühl, für immer hierbleiben zu können, ohne sich jemals zu langweilen.

Aber Mrs. Wilkes hatte ihr das Haar mit ein paar Kämmen hochgesteckt und eine kleine Spitzenhaube darauf befestigt, und sie trug blaue Strümpfe und ein Paar Schuhe mit vergoldeten Schnallen. Jetzt musste sie ausgehen und ihre neue Freiheit austesten.

»Ich glaube nicht, dass ich das kann«, sagte Mary voller Panik, als Boswell ihr aus der Droschke auf eine belebte Straße voller Geschäfte half.

»Sie können nicht essen?«, fragte er erstaunt.

»Nicht da drin«, meinte sie und blickte auf die glänzenden Fenster des Restaurants, in das er sie einladen wollte. Sie konnte eine Lady und einen Gentleman an einem Tisch am Fenster sitzen sehen. Die Lady trug eine Perlenkette und nippte elegant an einem Glas. Mary kam sich so vor, als platzte sie uneingeladen in Kapitän Phillips Haus, wenn dieser gerade andere Offiziere zu Gast hatte.

»Warum um Himmels willen denn nicht?«, rief Boswell lachend.

»Das ist viel zu fein«, sagte sie. »Ich werde mich lächerlich machen und Sie blamieren.«

»Nein, das werden Sie nicht«, beruhigte er sie und schob ihre Hand durch seinen Arm, während er sie zur Tür zog. »Sie müssen nur lächeln und mir alles nachmachen. Ich schwöre Ihnen, es ist nichts dabei.«

Boswell fand es vielleicht nicht schlimm, in ein solches Restaurant zu gehen, wo sich jeder Gast nach einem umdrehte, aber für Mary war das schrecklicher als ein Sturm auf See. Die Anwesenden schenkten ihnen neugierige Blicke, lächelten sie an und nickten Boswell zu, und daran erkannte Mary, dass sie alle wussten, wer sie war.

Ihr wurde immer heißer und heißer. Ihr Gesicht fühlte sich an, als stünde es in Flammen, denn obwohl die Leute sie bald nicht mehr anstarrten, nahm sie an, Gegenstand ihrer Gespräche zu sein.

Boswell studierte die Speisekarte und kommentierte verschiedene Gerichte, die er bereits hier gegessen hatte. Es schien ihm nicht bewusst zu sein, wie unwohl sie sich fühlte. »Was würden Sie gern essen, meine Liebe?«, fragte er. »Der Fleischpudding ist hier sehr gut, aber auch das Kaninchen und die Ente.«

Mary war schrecklich hungrig gewesen, als sie Mrs. Wilkes

Haus verlassen hatten, doch jetzt war ihr der Appetit vergangen, und sie fühlte Übelkeit in sich aufsteigen. Ihr Korsett stach ihr ins Fleisch, und die neuen Schuhe waren zu eng. Doch nach all den Jahren, in denen sie immer hungrig gewesen war, konnte sie auf keinen Fall eine Mahlzeit ablehnen.

»Suchen Sie etwas für mich aus«, flüsterte sie.

Sie versuchte, sich daran zu erinnern, dass sie schon einmal essen gegangen war, damals in Plymouth mit Thomas Coogan. Es war nicht so ein feines Restaurant gewesen wie dieses, es hatte keine weißen Tischdecken gegeben, doch dort hatte sie sich nicht blamiert, und das würde sie hier auch nicht. Das Essen mit Thomas Coogan war jedoch über neun Jahre her, und seitdem hatte sie sich angewöhnt, alles herunterzuschlingen, was sich ihr bot.

Allein an einem Tisch Platz zu nehmen, um zu essen, war ihr fremd geworden. Als sie das silberne Besteck sah, wurde sie blass, weil sie sonst nur einen Löffel und ein Messer benutzt hatte und oft genug mit den Händen hatte essen müssen.

»Ich schätze, das muss alles etwas ungewohnt für Sie sein«, sagte Boswell verständnisvoll, während er ihr Glas mit Wein füllte, »aber Sie gewöhnen sich sicher schnell daran. Und jetzt trinken Sie und genießen Sie Ihren ersten Abend in Freiheit.«

Mary konnte ihn jedoch nicht genießen. Sie war viel zu nervös.

Das Essen wurde serviert, und es sah wunderbar aus und duftete auch so. Doch jedes Mal, wenn es ihr gelang, etwas davon so auf ihre Gabel zu schieben, wie Boswell es tat, kam jemand an ihren Tisch, schlug ihm auf die Schulter und gratulierte ihm zu dem außergewöhnlichen Erfolg von Marys Begnadigung.

Diese Leute meinten es gut, ihr Lächeln war warm, und sie wünschten Mary ein langes und glückliches Leben. Dennoch brachte sie kein Wort heraus und konnte nur gezwungen lächeln und einen Dank murmeln.

»Sie möchten das ›Mädchen aus Botany Bay‹ treffen. Das kann man ihnen nicht verübeln«, meinte Boswell nach einer Weile. »Alle in London sprechen von Ihnen.«

Mary brachte es nicht über sich, sich darüber zu beschweren. Sie fand, er hatte ein Recht darauf, auf seinen Erfolg stolz zu sein und in der Bewunderung seiner Freunde zu baden. Deshalb gab sie vor, genauso glücklich zu sein wie er, und behielt es für sich, dass sie lieber nach Hause gegangen wäre.

Als sie endlich aufbrachen, war Mary ein bisschen unsicher auf den Beinen. Sie hatte viel mehr getrunken als gegessen, doch sie hatte das Gefühl, den Abend überstanden zu haben, ohne dass sie Boswell blamiert hatte.

»Gute Nacht, meine Liebe«, sagte er, als Mrs. Wilkes ihnen die Tür öffnete. »Schlafen Sie gut und genießen Sie ihre wiedergewonnene Freiheit. Ich werde morgen wieder vorbeischauen.«

Mary konnte es kaum abwarten, bis Mrs. Wilkes eine Kerze angezündet hatte und sie die Treppe hinauf in ihr Zimmer brachte. Doch sobald sich die Tür hinter ihr schloss, überfiel sie Angst. Fast ein Jahr lang hatte sie mit vier Männern in einer Zelle geschlafen und oft geflucht, wenn sie nachts geschnarcht oder gehustet hatten. Aber jetzt, im Kerzenschein, kam ihr dieses süß duftende Zimmer mit dem bequemen Bett auf einmal so unheimlich vor und viel zu groß, um allein darin zu schlafen.

»Sei nicht albern«, schalt sie sich selbst. »Oder wärst du vielleicht lieber wieder in Newgate?«

21. Kapitel

Einen Monat nach Marys Entlassung aus Newgate spazierte sie eines Nachmittags mit Boswell durch den Sonnenschein im St. James-Park.

Die Londoner Parks zu besuchen war eine von Marys größten Freuden. Es tat so gut, dem Lärm und dem Schmutz der Straßen zu entkommen und Gras, Bäume und Blumen zu sehen. In vielen Parks befanden sich Wildgehege, und es gab auch Schafe und Kühe dort. Mary fand es amüsant, dass die Kühe von St. James nachmittags zum Melken nach Whitehall gebracht wurden. Man konnte für einen Penny ein Glas Milch kaufen.

Während der Woche nutzten die Mitglieder des Adels die Parks, um sich mit Freunden zu treffen und sich in ihren schicksten Sachen zu zeigen. An Sonntagen kamen sie jedoch nicht, denn das war der Tag, an dem das gemeine Volk in Horden die Grünanlagen bevölkerte. Korsettmacher, Hutmacher und Verkäuferinnen genossen ihren freien Tag, und die Mädchen trafen sich vielleicht mit einem hübschen jungen Schreiber oder sogar einem gut aussehenden Soldaten.

Der St. James-Park war Marys Lieblingspark, denn die einzigen Reiter oder Kutschen, die ihn benutzen durften, waren die aus dem Königshaus. Es gab Enten, Schwäne und Gänse auf dem See, und die Blumenbeete leuchteten in allen Farben.

»Ich finde, ich sollte mir langsam eine Arbeit suchen«, meinte Mary nachdenklich, als Boswell und sie stehen blieben und ein paar Kindern zusahen, die die Enten mit altem Brot fütterten. »Das Geld wird nicht ewig reichen.«

Er tätschelte ihre Hand, die auf seinem Arm lag. »Nein, das wird es nicht, meine Liebe, doch Sie werden noch eine ganze

Weile damit auskommen, und Sie müssen zuerst entscheiden, welche Arbeit Sie gern verrichten wollen und wo sie hinfahren möchten.«

Mary war versucht, mit Boswell zu streiten, ihm vielleicht sogar zu sagen, dass sie nicht glücklich über ihre zunehmende Abhängigkeit von ihm war. Aber nach allem, was er für sie getan hatte, erschien ihr das undankbar.

Die Furcht, die ihr nach ihrer Entlassung so zugesetzt hatte, kam Mary nun absurd vor. Jetzt wachte sie jeden Morgen auf und dankte Gott für seine Gnade und dafür, dass er ihr James Boswell geschickt hatte. Doch während der ersten Woche hatte sie sich oft zurück nach Newgate gewünscht.

Es war natürlich wunderbar, sich sauber zu fühlen, frei zu sein, in einem bequemen Bett zu schlafen und gut zu essen. Doch die Freiheit war auch beängstigend, vor allem, wenn Boswell sie kopfüber hineinstürzte wie bei jenem ersten Restaurantbesuch; sie wusste nun einmal nichts über die Welt, in der er lebte.

Boswells Freunde gehörten alle dem Adel an, und wenn er sie zu Besuchen bei ihnen mitnahm, wäre sie lieber unten bei der Dienerschaft geblieben, als angegafft zu werden wie eine merkwürdige Spezies aus Übersee.

Mary plagten auch Schuldgefühle. In vielen Nächten lag sie wach in ihrem bequemen Bett und konnte nur an Emmanuel und Charlotte denken. Es erschien ihr nicht richtig, jetzt selbst so gut zu leben, wohingegen das kurze Leben ihrer Kinder so voller Qualen gewesen war. Selbst heute, einen Monat später, konnte sie dem Gedanken nicht ausweichen, er überfiel sie immer wieder, egal, was sie tat. Sie ließ dann das Leben ihrer Kinder noch einmal Revue passieren und überlegte, inwieweit sie an ihrem Tod schuld war. Und schließlich gelangte sie immer zu demselben Ergebnis: Wäre sie mit Charlotte und Emmanuel in Port Jackson geblieben, dann hätten sie vielleicht überlebt.

Diese Gedanken brachen nicht nur über sie ein, wenn sie allein war. Wenn sie mit Boswell in einer Droschke fuhr und eine Mutter mit ihrem Kind sah, dann versetzte ihr dieser Anblick einen schmerzhaften Stich. Wenn sie ein kleines Mädchen in Charlottes Alter in Lumpen auf der Straße erblickte, dann wurde sie wütend auf eine Gesellschaft, die sich so wenig um ihre jüngsten Mitglieder scherte.

Mary vermisste auch James, Sam, Nat und Bill ganz schrecklich, nicht nur ihre Gesellschaft und ihre gemeinsamen Erinnerungen, sondern auch die Position, die sie in ihrer Gruppe innegehabt hatte. Sie war die Anführerin gewesen, diejenige, deren Intelligenz, Sachlichkeit und Wissen geschätzt wurde. Außerhalb von Newgate war sie eine Kuriosität, und die Leute sprachen mit ihr, als wäre sie minderbemittelt.

Während die Tage verstrichen, gewöhnte sie sich langsam daran. Sie akzeptierte, wieder ganz neu lernen zu müssen, unter normalen Menschen zu leben. Sie musste lernen, höfliche Unterhaltungen zu führen und innerhalb der Grenzen zu leben, die einer Frau gesteckt waren.

Mary fand den Mut, eine belebte Straße zu überqueren und in Kutschen ein- und wieder auszusteigen. Sie lernte, wie man eine Gabel benutzte, indem sie zu Hause übte, und sich das Haar so aufzustecken, wie Mrs. Wilkes es ihr gezeigt hatte. Es gelang ihr sogar, ihr Korsett allein zu schnüren.

Mrs. Wilkes war eine so freundliche, gute Frau, mit über vierzig alt genug, um mütterlich zu sein, aber immer noch jung genug, um zu verstehen, wie unzulänglich und eingeschüchtert Mary sich manchmal fühlte. Sie gestand, dass sie Mr. Boswell manchmal etwas zu wichtigtuerisch für ihren Geschmack fand, aber sie schob das auf seine Herkunft und seinen Ruhm als Autor. Sie kochte Tee und lud Mary ein, bei ihr in der Küche zu sitzen, und dann brachte sie sie dazu, über ihre Sorgen zu sprechen.

Mrs. Wilkes erklärte Mary alles, was sie Boswell nicht fragen konnte. Sie verstand, warum Mary nicht seinen Freunden vorgeführt werden wollte, und schlug ihr verschiedene Arten vor, ihm das klarzumachen. Aber vor allem wusste sie, wie merkwürdig es für Mary war, sich plötzlich außerhalb ihres eigentlichen Standes im Leben zu befinden.

»Lassen Sie sich davon nicht überwältigen«, riet sie ihr. »Lernen Sie, so viel Sie können, indem Sie beobachten und zuhören. Genießen Sie Ihren Ruhm und fragen Sie sich nicht, wie lange er wohl andauert. Nach dem, was Sie durchgemacht haben, verdienen Sie es. Aber bleiben Sie vor allem mutig, Mary, das ist es, was Sie so faszinierend macht.«

Wenn Mrs. Wilkes ihr keinen Tee und Ratschläge anbot, päppelte sie Mary mit Malz auf, gab ihr Zitronensaft zu trinken, um ihre Haut zu reinigen, und kaufte mit ihr neue Kleider. Obwohl Boswell glaubte, ganz allein Mary zu lehren, wie man sich in der »Mittelschicht« bewegte, war es in Wahrheit Mrs. Wilkes, die ihr am meisten beibrachte.

Doch neben den schmerzhaften und verwirrenden Momenten gab es auch viele freudige und glückliche. Mary war im Tower von London gewesen und hatte die Löwen dort gesehen, sie hatte die St. Pauls-Kathedrale besucht und das Monument, hatte sich die königlichen Paläste angesehen, und sie war in Greenwich beim Fluss gewesen. Sie liebte die belebten Geschäfte am Strand und die Märkte, und sie liebte es, sich einfach nur die feinen Häuser anzusehen. Meistens zeigte Boswell ihr die Sehenswürdigkeiten, doch ihr gefiel es auch, selbst auf Entdeckungsreise zu gehen. Er brauchte vielleicht eine Droschke, weil er älter wurde, aber sie ging gern zu Fuß, hielt inne und sah sich die Leute, die Straßenszenen und die Gebäude an.

Jetzt, einen Monat nach ihrer Entlassung, konnte sie manche Menschen vielleicht schon glauben machen, immer so gelebt zu haben. Sie sah jeden Tag arme Leute, die die Straßen fegten, Blumen verkauften oder an Straßenecken bettelten, und sie war sich bewusst, dass sie sich des komfortablen Lebens nicht sicher sein konnte. Mary wusste, sie musste einen Weg finden, um es zu erhalten.

Sie war viel zu klug, um sich nicht darüber im Klaren zu sein, dass ein paar hübsche Kleider ihr nicht zu einer guten Arbeit verhelfen würden. Die Leute wollten junge Hausmädchen. Sie wollten echte Köchinnen, die große Dinnerpartys ausrichten konnten, nicht jemanden, der nur Erfahrung darin hatte, alles halbwegs Essbare in einem Topf über dem offenen Feuer zusammenzuwerfen. Von Haushälterinnen wurde erwartet, dass sie alles wussten, angefangen von der Pflege von Leinen und Silber bis hin zur Buchführung. Mary hatte von all dem keine Ahnung, und sie besaß auch keine Referenzen. Je mehr sie sich umsah, desto klarer wurde ihr, dass es für Frauen nur sehr wenig Arbeit gab.

Selbst Mrs. Wilkes, die Mary für eine niedere Adlige gehalten hatte, blieb nichts anderes übrig, als eine Pension zu führen. Sie war vor zehn Jahren Witwe geworden, und als das wenige Geld, das sie geerbt hatte, aufgebraucht gewesen war, hatte sie sich eine Position als Gesellschafterin und Haushälterin eines alten Gentlemans in jenem Haus in der Little Titchfield Street gesucht. Nach seinem Tod hinterließ er sein Geld seinem Neffen, aber Mrs. Wilkes erbte den Inhalt des Hauses, das sie nun gemietet hatte. Gäste aufzunehmen war ihre einzige Möglichkeit, in dem Haus wohnen zu bleiben, das sie inzwischen liebte.

Mrs. Wilkes Antwort auf Marys Probleme war eine Heirat. Sie hatte angedeutet, dass Boswell vielleicht der ideale Ehemann wäre. Schließlich war er Witwer, mochte sie sehr gern und besaß Vermögen.

Es hatte kurze Momente gegeben, in denen Mary mit dem Gedanken gespielt hatte. Sie hatte Boswell sehr gern, er war freundlich, unterhaltsam und großzügig. Traurigerweise wusste sie jedoch, dass sie nur äußerst ungern mit ihm schlafen würde. Er wurde langsam alt, er war dick, und seine Zähne waren verrottet. Außerdem war er ein sehr kluger Mann, mit Kindern, die ihn sehr verehrten, und er würde ihre Ablehnung sicher nicht riskieren wollen, indem er eine ehemalige Gefangene heiratete.

»Ich glaube, ich möchte gern irgendwo am Meer leben«, meinte Mary, während sie über die kleine Brücke über den See gingen. London war aufregend, aber sie sehnte sich oft nach der Einsamkeit der Moore, nach dem frischen Wind vom Meer und nach einem ruhigeren Leben.

»Dann sollten wir vielleicht in Kontakt zu Ihrer Familie treten«, antwortete Boswell. »Sie erinnern sich sicher, dass ich in Cornwall Pfarrer John Baron von Lostwithiel getroffen habe. Ein guter Mann!«

Mary nickte. Boswell hatte diesen Mann erwähnt, aber sie war erst zweimal in ihrem Leben in Lostwithiel gewesen und kannte den Pfarrer nicht.

»Er würde Ihre Mutter und Ihren Vater besuchen, wenn ich ihn darum bitte«, erklärte Boswell. »Soll ich ihm schreiben? Er hatte viel Verständnis für Ihren Fall.«

»Ich fürchte, sie würden ihn vor die Tür setzen«, meinte Mary traurig. Sie erinnerte sich nur zu gut an die laut verkündeten Ansichten ihrer Mutter über alle, die das Gesetz brachen. Bestimmt schämte sie sich für den schlechten Ruf ihrer Tochter in Grund und Boden. Sie würde es nicht mögen, wenn ein Geistlicher sie ermahnte, zu vergeben und zu vergessen. Tatsächlich würde sie das vermutlich nur noch mehr gegen Mary aufbringen.

»Es ist einen Versuch wert«, fand Boswell.

»Nein«, widersprach Mary fest. »Ich muss sie selbst um Vergebung bitten. Es wäre feige, jemand anderen an meiner Stelle hinzuschicken. Ich gehe, wenn die Männer begnadigt sind.«

Ihre Freunde in Newgate zu besuchen war das Einzige, was Boswell ihr verboten hatte. Er meinte, es sei zu gefährlich, weil sie sich dort mit einer Krankheit anstecken könnte, doch in Wirklichkeit wollte er sie wahrscheinlich eher vor schlechten Einflüssen bewahren, wie Mary annahm. Da er so gut zu ihr war, hatte sie das Gefühl, ihm gehorchen zu müssen. Deshalb gab sie sich damit zufrieden, den Männern durch ihn Nachrichten überbringen zu lassen.

»Das dauert vielleicht noch eine Weile, Mary«, warnte Boswell sie. »Sie wissen doch, dass ich mein Bestes für sie tue, aber die Mühlen des Gesetzes mahlen langsam, vor allem im Sommer.«

»Dann warte ich«, erklärte sie.

Er lächelte und drückte ihren Arm. »Gut, es gibt noch so viel in London, das ich Ihnen gern zeigen würde. Und machen Sie sich wegen des Geldes keine Gedanken. Sie haben immer noch mehr als genug.«

Der Rest des Junis, der Juli und die ersten zwei Wochen des Monats August waren eine außerordentlich glückliche Zeit für Mary. Die Neugier der Leute ließ nach, und sie fühlte sich in ihrem neuen Leben immer wohler. Sie half Mrs. Wilkes, wo immer sie konnte, ging mit ihr einkaufen, wusch oft die Wäsche oder bereitete das Abendessen zu.

Doch hin und wieder überkam sie eine merkwürdige Art von Melancholie. Sie dachte dann an Will, Tench und Jamie Cox und an all diejenigen, die sie gemocht hatte, die sie aber in Port Jackson hatte zurücklassen müssen. Sie erinnerte sich der Momente, die sie mit ihnen geteilt hatte, und fing dann oft an zu weinen. Es machte sie wütend, dass die Leute in England entweder nicht wussten, wie grausam und schlecht organisiert es in der Kolonie zuging, oder es gar nicht wissen wollten. Doch umgekehrt verspürte sie auch oft den Wunsch, den Leuten zu erzählen, wie schön und faszinierend es in New South Wales war. Und sie fragte sich, wie sie nach allem, was passiert war, immer noch so denken konnte.

Wie extrem der Kontrast zwischen ihrem neuen und ihrem alten Leben doch war, fand sie. Eines Tages bat Mrs. Wilkes sie, Fleisch wegzuwerfen, das schlecht geworden war. Mary musste sich förmlich dazu zwingen, denn der Gedanke, Essen wegzuwerfen, nachdem sie so lange gehungert hatte, war ihr unerträglich. Es kam ihr auch lächerlich vor, dass man von ihr als Dame erwartete, schwach, hilflos und empfindlich zu sein, wo sie doch Raupen gegessen, Schildkrötenfleisch gehackt und die treibende Kraft einer Dreitausend-Meilen-Reise in einem offenen Boot gewesen war. Eine Lady sollte nicht über ihre körperliche Notdurft sprechen, vor allem nicht in Anwesenheit von Männern. Aber nachdem sie so lange auf so engem Raum mit acht Männern zusammengelebt hatte, gab es für sie keine Geheimnisse mehr an ihnen zu entdecken.

Doch während die Zeit verging, blickte Mary immer weniger zurück. Die Erinnerung an ihre Kinder blieb, andere verblassten, und sie lebte wieder in der Gegenwart. Das Wetter war gut, und Boswell besuchte sie immer noch häufig, fuhr mit ihr in Parks, lud sie zu Bootsfahrten ein und zeigte ihr die Gegend um London.

Eines Tages im August fuhr er mit ihr in einer Droschke in das Dorf Chelsea. Er schien sich über einige Gedichte über Mary und sich zu amüsieren, die in der ganzen Stadt kursierten. Offenbar glaubten die Verfasser, sie seien ein Paar, und in einem Gedicht wurden sie sogar zusammen gehängt.

»Vielleicht sollte ich Sie heiraten, meine Liebe«, scherzte Boswell. »Das würde all diese poetischen Einfaltspinsel verblüffen.«

»Ich glaube, Ihre Töchter fänden das vielleicht ein wenig peinlich«, erwiderte Mary mit einem Lächeln. »Ich bin nicht die Stiefmutter, von der ein Mädchen träumt.«

»Dann gehört Ihr Herz immer noch Kapitän Tench?«, fragte Boswell und hob fragend eine Augenbraue.

Mary hatte Watkin Tench oft erwähnt, aber niemals angedeutet, was sie für ihn als Mann empfand. Selbst ihre vier Freunde in Newgate wussten nichts davon. Deshalb war sie überrascht über diese Bemerkung. »Ich besitze kein Herz«, erklärte sie keck.

»Das ist nicht wahr«, erwiderte er, doch er lachte. »Ich habe herausgefunden, dass er Ihre Zelle bezahlt hat, Mary. Sehen Sie, er hat aufgehört zu zahlen, als sie begnadigt wurden, und die Männer mussten ein neues Arrangement treffen.«

In Boswell hatte Mary einen ebenbürtigen Partner gefunden, was ihre schnelle Auffassungsgabe anging. Wie ihr entging auch ihm nichts. »Na und? Wir waren Freunde, und er hat mir geholfen. Das bedeutet nicht, dass ich in ihn verliebt war.«

»Ich denke, es bedeutet, dass er in Sie verliebt war«, stellte Boswell weise fest. »Marinesoldaten sind im Allgemeinen nicht für ihre Großzügigkeit bekannt. Aber ich wundere mich schon ein bisschen über seine Mutlosigkeit. Warum ist er nicht nach London gekommen, um Sie zu holen, nachdem er von Ihrer Begnadigung erfuhr? Er ist jetzt auf der *HMS Alexander*. Das Schiff gehört zur Kanalflotte.«

Marys Herz schlug bei dieser Neuigkeit schneller. Sie hatte immer geglaubt, Tench wäre in ein weit entferntes Land gesegelt.

»Aha«, gluckste Boswell. »Ich sehe ein leichtes Erröten. Könnte das an der Tatsache liegen, dass er sich immer noch in der Nähe von England aufhält?«

Mary seufzte. Es hatte keinen Sinn, ihm länger etwas vorzumachen. »Ich habe sehr viel für ihn empfunden … und er für mich«, bekannte sie mit einem Schulterzucken. »Aber es war unmöglich. Und er ist nicht feige. Ich habe darauf bestanden, dass er nicht versuchen soll, mit mir Kontakt aufzunehmen.«

Während ihrer Zeit in Newgate hatte sich Mary bemüht, nicht auf einen Besuch von Tench zu hoffen. Und im Gefängnis war es einfach gewesen einzusehen, dass er in eine andere Welt gehörte.

Jetzt, nachdem sie frei war und alle Welt sie für eine ehrbare Witwe hielt, konnte sie den Tagtraum jedoch manchmal nicht unterdrücken, dass Tench nach London kommen und sie in ein Haus auf dem Land mitnehmen würde. Manchmal glaubte sie sogar, sich sehr verändert zu haben und jetzt die perfekte Frau für einen Offizier zu sein.

»Sie haben recht, das wäre unmöglich«, stimmte Boswell zu und enttäuschte Mary damit. »Ich habe mich auch schon oft in unpassende Frauen verliebt, und das bringt nichts als Schmerz auf beiden Seiten.« Er nahm ihre Hand und drückte sie mitfühlend. »Schmerz ist etwas, das wir alle vermeiden sollten. Egal, wie alt wir sind oder unter welchen Bedingungen wir leben.«

Obwohl seine Bemerkungen nur ihre Beziehung zu Watkin Tench zu betreffen schienen, spürte Mary, dass Boswell ihr noch mehr damit sagen wollte. Sein Heiratsantrag vorhin war ein Scherz gewesen, aber sie hatte das Gefühl, als versuchte er auch, sie auszuhorchen, ob sie so etwas von ihm erwartete. Deshalb hielt sie es für richtig, ihm noch einmal klarzumachen, dass sie darauf nicht aus war.

»Nun, dann sage mir, o großer Weiser«, scherzte sie, »was für ein Mann würde mich denn glücklich machen?«

Boswell dachte für ein oder zwei Augenblicke ernsthaft nach. »Einer, der zur See fährt, denke ich«, meinte er schließlich. »Ein gut situierter Seemann. Vielleicht ein Witwer, den es nicht so stört, dass Sie eine Vergangenheit haben. Nicht älter als fünfunddreißig. Jung genug, um eine Familie zu wollen.«

»Sie kennen ihn nicht zufällig schon?«, entgegnete sie lachend, denn es klang so, als schwebte ihm ein bestimmter Mann vor.

»Nein, meine Liebe, leider nicht«, schmunzelte er. »Ich bin nur ein romantischer alter Narr, der sich für Sie ein Happy End wünscht. Aber meiner Meinung nach ist das Beste am Leben, dass man nie weiß, was hinter der nächsten Ecke auf einen wartet.«

22. Kapitel

Schon wieder dieser verdammte Kerl!«, rief Mrs. Wilkes entrüstet, als es an der Haustür klopfte. »Erst gestern habe ich versucht, ihm zu sagen, dass er Ihrem Ruf schadet, wenn er hier zu jeder Tages- und Nachtzeit vorbeikommt. Und da ist er schon wieder, an einem Sonntag!«

Es war der achtzehnte August, und es war sehr heiß. Mrs. Wilkes und Mary saßen im schattigen Hof und waren mit Nähen beschäftigt. Sie hatten über Marys Freunde gesprochen, die immer noch in Newgate einsaßen. Mary war in Tränen ausgebrochen, weil sie Angst hatte, dass man sie niemals begnadigen würde. Sicher glaubten sie inzwischen, sie hätte sie vergessen, doch sie machte sich noch immer große Sorgen um sie.

Mrs. Wilkes fand genau wie Boswell, dass Besuche wegen des hohen Infektionsrisikos keine gute Idee waren, aber sie hatte gerade angeboten, für Mary einen Brief an die Männer zu schreiben. Als es an der Tür klopfte, dachte Mary gerade über all die Dinge nach, die sie ihnen sagen wollte.

Mary lächelte über den Temperamentsausbruch ihrer Pensionswirtin, denn sie wusste genau, dass Mrs. Wilkes das Gerede der Nachbarn über die häufigen Besuche von Boswell genoss. Er war schließlich berühmt und ein Gentleman, und die Mittagszeit war auch an einem Sonntag eine gute Zeit für einen Besuch.

»Ich gehe schon«, meinte Mary und stand auf. »Soll ich ihm sagen, er soll wieder gehen?«

»Nein, natürlich nicht«, erklärte Mrs. Wilkes hastig. »Gehen Sie mit ihm in den Salon, dann bringe ich etwas Tee.«

Aber James Boswell war diesmal nicht allein. Er hatte einen stämmigen, rotgesichtigen Mann dabei, der mit seiner grellbunt karierten Jacke, der dazu passenden Hose und mit seiner schlecht sitzenden braunen Perücke wie ein Händler aussah.

»Guten Tag, Mary«, grüßte Boswell sie und hob seinen Hut. Er wirkte nervös. »Das ist Mr. Castel, ein Glaser, der aus Fowey stammt. Er möchte Ihnen etwas über Ihre Familie berichten, und er hat darauf bestanden, Sie sofort zu sehen.«

Mary blickte von einem Mann zum anderen, und ihr fiel auf, wie erhitzt und erregt beide aussahen. Boswell war ganz offensichtlich nicht glücklich über das Auftauchen dieses Mannes, und sie nahm an, dass er ihn für einen Betrüger hielt. Schon mehrmals zuvor waren Leute zu ihm gekommen und hatten behauptet, Mary zu kennen, und nach ihrer Adresse gefragt. Deshalb musste die Geschichte dieses Mr. Castel ziemlich glaubwürdig sein, wenn Boswell ihn vor ihre Tür brachte.

Mary führte sie in den Salon, und als sie saßen, betrachtete sie den Mann genauer. »Dann sind Sie also aus Fowey, Mr. Castel?«, fragte sie. »Ich kenne keine Familie mit diesem Namen.«

»Ich bin schon vor vielen Jahren weggezogen, als Sie noch ein kleines Mädchen gewesen sein müssen«, meinte er ruhig. »Aber ich kenne Ihre Schwester Dolly sehr gut.«

Mary keuchte, völlig außer sich. »Sie kennen Dolly? Woher? Wo ist sie?«

»Ich habe sie erst kennengelernt, nachdem sie nach London gezogen war«, erwiderte er und tupfte sich mit einem Taschentuch den Schweiß von der Stirn. »Sie arbeitet für eine Mrs. Morgan am Bedford Square. Ich habe sie getroffen, als ich dort ein paar Fensterscheiben einsetzte, und wir haben uns über Fowey unterhalten.«

»Dolly ist hier in London!« Mary konnte kaum glauben, was sie da hörte, und obwohl Boswell ihr einen warnenden Blick zuwarf, als wollte er nicht, dass sie sich zu sehr freute, konnte sie nicht anders.

»Es scheint, dass Mr. Castel gern Ihre Erlaubnis hätte, Ihrer Familie in Fowey zu schreiben und sie über Ihren Aufenthaltsort zu unterrichten«, mischte sich Boswell mit einem sehr zynischen Unterton in der Stimme ein. »Er behauptet, er kenne auch einen Verwandten von Ihnen dort, einen Edward Puckey.«

»Ned!« Erneut keuchte Mary. Sie und Dolly waren auf der Hochzeit ihres Cousins Ned die Brautjungfern gewesen.

»Dann haben Sie einen Verwandten namens Edward Puckey?«, vergewisserte sich James Boswell.

Mary nickte. »Er ist mein Cousin«, sagte sie.

Mr. Castel blickte sie gekränkt an. »Wie es scheint, traut mir Mr. Boswell nicht. Ich kannte Ned Puckey, als ich noch ein Junge war, obwohl er ein paar Jahre jünger ist als ich. Durch diese Verbindung lernte ich Dolly so gut kennen. Ich will nur die beiden Schwestern wieder vereint sehen und eine Neuigkeit weitergeben, die sehr vorteilhaft für Sie sein könnte.«

Wenn man von Mr. Castels Kleidung und der miserabel sitzenden Perücke absah, die einen schlechten Geschmack vermuten ließ, dann hatte er, wie Mary fand, ein ehrliches Gesicht. Er blickte sie direkt an, er leckte sich nicht die Lippen und rutschte auch nicht nervös hin und her. Außerdem sprach er mit dem Akzent eines Mannes aus Cornwall.

»Was für Neuigkeiten?«, fragte sie misstrauisch und sah Boswell an. Er war angespannt und schwitzte stark. Offenbar wünschte er, der Mann würde schweigen. Zumindest ließ sein Stirnrunzeln das vermuten.

»Dass Ihre Familie jetzt vermögend ist.«

Mary lachte laut auf und ließ sich in ihrem Stuhl zurückfallen. »Das kann ich nicht glauben, selbst wenn ich Ihnen gern glauben würde, dass Sie Dolly kennen«, sagte sie.

»Aber es stimmt«, beharrte er. »Dolly hat es mir erzählt. Ihr Onkel Peter Broad starb, während Sie in Botany Bay waren, und er hat Ihrer Familie ein Vermögen hinterlassen.«

Mary hörte plötzlich auf zu lachen. Ihr Onkel Peter, der Bruder ihres Vaters, war ein Master Mariner gewesen. Er war angeheuert worden, um ein Schiff zu befehligen, anders als ihr Vater, der nur ein einfacher Seemann war. Sie hatte Onkel Peter nicht besonders gut gekannt, da er oft sehr lange auf See gewesen war. Aber sie erinnerte sich, dass er bei seiner Heimkehr stets Essen, Bonbons und andere Luxusgüter als Geschenke mitgebracht hatte. In Fowey hatte es immer geheißen, er sei auch reich, und tatsächlich hatte ihr Vater oft, wenn ihre Mutter etwas außerhalb des normalen Rahmens wollte, im Scherz gesagt: »Da wartest du besser noch ein Weilchen, meine Liebe, bis Peter nach Hause kommt.«

»Ich weiß nicht, was ich sagen soll«, rief Mary. »Das ist ein Schock für mich, Mr. Castel.«

»Das kann ich mir vorstellen«, sagte er. »Aber glauben Sie mir, ich habe keine Hintergedanken beim Überbringen dieser Nachricht; ich würde Sie nur gern wieder mit Ihrer Familie zusammenbringen. Sehen Sie, Dolly und ich sind befreundet. Wir haben uns vor ungefähr vier Jahren kennengelernt, und sie hat mir erzählt, dass sie eine Schwester hat, die zum Arbeiten nach Plymouth gegangen und nie wieder zurückgekehrt ist. Ihre Eltern sorgen sich immer noch um Sie, weil sie nicht wissen, ob Sie noch leben oder tot sind.«

»Sie wissen nicht, was mit mir passiert war?« Mary war nicht sicher, ob sie das freute oder traurig machte.

Mr. Castel schüttelte den Kopf. »Nach dem, was Dolly mir erzählt hat, suchte Ihr Vater Sie in Plymouth – ohne Erfolg. Dolly glaubte, Sie wären vielleicht nach London gegangen, und das war der Hauptgrund, warum sie hier eine Stellung annahm. Sie hoffte, Sie würden ihr eines Tages über den Weg laufen. Aber während die Jahre vergingen, schwand diese Hoffnung. Ich sah, wie wichtig Sie ihr sind, schon seit ich ihr zum ersten Mal begegnete.«

»Wussten Sie da schon, wo ich bin?«

Castel schüttelte den Kopf. »Nein. Bei einem Mädchen wie Dolly würde man niemals glauben, dass ihre Schwester vielleicht deportiert worden sein könnte.«

»Warum nicht?«, fragte Mary.

»Nun ja, sie ist so ...« Er hielt inne, offensichtlich nicht in der Lage, die richtigen Worte zu finden.

»Ehrlich?« Mary beschloss, ihm zu helfen. »Sie hätten nicht gedacht, ihre Schwester könnte eine Diebin sein?«

Castel sah verlegen aus. »So habe ich das nicht gemeint«, erklärte er schnell. »Dolly ist schüchtern und fleißig. Ich hätte angenommen, ihre Schwester wäre genauso.«

Mary war sich jetzt sicher, dass dieser Mann Dolly kannte. »Schüchtern und fleißig« beschrieb sie gut. Mary hatte sie Leuten oft als Maus beschrieben!

»Und warum sind Sie nicht schon viel früher gekommen?«, wollte Mary wissen. Es war jetzt vierzehn Monate her, seit die Nachricht über ihre Ankunft in Newgate in der Zeitung gestanden hatte. Die Begnadigung, über die ebenfalls berichtet worden war, war jetzt über drei Monate her.

»Nennen Sie mich langsam, wenn Sie wollen«, meinte er und blickte etwas verlegen. »Denn ich habe alles über das ›Mädchen aus Botany Bay‹ gelesen, und mir fiel sogar die Namensgleichheit mit Dollys Schwester auf. Aber ich hätte nicht einen Moment geglaubt, dass Sie die richtige Mary Broad sein könnten.«

»Haben Sie nicht?« Mary war überrascht.

Er fuhr sich mit dem Finger an seinem engen Kragen entlang. »Das war so außergewöhnlich. Niemand, der Dolly kennt, würde denken, dass sie eine so mutige Schwester haben könnte. Außerdem ist Mary Broad ein sehr häufiger Name, und in den Zeitungen stand nichts von Ihrer Herkunft aus Cornwall.«

»Und wie sind Sie schließlich darauf gekommen, dass ich vielleicht ihre Schwester bin?«, hakte Mary neugierig nach.

»Durch ein Gedicht«, erwiderte er und blickte Boswell an, als erhoffte er sich Unterstützung von ihm. Aber Boswell bot ihm keine an.

»Ein Gedicht?«, sagte Mary. Anscheinend meinte er eines von denen, von denen Boswell gesprochen hatte, obwohl er ihr niemals eines davon vorgelesen hatte.

»Seit Ihrer Begnadigung hingen die überall herum«, erklärte Castel verlegen. »Aber ich habe nie eines davon richtig gelesen, bis sie vor meinem Geschäft eines aufhängten. Ich kann Ihnen den Grund nicht genau nennen, doch ich hatte plötzlich so ein Gefühl, das einfach nicht verschwinden wollte. Ich habe es Dolly nicht gezeigt, weil es sie vielleicht aufgeregt hätte, von Ihrer Deportation zu hören. Und weil in dem Gedicht stand, dass Sie und Mr. Boswell mehr als nur Freunde seien. Deshalb habe ich ihn heute Morgen aufgesucht und ihn um Aufklärung gebeten.«

Mary blickte Boswell fragend an.

»Das Erste, was er von mir wissen wollte, war, ob Sie aus Fowey stammen«, berichtete Boswell mit einem verzweifelt wirkenden Schulterzucken. »Ich sagte, ja, das sei Ihr Heimatort, und dann erzählte er mir von Dolly. Ich wollte Sie zuerst allein aufsuchen, doch Mr. Castel ist ein sturer Mann, meine Liebe. Also, ich würde Folgendes vorschlagen: Ich überprüfe, ob diese Geschichte stimmt, und kehre zurück, wenn ich einen Beweis habe.«

Später am gleichen Tag half Mary Mrs. Wilkes beim Abwasch des Geschirrs, als erneut jemand an die Haustür klopfte.

»Ich wette, das ist schon wieder dieser Boswell«, sagte Mrs. Wilkes mit einem besorgten Blick. »Vielleicht hat er mehr über Castel herausgefunden.«

Mary war den ganzen Tag über nervös gewesen. Sie wollte Mr. Castel glauben, aber weil Boswell seinen Behauptungen mit so viel Misstrauen begegnet war, versuchte sie verzweifelt, sich keine Hoffnungen zu machen.

Sie lief hinunter in den Korridor und nahm dabei ihre Schürze ab, doch als sie die Tür öffnete, wurden ihr die Knie weich.

Es war noch einmal Mr. Castel. Und neben ihm stand Dolly.

Mary erkannte sie sofort, denn sie sah genauso aus wie vor neun Jahren bei ihrem Abschied. Mary hatte das Bild dieser kleinen Stupsnase und dieser blauen Augen all die Jahre wie einen Schatz gehütet. Jetzt konnte sie nur aufkeuchen und ihr Gesicht mit den Händen bedecken.

»Mary!«, sagte Dolly leise. »Du bist es wirklich! Ich hatte solche Angst, Mr. Castel könnte sich irren.«

Auf einmal lag Mary in den Armen ihrer Schwester, und sie standen in der Haustür, wiegten sich gegenseitig und schluchzten den Schmerz über die jahrelange Trennung heraus.

»Also, würden Sie jetzt bitte hereinkommen?«, bat Mrs. Wilkes ernst hinter ihnen. »Das ist ja alles ganz herzerwärmend, aber ich wünsche nicht, dass die ganze Straße über mich spricht.«

Als sie im Salon waren, konnten die beiden Frauen sich minutenlang nur gegenseitig umarmen und weinen. Dann lachten sie hysterisch. Alles war so durcheinander; halbe Fragen wurden nur halb beantwortet in dem zu überstürzten Bemühen, den Graben von neun Jahren zu schließen.

Mr. Castel hatte Dolly einiges von dem erzählt, was Mary passiert war, aber seine Version, die aus den Zeitungen stammte, war nicht ganz korrekt. Obwohl Mary versuchte, ihrer Schwester die Wahrheit zu sagen, war Dolly ganz offensichtlich zu schockiert und verwirrt, um alles so schnell zu begreifen.

»Ich sehe jetzt viel älter aus als du«, meinte Mary irgendwann und betrachtete ihre Schwester stolz.

Sie waren sich immer ähnlich gewesen, weil sie beide lockiges, dunkles Haar wie ihre Mutter hatten, kräftig gebaut waren und auch beide etwas größer gewesen waren als die anderen Mädchen im Dorf. Doch Dollys Augen waren blau, nicht grau wie Marys, und dann war Dollys Stubsnase natürlich viel stärker ausgeprägt.

Der Unterschied lag in ihrem Charakter. Dolly war immer die Brave, Pragmatische, Gehorsame gewesen. Solange Mary zurückdenken konnte, hatte sie stets sauber und ordentlich ausgesehen, das Haar streng zu Zöpfen zusammengefasst und mit makellos sauberer Schürze. Sie umging Pfützen, lief nicht durch Brombeerhecken, saß schweigend auf der Türschwelle und sah zu, wie

Mary wild mit den Jungen spielte und sich ihre Sachen zerriss und schmutzig machte.

Dolly war nach wie vor auf nüchterne und saubere Art gekleidet, was ihrer Stellung als Dienstmädchen einer Dame angemessen war. Ihr blaues Kleid mit Biesen hatte kleine Perlknöpfe am hochgeschlossenen Kragen, und sie trug glänzende schwarze Knopfstiefel und einen hübschen Strohhut mit einem einfachen blauen Band darum. Sie war dreißig Jahre alt, aber sie sah eher wie zwanzig aus, denn ihre Haut war klar und glatt.

»Ich musste keine so harten Zeiten durchmachen wie du«, erklärte Dolly mit Tränen in den Augen. »Du bist so dünn, Mary! Dabei war dein Gesicht früher immer voll und hübsch.«

Durch die Anwesenheit von Mr. Castel und Mrs. Wilkes war es den Schwestern unmöglich, offen miteinander zu sprechen. Dolly begann, nach Marys zwei Kindern zu fragen, doch sie hörte abrupt wieder damit auf. Und auch Mary hätte sich so gern nach ihrer Mutter und ihrem Vater erkundigt oder gefragt, ob Dolly einen Liebsten hatte, doch das konnte sie nicht vor Mrs. Wilkes und Castel.

Und dann kehrte auch noch Boswell zurück.

Mrs. Wilkes öffnete ihm die Tür, und Mary hörte, wie sie ihm von Dollys Besuch erzählte. »Oh, es ist wundervoll«, verkündete sie. »Sie lachen und weinen die ganze Zeit.«

Boswell wirkte gereizt, als er den Raum betrat. Er hatte Castel am Morgen gebeten, ihn das Treffen zwischen Mary und Dolly arrangieren zu lassen. Vor einer Stunde war er zum Bedford Square gefahren, um Dolly aufzusuchen, nur um festzustellen, dass Castel bereits dort gewesen war und die junge Frau hergebracht hatte. Aber als er sah, wie sehr Mary sich freute, kehrte sein angeborener Humor wieder zurück, und er entschuldigte sich bei Castel, dass er ihm misstraut hatte. Dann wandte er sich auf seine charmante Art an Dolly, schmeichelte ihr mit Komplimenten und entschuldigte sich für sein anfängliches Zögern. Er habe damit Mary nur schützen wollen.

Mrs. Wilkes öffnete eine Flasche Portwein, damit sie anstoßen konnten, und schlug vor, dass es vielleicht schön wäre, wenn die beiden Männer Mary und Dolly allein ließen, damit sie sich in Ruhe unterhalten konnten.

»Aber ich habe Mrs. Morgan versprochen, Dolly wieder nach Hause zu begleiten«, erklärte Castel schnell und sah Dolly so bewundernd an, dass seine Gefühle für sie offensichtlich wurden.

»Ich kann sowieso nicht mehr lange bleiben, fürchte ich«, sagte Dolly und wandte sich an Mary. »Mrs. Morgan erwartet mich um halb neun wieder zu Hause. Doch Mittwoch ist mein freier Tag, den kann ich mit dir verbringen.«

»Nun, Dolly, vielleicht wären Sie so gut, Mary vorher noch etwas über die Erbschaft von Ihrem Onkel zu erzählen?«, schlug Boswell vor. »Es ist impertinent von mir, Sie darum zu bitten, aber ich glaube, das ist etwas, das Mary sehr gern klären würde.«

»Es stimmt wirklich«, erklärte Dolly und ergriff Marys Hand, als fürchtete sie, ihre jüngere Schwester könnte verschwinden, falls sie sie losließ. »Onkel Peter hat sein gesamtes Vermögen Vater hinterlassen. Und das war eine ganze Menge. Vater hat mir durch Ned geschrieben und mir alles erklärt. Er hat mich gedrängt, wieder nach Hause zu kommen, weil ich nicht mehr arbeiten müsse.«

»Und warum sind Sie nicht zurückgegangen, Dolly?«, wollte Boswell wissen. Er konnte sich nicht dazu durchringen, direkt danach zu fragen, um wie viel Geld es sich handelte, vor allem vor Castel nicht.

Sie wurde rot. »Ich mag London«, sagte sie, »und meine Stellung. Ich bin sehr glücklich bei den Morgans. Ich wollte nicht in Fowey eine alte Jungfer sein.«

»Ich bezweifle, dass Sie lange unverheiratet bleiben würden«, erklärte Boswell galant.

»Mary wird das verstehen«, erwiderte Dolly und blickte ihre Schwester hilfesuchend an.

»Ja, ich verstehe sie«, meinte Mary und warf ihrer Schwester ein trockenes Lächeln zu. »All diese Jahre, in denen ich fort war, habe ich immer gedacht, du wärst bestimmt verheiratet und Mutter einer ganzen Kinderschar. Das wolltest du als junges Mädchen. Aber was der Grund für deinen Weggang auch gewesen ist – du führst jetzt ein gutes Leben. Zurückzugehen wäre so, als würde man dich lebendig begraben.«

»Genauso wäre es«, bestätigte Dolly ernst. »Ich könnte meine Stellung im Leben nicht einfach ändern, nur weil Vater nun Geld hat. Wir leben vielleicht in einem größeren Haus, haben bessere Kleider und mehr zu essen. Aber mit wem könnte ich befreundet sein? Meine alten Freunde sind arm. Sie würden mir aus dem Weg gehen. Und die Reichen rümpfen die Nase über mich.«

Mary nickte verständnisvoll. Dolly hatte recht. Aber da war auch das Problem der Mitgiftjäger. Dolly wollte sicher ihrer selbst willen geliebt werden und nicht, weil sie viel Geld besaß. Bestimmt könnte es schwierig werden, sich bis weit nach der Hochzeit der aufrichtigen Gefühle eines Mannes sicher zu sein.

»Wollen Sie denn überhaupt nicht mehr zurück?«, erkundigte Boswell sich bei Dolly. Er fragte sich, ob es bereits einen Mann in ihrem Leben gab. Castel hatte ganz offensichtlich Interesse, doch Boswell glaubte nicht, dass das auf Gegenseitigkeit beruhte.

»Vielleicht in ein paar Jahren«, meinte sie, dann blickte sie Mary lächelnd an. »Aber ich glaube, Mary sollte hinfahren. Zumindest, um unsere Familie zu besuchen. Sie werden überglücklich sein zu erfahren, dass sie noch lebt und dass es ihr gut geht.«

»Wissen unsere Eltern denn ganz gewiss nicht, was passiert ist?«, fragte Mary.

»Sie wussten es zumindest nicht, als ich im vergangenen Jahr zuletzt von Vater hörte. Weißt du, er hat dich erwähnt. Er sagte: ›Hoffentlich sind es ein Mann und Kinder, die Mary davon abhalten, nach Plymouth zurückzukehren!‹«

Mary dachte einen Moment darüber nach. Es kam ihr beinahe lächerlich vor, dass ihre Eltern die ganze Zeit über angenommen hatten, sie wäre nur ungefähr vierzig Meilen entfernt in Plymouth, während sie tatsächlich um die halbe Welt gefahren war. Wenn sie wirklich nach Hause ging, wie um Himmels willen sollte sie ihnen jemals all das erklären, was sie getan und gesehen hatte? Es war schwer genug für sie, mit ihren Erinnerungen zu leben und in der Normalität wieder Fuß zu fassen. Bestimmt würde ihre Mutter, die niemals mehr als zwanzig Meilen von Fowey entfernt gewesen war, das nicht begreifen können.

»Könnte Vater nach dem Brief, den er dir geschickt hat, etwas herausgefunden haben?«, hakte sie nach.

»Vielleicht«, meinte Dolly stirnrunzelnd. »Mr. Castel hat mir gesagt, dass viel über dich in der Zeitung stand. Aber wenn ich hier in London nichts davon erfahren habe, warum sollten sie es, wo sie doch so weit entfernt sind?«

Mary seufzte. »Vielleicht ist es besser, wenn sie nie von mir hören, Dolly. Das ist zu schockierend.«

»Lass sie lieber ein bisschen schockiert sein, als in dem Glauben durchs Leben gehen, dass ihre Tochter sie verlassen hat oder tot ist«, beharrte Dolly.

Boswell ging später mit Castel und Dolly, und die beiden Schwestern verabredeten, sich am kommenden Mittwoch wiederzusehen. Nachdem sie fort waren, ging Mary in ihr Zimmer, denn sie wollte gern allein sein.

Sie setzte sich an das offene Fenster und blickte hinaus in die Dunkelheit. Die Geräusche von Kutschrädern, Unterhaltungen, Gelächter, das Weinen von Babys und die Klänge eines leise spielenden Pianos in der Ferne drangen durch die stille, warme Luft zu ihr herauf, wie an so vielen Abenden, seit sie bei Mrs. Wilkes wohnte. Es waren die Geräusche eines Familienlebens, das um sie herum stattfand, und bis heute Abend hatte sie sich immer schrecklich allein gefühlt, wenn sie es gehört hatte, weil das Schicksal sie ihrer eigenen Familie entfremdet hatte.

Manchmal hegte sie sogar zynische Gedanken über die Freiheit. Obwohl sie sich frei in der Stadt bewegen konnte, trug sie immer noch Ketten aus Schuldgefühlen, Scham und Trauer. Sie wusste auch, dass sie völlig von Boswell abhängig war, und das machte ihn zu einer Art Wachmann, wenn auch einem freundlichen. Bis jetzt hatte sie keine Möglichkeit gefunden, dieser Abhängigkeit zu entkommen und ein Leben zu beginnen, das wirklich ihr gehörte.

Diese Chance bot sich ihr jetzt.

»Aber bist du mutig genug, nach Hause zu gehen?«, murmelte sie leise. Es war eine Sache, Dolly alles zu erzählen. Sie war immer noch jung und hatte keine festgefahrenen Vorurteile. Ihr Vater würde vermutlich auch Verständnis haben, denn er war in viele verschiedene Länder gesegelt und hatte Männer aus allen Gesellschaftsschichten getroffen.

Bei ihrer Mutter war das jedoch etwas ganz anderes. Ihre Welt war klein, begrenzt und bestimmt von der Kirche und den Nachbarn. Würde sie in der Lage sein, ihre Wahrnehmung der Welt zu ändern? Würde sie akzeptieren können, dass Mary für ihr ursprüngliches Verbrechen sehr viel härter bestraft worden war als nötig? Konnte sie vergeben und sich dem Gerede im Dorf stellen?

Mary bezweifelte das. Grace Broad war niemals eine versöhnliche oder tolerante Person gewesen. Als Kind war Mary misstrauisch beäugt worden, weil sie sich gern bei den Fischern aufgehalten hatte, weil sie schwimmen gegangen, auf Bäume geklettert und weit von zu Hause weggelaufen war. Ihr Vater hatte darüber gelacht, aber das Gesicht ihrer Mutter war immer von Missbilligung verdunkelt gewesen.

Doch Mary konnte den Grund dafür jetzt verstehen. Eine Mutter musste nähren und schützen und zeigte dem Kind mit Lob und Tadel nur den richtigen Weg, damit es sicher war. Mary zweifelte nicht daran, dass ihre Mutter sich Sorgen wegen ihres Eigensinns gemacht hatte. Vielleicht hatte sie immer Angst gehabt, dieser Charakterzug würde Mary einmal in ernsthafte Schwierigkeiten bringen. Und sie hatte recht behalten.

Anders als für die Menschen in London würde sie, Mary, für die Leute im Dorf kaum die Heldin einer waghalsigen Flucht sein. In Fowey würde man über das Gefängnisschiff sinnieren, über die Ketten und den Schatten des Galgens, und die Leute würden sich darüber aufregen, wie viel Zeit sie mit einer Bande von Männern verbracht hatte. In den Augen der Dorfbewohner würde sie das zu einer Dirne machen.

Eine Träne lief über Marys Wange. Als junges Mädchen war sie dumm und selbstsüchtig gewesen, aber all das gehörte der Vergangenheit an, und sie wollte so gern wieder zurück zu ihrer Familie. Sie konnte mit niemandem den Schmerz über den Verlust ihrer beiden Kinder teilen, doch vielleicht würde sie es ihrer Mutter sagen können, wenn diese sie in ihre Arme schloss. Sie wollte all ihren Angehörigen erklären, welchen Platz sie während ihrer Zeit als Gefangene in ihrem Herzen gehabt hatten. Vielleicht konnte sie sie als Erwachsene für die Traurigkeit und die Sorgen entschädigen, die sie ihnen gemacht hatte.

Mary hatte außerdem das Gefühl, den Frieden der Familie und die Schönheit ihres eigenen Dorfes zu brauchen, um ihre Seele von der Hässlichkeit zu reinigen, mit der sie beschmutzt worden war. Der König und die Regierung mochten sie begnadigt haben, doch das bedeutete ihr wenig ohne die Vergebung ihrer eigenen Familie.

Während der nächsten paar Tage wuchs Marys Verwirrung. Der Tag, den sie allein mit Dolly verbrachte, war einer der besten in ihrem ganzen Leben, denn sie sprachen über alles, was ihnen während der vergangenen neun Jahre widerfahren war.

Dolly war Mary immer als leuchtendes Vorbild für weibliche Tugenden genannt worden, deshalb hatte Mary sie insgeheim für langweilig gehalten. Doch neun Jahre später musste Mary feststellen, dass ihre ältere Schwester ein sehr viel lebhafteres Wesen besaß, als sie angenommen hatte.

Dolly hatte ihre Stellung als Dienstmädchen einer Dame dazu benutzt, um sich mit allen Aspekten der adeligen Lebensweise vertraut zu machen. Es gab kaum etwas, das sie nicht wusste, angefangen bei der Art, wie eine Dame ihr Haar modisch aufsteckte, bis hin zur Führung eines großen Haushalts. Doch sie hatte nicht nur hauswirtschaftliche Tätigkeiten von ihrem Herrn und ihrer Herrin gelernt. Sie kannte ihre Geheimnisse und ihre Ansichten über Religion und über Politik. In ihrem Haus hatte sie Bildung erfahren, und sie war nicht länger das unschuldige Mädchen vom Land. Dolly war vielleicht immer noch schüchtern, sie redete nicht ungefragt und ging auch nicht nachts allein aus, aber sie hatte bereits zwei Liebhaber gehabt.

Einer war der jüngere Bruder ihres Herrn gewesen, vertraute sie Mary an. Durch diese Beziehung war ihr klar geworden, dass eine intelligente Frau ihr Schicksal lenken konnte. Dolly hatte auch nicht vor, einen niederen Lakaien oder gar einen Händler wie Mr. Castel zu heiraten und den Rest ihres Lebens damit zu verbringen, Kinder unter erschwerten Bedingungen aufzuziehen. Falls sie nicht innerhalb der nächsten Jahre von einem Gentleman geheiratet würde, wollte sie ein eigenes Geschäft eröffnen, vielleicht ein Büro für die Vermittlung von Hausangestellten.

Ihr Vater hatte ihr aus Sicherheitsgründen die genaue Höhe der Erbschaft nicht nennen wollen. In dem Brief, den er ihr geschrieben hatte, hatte er nur gesagt, dass das Vermögen ausreiche, um gut davon zu leben. Sie brauche nur zu fragen, wenn sie ein »finanzielles Polster« benötige.

Mary zweifelte nicht daran: Ihre Schwester konnte ihr eigenes Geschäft eröffnen. Hinter ihrem freundlichen, ruhigen Äußeren verbargen sich sehr viel Entschlossenheit und ein gutes Gespür. Deshalb tendierte sie dazu, Dolly zu glauben, als diese darauf bestand, dass Mary nach Cornwall zu ihren Eltern fahren sollte.

Dolly besaß Weitsicht und Fantasie. Sie sagte, Mary könne mit ein bisschen Kapital unten in Cornwall eine Pension leiten. Sie schlug Truro vor, da der Ort von vielen Leuten besucht wurde, oder sogar Falmouth. Dort könnten die Schiffsoffiziere und ihre Familien bei ihr wohnen. Eine andere Idee war, dass ihre Eltern ihr vielleicht eine kleine Farm kaufen könnten, wo Mary dann ihre eigenen Produkte herstellte und verkaufte.

»Ich komme vielleicht sogar zu dir, wenn mich London anfängt zu langweilen«, lachte Dolly. »Denk nur immer daran, Mary: Du bist keine gewöhnliche Frau, du bist mutig, stark und klug. Das ist mehr als genug, um sich durchzusetzen. Wenn du in London bleibst, dann kannst du nur irgendwelche niederen Arbeiten annehmen, zum Beispiel als Küchenhilfe. Das würdest du hassen. Du kannst dich keinem griesgrämigen alten Koch oder einer hochnäsigen Herrin unterordnen, dafür hast du schon zu viel gesehen. Sei noch einmal mutig und geh nach Hause.«

Der September kam mit wunderschönem Wetter, und wann immer Dolly von ihrer Herrin freibekam, verbrachte sie Zeit mit Mary. Ihr Lachen und die Entdeckung, wie viel sie gemeinsam hatten, milderten Marys Trauer um ihre Kinder, und ihr alter Optimismus und ihre Stärke schienen langsam zurückzukehren.

Mr. Castel hatte mit Boswells Hilfe an Ned Puckey geschrieben und ihn gebeten, den Broads von Mary zu berichten. Boswell hatte darüber hinaus in einem Brief seinen Freund, den Pfarrer John Baron aus Lostwithiel, gebeten, mit dafür zu sorgen, dass Grace und William Broad Mary wieder zu Hause willkommen hießen.

Doch lange bevor die Puckeys oder Pfarrer Baron diese Briefe bekommen haben konnten, erreichte Boswell einer von Elizabeth Puckey, Neds Frau. Offenbar hatte die Familie durch einen Zeitungsartikel von Marys Begnadigung erfahren. Jetzt machten sie sich alle große Sorgen, wie es ihr ging und wo sie sich aufhielt. Elizabeth drängte darauf, dass Mary nach Hause zu ihrer Familie fahren solle, die, wie sie es formulierte, »jetzt dank einer recht großen Erbschaft in ganz anderen Umständen lebt«. Sie sagte, Mary würde von allen Familienmitgliedern mit offenen Armen empfangen werden, und William und Grace Broad seien sehr erleichtert und glücklich darüber, dass ihre jüngere Tochter all diese schrecklichen Ereignisse überlebt habe.

Obwohl der Brief Mary der Liebe ihrer Familie versicherte und sie sich nach wie vor von ganzem Herzen wünschte, sie zu sehen, war sie immer noch hin und her gerissen. Sie mochte London und wollte in Dollys Nähe bleiben; Boswell war so ein guter Freund und ein so anregender Gesellschafter, und dann war da auch noch Mrs. Wilkes, die sie inzwischen sehr lieb gewonnen hatte.

James Boswell zeigte ihr ein Leben, das es in Cornwall nicht gab. Er nahm sie mit ins Theater, in Kaffeehäuser und Restaurants. Mit Dolly konnte sie wieder jung sein, sich über Männer und über Kleider austauschen und darüber sprechen, wie sehr sich ihr Leben jetzt von dem ihrer Kindheit unterschied.

Mrs. Wilkes war fast so etwas wie eine Mutter oder Tante für sie geworden. Sie war weise und freundlich, gescheit und kultiviert. Mary spürte, dass sie sie gern bei sich behalten und sich über ihre Hilfe in der Pension gefreut hätte. Das reizte Mary sehr, denn sie fühlte sich sicher dort, aber Dolly fand, dass sie nach etwas Besserem streben sollte.

Und dann waren da noch die Männer in Newgate. Mary konnte London einfach nicht verlassen, solange sie immer noch im Gefängnis saßen. Bald nach ihrer ersten Begegnung mit Dolly besuchte sie sie gegen den Rat Boswells und Mrs. Wilkes'. Da sie jetzt so komfortabel lebte, war sie entsetzt und abgestoßen von Newgate und den schrecklichen Umständen dort. Obwohl sie wusste, dass sich Boswell immer noch für ihre Freunde einsetzte, war bis jetzt keine Begnadigung in Sicht.

Sam war völlig demoralisiert und hatte sich freiwillig zum New South Wales Corps gemeldet, einer Einheit, die die Rolle der Marinesoldaten und der Polizei in der neuen Kolonie übernehmen sollte. Er wollte dorthin zurück, weil ihm klar geworden war, dass

England Männern wie ihm nichts zu bieten hatte. In New South Wales hingegen würde er als freier Mann ein Stück Land bekommen.

James arbeitete immer noch an seinen Memoiren. Er erzählte, Nat und Bill hätten jeden Tag neue Ideen, wohin sie nach ihrer Begnadigung gehen würden. Mary machte sich schreckliche Sorgen, dass dieser Tag niemals kommen würde, doch die Männer versuchten, diese Angst zu zerstreuen.

»Uns geht es gut«, beteuerten sie mehr als einmal. »Führ du dein eigenes Leben und lass dich nicht von Gedanken an uns zurückhalten!«

Sam gelang es schließlich, sie davon zu überzeugen, dass ihre Wege sich endgültig trennen mussten. Er brachte sie allein zum Tor und redete mit ihr.

»Wir werden alle begnadigt werden«, beruhigte er sie. »Aber du musst darauf nicht warten, Mary. Wir vier werden nach unserer Entlassung nicht zusammenbleiben. Wir sind lange genug durch die Umstände aneinander gefesselt gewesen, nicht weil wir es so wollten. Ich werde nach New South Wales gehen, James spricht von Irland. Bill will nach Berkshire und Nat zurück nach Essex. Wir haben das größte Abenteuer und die schlimmsten Zeiten durchgemacht, die man sich vorstellen kann, doch wenn wir erst frei sind, wird das nur noch eine Erinnerung sein, nichts weiter.«

Mary wusste, was er ihr zu sagen versuchte: dass sie einander nur durch ihre Notlage so nahegekommen waren und dass das die einzige Gemeinsamkeit zwischen ihnen war. Wahrscheinlich wollte er sich von den anderen distanzieren, weil er Angst hatte, sie würden ihn wieder in Schwierigkeiten bringen. Und im Stillen teilte Mary diese Furcht, obwohl sie das niemals zugegeben hätte.

»Du hast mir auf dem Kai in Port Jackson das Leben gerettet«, sagte Sam, und seine Stimme zitterte leicht. »Ich hoffe, ich kann eines Tages meinen Kindern von dir erzählen. Aber jetzt geh und komm uns nicht wieder besuchen. Du hast genug für uns alle getan.«

Mary umschloss sein knochiges Gesicht mit ihren Händen und küsste ihn leicht auf die Lippen. »Viel Glück, Sam«, flüsterte sie zärtlich und erinnerte sich daran, dass sie ihn einmal als ihr Sicherheitsnetz betrachtet hatte. Jetzt brauchte sie keines mehr.

Gegen Ende September schlug das herrliche Wetter plötzlich in einen schlimmen Sturm um, der Bäume in den Parks entwurzelte. Heftiger Regen überflutete die Straßen. Auch nachdem der Sturm nachgelassen hatte, regnete es weiter, und plötzlich sah Mary mit eigenen Augen die Zustände, von denen Boswell nach ihrer Entlassung aus Newgate gesprochen hatte.

Die Straßen waren tückisch, der Schlamm vermischte sich mit menschlichen und tierischen Exkrementen und bedeckte jeden, der kühn genug war, darauf zu laufen. In den ärmeren Bezirken brachen Krankheiten aus, und Boswell erzählte Mary, dass sich die Massengräber für die Toten schnell füllten. Ständig hing ein schrecklicher Gestank in der Luft, zusammen mit einem schwefelhaltigen Nebel, der jede Nacht aufstieg.

Mary war quasi gefangen in dem Haus in der Little Titchfield Street, und ihr wurde klar, dass sie im Frühling noch hier sein würde, wenn sie nicht vor Einbruch des Winters nach Cornwall abreiste. Ihre Eltern wurden älter, und sie würde es sich niemals verzeihen, wenn einem von ihnen vor ihrer Heimkehr etwas passierte. Und dann war da noch die Sehnsucht nach Cornwall selbst, die wie eine Sirene jede Nacht ihr betörendes Lied sang, wenn Mary die Augen schloss, und die sie drängte, dorthin zurückzukehren, wo sie hingehörte.

Sie konnte sich am Bug eines Schiffs stehen sehen, das in den Hafen von Fowey einfuhr, als es gerade anfing zu dämmern und die Herbstsonne wie ein riesiger Feuerball langsam im Meer versank.

Sie konnte sehen, wie sich die kleine Stadt hinter dem Kai erhob. Graue Steinhäuser drängten sich aneinander, und man erkannte die Kopfsteinpflaster-Straßen dazwischen, auf denen die Kinder schnell nach Hause liefen, bevor es dunkel wurde.

Unten am Kai bereiteten die Fischer die Netze für den nächtlichen Fischfang vor. Der Wirt der Taverne würde seine Lampe anzünden, und die alten Männer der Stadt würden langsam darauf zuhumpeln und ihre Mütze vor jeder Frau ziehen, die vielleicht noch unterwegs war.

Mary konnte die gebratenen Sardinen riechen; sie hörte die Wellen gegen den Kai klatschen, die Schreie der Seemöwen und den Wind in den Bäumen hinter der Stadt. Sie wollte ihre Lungen mit der sauberen, salzigen Luft füllen, die Stimmen der Menschen aus Cornwall hören und in das einfache Dorfleben eintauchen. Sie gehörte nicht nach London.

»Ich glaube, ich muss zurück nach Cornwall fahren«, sagte Mary eines Abends zu Boswell, als er sie besuchte.

Er erwiderte eine Weile nichts, sondern blickte sie nur fragend an. »Ja, das sollten Sie«, meinte er schließlich. »Aber ich will nicht, dass Sie gehen.«

»Warum nicht?«, erwiderte sie und dachte, er glaube vielleicht, sie habe in London bessere Zukunftsaussichten.

»Weil ich Sie vermissen werde«, erklärte er schlicht, und zu ihrer großen Überraschung traten ihm Tränen in die Augen.

Mary wusste nicht, was sie sagen sollte. Wollte er damit zum Ausdruck bringen, dass er sie liebte? Wenn ja, was sollte sie dann antworten, wie reagieren? »Ach was! Sie werden mich nicht vermissen. Sie können dann doch all ihre feinen Freunde besuchen, die Sie schon so lange vernachlässigt haben«, scherzte sie.

»Ich habe sie vernachlässigt, weil sie, verglichen mit Ihnen, so oberflächlich sind«, meinte er, und seine Stimme zitterte. »Sie haben meinem Leben einen Sinn gegeben, mir so viele neue Perspektiven eröffnet.«

»Das ist lieb, dass Sie das sagen«, entgegnete sie, ein bisschen überwältigt. »Aber ich habe Ihnen noch mehr zu verdanken. Sie haben mir mein Leben zurückgegeben.«

Er schüttelte leicht den Kopf und blickte auf seinen Schoß. »Ich war fast mein ganzes Leben lang ein Narr«, sagte er mit leiser Stimme. »Aber ich fühle mich geehrt, dass mich das Schicksal dazu auserkoren hat, Ihnen zu helfen. Mary, Sie sind der erstaunlichste Mensch, den ich jemals kennengelernt habe. Sie sind allem, was Ihnen das Leben entgegengeschleudert hat, mit Mut und Stärke begegnet. Ich habe noch nicht einmal gehört, dass Sie irgendjemanden dafür verantwortlich gemacht hätten.«

»Es *ist* niemand verantwortlich«, erwiderte sie scharf. »Nur ich, weil ich einen Fehler gemacht habe.«

Er fing an zu lachen. »Oh, Mary«, prustete er, »das ist es, was Ihre Persönlichkeit ausmacht. Wenn die ganze Welt Ihre Ansicht teilen würde, dann wäre sie ein viel besserer Ort. Mein ganzes Leben lang war ich von Leuten umgeben, die anderen an ihrem Unglück die Schuld geben. Ich selbst habe meinen Vater, meine Mutter, meine liebe verstorbene Frau, die Huren, den Alkohol, das fehlende Geld und sogar das Essen für mein eigenes Versagen verantwortlich gemacht. Ich wünschte, ich wäre jünger und könnte mit Ihnen an meiner Seite durchs Leben gehen.«

Er strich ihr mit den Fingern liebevoll durchs Haar, dann hielt er eine Locke fest, nahm sich eine Schere aus Mrs. Wilkes Nähkorb auf dem Tisch und schnitt sie ab.

»Eine kleine Erinnerung«, sagte er und schob die Haarsträhne in einen Beutel, den er aus seiner Tasche holte.

»Ich trage meine besonderen Erinnerungen an Sie hier«, meinte Mary und legte ihre Hand auf ihr Herz. »Und Sie sorgen dafür, dass meine Freunde begnadigt werden, oder ich werde *Sie* dafür verantwortlich machen.«

»Das wird bald passieren«, versicherte er ihr. »Henry Dundas hat das in der Hand.«

Am Abend des zwölften Oktober fuhren Mary und Boswell zur Beals Wharf in Southwark, wo Mary an Bord der *Anne und Elizabeth* gehen sollte, die mit der Morgenflut nach Fowey auslaufen würde.

Es war ein windiger und regnerischer Abend, und sie suchten schnell in der nahe gelegenen Taverne Schutz. Als Boswell gekommen war, um Mary und die Kiste mit ihren Habseligkeiten aus der Little Titchfield Street abzuholen, hatte er James junior mitgebracht, seinen fünfzehnjährigen Sohn.

Der junge James Boswell hatte die gleichen wunderschönen dunklen Augen und so volle Lippen wie sein Vater, aber er war größer, schlank, elegant und hatte glatte Haut. Er war verständlicherweise schüchtern, doch sehr gespannt darauf, Mary kennenzulernen. Er sagte, sein Vater habe ihm und seinen Schwestern Marys Geschichte erzählt. »Wir wünschen Ihnen alles Gute für die Zukunft«, erklärte er.

James verabredete mit seinem Vater, dass er ihn später am Abend wieder abholen würde, und während die Droschke durch die nassen, windigen Straßen auf die Themse zufuhr, schwieg Mary und versuchte, die Sorgen zu unterdrücken, die sie belasteten. Sie war sich jetzt nicht mehr so sicher, ob sie wirklich nach Cornwall zurückkehren sollte, vor allem, weil sie Boswell nicht verlassen wollte, ihren lieben Freund und Retter. Sie blickte ihn während der Fahrt oft an, und unerträgliche Trauer stieg in ihr auf. Ihm ging es nicht gut, das wusste sie. Sein rotes Gesicht und die Steifheit seiner Glieder zeigten ihr, dass er sein Alter spürte.

Sie würde Dolly wiedersehen und vielleicht auch Mrs. Wilkes. Aber sie hatte das Gefühl, dass die wenigen Stunden, bevor sie aufs Schiff gehen musste, ihre letzten mit Boswell sein würden.

In der Taverne zog sich Mary den schweren dunkelgrünen Wollumhang aus, den Mrs. Wilkes ihr geschenkt hatte. Sie war der freundlichen Frau zu fast ebenso viel Dank verpflichtet wie Boswell, denn sie hatte Mary so viel gelehrt! Niemand in dieser Hafentaverne hätte sie für eine Hure oder eine ehemalige Strafgefangene gehalten. Alles, von dem Umhang und ihrem Hut bis hin zu dem warmen Wollkleid und den dicken Stiefeln ließ sie wie eine vornehme Frau wirken. Doch Mrs. Wilkes hatte die Sachen nicht nur ausgesucht, weil sie warm und bequem waren, sondern auch, weil Mary darin gut aussah. Das hochgeschlossene Kleid schmückte ein cremefarbener Spitzenkragen, noch mehr Spitze fand sich an ihrem Unterrock, und ihre Strümpfe waren rot, so wie es jetzt Mode war. Mary hatte auch noch viel mehr Sachen in ihrer Kiste, und sie konnte kaum glauben, dass die hübsche Frau, die sie im Spiegel sah, dieselbe arme Kreatur sein sollte, die einmal Lumpen und Fesseln getragen hatte.

Während sie Rum tranken und Seite an Seite auf einer Bank am Feuer saßen, herrschte eine zärtliche Stimmung zwischen ihnen. Mary wünschte, sie könnte die richtigen Worte finden, um James Boswell zu sagen, was sie für ihn empfand. Boswell, der ungewöhnlich schweigsam war, ließ seine Hand auf ihrer auf der Bank ruhen, eine Geste, die zeigte, dass er sie so lange wie möglich festhalten wollte.

Die Taverne erinnerte Mary an die in Fowey und Plymouth, der Steinfußboden, der nass von den Stiefeln der Männer war, der Rauch in der Luft und der alles überdeckende Geruch von nassen Sachen. Doch es war gemütlich, es war ein freundlicher Ort, an dem Seeleute sich Geschichten erzählten, willige Frauen fanden und ihr hart verdientes Geld vertranken. Mary fand es angemessen, ihre letzten gemeinsamen Stunden mit ihrem Retter an einem Ort zu verbringen, der ihr so vertraut war. Am folgenden Tag würde Boswell dorthin zurückkehren, wo er hingehörte; er würde in eleganten Restaurants essen, Kaffee mit seinen berühmten Freunden trinken oder wieder an seinem Tisch sitzen und schreiben, während ihr Schiff sich seinen Weg durch schwere See nach Cornwall erkämpfen würde.

»Ich habe mit Pfarrer John Baron aus Lostwhithiel besprochen, Ihnen jährlich zehn Pfund auszuzahlen«, erklärte Boswell plötzlich. Er nahm eine Fünfpfundnote aus seiner Brieftasche und drückte sie ihr in die Hand. »Das ist für das erste halbe Jahr, und nächsten April gehen Sie zu ihm, damit Sie die andere Hälfte bekommen. Sie müssen dafür unterschreiben, so wie ich es Sie gelehrt habe.«

»Aber Bozzie«, rief sie entrüstet, »warum? Ich werde es nicht brauchen, und Sie sind kein reicher Mann.«

Obwohl Boswell im Vergleich zu normalen Arbeitern wohlhabend war, hatte Mary entdeckt, dass er sein ganzes Leben lang von einer finanziellen Krise in die nächste geschlittert war. Wieder und wieder hatte er kurz vor dem Ruin gestanden. Nur Glück und gute Freunde hatten ihn davor bewahrt.

»Es wird Ihnen etwas Sicherheit geben«, meinte er. Er fügte nicht hinzu, wozu es eigentlich gedacht war: Es sollte Marys eiserne Reserve sein, für den Fall, dass sie in Fowey nicht zurechtkam. Vielleicht wollte er auf diese Möglichkeit nicht ausdrücklich hinweisen, aber Mary verstand ihn auch ohne Worte.

Sie dankte ihm, und der Kloß in ihrem Hals hinderte sie daran, mehr zu sagen. Dankbar steckte sie die Banknote in das kleine Handtäschchen, das Mrs. Wilkes als Abschiedsgeschenk für sie bestickt hatte, und zog einen winzigen Beutel mit einer roten Schleife heraus.

»Das ist mein Abschiedsgeschenk für Sie«, flüsterte sie bewegt und drückte ihn Boswell in die Hand. »Es ist nichts wert, aber es war das Einzige, was mich während der schlimmen Zeiten in Port Jackson getröstet hat.«

Boswell blickte sie neugierig an und bemerkte die Tränen in ihren Augen, dann öffnete er den Beutel vorsichtig. Er enthielt nur ein paar trockene, zerfallende Blätter.

»Diese Pflanze wurde dort ›Süßer Tee‹ genannt«, erklärte sie. »Ich habe die Blätter in den letzten Tagen vor der Flucht gepflückt und während der ganzen Reise von Kupang über Batavia bis nach England und Newgate behalten. Ich wünschte, ich könnte Ihnen eine goldene Uhr mit eingraviertem Namen auf dem Deckel schenken, aber das hier bedeutet mir mehr, auch wenn es nur etwas sehr Bescheidenes ist. Betrachten Sie die Blätter hin und wieder und denken Sie an mich.«

Boswell band den Beutel wieder zu und steckte ihn in seine Tasche. »Ich werde sie für immer behalten«, sagte er, und seine Stimme bebte. »Aber ich brauche sie nicht, um mich an Sie zu erinnern, Mary. Sie haben einen besonderen Platz in meinem Herzen.«

Er nahm ihre Hand und hielt sie an seine Lippen, während seine dunklen Augen ihr Gesicht betrachteten, als wollte er es sich ganz genau einprägen. »Ich habe so vielen Frauen in der Vergangenheit meine Liebe geschworen, dass ich zögere, es wieder zu tun, aus Angst, es könnte vielleicht das herabsetzen, was ich für Sie empfinde, meine Liebe«, erklärte er. »Aber wahre Freundschaft, das reinste Gefühl, entspringt aus der Liebe. Sie stirbt nie, lässt niemals nach. Sie überdauert sogar den Tod.«

Plötzlich unterbrachen laute Rufe den zärtlichen Moment, und Mary und Boswell blickten auf. Sie sahen, wie die männlichen Gäste an der Bar zwei weitere Männer begrüßten, die gerade hereinkamen. Einer war ein kleiner, drahtiger Mann von etwa Mitte vierzig, der andere groß, blond und vielleicht zehn Jahre jünger.

»Der Ältere ist der Kapitän der *Anne und Elizabeth*. Er heißt Job Moyes«, meinte Boswell. »Ich habe ihn getroffen, als ich Ihre Passage buchte. Der andere ist sein erster Maat. Ich werde die beiden auf ein Glas Punsch einladen. Wir sollten unsere verbliebene Zeit nicht damit verbringen, traurig zu sein.«

Job Moyes und sein erster Maat John Trelawney begrüßten Boswell und Mary sehr herzlich, und es war offensichtlich, dass sie alles über sie wussten.

»Es wird uns ein Vergnügen sein, Sie an Bord zu haben, Miss Broad«, meinte Job, und seine blauen Augen strahlten. »Wir wissen ja, dass wir auf Ihre Segelkenntnisse zurückgreifen können, falls wir in einen Sturm geraten.«

John Trelawney blickte Mary mit offener Bewunderung an. »Sie sind viel zierlicher und hübscher, als ich dachte«, bekannte er. »Ich hoffe, Sie werden mir während der Reise von Ihren Abenteuern erzählen.«

Mary spürte, wie sein Kompliment ein warmes Gefühl in ihrem Innern auslöste. Er war ein sehr gut aussehender Mann mit goldenen Augen, die sie an die einer Katze erinnerten, hohen Wangenknochen, sehr weißen Zähnen und goldenem Haar, das er im Nacken zusammengebunden trug. Seine Stimme klang ebenfalls angenehm; sie war tief und mit gerade so viel kornischem Akzent, dass es sie an zu Hause erinnerte.

Die Punschbowle kam, und Boswell sprach einen Toast auf Marys Zukunft aus. Als er Moyes einige Fragen über seine Ladung stellte, blickte John Mary auf eine Weise an, die ihr Herz schneller schlagen ließ.

Sie hatte wirklich geglaubt, niemals mehr etwas für einen Mann empfinden zu können, und es erschien ihr beinahe grotesk, dass ihr so etwas ausgerechnet jetzt passierte, am Abend ihrer Abreise aus London.

»Aus welchem Teil von Cornwall stammen Sie?«, fragte sie.

»Aus Falmouth«, erwiderte er und zeigte beim Lächeln seine wunderschönen Zähne. »Aber ich habe dort keine Verwandten mehr, meine Eltern sind vor ein paar Jahren gestorben, und mein Bruder ist nach Amerika gegangen.«

»Und wo sind Sie zu Hause?«, wollte sie wissen.

»Auf der *Anne und Elizabeth*«, kicherte er. »Doch wenn ich mich irgendwo niederlassen sollte, dann würde ich nach Fowey gehen.«

»Dann haben Sie also keine Frau oder Freundin?« Sie hob fragend eine Augenbraue.

Er schüttelte den Kopf. »Ich habe nie eine Frau getroffen, die bereit gewesen wäre zu akzeptieren, dass die See meine Geliebte ist.«

Die Formulierung ließ eine lange vergessene Erinnerung in Mary aufsteigen. Sie blickte ihn neugierig an.

»Ich habe diesen Satz von Ihrem Onkel gestohlen«, meinte John. »Peter Broad. Ich bin unter ihm gesegelt, als ich noch ein Junge war. Er war ein guter Mann, und er hat mir alles beigebracht, was ich weiß.«

Mary keuchte. »Sie sind unter meinem Onkel gesegelt?«

John nickte. »Und auch unter Ihrem Vater, Mary. Er ist ebenfalls ein guter Mann, und ich bin stolz darauf, dass ich Sie zu ihm nach Hause bringen darf.«

»Was war das?«, fragte Boswell, der den letzten Teil ihrer Unterhaltung gehört hatte.

»Ich erzählte Mary gerade, dass ich unter ihrem Onkel und ihrem Vater gesegelt bin, Sir«, antwortete John. »Aber das wissen Sie ja.«

»Bozzie«, schalt ihn Mary, »haben Sie etwa deshalb darauf bestanden, dass ich mit diesem Schiff fahre?«

Er lächelte spitzbübisch. »Ich würde eine so wertvolle Fracht doch nicht irgendjemandem anvertrauen«, erklärte er. »Ich habe mit mehreren Kapitänen gesprochen, bevor ich Job fand. Ich wollte, dass Sie sich wohlfühlen.«

Sie füllten ihre Gläser noch einmal, und Boswell brachte die Männer mit einer sehr lustigen Geschichte über seinen »Ausflug nach Cornwall« im vorigen Jahr zum Lachen.

Mary war glücklich, einfach nur dabeizusitzen und zuzuhören. Es war schön zu sehen, wie Boswell strahlte, während er seine Geschichte erzählte. Er hatte ein Talent, Szenen und Leute so zu beschreiben, dass die Zuschauer sie genau vor sich sahen. Sie würde ihn vermissen, doch ihre Angst vor der Heimreise war verflogen. Cornwall war der Ort, an den sie gehörte.

Erst nach zehn verließen sie schließlich die Taverne, um zum Schiff zu gehen. John trug Marys Kiste und ging mit Moyes ein kleines Stück voraus, während Mary ihnen an Boswells Arm folgte.

»Lassen Sie uns hier Abschied nehmen«, meinte sie, als sie zum Schiff kamen. »Kommen Sie nicht mit an Bord, Sie müssen zurück, um sich mit James zu treffen, wie Sie es versprochen haben.«

Der Wind hatte sich gelegt, und es regnete nicht mehr. Und ausnahmsweise gab es keinen Nebel. Der Mond und die Sterne waren klar und strahlend und ließen den dunklen Fluss hell funkeln. Das Geräusch von Wasser, das gegen den Schiffsrumpf schlug, erinnerte sie plötzlich wieder an jene andere verzweifelte Reise, an die sie so lange nicht mehr gedacht hatte.

»Wird es Ihnen auch gut gehen?«, fragte Boswell, und seine übliche Selbstsicherheit schien ihn verlassen zu haben.

»Natürlich wird es mir gut gehen«, sagte sie und küsste ihn auf die Wange. »Das Meer macht mir keine Angst.«

Boswell umklammerte ihre Unterarme, und sein Gesicht wirkte im Schein der Fackel, die neben dem Schiff hing, plötzlich jugendlich. »Wenn Sie mich jemals brauchen, dann schicken Sie mir eine Nachricht«, bat er.

Sie nickte. »Passen Sie gut auf sich auf, Bozzie«, meinte sie. »Und sagen Sie James, Bill, Nat und Sam Lebewohl. Sagen Sie ihnen, es tut mir leid, dass ich nicht mehr da bin, um ihre Freiheit mit ihnen zu feiern.«

Mary hörte Moyes und John hüsteln. Sie warteten darauf, dass sie an Bord kam. »Auf Wiedersehen, mein lieber Freund«, flüsterte sie und küsste ihn erneut, diesmal auf die Lippen. »Ich werde Sie niemals vergessen. Sie haben mir mein Leben zurückgegeben.«

Sie verließ ihn hastig, weil sie sonst in Tränen ausgebrochen wäre. Als sie das Deck erreichte, blickte sie sich um und winkte ein einziges Mal. Er stand einfach nur da und blickte zu ihr hinauf. Die silbernen Knöpfe an seinem Mantel und seine goldene Uhrenkette glänzten im Schein der Fackel. Er hob seinen Dreispitz und verbeugte sich elegant, dann wandte er sich um und ging.

»Werden Sie London vermissen?«, fragte John, der neben ihr stand.

Mary blickte sich zu ihm um und lächelte. Sie hatte das Gefühl, als wollte er eigentlich wissen, ob sie die feinen Leute in London vermissen würde, nicht die Stadt selbst.

»Nein, ich glaube nicht«, erwiderte sie wahrheitsgemäß. »Ich bin froh, das alles gesehen zu haben, aber ich ziehe das einfache Leben vor ... und Leute, bei denen ich so sein kann, wie ich bin. Doch James Boswell, meinen guten Freund und Retter, werde ich sehr vermissen.«

Plötzlich hatte sie das merkwürdige Gefühl, schon einmal hier gewesen zu sein. Verwirrt blickte sie sich um, aber in der Dunkelheit konnte sie nur den Glanz des Messings und das Weiß der zusammengerollten Taue sehen.

»Was ist los?«, erkundigte sich John. »Jetzt sagen Sie nicht, eine geborene Seglerin wie Sie stört es, wenn die Planken unter ihr schwanken.«

»Nein, natürlich nicht«, antwortete sie, und dann lachte sie, weil Johns kornischer Akzent die Erinnerung zurückbrachte. Der Geruch des Flusses und ein Mann, zu dem sie sich hingezogen fühlte, komplettierten das Bild aus ihrer Vergangenheit.

Sie stand wieder an Deck der *Dunkirk*, ein Mädchen in Lumpen und Ketten, das sich in einen Offizier mit einem leichten kornischen Akzent verliebt hatte.

»Kommen Sie, ich zeige Ihnen Ihre Kabine«, entschied John. »Hier oben ist es zu kalt.«

Auf einmal fühlte Mary sich wirklich frei, viel freier als damals bei ihrer Entlassung aus Newgate. Sie würde in einer Kabine schlafen, nicht im Laderaum. Morgen, wenn es dämmerte, würden sie die Segel setzen, sie würde zusammen mit Moyes, John und den anderen Matrosen essen. Und sie konnte einen Löffel benutzen, wenn sie wollte, denn das würde hier niemanden stören. Sie würden Rum trinken und sich Seemannsgarn erzählen, und sie würde gleichberechtigt mit den Männern sein.

Sie fing an zu lachen, als sie die Treppe zu den Kabinen hinunterstieg.

John stand unten mit ihrer Kiste im Arm und lachte auch. »Sind

Sie glücklich, an Bord zu sein?«, fragte er, und seine goldenen Augen strahlten. »*Ich* bin sehr glücklich darüber. Aber wir hatten angenommen, Sie hätten für den Rest Ihres Lebens genug von Schiffen.«

»Das dachte ich auch«, erwiderte Mary, und in ihrer Stimme schwang immer noch Lachen mit. »Doch dieses hier fühlt sich an, als wäre ich schon zu Hause.«

Postskriptum

Ich gestehe, dass ich diese Leute niemals ohne Mitleid und Verwunderung ansehen konnte. Sie waren in einem heroischen Kampf um die Freiheit gescheitert, nachdem sie alle Entbehrungen ertragen und alle Schwierigkeiten überwunden hatten.

Die Frau war auf dem Schiff gewesen, das mich herbrachte, und sie unterschied sich von den anderen durch ihr gutes Benehmen. Ich kann nur voller Verwunderung über die merkwürdige Verkettung von Umständen nachdenken, die uns wieder zusammengebracht hat, denn das ist mehr als verblüffend und eigentlich kaum zu fassen.

Ein Auszug aus dem Tagebuch von Watkin Tench, 1792

Nachtrag

Es war schwer für mich, Mary auf dem Deck der *Anne und Elizabeth* zu verlassen. Sie war mir so ans Herz gewachsen, dass ich gern meiner Fantasie freien Lauf gelassen und weitererzählt hätte, wie sie sich auf der Heimreise in John Trelawney verliebt. Ich hätte auch sehr gern über die glückliche Vereinigung mit ihren Eltern in Fowey berichtet und dann später von ihrer Heirat mit John und der Geburt von zwei gesunden, hübschen Babys.

Aber Marys Geschichte ist eine wahre, und obwohl ihre Persönlichkeit und die ihrer Freunde sowie die vielen Entbehrungen, die sie so tapfer ertrugen, meiner Fantasie entsprungen sind, habe ich mich doch an die historischen Fakten über sie und die anderen Figuren gehalten, die eine tragende Rolle spielen. Deshalb wäre es nicht richtig, ihr Leben nach ihrem Weggang aus London falsch wiederzugeben.

Traurigerweise ist nämlich nicht bekannt, was mit Mary passierte, nachdem sie zurück nach Fowey ging. Wir wissen, dass sie ihre jährliche Zahlung bei Pfarrer John Baron abholte, und dieser Herr schrieb auch in Marys Auftrag an James Boswell, um ihm für seine Freundlichkeit zu danken, und teilte ihm mit, sie benähme sich gut. Aber es gibt keine Aufzeichnungen über eine Heirat, über Geburten oder sogar Sterbefälle, die beweisen würden, dass sie in Fowey blieb.

Ich glaube ohnehin, dass eine intelligente und mutige Frau nicht für immer an einem Ort hätte leben wollen, an dem man über sie redete. Wenn James Boswells Bericht über die Erbschaft ihrer Familie stimmt – und es gibt keinen Grund, daran zu zweifeln –, dann glaube ich, dass sie fortzog, vielleicht sogar nach Übersee.

Ich denke auch, dass eine Frau, die von den Männern, die sie näher kannten, so gemocht und bewundert wurde, sicher noch einmal geheiratet hat. Ich hoffe jedenfalls, dass sie einen guten Mann fand und dass sie noch weitere Kinder bekam.

James Martin, Sam Broome (der auch als Butcher bekannt war), Bill Allen und Nat Lilly wurden schließlich im November begnadigt, kurz nachdem Mary London verlassen hatte. Sie gingen von Newgate aus direkt zu James Boswell, um ihm für seine Freundlichkeit zu danken.

Sam trat tatsächlich dem New South Wales Corps bei und ging zurück nach Australien. Von den drei anderen ist nichts bekannt. Aber ich denke gern, dass James Martin entweder nach Irland zurückkehrte, nachdem er genug Geld mit seinen Memoiren verdient hatte, um Pferde zu züchten, oder dass er nach Amerika auswanderte.

Was James Boswell angeht, so verstarb er leider am siebzehnten Mai 1795. Seine Familie stellte die jährlichen Zahlungen an Mary ein, und obwohl er in seinem Tagebuch schreibt, dass er vier Seiten über das »Mädchen aus Botany Bay« verfasst habe, wurden diese Seiten nie gefunden. Aber ich bin sicher, dass James in Frieden in dem Wissen ruht, dass »Das Leben des Samuel Johnson« tatsächlich als die allerbeste Biografie aller Zeiten bekannt ist.

Watkin Tench wurde zu so etwas wie einem Helden. Er wurde in Frankreich gefangen genommen und entkam wahrscheinlich aus einem Kriegsgefangenenlager. Er erreichte den Rang eines Generalmajors. Ich musste lächeln, als ich entdeckte, dass er eine Anna Maria Sargent geheiratet hat. Sargent ist mein Mädchenname, und mein Vater war in der Königlichen Marine. Watkin und Anna Maria hatten keine leiblichen Kinder, aber sie adoptierten die vier Kinder seiner Schwägerin, als ihr Mann in Westindien ums Leben kam.

Watkin Tenchs Tagebuch überlebte zusammen mit denen von zahlreichen anderen Offizieren, die mit der Ersten Flotte nach

Australien kamen, und es besteht kein Zweifel, dass er ein intelligenter, mitfühlender und gerechter Mann war.

Mary enthüllte nie, wer Charlottes Vater war, denn Leutnant Spencer Graham habe ich mir ausgedacht. Viele Leute glauben, Watkin Tench sei es gewesen, doch ich bezweifle das sehr, denn er hätte seinen Schmerz über Charlottes Seebestattung sicher aufgezeichnet.

Ich denke auch gern, dass die guten Menschen unter den Gefangenen, den Offizieren und den Marinesoldaten der Ersten Flotte sicher stolz und erfreut wären, wenn sie sehen könnten, was für ein wundervolles Land Australien heute ist.

Wer weiß, vielleicht kehrte Mary ja auch unter einem anderen Namen dorthin zurück, und ihre Nachkommen leben immer noch dort und sind genauso mutig und einfallsreich wie sie.